Quando a noite cai

CARINA RISSI

Quando a noite cai

13ª edição
Rio de Janeiro-RJ / São Paulo-SP, 2023

VERUS EDITORA

Editora executiva: Raïssa Castro
Coordenação editorial: Ana Paula Gomes
Copidesque: Lígia Alves
Revisão: Cleide Salme
Capa e projeto gráfico: André S. Tavares da Silva
Foto da capa: © Buffy Cooper / Trevillion Images

ISBN: 978-85-7686-580-3

Copyright © Verus Editora, 2017
Direitos reservados em língua portuguesa, no Brasil, por Verus Editora. Nenhuma parte desta obra pode ser reproduzida ou transmitida por qualquer forma e/ou quaisquer meios (eletrônico ou mecânico, incluindo fotocópia e gravação) ou arquivada em qualquer sistema ou banco de dados sem permissão escrita da editora.

Verus Editora Ltda.
Rua Argentina, 171, São Cristóvão, Rio de Janeiro/RJ, 20921-380
www.veruseditora.com.br

CIP-BRASIL. CATALOGAÇÃO NA FONTE
SINDICATO NACIONAL DOS EDITORES DE LIVROS, RJ

R482q

Rissi, Carina
    Quando a noite cai / Carina Rissi. – 13. ed. – Rio de Janeiro : Verus, 2023.
    23 cm.

ISBN 978-85-7686-580-3

1. Romance brasileiro. I. Título.

17-41048
                      CDD: 869.93
                      CDU: 821.134.3(81)-3

Revisado conforme o novo acordo ortográfico

Para Lalá e Adri,
o pulso do meu coração

Muito tempo atrás, nas belas terras misteriosas da Irlanda, dois jovens se encontraram de todas as maneiras possíveis. Da amizade nasceu o querer, do anseio brotou a paixão, e dela o amor. E assim as duas almas se fundiram uma na outra, os dois corações bateram como um. Eles se amaram profunda e intensamente, vivendo felizes, ainda que o "para sempre" tenha sido breve. Algumas pessoas acreditam que aquele sentimento tão puro e ardente não se perdeu, e que ainda hoje pulsa no peito daqueles que se recordam.

E elas estão certas.

Como uma boa história de amor, esta começa da mesma maneira que tantas outras:

Era uma vez...

1

Não posso perder este emprego. Não posso perder este emprego!
Não de novo!, eu mentalizava enquanto espiava pelo visor redondo da porta preta que separava a cozinha do pequeno salão do restaurante Pappadore. Papa Arnaldo falava com aquele executivo, e o rosto do meu chefe não parecia muito feliz — nem o do executivo, sobretudo quando a bolota gosmenta pendurada em sua orelha tremulou e caiu, escorrendo na lapela do terno caro.

Ok. Talvez eu não fosse demitida. Tentei ser otimista. Qualquer um podia deixar o parmesão cair dentro do molho. Era pura física! Todos os corpos que possuem massa sofrem atração entre si. E havia muita massa no prato coberto de molho pesto, logo o queijo deve ter se sentido irresistivelmente atraído por ela e voou da minha mão. A culpa não era minha se a gosma decidira espirrar em todas as direções e sujar o terno bem cortado do executivo, além do vestido chique da sua namorada. Se havia alguém a ser culpado, esse alguém era Isaac Newton!

Eu só não tinha certeza se Papa Arnaldo se lembraria da lei da gravidade naquele momento, com o cliente esbravejando sobre como estava ultrajado diante da minha falta de jeito e que jamais voltaria a pôr os pés naquele restaurante.

Soltei um suspiro, arriando os ombros. Era melhor juntar minhas coisas.

Tem dias em que tudo dá tão errado que a pessoa se pega pensando que não deveria ter saído da cama nem para ir ao banheiro, só para evitar que, sei lá, quando fosse acionar a descarga acidentalmente quebrasse alguma coisa e a casa se transformasse em uma enorme piscina.

Deve ser legal ser essa pessoa, pensei, me afastando da porta, desanimada. Ter apenas *um* dia ruim, ao contrário do que acontecia comigo, que vivia uma catástrofe todo santo dia.

O fato é que eu estava constantemente alerta, tentando prever o próximo desastre, mas, por mais que me esforçasse e executasse cada movimento com atenção calculada, alguma coisa sempre dava errado. Uma espécie de maldição que começou no meu aniversário de dezoito anos. Na mesma época em que os sonhos começaram. Não que uma coisa estivesse relacionada a outra. Bom, eu achava que não. Ao contrário de minha irmã caçula, que estava certa de que o "cosmo" queria me dizer alguma coisa. Se bem que Aisla também acreditava em fadas, duendes, unicórnios, nos descontos da Black Friday e em promessas de políticos, então ela não contava.

Talvez porque eu estivesse pensando nela, meu celular apitou com uma mensagem de Aisla. Na verdade, uma foto da minha irmã dois anos mais nova mostrando a língua e fazendo um V com os dedos, dentro de um provador.

Ah, maravilha.

Antes que eu pudesse responder, ela me ligou.

— Briiiiiiiii — foi dizendo. — Você viu? Não é a saia mais perfeita da história das saias perfeitas? Eu amei as contas e os bordados na barra. Ficou in-crí-vel em mim, não ficou?

— Você comprou? — eu quis saber, alarmada.

— Ainda não. Queria saber a sua opinião.

Soltei o ar com força. Eu odiava ter que bancar a "corta onda", mas a situação em casa estava mesmo complicada. Desde a morte de papai, oito anos antes, as coisas ficaram difíceis para a nossa família, e mamãe fazia o que podia. Que não era o bastante. Ela precisou hipotecar a pensão para continuar cuidando do lugar, um paradoxo que não tinha chance de funcionar. Mamãe e Aisla administravam o negócio da família enquanto eu me aventurava — ou deveria dizer explodia? — no mundo lá fora, numa tentativa de conseguir alguma grana e não perder a única coisa que tínhamos na vida. Aisla, no entanto, vivia em outro mundo, um que era colorido e bonito e no qual dinheiro simplesmente brotava na conta.

— Aisla, eu quero que você tire essa saia, coloque de volta na arara e se afaste da loja devagar.

— Mas, Briana, eu gostei tanto dela! — choramingou, e eu quase pude ver sua carinha de filhote que caiu da mudança. — A mamãe disse que eu podia!

— A mamãe sabe que o seu cartão está estourado? E que você teve que parcelar a dívida no mês passado?

— Não — murmurou, emburrada. — Mas eu pensei em fazer o cartão da loja. A saia é tão baratinha! Eu posso parcelar em dez vezes. Vai sair, tipo, mais barato que um salgado.

Fechei os olhos, inspirando fundo para não gritar.

— Aisla, a hipoteca da pensão tá vencida e nós temos que arrumar o dinheiro da prestação antes que a próxima parcela vença, senão vamos ser despejadas. Vamos perder não apenas o nosso teto, mas a fonte de renda da nossa família. O que eu ganho mal dá pro mercado. — Considerando, claro, que eu ainda tivesse um emprego até o fim daquela noite, coisa que parecia pouco provável, já que eu tinha dado uma espiada no que estava acontecendo no salão e avistado a carranca enrubescida do meu patrão ainda tentando se desculpar com o cliente do pesto.

— Tá. Tá bem — resmungou minha irmã. — Já tirei a saia e tô indo colocar de volta na arara. A saia mais perfeita do mundo não vai pra casa comigo. — Ouvi o tilintar do cabide contra o metal. — Adeus, saia. Um dia eu volto pra te buscar. Não se esqueça de mim. Não vou esquecer de você. Adeus, sainha linda... Pronto, saí da loja. É isso que você queria? Feliz agora?

— Na verdade, não, Ais — falei, magoada. — Eu queria que você pudesse ficar com ela. Mas nós não temos mais dinheiro.

Ela bufou tão alto que tive que afastar o celular da orelha.

— Desculpa, Bri. — E soou realmente arrependida. — Eu não quis parecer rancorosa. É que eu acabei de terminar um relacionamento que poderia ter sido lindo, mas que nem teve a chance de começar.

Mordi a bochecha para não rir. Aisla tinha um relacionamento bastante intenso com seu guarda-roupa. A paixão por roupas só não superava seu amor pela fotografia. E qualquer um que visse seu trabalho entenderia o motivo. Aisla era absurdamente talentosa.

— Você vai superar — brinquei. — A pobre saia é que nunca vai se recuperar.

— Bom, isso é verdade. Duvido que ela caia tão bem em qualquer outra pessoa.

Eu também. Aisla era a garota mais linda que eu conhecia. Desde o cabelo claro caindo em ondas até o meio das costas até a boca pequena e cheia, a pele branca sem sardas e os grandes olhos verdes — a única coisa que tínhamos em comum.

Não que eu me achasse feia. Minha aparência era ok: eu gostava da maneira como minhas mechas se rebelavam — nem lisas, nem enroladas —, chegando quase à cintura, das sardas que decoravam minha pele, do formato ovalado do rosto. Só que, sendo constantemente classificada como "exótica" por causa do rutilismo — o nome chique da ruivice —, eu sempre me sentia uma cacatua roxa com topete turquesa à la Elvis Presley e uma brilhosa cauda fúcsia. Ou coisa do tipo.

Ao virar o rosto em direção à porta, vi a cara furiosa de Papa Arnaldo enquadrada no visor, a caminho da cozinha. Apreensiva, tratei de me despedir de minha irmã e guardei o celular no bolso da calça.

Algumas pessoas diriam que meu nervosismo era infundado, que Papa Arnaldo era um doce de pessoa, sempre tão alegre, e ficava muito bonito quando sorria — o que, infelizmente, não acontecia com tanta frequência se eu estivesse por perto. Sobretudo se eu estivesse por perto. E eu não tinha entendido ainda por que ele gostava de ser chamado de Papa, já que não tinha filhos, mas, ei, quem sou eu para julgar as esquisitices dos outros? Já bastava ter que lidar com as minhas...

A porta preta se abriu com um supetão, as dobradiças vaivém reclamando com um rangido alto. Os olhos raivosos de Papa Arnaldo me encontraram.

Merda. Ele ia me demitir. Aquilo ainda não tinha acontecido.

Naquela semana, quero dizer. E eu tive esperança de que dessa vez conseguiria manter um emprego por mais de cinco dias.

— Por quê, menina? — Arnaldo grunhiu. — Por que você tinha que atender o sr. Salman? Por que tinha que sujar um dos maiores críticos gastronômicos do país?

Aaaaah. Isso explicava por que meu chefe me lançou um olhar do tipo "suma daqui agora ou vou te colocar dentro do processador".

— Ninguém me avisou que ele era importante, Papa. Eu teria passado a mesa pra outra pessoa.

— Todos os meus clientes são importantes! — rebateu, bufando.

Nervosa, comecei a retorcer o avental. A calculadora e a caneta caíram do meu bolso. O olhar de Papa Arnaldo se inflamou ainda mais. Droga.

— Por quê? Por quê, Briana? — Ele esfregou a boca com raiva enquanto eu me abaixava para pegar minhas coisas do chão. — Por que você sempre faz tudo errado? Em menos de uma semana aqui você já derrubou comida em nove clientes. Nove! — Para enfatizar seu argumento, enfiou aquelas mãos imensas na minha cara e ergueu nove dedos. — Bateu a bandeja na cabeça de um senhor de oitenta anos, quebrou seis copos e um *garfo*. Como é que você foi capaz de quebrar um garfo de aço inox, pelo amor de Deus?

— Eu não tenho certeza... — E ainda bem que ele não soube do incidente com o troço de flambar, pensei com meus botões, me endireitando e jogando minhas coisas de volta ao bolsinho.

— Mas eu tenho. Você é um ímã de desastres. Esse é o motivo.

Papa Arnaldo tinha razão. Eu era mesmo um ímã de desastres. Com vinte e três anos, minha lista, além dos acidentes mencionados anteriormente pelo meu patrão, incluía:

1) Destruir duas TVs no meu primeiro dia em uma loja de eletrodomésticos.

(Tudo o que eu precisava fazer era espanar o pó da loja. As TVs estavam dispostas de costas uma para a outra. Havia uma manchinha no canto da tela de uma delas e, ao esfregar, percebi tarde demais que a televisão não estava tão firme quanto parecia e ela tombou sobre a de trás. Ambas se estatelaram no chão tão depressa quanto me mandaram para o RH.)

2) Derrubar uma sessão inteira do supermercado.

(Terceiro dia no emprego. Minha função era repor os produtos na prateleira. Eu tinha colocado o último frasco de amaciante no lugar e não percebi que um dos pés que sustentavam a prateleira simplesmente se partira. A estante tombou sobre mim. Ganhei sete pontos no antebraço e uma carta de demissão.)

3) Deixar uma moça quase careca.

(Segundo dia em um salão de beleza. Função: lavadora. Eu deveria remover os papelotes das mechas e lavar os cabelos da moça. Aparentemente usei o xampu errado, que reagiu com o produto que ela havia usado. Os fios começaram a soltar fumaça e se desprenderam da cabeça dela.)

Talvez um dia isso me rendesse alguma coisa. Quem sabe eu pudesse escrever um livro? *Minha vida e outros desastres*, por Briana Pinheiro.

Mas Papa não estava interessado em minha falta de sorte nem em meu possível romance.

— Me dê um bom motivo pra não te demitir agora mesmo. — Cruzou os braços, bufando.

— Eu sinto muito, Papa. Juro que estou me esforçando. Eu realmente preciso desse emprego. A pensão da minha família não tá indo muito bem. — No fundo do poço era outra maneira de dizer.

— Isso aqui é um restaurante, Briana. Não uma instituição filantrópica — rebateu, de pronto.

— Eu sei disso. E tudo o que eu peço é mais uma chance. Só mais uma! Prometo que vou ficar mais atenta. Juro!

Papa pressionou a ponte do nariz, grunhindo, e eu prendi o fôlego, levando as mãos ao peito, aguardando. Meus dedos se encheram de gosma verde. Eu os esfreguei na frente do avental enquanto via a impotência se assentar no rosto grave de Arnaldo e quase desmontei de alívio.

— Muito bem, Briana. Mais uma chance — ele disse, resignado. E apontou um dedo grosso para mim. — Mas um errinho, um palito que você deixar cair e eu te coloco pra fora do meu restaurante.

— Obrigada, Papa! — Tive que refrear o desejo de me ajoelhar diante dele e beijar suas mãos. — Você não vai se arrepender!

— Espero que você esteja certa, porque alguma coisa me diz que antes de o dia acabar eu vou lamentar essa decisão. — Começou a se afastar, mas parou diante do prato de massa e camarões sobre a bancada. — Por que isso ainda está aqui?

— É da minha mesa. Já vou levar. Sem derrubar nada em ninguém. — *Por favor, Deus!*

Papa apontou dois dedos ameaçadores para mim, antes de voltar à área do imenso fogão industrial — local em cuja porta havia uma placa com os dizeres "Somente pessoal autorizado", na qual um engraçadinho rabiscou embaixo, com caneta vermelha: "exceto a cabeça de fogo".

Rá-rá. Voltamos à quinta série. Não que isso me incomodasse hoje em dia. Cresci ouvindo piadinhas sobre meu cabelo. Na escola ninguém me chamava pelo nome. Era sempre Ferrugem, Cenourinha, Cabeça de Fósforo, Foguete, Água de Salsicha, Pica-Pau, Pomarola... Crianças podem ser muito cruéis. E colegas de trabalho também.

Ajeitando o prato sobre a bandeja e a segurando com as duas mãos, empurrei a porta preta com as costas. Assim que cheguei ao salão, com suas mesas cobertas por toalhas brancas de linho, o belo lustre de cristal lançando minúsculos halos cintilantes nas cortinas, firmei os dedos e mirei meu alvo, começando a caminhada. Desviei das mesas, cadeiras e pessoas que passavam. Era parecido com uma corrida de obstáculos, com a diferença de que eu equilibrava coisas quentes e gosmentas.

Ok. Eu posso fazer isso. Eu posso fazer isso!

O ocupante da mesa seis, um cara na casa dos trinta anos que se vestia como um adolescente, estava concentrado em seu iPad e mal notou minha chegada. Mesmo assim, coloquei um sorriso na cara e prendi a respiração a três passos dele.

Só mais um pouquinho e...

— Aqui está, senhor. — Acomodei o prato com muito cuidado diante dele e tive que reprimir a dancinha da vitória. Nada no chão, nada sobre a mesa, nada na cabeça ou na calça de ninguém. É! Eu estava pegando o jeito.

— Obrigado. Hã... pode me trazer mais azeite? Esse aqui acabou. — Indicou a garrafa vazia sobre a mesa.

— Volto em um minuto. — Peguei o frasco e o coloquei na bandeja.

Foi então que minha falta de sorte resolveu dizer um "Ei, espere por mim!".

Enquanto eu me virava, a garota na mesa ao lado — que discutia acaloradamente com a namorada — se levantou, gesticulando muito exaltada, e esbarrou a mão na beirada da minha bandeja. O vidro de azeite rodopiou de forma pouco natural.

— Ah, não, ah, não, ah, não... — Tomada pela urgência, tentei equilibrá-lo e impedir que se estatelasse no chão, ou na cabeça de um dos clientes, mais provavelmente. Só que acabei esmagando a mulher na mesa de trás, que por sua vez levava o garfo à boca e o deixou cair sobre o colo. Ela começou a berrar comigo por ter sujado seu Cavalli (não que eu soubesse o que isso queria dizer) e jogou o guardanapo na minha cara.

Sobressaltada, eu me contraí e a coisa toda desandou. A garrafa de azeite saiu voando e foi se alojar feito um míssil no lustre de cristal — também conhecido como "muito caro" — acima da minha cabeça. A garrafa, alguns cristais e duas lâmpadas se estilhaçaram e eu só tive tempo de cobrir a cabeça com a bandeja para me proteger. O *plin-plic-plic* produzido pelos cacos se misturou à gritaria e aos sons de cadeiras tombando.

Fiquei encolhida até que um par de mãos gentis tocou meus ombros. Era Eloisa, a outra garçonete.

— Você se machucou? — ela quis saber.

Sacudi a cabeça, negando, uma pequena chuva de estilhaços caindo dos meus cabelos. Elô recuou.

Devagar, sob o olhar estarrecido de todo o restaurante, fiquei de pé. Infelizmente, Papa Arnaldo estava ali também, analisando a bagunça com as mãos na cabeça. Então suas sobrancelhas se abaixaram, os lábios se retraindo sobre os dentes. Moveu uma das mãos, a que segurava a colher de pau, e apontou para mim como se fosse uma lança.

— Na cozinha — rosnou. — Agora.

Conforme ele girava nos calcanhares e voltava para o coração do restaurante cuspindo fogo, alisei o avental, espanei os cacos de vidro do antebraço e dos ombros e aprumei a coluna antes de me dirigir para a cozinha de Papa Arnaldo pela última vez.

Uma hora e meia depois, eu chegava ao predinho de dois andares e fachada que um dia fora amarela, mas que agora exibia os tijolos em alguns pontos. O letreiro sobre a porta marrom tinha algumas lâmpadas queimadas e outras acesas, que iluminavam os dizeres "ensão Fió".

A decadência era visível em cada detalhe. A Pensão Filó pertencera a vovó Filomena, e mamãe sempre sonhou em reformar o lugar, transformá-lo em algo que Aisla chamava de boho chic, seja lá o que isso significasse, mas nos últimos tempos nós mal conseguíamos pagar a conta de água.

Mesmo um tanto deteriorado, eu amava aquele lugar. Como é que nós iríamos continuar ali agora que eu tinha sido demitida? O pagamento pelos quatro dias de trabalho no Pappadore não cobria nem metade do prejuízo que eu havia causado. Claro que me prontifiquei a trabalhar de graça até sanar o dano, o que deixou Papa Arnaldo branco feito um papel. Ele me deu duas notas de cem pela jornada de quatro dias e me empurrou para fora do restaurante.

Desanimada, passei pela porta dupla meio desnivelada, que precisava urgentemente de um novo conjunto de dobradiças, procurando alguém atrás do velho balcão de cerejeira todo rabiscado. Mamãe não era muito boa em guardar papéis, e preferia entalhar os telefones importantes, recados ou lembretes em algo que não pudesse perder, como o tampo da bancada de dois metros de largura, ou a cúpula do antigo abajur sobre ele. Mas não havia ninguém ali.

Estava quase alcançando as escadas com a balaustrada cheia de rococós dos anos 40 para ir até o meu quarto quando ouvi passos ecoando pelo piso de tacos de madeira. Mamãe surgiu no hall e me viu. Olhou para o relógio no pulso e suspirou.

— Ah, não! Você não pode ter perdido o emprego *de novo*, Briana! — Secou as mãos no avental amarrado na cintura.

— Explodi o lustre — contei, me sentando no terceiro degrau. A tábua rangeu.

— Meu Deus, Briana! — Ela correu até mim e tocou meu rosto com os dedos cheirando a alho. — Você se machucou?

— Só o meu orgulho. — Dei de ombros. — Não foi culpa minha, mãe. Juro. A garrafa de azeite saiu voando.

Ela se soltou ao meu lado na tábua, soprando a franja loira que lhe caía nos olhos.

— Eu sei, meu amor. — Passou um braço pelos meus ombros, me apertando contra o peito. — Não fique tão chateada. Aquela espelunca não estava à sua altura. O próximo emprego vai ser melhor. Você vai ver.

Próximo? Eu nem sabia mais a que me candidatar. Havia sido um fiasco na loja de sapatos, na locadora, na lavanderia, no salão, na loja de eletrodomésticos, no restaurante. Isso só naquele mês.

— Não entendo, mãe — falei contra a medalhinha da Virgem Maria que ela trazia no pescoço. — Parece que eu estou sempre no lugar errado e na hora errada. Sou um desastre.

Ela me beijou na testa, afagando meus cabelos.

— Não é, não, Bri. Só não anda dando sorte. E as coisas não podem ser ruins pra sempre. Sua avó sempre dizia isso.

Eu esperava que ela estivesse certa. Já estava cansada de tudo dar errado na minha vida.

— Algum novo pensionista? — Endireitei as costas e me desprendi de mamãe, caso contrário acabaria caindo no choro.

Por um ínfimo instante, vislumbrei o desespero naquelas íris verdes, mas ela logo tratou de ocultá-lo, forçando um sorriso corajoso.

— Não. Continuamos apenas com a dona Lola. Mas vamos ter fé. Talvez a página no Facebook que você fez traga resultado... — Então sua voz se animou. — Tenho uma coisa que vai te alegrar. Eu pressenti que você ia precisar de um agradinho.

Enfiando a mão no bolso do avental, ela retirou de lá um estojo de crayons e o aninhou sobre minhas coxas.

— Mãe! Você não devia ter comprado isso. Estamos cortando tudo.

— Exceto os sonhos das minhas filhas. — Ela tocou meu queixo delicadamente. — E, se não posso comprar meia dúzia de lápis de cor pra minha filha, de que me adianta estar viva, ora essa!

Mas não eram lápis comuns. Eram crayons profissionais, e aquela meia dúzia custava o equivalente à nossa conta de água. Diante da nossa atual situação financeira, aquilo era um gasto e tanto.

Ouvimos passos no alto da escada e nos viramos. Aisla, estonteante em uma saia longa branca e um top curto lilás que deixava um pouco da pele da barriga à mostra, me examinou por um instante antes de gemer.

— De novo, Bri?

— Bandeja descontrolada. — Eu me encolhi.

— Senhor! Naquele restaurante fino! O Arnaldo te deu uma carta de recomendação?

— Ah, sim! — Abanei a mão. — E também me deu um lote de ações na bolsa de valores, um carro zero e dois unicórnios.

— Eu só acho que não custava nada pra ele. — Ela revirou os olhos, descendo os degraus.

Mas custava sim. Mais ou menos uns dois mil reais, pelo reparo daquele lustre.

— Não vai jantar com a gente hoje, Aisla? — Mamãe se levantou.

— Eu tenho um encontro, mãe.

Aquilo imediatamente capturou a atenção de dona Ágata Pinheiro. Não que mamãe fosse casamenteira. Longe disso. O problema era Aisla, que se apaixonava com a mesma facilidade com que eu perdia empregos. Ela dizia que não podia evitar. Tinha Vênus em escorpião, só Deus sabia o que isso significava.

— Eu conheço? — mamãe começou a interrogar. — É da faculdade? É de boa família?

— Acho que é. — Aisla nos alcançou e se acomodou no lugar antes ocupado por mamãe. — Ele faz química, tem um senso de humor ótimo. O pai é arquiteto e a mãe, dentista. Ele é um gato. E tem um irmão solteiro. — Ergueu as sobrancelhas, cutucando minha barriga com o cotovelo.

— Ah, é! Porque um namorado é exatamente o que eu preciso agora... — ironizei

Aisla sempre me ajudava agendando entrevistas de emprego e escolhendo as roupas que eu usaria para causar boa impressão, e eu era muito grata. Mas ela também tentava marcar encontros para mim com amigos dos amigos de seus amigos. E isso era um pesadelo. Se existia algo em que eu era ainda pior do que manter um emprego, era manter um namorado.

— Não existe nada ruim o bastante que não possa piorar. É o que a vovó dizia — ela brincou.

— Isso é verdade — mamãe concordou, ajeitando uma das ondas de sua caçula. — Não volte muito tarde, Aisla. — E, se virando para mim: — Tome um banho relaxante, Briana. Vou preparar o seu prato predileto pra te animar.

— Não fica tão deprimida. — Aisla me cutucou com o ombro assim que mamãe voltou para a cozinha. — Aquela espelunca não servia pra você. E sabe de uma coisa? Estou cada vez mais convencida de que todas essas demissões têm um significado.

— Que eu não sei fazer nada direito, por exemplo?

Ela fez um gesto depreciativo com a mão. As pulseiras de contas em seu pulso reluziram.

— Além disso. Talvez seja o destino dizendo que ainda não é isso, Bri.

Lutei para não gemer. Era a cara dela dizer aquilo. Ou então que as fadinhas que regiam meu destino tinham ficado sem purpurina no potinho da sorte.

— Então não fica tão preocupada, tá? Plutão não está mais retrógrado — prosseguiu, e eu me limitei a olhar para ela, esperando que aquilo fizesse algum sentido. — Alguma coisa boa finalmente vai acontecer — explicou, um tanto impaciente. — E só mais um semestre e eu termino a faculdade de fotografia. Aí, com um pouco de sorte, vou descobrir um jeito de pagar o bacharelado na New York Film Academy. Vai começar a pipocar trabalho, nós vamos ter dinheiro e a mamãe e você não vão mais precisar trabalhar. Eu vou dar um jeito em tudo. Só preciso passar nas provas finais.

Abri um sorriso.

— Por isso você precisa se concentrar nos estudos e deixar o restante pra mim, ok? Deve ser como você disse, Ais. Eu só não descobri ainda no que eu sou boa.

— Mas eu não disse isso. — Ela brincou com uma bolinha da pulseira. — Acho que descobriu, sim. Só tem medo de ir atrás do seu sonho. Aqueles desenhos são de outro mundo, Bri.

Eu não teria usado uma expressão melhor. Meus desenhos eram mesmo de outro mundo. Um mundo que não existia fora dos meus sonhos.

— São só uns rabiscos imprecisos — me esquivei.

— Muita gente chamaria de arte. — Ela beliscou minha cintura e ficou de pé. — Tem certeza que não quer que eu marque com o irmão do Felipe? Ele não parece muito inteligente, mas é a cara do Andrew Garfield.

— Tô legal.

Cruzando os braços, ela me examinou com atenção, os olhos verdes cintilando com diversão.

— Sabe que uma hora dessas você vai ter que sair com alguém de verdade e parar de sonhar com o seu guerreiro irlandês de faz de conta, né?

— Eu não estava pensando nele. — E então compreendi o que ela tinha dito e fiquei vermelha. — E ele não é o meu guerreiro de faz de conta!

Bom, mais ou menos. Não querer sair com ninguém não tinha nada a ver com os meus sonhos, mas tinha tudo a ver com meus encontros recentes, também conhecidos por "catástrofes testemunhadas por caras legais/bonitos/gostosos que nunca mais ligam". Desisti de vez depois do último. O rapaz tinha sido legal, me levou a um jogo de futebol e tudo ia bem até que eu decidi tomar o refrigerante. Não vi que uma abelha havia caído no meu copo e engoli. Acabei tomando uma picada na garganta e passando mal. E, quando digo passar mal, quero dizer vomitar dentro do carro que ele tinha acabado de comprar, enquanto o pobre me levava para o hospital.

Minha irmã deu risada, guinchando baixinho, o que a fez parecer um porquinho-da-índia.

— Você está sempre pensando nele, Bri. — Inesperadamente ela ficou séria, e isso devia ter me preparado para o que viria a seguir. — E tá tudo bem ter uma fantasia, desde que ela não atrapalhe a vida real.

— Ok! — Eu me levantei. — Hora da irmã chata se mandar.

— Você sabe que eu tenho razão! — gritou às minhas costas.

— Bom encontro! — Acenei, subindo os degraus.

Já no segundo andar, sorri ao passar em frente ao quarto de dona Lola e ouvir Julio Iglesias cantando no último volume. A senhora de oitenta e três anos era louca pelo espanhol tanto quanto por maquiagem.

Cheguei ao cômodo no final do corredor, que até o começo do ano anterior Aisla e eu dividíamos. Mas as roupas dela ameaçaram nos sufocar, então ela se mudou para um dos cômodos vagos, só até um hóspede aparecer. E nunca mais voltou.

Meu quarto parecia ainda mais rudimentar naquela noite, com a cama de casal, o armário sem uma das portas e uma mesa redonda fazendo as vezes de criado-mudo. Os melhores móveis estavam nos quartos para locação. A escassez de mobília parecia combinar com o restante da minha vida.

Para acalmar minha mente agitada e meu orgulho ferido, peguei o caderno de capa dura dentro da bolsa, o estojo que acabara de ganhar e me joguei na cama. O grafite começou a deslizar aleatoriamente pelo papel. Isso sempre me ajudava a pensar.

Ok, eu podia tentar um novo empréstimo, mesmo que já estivéssemos enroladas até o pescoço com a hipoteca. Mas o que iríamos fazer agora? Como pagaríamos a hipoteca se apenas um quarto estava ocupado?

Não ter formação acadêmica sempre me atrapalhava para conseguir uma colocação com um salário razoável, mas eu jamais diria isso em voz alta. Não queria magoar mamãe, que se ressentia por não ter conseguido pagar minha faculdade na época, e também não queria chatear minha irmã, que se sentia um peso por estar correndo atrás de seu sonho e de uma vida melhor.

Sem conseguir pensar em nada, parei de rabiscar e analisei o que havia desenhando. E gemi.

— Saco.

Lá estavam aqueles olhos amarelos como um topázio me observando outra vez, os malares altos, o nariz retilíneo, o furinho no queixo. O cabelo, em todos os tons de marrom até o dourado, parecia balançar sobre os ombros generosos e nus, mas deixava a tatuagem pra lá de sexy à mostra. Um guerreiro celta em todo o seu esplendor.

Aisla estava certa. Eu não conseguia tirá-lo da cabeça nos últimos tempos. Claro que sonhar com ele quase todas as noites nos últimos cinco anos não contribuía em nada.

Eu não sabia por que isso acontecia. Não entendia por que, ao completar dezoito anos, passei a sonhar com alguém que não existia. Com um lugar que nunca visitei. E não era sempre o mesmo sonho, como uma obsessão ou coisa assim. Era mais como um seriado a que apenas eu assistia. Às vezes havia reprises, mas nunca cheguei ao episódio final. Ao menos eu achava que não.

Nesses sonhos, eu não era exatamente eu, Briana, mas uma jovem encrencada até a medula.

Ok, tecnicamente estar prestes a ser despejada não era uma vida de sonhos, mas pelo menos eu não tinha que fugir de ninguém, a menos que aquele crítico gastronômico viesse atrás de mim com a conta do alfaiate... De qualquer forma, alguns desses sonhos me faziam acordar com a cara toda quente e uma estranha, porém familiar, sensação de perda. E o protagonista, um cara definitivamente gostoso e um pouquinho fora de moda, digamos... hã... uns seis ou sete séculos, não me saía da cabeça, mesmo quando eu não estava pensando nele.

Nos últimos tempos ele estava me atrapalhando um bocado. Sempre que eu tentava retratar alguma coisa, uma paisagem, um cachorro com a cara engraçada que eu tinha visto na rua, acabava me perdendo nos rabiscos e, quando examinava o resultado final, lá estava o rosto do guerreiro estampado no papel. Era irritante.

Assim como também era um aborrecimento constatar que o romance que eu vivia na minha imaginação parecia mais real que qualquer outro que eu tivesse vivido de fato.

Embora eu jamais fosse confessar em voz alta, ir para a cama havia se tornado meu momento preferido do dia. Eu ansiava por isso, voltar para o meu guerreiro irlandês. Porque, no sonho, ele sorriria e eu me sentiria completa. Assim que ele aparecesse naquela noite, eu me sentiria plenamente feliz.

É. Eu sei. Eu estava apaixonada por ele.

Então, a verdade era esta: eu estava desempregada, prestes a ver minha família ser jogada na rua e apaixonada por uma fantasia. *Argh*.

Muito bem, Briana.

Injuriada com minha própria estupidez, fechei o caderno com um movimento brusco e fui para o banheiro. Enquanto ligava o chuveiro e esperava o velho aquecedor acordar e fazer sua parte, me peguei desejando que minha irmã estivesse certa dessa vez. Que algo bom finalmente fosse acontecer em minha vida.

2

Estou exausta. Acho que vou desmaiar a qualquer instante. Andei a noite toda e o sol já está baixando outra vez. Não sei onde estou. A floresta é densa, tudo parece igual. Minha garganta seca dói, a barriga resmunga, faminta, o espartilho não me permite respirar apropriadamente e eu desconfio de que tenha torcido o pé em uma raiz, muitos quilômetros atrás. Já não sinto os dedos ao redor do cabo da faca que carrego e gostaria de me sentar por apenas um instante, me aconchegar em uma daquelas pedras ou nos troncos caídos recobertos de limo e fechar os olhos. Só por um momento.

Mas eu não posso. Sair do castelo foi simples. Poucas pessoas sabem da existência do túnel. Uma rota conhecida apenas pela família que o habita e seus soldados mais leais. Foi fácil chegar à gruta, ponto onde o túnel termina. Empurrar a pesada porta, que não era utilizada havia mais de duas décadas, foi mais penoso, mas eu consegui. Como a noite já tinha caído, o nevoeiro denso feito uma cortina fantasmagórica mal permitia enxergar poucos metros adiante. Foi quando uma figura surgiu à margem da estrada, e, amedrontada, eu gritei. Pássaros também se assustaram e voaram da copa das árvores. Demorei um instante para perceber que a forma não se movia. Não se tratava de uma pessoa, mas da pedra em formato de cabeça de bruxa que me apavorava desde que eu era criança. Foi graças a ela, ironicamente, que consegui me orientar e escolher uma direção.

A névoa noturna não possibilitava que eu visse muito além de algumas árvores adiante, por isso perambulei às cegas pela floresta, passando três vezes diante de um jovem freixo ainda espichando sua copa para o céu. Eu estava andando em círculos. Alterei o curso de novo e fui seguindo até já não sentir mais as raízes das árvores perfurando meus pés, os galhos dos arbustos se enroscando em meu vestido, arranhando meus braços.

E agora estou aqui, exaurida, com sede e faminta, presa nesta floresta, sem ter ideia se estou me afastando do castelo ou andando ao redor dele. Mas não posso parar. Tenho que me afastar tanto quanto posso.

Mas para onde estou indo?, eu me pergunto, puxando as saias, que enroscaram em um arbusto espinhoso. Para onde eu poderia ir? Quem daria guarida à noiva fugitiva de Fergus McCoy?

Alguns MacCarthy viviam ao norte da ilha, mas eu levaria semanas para chegar lá a cavalo. A pé provavelmente morreria de exaustão no meio do caminho ou acabaria nas mãos dos ingleses, por isso desisto da ideia.

Os últimos raios de sol penetram pela folhagem, o dia esmaecendo como minha esperança. A bruma aos poucos espirala pela mata, menos densa no crepúsculo, e consigo avistar o que parece ser a entrada de uma pequena trilha entre dois altos arbustos. Opto por seguir naquela direção.

Ando poucos metros, no entanto. Apenas até um martelar insistente ecoar ali perto. Eu me detenho, tropeçando, e começo a regressar por onde vim. Contudo, o esforço parece estar além dos meus limites, e estrelas cintilantes bailam em minha visão. Meu pé se enrosca em alguma planta. Consumida pela exaustão, já não tenho forças para me equilibrar e me precipito para a frente. Fecho os olhos e levanto os braços para proteger o rosto, enquanto meu corpo tomba. Talvez eu devesse soltar a faca, pondero, entorpecida. Cair sobre ela não me parece boa ideia. Antes que meu cérebro embotado consiga se decidir, porém, mãos fortes me amparam pelos ombros.

Então o desespero me consome.

— Não! — Eu me debato. — Fique longe de mim!

Fergus me encontrou e vai me arrastar de volta para o castelo, e então todos nós estaremos mortos. Não posso permitir que isso aconteça.

Usando o último resquício de energia que me resta, empunho minha scían — uma faca quase tão longa quanto uma espada — e consigo cravá-la em seu ombro. Ele silva, mas o ataque não o derruba. Mal o atordoa. Luto, tentando golpear seu peito, seu pescoço, qualquer parte que eu possa alcançar. Mas estou fraca; ele é forte demais, seu aperto férreo.

Meus punhos são contidos, minha arma cai, repicando em uma pedra. As mãos calejadas me sacodem, mas não de maneira violenta, e isso me deixa confusa. Levanto a cabeça e, por entre a névoa e as lágrimas que cortinam minha visão, vislumbro um par de sóis. Ao menos é o que me parece enquanto admiro aquelas íris douradas.

Não é Fergus. Não é Fergus McCoy!

Percebo com certo atraso que o desconhecido me examina com intensidade e profere algumas palavras, mas o coração bate tão alto em meus ouvidos que não compreendo o que ele diz. O alívio dispara uma espécie de torpor violento pelo meu corpo exaurido, e tudo em mim começa a se desfazer. Sou como um castelo de cartas, ruindo do topo à base. Meus joelhos são os primeiros a desistir. Meus sapatos delicados, confeccionados para salões de bailes e jantares solenes, escorregam na grama.

Um braço forte contorna minha cintura na tentativa de me manter de pé. Sua boca se movimenta, mas ainda não o escuto. Entretanto, percebo que aqueles olhos âmbar não contêm raiva, apesar do ferimento no ombro que lhe infligi, apenas angústia e inquietação. E são belos! Oh, tão belos, tão profundos que sugam o pouco de energia que me resta. Eu me desfaço naquela cálida essência dourada.

❦

Estou no inferno. Perdida em um pesadelo constante e interminável do qual não consigo escapar. É uma caçada frenética onde sou a presa de Fergus McCoy. Tento despertar, mas não consigo encontrar a saída.

De vez em quando, tudo é apenas escuridão, e eu a recebo com alívio. Nesses raros e preciosos momentos de calma, fantasio que um anjo cuida de mim. Ele é gentil ao lavar minhas mãos, ao cuidar dos arranhões em meus braços, das feridas em meus pés. Com mais frequência, sonho que limpa meu rosto, descansando um pano úmido em minha testa enquanto me dá de beber ou coloca colheradas de caldo quente em minha boca.

— Pode me ouvir? — ele sempre indaga. Porém nunca consigo encontrar minha voz para lhe responder.

Eu gosto dele. Sua voz baixa e macia me alegra, seu toque ligeiramente áspero traz, em proporções idênticas, serenidade e alvoroço a meu coração. Eu me sinto segura em sua presença.

Não compreendo como acontece, mas em algum momento o torpor começa a ceder, até que já não o sinto pesar meu corpo. A perseguição desaparece, e resta apenas uma quietude reconfortante onde tudo que escuto é a cadência de minha respiração e a do anjo.

— É capaz de me ouvir? — ele pergunta. — Está acordada desta vez?

Eu me esforço e consigo soerguer as pálpebras. Apenas um pouco. Mas, através da estreita fenda, avisto o par de olhos dourados.

Meu anjo, suspiro.

Suas feições graves em nada condizem com a imagem angelical que meu imaginário criou. O homem debruçado sobre mim tem cabelos um tanto desgrenhados da cor de um campo de aveia, queixo bem marcado recoberto por uma barba que foi aparada há alguns dias, o nariz reto e levemente alongado. A boca, porém, é o que mais atrai minha atenção. Contém aquela rigidez e reserva típicas de um líder. Os ombros que se *avultam sobre mim, largos e vigorosos, assim como o par de braços cobertos pelo tecido cinza da bata, me informam que o meu anjo na verdade é um guerreiro.*

Um guerreiro feroz.

Alarmada, eu me encolho na cama, tateando os lençóis em busca de minha scían. E não a encontro.

Ele nota minha inquietação e se apruma de imediato.

— Não tenha medo — *diz, baixinho, as mãos espalmadas.* — Não lhe farei mal algum. Não pretendo machucá-la. Compreende o que digo?

Assustada e sem alternativa, confirmo com a cabeça.

— A senhora está bem?

Faço que sim outra vez, examinando o cômodo em busca de uma rota de fuga. As paredes nuas do pequeno quarto exibem tijolos cinzentos, sem nenhuma tapeçaria, e é fácil localizar a porta às costas do guerreiro, assim como a janela, por onde os raios do sol do meio-dia entram. Terei de passar por ele se quiser sair dali, e não tenho certeza se disponho de forças o bastante para ter êxito em tal façanha. Mesmo que consiga, não sei o que me aguarda fora dali. Não tenho ideia de onde estou.

— A salvo — *a voz grave, porém cortês, do guerreiro me chega aos ouvidos.*

Meu olhar dispara em sua direção, e ele esboça um sorriso.

— Não fique tão admirada — *comenta com brandura.* — Não é difícil adivinhar que rumo seus pensamentos tomaram. Está em minha casa, a salvo.

Com movimentos estudadamente lentos, ele se estica para alcançar um jarro sobre uma cadeira de assento largo e encosto estreito, sem jamais tirar os olhos dos meus, e derrama um pouco de água na caneca. Meu alarme a respeito de quem seja ele é sobrepujado pela sede, e tento me apoiar nos cotovelos. Mas não consigo.

O jovem percebe minha dificuldade e, depois de abandonar o copo na cadeira, volta a se debruçar sobre mim. Eu me encolho instintivamente.

Ele apruma as costas, soltando o ar com força.

— Ouça-me. Pretendo apenas ajudá-la a se levantar — *ele explica. Como me mantenho calada, ele esfrega o rosto.* — Muito bem. Vejamos a situação por outro ângulo. A senhora ficou desacordada por quatro dias. Se eu desejasse lhe fazer algum mal, por que esperaria que acordasse? Por que não me aproveitaria quando estava mais vulnerável?

— Quatro dias? — *Pisco, assombrada.*

Ele anui com firmeza.

— Agora posso ajudá-la sem que me olhe como se eu fosse um pedaço de carne podre?

Não sei se posso confiar nele. Esse homem pode ser um aliado de Fergus, da Coroa Britânica ou qualquer outra coisa igualmente alarmante.

Mas não um gallowglass, me flagro pensando. Ele pode ser qualquer coisa, mas não um mercenário escocês.

Os galls sempre foram bem-vindos na Irlanda. Os brutais guerreiros escoceses, na maioria descendentes dos antigos vikings, falam nossa língua, partilham dos nossos costumes. Há muito tempo foram incorporados ao nosso exército de soldados igualmente impetuosos. E foram aceitos por completo em nossa ilha. Havia muito que estavam do nosso lado. A lealdade deles não pertence a ninguém, mas sempre foram extraordinários no cumprimento de acordos. Como em toda regra há uma exceção, o único senão atende pelo nome de Fergus McCoy.

No entanto, não tenho dúvida alguma de que o rapaz diante de mim nasceu na ilha. Sua vestimenta simples — calça marrom e camisa da cor das pedras que cercam o mar —, a scían presa ao cinto largo, aliadas às botas castanhas um tanto gastas, me dizem que ele é um homem da terra, embora exista uma aura feroz ao seu redor que não deixa dúvidas de que, no campo de batalha, é implacável. Eu sei, no fundo do coração, que, assim como eu, esse rapaz é filho da Irlanda.

Isso é motivo o bastante para que eu confie nele?

Não. De maneira alguma. Não é isso que me faz baixar a guarda. É o que vejo em seu semblante: uma franqueza e uma preocupação genuínas e perturbadoras que tingem minhas faces de vermelho.

— Sim, por favor, senhor. Ajude-me a levantar — *murmuro, enfim.*

Reclinando-se sobre mim, um de seus braços enlaça minha cintura, a outra mão ampara minhas costas e ele me puxa para si. Eu oscilo, incerta de onde devo colocar as mãos. Acabo por deixá-las em seus braços, tão firmes quanto o colchão sobre o qual me encontro. E o jovem é tão quente, seu aroma tão marcante — de ervas e sal — que me atordoa.

Ele me avalia por um instante, como que para se assegurar de que estou bem, e nós dois nos sobressaltamos. Seu rosto está muito próximo do meu. E, desta vez, surpreendentemente, não sinto desejo de recuar.

Sem pressa, seu olhar percorre cada linha de minha face, e por fim se fixa em minha boca. É o que basta para que meu pulso dispare, meus pulmões se atrapalhem e minha respiração voe.

Não é medo. Experimentei o terror nas mãos de Fergus e sei, melhor que ninguém, reconhecê-lo. O que sinto, bem ali, onde meu coração pulsa, é diferente. Mais doce. E indômito. Mas ele sacode a cabeça de leve, como que para desembaralhar os pensamentos, e então o encantamento se desfaz. Ao menos um pouco.

Depois de me arrastar suavemente sobre o colchão, até minhas costas se apoiarem na cabeceira fria e dura, ele se levanta da cama como se ela o queimasse.

— Sente alguma vertigem? — *Sua voz parece instável.* — Enjoo?

Sim, ambas as coisas. Mas não estou certa de que foram causadas pela mudança de posição.

— Estou bem, obrigada. — *Meu rosto esquenta. Na verdade, todo o meu corpo parece febril.*

Não compreendo por que sua presença me perturba tanto. É diferente do que sinto na presença de Fergus — algo entre ódio e repugnância. Ao lado desse rapaz enorme de olhar gentil, alguma coisa dentro de mim se agita, como as asas de um milhão de borboletas.

Curvando-se, ele pega o copo sobre a cadeira e me entrega, mantendo as vistas abaixadas. Também tenho dificuldade para manter o olhar nele, então examino o aposento com mais atenção enquanto engulo a água fresca com sofreguidão.

O quarto rudimentar é de alguma maneira aconchegante. A cama firme sem nenhum detalhe na cabeceira contrasta com a elegância do baú escuro logo abaixo da janela. Na parede lateral, a lareira ainda crepita, e o aroma de lenha queimada acalma minha mente. Uma chaleira de ferro fundido presa a um gancho balança diante dela. A banheira de madeira no canto me fez pensar se o homem que me acolheu se banhava em pé, pois parece pequena demais para seu corpanzil.

Sem dizer uma palavra, ele deixa um prato ao meu lado no colchão. O belo pedaço de pão de soda faz minhas entranhas se contorcerem.

— Obrigada, senhor. — *Alcanço a comida e levo um pedaço à boca.*

Paciente, ele não diz nada enquanto mastigo, apenas me serve mais água assim que esvazio a caneca. Quando tudo o que resta no prato são migalhas, meu estômago maltratado se rebela diante de tanta fartura e eu gemo, deixando a cabeça pender contra a cabeceira.

— A senhora está bem? — *Ele é incapaz de disfarçar a preocupação.*

— Apenas um pouco enjoada. Já deve passar.

— Há alguma coisa que eu possa fazer para que se sinta melhor?

Eu viro o rosto e o examino atentamente.

— Por que está sendo tão gentil e atencioso... com alguém que lhe cravou uma adaga no ombro? — *adiciono, enrubescendo de novo.*

— Sim, eu me recordo do incidente. — *Os cantos de seus lábios se retorcem com divertimento enquanto ele movimenta o braço esquerdo...* — E, dito dessa maneira, imagino que não lhe pareça muito inteligente.

O rubor em minhas bochechas se intensifica.

— Eu não tive a intenção de ofendê-lo — *me apresso*. — Apenas não compreendo. O senhor não me conhece.

Ou será que sim? Eu nunca o vi antes, estou certa. Não o teria esquecido. Mas talvez ele já tenha me visto no castelo ou a caminho de alguma propriedade de papai. Além disso, as esmeraldas em meu pescoço e a seda do vestido me denunciam. Mesmo que não saiba que sou Ciara MacCarthy, decerto já se deu conta de que pertenço à nobreza.

— Posso ser perigosa — *complemento*.

— É o que diria o meu ombro... — *A diversão se insinua em seu semblante grave.*

— Por que está me ajudando?

Inspirando fundo, ele caminha pelo quarto, os cabelos absorvendo os raios solares e reluzindo. Para atrás da cadeira, as mãos grandes no espaldar estreito.

— Porque... sendo franco, eu não sei — *confessa, rindo com certo nervosismo*. — A senhora parecia perdida em um pesadelo lá na floresta. Estava pálida feito uma vela. Pensei que não fosse aguentar. Além disso, que espécie de homem eu seria se abandonasse uma dama naquelas condições?

— Um homem prudente? — *arrisco*.

— Talvez esteja certa. — *Ele tenta, mas não consegue impedir que sua boca se estique. Um belo sorriso que faz um furinho surgir em seu queixo e meu coração errar uma batida.* — Mas a prudência e eu nunca nos demos muito bem.

Ele escrutina meu rosto, e vejo algo crepitar em sua face. Um arrebatamento que jamais foi dirigida a mim. Ninguém nunca me viu além de meu título. Exceto por Fergus e aquele asqueroso Desmond, jamais fui admirada como... como uma mulher.

Se me olha assim, conjecturo, *então não conhece minha verdadeira identidade. Reprimo um suspiro.*

— Apenas tenha em mente que eu a trouxe para minha casa — *adiciona ele* —, mesmo depois de seu ataque, caso seus instintos perigosos aflorem de repente.

Ele está brincando. Sei disso porque a covinha permanece em seu queixo, mas ainda assim minhas faces se abrasam. Mortificada por tê-lo atacado na floresta, volto a atenção para o tecido levemente áspero que recobre o colchão. Contudo, ainda sinto seu olhar em mim.

— O que lhe aconteceu, senhora? — *Sua voz é gentil enquanto contorna a cadeira.*

A cara de Fergus surge em minha mente, e eu tento bloqueá-la. Meu peito lateja, ansioso por notícias do que pode ter acontecido depois de minha fuga. Bressel conseguiu escapar? Teria falado com papai àquela altura? Como Fergus teria reagido a meu sumiço? E quanto a Ina?

Espio o rapaz por entre as pestanas e encontro as íris amarelas, irrequietas, aguardando uma resposta. Não posso contar nada disso a ele.

— Eu... me perdi na floresta — termino por dizer.

Ele espera que eu conclua. Como não o faço, suas sobrancelhas se contraem, a decepção se assentando aos poucos em seu belo semblante.

Meus olhos ardem, meu estômago revira. A vergonha tem um gosto muito amargo e azedo. Esse rapaz não fez nada além de me ajudar desde que eu o esfaqueei na floresta, e o que faço para retribuir sua gentileza?

Desejando não me sentir tão miserável quanto naquele instante, abro a boca e lhe dou toda a verdade que posso.

— Eu estava fugindo do sujeito que assassinou meu irmão.

Há uma pausa desconfortável.

— E o matou?

— Ainda não — ressalto. Porque é isso que farei. Matarei McCoy assim que tiver a chance.

Uma sombra cruza o semblante do rapaz. Um brilho perigoso, como se ele fosse capaz de vislumbrar os horrores que Fergus trouxe a minha vida.

No entanto, seu tom é doce ao dizer:

— Compreendo. E não a condeno. — Ele experimenta alguns passos, chegando um pouco mais perto. — Para onde estava indo?

Puxo uma linha da manga dilacerada do vestido de seda azul tentando ganhar tempo. O que posso lhe dizer sem que seja mentira?

Tampouco posso admitir que estou perdida e desamparada. O rapaz poderia se ver obrigado a me oferecer guarida, e talvez eu ficasse tentada a aceitar. E qualquer um que me acolher cairá em desgraça. Ele já foi gentil comigo, me estendendo a mão no momento em que mais precisei; eu não posso permitir que algo de ruim lhe aconteça.

Presumo que meu silêncio tenha respondido a sua pergunta, já que ele diz, quase em um sussurro:

— Não tem para onde ir, não é?

Reunindo a energia de que ainda disponho, lanço as pernas para fora do colchão e me levanto, um tanto cambaleante. O rapaz se afasta para me dar espaço, mas percebo que sua postura muda sutilmente, como se estivesse se preparando para um combate. Eu me inclino e passo a mão na jarra de água sobre a cadeira, apontando-a para o rapaz. Um pouco do líquido escorre pelos meus braços, mas ignoro. Não pretendo machucá-lo, apenas... assustá-lo, suponho.

Naturalmente não consigo tal feito, pois, em vez de recuar, ele apenas me encara.

— Agradeço tudo o que fez por mim, senhor — tento empregar alguma firmeza na voz. — Mas devo partir agora.

— De fato acredita que me derrubaria com essa moringa? — Seu semblante se divide entre diversão e aporrinhação.

— Sim. — Não. Nem com dez delas, mas isso não me impediria de tentar.

Inclinando a cabeça para o lado, ele me avalia por um instante. Então suspira, desembainhando sua scían. Eu me coloco em guarda, esperando que ele faça o primeiro movimento, o coração retumbando em meus ouvidos. Porém, em vez de me atacar, ele gira o cabo da faca com um movimento ágil e o oferece para mim.

— Gostaria que fosse tão sensata quanto é corajosa — ele censura, exasperado.

Atônita, minha única reação é fechar os dedos ao redor do cabo liso de madeira.

— Desculpe-me — murmuro, abaixando-me para deixar a moringa na cadeira. — Eu não pretendia realmente...

— Eu sei que não. E, ao contrário do que pensa, não vou impedi-la de ir embora. Não é minha prisioneira. Nunca foi — declara, ofendido.

— Obrigada.

Eu o encaro uma última vez, gravando seus traços na memória, sentindo-me grata e ao mesmo tempo triste. Não sei o que ele está pensando. Sua expressão não revela nada, exceto por uma centelha em seu olhar, que sugere que alguma coisa borbulha dentro dele. Por fim, faço um cumprimento educado e parto.

Dou apenas dois passos antes de perceber que superestimei minha energia. Minha vista fica turva e eu oscilo. Tateio em busca de apoio. Em vez das pedras frias da parede, encontro um par de mãos calejadas e quentes que envolvem meus cotovelos.

Ele prageja em voz baixa.

— Não chegará nem até a aldeia nessas condições.

— Estou bem. — Mas como posso convencê-lo, se meus joelhos falham?

Por isso não fico tão alarmada quando, no instante seguinte, ele me pega no colo e me carrega de volta para a cama. O frêmito em meu estômago e a agitação em meu peito me desconcertam, no entanto. Não consigo entender por que sua proximidade desperta essas sensações. Sobretudo seu aroma, que me entorpece como um cálice de um bom uísque. Aperto o cabo da scían, para que o rapaz não perceba o tremor em meus dedos.

Depois de me colocar sobre o colchão, ele endireita as costas, as mãos apoiadas nas laterais dos quadris.

— Não posso permitir que vá embora desse jeito. — Não há margem para réplica em seu tom. — A região está uma balbúrdia. Soldados de MacCarthy e gallowglasses se espalharam nos arredores. Não sei o que está acontecendo, mas estou convencido de que não é seguro para uma dama desacompanhada, que mal consegue sustentar a si mesma, perambular por aí.

Aquilo desperta meu interesse.

— O exército do rei Ronan? — Deus meu! Talvez Bressel esteja entre eles!

O jovem interpreta minha reação de maneira diferente e relaxa a postura.

— Não se assuste. — Suas feições se suavizam. — Estão apenas reconhecendo terreno. Ao menos por ora. Por que não fica até recuperar suas forças? Ou até a situação se acalmar?

Suspiro, exaurida. Eu sabia que ele faria isso. Soube no momento em que ele fez pouco do ferimento que lhe infligi.

— Sua família pode não gostar — tento trazê-lo à razão.

— Eu vivo sozinho. Quer dizer... — Suas bochechas adquirem um suave tom rosado. — Certamente chamarei uma das mulheres da aldeia para lhe fazer companhia. Não quero comprometer sua reputação. E lhe prometo que, seja lá de quem estiver fugindo, estará segura em minha casa. Ninguém ousará tocá-la enquanto eu estiver por perto.

Eu não tenho para onde ir, onde me esconder, e fico tentada a aceitar. Não apenas porque ele parece confiável. Não por ser a única pessoa que me ofereceu auxílio. A razão é mais complexa e tem pouca relação com minha fuga.

— Eu realmente agradeço, senhor. Mas não espero que me proteja. Não posso esperar que ninguém o faça. — Porque qualquer um que me ajudar estará morto.

— Conheço poucas pessoas com sua bravura, senhora — diz, e posso jurar que o que vejo em seu olhar é admiração. — Mas sair em meio a uma possível batalha entre um exército e um bando de mercenários é suicídio.

— Estou certa de que o exército não me faria mal algum. Sua função é proteger os interesses do rei, ou seja, o seu povo, não? Além do mais, um homem muito perigoso está à minha procura. Não posso ficar.

Olho para meu traje em busca de um local para acomodar a faca, mas ainda estou usando o vestido azul, fino e elegante para um casamento, sem bolsos ou algum espaço para acomodar uma arma. Que porcaria!

— Poderia me emprestar um cinto? — Elevo a cabeça.

Tardiamente, percebo que o rapaz me encara com intensidade. Não consigo entender se está zangado ou incrédulo. Talvez algo entre as duas coisas.

— Acaso está pensando em ir embora para me proteger? — ele questiona, com um esgar de canto de boca.

— Bem... — Enrubesço. — Eu lhe asseguro que, se me encontrarem aqui, acabará pagando um preço muito alto por sua amabilidade, senhor.

— A senhora me honra com sua preocupação. — Seu rosto se ilumina com uma emoção que não sou capaz de discernir. Não totalmente, mas, por alguma razão, meu coração perde a cadência. — Mas, acredite, sei o que fazer com uma espada.

Eu o estudo por um instante, das grandes botas surradas aos ombros duas vezes mais largos que os meus.

— Nunca tive dúvidas quanto a isso, senhor — me ouço dizer. — Mas fique descansado. Não direi uma só palavra a seu respeito. Ninguém jamais saberá que me ajudou. Assim que eu sair por aquela porta, poderá esquecer que um dia me conheceu.

Seu olhar é tão intenso que quase o sinto em minha pele como um toque cálido, uma carícia lenta.

— Poderei? — pergunta, simplesmente.

Um arrepio eriça minha pele, minhas faces se abrasam. Ele prageja baixinho, empurrando os cabelos para trás. Por fim, bufa feito um touro bravo e se senta na beirada do colchão.

— Ouça, não pode sair assim. Se está mesmo disposta a ir embora, precisa ao menos comer alguma coisa mais substanciosa. — Relanceia meu traje. — E arranjar algo menos... humm... chamativo para vestir.

Ele tem razão. À luz do sol, a seda parece se iluminar como uma pérola.

— Venha comer — prossegue. — E depois prometo que a levarei até a aldeia. Encontraremos um vestido limpo e mais discreto para a senhora.

— Por quê? Por que se arriscar desta maneira por mim?

— Porque... — começa, mas se interrompe, o olhar passeando pelo meu rosto. Meu pulso responde àquele exame, se alvoroçando. — Porque... — tenta de novo e sopra o ar com força, frustrado. Seus olhos estão nos lençóis ao voltar a falar. — Minha família sempre viveu por estas bandas. E, até onde eu sei, nunca negaram auxílio a quem quer que precisasse. Não serei eu quem quebrará essa tradição.

Não consigo compreender por que meu coração se aperta tanto. Honrar o nome da família é um bom motivo. Um nobre motivo. Então, por que me sinto desapontada?

Não tenho tempo para avaliar meus sentimentos. E, se deixasse o orgulho e o medo de lado, acabaria dando razão ao rapaz. Ainda me sinto fraca e realmente preciso de algo menos nobre para passar despercebida.

— Muito bem — concordo, com um suspiro. — Eu aceito sua ajuda.

Ele tenta, mas não consegue disfarçar o alívio que minha anuência lhe provoca. Então se levanta, me dando as costas. Está quase na porta, mas empaca.

— Ainda não sei seu nome, senhora. — Seus cabelos caem em suaves ondas sobre os ombros, capturando a luz do sol, reluzindo como mel. Sinto um estranho e quase incontrolável desejo de afundar os dedos neles.

— Oh... é... humm...

— Não precisa me dizer agora. — E ali estava aquela adorável covinha, adornando-lhe o queixo. — Me conte quando começar a confiar em mim. Até que isso aconteça, vou chamá-la de Cara.

Cara. "Amiga", em nosso belo idioma.

Como posso ter tido tanta sorte? Como, em meio àquele pesadelo, pude encontrar alguém tão benevolente?

Eu estava certa antes. Ele é um anjo. Um anjo guerreiro.

— Obrigada — agradeço, comovida. — Devo chamá-lo de Cara também?

— Absolutamente. Sou Lorcan O'Connor. — Com uma das mãos sobre o coração, a outra nas costas, ele se curva em uma mesura muito elegante. — A seu serviço, Cara.

3

A luz atingiu meu olho direito. Gemi, um tanto desorientada, me afastando da claridade, e dei uma espiada ao redor para me localizar.

O sol já havia nascido, e através de um furinho na madeira da janela um raio luminoso e quente conseguia entrar no quarto, atravessar o cômodo e incidir exatamente sobre minha pálpebra direita.

Ah, certo. Vida real.

Sentando-me com alguma dificuldade, passei os dedos pelo cabelo e esfreguei o rosto. Esses sonhos tinham que parar. Eram tão agitados que eu sempre acordava mais cansada do que no momento em que caía na cama. Além disso, eu odiava a sensação que me acompanhava a cada amanhecer ao ter que acordar e deixar Lorcan para trás.

Depois de tantos anos, era de esperar que eu já tivesse me acostumado com aquilo. Mas eu não tinha. Era um choque a cada vez que eles se repetiam. E a dor da ausência era tão real quanto qualquer outra coisa que eu já tivesse experimentado. Fazia algum tempo que eu havia desistido de tentar entender o que o meu inconsciente andava aprontando. Eram apenas sonhos. Ponto-final.

Meu estômago roncou e eu relanceei o relógio do celular. Já era tarde, passava das nove horas. Mas e daí? Eu não tinha nada para fazer mesmo. Por isso não me apressei no banho nem em descer para o café da manhã. Entretanto, decidi vestir uma roupa bonita e levar a bolsa. Talvez desse um pulo no banco mais tarde e tentasse conseguir mais um empréstimo até que um novo emprego aparecesse.

Deixei o quarto e estava no topo da escada quando avistei dona Lola nos degraus. A ex-atriz de rádio, com seu cabelo crespo platinado bastante volumoso graças ao laquê, subia vagarosamente.

— Aisla! — Ela arregalou tanto os olhos que as adoráveis rugazinhas que vincavam a pele marrom sumiram.
— Briana, dona Lola.
— Ah, bom. Porque eu já estava começando a me perguntar se estava vendo coisas. Podia jurar que tinha acabado de ver a sua irmã lá embaixo...

Dona Lola vivia na pensão desde que eu conseguia me lembrar. Sua visão havia piorado muito nos últimos anos, mas ela se recusava a usar óculos. Uma dama como ela usava apenas joias e peles, dizia, alegando que nenhum jornalista se interessaria em entrevistar uma velhinha com catarata. Por isso todas as manhãs ela saía da cama e se maquiava com capricho, decorava os dedos com anéis, pendurava colares de tamanhos variados ao redor do pescoço. Todos os dias ela aguardava que um repórter se lembrasse dela, de seu trabalho, e viesse vê-la. E ninguém nunca aparecia. Era de partir o coração. Mas Lola não se deixava abater.

— Eles podem demorar — dizia, todo fim de tarde. — Eu vou estar pronta para eles. Não deixo o desânimo me abalar, minha querida. É assim que se derrota o mal, Briana. Com o bem, com pensamento positivo! É a única maneira.

Essa era uma das coisas que eu amava nela. Não havia nada que abalasse sua confiança, que minguasse suas esperanças.

— Está muito bonita hoje, dona Lola — elogiei, chegando para o lado para lhe dar mais espaço.

— Não sem esforço, querida. Não sem esforço! Estou indo agora mesmo retocar a maquiagem. Minha intuição diz que os fotógrafos vão aparecer daqui a pouco.

Eu realmente torcia para que a intuição de dona Lola funcionasse melhor que seus olhos.

Assim que ela passou por mim, corri para a sala de jantar. O papel de parede verde se soltava em um dos cantos, e a risada de papai ainda parecia ecoar no ambiente. Aisla ocupava uma das seis cadeiras da mesa de jantar de mogno, uma fotografia pendendo da mão, o olhar perdido no pequeno jardim.

— Foi bom assim, é? — Eu me larguei no assento em frente a ela, sobressaltando-a.

— O que... Aaaah! O encontro. — Ela ficou vermelha. — Foi... normal.

— Arrã. Tenta de novo. — Belisquei um pãozinho doce e alcancei a garrafa térmica, me servindo de um pouco de leite. Café e eu nunca fomos muito chegados.

Minha irmã me espiou por entre os cílios longos e duros, graças a muitas camadas de rímel, e não conseguiu refrear a empolgação.

— Ah, Briana, foi perfeito. O Felipe foi incrível... E o beijo... — Ela suspirou, deixando o retrato na mesa para completar a xícara com mais café. — Olha pra mim. Já deu pra sacar tudo, né?

— A muitos metros de distância. O que tem aí? — Eu me estiquei para pegar a foto. Pertencia a sua coleção: o centro da cidade em um dia nublado, os guarda-chuvas coloridos quebrando a seriedade da metrópole cinza. Era uma das minhas favoritas.

Ela ergueu os ombros, tomando um golinho de sua bebida.

— Começaram as inscrições para o World Legacy Awards, aquele concurso de fotografias da *National Geographic*. — Pousou a xícara no pires e começou a tamborilar as unhas pintadas de roxo na porcelana. — É difícil pra cacete conseguir ser uma das finalistas. Fiquei pensando se eu teria alguma chance com essa foto, mas sei lá. Acho que não vou me inscrever. Não é tão boa assim.

— Eu discordo. E, se você não tentar, Ais, nunca vai saber. — Devolvi a foto a ela. — O que de pior pode acontecer? Você não ganhar? Isso você já tem.

Aisla examinou o retrato, a testa vincada, a boca contorcida daquele jeito que eu conhecia bem. Ela estava com medo.

— É. Vamos ver — acabou dizendo. — Talvez até a noite eu consiga criar coragem pra preencher o formulário. E você, o que fez ontem?

— Nada. — Mantive a atenção na xícara, examinando-a como se fosse a primeira vez que a via. — Só dormi.

Antes que eu pudesse piscar, ela se esticou sobre o tampo e enroscou os dedos na alça da minha bolsa, puxando-a.

— Aisla! Isso é particular!

Aparentemente não existe nada particular quando se tem irmãs. Ignorando-me de propósito, ela revirou minha bolsa até encontrar o caderno de capa dura, se apressando em revirar as páginas. Parou no desenho que eu fizera havia algum tempo da garota de longos cabelos pretos, olhos azuis expressivos, o corpo mignon no vestido de cintura marcada, o cinto de pedras combinando com o colar, as mangas longas e amplas datando a época.

— Ciara — leu minha irmã, mas da maneira errada.

— Se pronuncia Kiara — expliquei. Eu tinha dado uma pesquisada tempos atrás e descobri que a letra K não existe no alfabeto irlandês.

— Então essa é você na versão *Game of Thrones*. — Deu mais uma examinada no desenho. — Gostosa pra cacete, hein?

Dei risada.

— Cala a boca e me devolve isso aí. — Tentei reaver meu caderno.

Mamãe não sabia nada a respeito daqueles sonhos, e eu queria que continuasse assim. Mas Aisla se inclinou para trás, ficando fora do meu alcance, e passou apressada pelas gravuras até se deter na que eu rabiscara na noite anterior.

— Uau! — exclamou, correndo um dedo pelos cabelos de Lorcan. Não gostei daquilo. Não queria que ela o tocasse daquela maneira.

Ok, talvez eu precisasse rever a coisa da obsessão quanto àqueles sonhos, afinal.

Mas então ela disse:

— Ele tem um cabelo fabuloso!

Acabei rindo e mordi um pãozinho doce e... Caramba, mamãe havia se superado dessa vez! Ninguém fazia pãezinhos como ela.

— Sério, Bri — Aisla continuou, os olhos ainda em Lorcan. — Ele parece tão real que eu tenho a sensação de que tá me encarando. E entendo por que você se apaixonou. Eu mesma estou com um pouco de dificuldade pra parar de olhar para ele. — Inclinou o caderno, admirando-o de outro ângulo. — É por isso que esse cara não existe. — Bateu na página, estalando a língua. — Nenhum homem de verdade pode ser bonito desse jeito.

— Exatamente. Ele *não é* real. — Eu me estiquei sobre a mesa para pegar o caderno e o guardei de volta na bolsa. — Ele é só um amigo imaginário.

— Um amigo imaginário gostoso pra cacete. Mas não sei se gosto dele, no fim das contas. — Ela segurou a xícara entre as mãos e permaneceu assim por um tempo. — Às vezes escuto você chorar de madrugada. Ou gritar. — A preocupação tomou conta de seu rosto delicado. — Será que não seria melhor procurar um psicólogo pra saber por que você tem esses sonhos malucos?

— E pagar com que dinheiro, Aisla? — Dei outra dentada no pão doce. — Tô desempregada, esqueceu?

— Mas isso vai mudar! — Os lábios dela se curvaram para cima, revelando a fileira de dentes brancos perfeitos. — Hoje vai ser o seu dia de sorte!

Fiz uma careta.

— Você disse isso ontem de manhã. E eu acabei sendo demitida.

— Todo mundo se engana uma vez ou outra. — Ela esfregou a marca com pouco mais de cinco centímetros na ponta do queixo, resultado de sua primeira tentativa com os patins, quando tinha seis anos. — Mas é hoje, Bri! Eu sei que alguma coisa vai acontecer. A minha cicatriz tá coçando! Você sabe o que isso significa.

Ah. A cicatriz da Aisla. Segundo ela, a coceira era sinal de que algo importante estava prestes a acontecer. Para quem exatamente, ela nunca sabia. Jogava suas expectativas para cima de quem estivesse precisando de uma forcinha.

Geralmente eu.

Minha irmã ergueu o pires, revelando um pedaço de papel rabiscado à mão.

— Adivinha o que eu tenho aqui. — Ela balançou o bilhete. Suas pulseiras tilintaram.

— Os próximos números que vão ser sorteados na Mega-Sena? Ou a cicatriz não te contou quais serão ainda?

Ela semicerrou os olhos.

— Prepare-se pra pedir desculpas para a minha cicatriz, porque eu tenho aqui uma coisa que vai mudar a sua vida pra sempre — profetizou. — Eu consegui uma entrevista pra você numa construtora. Eles precisam de uma assistente pessoal Pagam *muito* bem. Você precisa estar lá hoje, às onze.

Com um movimento rápido, puxei o papel da mão dela e relanceei sua caligrafia redonda desenhada com caneta de glitter rosa. Havia um endereço, um telefone e o nome de uma construtora.

— Como você conseguiu isso assim, tão depressa? — perguntei, embasbacada.

— Depois do jantar com o Felipe. — Abanou a mão. — Achei que você estava deprimida demais. Acabei desabafando e ele lembrou que estavam contratando na empresa em que o pai trabalha.

Saquei o celular do bolso e conferi o horário. Já eram quase dez! O escritório ficava do outro lado da cidade. Merda.

— Aisla! — Eu me levantei, já pegando minhas coisas. — Por que não me contou antes?

— Você ficou me distraindo! — acusou. — E acho melhor correr agora, senão você vai se atrasar. Ninguém consegue emprego chegando tarde na entrevista. Tenta não gaguejar. E, Bri, pelo amor de Deus, não encosta em nada!

Eu me curvei para abraçá-la, inspirando fundo. Adorava o cheirinho da minha irmã. De algodão-doce e tangerina.

— Obrigada, Aisla! E desculpa, cicatriz da Aisla. Nunca mais vou duvidar. — Tratei de guardar o papelzinho precioso dentro da bolsa e a joguei no ombro.

— A cicatriz te perdoa. — Pegou seu café. — Agora vai lá e acaba com eles!

Parei, erguendo uma sobrancelha. Ela riu de novo, quase derramando a bebida na roupa.

— Tá legal. Essa frase não funciona pra você. — Deixou a xícara sobre o pires e lambeu os respingos de café no polegar. — Só vai lá e consegue essa vaga sem quebrar nada.

— Ok. Te vejo mais tarde.

Saí correndo em direção à cozinha. Mamãe estava diante da bancada, sovando a massa. Beijei o rosto dela.

— Oi, mãe. Tchau, mãe.

— Briana, espera um pouquinho, filha. — Ela se virou, produzindo uma pequena nuvem de farinha. — Aonde vai com tanta pressa?

— Tenho uma entrevista de emprego. A Aisla que conseguiu. Tô em cima da hora!

— A Aisla? — Suas sobrancelhas subiram tanto que quase se esconderam sob o lenço que prendia seus cabelos. — Ah, ela não me disse nada! Era por isso que a cicatriz dela estava coçando! Vai, meu amor! Se tem uma coisa que nunca falha é aquela cicatriz. — Ela me soprou um beijo.

Sorrindo, repleta de ânimo, deixei a pensão e fui atrás da minha grande chance.

♡

Se esta fosse uma história contada pelo cinema hollywoodiano, certamente eu teria conseguido o emprego, onde ganharia muito mais do que havia imaginado, e talvez, no momento em que estivesse saindo do prédio, colidiria com o homem mais adorável do mundo, que ficaria caidinho por mim. Eu acabaria me tornando uma excelente profissional, imprescindível para a empresa, e seria promovida. O filme terminaria em algum lugar paradisíaco, tipo ilhas Maurício, eu estaria deitada na espreguiçadeira, me bronzeando e bebericando champanhe sem nem conferir o preço no cardápio, enquanto o amor da minha vida massageava meus pés.

Mas, sabe como é... Esta é a *minha* história. E as coisas sairiam um tiquinho diferentes...

Cheguei ao prédio no centro da cidade e subi até o décimo segundo andar, onde a construtora Brígida funcionava. Fui a última a chegar, é claro. O lugar parecia saído de uma daquelas revistas de design de interiores, com muita madeira, vidraças do chão ao teto e poltronas de couro impecavelmente brancas. As pessoas ali em busca da vaga, homens e mulheres entre vinte e trinta anos, com boa postura e bem-vestidas, com certeza eram fluentes em doze idiomas e tinham aparência de eficientes, enquanto eu estava suada, descabelada, com meu inglês cheio de hiatos e todo o espanhol que havia aprendido com as músicas do sr. Iglesias, tocadas no último volume na velha vitrola da dona Lola.

— Oi. — Sorri nervosa para a secretária de cara pouco amistosa. — Eu vim para...

— Preencha o formulário com letra legível. — Sem erguer os olhos da tela do computador, ela me estendeu uma folha. — Depois me devolva e aguarde.

— Ah, tá bem.

Segui a instrução, caprichando a letra na tentativa de ganhar alguns pontos. Após entregar o documento para a secretária emburrada, fui me sentar em uma das poltronas. Meu vizinho de assento, um sujeito em um terno muito bem passado, sacou um tablet da bolsa a tiracolo e entrou no site da empresa.

Ah, isso! Grande ideia. Conhecer a empresa certamente contaria alguns pontos a favor. Por isso peguei o celular e abri a página do Google, esperando que ele fizesse sua magia. Só que é preciso ter uma coisinha de nada chamada crédito para que a magia aconteça, e meu pacote de dados havia expirado fazia duas semanas.

Ok, ok, ok. Nova estratégia. Eu não precisava do Google. Eu estava dentro da empresa! Aquela sala devia conter tudo o que era necessário saber.

Brígida Construtora, lia-se em letras prateadas na parede branca. Eles... construíam coisas, é claro. E deviam ser católicos, já que deram o nome de uma santa para a empresa. Ou talvez fosse a avó de alguém, como aconteceu com a nossa pensão. Parecia provável, ponderei. Se fosse sobre a santa, provavelmente teriam nomeado como Santa Brígida Construtora.

Decidido isso, segui para o próximo tópico: a secretária de cara emburrada. Tudo nela gritava competência, do cabelo chanel com franja curta ao terno cinza ajustado ao corpo à perfeição. Mesmo parecendo ter o humor de um cacto, ela conseguiu aquele emprego. Eu não podia fazer nada quanto a minha aparência — acho que jamais teria aquele ar sofisticado —, mas podia treinar aquele olhar desinteressado e entediado. O que eu tinha a perder? Qualquer coisa seria melhor que o desespero que eu devia exibir naquele instante.

Tentei imitar o ar blasé da moça, mas acabei desistindo, pois o *plec-plec-plec* do ar-condicionado me desconcentrava. E talvez o barulho irritante fosse a razão do mau humor da moça.

As horas foram passando, e fui ficando cada vez mais nervosa. Perto da uma hora, a secretária avisou que tinha acontecido um imprevisto e a entrevista seria no período da tarde. Ela saiu para almoçar pouco depois, mas, como nenhum dos candidatos se moveu, fiquei ali também. Quando relanceei o relógio de novo, já eram quase quatro horas e nada de a pessoa que nos entrevistaria aparecer. Irrequieta, fui pegar um copo de água no bebedouro próximo à secretária. A moça ergueu o rosto entediado para mim por apenas um segundo antes de voltar a encarar sua tela.

Humm...

E se todo esse atraso fosse um teste?, desconfiei, colocando o copo sob a bica e girando o botão. E se o responsável pela entrevista estivesse nos vendo naquele instante, nos avaliando? Era tão maluco assim imaginar que se interessariam em saber como cada candidato se comportava diante da tensão?

Olhei para o teto e, no cantinho... Rá! Eu sabia! Sabia que tinha uma câmera.

Tá legal. Eu só precisava manter a calma. Estava indo bem até agora. Podia facilmente resolver o tremor nas mãos enfiando-as nos bolsos da calça.

E, é claro, foi nesse ponto que minha falta de sorte resolveu fazer uma aparição inesquecível.

Como o copo estava quase cheio, tornei a girar o botão do bebedouro, só que a água continuou fluindo até começar a transbordar. Virei o botão mais uma vez e ele... ah, meu Deus... simplesmente saiu na minha mão!

Merda!

A água jorrava em um fluxo incessante, escorrendo agora pela parede. Tratei de colocar um copo novo sob a bica enquanto forçava o botão de volta ao lugar. Consegui encaixá-lo no pino, mas ele não desligou o fluxo de água quando o girei outra vez. Estava quebrado.

Ah, por quê? Por que eu tinha que ir tomar água? Por que não podia ter ficado na poltrona inofensiva? Por que eu tinha que querer fazer algo tão potencialmente desastroso como beber água?

Dei algumas batidas na máquina, mas essa foi a pior ideia que já tive — e, bom, eu já tive muitas ideias ruins. O bebedouro embutido na parede não era tão novo assim, gemeu feito uma atriz pornô e então tombou de lado. Soltei um suspiro ao notar que ao menos a água parara de vazar. Mas o alívio durou pouco. Só até uma língua transparente começar a escorrer pela parede, o cano chiando como uma panela de pressão. Antes que eu pudesse fazer qualquer coisa, o encanamento estourou. Só tive tempo de saltar para trás e me abaixar.

Infelizmente, a secretária não teve tanta sorte — sim, a ironia não me escapou — e o jato de água que vinha da parede a acertou em cheio na cara.

— O que você fez? — Ela pulou da cadeira. Então o mais puro horror lhe atravessou o rosto ao ver a água inundando sua mesa. — Meu Deus, o computador! — Curvou-se para a máquina. Um Apple de última geração que devia valer mais que a pensão.

— Não toque nisso! — disse o sr. Tablet. — Você pode ser eletrocutada!

— Mas vai acabar pifando! — Ela ergueu uma pasta como escudo, tentando impedir o fluxo.

— Onde fica a caixa de disjuntores? — ele quis saber.

Os outros candidatos... bom... eles me contemplavam como se uma cabeça com chifres incandescentes tivesse brotado no meu ombro.

— O botão estava solto — murmurei. — Não queria encaixar...

— Pelo amor de Deus, alguém fecha essa merda. Tá molhando toda a papelada! — A secretária veio para cima de mim.

Se eu não estivesse tão nervosa, teria visto o registro bem ao lado de onde antes ficava o bebedouro. A mão longa e perfeitamente manicurada da moça girou a alavanca, o jato diminuiu, se tornou uma bica e, por fim, cessou.

— Ele vai arrancar a minha cabeça — gemeu, passando a mão no cabelo ensopado. — E depois jogar futebol com ela.

— Quem? — especulei.

Ela me fuzilou com os olhos. Pensei em avisar que um dos cílios postiços havia desgrudado e agora parecia que uma aranha morta se aninhava no canto da pálpebra, mas ela aparentava estar furiosa, de modo que mordi a língua.

— Quem você acha, garota? O dono disso tudo!

— Eu só queria um pouco de água — falei, com a voz miúda. — Desculpa. Acho que... — O quê? O que mais eu poderia fazer além do que já havia feito? — Acho que é melhor eu ir embora.

— Com certeza é melhor!

Arrastei meu orgulho agora morto até o elevador, ouvindo os gritos enfurecidos da secretária e o sr. Tablet tentando apaziguá-la. Ele ficaria com a vaga, por sinal.

Assim que parei diante do elevador, as portas se abriram sem que eu tivesse apertado o botão ou alguém tivesse descido. Por falar em sinais...

Frustrada, humilhada e muito molhada, deixei o prédio no centro da cidade e perambulei por algumas ruas, me amaldiçoando por me sentir tão miserável. Eu já sabia que a vida leva suas expectativas pelo ralo. Literalmente, no meu caso.

Como eu teria forças para contar a Aisla o que havia acontecido? A mamãe?

Um daqueles carros importados encostou no meio-fio conforme eu caminhava pela calçada. O motorista, num terno preto e alinhado, desceu e entrou na floricultura. O ricaço provavelmente ia comprar flores para a namorada/mulher/amante. Porque existem pessoas que têm a vida assim, calma, perfumada e florida.

O mais próximo que cheguei de ganhar flores foi ainda no colégio, quando um cara tentou me convencer a transar com ele no depósito de vassouras. E não tenho certeza se um punhado de talos de arruda conta como buquê.

Como ainda olhava para a floricultura, não vi o sujeito que empurrava um carrinho de entregas vindo na minha direção até ele estar em cima de mim.

— Ei, cuidado aí! — ele gritou, se equilibrando para as caixas de cerveja não tombarem do carrinho, ao mesmo tempo em que eu pulava para o lado. Meu pé enroscou em um buraco da calçada e, como nadava dentro da sapatilha, escorregou e eu me desequilibrei, indo para a rua. Uma buzina alta e estridente soou perto demais. Eu me virei a tempo de ver o carro preto um segundo antes de ser atingida por ele.

Ok, não fui atingida. Mas o susto foi tão grande que me derrubou. Fiquei ali, deitada no asfalto quente, fitando o céu azul, sentindo o cheiro de cimento, terra e borracha.

Bom, Aisla. E não é que alguma coisa aconteceu comigo?, pensei, sarcástica.

Não demorou para que eu fosse cercada por uma multidão de rostos, alguns um tanto decepcionados depois de uma breve avaliada. Isso era bom, certo? Significava que ninguém morreria naquele dia, não é?

Um par de pés se plantou ao lado da minha cabeça. Olhei para cima... e continuei olhando, olhando, olhando... Sério, eu nunca tinha visto alguém tão alto quanto aquele cara. Nem mesmo Papa Arnaldo era tão grande. E me decepcionei um pouco por não conseguir ver sua cara, pois o sol brilhava bem atrás de sua cabeça, como se fosse um halo de fogo.

— Meu Deus, você está bem? — ele quis saber, soando ansioso e preocupado.

Bom, essa era uma pergunta muito subjetiva. Sobretudo porque meu coração descompassado zumbia nos ouvidos, e talvez por isso eu tive a impressão de que conhecia aquela voz.

Com movimentos deliberadamente lentos, o sujeito grandalhão se agachou. Seu rosto pairou diante do meu, enfim saindo das sombras. A primeira coisa que notei foi o queixo bem desenhado e duro, depois a boca um tanto austera, subi para o nariz reto, os malares salientes, o cabelo brilhando em todos os tons de marrom até o dourado. E, por fim, cheguei aos olhos.

Meu coração já acelerado alçou voo, martelando contra as costelas até me deixar sem ar. Porque eu sabia que aqueles olhos sérios e impetuosos às vezes eram tão doces quanto um sussurro apaixonado. E que, apesar do ar rígido da boca, quando ela se esticava uma covinha linda aparecia em seu queixo.

Eu reconheceria aquele rosto em qualquer lugar do mundo, até dormindo, dopada ou depois de ser atropelada. Como poderia ser diferente? Ele aparecera em meus sonhos nos últimos cinco anos. Era o rosto de um anjo.

Do meu anjo guerreiro.

Lorcan, suspirou meu coração.

E ele estava ali, bem na minha frente.

4

Eu pensei que o para-choque do carro não tivesse me atingido, mas obviamente eu tinha me equivocado, porque Lorcan estava ali, em carne e osso e músculos — tantos músculos! —, então eu só podia ter morrido.

Meu coração se atrapalhou, errou várias batidas antes de começar a galopar sob as costelas...

Peraí. Eu não sentiria as batidas no peito nem na base da garganta se estivesse morta, certo? Isso significava que eu ainda estava viva?

Não, não, não. Não podia ser. Eu tinha que ter morrido, porque só isso explicaria a presença de Lorcan.

Quer dizer, não. Não explicaria. Nunca parei para pensar como seria esse lance de morrer, mas esperava ver anjos, talvez papai em um belo terno branco — embora ele nunca tivesse usado um — e quem sabe uma harpa de fundo tocando "Stairway to Heaven". Em resumo, nada que justificasse a presença do meu amante imaginário.

Mas eu só podia ter passado desta para a melhor, porque Lorcan parecia tão real, com o cabelo balançando ao sabor da brisa, me examinando com atenção... e por um instante pareceu surpreso. Ele inclinou a cabeça de leve, como se tentasse decifrar um enigma.

Bom, erámos dois.

— Desculpa — ele disse, apressado. — Eu tentei frear, mas não deu tempo. Você está bem?

Ai, meu Deus. Era a mesma voz! Aveludada e levemente rouca, que produzia um suave vibrar no meu peito e fazia meu pulso martelar nos ouvidos.

Tentei me erguer sobre os cotovelos para analisá-lo melhor, mas uma dor insuportável no tornozelo me fez ver estrelas. Eu me detive conforme uma luz vermelha se acendia em minha cabeça. Morrer não devia ser tão dolorido assim... o depois, quero dizer.

Investiguei meu corpo, a pulsação ensandecida, a respiração curta, o latejar no tornozelo esquerdo. Humm... Certo. Eu não tinha morrido, afinal.

Mas então o que estava acontecendo? Será que eu ainda estava sonhando?

Também não podia ser isso, porque não estávamos na Irlanda, mas no Brasil, e Lorcan vestia um paletó preto sobre a camisa branca sem gravata, em vez de uma túnica e uma espada comprida no cinturão. E eu ainda era eu, Briana, e não uma princesa irlandesa. Aquilo não podia ser um sonho. O padrão nunca mudava.

Ou será que agora mudava? Tipo uma nova temporada, cheia de novos episódios? Mas eu nem tinha acabado a primeira ainda, caramba! O que eu deveria fazer agora? Me deixar levar? Procurar um psiquiatra assim que acordasse?

— Você está bem? Entende o que eu digo? — Sua voz soou bastante preocupada.

Homens de faz de conta não andam por aí no mundo real atropelando pessoas. E nem demonstram preocupação. Éééé... eu ainda estava sonhando, concluí com certo alívio.

Ele, porém, não parecia nada aliviado e comprimiu os lábios.

— Acho melhor te levar a um hospital. O seu aspecto não está muito bom.

Fechei a cara. Não tinha certeza se eu gostava daquele Lorcan. Ele não era tão gentil quanto o Lorcan medieval.

— Bom, eu acabei de ser atropelada — resmunguei, ofendida. — É óbvio que estou uma bagunça, muito obrigada por mencionar.

Ele esboçou um sorriso.

— Eu me referia à sua cor — explicou, paciente. — Você está pálida como um fantasma e tem alguns ferimentos pelo corpo.

Ele meio que tinha razão, a julgar pela quantidade de sangue que pingava dos meus cotovelos e manchava minha blusa branca. Droga! Aquela era minha única blusa boa.

— Mas o que está realmente me preocupando — continuou, sem nenhum traço de diversão agora — é a sua cabeça.

— Concordo com você nesse ponto. — Porque, se eu estava vendo aquele homem, definitivamente havia algo muito errado com a minha cabeça.

— Você acha que bateu? Na queda?

Ah. Ele se referia ao acidente.

— Não, acho que não bati, não. — Comecei a me sentar ao mesmo tempo em que ele dizia:

— Não! Não se... mova. — Comprimiu os lábios, contrariado, tão logo me aprumei. — Você pode ter tido uma concussão. Fique deitada enquanto eu chamo a ambulância, está bem?

O que ele disse conseguiu penetrar pela nuvem de confusão que nublava minha mente e fez uma sirene zumbir em meus ouvidos.

— Não preciso de ambulância. Estou bem. Não preciso de nada. — Porque uma ambulância me levaria ao hospital, eu teria que pagar pelo atendimento e duvidava que aceitassem lápis de cor como pagamento. A menos que dinheiro tivesse brotado na minha carteira magicamente, o que era uma possibilidade, já que eu estava sonhando.

Tentei ficar de pé, mas, caramba, como meu tornozelo doeu! E também achei que aqueles esfolados no cotovelo estavam ardendo um bocado para ser tudo produto da minha imaginação. E não deveria ser assim. Nada deveria doer daquele jeito em um sonho.

Só que... eu não estava sonhando dessa vez, não é?

Aquilo estava acontecendo de verdade. Lorcan, o homem com o qual eu havia sonhado quase todas as noites nos últimos cinco anos, tinha escapulido de minhas fantasias e estava ali no mundo real, agachado a minha frente, com o cenho vincado.

Ok. Homens de faz de conta não ganham vida. Simplesmente não acontece. Eu devia ter perdido o juízo para cogitar algo tão estúpido.

Ou podia estar em choque, me animei. Talvez eu tivesse batido a cabeça com força sem perceber e agora estivesse navegando nas águas confusas da concussão. Vamos combinar que isso era bem possível.

Essa teoria logo caiu por terra, já que, ao sondar meu corpo e todos os pontos que latejavam, não encontrei nenhum deles acima da altura dos ombros. Eu não estava sonhando, não tinha morrido e não havia nada errado com a minha cabeça. Então o que sobrava era:

1. *Aisla vira meus desenhos muitas vezes e havia encontrado alguém muito parecido com Lorcan para me pregar uma peça.*

Só tinha dois probleminhas com essa possibilidade. O cara não era parecido com Lorcan. *Era* Lorcan. Além disso, Aisla jamais brincaria comigo *desse* jeito.

2. *Eu estava delirando.*

Um delírio de quase dois metros e gostoso pra caramba.

3. *Eu estava vivendo em uma espécie de Matrix onde um computador havia criado aquele homem de acordo com o meu imaginário. Mas nada era real. Nem ele nem eu ou o mundo que nos cercava.*

Ok, eu nem tinha argumentos para essa, o que apenas reforça a teoria seguinte.

4. *Eu estava completamente louca.*

Eu pretendia analisar o assunto mais a fundo, mas o deixei de lado, pois Lorcan, percebendo que havia alguma coisa errada com minha perna, agiu rápido. Levando a mão à barra da minha calça, sem cerimônia, ele a suspendeu. A ponta de seus dedos resvalou de leve em minha canela. O toque foi breve e sutil, mas o suficiente para provocar um incêndio violento que começou no local onde seus dedos estiveram e viajou por todo o meu corpo à velocidade de uma batida de coração. Minha respiração perdeu a cadência, meu pulso ressoou alto e impetuoso nos ouvidos.

Subitamente, Lorcan se retraiu, puxando a mão, como se eu o queimasse. Ao menos foi o que eu pensei, a julgar por aquele pequeno V que surgiu entre suas sobrancelhas. Ele sacudiu a cabeça como que para recobrar o foco.

— Parece que você teve uma entorse — concluiu, parecendo muito, muito confuso.

— Eu só caí de mau jeito.

— Lamento, mas prefiro ouvir um médico me dizer isso. Com licença.

Só entendi o que ele quis dizer depois que um de seus braços serpenteou por baixo dos meus joelhos. O outro amparou minhas costas, e a próxima coisa que eu soube é que ele me levantava do chão como se eu não pesasse mais que um pacotinho de Ruffles.

Eu deveria protestar. Deveria ordenar que me pusesse no chão, mas como poderia fazer isso, pensar em qualquer coisa, se o cheiro dele me envolveu em uma nuvem perfumada, atiçando meus sentidos na mesma proporção em que os entorpecia? Como eu poderia prestar atenção em qualquer coisa que fosse, se ele me segurava de encontro àquela muralha larga, rija e quente, e eu era capaz de sentir seu coração bater forte contra meu ombro?

Quando dei por mim, ele me colocava com extrema gentileza no banco do carona de um carro velho... humm... antigo, corrigi. Acho que era o termo certo, já que tudo naquele veículo reluzia como novo.

Lorcan contornou o automóvel, parando apenas para apanhar minha bolsa ainda no chão. Só quando algumas pessoas se afastaram para lhe dar passagem é que percebi que elas ainda estavam lá. Mas quem poderia me julgar por não estar atenta? Lorcan tinha saído dos meus sonhos! Como isso era remotamente possível?

A porta do carro se abriu antes que eu encontrasse uma resposta e Lorcan se acomodou atrás do volante com familiaridade, jogando minhas coisas no banco de trás. Não imaginei que um dia fosse vê-lo atrás de um volante. Mas também nunca imaginei que ele simplesmente brotaria no século vinte e um. Comecei a ficar um pouquinho preocupada com o rumo que aquele sonho estava tomando. Tentei acordar, acessar aquela parte da minha mente que devia estar em repouso, mas eu a encontrei bastante desperta.

Eu não estava sonhando. Meu Deus, aquilo estava mesmo acontecendo de verdade!

Virando-me para ele, escrutinei seu semblante, acompanhando cada linha, cada mínima oscilação em sua expressão, a maneira como seu olhar mudou ao perceber que eu o examinava, parecendo incerto quanto ao que fazer. Uma mecha castanho-clara caiu em sua testa. Sem me dar conta do que fazia, estiquei o braço e afastei os fios de seu rosto, deixando a mão escorregar por aquela massa sedosa e brilhante.

— Você não pode ser real — murmurei.

Mas ele era. Real, grande e quente, com cabelos muito sedosos. Ainda mais que nos sonhos, como se o Lorcan de lá fosse apenas um eco fraco do que eu tinha diante de mim.

Puta merda, como era possível que Lorcan estivesse ali, na minha frente?

Estarrecida, demorei um tempo para perceber que ele enrijecera. Parecia muito confuso ao proferir algumas palavras em outro idioma, e, mesmo não tendo entendido porcaria nenhuma, tudo dentro de mim se encolheu, se esticou e sacudiu. Soou como uma interrogação que podia muito bem ser "Será que você pode soltar meu cabelo agora?", ou "Pode parar de me olhar como se eu tivesse cinco narizes?", ou ainda "Faz quanto tempo que você fugiu do manicômio?".

É, eu também estava me fazendo algumas perguntas. Quer dizer, aquele homem era tão real quanto eu. E alguma coisa me dizia — meu bom senso, que andava desaparecido desde que eu quase fora atropelada — que aquele homem não era o meu guerreiro irlandês.

Seus olhos se cravaram nos meus, intensos, inquietos e... muito pretos. Os olhos dele eram pretos como ônix, me dei conta. Um preto profundo, não um translúcido amarelo. Eu deveria ter reparado nisso antes. Mas, em minha defesa, digo que é muito difícil ficar atenta a detalhes como esse quando o homem dos seus sonhos aparece na sua frente.

Quer dizer, quando alguém que é a cara do homem dos seus sonhos aparece na sua frente. Aquele cara não era Lorcan. Claro que não. Por alguma coincidência bizarra, ele se parecia com o homem que habitava meu imaginário. Apesar de seu rosto e todo o restante serem exatamente iguais, exceto pelos olhos. E o cabelo, reparei. O dele era um pouco mais curto e bem cortado.

Um misto de alívio e tristeza me invadiu. Eu não queria que aquele cara fosse Lorcan. Mas também não queria que não fosse. Eu estava confusa.

A julgar por aquele franzir de sobrancelhas, o cara provavelmente estava se questionando se deveria me empurrar para fora do carro ou ligar para o manicômio.

Obriguei meus dedos a soltarem suas mechas.

— Seu... humm... cabelo não pode ser real! — improvisei, a cara ardendo mais que depois de passar um dia inteiro na praia sem filtro solar. — É... é tão macio e... humm... brilhante! Que xampu você usa?

Minha tentativa de consertar as coisas só o fez continuar me encarando, perplexo. E eu nem podia condená-lo. Eu não estava em meu melhor dia. E ele também não contribuía muito para ajudar a clarear minhas ideias: quanto mais me olhava, mais e mais rápido meu pulso corria. Apesar de minha cabeça ter compreendido que eu estava diante de um total estranho, meu coração não deu a mínima e continuou se alvoroçando.

— Eu realmente vou me sentir melhor — começou, parecendo bastante inquieto — depois que você passar por uma tomografia.

— Eu... a-acho que você pode me d-deixar aqui mesmo — gaguejei.

— Você precisa ser avaliada. — A determinação reluziu em seus olhos pretos. Os olhos que não pertenciam a Lorcan. — Não posso te deixar ir embora sem antes me certificar de que você está mesmo bem.

— Por quê? — A esta altura, eu estava quase concordando com o exame de cabeça.

— Para alguém que acabou de ser atropelado, você faz bastante perguntas. — A diversão ficou bastante visível naquelas sutis dobrinhas nos cantos dos olhos e no furinho em seu queixo.

Até a covinha, meu Deus!

— Só quero entender... — *Por que você existe...*

Interpretando minha agitação de maneira equivocada, ele suspirou.

— Escute, eu sei que deve ser esquisito ouvir o cara que te atropelou dizer isso, mas não precisa ter medo de mim. Eu não quero te fazer mal nenhum.

Não, eu não achava *aquilo* esquisito. Era todo o restante que realmente me preocupava. Como ele podia ser tão igual ao cara dos meus sonhos?

Uma buzina alta soou mais atrás. Uma fileira de carros começava a se formar na rua. O cara ao meu lado deu partida ao mesmo tempo em que tirava o celular do bolso interno do paletó. Apertou alguns botões antes de jogá-lo no painel. Logo o ruído de discagem telefônica e a voz de alguém do outro lado da linha romperam o silêncio.

— Eu vou me atrasar — foi dizendo, colocando o carro em movimento. — Pode comparecer à reunião com o Vilela no meu lugar?

— Olá. Boa tarde. Sim, estou bem. E você? — falou o homem com forte sotaque italiano.

O carro dobrou a esquina um tanto agressivo demais, de modo que o celular escorregou pelo painel e quase voou pela janela. Eu o peguei antes que isso acontecesse.

— Não é uma boa hora, Lorenzo — ele disse, fazendo um curto aceno de cabeça para mim em agradecimento.

Entreguei o aparelho a ele, mas no processo seus dedos esbarraram de leve nos meus. De novo aquela agitação, uma espécie de frisson, me sacudiu por dentro. E foi impressão minha ou o cara que não era Lorcan pareceu mexido também?

— Está certo, eu vou — o italiano bufou. — Só me conte a verdade. Está querendo escapar daquela *donna*, não é? A mulher do Vilela. Como ele não percebe que a mulher abre o decote sempre que você chega perto?

— Você está no viva-voz, Lorenzo. — Ele inspirou fundo, as bochechas ganhando um suave cor-de-rosa. — E eu não estou fugindo de ninguém. Só... uma amiga precisa de ajuda.

— *Amiga?* — o cara do outro lado da linha gritou. — Do sexo feminino?! *Infine! Te l'ho detto. Tutto ciò che serve è un paio di belle tette e una buona fig...*

Meu companheiro de viagem encerrou a chamada antes que o outro sujeito pudesse concluir, pisando ainda mais fundo no acelerador.

— Você fala italiano? — Pareceu um tanto sem graça.

— Não.

— Que bom.

Aproveitei que ele estava focado no trânsito para examiná-lo com mais atenção. Quanto mais eu o observava, mais difícil era manter alguma coerência. Aquele homem com seus quase dois metros e ombros duas vezes mais largos que os meus era o cara dos meus sonhos, literalmente falando, exceto pelos olhos. Não apenas pela cor. Os dele eram amargurados, e menos... vivos que os de Lorcan. E parecia mais tenso, mais irritadiço e, de certa forma, mais vulnerável. Como se algo dentro dele tivesse se quebrado ou coisa assim.

— Chegamos — anunciou, embicando o carro na vaga sobre a calçada.

Obrigando-me a fazer qualquer outra coisa que não fosse encará-lo com a língua de fora feito um cachorro com fome, examinei a fachada do prédio de dois andares. Uma construção moderna repleta de janelas altas tão elegantes quanto caras, uma espécie de painel de madeira ripado na lateral, cortando o prédio ao meio. Ao lado, havia um conjunto de letras elegantes na parede pintada de cinza com os dizeres Clínica Ávila.

Ele desligou o carro e saltou antes que eu pudesse dizer alguma coisa. Abri a porta e desci também, mas, assim que meu pé esquerdo fez contato com o chão, reprimi um gemido. Meu tornozelo estava me matando! Parecia que iria se soltar da perna a qualquer instante. Imaginei que o rapaz percebeu, porque subitamente colocou a mão em meu ombro.

— Acha que consegue andar?

— Sim — menti. — Por isso é desnecessário gastar dinheiro com médico.

— Não se preocupe. A Ávila é uma velha conhecida. Não vai me extorquir.

Bom... eu preferia ter ido embora, mas tinha alguma coisa muito errada com meu pé. Experimentei movimentá-lo. O cara se manteve ao meu lado, pronto para me pegar caso eu oscilasse. E foi exatamente o que aconteceu três passos depois. Adiantando-se, ele me segurou pelos ombros ao mesmo tempo em que eu me agarrei à frente do seu paletó.

— Eu tô legal — garanti. — Só preciso descansar um pouco.

— Perfeito. Você pode fazer isso enquanto é examinada.

Sem me dar chance de retrucar, passou o braço pela minha cintura, e eu gostaria de dizer que ele me amparou até o lado de dentro da clínica, mas a verdade é que ele basicamente me carregou. Meus pés mal tocaram o chão, e eu não ofereci resistência. O cheiro dele, tão vivo e real como jamais havia sido, uma mistura de limão, sal e homem, deixou minha cabeça leve, seu calor me envolveu como um abraço protetor e, meu Deus, a mão na lateral da minha barriga, um pouco acima da marca de nascença — uma manchinha marrom em forma de um T deitado —, provocava palpitações e outras coisas igualmente avassaladoras em meu coração.

O lado de dentro da clínica era ainda mais impressionante que o de fora, com mobília branca — qual é o problema de gente rica? Eles não gostam de cores, não? Depois de me deixar em uma poltrona, meu acompanhante falou brevemente com um dos recepcionistas e logo me carregou para dentro de um consultório suntuoso, sem que ninguém me pedisse documento algum. Ele mal havia me ajudado a subir na maca quando uma mulher de um metro e meio usando jaleco entrou pela porta. Ela se apresentou como dra. Janete Ávila. Os dois trocaram um cumprimento antes de o sujeito que não era Lorcan começar a narrar meu quase atropelamento, um tanto ansioso.

Não consegui ouvir o que diziam, pois, mesmo falando com a médica — em um português tão bom que apenas se prestasse muita atenção no jeito como ele pronunciava os erres se notaria que era estrangeiro —, durante o tempo todo seu olhar esteve em mim, ainda me estudando, como se eu fosse um quebra-cabeça difícil de montar. Um arrepio, que começou na boca do estômago e terminou em minha nuca, me fez estremecer.

— Dói? — exigiu a médica, entendendo tudo errado, examinando meu pulso.
— Não.

Educadamente, ela pediu que Lorc... que o cara esperasse do lado de fora. Eu ainda estava abalada demais para assimilar qualquer coisa, e tudo me pareceu um borrão: a consulta, alguns exames, até que mais tarde meu pé foi encaixado em uma bota rígida preta nem um pouco atraente e eu ganhei um par de muletas cromadas. A médica garantiu que não havia nada errado com minha cabeça, entregou uma receita de anti-inflamatórios, caso eu sentisse muito incômodo, e minha sapatilha molhada ao cara que me levara até a clínica e me liberou.

— Aonde eu devo te levar? — o rapaz perguntou, parecendo irrequieto, quando já estávamos do lado de fora, e gentilmente abriu a porta do seu carro para mim.

Eu não o havia assustado tanto quanto tinha imaginado se ele me oferecia uma carona. E cheguei a pensar em recusar a oferta. Mas pegar dois ônibus e depois fazer uma caminhada de sete quarteirões até em casa com aquelas muletas ia ser um saco. Por isso dei o endereço a ele enquanto me acomodava no veículo. Não tinha nada a ver com desejar ficar perto dele mais um pouco. Não tinha absolutamente nada a ver com tentar descobrir quem ele era, por que invadia meus sonhos...

Ah, a quem eu estava tentando enganar? É claro que eu queria obter algumas respostas. E como conseguiria isso se depois que ele fosse embora nossos caminhos se separariam e eu nunca mais voltaria a vê-lo? Fora dos sonhos, quero dizer. Aquela era minha única chance de, enfim, tentar entender alguma coisa.

Depois de girar a chave de ignição e manobrar para fora da vaga, ele entrou em uma avenida completamente engarrafada àquela hora da noite. Após algumas quadras, tudo travou e o carro já não avançava. O homem que não era Lorcan apoiou a cabeça no encosto e rosnou alguma coisa em outro idioma carregado nos erres. Alemão, talvez. Mais provavelmente irlandês. Por que não? Se todo o restante dele era igual a Lorcan, por que não sua nacionalidade?

— O que você disse? — murmurei.

— Que é perda de tempo insistir agora. — Ele virou o rosto para mim e me deu um meio sorriso. Era realmente uma boa coisa estar sentada ou eu teria caído, pois meus joelhos tremeram tanto quanto uma gelatina.

Ok, era melhor me concentrar em alguma outra coisa e manter os olhos bem longe daquele sorriso se quisesse manter o raciocínio e descobrir algo.

Eu estava ponderando se devia começar perguntando seu nome ou comentar sobre o tempo para logo engatar um "você não é daqui, é?", mas ele abriu a boca primeiro.

— O que você acha de comer alguma coisa enquanto a gente espera esse trânsito se dissipar?

Olhei para o para-brisa, fixando os olhos na lanterna de freio iluminada do carro da frente, para que ele não visse o sorriso que teimou em se abrir em meu rosto. Obriguei minha voz a soar o mais desinteressada possível ao responder:

— Ótima ideia.

5

*Tá legal. Encontrar o homem dos meus sonhos não estava aconte-*cendo exatamente como eu havia imaginado. Tudo bem que nunca fiquei pensando muito no assunto, mas, nas poucas ocasiões em que parei para refletir, tinha idealizado um cara legal, divertido, inteligente e louco por mim. Jamais imaginei que devia levar a expressão "o homem dos meus sonhos" ao pé da letra!

Mas tudo bem. Eu só tinha que olhar para a coisa como ela era e tudo ficaria certo: aquele cara existia, Lorcan não. Além disso, esse encontro poderia fornecer as respostas que havia muito tempo eu buscava.

O bar que ele escolhera... bom, não exatamente escolhera, foi o primeiro que apareceu no caminho, mas enfim. O barzinho não era muito espaçoso e havia poucos lugares disponíveis, por isso ele me fez esperar na entrada enquanto procurava uma mesa. Assim que encontrou uma vazia próxima ao bar, voltou para me escoltar até ela. Ele foi ainda mais gentil, puxando a cadeira para eu me sentar. Mal tinha me acomodado e o cara se abaixou, envolvendo a mão grande na bota imobilizadora e suspendendo minha perna, guiando-a para o assento vago ao meu lado.

— É melhor manter o pé para cima.

— Não precisa. Nem tá doendo tanto assim... — Mas me calei logo que ele acomodou meu tornozelo imobilizado na cadeira e senti alívio instantâneo naquela região. — Obrigada.

— Não por isso. Vou pegar uma bebida pra gente — avisou, antes de ir até o balcão.

Apoiei as muletas no lambri de madeira coberto de retratos em preto e branco de uma imensa família alemã. Eu estava analisando um deles, em que uma família inteira se empoleirava na carroceria de um caminhão, quando meu celular vibrou. Era Aisla.

> Cadê vc?!

Ah, droga! Com tudo o que tinha acontecido, acabei esquecendo de mandar notícias. Ela e mamãe deviam estar loucas de preocupação.

Digitei uma resposta rápida:

> Desculpa. Tá td bem cmg!
> Trânsito parado.
> Devo chegar tarde.

> Conseguiu o trampo?

> Não.
> Mas sua cicatriz acertou. Alguma coisa aconteceu cmg.

> Tipo o q?

> Mto complicado. Te explico qdo chegar.

> Nossa, qto mistério.
> Até + tarde. Bjos

Eu mal havia silenciado o celular quando o sósia de Lorcan colocou uma caneca de chope na minha frente.

— Aqui — disse, arrastando a cadeira e se sentando diante de mim. — Espero que esteja com sede.

Deixei o telefone sobre a mesa e levei o chope à boca. Gemi assim que o líquido quase congelante acariciou minha língua e desceu pela minha garganta seca. Tomei mais alguns longos goles e me surpreendi, pouco depois, ao constatar que havia bebido mais da metade.

— Dia difícil? — Ele deu um meio sorriso e fez sinal para que o garçom providenciasse mais um, ainda que não tivesse tocado no seu.

— Você nem faz ideia. — Pousei a caneca sobre o descanso de papelão.

— Quer comer alguma coisa... hã... — Ele fez uma careta engraçada, empurrando para trás com um safanão aquele cabelo, que, agora eu sabia, era mais suave que veludo. — Acho que te atropelar mexeu muito mais comigo do que eu tinha me dado conta. — Riu, encabulado. — Me desculpe pela falta de jeito, mas eu ainda não sei o seu nome.

— Briana. Briana Pinheiro. — Eu me empertiguei na cadeira. Aquela era a abertura de que eu precisava para começar minha investigação. Estava prestes a perguntar o nome dele, mas ele murmurou:

— Briana...

Só isso. Apenas o meu nome. Mas o tom que empregou, o jeito como meu nome dançou em sua boca, como uma carícia quase indecente, fez arrepios me subirem pela nuca e meu joelho bater na perna da mesa.

— Quantos anos você tem, Briana?

— Faço vinte e quatro em abril. Qual o seu... — comecei.

— Onde você mora? — questionou, ao mesmo tempo.

— Eu já te dei meu endereço. Você interroga toda garota que conhece? — soltei. Era eu quem deveria fazer as perguntas ali. Todas aquelas temporadas de *CSI* tinham que contar para alguma coisa, afinal.

— Só as que me atropelam — brincou.

Bom, era uma maneira de descrever o que tinha acontecido. Meu rosto pegou fogo.

— Desculpe. — Correu os dedos pelo cabelo, bagunçando-o. Se era possível, ele ficou ainda mais lindo, todo desgrenhado e meio envergonhado. — Não tive a intenção de te chatear com perguntas. Só queria quebrar um pouco da tensão. Que tal pedir a comida? Não vou conseguir interrogar você se a minha boca estiver ocupada.

Passando a mão em um dos cardápios no canto da mesa, ele começou a analisá-lo enquanto meu cérebro, um tantinho dopado pelo chope, preferiu analisar as diversas possibilidades de manter a boca dele ocupada. Me beijando, por exemplo.

Sem convite, imagens daquela boca levemente larga colada à minha preencheram minha cabeça. Os lábios macios e quentes se movendo com urgência sobre os meus, incitando que eu os apartasse, e sua...

— Alguma preferência? — quis saber.

— Língua — suspirei. Deslizaria pelo meu lábio inferior. Então seus dentes poderiam...

— Não tem língua. Só joelho à pururuca.

— Quê? — O que eu ia querer com o joelho... Aaaaaah! Ele estava se referindo à comida.

Uma das infelicidades de ser ruiva é nunca conseguir ocultar o constrangimento. Ou a alegria. Ou sentimentos de maneira geral. Minha cara esquenta e adquire aquela cor de tomate tão pouco atraente. Não foi diferente naquele momento.

— Q-qualquer coisa serve — gaguejei, balançando a cabeça para afastar aquelas imagens da mente. Quase deu certo. Quase!

Por sorte, o garçom apareceu e eu tive uma desculpa para olhar para o cardápio, embora estivesse tão abalada que não conseguia ler uma única palavra. Por isso, quando meu acompanhante sugeriu alguns pratos, concordei de pronto. Lorc... hã... o rapaz pediu os petiscos da mesma maneira com que havia falado com a médica: com resolução. Tão logo voltamos a ficar sozinhos, ele levantou sua caneca de chope. Eu fiz o mesmo.

— Por dias menos turbulentos — proferiu.

— É o que eu peço toda manhã antes de sair da cama — respondi, num muxoxo.

Mesmo tendo falado baixinho, ele me ouviu. E vincou o cenho, depois de experimentar um gole.

— Por quê? — Colocou a caneca sobre o tampo. — Costuma ser atropelada com frequência?

— Atropelada, empurrada, amassada, molhada — gemi. — Não necessariamente nessa ordem.

— É mesmo? — Ele tentou engolir o riso, mas foi incapaz. Tentou disfarçar com uma tossidela.

Dei de ombros.

— Já estou meio acostumada. Mas hoje, com certeza, eu extrapolei todos os limites da turbulência.

Mais um desastre para minha lista, e dessa vez eu nem tinha conseguido o emprego. Para não mencionar o cara diante de mim, que agora ria abertamente, se parecendo muito com Lorcan.

Mas seu humor mudou enquanto o riso morria, e ele estava muito sério ao dizer:

— Eu também fico contente que essa merda de dia esteja acabando.

Um tanto surpresa com a resposta, beberiquei meu chope, brincando com a fina camada de gelo que recobria o vidro enquanto analisava aquele cara mais uma vez. Não. Dessa vez eu não estava tentando encontrar semelhanças com Lorcan. Só prestando atenção *nele*. E pela primeira vez notei quão bem o paletó lhe caía nos ombros, observei o maxilar barbeado à perfeição, o relógio caro no pulso. O cabelo tinha um bom corte, mais curto que o de Lorcan (ok, não deu para resistir), mas os fios ainda eram longos, as ondas suaves cobrindo as orelhas e se enroscando na gola da camisa. Esse homem era o epítome da sofisticação.

Devo ter encarado um pouco demais, pois ele inclinou a cabeça para o lado.

— O que foi? — perguntou, intrigado. — Por que está me olhando desse jeito?

— Ah... — Mirei minha caneca, as bochechas muito quentes de novo. Mais um pouco e eu poderia entrar para o *Guinness Book* com um novo recorde: a garota que corou mais vezes em uma única noite. — Eu só pensei que homens como você não tivessem dias ruins.

Ouvi sua cadeira estalar conforme ele se remexia.

— O que quer dizer com "homens como eu"?

— Humm... ocupados. — De faz de conta...

Ok, pare com isso. Você já entendeu que ele existe e que não é o seu amante imaginário. Supere isso!

Ele deixou escapar uma risada. Um som um tanto melancólico, que fez meu coração apertar. Tive que olhar para ele.

— Ah, é? Então vou te contar como foi o meu dia. — Ele se virou levemente, apoiando o braço no encosto da cadeira. — Eu precisei sair correndo do escritório e ir até o hospital porque um dos funcionários brigou com a mulher e resolveu enlouquecer em pleno expediente. Disparou com a pistola de grampos nos colegas e acertou dois deles. Graças a Deus não foi nada grave. Depois eu tive que falar com a polícia... — Fez uma pausa, os olhos se fixando nas manchas de sangue seco em minha camisa.

Esfregando a testa, ele se aprumou, cuspindo alguma coisa naquela língua estrangeira que, eu não tinha dúvida, era um palavrão.

— Me desculpe, Briana. Acabei ficando preocupado com a sua cabeça e esqueci de perguntar se você queria fazer um boletim de ocorrência. — Uma sombra eclipsou seu semblante. Ele estava mortificado. — Eu posso te levar pra delegacia agora mesmo.

Pensar em entrar em uma delegacia, depois de um dia como aquele, me fez estremecer.

— Obrigada, mas não. Prefiro ficar aqui com o chope. — Sobretudo porque o cara tinha começado a falar de si mesmo sem que eu tivesse que ameaçá-lo com a muleta.

— Tem certeza? — Ele me encarou, muito sério. — Ainda está em tempo.

— Sim, tenho certeza. O carro não encostou em mim. Acabei caindo com o susto. Acho que eu torci o pé quando me desequilibrei na calçada. E mesmo assim você me levou até a clínica, onde me reviraram do avesso. Não tenho nada a dizer pra polícia. Quero ficar aqui e ouvir como termina o seu dia de merda.

Ele hesitou, e, por sua expressão contrariada, pensei que iria se levantar da cadeira e me arrastar para a delegacia mais próxima. Mas então seus ombros relaxaram, aquela sombra no rosto se dissipando aos poucos.

— Muito bem — concordou, girando a caneca sobre o descanso de copo sem se dar conta do que fazia. — Onde eu parei?

— Você teve que falar com a polícia depois que saiu do hospital... — ajudei.

— Ah, certo. — Assentiu uma vez. — Depois de prestar esclarecimentos, participei de sete reuniões em sete lugares diferentes da cidade, com esse trânsito dos infernos. E duas delas terminaram com ameaças de morte. — Ele enrugou a testa. — Espero que tenham sido só expressões acaloradas...

Acabei rindo. Isso pareceu incentivá-lo, pois ele dobrou os braços sobre o tampo de madeira, a caneca entre as mãos, e se inclinou de leve para mim. Seu perfume me chegou ao nariz, me entorpecendo muito mais depressa que o chope.

— Então eu estava voltando para a empresa — prosseguiu —, te atropelei e, enquanto esperava que você fosse atendida, recebi um telefonema histérico do escritório avisando que houve um incidente e que uma parte dos projetos em que eu andei trabalhando neste último mês foi arruinada. Além de um belo prejuízo... — Ele tomou alguns goles da bebida. — Agora é a sua vez. O que aconteceu no seu dia de merda? Além de ser atropelada, claro.

— Acho que nada tão ruim quanto o seu. — Pelo menos eu não tive prejuízo. Apenas causei um. — Só o de sempre.

— O de sempre...? — Arqueou uma das grossas sobrancelhas.

— Saí de casa atrasada para uma entrevista de emprego. Cheguei lá e descobri que todos os outros candidatos eram mais qualificados que eu. Mas o cretino responsável pela entrevista nunca aparecia e eu acabei, sem querer, causando um alagamento no escritório. Aí eu saí de lá e *quase* fui atropelada — enfatizei.

Inclinando-se ainda mais em minha direção, suas pálpebras se apertaram quase que imperceptivelmente.

— Por acaso você se candidatou à vaga de assistente pessoal na Brígida Construtora?

Eu o encarei, perplexa.

— É! Como você sabe?

Ele começou a rir. Uma risada gostosa, que aqueceu meu peito e fez seus ombros chacoalharem.

— Qual é a graça? — eu quis saber.

— Não sei se a gente pode dizer que é engraçado. Acho que é mais uma... hã... coincidência singular. — Sacudiu a cabeça, os fios dançando de leve. Como tudo o que eu fiz foi ficar olhando sem entender nada, ele explicou: — Eu sou o cretino responsável pela entrevista.

Espalmei as mãos no tampo de madeira lisa, lívida.

— Você tá brincando comigo?

— Não estou, não. — Recostando-se no espaldar, com a diversão ainda espiralando em seu olhar, ele me estudou demoradamente. — Então você é a maluca responsável pelo rompimento do encanamento de água, que enfureceu a Guilhermina, destruiu o computador e os meus projetos.

É como dizia vovó Filomena. Não existe nada tão ruim que não possa piorar.

— Ah... — Meu rosto esquentou tanto que cheguei a cogitar pegar a caneca e pressioná-la em minhas bochechas para aliviar a quentura. Não tive coragem de olhar para ele. — Eu... eu sinto muito pelos seus papéis e... o encanamento e... o computador... e por ter irritado a secretária. Foi sem querer, eu juro. Eu posso pagar pelo prejuízo. — Eu não precisava de tantos órgãos, certo? Podia muito bem vender alguns. Quer dizer, eu precisava mesmo de dois rins?

— Está tudo bem. — Sua voz era gentil. — Aquilo é uma construtora. Mão de obra é o que não falta.

Eu o espiei por entre as pestanas. Ele não parecia furioso. Por que não estava gritando comigo? Por que não exigia que eu pagasse pelos danos? Por que parecia... estar se divertindo?

— Eu posso falar com o seu chefe e explicar que foi um acidente — ofereci.

— Meu chefe? — Levou a caneca à boca e sorveu um grande gole.

A espuma branca e cremosa grudou em seu lábio inferior. Ele o limpou com a língua. E realmente não deveria fazer aquilo. Alguém podia se sentir tentada e se voluntariar para correr a língua bem devagar por aquele lábio rosado e largo...

— Briana?

Pisquei, mirando seus olhos escuros. Certo. Estávamos falando sobre... o que mesmo?

Ah, sim!

— A secretária disse que o chefe ia arrancar a cabeça dela. Eu não queria causar problemas para ninguém. Desculpa. É que, se você procurar no dicionário, vai descobrir que ao lado da palavra "desastre" está o meu nome.

Ele lutou para se manter sério, mas acabou sorrindo daquele jeito que fazia a covinha se acentuar no queixo bem desenhado. Como era possível que ele e Lorcan fossem tão parecidos?

Não, a questão não era essa. Como era possível que eu tivesse sonhado com aquele cara e fantasiado toda aquela coisa medieval? E por quê?

Eu tinha certeza de que nunca o vira antes — eu não teria esquecido —, então como pude plagiar um ser humano... ou seja lá o nome que se dê ao que eu havia feito?

Reprimi um gemido. Eu tinha tantas perguntas, e ninguém a quem fazê-las. Era muito frustrante. Eu não podia simplesmente indagar: "Ei, você sabe dizer por que sonho com você faz cinco anos?" Tudo o que eu podia fazer era manter a conversa e torcer para que em algum momento um fato qualquer surgisse.

Ansiosa, puxei o cabelo para o lado e comecei a trançá-lo. O gesto atraiu a atenção dele. Seu olhar acompanhou os movimentos dos meus dedos, parecendo um tanto... hã... fascinado?

— Espero que o seu emprego não esteja em risco — murmurei, um tanto mexida.

Isso trouxe seu olhar de volta ao meu rosto.

— Não. Está tudo bem. — Ele me observou por um longo tempo, até eu sentir a pele esquentar outra vez. Não era qualquer olhar, mas aquele que devassa a alma, que não é capaz de fugir nem de esconder nada, pois a intensidade destrói todas as barreiras.

Não tenho certeza do que ele viu ali — eu não estava mesmo nos meus melhores dias —, mas o que quer que tenha encontrado o fez subitamente se interessar pela caneca.

— E você, quer um? — ofereceu.

— Não. Acho que já bebi demais.

Ele ergueu os olhos para mim. Não consegui compreender a emoção que faiscava em seu semblante. Havia diversão, mas também algo mais. Quase... ansiedade.

— Eu não me referia ao chope — explicou em voz baixa. — Perguntei se você quer um emprego.

Tudo o que eu fiz foi piscar por alguns segundos.

— O-o quê? — balbuciei.

— Eu gostei de você. Acho que podemos nos entender.

E eu que achava que as surpresas daquele dia tinham acabado. Será que ele não tinha ouvido toda a história? De como em menos de um minuto eu coloquei todo o escritório debaixo d'água? Não sabia que o sr. Tablet, a eficiência encarnada, tomara a frente, todo prestativo? Talvez a pessoa que ligara para ele contando o ocorrido tivesse suavizado um pouco as coisas.

Ou então o que ele me oferecia era outra coisa, pensei de repente. Repassei mentalmente sua última sentença. Então minhas bochechas se incendiaram, mas dessa vez não era o constrangimento que fazia meu sangue ferver, não.

— Escuta aqui! — Apoiei uma das mãos na mesa e me inclinei para mais perto, fuzilando-o. — Eu jamais me sujeitaria a ser sua prostituta. Nem de ninguém! Eu posso estar desesperada, mas não a esse ponto!

Ele não pareceu nem um pouco abalado e cruzou os braços, baixando as sobrancelhas.

— Não me lembro de ter dito que queria fazer sexo com você, Briana.

Bufei, transtornada.

— Você *acabou* de dizer que gostou de mim e que a gente poderia se entender...

— No escritório — atalhou, impaciente. — Nós podemos nos entender profissionalmente. Eu não preciso pagar pra ter sexo.

Abri a boca, mas tudo o que consegui proferir foi uma porção de engasgos enquanto minha cara ficava tão quente que temi que a pele pudesse se desprender dos músculos.

É claro que ele não precisava pagar para ter sexo. Não com aquele rosto, aquele corpo e aquela maldita covinha no queixo. E certamente ele não queria fazer sexo com a garota que arruinara seu escritório. E isso era bom, porque eu também não queria nada com ele. Eu amava Lorcan. O fato de ele se parecer com Lorcan não queria dizer que eu transferiria para um os sentimentos que tinha pelo outro. De maneira alguma.

Eu estava totalmente segura disso.

— Mas eu preciso de uma boa assistente. — Sua voz estava mais calma e era toda negócios agora. — Você fala inglês?

— Hã... sim... — respondi, meio atordoada. Mamãe sempre insistira que eu fizesse o curso. Estava no último ano quando papai se fora e tive que abandonar as aulas. Mas até que me virava bem.

— Ótimo! Caso você aceite, vai ter folga nos fins de semana, a menos que surja alguma coisa importante. O salário pode ser discutido. Eu vou precisar que você me acompanhe a reuniões, viagens, cuide da minha agenda e de toda a parte desagradável.

— Que eu acompanhe você? — perguntei, confusa. — *Você?*

— Eu não mencionei que sou o dono da Brígida? — Inclinou a cabeça para o lado.

— Não, não mencionou. — Mas é claro. Quem mais?

No entanto, eu tinha algo ainda mais inesperado a ponderar do que estar cara a cara com o dono do escritório que eu detonara algumas horas antes.

— E por que você faria isso? — eu quis saber, ressabiada. — Por que daria um emprego pra garota que destruiu metade do seu escritório? E com uma perna machucada — lembrei, batendo a bota imobilizadora no encosto da cadeira.

— Porque eu detesto essas entrevistas. — Ele se retraiu, parecendo exausto. — Preciso de alguém que seja inteligente, que tenha horário flexível, que me ajude a colocar minha vida em ordem. Quanto ao seu pé, ele é um dos motivos pelos quais eu decidi te fazer essa proposta. Eu sou o responsável por ele. Não iria me perdoar se, além de te machucar, te deixasse em uma situação financeira difícil.

Ele não teria me surpreendido mais nem se dissesse que era da equipe dos Vingadores, da Marvel.

— Eu não gosto que brinquem comigo dessa forma — falei, meio insegura. Ele não parecia estar brincando.

Curvando-se para a frente, apoiou os antebraços na mesa. Seus ombros se distenderam, e foi um custo tirar os olhos deles e concentrar minha atenção no que ele estava dizendo.

— Se aceitar o emprego, você vai descobrir que eu não brinco. Nunca. — Ele me lançou um olhar penetrante. — Você não faz o tipo dos que eu normalmente contrato, mas isso é um ponto positivo. Eu estou cheio do padrão robô. E o Lorenzo, que anda me ajudando enquanto eu não encontro um novo assistente, me traz mais dor de cabeça que alívio. — Ele relaxou um pouco e me deu um sorriso curto. — Você vai compreender melhor assim que o conhecer.

Aquilo não podia estar acontecendo. Aquele tipo de coisa — ter sorte — nunca acontecia comigo. Ok, talvez "sorte" fosse uma palavra forte demais, já que a proposta partia de um homem que era a cara de outro, um homem que me perturbava em diversos sentidos. Mas mesmo assim. Se eu conseguisse o emprego... e me mantivesse nele, é claro, mas isso era outra história... se eu conseguisse o trabalho, então eu teria a grana da hipoteca e nós não seríamos despejadas!

— É... é sério? — questionei, apenas para ter certeza de que meus ouvidos estavam funcionando direito. — Você vai me contratar mesmo depois de eu ter destruído o seu escritório? A propósito, você devia chamar um técnico. O ar-condicionado está estalando bastante. Desconfio que o barulho seja a razão do mau humor da sua secretária.

Ele riu alto, sacudindo a cabeça.

— Infelizmente não é, Briana. Mas é disso que estou falando. Eu quero alguém que perceba as pequenas coisas sem que eu tenha que apontar. O Lorenzo vai passar as instruções pra você. Ah, até que enfim! Estou morto de fome — exclamou assim que o garçom apareceu e começou a colocar o nosso pedido na mesa.

Meu Deus. Ele estava mesmo falando sério! Eu tinha mesmo conseguido um emprego? Ia trabalhar na Brígida Construtora como assistente do... do...

— Peraí — falei, logo que voltamos a ficar sozinhos.

Ele esticava o braço para pegar um bolinho de carne, mas se deteve, me fitando com expectativa. Seu cabelo castanho-claro tremulou sob a luz fraca, e naquele instante, ao me olhar com as sobrancelhas franzidas, os lábios só um pouquinho de nada apartados, ele se pareceu mais do que nunca com o meu cara imaginário.

— Sim, Briana? — inquiriu, curioso, quando não respondi.

— Eu não posso trabalhar pra você se ainda nem sei o seu nome. — *Não diga Lorcan. Prove que isso tudo é real. Não diga Lorcan O'Connor!*

— É verdade. Me perdoe. Normalmente eu não sou assim tão avoado. — Ele levou a mão ao peito, sobre o coração, e se curvou de leve em uma mesura galante, mantendo os olhos nos meus. — Gael O'Connor, a seu serviço, senhorita.

— Gael — murmurei, para que meu cérebro entendesse de uma vez por todas que aquele homem não era Lorcan, apesar de ter o mesmo rosto, o mesmo corpo, a mesma voz.

E o mesmo sobrenome! Mas, àquela altura, que diferença faria uma coincidência bizarra a mais ou a menos?

— Temos um acordo? — Gael prendeu meu olhar ao seu, enigmático, aguardando a resposta.

Inspirei fundo. Que Deus me ajudasse.

— É. Temos um acordo.

6

Já passava muito das nove quando Gael O'Connor encostou o carro em frente à pensão e desligou o motor. Ele se inclinou sobre o volante, dando uma espiada na fachada da minha casa.

— Parece aconchegante. — Em vez de escárnio, tudo que consegui detectar em seu tom foi sincera gentileza.

— Eu acho. — Soltei o cinto de segurança.

Antes que eu pudesse agradecer por... bem... por tantas coisas que ele havia feito por mim nas últimas cinco horas, ele já havia saltado do carro, minha bolsa e minha sapatilha ensopada em uma das mãos, e dava a volta para me ajudar a sair. Agora que o surto de adrenalina começava a deixar meu corpo, eu sentia as dores com muita lucidez, sobretudo ali, no tornozelo esquerdo, que latejava insistentemente.

Gael me ajudou com as muletas, e sua mão esbarrou por acaso na minha. Uma descarga elétrica perpassou meu corpo. Eu estava quase certa de que ele também sentiu alguma coisa, pois recuou um passo e eu pude jurar que vi uma centelha iluminar seu olhar conforme me admirava. Ainda como se eu fosse um jogo de palavras cruzadas em russo. Por fim, desviou os olhos e colocou a mão livre no bolso da calça preta, me acompanhando sem pressa até a porta desalinhada da pensão.

Nós dois paramos ali na entrada, e um silêncio esquisito começou a me deixar inquieta. Ele também parecia tenso, mas, graças aos céus, resolveu acabar com aquilo e se pôs a falar.

— Quando você acha que vai estar bem para começar? — Ele me entregou a bolsa e o sapato ensopado, mantendo os dedos longe dos meus.

— Amanhã, se você não se importar com o barulho das muletas.

Ele sorriu suavemente.

— Eu gosto da sua animação, mas a dra. Ávila aconselhou repouso. Que tal semana que vem? Na segunda-feira?

— Eu... humm... Ok. Você é o chefe, afinal.

Um dos cantos de sua boca se elevou, e, Deus, aquele meio sorriso provocou todo tipo de coisa em meu estômago. Um sobe e desce insistente, um suave arrepio, como se milhares de borboletas batessem asas ali dentro, seguidos de uma torção violenta.

Usando toda a minha força de vontade, consegui baixar o olhar e o pousei na altura daquele peito que, eu lembrava com muita clareza, era sólido como pedra e quente como uma fornalha e, mesmo oculto pela camisa, aludia a vales e montanhas onde meus dedos poderiam...

Ok, para com isso. Ele vai ser o seu chefe! Pare de olhar como se ele fosse uma sobremesa!

Mantive os olhos abaixados, mirando seus pés. E sorri para o surrado par de Adidas de couro preto.

Nem tão sofisticado assim...

— Bom, acho melhor... — começou, ao mesmo tempo em que a porta se abriu sem aviso.

— Bri! Caramba, eu estava preocupada! — Aisla foi dizendo, a atenção totalmente em mim. — Você não atendeu o telefone, não mandou notícias, pensei que tivesse sofrido um... — Ela viu as muletas, depois meu tornozelo dentro da tala. E empalideceu. — Ah, meu Deus. Você *sofreu* um acidente!

— Eu tô bem! — Levantei a mão, me equilibrando nas muletas. — Sério, Aisla. Tá tudo bem comigo. Foi só uma torção.

— Por sorte, sem maiores consequências — Gael comentou.

Aisla finalmente reparou que eu estava acompanhada. E, ao olhar para Gael, sua testa enrugou, em óbvia confusão. Demorou, mas ela acabou lembrando onde tinha visto aquele homem antes. Sei disso porque sua boca se abriu de tal forma que foi possível ver os dentes do siso.

Fica quieta. Por favor, não diz nada, supliquei com os olhos. Infelizmente ela não entendeu a mensagem, pois ainda o encarava como se tivesse visto um fantasma.

— Você... — gaguejou, piscando muito. — Você... é o...

— Um cara que foi muito atencioso — eu me apressei. — Me levou pra clínica onde cuidaram do meu pé. E depois me deu um *emprego*.

Graças aos céus isso conseguiu atrair a atenção dela, que se virou para mim, a boca abrindo e fechando como um peixinho dourado.

Por favor, Aisla, implorei em silêncio, olhando no fundo de seus olhos verdes. Dessa vez ela compreendeu o recado, me deu um discreto aceno de cabeça e eu quase desmaiei de alívio.

— Eu também sou o cara que atropelou a sua amiga — Gael esfregou o pescoço, bastante sem jeito. — Lamento muito.

— A Aisla é minha irmã. E você *quase* me atropelou — frisei.

Fiz as apresentações e Aisla balbuciou alguma coisa ininteligível para ele, deixando o clima ainda mais esquisito. Piorou muito, pois Gael interpretou errado a reação dela. Pensando que fosse a preocupação que a deixara quase catatônica, se pôs a falar tudo o que a médica havia dito, o que foi bom, pois eu não tinha ouvido na primeira vez. Assim que concluiu, pegou alguma coisa no bolso. A receita médica. E também sua carteira, percebi, quando ele a abriu e separou algumas notas.

— A dra. Ávila recomendou alguns medicamentos. — Estendeu a receita, um cartão com seu telefone e o dinheiro. — Imagino que isso deva cobrir as despesas. Caso contrário, me ligue e eu providencio tudo.

Apenas observei as notas, pronta para recusar. Aisla pressentiu que isso estava a caminho e, antes que eu pudesse impedi-la, pegou tudo da mão dele com um movimento rápido.

— Obrigada. Deve bastar — ela disse, ainda embasbacada, olhando para mim, para Gael e de volta para mim.

Gael também notou e pareceu um pouco desconfortável.

— É melhor eu ir — disse, numa voz baixa e macia. — Me ligue se não estiver se sentindo bem na segunda-feira. Do contrário, o meu motorista vai vir te buscar por volta das sete horas.

— Não precisa se incomodar. — Ajeitei melhor a bolsa na dobra do cotovelo. Ela se abriu de leve, permitindo que eu jogasse as sapatilhas dentro dela. — Eu posso pegar um ônibus.

— Imagino que sim, mas o motorista do ônibus provavelmente não levaria você até a minha casa. — Ele colocou as mãos nos bolsos da calça e ensaiou um sorriso. — Nós vamos começar por lá.

— Ah, ok.

Foi impressão minha ou ele pareceu um pouco relutante em ir embora?

De uma coisa eu estava certa. Aquele encontro havia mexido com ele também. De que maneira, eu não fazia ideia. Bom... fazia sim. Podia ser por causa do acidente no escritório ou do quase atropelamento, ou o fato de eu ter pensado que ele me queria como acompanhante de luxo. Mas ainda assim.

— Bom, boa noite — disse por fim, acenando com a cabeça.

— Boa noite, sr. O'Connor.

Aisla resmungou uma despedida, mas eu mal ouvi, pois, à medida que ele se virou e começou a se afastar, fui dominada por uma terrível melancolia. Meu peito doía quase tanto quanto meu tornozelo pulsante quando ele entrou no carro e deu a partida, como se uma parte de mim estivesse indo embora também.

Diante das circunstâncias, imaginei que era compreensível. Aquele homem — ou alguém exatamente igual a ele — assombrava meus sonhos desde sempre, e ali nós tínhamos uma história, uma vida juntos.

No entanto, ao vê-lo no mundo fora da fantasia, tão real quanto um ser vivo é capaz de ser — só que mais lindo do que qualquer ser vivo é capaz de ser —, era um completo estranho. Eu teria que me acostumar com isso. E precisaria aprender uma maneira de separar Gael de Lorcan, ou aquilo não daria certo.

— Bri, quem é esse cara? — Aisla quis saber, observando o carro preto se afastar.

Mantive os olhos na rua.

— Você escutou. Ele é o meu novo chefe. No fim das contas, a sua cicatriz acertou. Eu fiquei com a vaga. — Manobrei as muletas para dentro de casa, passando direto pela recepção vazia, e fui mancando até a sala. A muleta enroscou no tapete listrado e eu caí sentada no sofá mostarda, apoiando as muletas na mesinha lateral. Deus do céu. Eu estava acabada física e emocionalmente.

Aisla pulou ao meu lado, dobrando as pernas e se sentando sobre os calcanhares.

— Bri, esse Gael é igualzinho ao cara que você desenha. Tem até o mesmo sobrenome!

— E você também viu ele, certo? Eu não estou imaginando coisas, né? — Eu me certifiquei, só por garantia.

— Ele é igualzinho ao seu guerreiro irlandês! — Seus olhos estavam tão arregalados que eu pude ver a parte branca ao redor das íris esmeraldas. — Sem tirar nem pôr! Quer dizer, o cabelo parece um pouco mais curto. Mas é só.

— Na verdade, os olhos são de outra cor. Os do Gael são pretos como dois ônix. O Lorcan tem as íris amarelas como topázios.

— E...? — perguntou, ansiosa.

Estendi as pernas, escorregando pelo sofá até conseguir apoiar o tornozelo latejante sobre a mesa de centro.

— E nada, Ais. — Dei de ombros e gemi, sentindo o ponto exato onde batera na queda. — Acho que é só uma coincidência bizarra.

— *Só* coincidência? Você sonha com esse cara quase toda noite por mais de cinco anos e aí, do nada, *bam!* Ele aparece na sua frente e você acha que é *só coincidência?*

Afundei no estofado, deixando a cabeça pender no encosto, e virei o rosto para ela.

— O que mais eu posso pensar, Aisla?

— Muitas coisas. — Ela jogou as mãos para cima, deixando-as cair no colo com um estalo. — Que isso é um sinal, por exemplo?

— De que eu enlouqueci? — arrisquei.

Ela beliscou minha cintura.

— Não! De que vocês estavam destinados a se encontrar! Caramba, pensa só como deve ser difícil entrar nos sonhos de alguém. — Ela levou o polegar à boca e começou a mordiscar a unha. — A questão é: você entrou no dele ou ele no seu?

— Aisla, por favor... — Cobri os olhos com as mãos.

— Tô falando sério, Bri. Você pode escolher não acreditar, mas ainda assim o homem com quem você sonha desde os dezoito anos acabou de te deixar em casa. Um de vocês dois deve ser um andante de sonhos.

Destapei o rosto, olhando para ela com cautela. E lá vamos nós...

— Andante de sonhos — repeti devagar.

— Gente que busca ajuda através dos sonhos. Ele veio até você, ou será que foi você que foi até ele?

E era nisso que dava falar com Aisla sobre coisas que não eram fáceis de explicar. Ela nunca conseguia impedir que sua mente divagasse. Como não tinha nenhum filtro, podia discorrer sobre qualquer assunto: existência, alta literatura, a novela das nove, uma coxinha. Em geral aquilo me divertia, mas naquela noite eu estava muito além da exaustão.

— Que diferença faz? — falei, querendo botar um ponto-final naquela conversa. — Agora eu sei que ele existe, e talvez eu simplesmente sonhe com ele, porque... porque... — *Por quê?* — Quem é que pode entender os sonhos?

Ela revirou os olhos.

— Qualquer um que estude sonhos. Você não estava me ouvindo? — Cruzou os braços, emburrada.

— Acho melhor a gente deixar isso pra lá. Não vamos chegar a lugar nenhum. Acredite, eu já tentei entender. O que importa é que eu consegui um emprego.

Aisla se recostou no sofá, o corpo tombando até sua cabeça colidir suavemente com a minha.

— Isso só podia acontecer com você. — Ela riu daquele jeito que a fazia parecer um porquinho-da-índia. — Conseguir um emprego depois de ser atropelada.

Nós duas pulamos assim que o som de vidro se quebrando ecoou logo atrás. Pouco mais de três passos longe do sofá, mamãe, pálida feito a parede, a tigela azul que ela costumava servir salada espatifada a seus pés, nos encarava.

— A minha bebezinha foi atropelada? — sua voz mal tinha som.

— *Quase* atropelada, mãe! — Aisla e eu gritamos em uníssono.

Aisla correu para ampará-la, e eu fiquei de pé para que ela me visse por inteiro e constatasse que nada estava faltando. Enquanto Aisla a trazia para o sofá, tratei de contar tudo o que tinha acontecido naquele dia. Da espera agonizante pela entrevista de emprego, o problema no cano, o quase atropelamento. Discorri sobre os exames na clínica, e seu olhar se iluminou — mamãe gostava muito de exames. Ela compreendeu que não havia nada errado comigo. Eu só precisava pegar leve com aquele pé. Também falei sobre meu novo emprego, editando algumas coisas, é claro.

Ela se manteve em silêncio total e absoluto, o que me deixou ainda mais ansiosa. Por fim, descansou uma mão em meu rosto, a outra sobre seu próprio coração.

— Que susto, Briana! — disse, com um suspiro.

— Desculpa, mãe. Mas eu tô bem. E ainda consegui uma grana. Vai dar pra pagar a hipoteca! Cadê o dinheiro, Aisla?

Minha irmã me encarou, em total espanto.

— Mas era... — Aisla começou.

— Um adiantamento. — Lancei a ela um olhar persuasivo.

Se Aisla mencionasse remédios, nem mesmo a equipe da SWAT seria capaz de impedir que dona Ágata corresse para a farmácia naquele exato momento.

Obviamente contrariada, minha irmã pegou o dinheiro no bolso e entregou a mamãe, escondendo a receita. E foi com o coração partido que vi minha mãe contemplar o bolinho de notas por um tempo e então começar a soluçar. Existe algo de muito dolorido em ver a mãe da gente chorar.

Aisla e eu nos entreolhamos e a abraçamos ao mesmo tempo.

— Me desculpem — mamãe soluçou, encolhidinha. — Eu pensei que não teria jeito. Que veria minhas filhas desabrigadas. Eu nem tenho dormido direito esses dias pensando nisso... Ah, Briana, não foi um homem, mas um anjo que cruzou o seu caminho hoje!

— Foi sim — concordei, beijando sua mão com cheirinho de tomate.

Um anjo guerreiro.

E logo me apressei em afastar aquele pensamento. Lorcan e Gael não eram a mesma pessoa. Lorcan nem era uma pessoa de verdade, pelo amor de Deus!

— Quem diria! — Aisla exclamou. — Parece que a Briana passou a perna na má sorte.

Mamãe olhou feio para ela.

— Você sabe que eu não gosto que você fale assim da sua irmã, Aisla. Ela não tem má sorte, só tem pouca. É diferente.

O que, em uma escala de 0 a 10, significava -1.

A conversa logo enveredou para o meu novo emprego, assunto que eu e mamãe discutimos com animação. Até Aisla abrir sua boca grande.

— Se você vai começar a trabalhar num escritório chique como assistente de um ricaço, vai precisar de roupas novas, Bri.

Mamãe franziu o cenho. E eu também, porque ela tinha razão. Eu tinha que estar apresentável no trabalho, e minha única camisa boa estava arruinada com sangue seco.

Cogitei pegar alguma coisa emprestada da Aisla. Tínhamos quase o mesmo corpo, eu só era dez centímetros mais alta, mas acabei desistindo ao me lembrar da seriedade do escritório da Brígida. Eu ia parecer um unicórnio multicolorido em meio a todo aquele branco.

Mamãe fitou o bolinho de notas em sua palma.

— Não, nem pensar! — recusei. — Esse dinheiro é da hipoteca!

— Mas... — ela começou.

— Sem estresse, gente. Eu tenho a solução — Aisla disse, correndo para pegar sua mochila na cadeira ao lado da estante de cerejeira. — A gente não precisa de dinheiro quando tem isso! — Ela ergueu a mão em triunfo, um cartão de uma loja de departamentos reluzindo de novo entre dois dedos.

— Aisla! — gritei.

Seus olhos se arregalaram e ela inclinou a cabeça para a frente de modo que parecessem ainda maiores, o lábio inferior em um bico.

— Eu sei que prometi que não compraria a saia, Bri. E eu não comprei! Mas eu nunca falei nada sobre fazer o cartão. Pressenti que a gente ia precisar de um. Até a fatura chegar, o seu primeiro pagamento já vai ter caído na conta, né? Agora, admita: eu sou demais, não sou?

Comecei a rir. Era por coisas assim que eu amava tanto a minha irmã. Ela sempre fazia o mundo parecer um lugar mais bonito, mesmo se tudo o que restasse fossem ruínas.

Enquanto mamãe ia para a cozinha preparar um chá para acalmar seus nervos, Aisla e eu conversamos um pouco mais. Depois de um tempo, subimos para o segundo andar. Minha irmã me ajudou a entrar no chuveiro e esperou que eu tomasse banho para me auxiliar com a tala preta. Só saiu do meu quarto bem mais tarde, depois que me deitei e afundei a cabeça no travesseiro, exaurida. Tanto havia acontecido naquele dia, eu tinha tanta coisa para pensar, tantas perguntas sem resposta. Mas eu estava esgotada. Não queria pensar em absolutamente nada.

No entanto, o rosto de Gael surgiu atrás de minhas pálpebras fechadas sem que eu pudesse impedir. De repente seus cabelos começaram a se alongar, chegando aos ombros, a barba despontando no queixo, cerrando-se sobre todo o maxilar, os olhos pretos ganhando luminosidade pouco a pouco, até se transformarem em um dourado profundo.

E então eu estava com Lorcan.

7

Lorcan O'Connor anda ao meu lado, descendo o terreno levemente inclinado a caminho da pequena aldeia. Estamos em uma área onde a floresta se torna menos densa e mais pantanosa, pois a pouca distância corre um rio estreito. O ar úmido e o aroma da terra me tranquilizam, mas estou atenta a qualquer movimentação, a qualquer homem usando as cores dos MacCarthy ou tartans escoceses. Mas nem mercenários nem soldados estão à vista.

Lorcan não tem dificuldade com o terreno, conhece cada buraco, cada raiz exposta, cada pedra, mas eu me atrapalho um pouco. Preciso acelerar o passo e quase corro para conseguir acompanhá-lo. O estalar suave de folhas secas sob nossos pés é o único ruído que escuto por um bom tempo.

— O que dirá para as pessoas da aldeia? — Tropeço em uma pedra.

Lorcan segura meu braço, impedindo que eu caia. O contato me deixa um pouco tonta, meu pulso acelera, o local onde seus dedos me tocam parece mais vivo. Meu corpo gosta de seu toque, percebo. Anseia por isso.

— Tenha cuidado. O terreno é acidentado. — Ele me solta, depois de uma breve hesitação, e retoma o passo.

— E então? O que pretende dizer a eles? — insisto, acompanhando-o de perto.

Ele coloca a mão sobre o cabo de sua espada, forçando-a para o lado para que a bainha não enrosque em um arbusto particularmente largo. Lorcan se armou antes de sairmos de sua casa, por precaução. Fiz o mesmo, e sua scían agora pende em minha cintura, presa ao cinto que ele me emprestou.

— Pretendo dizer a verdade, Cara — fala, confiante. — Que a encontrei na floresta.

— Apenas isso?

— Apenas isso. — Ele abre um minúsculo sorriso, mas é o bastante para que aquela adorável covinha se insinue em seu queixo.

Pulo a raiz retorcida de uma jovem sorveira. Pela espessura de seus galhos, ainda vai demorar a florescer.

— Quem é Conan? — Lorcan indaga, o olhar à frente. — Disse o nome dele algumas vezes, enquanto ardia em febre. Era seu irmão ou o homem a quem ia entregar seu coração?

— Como sabe que eu iria me cas... — começo, mas me interrompo. O vestido azul, naturalmente. — Nunca entreguei nem entregarei meu coração a ninguém, sr. O'Connor. Fui educada para não ter nenhuma fantasia romântica. Conan era meu irmão.

Ele para e me observa. Parece confuso.

— Foi educada para não amar? — questiona.

— Obstinadamente. Papai tinha planos para mim. Amar os poria em risco.

— Não parece justo. — Seu rosto não demonstra nada além de sincera compaixão.

Sorrio para ele com tristeza.

— Mas é assim que é, sr. O'Connor.

Recomeço a andar devagar. Não quero discutir esse assunto.

Caminhamos em silêncio, os passos dele e os meus se misturando aos sons da floresta, acalmando meu coração dolorido. Mas percebo sua inquietação. Ele ensaia algumas palavras e acaba por fechar a boca antes que as pronuncie.

— Diga-me uma coisa — pede, um tempo depois, quando a agitação o vence. — Como pode estar tão certa de que nunca encontrará o amor?

— Eu simplesmente sei. — Desvio de um tronco caído coberto de limo. — Uma vez eu flagrei meus amigos, Ina e Bressel, nos jardins. Eles pareciam tão felizes apenas por estarem juntos... — Suspiro. — Nem sei se sou capaz de compreender esse tipo de sentimento, já que nunca o senti. Mas, vez ou outra, quando estou infeliz, finjo que um dia irei viver um amor como o deles. E que encontrarei alguém cuja simples presença me encha de alegria. Contudo, não passa de fantasia. Isso não vai acontecer.

Ele fica calado por um momento, ponderando tudo o que acabou de ouvir, e então assente com a cabeça.

— Tem razão. Não consegue compreender o amor. Não é assim que funciona. Não se decide amar ou não. Simplesmente acontece, sem que se possa evitar. — Ele puxa uma florzinha branca de um arbusto e começa a girá-la entre os dedos. — Não devia estar tão convencida de algo sobre o qual não exerce nenhum controle.

— Já se apaixonou, sr. O'Connor? — sondo, intrigada.

Ele coça o pescoço, as bochechas adquirindo um suave rubor que conflita com sua aparência austera.

— Suspeito que possa estar a meio caminho disso.

— E como é?

Ele interrompe o passo, fitando a flor pequenina enquanto investiga o que se passa dentro de si.

— Confuso... — *diz.* — Doloroso... Extraordinário... — *Sopra o ar com força, mirando aquelas íris douradas em mim.* — Em resumo, a melhor coisa que já senti.

Não me parece tão bom assim, penso, à medida que ele volta a atenção para a trilha e retoma a marcha. Então uma súbita urgência se apodera de mim.

— Ela corresponde? — *eu me ouço questionar, um tanto ansiosa.*

Ele ri, chutando uma pedra, e a acompanha com os olhos até ser detida por um graveto caído.

— Nem mesmo em meus sonhos, Cara.

— Ah. — *Solto um longo suspiro e decido ignorar o significado do alívio que subitamente se espalha por meu peito.*

Depois de um tempo, uma casinha surge no vale lá embaixo. E então outra. E mais uma, até que se tornam uma dezena, ou pouco mais. Ainda não consigo ver ninguém, mas ouço vozes indistintas. A inquietação me domina. Lorcan parece notar e empaca, os ombros bloqueando meu campo de visão. Ergo o queixo para encará-lo.

— Contaremos apenas o necessário — *me assegura.* — Não tenha medo.

— Não estou com medo.

Seus lábios se esticam, a covinha em seu queixo fica mais visível, os olhos se estreitam de leve. Ele é tão belo que me faz perder o fôlego.

— Está bem. Estou com medo — *confesso.* — Temo o que pode acontecer agora.

Tive sorte com Lorcan, mas e se um dos aldeões me reconhecer? E se alguém me denunciar aos galls? E se nada disso acontecer e eles me receberem da mesma maneira gentil e amável do homem à minha frente, porém mais tarde os homens de Fergus descobrirem que me ajudaram e os punirem?

Mas, Deus meu, que outra opção tenho?

— Creio que nunca conheci alguém mais corajoso que a senhora — *Lorcan comenta, parecendo... encantado. Creio que seja isso que vislumbro em seu belo rosto.* — Posso ver que está atemorizada e, ainda assim, decidida. Não vai recuar agora.

— Não. Mesmo estando assustada como poucas vezes estive — *declaro em voz baixa.*

— Apenas porque não está conseguindo olhar além das sombras. — *Ele me oferece a flor pequenina.*

Eu a pego, rodopiando-a entre os dedos, movimento semelhante ao que ocorre com meus pensamentos.

— E como eu posso fazer isso, senhor, se estou sendo engolida por elas? Eu me sinto como se estivesse vivendo em uma noite eterna.

— Então teremos que encontrar uma maneira de fazer o sol brilhar outra vez.

O vento sopra meus cabelos, fazendo uma mecha cair em meu rosto. Lorcan ergue a mão para afastá-la e eu me flagro prendendo o fôlego, ansiando por aquele toque. Entretanto, ele recua um passo no instante em que risadas ressoam ali perto. Preciso de um instante para me recompor, mas ele recomeça a andar e eu me apresso, fazendo o melhor que posso para ocultar o caos dentro de mim.

Assim que saímos da proteção das árvores, consigo ter uma boa visão da aldeia. Casas pequenas e simples se espalham pela planície, cercada pela floresta de um lado, uma bela plantação de milho do outro.

Crianças de vários tamanhos e idades estão em todos os lugares e são as primeiras a perceber nossa chegada. E correm para meu acompanhante.

— Lorcan! Lorcan! — grita um menino de cabelos escuros e sardas no nariz. — Veio nos ensinar a lutar com a espada?

Lorcan bagunça o cabelo dele e se abaixa para pegar uma menina de pouco mais de três anos que tenta escalar sua perna.

— Você cresceu outra vez, Sive. — Ele a acomoda no braço. Virando-se para o menino, diz: — Nada de treinos hoje, Art. Estou procurando Ailín.

— Pode deixar. Vou avisar que você está aqui. — Art sai correndo, os pés descalços escorregando na grama.

— Voar! Voar! Voar! — A menininha de cabelos vermelhos em seu colo se agita. Lorcan abre um imenso sorriso para ela.

— Deseja voar, pequena Sive? — Sem esperar pela resposta, ele a ajeita nos ombros e dispara.

A menina agita os braços enquanto Lorcan tenta não pisar nas crianças que correm com ele. Depois de um tempo, ele faz uma pausa, dizendo alguma coisa para os garotos. Tudo o que ouço são lamentos consternados. Por fim as crianças cedem e voltam a correr sem o líder. Lorcan coloca no chão a pequena Sive, que parte atrás dos mais velhos, ainda com os bracinhos abertos, ainda voando.

Uma mulher envolta em uma túnica com tantas cores que nem sei nomear todas elas sai de trás de uma das casas na companhia do menino Art. Lorcan se adianta até ela, e eu me pergunto se foi aquela mulher de beleza estonteante quem lhe roubou o coração. Seus longos cabelos loiros, que dançam com a suave brisa, me fazem pensar em Niamh, a fada-rainha da mítica Tir na nÓg, a terra da eterna juventude.

Niamh se apaixonou pelo mortal Oisín e o levou a Tir na nÓg. Eles foram felizes por um tempo, mas, como não poderia deixar de ser, depois do que para ele pareceu serem apenas três anos, Oisín sentiu falta de sua família. Niamh, sentindo a melancolia do amado, permitiu que ele voltasse à terra natal montado em Embarr, o cavalo mágico que andava acima do chão e o manteria a salvo. Entretanto, ao retornar à Irlanda, Oisín deu-se conta de que ficara fora por mais de trezentos anos e todos os seus entes queridos haviam morrido. Abalado, Oisín desmontou de Embarr e, assim que seus pés tocaram o solo da terra mortal, envelheceu os trezentos anos e morreu no mesmo instante.

Lorcan diz alguma coisa para a mulher — suspeito de que seja algo a meu respeito, pois ela me vê e acena.

— Cara — ela diz, chegando mais perto, a mão estendida, um lindo sorriso no rosto esculpido por anjos. — Meu nome é Ailín. Sou amiga de Lorcan.

Um pouco insegura, toco sua palma. Seus dedos finos e delicados se fecham em torno dos meus. Seus olhos fulguram como duas estrelas prateadas.

— Fico feliz que tenha, enfim, se unido a nós — diz ela.

— Eu... hã... agradeço.

Soltando minha mão, ela se vira para Lorcan, pousando os dedos finos e delicados em seu ombro, e se afasta um pouco. Seu andar é tão suave que mais parece uma dança. Assim que estão longe o bastante, Lorcan parece perguntar alguma coisa, e, quando Ailín responde, o olhar dele chispa em minha direção.

Constrangida por ter sido flagrada espiando a intimidade dos dois, eu me viro para o outro lado. E então percebo que sou alvo de interesse. Uma garota, talvez dois ou três anos mais jovem que eu, de feições meigas e uma longa trança castanha pendendo no ombro, acena da porta de uma das casas.

Um tanto sem jeito, retribuo a saudação. A moça entende aquilo como um convite e decide se aproximar.

— Que bom que despertou — ela diz tão logo me alcança. — Sou Dana, filha de Alistar Higgins. Todos estávamos preocupados com a senhora. Chegamos a pensar que tivesse sido atacada por um dos mercenários. Mas Ailín a examinou e garantiu que não era o caso. Os galls estão por toda parte.

— Foi o que eu ouvi — comento. Mas não me recordo de Ailín na pequena cabana. Talvez ela tenha estado lá enquanto eu me perdia em um daqueles terríveis pesadelos com Fergus.

— Não é para menos que o rei MacCarthy tenha mandado o exército acampar aqui perto. — Dana baixa a voz e chega mais perto. — Creio que os galls estejam querendo dominar nossa aldeia, como fizeram com aquela outra. Mas não se alarme! Enquanto Lorcan estiver nos liderando, não temos com que nos preocupar.

Dana me deixa um pouco tonta com tanta informação, e tento ordenar os pensamentos. O exército dos MacCarthy montou acampamento nas redondezas? Será que encontrou meu rastro e me seguiu? Ou teria sido um dos mercenários?

— Seu vestido é muito bonito — a menina elogia, mudando de assunto.

Olho para baixo e meu estômago revira ao pensar no que a vestimenta representa. No que quase representou. Ao ver o desejo em seu semblante, penso em lhe doar o traje, mas mudo de ideia. Dana poderia querer usá-lo, e talvez um dos galls, ou até mesmo os soldados de papai, a vissem e desconfiassem de que estou por perto. Isso se algo pior não acontecesse.

— Eu gostaria de poder queimá-lo — declaro.

— Está falando sério? — Os olhos da menina se alargam. — Ele é de seda!

— E representa o mal, Dana. A maldade está impregnada em cada fibra do tecido. Estou ansiosa para me livrar dele. Foi por isso que o sr. O'Connor me trouxe à aldeia.

Para meu estarrecimento, ela de fato parece compreender o que sinto.

— Então deve tirá-lo imediatamente e fazer uma bela fogueira! — E começa a andar na direção de Lorcan e Ailín. — Venha. Tenho mais vestidos do que preciso. Estou certa de que algum dará em você.

— Oh, Dana...

— Nem pense em me agradecer — interrompe. — Ofereço com muito gosto.

Eu agradeço, de toda maneira. Lorcan nos avista, se despede de Ailín e vem ao nosso encontro. Mas alguém o intercepta.

— Lorcan! — grita um homem quase tão forte quanto ele, com cabelos pretos encaracolados pendendo nas costas.

— Aquele é Brian, pai de Art. — Dana enlaça o braço no meu. — É o melhor amigo de Lorcan e de meu pai.

— Ainda não o conheci.

— Eu sei, mas ele está ansioso por isso. Todos querem saber quem é a mulher misteriosa que fez Lorcan perder a festança que comemorou o início da colheita. Lorcan jamais perde uma festa. — Ela ri e eu enrubesço.

Paramos a alguns passos dos homens, perto o bastante para ouvir o que estão dizendo.

— Art disse que estava aqui — Brian explica a Lorcan.

— O garoto me pareceu aborrecido com o adiamento do treino com as espadas. — Lorcan cruza os braços sobre o peito de guerreiro. — Ao que tudo indica, o pai dele não é muito bom com a lâmina.

— O pai dele estava preparando tudo para dar início à colheita. Tive que fazer o trabalho por dois. — Brian ri, socando-o de leve no ombro. Aquele que feri.

Ele faz uma careta de dor, mas se recompõe depressa, e parece um pouco sem jeito ao dizer:

— Desculpe-me, Brian. Eu...

— Não se preocupe. — Brian o tranquiliza com dois tapinhas gentis no braço. — Ailín me contou que teve um imprevisto. — O homem se vira e me analisa de cima a baixo. — E a senhora deve ser o imprevisto.

— Temo que sim — suspiro, resignada.

— Muito prazer. Sou Brian O'Healy, seu criado. — Faz uma reverência.

Retribuo a cortesia, um tanto incerta sobre o que devo dizer. Opto por seguir o plano de Lorcan.

— Cara — respondo simplesmente.

— Cara...? — repete Dana, esperando por mais.

— Apenas Cara — ajuda Lorcan, me lançando uma piscadela.

Parecendo um pouco descontente, a menina franze a testa, mas os lábios de Brian se esticam sobre os dentes.

— Bem... É um prazer conhecê-la, Cara — diz o homem. — Fico contente que tenha se recuperado.

— E quem não se recuperaria? — Dana revira os olhos. — Ela teve o cuidador mais zeloso de todos!

Relanceio Lorcan e tenho a impressão de que suas bochechas estão rosadas. As minhas estão escarlate.

— Está de partida? — Brian aperta um dos olhos ante a claridade do sol do meio-dia.

— Sim — responde Lorcan, incapaz de disfarçar seu desagrado. — Eu a trouxe para...

— Na verdade... — Coloco a mão em seu braço para detê-lo, mas logo a puxo de volta, pois o contato me sacode por dentro. Por um instante, o que vejo cintilar em seus olhos quase me faz acreditar que ele sentiu aquilo também. — Eu mudei de ideia, sr. O'Connor. Gostaria de ficar um pouco mais. Se não houver problema — adiciono.

Se os soldados haviam montado acampamento ali perto, talvez eu pudesse chegar até eles e saber o que estava acontecendo no castelo. Talvez Bressel estivesse nas redondezas. Ou me enviasse um recado. Eu tinha de ficar.

Aos poucos, a expressão de Lorcan se modifica, de profundo descontentamento para a mais exultante alegria.

— Não. Nenhum problema... — O sorriso que ele me lança me faz prender o fôlego e meu coração pulsar com intensidade. — Problema algum, mo Cara.

8

— *Chegamos* — anunciou o homem de olhos amendoados e estreitos e sorriso fácil atrás do volante.

Oswaldo embicou o sedã luxuoso em direção ao muro coberto de trepadeiras, entre os portões duplos e altos. A casa começou a surgir, imponente, numa área que mais parecia uma chácara.

— Tá de brincadeira comigo? — resmunguei.

A construção de dois andares em estilo clássico francês branca se destacava ainda mais graças ao gramado que a cercava. As dezenas de janelas pareciam espelhos de tão limpas. Do lado esquerdo, no andar superior, alguns pombos se empoleiravam na balaustrada do balcão. Bem na entrada, um belo jardim e uma fonte davam as boas-vindas.

Sério, quem tem uma fonte na frente de casa?

Eu sabia que Gael era rico, pelas roupas que usava e pelo carro. *Carros*, devo dizer. O BMW que Oswaldo dirigia devia custar uma fábula. E um veículo antigo como o que quase tinha me atropelado, tão bem conservado, muitas vezes valia mais que um zero. Mas aquela casa? Era maior que o bairro onde eu morava. Aquilo ia além de ser rico. Era ser... muito, muito, muito rico!

— O sr. O'Connor deve ter uma família bem grande, né? — comentei. E esse pensamento me deixou inquieta. Ele era casado? Tinha filhos?

Eu estava curiosa apenas porque era sua nova assistente e precisava saber dessas coisas, é claro.

— Pelo contrário, srta. Briana — rebateu o motorista com certa tristeza, estacionando em frente à entrada principal. — Não conheço ninguém mais solitário que aquele pobre rapaz.

Bom, *pobre* não era bem a palavra que eu usaria para descrever Gael, depois de ver onde ele morava...

Seu comentário na noite anterior, sobre o fato de a pensão ser aconchegante, ganhou uma nota de gentileza ainda maior agora e me fez sorrir. Apenas porque era bom saber que eu trabalharia para um sujeito educado. Não tinha nada a ver com Lorcan. Na semana que se passara, eu havia entendido e conseguido separá-los em minha cabeça. Eles não eram o mesmo homem. Eu podia estar apaixonada por um e trabalhar para o outro, sem problema. Eu tinha tudo sob controle.

— O sr. O'Connor a espera no escritório — informou Oswaldo, se virando no banco. — Primeira porta à esquerda.

— Ok. — Mas a tensão me assaltou. O assunto "minha má sorte" me atormentava desde que Gael me oferecera o emprego. Eu tinha passado a última semana repetindo mentalmente "por favor, não me deixe estragar tudo", porque talvez, quem sabe, o azar se compadecesse de mim, para variar.

Nervosa, porém decidida a esconder o fato, desci do carro e arrumei minhas roupas novas enquanto inspirava fundo. Se tinha uma coisa na qual Aisla era boa era em criar um guarda-roupa gastando pouca grana. E graças a ela eu agora tinha duas saias, um vestido preto, três calças, cinco blusas, duas camisas e um paletó, além de um par de sapatos novos e uma bolsa. Acabei comprando aquela saia de contas para ela e uma blusa com estampa de unicórnios que achei a cara dela.

Eu havia prendido o cabelo em uma trança lateral — para evitar que, sei lá, uma mecha se enroscasse em alguma coisa e eu tacasse fogo em tudo sem querer — e escolhera a saia creme, combinando com a blusa verde de mangas longas com alguns recortes. Dizem que verde é a cor da sorte. Não custava nada arriscar. A bota imobilizadora não me deixava exatamente elegante, mas pelo menos eu havia me livrado das muletas. Embora o tornozelo não doesse mais, como abri mão do remédio pela hipoteca, optei por usar a tala mais uma semana.

Devagar, subi meio atrapalhada os seis degraus antes de parar diante da porta branca tão larga quanto meu armário do quarto. Ajeitei a alça da bolsa no ombro e bati. No momento em que minha mão tocou o painel de madeira, porém, ele se abriu de leve, revelando um hall espaçoso. Fui entrando até acabar em uma sala gigantesca, sem ninguém à vista.

Se eu tinha achado aquela casa incrível por fora, agora estava completamente embasbacada. Nem tanto pela construção em si — que, sim, era linda —, mas a decoração me tirou o fôlego. Minimalista, em tons claros, tapetes e obras de arte dando colorido ao ambiente. Cruzando os braços atrás das costas — minha posição de segurança dentro de lojas de utilidades domésticas —, eu me abaixei em frente ao aparador para examinar um vaso de ferro com alguns entalhes em vórtices. Um trabalho celta, com certeza. Mas eu não estava ali para admirar a beleza da casa, então tratei de ir para o escritório, seguindo as instruções de Oswaldo. Eu o encontrei aberto, e também estava vazio.

Humm... Talvez fosse melhor eu esperar na sala. Ou deveria esperar ali, no escritório? O que Oswaldo tinha dito mesmo?

Estava tentando recordar suas palavras exatas, mas os raios de sol da manhã que se infiltravam pela vidraça incidiram sobre um objeto pendurado na parede. Todos os pensamentos foram banidos da minha cabeça, e eu estava diante daquela peça antes que me desse conta. Pela visão periférica, assimilei diversas obras, objetos antigos e livros disputando espaço na estante, um sofá (branco, mas que surpresa!) num canto, uma mesa larga de madeira amendoada ao fundo. Mas minha atenção total estava naquele escudo de ferro fundido com desenhos de triângulos entrelaçados. Era lindo e tão parecido com os que eu via em meus sonhos que um arrepio me subiu pela coluna. Estendi o braço, desejando sentir sua textura e padrões na ponta dos dedos.

Estava tão absorta que o suave clique da porta me sobressaltou. Virei-me de imediato, dando de cara com o homem diante da porta do escritório, agora fechada.

— Desculpe. Não pretendia te assustar — a voz grave de Lorcan trovejou pelo escritório.

De Gael.

A voz de Gael!

Gael. Gael. Gael!

Que, aparentemente, continuava fora dos meus sonhos e lindo em um terno cinza sem gravata, o primeiro botão da camisa aberto, os cabelos castanho-claros ainda úmidos. Seu cheiro, de sabonete e homem, me chegou ao nariz, e tive que me apoiar no encosto de uma poltrona que nem havia notado antes para manter o equilíbrio. Um pouco atrapalhada, bati a tala no pé da mobília.

É só manter Gael fora da cabeça e tudo vai ficar bem.

E eu tentei. Realmente me esforcei para isso. Mas não estava conseguindo evitar que todo o sangue se refugiasse para meu rosto ao estar em sua presença. Ele podia não ser Lorcan, mas o efeito que tinha sobre mim era o mesmo.

Ok. Talvez eu não tivesse tudo sob controle, afinal.

Ele me observou por um instante e eu tive a impressão de que aquelas íris escuras cintilaram, mas pode ter sido apenas um reflexo do escudo.

— Você parece bem melhor — comentou, e eu fiz um agradecimento silencioso a minha irmã, que me ajudara a esconder minha palidez natural com maquiagem. — Como está o seu tornozelo?

— Bem. Já não dói mais.

— Fico aliviado. — Ele caminhou pelo escritório a passos lentos e se acomodou no sofá. — Está com fome?

Sacudi a cabeça, embora estivesse faminta. Ficara tão ansiosa para começar aquele dia que mal conseguira engolir o suco que mamãe me obrigara a tomar antes de sair de casa para esperar Oswaldo chegar.

— Por que não se senta para começarmos? — Indicou com o braço a poltrona na qual eu ainda me apoiava.

Segui sua recomendação. O tecido da minha saia escorregou um pouco no couro, e eu me segurei nos braços do móvel para não acabar de bunda no chão logo no primeiro dia de emprego. Esperei que ele dissesse alguma coisa, mas, como tudo o que fez foi ficar me encarando, vasculhei a cabeça em busca de alguma coisa inteligente para quebrar o silêncio. O que se deve dizer ao ficar cara a cara com seu amante imaginário, que na verdade não é seu amante imaginário, mas seu chefe?

É, eu também não tinha ideia. Em desespero de causa, disse a primeira coisa que me veio à mente.

— De quando é?

— De quando é o quê? — Ele arqueou uma sobrancelha.

— O escudo.

— Ah! — Seu olhar vagou para o artefato às minhas costas, um meio sorriso despontando em seus lábios. — Início do século dezessete.

— Veio da Irlanda, certo? É uma peça de família?

A surpresa trouxe um pouco de cor a seu rosto. Ele se inclinou para a frente, apoiando os cotovelos nos joelhos entreabertos. Uma mecha úmida lhe caiu na testa.

— Como você sabe que eu sou irlandês, Briana?

Eu e a minha boca grande.

— Você mesmo disse. — Forcei um sorriso.

— Não, eu não disse. — Seus olhos se estreitaram quase imperceptivelmente, mas os cantinhos da boca estavam curvados para cima.

— Ah... eu... Acho que o escudo me fez pensar que você fosse irlandês. E tem o seu sotaque, que quase não dá pra perceber, mas... — *Ou talvez porque Lorcan, por quem sou apaixonada, seja um guerreiro irlandês. Já mencionei que você é a cara dele?* — Você... não é irlandês, sr. O'Connor?

— Ah, sou sim. Filho da Irlanda. — Pousou a mão sobre o coração.

Eu já desconfiava. E a confirmação me trouxe certo alívio. Uma parte minha comemorou a solução daquele pequeno mistério. Eu estava cansada de nunca ter respostas. Era bom quebrar o padrão, para variar.

— Então... você gosta de colecionar coisas antigas — especulei, dando uma olhada nos outros objetos esparramados pelo escritório.

Gael se levantou e chegou mais perto, as mãos nos bolsos da calça cinza, a postura relaxada. Fiquei de pé também, e, mesmo sendo muito mais alta do que eu era nos sonhos, o homem diante de mim beirava os dois metros, por isso tive que erguer bem a cabeça para poder olhar em seu rosto.

— De certa forma — ele disse, fitando o escudo com ar sonhador. — Antiguidades me fazem pensar em um tempo em que a vida passava mais sossegada.

Relanceei a peça na parede. Se havia uma coisa que aquele período parecia não ter sido, a julgar pela rachadura que havia na borda do escudo, era sossegado.

Depois de um instante, Gael fez a volta, foi até a mesa maciça totalmente organizada e abriu uma gaveta. De lá tirou um iPad reluzindo de novo.

— Tudo o que você precisa saber sobre mim está aqui dentro — contou. Atravessei o escritório, parando diante da mesa para pegar o aparelho. Ele continuou: — Eu espero que você seja o mais independente possível, Briana. Que resolva os pequenos problemas sem que eu precise interferir...

Gael continuou falando sobre e-mails e teleconferências e números que não me diziam nada, mas tentei memorizar mesmo assim. Era um homem bem diferente do que eu havia conhecido na semana anterior. Mais seco e distante.

— Vou deixar você se familiarizar com tudo enquanto termino um assunto com o Lorenzo — avisou, já indo para a porta. — Tenho uma reunião mais tarde. Você deve me acompanhar. — Antes que eu pudesse abrir a boca, ele saiu.

E eu fiquei ali, segurando o iPad e todas as perguntas que pipocavam em minha mente. Por exemplo: O que ele esperava que eu fizesse nessa reunião? O que seria discutido? Seria na empresa? Na casa dele? Em um restaurante? Eu devia ligar para fazer uma reserva?

Tentei descobrir algumas informações no tablet, como ele sugerira. Havia centenas de e-mails, mais números, telefones, planilhas e só.

— Bem, sr. O'Connor — resmunguei para o nada —, parece que a sua vida não está toda aqui, no fim das contas.

Continuei investigando e, depois de um tempinho, encontrei em alguns e-mails informações sobre jazidas de esmeralda, sítios arqueológicos em diversos países e ações na bolsa de valores. Nada sobre a reunião iminente.

Já estava entrando em pânico quando, graças aos céus, um rapaz de cabelo encaracolado e algumas cicatrizes finas e longas no lado esquerdo do rosto passou pelo batente. Ele era muito bonito, de um jeito perigoso.

— *Buongiorno, bambina*. Você deve ser a nova pobre alma que vai assumir a função de assistente daquele irlandês mal-humorado de hoje em diante, certo?

— Se eu conseguir descobrir como — confessei. — Você deve ser o Lorenzo.

— Lorenzo Rossi, a seu dispor, *mia bella ragazza*. — Abriu os braços, se curvando com certo exagero. — Fui encarregado de te explicar o serviço.

— Ah, graças a Deus. — Soltei um suspiro ruidoso, me segurando na beirada da mesa para não cair. — Eu já estava quase tendo um troço, tentando adivinhar o que o sr. O'Connor espera de mim.

Ele abriu um largo sorriso contagiante, um tantinho sedutor — fosse sua intenção ou não —, e contornou a mesa, se sentando na larga poltrona imponente.

— O Gael espera apenas uma coisa de todo mundo: eficiência. Ele odeia se repetir. E detesta qualquer tipo de tecnologia, e é por isso que precisa de você. Vai ditar e-mails, memorandos, documentos e o que mais der na telha. Cá entre nós, eu acho que é porque ele não sabe usar direito a maioria dos computadores. Não fale que eu disse isso ou nós dois vamos perder o emprego.

Pressionei os lábios para não rir. Aquilo era ridículo. Até a dona Lola sabia usar um computador. Sua conta no Facebook tinha mais seguidores que a de Aisla.

— E é importante que você anote tudo o que acontecer nas reuniões — prosseguiu. — O Gael sempre vai perguntar coisas sobre elas depois. Ele não é muito bom em lembrar o que foi dito. Muitas vezes eu acho que é porque ele não está ouvindo. — Ele cruzou os braços atrás da nuca, girando a cadeira de leve. — Essa é a vantagem de ser rico. Ele não precisa estar atento. Paga alguém pra fazer isso. No caso, você.

Depois de me inteirar sobre a reunião — com um arquiteto que pretendia construir um parque aquático no Centro-Oeste do país e queria que Gael, engenheiro, viabilizasse o projeto — Lorenzo me deu mais algumas dicas. Comecei a ficar ainda mais nervosa. O trabalho parecia fácil, mas aparentemente meu chefe não admitia erros, e com o meu histórico...

Assim que terminou, ele me acompanhou até a entrada da casa, onde o carro e Oswaldo já esperavam a postos. Os dois homens começaram a conversar enquanto eu conferia se tinha papel e caneta na bolsa. Aisla colocara uma caneta rosa com glitter e um bloco de notas em formato de muffin com uma carinha sorridente. Acabei rindo. Eu não merecia uma irmã como ela. Não merecia mesmo.

— É do tamanho de um estado, Oswaldo! — contava Lorenzo. — Vou pra lá daqui a pouco. Parece que tem mais pedras do que terra lá embaixo. Nunca vi alguém com tanta sorte quanto o Gael. — Ele estalou a língua. — Tudo que ele toca vira ouro. Esmeraldas, nesse caso. E mesmo assim ele não está feliz. É isso que eu não entendo! Quer dizer, ele me contou sobre a morte da mulher, e como se sente infeliz sem ela, mas isso já tem muito tempo.

Eu me detive ao ouvir aquilo, a bolsa balançando em meu cotovelo.

Gael tinha uma mulher? Ele era casado? Quer dizer, viúvo? Mas ele era tão jovem... É claro que eu sabia que isso não significava nada. Eu só pensei que... Ele parecia ser capaz de ter tudo o que quisesse ou ousasse desejar. Era um pensamento bastante ridículo, eu sabia, mas...

Ok. Está bem. A verdade era que eu não gostava de imaginá-lo de coração partido. Fazia o meu doer.

Consegui me recompor bem a tempo de ver Gael passar pela porta, com um tubo com alças, que mais parecia uma aljava, pendurado no ombro. Foi impossível não pensar em Lorcan, espadas, flechas e beijos molhados.

Escudos rachados, corrigi depressa. Espadas, flechas e escudos rachados. Foi isso que eu quis dizer.

— O Lorenzo explicou tudo? — me perguntou.

— Sim, sr. O'Connor — falei, para lembrar meu cérebro que era melhor deixar tudo no âmbito profissional.

— Ótimo.

Gentilmente, Gael abriu a porta do carro para que eu entrasse. Assim que me acomodei, ele ocupou o lugar vago ao meu lado, no banco traseiro do sedã, ajeitando o tubo entre nós.

— Boa sorte, *bambina*. — A cara de Lorenzo surgiu em minha janela. — Mais tarde eu passo para ver como está se saindo.

Não pude definir se aquilo havia sido uma ameaça ou apenas um gesto amigável, então apenas fiz que sim, ao mesmo tempo em que Oswaldo engatava a marcha e acelerava. Nem bem tínhamos passado pelos portões e Gael se virou para mim, pronto para começar.

— O Lorenzo preparou alguns memorandos. Basta enviar.

— Ok. — Onde? Onde ele deixara os memorandos? Liguei o iPad e comecei a vasculhar os aplicativos com dedos trêmulos.

— Também preciso que você envie um e-mail para a embaixada italiana — prosseguiu, sem parar para respirar. — O endereço está na memória. Comece com "Prezados senhores, lamento não poder comparecer a..."

— Peraí. Só um segundo — interrompi, aguardando que o programa de e-mail abrisse. Quando ele se expandiu na tela e começou a baixar as mensagens, procurei o contato da embaixada. Por sorte, era um dos primeiros da lista. — Tudo bem. Pode começar de novo.

Como tudo o que ouvi dele foi silêncio, ergui a cabeça para entender o que tinha acontecido. Gael tinha uma expressão engraçada na cara. Incredulidade ou coisa assim.

Aaaaah...

— Quer d-dizer... — gaguejei, me encolhendo. — Estou pronta se você... se o senhor quiser fazer isso agora... — tentei consertar.

Ele apenas continuou me encarando como se não acreditasse, o que era bastante provável. Eu imaginava que todos ao redor dele fossem competentes, não uma pateta como eu. Por outro lado, ele havia dito pouco antes de me contratar que estava de saco cheio de robôs ou alguma coisa do tipo. Abri a boca para lembrá-lo desse detalhe, mas ele pigarreou, desviando a atenção para a janela, e recomeçou, ditando os e-mails a uma velocidade impressionante. Mesmo que meus dedos fossem rápidos, eu não conseguiria acompanhá-lo.

No momento em que minha cabeça começou a latejar, o celular dele — graças a Deus! — tocou. Enquanto ele atendia a chamada, aproveitei a pausa para dar uma conferida no e-mail que eu estava digitando.

```
Ao sr. Chefe do réptil de Admiração
Caríssimo sr. Amedronta
Assunto: Seminário sobre o uso de seriguelas alternativas
```

Sr. Amedronta?!

Nem me dei o trabalho de ler o restante para não entrar em pânico. Em minha pressa para não perder nenhuma palavra, não percebi que o corretor ortográfico havia trocado diversas palavras que tentei abreviar, e agora eu não conseguia lembrar o que tinha escrito inicialmente.

E eu que tive esperanças de não ser demitida antes do fim daquele dia. Eu teria sorte se durasse até chegarmos à empresa.

Quando, por fim, encerrou a chamada, Gael massageou a testa e proferiu uma quantidade de palavras que, pelo tom, só podiam ser palavrões. Recostou a cabeça no apoio do banco e cerrou as pálpebras. Parecia tão desanimado que meu coração se apertou até ficar do tamanho de um grão de arroz.

— Sr. O'Connor? — chamei baixinho.

— Sim, Briana? — Seus olhos ainda estavam fechados.

— Posso fazer alguma coisa pelo senhor?

Esfregando o rosto com as duas mãos, ele se aprumou no banco e se virou para mim. Parecia de volta aos negócios, não fosse por aquela sombra que, por mais que tentasse, ele não conseguia ocultar.

— Não, obrigado. Terminamos o e-mail do sr. Amadeu?

Sr. Amadeu!

— Acho que sim. — Corri o dedo pela lateral do iPad. — Mas... humm... talvez... o senhor queira repassar comigo antes de enviar — arrisquei. — Apenas para que eu possa ter certeza de que não deixei nada escapar.

Ele me observou por um instante interminável.

— Você não conseguiu pegar tudo, não é? — Arqueou as sobrancelhas.

Enrubescendo como nunca e sem coragem de admitir a verdade, entreguei o iPad a ele. Gael analisou o e-mail das seriguelas brevemente e então explodiu. Eu me encolhi no banco, esperando que ele dissesse as palavras que eu já estava tão habituada a ouvir. Só que... o banco começou a chacoalhar. Na verdade, o carro todo parecia sacudir.

Eu dei uma espiada e... ele estava gargalhando?

Sim, estava! Com tanto entusiasmo que seus ombros balançavam e sacolejavam o veículo inteiro. E desse jeito descontraído ele se parecia tão mais com o cara que me levara para o bar na semana anterior do que com o homem de negócios que me recebera naquela manhã em seu escritório particular. Eu gostava mais desse cara.

— É por isso que eu odeio essas porcarias. — Gael me devolveu o tablet. — Muito bem, vamos começar de novo. Avise se eu estiver indo rápido demais.

Pelo retrovisor, vi a testa de Oswaldo se enrugar. Eu mesma devia ter uma expressão muito parecida. Sobretudo depois do alerta de Lorenzo a respeito de Gael odiar se repetir.

Talvez... minha sorte estivesse começando a mudar, como Aisla tinha sugerido, pensei, esperançosa. No entanto, não tive tempo para conjecturas, já que Gael começou a ditar o texto de novo. Eu tinha escapado dessa vez, mas não dava para contar com a "minha sorte". Precisava me concentrar no que era realmente importante: fazer tudo direitinho a partir daquele instante e descobrir como não ser demitida logo no primeiro dia.

Assim que pisei no escritório da Brígida Construtora, notei que qualquer vestígio do incidente da semana anterior havia sido completamente apagado. O lugar parecia novo, assim como o bebedouro, e não havia mais o *plec-plec-plec* irritante do ar-condicionado.

Menos tensa do que quando estivera ali pela primeira vez, pude admirar melhor o lugar enquanto mancava ao lado de Gael, atravessando o andar. Reparei nas maquetes de todo tipo de construção, nas diversas saletas e cubículos onde pessoas se concentravam na tela dos computadores, em desenhos de projetos, sem dar nenhuma atenção a outra coisa.

A secretária de cabelo chanel abriu um largo sorriso ao avistar o patrão.

— Sr. O'Connor — saudou, entusiasmada. E então me viu. Seu sorriso congelou, os olhos faiscaram conforme se levantava da cadeira e eu estava certa de que ela teria pulado no meu pescoço se Gael não estivesse à distância de uma régua de mim.

— Bom dia, Guilhermina — devolveu ele, sem interromper o passo. — Esta é Briana Pinheiro, minha nova assistente. Já sabe como proceder.

— *Ela* é a nova assistente? — O horror cruzou seu rosto. Suas sobrancelhas finas arquearam tanto que desapareceram sob a franja reta, a boca escancarada como se se preparasse para um exame dental.

É, eu também estava chocada por ter conseguido a vaga.

— Fique longe do bebedouro — a moça arreganhou os dentes.

No entanto, Gael não percebeu a reação dela e seguiu em frente, parando ao lado da porta larga no fundo da sala e indicando que eu passasse.

O corredor dava em uma saleta de paredes em tons de cinza, onde havia uma mesa de madeira clara e um MacBook. O único armário não me parecia muito prático, mais como um frigobar do que mobília de escritório. A janela ia do chão ao teto — *ah, meu Deus, não me deixe quebrar isso. Nem cair lá embaixo!* — e, bem em frente, o simpático cacto me disse que este seria o tom daquela empresa: bonita, mas muito espinhosa. Atrás da mesa, uma parede de vidro (qual era o problema daquelas pessoas?!) coberta por persianas de madeira separava o ambiente de uma ampla sala.

— É aqui que você fica — disse Gael, um tanto formal. — Termine aqueles e-mails e então me avise. Se tiver alguma dúvida, peça ajuda à Guilhermina.

— Tudo bem. — Uau! Eu tinha uma sala só minha!

Depois de assentir, Gael seguiu para o escritório atrás de minha mesa. Um pouco receosa, ocupei a cadeira de couro branco — lembrete: não comer no escritório, sobretudo coisas com molho — e liguei o computador. No começo tive um pouco de dificuldade, nunca tinha usado um Mac antes, mas depois peguei o jeito e trabalhei nos e-mails por algum tempo. Consegui terminar meu serviço perto da hora do almoço. Parei para dar uma conferida na agenda de Gael. A reunião começaria em meia hora.

Olhei para trás, espiando por entre os vãos da persiana a sala de decoração sóbria, muita madeira amendoada que destacava as paredes cinza-escuras. Diante da janela que ocupava toda a parede, havia uma mesa larga de aparência sólida. Perto de uma estante gigante, um conjunto de sofá compunha uma salinha de reuniões mais informal. A estação de trabalho e a bagunça de papéis sobre ela fugia do padrão organizado. E era ali que Gael trabalhava naquele instante.

Ele havia tirado o paletó, que pendurara na cadeira, enrolara as mangas da camisa até os cotovelos e se debruçava sobre um rolo de papel. Havia algo de muito belo naquela cena; o homem de quase dois metros curvado sobre o tampo, a cabeça quase batendo na luminária cromada, o lápis parecendo pequeno demais em sua mão grande. Meu estômago deu uma pirueta. Mais rudimentar que meu cérebro, ele estava com problemas em se convencer de que aquele homem não era Lorcan.

Criando coragem para interrompê-lo, me levantei da cadeira, alisei a saia e bati na porta. Ele me mandou entrar sem desgrudar os olhos do papel. Abrindo a porta de vidro com extremo cuidado, passei por ela e, assim que estava lá dentro, minha pele se arrepiou. Por culpa do ar-condicionado que funcionava a todo vapor. Não tinha nada a ver com o cheiro delicioso de Gael impregnado em cada superfície. Claro que não.

Parei a poucos metros dele, cruzando os braços nas costas.

— A reunião é daqui a trinta minutos, sr. O'Connor.

— Ah, está bem. — Largou o lápis, endireitando as costas, e massageou a nuca.

Enquanto ele se levantava, desenrolava as mangas da camisa e vestia o paletó, espiei os papéis em que ele trabalhara. Um rascunho de uma planta baixa gigantesca com tantos cômodos que não consegui entender do que se tratava.

Curiosa, cheguei mais perto da bancada, observando os diversos quadradinhos e retângulos, e tentei decifrá-los. Estava tão absorta que não percebi que Gael havia feito o mesmo, até que falou:

— É um hotel. — Afastou alguns documentos do caminho para que a planta ficasse totalmente visível. — A ideia é que seja voltado para pessoas de negócios. Ou seja, a estadia não vai durar muito. Possíveis reuniões e seminários também podem acontecer. Por isso todas as áreas precisam ser aproveitadas ao máximo. Esse é o segundo andar. Aqui é o auditório, e esses dois são depósitos. — Seu indicador correu pelo desenho. — O retângulo maior é o restaurante e aqui atrás a cozinha. Sala de TV, área de circulação, banheiros, e aqui a sala de reuniões e uma de apoio. — Bateu o dedo no papel.

— Sala de reuniões... — Balancei a cabeça, sem saber se ria ou chorava. Como poderíamos competir com uma sala de reuniões? E o que diabos era uma sala de apoio?

É claro que Gael não tinha como adivinhar os rumos que meus pensamentos tomavam, por isso deduziu tudo errado.

— Não gosta? — ele quis saber, parecendo achar graça.

— Ah, não é isso, sr. O'Connor. — Eu me afastei da bancada, enrubescendo. — Parece... Eu não entendo muito, mas me parece um bom projeto.

Ele enfiou as mãos nos bolsos da calça.

— Não é o que o seu rosto diz. — Aqueles olhos pretos misteriosos se prenderam aos meus, e eu achei muito difícil pensar em alguma coisa.

Deve ter sido por isso que acabei por lhe contar a verdade.

— Não é nada disso. Parece realmente bom! É só que... — Soltei um suspiro, fitando o papel. — Como a pensão pode competir com salas de reuniões e auditórios, se nós mal temos assentos para todo mundo na sala de TV?

— Os negócios não vão bem? — Ele virou o corpo, recostando os quadris na mesa.

Seria um eufemismo dizer uma coisa dessas, então eu apenas ri, sem humor algum.

Seu cenho encrespou, a boca pressionada em uma linha fina conforme me estudava em silêncio por tanto tempo e tão intensamente que meus joelhos oscilaram de leve.

— Não entendo de hotelaria — disse, por fim —, mas entendo de negócios. As coisas funcionam melhor para quem tem um diferencial. Pense em algo que só a pensão da sua família tenha. Algo marcante, inesquecível, que faça o hóspede querer voltar a se hospedar ali. E indicar o lugar pelo mesmo motivo.

— Não é tão simples. — Abanei a cabeça.

— Eu nunca disse que era. — Ele me deu um meio sorriso provocador.

Em um ponto ele tinha razão. Gael podia não saber muito sobre os problemas da pensão, mas sabia ganhar dinheiro, a julgar por sua casa, a construtora e tudo o mais. A questão nada simples era: Em que nós éramos boas? Qual era o nosso diferencial? O que nos tornaria inesquecíveis e nos tiraria do buraco?

Ah, maravilha. Mais um mistério para me tirar o sono. Ainda assim, me senti muito grata a Gael, e um tantinho comovida pelo fato de um homem ocupado como ele ter se dado o trabalho de perder alguns minutos pensando em uma solução para o meu problema.

— Obrigada, sr. O'Connor.
— Sempre às ordens. — Ele sorriu de leve, então se aprumou. — Vamos?
— Sim, estou pronta.

Apesar de um pouco receosa, eu me saí bem na reunião. E nas outras duas também. Uma delas aconteceu fora do escritório, no restaurante da esquina, onde acabamos almoçando, embora já passasse das três horas. Mais tarde, acompanhei Gael em uma videoconferência. Tive problemas com o programa, mas, depois que entendi como tudo funcionava, até que me virei bem. Pelo menos foi o que eu pensei, já que Gael não reclamou.

No fim da tarde, eu estava na sala de Gael, sentada em uma das poltronas, tomando notas enquanto ele analisava um contrato quando a porta se abriu inesperadamente.

— Estou atrapalhando? — Lorenzo perguntou e, sem esperar pela resposta, foi entrando.

— O que você acha? — resmungou Gael, ainda examinando o documento.

O italiano caminhou pela sala sem pressa, sentando-se na poltrona ao meu lado.

— Acho que esse seu mau humor é sinal de que anda sentindo a minha falta, agora que eu fui promovido a diretor de AED. — O rapaz abriu um sorriso gozador, que quase fez suas cicatrizes desaparecerem.

— AED? — questionei, curiosa, enquanto Gael apenas o ignorou.

— Assuntos Extremamente Delicados — esclareceu Lorenzo.

— Eu já disse que não existe nenhum AED. — Gael deixou o contrato sobre a mesinha de centro e focou sua atenção no amigo. Entendi aquilo como uma pausa, então salvei as notas e descansei o iPad no colo.

— E eu já expliquei que diretor de AED é melhor que faz-tudo do Gael — retorquiu Lorenzo, revirando os olhos.

— Que seja — meu chefe cedeu, visivelmente impaciente. E um bom tanto ansioso, percebi, com certa surpresa. — Como foi a visita na fazenda? Alguma coisa nova apareceu?

— Francamente, Gael, encontrar uma jazida de esmeraldas não é o bastante pra você? — Lorenzo achou graça.

Meu chefe se manteve calado, lançando um olhar tão cortante ao italiano que eu me encolhi.

Lorenzo, no entanto, pareceu pouco afetado e suspirou, erguendo as mãos em rendição.

— Não. Não encontraram nada além de toneladas e mais toneladas daquelas belezinhas verdes. Estive na jazida a manhã toda. O gemólogo já ligou contando a novidade? — quis saber Lorenzo.

— Ligou. — Gael não conseguiu disfarçar o aborrecimento. Ou seria desapontamento?

— Os técnicos ainda estão avaliando o tamanho. — O rosto de Lorenzo brilhou com empolgação. — Mas, pelo relatório prévio, parece que é a maior jazida de esmeraldas da América Latina. A sua fazenda está sobre uma fortuna incalculável! Você precisa ver aquelas pedras, Gael. São do tamanho de um limão!

Gael esfregou a testa, como se subitamente a cabeça o matasse.

— Você fez questão de me enviar sete e-mails comentando o tamanho das esmeraldas.

Se o rapaz percebeu a irritação do meu chefe, preferiu ignorar, já que continuou:

— São as pedras mais puras de que se tem notícia. O verde é tão exótico que o gemólogo acredita que vão ter o valor dobrado pela raridade. São da cor... da cor dos olhos da *bambina*!

— Mantenha os olhos da minha assistente fora disso — atalhou, voltando a pegar o contrato. — E você também já mencionou a raridade das pedras nos e-mails. Dezessete vezes. Em caps lock — ironizou.

Bastante frustrado, Lorenzo se inclinou para ele.

— Pelo amor de Deus, Gael! Você não pode ser tão insensível assim. Precisa estar feliz. Só um pouquinho que seja.

— Eu estou feliz. — Sua voz não tinha entonação. — Vou querer ver os relatórios finais assim que estiverem prontos.

O italiano bufou, jogando as mãos para o alto, e enfim resolveu deixar o assunto de lado, se concentrando em mim.

— Como está se saindo, *bambina*? Alguma dificuldade? O Gael já conseguiu te irritar o suficiente para que você desejasse jogar aquele cacto nele?

— Ainda não. — Acabei sorrindo. — E eu não explodi nada por enquanto, o que é um bom sinal. De todo jeito, acho que seria interessante deixar os bombeiros de sobreaviso, só por garantia. Este prédio tem seguro, né?

Os olhos de Gael chisparam em minha direção, a boca se esticando lentamente até se tornar um sorriso largo de tirar o fôlego. Não tive alternativa que não fosse corar.

— Gael, você está... — ofegou Lorenzo. — Você está *sorrindo*? — Inclinou-se para a frente para poder ver melhor. Então o espanto tomou conta dele. — *Dio santo*, está mesmo! Espere! Eu preciso tirar uma foto ou ninguém vai acreditar em mim. — Ele puxou o celular do bolso. — Pode levar mais dez anos pra que isso aconteça de novo!

— Não enche o saco — retrucou Gael, mas ainda sorria ao colocar a mão grande sobre o aparelho que Lorenzo apontava para ele e o forçar para baixo.

Nesse momento, o celular do próprio Gael tocou, e o cara relaxado e descontraído deu lugar ao homem de negócios centrado e austero. Ele me disse que retomaríamos o trabalho em outro momento, de modo que tratei de voltar para minha saleta. Cerca de meia hora depois, Lorenzo também saiu de lá, mas fez uma pausa diante da minha mesa.

— O Gael parece... tranquilo — comentou, as sobrancelhas arqueadas como se isso fosse algo inédito. E era mesmo. As palavras "tranquilo", "calmo" e "sereno" raramente eram usadas se eu estivesse por perto.

— E isso é bom, né? — perguntei, animada. — Significa que eu estou fazendo as coisas direito.

Lorenzo me observou por um instante longo o suficiente para me deixar desconcertada.

— Sim, *bambina*. Você está fazendo muito bem. Apenas continue. — E soou esperançoso ou algo semelhante, o que me deixou um tanto confusa.

Seja como for, ele logo se despediu e eu passei a limpo minhas notas, incluindo as das reuniões. Ao erguer a cabeça mais tarde e espiar a janela, percebi que a noite já havia caído. Um instante depois, Gael deixou o escritório, o paletó pendurado no ombro, e me dispensou sem cerimônia — ou uma palavra a respeito de como eu me saíra. Encarei aquilo como uma aprovação, porque eu, e todos no décimo segundo andar, sobrevivemos ao meu primeiro dia de trabalho.

O doce sabor da vitória!

9

Acordo sozinha naquela manhã. Examino a cama que dividi com Dana. A garota desapareceu. Em seu lugar, sobre os lençóis, há um vestido de linho verde e uma bata branca de mangas longas. No canto perto da porta, noto pela primeira vez um arco e uma aljava com uma dúzia de flechas. Aquilo não estava ali no dia anterior.

Visto a bata e, então, o vestido, estranhando a sensação de tão pouco tecido sobre minha pele. Ajusto as fitas emaranhadas na parte da frente do corpete para que fiquem firmes e tranço os cabelos antes de deixar o quarto. Ao passar pela pequena sala, avisto um cobertor dobrado em frente à pequena lareira. Lorcan deve ter passado a noite ali. O sofá, de fato, não me parece grande o bastante.

O aroma de aveia e lenha queimada chega ao meu nariz, e eu o sigo até a cozinha. Dana está diante do fogão e me recebe com um sorriso caloroso.

— Bom dia, Cara — cumprimenta. — Dormiu bem? Estou preparando mingau. Gosta?

— Bom dia, Dana. Sim, gosto muito. — Chego mais perto e espio a panela, onde pequenos vulcões se formam e bolotas explodem. — Me deixe ajudá-la.

— E sabe como fazer? — pergunta, surpresa.

Eu me encolho.

— Não. Mas posso aprender! — acrescento depressa. — Quero ajudar.

— Tenho prazer em cozinhar — Ela para de mexer a papa e bate de leve a colher de pau na lateral da panela, se virando. — Mas, se quiser mesmo ajudar, posso ensiná-la a trançar a palha. Um par de mãos extra será muito bem-vindo. Precisamos de mais cestos.

Eu lhe agradeço e aceito a oferta, animada. Trabalhar ajudará a não me sentir um fardo enquanto permanecer ali.

— Onde... onde está o sr. O'Connor? — Tento não demonstrar minha inquietação por revê-lo.

E falho, já que um risinho lhe escapa da garganta.

— Na lavoura. — Ela gira sobre os calcanhares, a saia chia contra o piso, e volta a mexer a panela. — Ele saiu antes que eu acordasse.

Passeio pela cozinha pequena e me recosto à mesa, um tanto sem jeito.

— Lamento tê-la incomodado, Dana. Não era necessário que passasse a noite aqui comigo.

— Oh, Cara, não foi incômodo algum. E por certo não deve ficar sozinha com Lorcan. Ele é um bom homem, mas sabe como são as más línguas...

Ele me disse algo semelhante no dia anterior, tão logo Dana correu para casa a fim de pegar uma trouxa de roupas. Ela faria o papel de dama de companhia. Protestei, mas era uma batalha perdida. Lorcan estava irredutível.

— Não deve passar a noite a sós comigo — ele anunciou, enquanto caminhávamos pela aldeia e me apresentava a seus amigos e conhecidos.

— Não compreendo o motivo. Nós ficamos a sós por quatro noites — apontei.

— Estava desacordada, Cara. — Ele comprimiu os lábios, visivelmente descontente. — É diferente agora. Não posso permitir que sua honra esteja em risco.

Então encerrou o assunto, me apresentando a Shona, uma mulher bonita de sorriso gentil e olhos ligeiros. Eu gostei dela. Na verdade, de todos na aldeia, sobretudo de Dana, com sua animação juvenil.

— Dana — começo, pegando dois pratos na prateleira ao lado do fogão, onde alguns mantimentos e utensílios domésticos se empoleiram. — O que quis dizer ontem... a respeito de a aldeia estar a salvo enquanto o sr. O'Connor estiver por perto?

Com a ajuda de um pano, ela afasta a panela da lenha em chamas e limpa as mãos no avental.

— Que Lorcan é o chefe de nosso clã. Ele não lhe contou? — pergunta. Quando nego com a cabeça, ela continua: — Isso não me surpreende. Lorcan não gosta de ser líder, embora seja um dos melhores que nosso clã já teve. Conhece a lenda de Cúchulainn, Cara?

— Hã... Sim, conheço, obviamente.

Lug, tão brilhante quanto o sol, era o mais completo deus da antiga nação, segundo a lenda, filho da própria Irlanda. Ele se apaixonou por uma princesa mortal, Deichtine. Desse amor nasceu Cúchulainn, o grande guerreiro. Ele era imbatível no campo de batalha — ou por sua extrema coragem, ou pela incomum capacidade de distorcer suas belas feições, transformando-se em uma temível besta.

Mas que relação tem o grande guerreiro com a minha pergunta?

— Conhece toda a história? — *ela enfatiza, arqueando as sobrancelhas bem desenhadas.* — Sobre os filhos de Cúchulainn?

— Mas ele teve apenas um. Connla — *me lembro de repente. Os dois duelaram, sem conhecer o parentesco, e Cúchulainn acabou matando o próprio filho.*

Dana balança a cabeça em anuência.

— Sim, mas eu me referia ao outro filho dele. Cathal.

— Cathal?

Ao perceber minha confusão, ela se anima, esquecendo a panela, e puxa uma cadeira. Indica com o braço que eu a acompanhe e, em sua empolgação, não espera que eu me acomode para começar a narrar a história.

— Como sabe, Cúchulainn era belo. — *Ela suspira.* — Tão bonito que até mesmo as deusas caíram em seus encantos. Na época, os homens da Irlanda queriam que ele se casasse logo, pois só assim teriam paz.

Acabo rindo. Ela também.

— Mas o nosso herói — *continua* — tardou a encontrar sua companheira, o que não significa que não tenha se divertido bastante até que isso acontecesse. Ele não podia se conter. Era sua metade humana, a metade irlandesa, falando mais alto. — *Revira os olhos.* — O grande guerreiro teve muitas aventuras amorosas, e de uma delas, com uma arqueira chamada Betha, nasceu Cathal. Infelizmente, Cúchulainn nunca soube da existência do menino, pois Betha temia que, se os inimigos do grande guerreiro soubessem da criança, a matariam. Por isso escondeu Cathal. Ela o criou como filho de um primo, Magnus O'Connor.

Eu não poderia estar mais espantada.

— Dana, está me dizendo que Lorcan é descendente de Cathal?

— E do grande guerreiro Cúchulainn. E, por sua vez, de Lug. Ele traz o desenho no braço esquerdo. Todos os O'Connor carregam a marca do grande guerreiro. — *Ela estende o braço sobre a mesa e aperta minha mão.* — Mas, por favor, Cara, não diga a Lorcan que eu lhe contei essa história. Ele não gosta. Não acredita nela.

— Fique descansada. Será o nosso segredo.

Ela assente e fica de pé.

— Bem, preciso ir até a aldeia, se não precisar de mim pela próxima hora. Não devo demorar. Tenho de pegar um pouco de aveia. A de Lorcan está no fim.

— Mas sua comida vai esfriar. — *Indico a panela fumegante.*

— É muita gentileza se preocupar comigo, mas acordei faminta e comi faz algum tempo. — *Ela enrubesce.* — Preparei o mingau para você.

Eu suspiro, me levantando, e contorno a cadeira até estar diante dela. Dana é alta, e preciso erguer o rosto para olhar em seus olhos.

— Não é minha criada, Dana. Por favor, entenda isso.

— Fiz com muito gosto. — Ela ergue os ombros. — Além disso, ouvi Ailín dizer a papai que você será muito importante para nós. Devo cuidar de você da melhor maneira que puder.

Eu engasgo, atônita.

— Ela disse isso? — indago.

— Sim. E não tenho motivos para duvidar de Ailín. Ela é uma sacerdotisa de Brígida.

Ouvir isso me espanta, embora não devesse. Ailín não podia ser nada além de uma feiticeira. Há magia ao redor dela.

Assim que a menina sai, como um pouco do mingau e em seguida arrumo a casa, uma fraca tentativa de agradecimento a Lorcan. Entretanto, não há muito a ser organizado. Ele vive com simplicidade, e em menos de um quarto de hora eu termino. Dou uma espiada na janela e, pela posição do sol, calculo que já passe das nove da manhã. Se Lorcan saiu antes de o sol nascer, a essa altura deve estar com fome. Além disso, é a desculpa perfeita para sair de casa e, com sorte, dar com um dos soldados de papai.

Apanho uma cesta na cozinha e nela coloco tudo o que encontro na despensa: pão de soda, queijo, morcela e uma bonita garrafa ocre. Ao destampá-la para investigar o conteúdo, descubro se tratar de uma cerveja de aroma adocicado e levemente amargo que faz minha boca salivar. Assim que arrumo tudo, pego o manto marrom pendurado atrás da porta e o visto, erguendo o capuz antes de sair.

A plantação fica na parte sul da vila, mas opto por seguir pela margem do rio, o caminho que Lorcan e eu fizemos no dia anterior, onde as árvores oferecem alguma proteção. Porém não encontro ninguém pelo caminho, mesmo quando as árvores se tornam esparsas e o milharal que recobre a colina preenche o horizonte em tons dourados. Ao chegar à plantação, vou me esquivando do trabalho daquela manhã: pilhas de palha seca e cestos repletos de espigas. O primeiro que reconheço é Brian, que acena para mim do outro lado do campo. Há mais pessoas ali, mas diviso Lorcan com um daqueles imensos feixes de palha no ombro e tudo o mais parece desbotar. Sua camisa está enroscada na cintura da calça, grande parte dos cabelos que ele amarrou já se desprendeu devido ao esforço físico. Ele não me vê e se abaixa para colocar a pilha no chão. Tenho um vislumbre do belo desenho de Cúchulainn que Dana mencionou, mas dou pouca atenção a ele, pois o torso nu de Lorcan está coberto de suor e sua pele reluz como se estivesse coberta com pó de ouro. Sinto uma fisgada no peito... e outra mais embaixo, a boca mais seca que toda aquela palha.

Endireitando a coluna, ele por fim me nota. Apesar de bastante surpreso, parece incrivelmente contente em me ver, vindo ao meu encontro a passos largos, combinando com seu sorriso.

— Eu... lhe trouxe o almoço — digo quando ele me alcança. — Espero que esteja com fome.

— Não precisava ter se dado o trabalho, Cara. Eu trouxe alguma coisa.

— Ah — murmuro, um pouco desapontada.

— Mas comi faz algum tempo — ele se apressa. — Já estou com fome outra vez. Na verdade, eu estou sempre faminto.

— Isso porque uma família de Leprechauns vive no seu estômago — Brian brinca a certa distância.

Rindo, Lorcan puxa a camisa da cintura e seca o rosto com ela. A ferida em seu ombro, agora recoberta por uma crosta escura, parece cicatrizar bem. Ele sacode a camisa, enfia os braços nela e a passa pela cabeça. Depois pega a cesta e me leva até a sombra de uma árvore ali perto. Resquícios de palha estalam sob nossos pés.

Eu me acomodo na raiz larga e envergada, quase um banco natural, e abaixo o capuz enquanto ele se ajeita no chão. Abro a cesta e lhe entrego a garrafa de cerveja.

Seu semblante se ilumina.

— Eu sabia que recebê-la em minha casa era uma decisão muito sábia. — Destampa a garrafa e a leva aos lábios. E grunhe contente enquanto sorve um grande gole.

— Pensei que tivéssemos concordado que foi uma decisão pouco inteligente — provoco.

Ele seca a boca na manga da camisa e me oferece a garrafa.

— Prove e então me diga se posso não me sentir afortunado por ter lhe encontrado.

Faço o que ele diz e, à medida que o líquido fresco envolve minha língua e desce com suavidade por minha garganta, eu gemo, satisfeita.

— Exatamente, Cara. Eu não teria sido mais eloquente. Sua capacidade de expressão é admirável. E invejável — brinca, me fazendo rir.

Puxando a cesta para perto, sua mão serpenteia para dentro dela à procura da comida. Apesar de visivelmente faminto, não deixo de notar que parece um tanto ressabiado.

— Eu não preparei coisa alguma — asseguro a ele. — Estavam em sua despensa. Tudo o que fiz foi colocar os alimentos na cesta.

Ele leva a mão ao peito, uma expressão fingida de alívio estampando seu rosto, e apanha a trouxinha que fiz com o pão, o queijo e a linguiça.

Acabo rindo outra vez ao vê-lo lutar contra o nó.

— Mas provavelmente tem razão. — Eu me ajoelho em frente a ele e tomo a trouxa de suas mãos grandes, desamarrando as pontas da toalha e, enfim, libertando a comida. — Eu mal consigo entender como devo comer determinados alimentos, que dirá prepará-los.

— Agora fiquei curioso. — Ele puxa sua scían da cintura e corta alguns pedaços do queijo e da morcela. — Como pode não saber como se deve comer uma comida?

Dou de ombros.

— Às vezes acontece. Por exemplo... não me recordo o nome do prato, mas papai o serviu em um jantar no ano passado. Era pavão recheado com peru, que era recheado com pato, que era recheado com galinha, que era recheada com faisão, que era recheada com perdiz... Eu pensei que nunca mais fosse parar de encontrar uma ave dentro de outra.

— Aaah! Esse prato! — Ele revira os olhos. — Por que não disse antes? Sei como se prepara.

Espetando um pedaço de queijo com a ponta da faca, ele me oferece. Envolvo os dedos no quadradinho.

— Obrigada. E sabe mesmo? — Não consigo disfarçar a surpresa

— Decerto que sei! — Sua expressão é grave. — Na verdade é bastante simples. Tudo o que precisa é conseguir convencer a perdiz a engolir um ovo de faisão, que por sua vez terá de engolir o da galinha, a seguir o do pato, até chegarmos ao pavão. Então basta esperar os ovos eclodirem e terá uma ave dentro da outra.

— Por que não pensei nisso? — Mordo o lábio para não rir.

— Depená-las pode ser um pouco mais complexo, no entanto. — Suas sobrancelhas se franzem, o olhar perdido em algum ponto atrás de mim.

A gargalhada me escapa, e acabo tombando de encontro ao tronco da árvore. Lorcan ri também, jogando um pedaço de queijo na boca. Então ele diz algo que faz a diversão ir para longe.

— Seu pai deve ser um homem muito rico para ter abatido tantas aves em um só jantar.

— É... — Clareio a garganta. Penso em me esquivar, mas ele viu meu vestido e o colar que trago no pescoço. De que adiantaria mentir? — Sim, ele é. Papai imaginou que seria elegante. Meu irmão passou mal e culpou a perdiz. Ele jamais come essa ave... Comia — corrijo, abraçando os joelhos.

— Sinto muito pelo seu irmão, mo cara. — Sua voz é terna.

"Minha amiga." Gosto da maneira como soa em seus lábios, mas meu coração se rebela e discorda, ansiando por outras palavras. O alarme soa em minha mente. Não posso dar ouvidos a meu coração. Seria um grande erro. O maior de todos que já cometi.

— Sabe... — começo. — Às vezes esqueço que Conan não está em mais uma de suas inúmeras viagens e fantasio que a qualquer momento ele vai voltar para casa com um olho roxo por ter se metido em uma briga em alguma taberna qualquer. — Tento ocultar a melancolia, mas ela se esgueira pelo meu tom de voz.

Lorcan belisca o pão e me oferece, mas rejeito. Ele o leva à boca, me observando com cuidado enquanto mastiga. Meu rosto começa a esquentar, por isso mordisco o cubinho de queijo.

— Eu quero ajudá-la — ele diz, solene.

Ergo a cabeça, um tanto confusa, e tento me lembrar do que conversamos.

— A fazer as aves engolirem os ovos? — arrisco.

Os cantos de sua boca se retorcem, mas ele balança a cabeça.

— A não ser obrigada a fugir e quase acabar morrendo de sede em uma floresta na próxima vez que encontrar o assassino do seu irmão. — Ele dobra um dos joelhos e apoia o braço nele. A faca pendendo de sua mão. — É ágil com a scían. Como se sai com a espada?

— Não tão bem — confesso.

— Foi o que imaginei. Sua baixa estatura dificulta, sua mão é bem pequena. Qualquer oponente será mais alto que você. — Com um movimento ágil, ele crava sua scían na morcela e me encara, um brilho novo cintilando em suas íris claras. — Mas isso também pode ser uma vantagem.

Um fiapo de esperança se empertiga dentro de mim.

— Como?

— Eu lhe mostrarei como. Hoje à noite?

Sem vacilar um instante, concordo com a cabeça. Aprender a derrotar Fergus passou a ser meu novo objetivo.

Lorcan também faz um movimento com a cabeça, selando sua promessa, e então começa realmente a comer. E compreendo o que Brian quis dizer antes, sobre a família de Leprechauns. Assim que não resta uma única migalha e nem um só gole de cerveja, guardo a garrafa e a toalha de volta na cesta.

— Acho melhor eu ir. — Eu me levanto. — Não avisei a Dana que sairia. Ela pode ficar preocupada.

— Cara, espere. — Ele também fica de pé. — Eu... fiz algo para você.

Minha surpresa o deixa inquieto, e ele parece um tanto inseguro ao tirar algo pequeno do bolso e, sem uma palavra, depositá-lo em minha palma.

Examino o pedacinho de madeira amarrado a uma delicada tira de couro. O pequeno pingente é comprido o bastante para que desenhos tenham sido entalhados nele. Não. Não são desenhos. São letras do antigo alfabeto Ogham.

— Sol — leio em voz alta. A grande estrela do universo. Não há escuridão enquanto ele fulgura, a vida floresce com seu poder. Não há trevas enquanto ele existir. É isso que Lorcan está me oferecendo. Meu próprio sol.

Elevo o rosto, a vista embaçada pelas lágrimas a ponto de eu mal conseguir distinguir suas feições.

— Sei que não tem valor nenhum — ele diz em voz baixa, enrubescendo suavemente. — É só uma lasca de bétula. Ainda mais se comparado à joia em seu pescoço, mas... — Esfrega a testa, rindo com nervosismo, e então seu olhar dourado se atrela ao meu. — Não posso destruir suas lembranças, Cara. Tampouco impedir que elas lhe atormentem. Mas pensei que talvez pudesse ajudar a afastar as sombras.

Minha garganta se aperta ao passo que meu coração tropeça, assaltado por sentimentos e emoções que de início não reconheço. Aperto o colar de encontro ao peito.

— Obrigada, Lorcan. — Minha voz falha. — É o presente mais bonito que já ganhei em toda a minha vida.

Ele chega ainda mais perto. Sua mão se move em direção a meu rosto, e eu prendo o fôlego. Mas ele vacila, observando os próprios dedos um tanto sujos pelo trabalho. Não quero que ele hesite. Quero que me toque. Desejo sentir seu calor, seu contato embaralhar meus pensamentos, apagar meus temores, me encher de sentimentos confusos, parte esperança, parte desassossego.

No entanto, ele recua antes que eu possa dizer isso a ele.

— É melhor ir, Cara. — E parece um tanto frustrado. — Mas, por favor, tenha cuidado ao voltar para casa.

— Eu terei.

Ele se despede e eu o observo se afastar, apressado. O campo de milho reluz com o sol, da mesma maneira que seus cabelos. Volto a atenção para o colar, fechando os dedos ao redor da madeira. Algo dentro de mim desperta.

É confuso, doloroso e extraordinário!

10

Abri os olhos e levei os dedos ao pescoço. Não havia nada ali, como sempre.

Toda vez que aquele sonho retornava, eu buscava o amuleto apenas para me deparar com o nada. Era frustrante e doloroso ao mesmo tempo.

Inspirando fundo, alcancei minha bolsa sobre a mesinha de cabeceira. Peguei o caderno e o lápis, começando a rabiscar. Os traços foram ganhando forma, profundidade, até que eu quase podia tocar o amuleto fino e comprido no pescoço delgado. Observei a garota pequenina, com seus longos cabelos lisos de um preto tão profundo que refletiam um brilho azulado, me perguntando pela centésima vez por que eu assumia outra personalidade, outra aparência enquanto sonhava. Como das outras vezes, não obtive resposta.

Suspirando de pura frustração, guardei o caderno de volta na bolsa antes de ir para o banheiro me arrumar. Assim que estava limpa e pronta, olhei pela janela e, surpresa, avistei o BMW preto na entrada com Oswaldo atrás do volante, então tratei de me apressar.

— Bom dia, meu amor. Aonde pensa que vai de estômago vazio? — exigiu mamãe ao me ver descendo as escadas correndo.

— O motorista já chegou. Se sairmos agora, evitamos o trânsito das sete.

— Cinco minutos não vão fazer diferença. — Ela me pegou pela mão tão logo meus pés tocaram o assoalho de tacos do térreo e começou a me empurrar para a cozinha. — Venha comer alguma coisa antes.

— Mas, mãe...

— Você precisa tomar bastante leite para o seu tornozelo ficar forte.

— Mas eu não quebrei, só torci!

Ela me lançou um olhar do tipo "não discuta comigo, eu sou sua mãe" que me fez encolher, vencida. Mamãe é daquele tipo de pessoa que pensa que todos os problemas do mundo podem ser resolvidos com comida. Concluí que seria mais rápido ceder que argumentar. Então deixei que ela me arrastasse até a sala de jantar. Ela só voltou para a cozinha depois que tomei uma caneca bem cheia de leite.

Eu tinha acabado de engolir o último pedaço de pão — macio e delicioso — quando Aisla entrou na sala, sua mochila multicolorida pendurada no ombro, os olhos inchados. Eu já tinha assistido àquela cena antes. Mais ou menos uma vez por semana nos últimos dois anos, para ser exata. Ainda assim, vê-la daquele jeito sempre botava um nó em minha garganta.

— Ah, Aisla, eu sinto muito. — Corri abraçá-la, desejando matar o tal Felipe por ter feito minha irmãzinha chorar. — Ele é um cretino. Não merece você.

— Não mesmo. — Ela fungou em meu ombro. — Ia acontecer mais cedo ou mais tarde. Melhor assim. Não tive tempo de me apaixonar.

Eu me afastei, secando com os dedos as lágrimas que ela tentava bravamente deter, sem sucesso.

— O que ele fez? — reclamei.

— Ele riu de mim na frente dos amigos, depois que eu expliquei a minha teoria sobre a existência de vida fora da Terra. — Deixou escapar uma risada irritada. — Ele não entendeu. Ele não é muito esperto. Quer dizer, a gente só conhece um pedacinho de nada do universo, Bri. A gente nem sabe o que tem do outro lado da nossa própria galáxia, porque o centro é tão brilhante e poeirento que não dá pra ver nada. Não é tão maluco assim pensar que em algum lugar por aí existe um mundo que contenha vida. Além disso, eu acho um pouco presunçoso deduzir que temos todo o universo só pra gente. Mas o Felipe ficou me zoando, me fez parecer uma idiota que acredita em ET de cabeça grande! — Revirou os olhos.

— Cretino — rosnei.

— E burro! Ele nem sabe o que é uma nebulosa. Pensa que é o nome de uma música da Rita Lee!

— Ah, meu Deus. — Mordi o lábio para não rir, mas meus ombros começaram a sacudir.

E os dela também. Meu coração bateu aliviado.

— De agora em diante eu só vou sair com um cara depois que ele responder a um questionário imenso. QI abaixo de 100 não me interessa mais — concluiu, mais animada. Então relanceou o vestido preto que eu usava e assentiu em aprovação. — Quatro dias inteirinhos no mesmo emprego, hein? Se conseguir ficar mais hoje, vai ser o seu novo recorde.

Pois é. Nem eu conseguia acreditar. Quatro dias inteirinhos livres de desastre. Quatro dias em que tudo o que eu me propus fazer saiu exatamente como deveria. Eu estava radiante! E também desconfiada. Nunca tinha tido uma maré de sorte tão grande. Na verdade, nem mesmo uma pequena. Só esperava que toda essa calma não se convertesse em um tsunami de catástrofe mais tarde.

— Você vai pra aula? — Analisei as meias-luas arroxeadas sob seus olhos. — Com essa cara inchada? Vai deixar aquele imbecil saber que andou chorando?

— Usei todos os corretivos que tinha. — Abriu os braços, desolada. — Eu tenho prova hoje.

— Humm... Tenho uma ideia.

Pegando-a pela mão, eu a empurrei para o segundo andar. Colei o ouvido na porta de dona Lola, sondando. Julio Iglesias já cantarolava, ainda que timidamente. Ela estava acordada. Arrisquei bater.

Ouvi sua bengala resmungar contra o piso enquanto ela vinha atender. Imensos óculos de grau surgiram no vão da porta, deixando seus olhos escuros, ainda sem maquiagem, do tamanho de bolas de tênis.

— Briana. Aisla. — Ela arreganhou a porta, chegando para o lado para nos dar passagem. — O que estão fazendo aqui assim tão cedo, meninas? Aconteceu alguma coisa?

— Bom dia, dona Lola. — Entrei, arrastando minha irmã comigo. — Desculpe incomodá-la a esta hora, mas nós temos uma emergência e só a senhora pode nos socorrer...

♡

Assim que os elevadores se abriram no décimo segundo andar no prédio de escritórios, percebi que estava bastante adiantada, já que o encontrei vazio. Eu devia ter percebido antes. O sol nem havia nascido ainda quando Oswaldo me deixara ali. Gael havia dispensado os serviços dele naquela manhã e viria sozinho depois. Sem o trânsito das sete, conseguimos fazer o percurso entre a pensão e a Brígida em míseros dezoito minutos.

Fui direto para minha mesa e liguei o computador, pendurando a bolsa na cadeira. Estava colocando longe dos documentos o embrulho de pãezinhos frescos de mamãe que eu trouxera para o lanche quando o bater suave de uma porta me fez olhar para trás, para dentro do escritório do meu chefe.

As luzes estavam apagadas, mas um vulto escuro, a cabeça encoberta por um capuz preto, se movimentava no fundo da sala.

— Ah, merda. — Pulei do assento feito uma rolha, me enfiando embaixo da mesa e puxando a cadeira para que ela me desse alguma cobertura.

Ah, meu Deus do céu, estávamos sendo assaltados!

O que eu devia fazer? Ligar para Gael? Lorenzo? Mas no que eles poderiam ajudar estando tão longe? Depois de ponderar por um instante, deduzi que era mais sensato ligar para a portaria do prédio.

Tateando a mesa sem sair do meu esconderijo, consegui pegar o telefone. Levou séculos para alguém atender. Assim que a ligação completou, expliquei resumidamente o que estava acontecendo e prometeram mandar alguém. Desliguei e dei uma espiada na sala. Eu só conseguia ver parte da silhueta do assaltante — que parecia imenso —, pois metade do corpo estava dentro do armário. Eu não tinha ideia do que Gael guardava ali. Documentos? Projetos secretos? As esmeraldas?

Ah, droga. O que quer que fosse, o ladrão pegou e enfiou debaixo do braço antes de desaparecer nas sombras.

Onde diabos estava o tal segurança?

Eu não podia deixar aquele cara ir embora. Depois de dez minutos, ninguém apareceu para me socorrer, então decidi agir. Devagar, me mantendo agachada, passei a mão na primeira coisa que encontrei sobre a mesa e entrei de fininho na sala. Eu me escondi atrás do sofá, espiando. O bandido parecia estar no banheiro de Gael. Uma pancada surda de gaveta se fechando confirmou minhas suspeitas e eu me encolhi, apertando com força a... régua de alumínio?

Merda.

Ok. No escuro, ele não teria como saber.

A porta do banheiro se abriu e os passos do sujeito ecoaram pelo escritório, cada vez mais próximos. Eu me preparei e, assim que ele passou por mim, saí de trás da poltrona com um impulso, pulando em suas costas.

— Seu filho da mãe! — Passei um braço em seu pescoço, pressionando a régua em sua garganta. — Você vai pra cadeia!

Ele não reagiu. Não moveu um único músculo, na verdade. E eu não entendi por que seus cabelos estavam molhados e ele não vestia nada na parte de cima. Onde estava o moletom? Que tipo de ladrão era ele, que aproveitava para tomar uma ducha durante um assalto?

Mas então ele abriu a boca.

— Eu vou ser preso sob qual acusação, Briana?

— Gael?!

Todo o meu corpo relaxou, aliviado, e foi uma péssima ideia, porque comecei a escorregar para baixo. Tentei me agarrar em alguma coisa, só que Gael ainda estava um pouco molhado — e muito cheiroso. Não sei como meu cérebro foi capaz de registrar esse fato, já que comecei a deslizar pelo corpo dele, os dedos buscando apoio em qualquer coisa. Consegui me agarrar ao tecido felpudo, mas infelizmente a toalha não estava firme o bastante, de modo que ela e eu escorregamos, até meu traseiro bater com força no chão. Doeu.

— Merda — reclamei, sentindo a pancada reverberar por toda a coluna. Quando a dor cedeu e eu voltei a enxergar alguma coisa, dei de cara com...

Ah, meu Deus!

Dei um gritinho, cobrindo os olhos com uma das mãos, e joguei a toalha para que ele cobrisse aquele traseiro liso, bem esculpido e de aparência firme como granito. Mas a porcaria da toalha ficou presa nos velcros da minha bota imobilizadora. Tive que usar as duas mãos para desprendê-la, mantendo a vista abaixada... quase o tempo todo. Com o rosto queimando tanto que se poderia grelhar um filé ali e deixá-lo bem passado em poucos minutos, consegui libertar o tecido com um safanão. Algumas tiras da bota se abriram com um créééééc.

— Aqui. — Estendi a toalha para Gael, trabalhando nas tiras com dedos trêmulos, ainda mantendo os olhos no chão.

— Obrigado.

A roupa de banho se foi e eu me virei para o outro lado, tentando lhe dar alguma privacidade. Só que, bom, como eu havia acendido as luzes da minha sala, a janela que ocupava o fundo da dele se transformara em um espelho gigante, que refletiu as costas de Gael... e tudo que tinha abaixo dela, em todos os seus gloriosos e fabulosos detalhes.

Mas ele bloqueou parte da minha visão ao envolver a toalha nos quadris, prendendo-a com firmeza, antes de se virar e, ah, caramba! Eu sei que não deveria olhar. Mas o que eu podia fazer? Era o mesmo que alguém colocar um brigadeiro diante de mim e esperar que eu dissesse "eca! Tira isso daqui". Sou um ser humano, afinal de contas, e não consegui me impedir de dar uma espiadinha em toda a pele clara que recobria cada vale, cada reentrância do seu belo tórax.

Embora já devesse esperar por algo semelhante, fiquei surpresa ao constatar que nada nele era novidade para mim. Eu conhecia cada detalhe: o peito definido, a barriga plana, os braços torneados... Então me inclinei um pouco para a frente, apertando os olhos para o espelho. Aquela linha rosada no seu ombro era uma cicatriz?

Seu tórax subiu e desceu com certa rispidez, como se bufasse. O movimento atraiu minha atenção, e eu ergui a vista, encontrando seus olhos no reflexo. E eles não pareciam nada contentes.

Desejando que o chão se abrisse e me engolisse, a cara mais quente que a superfície do sol, me movimentei no piso frio de granito até ficar de frente para ele outra vez.

— Desculpa — falei para seus pés. Tamanho 44, talvez? — Eu não quis... — O quê? O que eu poderia dizer que não piorasse ainda mais as coisas? — Eu sinto muito.

— Você deveria estar na cama.

Ah, meu Deus. Ele não devia sugerir aquele tipo de coisa agora. Eu já estava achando muito difícil não imaginar como seria estar na cama com ele, poder encaixar as mãos naquele traseiro perfeito, ou deslizar a ponta dos dedos naquele abdome marcado. E depois a boca. Por isso eu agradeceria muito se ele não instigasse minha imaginação a criar cenas vívidas de nós dois, suados e enroscados como o fio de um fone de ouvido esquecido dentro da bolsa há muitas semanas, suas mãos grandes e fortes acariciando minha cintura... ou quem sabe minhas coxas... aquele peito largo pressionado contra o meu, os pelos castanhos raspando na pele sensível dos meus...

Espere. Ele não quis dizer estar na cama *com ele*, quis? Só estar na cama. Sozinha. Tipo, ainda estar em casa e não ali.

— Um... hã... — comecei, mortificada, ainda que ele não pudesse saber o que se passava na minha cabeça. Ou talvez pudesse. *Argh!* — U-um pesadelo não me deixou dormir. O Oswaldo já estava me esperando... achei melhor evitar o engarrafamento.

— Parece que nós tivemos a mesma ideia. Acabei de chegar da corrida. Só tive tempo de tomar um banho antes de você me atacar com a régua.

Aquilo despertou minha curiosidade.

— Você correu de casa até aqui? — perguntei, espantada, embora aquele tanquinho devesse ter me preparado para tal coisa.

— Correr me ajuda a espairecer. — Detectei algo diferente em seu tom. Só não fui capaz de precisar o que era. — Agora, se puder me dar um minu...

A luz se acendeu inesperadamente. Gael e eu nos viramos. Ah! Agora o segurança do prédio resolveu dar as caras. E — ah, meu Deus do céu — apontava a arma para Gael!

— Parado! Já cham... Sr. O'Connor? — Vacilou.

— Bom dia, Roberto. Agradeço por ter aparecido, mas tudo não passou de um mal-entendido. — Gael cruzou os braços atrás das costas, tentando manter alguma dignidade. Eu nem tentei e continuei ali, estatelada, rezando para que minha calcinha não estivesse aparecendo.

O sujeito olhou para Gael, a toalha em sua cintura, para mim, ainda no chão, e franziu a testa.

— Está tudo bem, senhora? — perguntou.

— Sim. Desculpa. — Soltei um suspiro trêmulo. — Eu fiz uma enorme confusão. Pensei que o sr. O'Connor fosse um assaltante.

— Tem certeza de que foi *isso* que aconteceu? — insistiu, erguendo uma sobrancelha.

Gael gemeu, esfregando a cara, me deixando confusa.

— Tenho — garanti ao segurança. — Lamento ter incomodado.

Ele abaixou a arma, mas continuou me encarando.

— Não foi incômodo nenhum. Me avise se por acaso mais... *algum ladrão* a incomodar. Estarei atento. — Mas a última parte foi dirigida a Gael. Depois de mais um momento, ele saiu, fechando a porta.

— Ótimo. — Gael soltou uma pesada expiração. — Agora eu sou suspeito de assédio sexual.

— Era isso que ele estava pensando? — *Ah, meu Deus, que confusão!*

Os lábios de Gael se comprimiram até se tornarem uma pálida linha fina, mas ele me estendeu a mão. Com o movimento e a ajuda da luz, a tinta preta em seu bíceps esquerdo se expandiu e encolheu. Um emaranhado de linhas e laços que terminava em duas cabeças de cachorros raivosos. Mas é claro. Se todo o resto dele era igual a Lorcan, por que não a tattoo?

Tão logo fiquei sobre meus próprios pés, ele disse:

— Eu preciso de um minuto, Briana.

Ah, um *cai fora* educado. Ele até que foi bem gentil.

— C-claro. — Com a vergonha escorrendo por cada poro do meu corpo, mantive o olhar baixo e tratei de dar o fora dali. No entanto, antes de sair, parei diante da persiana e a cerrei.

Atordoada, com as emoções e os sentidos em um verdadeiro pandemônio, voltei para minha sala, incapaz de notar qualquer coisa. Nem bem havia me sentado e levantei de novo, indo até o bebedouro na sala principal para tomar um grande copo de água. E mais outro. Cheguei a molhar dois dedos e batê-los de leve nas bochechas, tentando esfriá-las. Mas, Deus do céu, o cheiro dele tinha se impregnado nas minhas roupas, e a imagem de Gael nu em pelo — não sei se essa é a expressão certa, já que ele não era muito peludo, mas enfim — parecia ter criado raízes em meus pensamentos. E como eu poderia tirar da cabeça aquele traseiro firme e pequeno, que parecia convidar minha mão a descansar ali, se ele surgia atrás de minhas pálpebras a cada vez que eu piscava?

Era como quando mamãe fazia um dos seus deliciosos pães doces com cobertura de creme e mandava que eu esperasse esfriar para poder comer, a fim de evitar uma dor de estômago. Eu sabia que ela estava certa, mas sempre acabava comendo mesmo assim. Foi parecido naquele momento. O cara era meu chefe, caramba! Ter fantasias com ele, envolvendo pouca — ou nenhuma — roupa, era errado. Ver a coisa em cores e músculos e pele e músculos e gominhos e aqueles músculos era muito, muito errado!

Meu celular apitou, me assustando. Com os dedos instáveis, eu o peguei no bolso do vestido. Alguém tinha me mandado a foto de uma garota com maquiagem carregada, as maçãs bem marcadas, nariz fino e olhos grandes e esfumados. Aproximei o celular do rosto. Aquela era Aisla?

> Olha, Bri! Sou uma Kardashian fabulosa!
> A dona Lola prometeu me ensinar todos os truques de make!
> Ela é fantástica!
> Vc é minha heroína. Sua ideia foi genial!

> Vc tá bem?

> Vou ficar. E vc, o q anda fazendo?

> Acabo de ver meu chefe pelado.

> O Q???????

> Ele me flagrou olhado pro pto dele.
> Acho q vou ser demitida.

> Vc ficou encarando o pinto do seu chefe?????

> O PEITO, Aisla!
> PEITO!

> Aaah! ☹
> Sabia que tava interessante d+.
> O q ele disse?

> Me mandou sair da sala.
> Sabe o que é + esquisito?
> Tudo nele é igual ao Lorcan. Cada gominho, cada músculo, cada pelo encaracolado, até a tattoo e a cicatriz no ombro.

> Deu uma bela conferida, hein?

> Conferi. Tirei a prova e refiz as contas.

> Vc já sabe o que eu penso, Bri.
> Eu soube de uma psicóloga q estuda o comportamento dos sonhos. O irmão dela tá na minha sala. Vou ver com ele. Daqui a pouco te aviso se deu certo.
> Enquanto isso, vê se ñ fica encarando o pau do seu chefe!

> Eu NÃO estava!

Guardei o celular, coloquei o copo sob a bica do bebedouro e girei o botão. Ele fez um *crec*.

— Não, não, não. — Tornei a girá-lo, e, graças aos céus, ele cumpriu sua função, cortando o fluxo de água. Mas ficou meio pendurado na base. — Qual é o seu problema comigo?!

Tive que interromper minha discussão com o equipamento, pois o telefone da minha mesa tocou. Era da portaria. Alguém da padaria em frente ao prédio perguntava se podia subir. Gael devia ter pedido café. Liberei a entrada e tive que explicar a Roberto que, não, Gael não estava me molestando. Não, eu não estava acobertando o ataque por medo de ser demitida. Jamais admitiria tal coisa, por mais que precisasse da grana. Sim, eu o procuraria caso me sentisse ameaçada. Sim, ele podia ficar com os pãezinhos que "encontrara" na minha mesa.

Mal coloquei o fone no gancho e ouvi a sineta do elevador. A menina da padaria logo apareceu. Assinei a nota e peguei o embrulho, engolindo em seco.

Ok. Era melhor entregar aquilo de uma vez. Se Gael ia me demitir, pelo menos não teria ninguém por perto para testemunhar. Um pouco trêmula, com o pulso ainda acelerado, peguei o saco pardo e bati na porta.

— Entre, Briana.

Eu já tinha feito aquilo muitas vezes — ser demitida, quero dizer; nunca tinha deixado um dos meus chefes pelados — e, claro, sempre me sentia triste e frustrada por perder o emprego. Mas dessa vez era diferente. Eu não queria falhar.

Tomando fôlego, girei a maçaneta. Gael estava saindo do banheiro, lindo em um terno escuro, ajeitando os punhos da camisa azul, os dois primeiros botões dela entreabertos.

Voltei a atenção para o saco de papel.

— Seu café, senhor.

— Obrigado. Deixe na mesinha e sente-se, Briana.

— Humm... ok.

Sempre mantendo os olhos no piso de granito, contornei os sofás e acomodei o pacote na mesa. Então me sentei na poltrona, ajeitando o vestido sobre os joelhos enquanto ouvia a máquina de café resmungar na estante ao lado. Instantes depois, Gael colocava uma xícara sob meu nariz.

— Hã... obrigada. — Apesar de não ser fã de café, achei gentil da parte dele ter pensado nisso. Geralmente, sempre que era demitida eu ganhava no máximo uma porção de gritos.

Ouvi o couro do sofá chiar quando Gael se acomodou ali. Eu observava a espuma cremosa amarelada em minha xícara, mas pela visão periférica vi que ele deixou seu café na mesa e puxou o pacote da padaria.

— Você tem passaporte? — questionou, como se já estivéssemos no meio de uma conversa.

Confusa, ergui a cabeça e o fitei.

— Não.

— Providencie um. — Ele tirou um sanduíche do pacote e o estendeu para mim. Apenas balancei a cabeça negando. Ele continuou. — Seria bom agendar com a embaixada americana também e conseguir o seu visto logo. Não tenho nada marcado para os Estados Unidos, mas deve acontecer em breve.

Atônita, quase derramei o café fumegante em meu colo. Com muito cuidado, me inclinei para apoiar a xícara na mesa. Aquilo não parecia uma demissão.

— Você parece confusa, Briana. — Começou a desembrulhar a comida.

— Bom... é que eu estou mesmo. — Pressionei as mãos no colo para deter a urgência de levá-las aos cabelos e começar a trançá-los.

— Com relação a quê?

Eu o observei por um instante. Ele realmente não parecia estar me demitindo. Na verdade, estava concentrado demais em sua comida, dando uma bela mordida no sanduíche de presunto e queijo, parecendo bastante faminto.

— Você... o senhor não vai... sabe, me demitir?

— Por que eu faria isso? — estranhou, assim que engoliu.

— Bom, eu pensei que... depois do que aconteceu agora há pouco... — *Ah, fica quieta! Pare de falar agora!*

Alcançando o guardanapo, ele limpou a boca, depois colocou o sanduíche de volta no pacote e cravou aqueles olhos escuros em mim.

— Eu queria mesmo discutir esse assunto com você. — Ele se inclinou para a frente, apoiando os cotovelos nos joelhos, as mãos cruzadas entre eles. — Você foi muito corajosa, Briana, tentando defender os meus interesses e atacando o que pensou ser um assaltante. Mas também foi incrivelmente estúpida.

— Eu sei — gemi.

— Não, não sabe. — Seu olhar preocupado buscou o meu. — O que você fez foi muito perigoso. Reagir a um assalto pode acabar muito mal. Se fosse um roubo de verdade, você poderia ter se ferido. Ou coisa pior.

— Eu sei disso. Eu só não pensei muito. — Fiz uma careta. — Achei que o ladrão pudesse estar roubando as suas esmeraldas.

— Mesmo que estivesse, elas não valem tanto quanto a sua vida — disse, incrivelmente sério. — Prometa que nunca mais vai fazer isso. Nem aqui, nem na sua vida pessoal. Prometa que não vai sair por aí como uma heroína inconsequente atacando as pessoas com a sua régua. — Mas os cantinhos de sua boca se curvaram. Apenas um pouquinho.

Acabei sorrindo também, em parte devido à tensão, em parte porque era incapaz de não corresponder a um de seus sorrisos, mesmo que fosse ínfimo.

— Está bem, sr. O'Connor. Prometo.

— Ótimo. Então, já que estamos resolvidos, providencie o seu passaporte. Vai precisar dele. Tenho negócios a resolver na Irlanda. — Pegou sua xícara e sorveu um gole da bebida. — Não se preocupe com o visto. Não é necessário. Irlandeses e brasileiros são amigos.

— Sério? — Meu coração estremeceu dentro do peito. — Irlanda?

Ele deixou o café de lado e me observou, a diversão estampada em seu rosto anguloso.

— Animada? — O que antes não passava de um ensaio agora se concretizava em um sorriso que eu cataloguei como "enlouquecedor".

Certo. Então ele não ia mesmo me acusar de assédio sexual no trabalho, se sorria para mim daquele jeito.

— Na verdade, estou sim — confessei. — Eu sempre quis conhecer a ilha de Cúchulainn.

Parecendo bastante surpreso, ele relaxou a postura, se recostando no sofá.

— E o que sabe você sobre o grande guerreiro? — questionou, admirado.

— É um herói irlandês. Mas eu acho que você sabe disso. — Gael não parecia o tipo de pessoa que colocaria tinta permanente no corpo sem antes conhecer bem o que o desenho escolhido significava. — Só não sei se vou poder desempenhar o meu papel nessa viagem como o senhor espera. Eu não falo irlandês.

Franzi a testa, pela primeira vez me dando conta de que, apesar do cenário, meus sonhos passavam por uma espécie de tradução para o português, já que eu entendia tudo o que era dito.

— Infelizmente, nem a maioria dos irlandeses fala hoje em dia. — Gael deixou escapar um suspiro resignado. — O inglês se tornou a língua predominante na ilha no fim do século dezenove. Só uma pequena parcela da população ainda tem o irlandês como primeiro idioma. Você vai se sair bem.

— Ah... ok. Eu vou... — Para a Irlanda! Ah, meu Deus! Com muito custo, tentei manter a compostura e não demonstrar ansiedade ao dizer: — Vou pegar um bloco e caneta pra gente começar. — E fiquei em pé.

Ele examinou o relógio em seu pulso.

— Tecnicamente, faltam quinze minutos para começarmos. Agora sente aí e mate a minha curiosidade. O que você sabe sobre Cúchulainn?

Bom, eu já havia aprontado o suficiente naquela manhã para afrontá-lo agora, de modo que voltei a me sentar e comecei a falar.

— Eu sei o que a Wikipédia sabe. Que era um guerreiro fodão que metia medo em todo mundo, especialmente quando mudava de forma durante as batalhas, se transformando em uma besta. Mas era bem gato quando não estava fazendo a coisa do X-Men.

— X-Men? — Ele fez um grande esforço para conter o riso. Ao menos foi a impressão que tive ao vê-lo cravar os dentes no lábio inferior.

— Acho que tá mais pra Hulk.

Como aconteceu no carro em meu primeiro dia naquele emprego, ele explodiu em uma gargalhada tão estrondosa que a vidraça estremeceu. Foi tão contagiante que me peguei rindo também.

— Já ouvi muitas versões da lenda de Cúchulainn — disse, entre risos —, mas essa certamente é a mais criativa. Por favor, continue. Quero saber como isso vai terminar.

— Ok. — Eu me ajeitei melhor na poltrona, cruzando os tornozelos. — Cúchulainn lutou contra tantos monstros que nem sei dizer. Ele e o melhor amigo aprenderam a lutar com uma amazona escocesa. Sendo o sedutor incorrigível que era, Cúchulainn acabou tendo um caso com ela. Ele voltou pra Irlanda uns tempos depois, sem saber que tinha deixado a amante grávida. Anos mais tarde, o menino, que já era um homem, quis conhecer o pai e foi procurá-lo na Irlanda. Como não sabia da existência dele, Cúchulainn o confundiu com um invasor e matou o próprio filho por engano.

— E jamais se recuperou. — Gael concordou com a cabeça uma vez. — Morreu em um campo de batalha, como todo guerreiro sonha. Estava morto e amarrado a uma rocha quando seu inimigo, aquele que anos antes havia sido o melhor amigo, tentou decapitá-lo.

— Então esse cara foi lá — me animei —, cheio de marra, pra arrancar a cabeça de Cúchulainn. Mas, assim que a lâmina tocou o pescoço do herói, a mão de Cúchulainn, já *mortinho da silva*, perdeu a firmeza, soltando a espada, e *vráááá!* Decepou a mão do inimigo.

Gael parecia estar realmente se divertindo, como aconteceu naquele bar, no dia em que nos conhecemos. A menos que aquele esgar da boca fosse cãibra labial ou algo do tipo.

— Existe outra lenda, sobre um segundo filho. Cathal — continuei. Foi impressão minha ou seu sorriso tremulou? — Cúchulainn nunca soube da existência dele também. Mas o garoto viveu normalmente, se casou, teve filhos, que tiveram filhos, que tiveram mais filhos... Havia uma aldeia com os descendentes dele no condado de Cork. Alguns séculos atrás, quero dizer. Por acaso, o sobrenome de Cathal era O'Connor. Já imaginou isso? Talvez ele seja um dos seus ancestrais.

Remexendo-se no assento, Gael ergueu as sobrancelhas.

— Onde você ouviu isso, Briana?

— Não lembro. Li tanto a respeito que fica difícil saber onde foi.

Houve uma longa pausa enquanto Gael me encarava com o cenho encrespado. Dava para ouvir o assobio do ar-condicionado acariciando a papelada sobre a mesa dele. Por fim, sua expressão suavizou.

— Não passa de mais uma lenda. A Irlanda é cheia delas. Espero que você tenha tempo para conhecer um pouco da ilha enquanto estivermos lá. Eu sei que é uma viagem um pouco inesperada para você, mas isso vai acontecer com frequência.

— Eu tinha imaginado, pela quantidade de e-mails que envio para o exterior. — Se eu iria acompanhá-lo nessas viagens, significava que não estaria desempregada. — O seu negócio na Irlanda... — Tentei me lembrar do que já sabia sobre ele. — É uma jazida de zinco.

Aquela covinha em seu queixo se acentuou.

— Andou fazendo a lição de casa.

— Na verdade, fiquei bastante impressionada. Você tem uma sorte danada pra encontrar jazidas. Essa de zinco, na Irlanda, a de esmeraldas aqui no Brasil...

— Nem tanta sorte assim. — Ele riu, mas era um som vazio, melancólico. — Em nenhum dos casos eu encontrei o que procurava.

— E o que era? Diamantes?

Um arrepio subiu pela minha coluna à medida que uma sombra obscura, uma tormenta violenta, endureceu seu rosto. Sua voz não tinha entonação alguma ao murmurar:

— Eu buscava a morte.

11

Eu estava desatenta. Passara grande parte do dia pensando no que Gael havia dito e me perguntando o que ele quisera dizer com "buscar a morte". As possibilidades me deixaram inquieta. Ele não estava falando sério, certo? Ele tinha se enrolado na tradução e pretendia dizer outra coisa, totalmente diferente, não é?

Ok, ele perdera a esposa, e eu sabia bem demais quanto a ausência devasta a alma. Mamãe ainda estava de luto, mesmo depois de todos esses anos. Mas eu não conseguia imaginar Gael desistindo de qualquer coisa que fosse, muito menos da vida. Até porque ele disse que buscava a morte. Se fosse um suicida, não teria que comprar uma fazenda e escavá-la para conseguir o que queria. Então, o que ele quis dizer, afinal?

— Morra, morra, morra, bastardo! — a voz de Lorenzo me chegou aos ouvidos.

Eu me levantei de um dos sofás incrivelmente grandes da sala principal da casa de Gael e segui os gritos do italiano.

A última reunião de Gael naquele dia acontecera em um grande depósito na área industrial da cidade. O dono de uma rede de supermercados queria fazer algumas modificações em um dos projetos que a Brígida assumira. Eu o acompanhara, tomando notas como sempre, e já estávamos voltando para o escritório quando ele recebera uma ligação que o deixou bastante irritado. Pedira para Oswaldo dar a volta imediatamente, pois tinha que examinar um documento que deixara em casa. Estava trancado em seu escritório particular desde então, e ali estava eu, esperando que ele saísse e desse o expediente por encerrado.

No corredor que levava ao escritório de Gael, avistei um pouco mais à frente uma porta entreaberta. Espiando, vi Lorenzo, uma lata de cerveja sobre a mesa de centro no que parecia ser uma sala de TV, fazendo caretas enquanto esmagava os botões do videogame.

— Tem lugar pra mais uma? — perguntei.

Ele se virou rapidamente e abriu um sorriso largo, se amontoando no canto do estofado para me ceder espaço.

— *Bambina*! Onde está o Gael?

— No escritório. — Fui entrando e deixei meu corpo exausto cair no sofá macio de um tecido marrom. — Acho que ele vai demorar.

— Sempre demora. — Ele enrugou o nariz. — Para desespero do Gael. Ele detesta falar no telefone. Na verdade, ele detesta falar, de qualquer forma que seja.

Então não era só a mim que ele tratava com reticência.

— O que você tá jogando? — eu quis saber.

— *Rise of the Argonauts*. É medieval, muito sangue, gente partida ao meio, decapitação... Diversão completa. — Ele me entregou um controle branco. — Tente não morrer logo na primeira sala.

— Tente não ficar no meu caminho, se quiser continuar jogando.

Ele reiniciou o jogo, seu avatar se movendo sorrateiramente pelo castelo enquanto o meu se deparava com um guarda e desembainhava a espada. Tentei me defender, mas meus pensamentos começaram a divagar outra vez, ainda tentando decifrar o que Gael havia dito. Eu levaria séculos para descobrir alguma coisa.

A menos que...

Relanceei Lorenzo. Meu chefe parecia confiar cegamente nele. O rapaz devia conhecer cada segredo dele, já que havia sido nomeado diretor de AED. Ou se autonomeara, que seja.

— Então... — Tentei soar o mais desinteressada possível. — Você conhece o sr. O'Connor há muito tempo?

— Uns dez anos, mais ou menos.

— Ah. Ele não estava de luto na época. Como ele era antes, Lorenzo? Menos fechado?

— Eu não saberia dizer. — Seus dedos voavam sobre o controle do videogame. — A mulher dele já tinha morrido quando nós nos conhecemos.

Fiz as contas mentalmente. Gael aparentava estar entre os vinte e cinco e os trinta anos. Eu chutaria uns vinte e sete. Vinte e oito, no máximo. Franzi a testa.

— Uau. Ele deve ter casado muito novo. Tipo, dez anos atrás ele tinha dezoito e já era viúvo?

Lorenzo pausou o jogo, colocou o controle sobre a mesinha de madeira escura e se virou, um dos braços apoiado no encosto entre nos.

— Briana, posso te contar como eu conheci o Gael?

Sim, por favor!

— Se quiser... — Ergui os ombros.

— Eu tinha dezessete anos — ele começou. — A minha irmã Francesca, pouco mais de vinte e dois. Nós morávamos em Roma e eu tinha me perdido na heroína. Devia uma grana alta para alguns traficantes. E eles me pegaram. Cada uma delas — indicou as seis linhas que maculavam seu belo rosto — representa um dia que eu permaneci em poder deles.

Passei os braços ao redor do corpo para deter um tremor.

— Meu Deus, Lorenzo. Eu sinto muito.

— Não fique tão impressionada. Eles deixaram o rosto pro final. — Arregaçando a manga, deixou visível uma coleção de cicatrizes incontáveis no antebraço direito.

Ofeguei, o coração se condoendo por ele, o estômago revirado. Já não tinha certeza se queria ouvir o restante da história.

— Nunca se meta com heroína, *bambina*. Jamais! — frisou, sério como eu jamais o vira. — Na noite em que pretendiam dar o meu caso por encerrado, eu gritei um bocado. Acho que Deus me perdoou por toda a minha estupidez naquele momento, porque o Gael estava passando ali perto e me ouviu. Ele tinha um cachorro na época. Um cão amarelo e peludo que parecia sorrir toda vez que olhava pra alguém. O Gael sempre gostou de correr, e o cachorro também, então os dois saíam para uma corrida todas as noites. Naquela, eles me encontraram, amarrado de cabeça pra baixo, preso em um gancho de açougue.

Engoli em seco e não consegui pensar em nada para dizer.

— O Gael conseguiu me tirar dali vivo. — Ele fez uma pausa, correndo o indicador sobre uma das marcas em sua pele. — Me levou pra casa dele, chamou um médico... Depois me deixou sob os cuidados de um empregado e uma hora mais tarde a Francesca estava do lado da minha cama, me xingando ao mesmo tempo em que rezava. Ela pensou que eu tivesse morrido no dia em que desapareci, então você pode imaginar como ficou grata ao Gael por me encontrar, ainda que numa situação daquelas. — Estalou a língua. — Depois o Gael me ofereceu um emprego e eu ganhei uma nova chance de não ferrar com tudo. A minha dívida com ele é infinita, *bambina*.

Eu podia imaginar. E a irmã também devia sentir o mesmo, me dei conta. Pensar que algo poderia acontecer a Aisla me deixava nauseada. Qualquer um que aparecesse na vida dela e lhe estendesse a mão ganharia meu amor e devoção para sempre.

— O que eu estou querendo dizer ao te contar essa história — bateu de leve em meu braço para atrair minha atenção — é que o Gael tem os segredos dele e os mantém muito bem guardados. Há alguns aspectos da vida dele que ninguém conhece. Eu nunca o pressionei para que me contasse o que aconteceu com a esposa. Ele não fala dela. Eu só sei que ela morreu porque uma vez o flagrei bebendo feito um motor V8, coisa que ele raramente faz, e ele acabou deixando escapar que ainda sentia muita falta dela. Nunca mais tocou no assunto. Nem eu. Se ele um dia quiser me contar, sabe que vou estar aqui pra ouvir.

Sorri de leve para ele.

— Espero que o Gael saiba a sorte que tem por ter você como amigo.

E eu tinha entendido o recado. Lorenzo não ia me dizer nada. E, com sutileza, me alertava para não cutucar a ferida. Era um bom conselho. Depois de quase ter perdido o emprego naquela manhã ao atacar meu chefe com uma régua e deixá-lo pelado, eu devia lhe dar ouvidos.

O italiano cutucou minhas costelas com o cotovelo.

— E então, ainda quer continuar jogando depois da sessão de horrores? — Ergueu as sobrancelhas repetidamente, me fazendo rir.

— Por que não? Um pouco mais de sangue não vai fazer diferença — brinquei.

Ele pareceu aliviado em reiniciar o jogo. Como não queria aborrecê-lo, tentei me concentrar no que estava acontecendo na tela. Nela, um cara meio esverdeado invadia o castelo onde aparentemente o rei se casava. O cara verde ia matando os soldados do palácio enquanto o rei e sua amada despejavam coisas numa bacia com água, em um tipo de ritual de união. Então o cara verde viu o casal e apontou a flecha...

Lorcan leva a mão ao peito...

Pisquei, sacudindo a cabeça para me livrar da imagem assustadora em minha cabeça. Na TV, o rei fazia seus votos. A flecha atingiu o peito da mulher...

... tocando o local onde a espada lhe atravessou: o coração.

— NÃO! — Pulei do sofá, ofegando. — NÃO!

Eu me afastei da TV, cambaleando, os olhos ainda presos na imagem da mulher no chão, a flecha alojada em seu peito. Em minha cabeça, era Lorcan. A espada atravessada no meio do peito, o sangue jorrando pela ferida mortal. O ar ficou preso em meus pulmões. Bati com o quadril em alguma coisa e um vaso caiu, se estilhaçando aos meus pés.

Ele não podia morrer.

— *Bambina?*

A porta se abriu com um estrondo. Eu ouvia vozes ao fundo, mas meu pulso martelava nos ouvidos, minha respiração ofegante encobria qualquer coisa. Lorcan não podia! Aquilo não podia ser verdade.

— Briana? Briana, consegue me ouvir? — perguntou aquela voz que eu conhecia tão bem.

Elevei os olhos e ali estava ele, o rosto lindo corado de preocupação. Por puro instinto, levei a mão a seu peito, onde eu tinha visto a lâmina se alojar. Seu coração bateu rápido, forte, vivo, sob minha palma.

Lágrimas de alívio começaram a escorrer pelas minhas bochechas, e eu me joguei contra ele, enlaçando os braços em sua cintura, a cabeça pendendo em seu ombro. Seu corpo todo se retesou, e eu gostaria de parar para analisar o que o deixara tão apreensivo, mas o medo e o alívio se embolaram, fervilhando dentro de mim até eu não suportar a pressão. Comecei a soluçar sem controle, me apertando mais a seu corpo. Meio hesitante, seus braços me envolveram. Mais firmes e decididos conforme os soluços se tornavam convulsivos.

— O que está acontecendo? — murmurou em meu ouvido.

— Eu n-não sei. Simplesmente não s-sei.

Aquela cena não fazia parte dos sonhos. Não os que eu já tivesse sonhado, pelo menos. Por quê? Por que eu tinha visto aquilo? Por que Lorcan havia sido ferido? Sim, parecia um fragmento das minhas fantasias, mas eu nunca, jamais, vira aquilo. Nem remotamente parecido com aquilo. Lorcan não morria! Ele não podia morrer. Eu não suportaria. Ele não podia me deixar.

— Você está me assustando. — Sua voz era pura angústia.

— Estou b-bastante assustada também.

— O Lorenzo disse que te contou sobre como nos conhecemos. Ele não devia ter feito isso. Aconteceu faz muito tempo, Briana. Você está segura aqui. — Como que para comprovar isso, ele me segurou junto a si com mais intensidade. — Eu juro que não há nenhum perigo.

Balancei a cabeça freneticamente.

— Não foi isso que me assustou. Não foi o Lorenzo — murmurei. — Foi você.

Eu me agarrei a ele com desespero, inspirando seu cheiro, seu calor abrandando o tormento que me apertava o peito.

— Está tudo bem. — Devagar, sua mão subiu e desceu pelas minhas costas. — Está tudo bem agora.

— Acho melhor eu pegar um chá pra ela, Gael — disse Lorenzo.

O que o italiano disse fez meu corpo todo se enrijecer. Não, não por causa do chá. Por dizer o nome do homem a quem eu me agarrava como um coala.

— Ah, meu Deus. — Eu me desprendi do meu chefe, dando um passo para trás, mas meus joelhos fraquejaram. Gael me pegou antes que eu caísse.

Sem dizer nada, passou um braço em minha cintura, o outro atrás de meus joelhos, e me aninhou em seu peito. Tive a impressão de que ele pareceu incerto quanto ao que fazer a seguir. Acabou por me acomodar no sofá.

Meu Deus, o que tinha acabado de acontecer? Como eu tinha tido aquele sonho... ou um pedaço dele... se nem estava dormindo? O que estava acontecendo comigo?

Enquanto minha mente girava, Gael foi até um carrinho metálico no canto da sala, e eu ouvi o ruído do líquido sendo servido. No instante seguinte, ele apertava um copo de uísque em minha mão.

— Beba — ordenou.

Um pouco vacilante, experimentei um gole. A bebida passou pela minha garganta com a mesma sutileza de uma brasa.

— Deus do céu! — Tossi algumas vezes.

— Eu sei. Mas vai te ajudar. — Ele se sentou ao meu lado.

Sabe de uma coisa? Não sei se foi a sua presença ou o uísque em chamas que me atingiu o estômago, mas o frio em meu peito começou a ceder, meus membros ficaram mais pesados conforme a descarga de adrenalina começou a esmaecer.

— Melhor? — Ele não conseguiu esconder a preocupação. Assenti, embora fosse uma grande mentira. Com delicadeza, ele perguntou: — O que aconteceu, Briana? O que a apavorou dessa maneira?

O tremor me pegou de guarda baixa e me sacudiu com violência ao mesmo tempo em que a imagem de Lorcan ferido no campo de batalha preenchia minha mente.

Como se quisesse me confortar, vi Gael estender o braço em direção a meu rosto molhado. Prendi o fôlego, ansiando por aquele toque mais que tudo no mundo. Mas ele mudou de ideia no último instante e deixou a mão cair entre nós.

— O que você quis dizer agora há pouco? — Sua voz me pareceu instável.

— Sobre eu ter assustado você assim. Briana, eu nem estava na sala.

Balancei a cabeça. Não estava pensando direito no momento em que lhe disse aquilo. E não tinha como explicar o que havia acontecido comigo sem parecer maluca.

Ah, é! Porque ter um ataque bem no meio da sala dele e não abrir a boca para explicar coisa alguma era supernormal.

— Me diga — ele suplicou.

Levantei a cabeça e olhei dentro dos seus olhos, que ardiam exatamente da mesma forma que os do meu Lorcan. Aturdida, abri a boca e soltei a verdade.

— Eu vi você morrer.

Ele enrijeceu dos pés a cabeça, uma sombra tomando conta de seus olhos, de seu rosto, dele todo. Mas que outra reação poderia ter? Já era um milagre ele não ter saltado do sofá e ligado para o manicômio.

— Você me viu... — ele começou, mas a porta se abriu de repente.

Parecendo muito abalado, Gael se levantou e caminhou pela sala até parar diante da janela, contemplando o jardim enquanto Lorenzo apareceu equilibrando uma bandeja.

— Aqui está! Chá de camomila. Beeem doce. — Acomodou tudo sobre a mesinha, empurrando os controles do videogame para o lado.

— Obrigada, Lorenzo. Não era preciso nada disso.

Ele forçou um sorriso ao se deixar cair no sofá, mas seus olhos o traíram e demonstraram outra coisa. Ele estava mortificado. Que droga.

— Lorenzo, você não me assustou — garanti a ele, que apenas encolheu os ombros, fitando os joelhos do jeans. — Tô falando sério. Não foi a sua história que me assustou.

— O que foi, então?

— O fato de o sr. O'Connor ter tido um cachorro — brinquei, tentando aliviar o clima.

Deu certo. Ou meio certo, pelo menos, pois Lorenzo riu. Gael, no entanto, continuou a olhar para fora, parecendo não ter ouvido uma palavra, imerso em pensamentos que eu não tinha certeza se queria saber quais eram, mas desconfiava de que descobriria em breve. Dessa vez ele ia me demitir.

— Escute, *bambina* — Lorenzo falou. — Eu sei que você não vai admitir que foram as cicatrizes, porque é uma pessoa gentil demais para...

— Não foram as cicatrizes. — Pousei a mão em seu antebraço, sobre as cicatrizes. — Juro! Foi um pesadelo que eu tive. O videogame me fez lembrar dele e... eu fiz uma tremenda confusão na minha cabeça.

Desconfiado, ele me estudou por alguns instantes, mas vacilou ao perceber que eu não mentia.

— É *vero*?

— É, sim.

— Vamos deixá-la descansar agora, Lorenzo. — Gael, despertando de onde quer que estivesse, se afastou da janela, mantendo a atenção em qualquer coisa que não fosse eu.

Muito embora eu ainda tremesse tanto que, mesmo se não estivesse usando aquela bota rígida, teria sido difícil me manter de pé, e ficar quietinha por alguns minutos fosse realmente tentador, eu já tinha causado problemas demais por um dia.

— Obrigada, sr. O'Connor. — Eu me inclinei para deixar o copo de uísque na bandeja de chá e obriguei meus joelhos a suportarem meu peso, me aprumando. — Mas eu queria ir pra casa, se estiver tudo bem.

— Tem certeza? — Ele finalmente olhou para mim, uma preocupação genuína lhe enrugando a testa. — Não é melhor esperar um pouco mais?

— Estou bem. De verdade.

Ele me encarou por um longo momento, um tipo de batalha acontecendo dentro dele. Por fim, soltou o ar com força e cedeu ao meu pedido.

— Está bem. Vou te levar pra casa, então.

12

Em vez do sedã preto que costumava me apanhar em casa todas as manhãs, Gael escolheu o carro antigo com o qual quase me atropelara na semana anterior. Agora menos atordoada do que no dia em que o encontrei pela primeira vez, pude observar melhor o Mustang Shelby GT: a pintura preta com detalhes dourados reluzia como nova, e o interior com volante de madeira, bancos de couro escuro e um rádio com grandes botões redondos cromados parecia ter acabado de sair da fábrica.

O começo da viagem foi silencioso. Nada surpreendente, já que aquele era Gael. Estávamos em uma avenida movimentada, andando havia uns bons dez minutos, quando ele enfim resolveu quebrar o silêncio.

— Como se sente?

— Envergonhada. — Mantive o rosto virado para a calçada, observando as pessoas e as fachadas dos prédios passarem pela janela como um borrão. — É proibido ter um ataque histérico na casa do chefe.

— É mesmo? — Eu senti, mais do que vi, o sorriso em sua voz. — Segundo quem?

— A fila do seguro-desemprego.

Eu o espiei pelo canto do olho. Ele lutava para não rir. Ok. Talvez tivesse entendido que eu não era louca, apenas tivera um momento de descontrole, e fosse me manter como sua assistente.

Relaxei no banco, mas fui incapaz de parar de admirá-lo. A luz amarelada do painel fazia seus cabelos brilharem. A parte da frente lhe caía ao redor do rosto, emoldurando as bochechas e aquela covinha no queixo que eu queria muito beijar. E depois lamber.

Balancei a cabeça e repreendi meu cérebro, lembrando-o de que não era permitido ter pensamentos envolvendo lambidas e o meu chefe.

— Posso fazer uma pergunta? — Ele se inclinou um pouco para examinar o retrovisor antes de mudar de faixa.

— Manda aí.

— Aquela visão, sobre me ver morrer... — começou, o rosto absolutamente tenso.

— Não foi uma visão — me apressei. — Eu misturei a imagem do videogame com um sonho e fiz a maior confusão.

— Um sonho? — Um pequeno V se formou entre suas sobrancelhas. — Você sonhou comigo?

Ah, só umas três ou quatro mil vezes.

— Não — menti, encarando a lanterna vermelha do carro da frente. — Foi só um daqueles sonhos esquisitos que eu tenho. Já estou acostumada. Ou deveria estar. Não sei o que deu em mim pra gritar daquele jeito. É que... às vezes o que eu sonho é tão real, tão nítido, que eu fico com a sensação de que realmente está acontecendo. Eu sei que nada daquilo é verdade. — *Pelo menos sabia, até eu te encontrar.* — Mas ainda assim me confunde. Acho que tudo que aconteceu hoje de manhã no seu escritório me fez te colocar no meio desses sonhos.

— Os seus sonhos são sobre morte? — A inquietude lhe encrespou a testa.

Por quê? Por que ele não podia, pelo menos uma vez, deixar passar? Por que tinha que prestar atenção em tudo o que eu dizia? Por que ele não podia ser como a Aisla?

— Não exatamente — acabei respondendo. — É mais como coisas que poderiam ter saído de um livro. Castelos, lutas de espadas... — *Você.*

— É mesmo? — Ele se virou para me encarar, suas sobrancelhas se arqueando tanto que quase atingiram o couro cabeludo.

— Também não precisa me olhar como se eu tivesse dito que viajo no tempo por meio de um celular, né?

Ele piscou algumas vezes antes de voltar a se concentrar no que acontecia na avenida. E então começou a rir.

— Qual é a graça? — eu quis saber.

— Nenhuma. É só que, toda vez que eu acho que entendi você, eu me viro e percebo que não entendi coisa nenhuma. Você me deixa constantemente abismado — disse ele. Abri a boca para protestar, mas ele olhou para mim e sorriu. Com furinho no queixo e tudo. — Foi um elogio.

— Ah. — Minhas bochechas ficaram mais quentes que o meu quarto em noites de verão.

Eu me virei para a frente, o indicador brincando com a manivela do vidro.

— E você? Sonha com quê? — perguntei, para me distrair.

— Há anos que eu não sonho com nada.

— Nem com a sua mulher?

As palavras escaparam antes que eu pudesse detê-las. E, pela maneira como sua expressão se alterou, tornando-se fria e inexpressiva, eu devia ter dado ouvidos a Lorenzo e calado a boca.

— O Lorenzo m-mencionou sem querer — me apressei, retorcendo os dedos. — Desculpa. Não quis me meter nos seus assuntos.

Tudo o que ele fez foi me observar por um tempo. E havia tanta amargura em seu semblante que meu coração murchou.

Pareceu que um século inteiro se passou antes de ele empregar sua atenção no trânsito. Só que, não exatamente. Era como se ele estivesse no modo automático, o que era bastante imprudente, já que ele dirigia pela cidade a oitenta por hora. Presumi que ele também se deu conta disso, pois um instante depois ligou a seta e encostou o carro na vaga em frente a um comércio, fechado àquela hora da noite.

Até que esse emprego durou bastante, pensei, encarando o para-brisa, onde era possível ver o reflexo de Gael e a fúria que estampava sua cara.

Dessa vez, com toda a certeza, ele ia me demitir. Eu não tinha a menor dúvida disso. E eu nem podia culpar a falta de sorte, só a minha curiosidade e estupidez.

Prendi o fôlego enquanto ele organizava os pensamentos para depois discorrer sobre como eu invadi sua privacidade e quanto isso era inaceitável e blá-blá-blá. Mas...

— Sabe o que eu vejo toda vez que admiro o meu reflexo, Briana? — questionou, ainda encarando o para-brisa. — Só uma casca vazia. Como o esqueleto de uma árvore morta que há muito tempo perdeu a sua essência. Nada além de pontas cortantes que se esfarelam com o vento. Somente pó.

Por um instante, ele realmente pareceu morto e vazio.

Sim, eu já tinha visto aquilo antes. Desconfiava de que tinha visto tudo em Gael, pois passava grande parte do meu dia o espiando e catalogando suas expressões, seus sorrisos. Havia uma profunda melancolia dentro dele. Uma mágoa e um desespero que vez ou outra fervilhavam disfarçadas de indiferença. Mas não era só isso. Havia mais nele. Muito mais! A começar pela minúscula centelha que sempre iluminava seu olhar cada vez que sorria.

— Não acredito nisso — falei, baixinho.

Parecendo tão confuso quanto surpreso, Gael se manteve calado, não fez nenhum movimento além de inspirar e expirar. Entendi aquilo como um incentivo para prosseguir.

— Acho que você está perdido em algum lugar obscuro, Gael, mas não vazio. Não é o que eu vejo em você.

— Você não sabe o que está dizendo. — Sua voz pareceu instável.

— Eu sei como você se sente. Perder alguém é muito doloroso. Mas a dádiva de estar vivo e poder continuar amando quem se foi devia contar pra alguma coisa.

Em uma batida de coração, seu rosto estava diante do meu. E tudo o que eu vi ali foi raiva.

— Dádiva? — cuspiu. — É isso o que você pensa? *Dádiva?* Pois eu vou te dizer o que estar vivo representa pra mim, Briana. É uma maldição! Esse é o meu inferno particular.

Ousei não recuar, nem mesmo quando ele se aproximou mais para que eu visse seus olhos sem vida, repletos de tensão e fúria. Um calafrio subiu pela minha coluna conforme eu me dava conta de que Gael não estava bem. Nada bem.

Aisla tinha razão. Em parte, pelo menos. Ele precisava de ajuda. E, meu Deus, como eu queria ajudá-lo. Só não sabia se seria capaz. O medo de fracassar não me impediria de tentar, porém.

— Pode parecer que a dor nunca vai embora. — Tentei empregar em meu tom uma calma que eu não sentia. — Mas o tempo ajuda a amenizar o sofrimento.

Ok, aquelas não eram as palavras certas, já que só o enfureceram mais.

— O tempo! — Ele riu, um som triste e desesperado. — O maldito tempo! Por que as pessoas acreditam que ele é bom? "O tempo cura tudo", "Só precisa de tempo para que tudo se acerte." — Ele esfregou a testa, exaltado. Ao olhar para mim de novo, parecia mais vulnerável do que nunca. — O tempo é um pesadelo que se repete dia após dia após dia. Ele não cura a ausência nem alivia a dor. Só faz com que, a cada vez que o sol se levanta, doa mais! — concluiu, a respiração entrecortada. Então recuou, batendo a cabeça no encosto, os olhos fechados com força. — Inferno! Por que eu sou incapaz de mentir para você?

Ele só me deixaria mais perplexa se dissesse que se transformava em um corvo albino nas noites de lua cheia.

— Não sei — murmurei, atônita. — Mas fico feliz que seja assim. Não quero que você use máscaras comigo.

Ele riu, aquele som vazio que me apertava a garganta.

— Como se isso fosse possível! — Virou o rosto e abriu a boca, pronto para continuar.

No entanto, depois de me examinar por apenas um segundo, voltou a fechá-la, franzindo a testa. Mas tornou a abri-la para praguejar em irlandês. E assim, sem aviso, toda sua raiva se foi.

— Me desculpe, Briana. — O doloroso abandono em sua voz eriçou todos os pelos do meu corpo. Naquele instante, parecia tão destruído que eu quis colocá-lo entre meus braços e nunca mais soltá-lo. — Eu não tinha a intenção de assustar você. Muito menos de te fazer chorar.

Limpei as lágrimas que eu não havia percebido que caíam com as costas da mão.

— Não me assustou.

— Não? — ele perguntou, amargurado. — E você está chorando por quê?

— Acho que o nome é empatia. — Tentei fazer graça. — Depois que o papai morreu, foi como se o mundo tivesse explodido, e o que sobrou quando a poeira baixou foram só ruínas e lembranças de um tempo feliz. Foi difícil pra cacete seguir sem ele. E ainda é. — Retorci os dedos, bastante inquieta sob o olhar intenso de Gael. — Mas, sabe, eu preciso fazer isso, porque que outra opção eu tenho? Não estou dizendo que é fácil. Porque não é! Nem um pouco. Mas... **você** tem que tentar. Eu prometo que vou estar com você sempre que precisar.

— Briana... — Sacudiu a cabeça.

— Até encontrar uma maneira de você se sentir confortável na própria pele de novo — me adiantei. — Você tem que aprender a enxergar além da devastação. Talvez um profissional possa ajudar. Já pensou em procurar um terapeuta?

— Um terapeuta? — Ele fez uma careta cheia de repugnância que quase me fez rir.

Nunca entendi por que as pessoas sentem tanto constrangimento e aversão acerca das doenças psicológicas. Depressão, transtornos, estresse são doenças tão sérias quanto cálculo renal, problema cardíaco, câncer. Todas elas podem matar, a seu modo, então qual é o grande problema? Por que se envergonhar de procurar um psicólogo ou um psiquiatra, mas não ao agendar uma consulta com o cardiologista? Se existe esperança de cura, de se livrar da dor, seja física ou mental, por que perder tempo com preconceitos sem fundamentos?

— Falar com alguém pode ajudar — continuei. — O que você teria a perder se fosse a uma sessão de terapia, além de meia hora da sua vida? Nada, e ainda correria o risco de, nessa meia horinha, descobrir um jeito de tornar o resto da sua vida não apenas suportável, mas desejável também.

Deixando a cabeça pender no encosto do banco, ele escrutinou meu rosto.

— Já pensou em seguir a carreira de palestrante? — zombou.

Eu sabia o que ele estava fazendo. E dessa vez não me permiti distrair pelo seu sorriso ou suas brincadeiras.

— Não desista ainda — supliquei.

— É tarde pra mim, Briana. — Ele abanou a cabeça. — Estou cansado disso. Ele estava dizendo que... ele queria dizer que tinha desistido de...

Detive o pensamento no momento em que o vi se inclinar em minha direção, estendendo o braço para o porta-luvas.

Santa mãe de Deus! Ele ia dar um fim a tudo ali mesmo, naquele instante!

Eu nem pensei no que estava fazendo. Soltei o cinto e pulei sobre ele, empurrando-o para trás. Como não esperava o ataque, ele acabou preso entre mim e a porta do motorista, minhas mãos espalmadas em seu peito, meu joelho no vão entre o freio de mão e o câmbio, o outro esmagado contra o painel. Meus cabelos atacaram seu rosto.

— Eu não vou deixar você fazer isso! — falei, sob a cortina de fios acobreados. — Sinto muito, Gael! A vida é sua, eu sei disso, mas não posso! Não vou permitir!

Ele ficou imóvel, o peito subindo e descendo com mais intensidade. Então enroscou a mão nas minhas madeixas e as ajeitou atrás da orelha, descortinando meu rosto para me observar de um jeito esquisito, como se do nada tivesse brotado um pé no meio da minha cara. Um pé bem grande.

— Não vai me deixar pegar um lenço pra você? — ele perguntou, lentamente.

Pisquei algumas vezes, atordoada.

— Um lenço? Era isso que você pretendia pegar no porta-luvas? Lenços?

— O que mais poderia ser, Briana?

Ah, meu Deus!

— Eu... eu... humm... eu... éééééé...

Merda! Merda! Merda!

Por quê? Por que eu tinha que fazer sempre a coisa errada?

Examinando meu rosto — agora roxo —, Gael procurou a explicação que eu não consegui gaguejar. Então seus olhos se estreitaram com suspeita, e eu quase pude ouvir o clique das engrenagens de seu cérebro assim que tudo se encaixou em sua cabeça.

A fúria turvou seu olhar.

— Mas que inferno, Briana. — Com facilidade, ele se soergueu nos cotovelos, a cara ficando a centímetros da minha. — Você achou que eu tinha uma arma no porta-luvas? E que iria usá-la? Com você por perto? Perdeu o juízo?

— Eu não sei! Você estava triste! — acusei.

— Suicídio não é uma opção pra mim, cacete! — cuspiu entredentes.

— E como eu ia saber? Você falou que era tarde demais, que estava cansado... O que mais eu podi... Ai! — Bati a cabeça no teto ao tentar sair de cima dele.

Em um instante, ele me ajudava a sentar no banco do carona, os dedos imediatamente sondando meu crânio.

— Machucou? Sente alguma coisa?

— Tá tudo bem comigo. — Tentei afastar suas mãos. — Pode deixar.

Eu teria tido mais sorte se estivesse falando com o câmbio. Ignorando-me, ele encaixou as mãos em meu pescoço, os polegares em meu queixo.

— Olhe pra mim. Me deixe ver os seus olhos. — Com extremo cuidado, ele me fez erguer o rosto. Eu o atendi, e, depois de me examinar por um longo instante, soltou uma lufada de ar, aliviado.

Nossos olhares se atrelaram, sua respiração sapecou minha pele, e eu tive que separar os lábios para conseguir fazer o ar entrar, pois senti como se uma corda invisível nos atasse e subitamente tivesse retesado, me atraindo para ele. A atmosfera dentro do carro se modificou, ficou mais densa à medida que seus polegares se moveram de leve, deslizando pela linha do meu maxilar, e aquelas sombras que ele alegara ser tudo o que tinha dentro de si recuaram. Em seu lugar crepitou uma faísca, que logo se transformou em chama e, por fim, em brasas incandescentes.

— Quem é você? — murmurou, com intensidade. — Por que apareceu na minha vida agora?

— Eu estou me fazendo essa mesma pergunta desde que te encontrei — sussurrei.

Não me atrevi a mover um músculo, apenas inspirava e expirava, ciente de que as mãos dele estavam em meu rosto, nossos olhares travados, que aquele laço entre nós se encurtou ainda mais, nos enredando um ao outro até quase não haver espaço algum.

No entanto, a mais profunda agitação tomou conta dele; sua expressão distorcida como se tivesse acabado de tomar um soco ou coisa assim. Gael recuou, mas aquela ligação, a atmosfera densa, ainda pulsava violenta entre nós e não se desfez como o contato.

— Acho melhor você me levar pra casa agora. — Passei os braços ao redor do corpo, para deter os arrepios.

Depois de um instante de inquietação, Gael empurrou os cabelos para trás, como se isso ajudasse a clarear as ideias, e, por fim, deu a partida. Permanecemos calados durante o restante da viagem, até pararmos em frente à pensão. Mas Gael manteve o motor ligado, pronto para escapulir tão logo eu saísse do veículo.

Suspirei com desânimo, pegando minha bolsa no banco de trás. Era melhor acabar com aquilo de uma vez.

— Você vai me demitir, não é?

— Por que eu faria isso? — questionou, espantando.

— Não acredito que você me perguntou isso depois de *tudo* o que aconteceu hoje. — Lutei para não revirar os olhos.

Meu comentário quebrou um pouco da tensão, e um dos cantos de sua boca se curvou para cima.

— Concordo que foi um dia bastante... humm... — Uma pausa.

— Eu sei o que você está procurando — gemi. — É a expressão "Pelo amor de Deus, alguém tira essa mulher de perto de mim". Todas as pessoas pra quem eu já trabalhei usaram essa frase.

O que antes era apenas uma promessa agora se confirmou em um largo e belo sorriso.

— Eu acho que a palavra que eu procurava era "incomum". — Suas mãos deslizaram pelo volante. — Não foi tão ruim assim.

— Ah, qual é? Só hoje eu deixei você pelado no escritório, sem querer fiz o segurança pensar que estava me assediando, te ameacei com uma régua, tive um pequeno ataque na sua casa, e outro ainda agora. E... humm... pode ser... — Mordi o lábio. — Pode ser que eu tenha quebrado o bebedouro novo.

Outra daquelas suas gargalhadas explosivas fez o carro sacolejar levemente, e meus lábios se esticarem. Eu gostava daquilo. De ouvir sua risada. De fazê-lo rir.

— Eu não conto pra Guilhermina se você não contar — zombou. Mas ficou muito sério instantes depois: — E a resposta pra sua pergunta insistente é não. Acredite ou não, você tem se mostrado uma boa assistente.

— Verdade? — Arqueei as sobrancelhas.

— Pois é. — Massageou a nuca com uma das mãos. — Eu também estava um pouco decepcionado. Fiquei esperando desastres todos esses dias, e tudo o que obtive de você foi paz e sossego. Pelo menos hoje eu pude ter um vislumbre da sua má sorte.

Estalei a língua, desolada.

— Hoje não foi má sorte. Só falta de bom senso. Mas não se preocupe. A minha má sorte vai dar as caras a qualquer momento. Ela nunca fica longe muito tempo.

Ele me abriu um sorriso que cataloguei como "de fazer os joelhos tremerem".

— Vou esperar ansioso.

Eu não queria me afastar dele, mas já havia me demorado demais. Então obriguei meus dedos a forçarem a maçaneta e abrir a porta.

— Boa noite, Gael.

— Boa noite, Briana.

De novo, ele fez meu nome soar como uma carícia, o que deixou meus joelhos já instáveis completamente bambos. Fui cambaleando pela calçada, até entrar em casa e fechar a porta. Não resisti a correr até a janela e afastei a cortina, espiando por uma frestinha. Ele ainda estava ali, observando a pensão.

— O que você tá espiando aí?

Dei um pulo, derrubando alguns livros que estavam sobre o aparador.

— Aisla, que susto!

— O que você estava olhando? — Esticou o pescoço e, por fim, viu o carro preto fazendo a conversão na rua. — Ah. Eu sabia que ver o pau do seu chefe ia te deixar ligadona nele.

Bufei, indo para a sala de TV.

— Pela última vez, eu não vi o pau dele. — Eu me virei para trás. — E pensei que fosse te encontrar toda chorosa.

— E eu estava mesmo. Mas a dona Lola me fez companhia, me deixou brincar com as maquiagens dela. Até me contou um monte de histórias engraçadas. De qualquer forma, eu preparei uma lista com todos os filmes baseados nos livros do Nicholas Sparks que pude encontrar. Tá a fim de ver comigo?

Joguei a bolsa sobre a mesinha e me larguei no sofá com tanta vontade que ele escorregou um pouquinho para trás.

— Nicholas Sparks? De coração partido, Ais?

— Acho reconfortante saber que tem mais gente sofrendo por aí. — Ela pegou o controle e lançou para mim. — Que eu não sou a única no planeta.

Pensando em tudo o que havia acontecido naquele dia, acabei deixando escapar um ruidoso suspiro.

— Você não é, Aisla. Não é mesmo.

Talvez meu tom a tenha alertado. Ou talvez tenha sido minha expressão, mas o fato é que Aisla percebeu que alguma coisa estava errada e no instante seguinte se sentava ao meu lado.

— O que aconteceu, Bri? — ela quis saber, preocupada.

— Algo realmente esquisito. Tive um daqueles sonhos. Só que eu não estava dormindo.

— Deixa eu adivinhar! — Ela franziu o nariz arrebitado. — Você estava pegando o tal Lorcan e acabou pegando o seu chefe.

— Não. Nada assim. Eu sonhei que ele morria — sussurrei, me abraçando para deter um tremor. — Eu... eu surtei, Aisla. Não tinha percebido como esses sonhos são importantes pra mim. Eu não quero que ele morra.

Ela me olhou muito séria, o que era incomum dela.

— Bri, talvez isso tenha um significado também. — Ela ergueu a mão, brincando com uma das minhas mechas. — Eu consegui falar com o Tiago. Ele ligou pra dra. Edna e ela topou te ver. Nem vai cobrar nada.

— Quando?

— Amanhã de manhã. Eu vou com você.

Ok, então talvez a Edna pudesse me ajudar a entender melhor os sonhos. O que eu tinha a perder? Além disso, eu precisava falar com alguém.

Naquele momento eu desejei despejar tudo o que acontecera mais cedo. Contar a minha irmã sobre o lance que eu sentira naquele carro com Gael, mas como poderia explicar qualquer coisa se nem eu mesma havia entendido direito?

Acabei mantendo a boca fechada. Aisla correu até a cozinha para preparar a pipoca, e eu tratei de ligar a TV e acessar a Netflix. Tive dificuldade para encontrar o filme que minha irmã havia sugerido, talvez porque não conseguisse absorver o que passava na tela. Tudo o que eu via à minha frente eram os olhos pretos de Gael consumindo os meus enquanto ele segurava meu rosto com o mais delicado dos toques, no momento em que aquela estranha ligação se formara entre nós. Mesmo agora, longe dele, eu ainda a sentia. Não tinha ideia do que aconteceria a partir de então, mas sabia que naquela noite algo entre mim e Gael havia mudado para sempre.

Irrevogavelmente.

13

— Você deve ser a Aisla. — A mulher de cabelo marrom curtinho e estiloso nos deu um sorriso simpático tão logo abriu a porta da casa antiga e muito bem conservada no centro da cidade.

— É um prazer, dra. Edna — Aisla foi dizendo. — E essa é a minha irmã, Briana.

Os olhos castanhos atrás de delicadas lentes de grau me avaliaram com atenção.

— Eu estava curiosa a seu respeito, Briana. Vamos. Entrem. — Ela se afastou, liberando o caminho.

Logo que botei os pés para dentro, reparei nos itens de várias culturas e religiões que decoravam a casa da psicóloga, conferindo-lhe cor e vida, assim como nas dezenas de livros espalhados por quase toda a superfície. Edna foi na frente, desviou de uma cesta de roupas no caminho e apontou para um sofá azul, pedindo que nos sentássemos.

Onde?, quase gritei, contando doze almofadas multicoloridas, com os mais variados bordados, amontoadas no estofado. Aisla se sentou sem problemas — é claro. O lugar lembrava um pouco o quarto dela. Depois de hesitar um pouco, me ajeitei na pontinha do sofá, tomando cuidado para não amassar nada.

Edna então começou a me fazer perguntas sobre os sonhos. Expliquei a ela o surgimento de Gael em minha vida, a maneira como ele me aparecia nos sonhos, a Irlanda medieval e tudo de que pude me lembrar. A mulher me ouviu com muita paciência, tanta que tive minhas dúvidas se estava mesmo me escutando.

Mas ela estava, sim.

— Sonhos são difíceis de interpretar, Briana. — Ela enrolou o indicador na franja de uma almofada verde-água com o desenho de um elefante. — Podem não significar nada, mas também podem representar os seus desejos mais ocultos. Sonhos são uma forma de autoconhecimento, e a única pessoa que pode entendê-los é você. Eu só posso mostrar um caminho.

— Então me mostre, por favor — supliquei. Estava me cansando de tantas dúvidas e coisas inexplicáveis.

— Veja bem. Se empregarmos o que aprendemos com Freud, temos que identificar o conteúdo manifesto... nesse caso, sonhar com um homem estranho... para então buscarmos a interpretação. Pensando dessa maneira, o que você me diria?

Ponderei um pouco, revirando a mente, e tudo o que eu encontrei foi...

— Não faço a menor ideia — confessei.

— Credo, Briana! — Aisla me olhou feio. — Eu consigo pensar em mil coisas!

— Tipo o quê?

Esse era todo o incentivo de que ela precisava. Aisla colocou uma das almofadas no colo, apoiando os braços nela como se estivesse no sofá de casa, e começou a tagarelar.

— Esse cara é um guerreiro, certo? Então ele poderia ser o seu desejo de proteção, de uma figura masculina. Por causa da morte do papai.

— Muito bem — Edna elogiou.

— Ou então — continuou minha irmã — vamos nos apegar à parte em que você é uma princesa. Esse é bastante simples. É o seu desejo de uma vida melhor.

Olhei para o lustre, reprimindo um gemido.

— Eu sou uma princesa fugindo de um sociopata, Aisla. Não é a "vida melhor" que eu sonhei, não. Nem perto.

— Porque você ainda não entendeu que se trata de uma metáfora. — Ela arqueou as sobrancelhas bem desenhadas. — Você, princesa, é salva por si mesma. Ou seja, o seu carrasco simboliza as dificuldades que você vem enfrentando sozinha para alcançar essa vida mais sossegada, sobretudo financeiramente.

— Exato — Edna concordou. — Todo o cenário lúdico pode simbolizar a maneira como você interpreta a sua vida, Briana. Esse homem representa o seu desejo de amar, de ter alguém confiável e bom para entregar o coração, dividir seus problemas...

— Mas eu não desejo nada disso! — Bom, pelo menos eu nunca parei para pensar no assunto. Estava sempre ocupada demais procurando emprego ou me esforçando para me manter em um.

A psicóloga cruzou as pernas, descansando um dos braços no apoio da poltrona, e me lançou um olhar complacente.

— Querida, seus sonhos são o epítome do romantismo. Uma princesa em perigo que encontra o homem decente que a salva dos pesadelos e traz luz à sua vida. Como eu disse, sonhos nada mais são que uma ferramenta para o autoconhecimento.

O que ela estava sugerindo? Que eu era... era uma romântica sem saber?

Aaaah. Bom, isso explicava por que eu gostei tanto do filme do Nicholas Sparks na noite anterior, mesmo indo para a cama com a cara toda inchada de tanto chorar.

— Claro que essa é apenas uma linha interpretativa — Edna prosseguiu. — Freud era das causas. Já Jung possuía uma abordagem mais finalista. Ele nos faz refletir sobre símbolos, objetos, nomes. Tudo pode ser interpretado, tudo pode estar relacionado se amplificarmos o conteúdo dos sonhos, sempre considerando a função compensatória.

— Função compensatória? — Aisla se inclinou para a frente, muito atenta.

— A sua irmã parece ter tido problemas financeiros nos últimos tempos. Por isso ela sonha que é uma princesa, com todas as regalias que o título traz. E o oposto pode acontecer. Agora que ela tem um emprego estável, pode começar a sonhar com pobreza e necessidade. É a maneira que o cérebro encontra para equilibrar as coisas em momentos complexos.

— Uau! — Os olhos de Aisla reluziram como se ela tivesse acabado de encontrar uma saia nova. A dra. Edna era sua mais nova heroína.

Mas eu ainda não estava convencida.

— E quanto ao fato de Lorcan existir de verdade? — perguntei. — Quer dizer, de o Gael existir de verdade? — corrigi, sem graça.

— Você provavelmente o viu de relance em algum lugar. — Abanou a mão no ar. — Pode não ter prestado atenção nele, mas o seu subconsciente o notou. Pelo que entendi, ele é muito atraente.

— Ah, é! — Minha irmã suspirou. — Gostoso pra cacete!

— Aisla! — Olhei feio para ela. — É do meu chefe que você está falando.

Ela deu de ombros.

— Continua sendo gostoso pra cacete.

Lampejos do que eu tinha visto no escritório de Gael na manhã anterior faiscaram em minha mente, e achei difícil contestar. Meu rosto (e outras partes de mim) ainda esquentava toda vez que eu me recordava de toda aquela pele, os músculos...

— A psique humana é complexa, não segue regras, Briana — falou Edna, e me obriguei a parar de pensar na tatuagem sexy de Gael e me concentrar na mulher.

— Ninguém além de você mesma vai conseguir interpretar esses sonhos. Pense em tudo o que nós conversamos. Tome o tempo que precisar, faça uma autoanálise. Vai te fazer muito bem e talvez você encontre a resposta que anda buscando.

Mas eu já tinha feito tudo aquilo e não encontrara nada. Ainda assim, agradeci por ela ter me atendido tão amavelmente e arrastei minha irmã para fora da casa antes que ela pudesse perguntar se Edna não queria adotá-la.

— Caramba, Bri, essa mulher é um gênio! — Aisla foi falando assim que chegamos à principal avenida do centro. — Estou reavaliando tudo o que já sonhei na vida.

— Tipo quando você sonhou que estava no barquinho com o Mickey? — ironizei.

— É! — Ela pulou, agarrando meu braço com as duas mãos. — Agora eu entendo tudo! Era o meu inconsciente me dizendo que a fotografia não é o único caminho pra mim. Eu posso tentar outra coisa, como...

— A marinha?

— É! Ou talvez o cinema. Caramba, caramba, caramba! — Ela saltitou, as pulseiras de contas faiscando com o sol do meio-dia. — Ela ajudou demais, né?

A ansiedade que vi em seu rosto me fez encolher por dentro. Ela estava louca para me ajudar, e não tive coragem de admitir que, apesar da boa vontade de Edna e de tudo o que ela dissera fazer sentido, uma vozinha dentro de mim insistia que não era nada daquilo.

— Humm... é. Tudo faz sentido agora. — Forcei animação em minha voz. — Obrigada por ter conseguido uma hora com ela, Ais. Foi muito... revelador.

Contente com minha reação, ela voltou a tagarelar sobre a psicóloga enquanto subíamos a rua a passos lentos por causa da bota imobilizadora. Ela parou em frente a uma vitrine de sapatos.

— O que você quer fazer agora? — questionou, examinando os calçados. — Já que resolvemos os seus sonhos e a sua documentação?

Aisla e eu havíamos saído de casa bem cedo, pois eu tinha conseguido agendar um horário na Polícia Federal para providenciar meu passaporte. Obriguei minha irmã a fazer o dela, apesar de seus protestos. Nunca se sabe. O meu, como era uma emergência de trabalho, ficaria pronto na segunda-feira pela manhã.

— Acho que nada — respondi e recomecei a andar, devagar. — Tô sonhando com um pouco de sossego e um bom livro.

— Ai, Briana, nossa! Às vezes você parece mais velha que a dona Lola. Hoje é *sábado*! Você tem vinte e três anos, não sessenta. Até a mamãe arrumou o que fazer hoje. Vai na quermesse da paróquia.

— Ótimo. Assim vou ter a pensão só pra mim... e pra dona Lola — completei, mas, como ela sempre ia para a cama cedo, eu teria o silêncio que tanto ansiava. — Tem uma livraria aqui perto. Eu queria dar uma olhada.

Na verdade, eu tinha sido tomada pelo desejo incontrolável de correr até a livraria. Não era nada que eu já não tivesse experimentado antes — acontecia toda semana —, só que dessa vez era mais urgente. Como se minha vida dependesse daquilo.

— Ah, não, Bri! Tô fora. — Aisla fez uma careta. — Hoje é sábado, e isso, pra qualquer estudante, significa um dia inteirinho longe de qualquer coisa que contenha mais palavras do que um cardápio.

— Não vou demorar. Prometo.

Ela titubeou, considerando por um instante, e então abanou a cabeleira loira.

— Nem pensar. Mas vai você. Tem uma loja de equipamentos fotográficos no próximo quarteirão e eu queria namorar mais um pouquinho aquela Canon. Um dia ainda vou ter uma daquelas. E um arsenal de lentes muito foda. Me manda uma mensagem quando terminar? — perguntou.

Assim que concordei, ela atravessou a rua, meio dançando, até chegar ao outro lado, e eu continuei em frente. Meu coração deu um pequeno salto de alegria no instante em que passei pela porta da livraria, o perfume de papel e tinta me enfeitiçando como o canto de uma sereia. Parei logo na mesa de entrada, dando uma conferida nos lançamentos, e então me aventurei nas prateleiras mais ao fundo, vasculhando as lombadas. Meu celular apitou pouco depois.

> Briiiii, acabei de encontrar a Ana.
> Lembra dela? Ela me ajudou a não ficar de DP no semestre passado.
> Ela disse que tá tendo uma exposição de fotos urbanas duas ruas pra baixo.
> Entrada free! ☺
> Fecha em uma hora. Vamos?

> Acho que eu ia atrasar vcs, com esse pé torcido.
> Vai vc! Divirta-se!

> Imaginei que diria isso. Ok. Te vejo em casa!

Voltei a investigar as prateleiras. Tudo bem, eu havia ido até ali com um propósito em mente. Gael podia não ser um suicida, mas não estava bem. Eu precisava ajudá-lo de alguma maneira, e não tinha certeza se seria capaz de lidar com sua tristeza sozinha. Como ele se recusara a procurar um profissional, talvez um livro pudesse me mostrar um caminho.

Encontrei um que parecia promissor, do dr. Cury. Dei uma lida na sinopse e estava folheando o volume a caminho do caixa, mas alguém surgiu detrás de uma das estantes do nada.

— Cuidado aí! — foi tudo o que consegui dizer, mas não houve tempo suficiente para que eu ou ele desviássemos.

Colidi em cheio contra o cara, minha bolsa despencando no chão, e só não tive o mesmo destino porque braços fortes enlaçaram minha cintura, me dando estabilidade.

— Me desculpe — falei apressada, espiando-o antes de começar a me desembaraçar dele, mas parei, erguendo o queixo. — Gael!

Ele parecia diferente. Sem o terno, usando um jeans desbotado e uma camisa azul-petróleo com as mangas enroladas até os cotovelos, parecia mais jovem, menos tenso e gostoso pra cacete.

Ok, eu estava de folga. Podia pensar nele do jeito que bem entendesse!

— Quando você disse que estava habituada a atropelamentos — ele falou, o rosto a um palmo do meu —, pensei que estivesse brincando.

— Quem dera... Mas, olhando pelo lado bom, pelo menos não tenho carro, certo?

Um sorriso ínfimo repuxou os cantos de sua boca, o furinho em seu queixo fazendo uma deliciosa aparição. Meu coração reagiu como esperado, galopando no peito enquanto meus joelhos perderam a firmeza. Eu estava certa de que cairia no chão se ele me soltasse. Por isso enrosquei os dedos da mão livre na parte da frente de sua camisa.

Seu olhar percorreu meus traços sem pressa e se ateve em minha boca, mandando meu controle para o inferno. O mais estranho era que meu corpo se lembrava dele, do seu aroma, do calor de sua pele, e eu não me refiro à noite em que nos conhecemos.

Só que dessa vez era diferente dos sonhos. Nossa altura regulava, meu corpo se encaixava no dele com mais facilidade. E as coisas que eu senti ali, em seus braços, muito mais intensas, como se aquela bruma que permeava meus sonhos houvesse sido removida e eu visse e sentisse tudo com muito mais nitidez e intensidade.

Inesperadamente, seus braços deixaram meu corpo e ele se afastou, parecendo bastante sem jeito. Com as faces afogueadas, passei os dedos pelo cabelo e ajeitei as roupas enquanto ele se abaixava para recolher minha bolsa do chão.

— Desculpa, Gael. Eu estava distraída — admiti assim que ele se endireitou e entregou minhas coisas. — Obrigada. Eu te machuquei?

— Não, mas... — Sua voz saiu rouca. Ele pigarreou. Duas vezes. — Mas por um momento pensei que o fim do mundo estivesse em pleno curso.

— O que você está fazendo aqui?

— Eu estava passando e resolvi entrar. Estava procurando este livro fazia algum tempo. Dei sorte. — Ergueu um exemplar de capa preta com uma moldura dourada em um padrão de nós celtas. — Não imaginei que veria você por aqui. — Pareceu genuinamente surpreso. — A sua casa é do outro lado da cidade.

— Eu e a minha irmã viemos... visitar uma amiga. — O que não era mentira. A essa altura, Aisla já teria adicionado Edna no Instagram. — Ela foi para uma exposição de fotos. Estuda fotografia.

Então nenhum de nós falou coisa alguma, e o clima ficou esquisito. Achei melhor ir andando antes que aquilo piorasse. Segui para o caixa.

Mas ele fez o mesmo.

— O que tem aí? — Esticou o pescoço para ver o livro que eu abraçava.

Apertei a capa de encontro ao peito, escondendo o título.

— Ah... É só um livro sobre umas coisas.

— Que tipo de coisas? — Ele achou graça.

— Do tipo... — Mordi o lábio inferior. — Humm... do tipo coisas.

Ele tentou se manter sério, mas seus olhos se enrugaram nos cantos. E, graças aos céus, a moça do caixa me chamou. Fazendo um verdadeiro contorcionismo para que Gael, bem atrás de mim, não visse o título, paguei a conta e suspirei de alívio tão logo a garota enfiou o exemplar na sacola.

— Foi legal te ver. — Eu me virei para ele depois de pegar minha compra.

— Foi sim. — E pareceu espantado com a constatação.

Depois de me despedir dele, deixei a livraria. À medida que me afastava, meu coração começou a ficar mais e mais pesado, e me peguei desejando, pela primeira vez na vida, que a segunda-feira chegasse logo para que eu pudesse ir para o trabalho.

— Briana, espere!

Girei sobre os calcanhares, e aquela dor no centro do peito foi substituída por um palpitar ensandecido quando avistei Gael correndo pela calçada em minha direção. Seus cabelos se agitavam com o movimento urgente, e eu me senti em uma propaganda de perfume. Sobretudo depois que ele me alcançou e o calor de sua pele liberou aquela fragrância deliciosa, espiralando ao meu redor como uma nuvem sexy e máscula.

— Eu estava pensando se você não estaria interessada em tomar um café comigo. — Afastou os cabelos que caíam em seu rosto devido à corrida.

— Café? — repeti, atônita. Gael queria... Ele estava sugerindo que... Ele estava me convidando...

— Ah, é verdade. — Estalou a língua. — Você não toma café. Que tal um suco? Ou uma cerveja? — Seu rosto se iluminou. — Isso eu sei que você gosta.

Eu o encarei, ainda mais aturdida.

— Como você sabe que eu não tomo café?

— Nós trabalhamos juntos das oito às sete — respondeu simplesmente.

Bem, sim. Mas para perceber uma coisa dessas ele tinha que ter prestado atenção. Em mim, quero dizer. Ele tinha feito isso? Quando?

Era óbvio que estar perto dele outra vez era tudo o que eu queria. Mas aceitar seu convite poderia ter consequências que eu nem conseguia imaginar. E eu não estava pensando no meu emprego não.

— Sr. O'Connor, eu...

— Gael — corrigiu suavemente.

Ele tinha resolvido tirar o dia para me surpreender?

— Acho que não é uma boa ideia — respondi, por fim. — Eu sou sua assistente, afinal. — Parecia uma boa desculpa para mim.

Mas não para ele, já que cruzou os braços, e a sacola que segurava displicentemente chiou um resmungo.

— E isso torna você inelegível para tomar alguma coisa comigo? — Abaixou as sobrancelhas. — Além do mais, há menos de vinte e quatro horas nós discutimos perdas, terapeuta, esperança. E eu desconfio que o livro das "coisas" que você acabou de comprar é, na verdade, pra mim.

— É nada! — Escondi o livro atrás das costas.

Sua expressão se abrandou.

— Então você vai ler e tentar me ajudar de uma maneira muito sutil, para que eu não perceba o que está fazendo?

Mas que droga! Como ele sabia disso? Tinha conseguido ver a capa no fim das contas, mesmo com todo aquele contorcionismo?

— Não fique tão surpresa. — Seu olhar era algo entre divertido e ansioso. — Eu disse ontem que tenho tentado entender você e como a sua cabeça funciona.

O quê?

— Por quê?

— Porque... — Ele abriu a boca, mas a fechou depressa. Então deu risada, correndo a mão pelos cabelos. — Não sei, Briana. Eu acho você... intrigante.

Humm... Eu não sabia se me sentia lisonjeada ou ofendida.

— De todo jeito — abriu os braços —, imagino que seja seguro dizer que nós nos tornamos amigos depois de ontem. E amigos levam uns aos outros pra tomar alguma coisa se um deles não está bem. E eu não estou bem. Dentro de cinco minutos vou me transformar em uma poça fedorenta se não sair logo desse sol.

Eu estava pronta para recusar, mas, apesar de seu tom descontraído, a expectativa rodopiava em seu semblante enquanto ele enfiava as mãos nos bolsos do jeans. A sacola bateu de leve contra sua coxa e farfalhou. Na noite passada eu havia prometido que estaria ali por ele. E agora recusaria seu convite?

Ah, que se dane.

— Ok. — Inspirei fundo. — A primeira rodada é por minha conta.

— Ótimo. — Ele abriu um sorriso tímido a princípio, e muito largo e lindo instantes depois, o que fez meu coração errar uma batida. — Eu conheço um lugar aqui perto.

14

Assim como fazia no escritório, Gael foi paciente, sem me apressar, conforme eu mancava pela rua. Só mais um dia, pensei, sonhadora, e então eu daria adeus àquela bota insuportavelmente quente.

Não fomos muito longe, apenas até a metade do quarteirão, em um barzinho bastante movimentado àquela hora da tarde.

Conseguimos uma mesa do lado de dentro. E acabei engolindo o riso ao ver a cara de felicidade de Gael ao perceber que a nossa mesa ficava embaixo do duto do ar-condicionado. Presumi que, para um irlandês, o clima brasileiro castigasse um pouco.

Mal tinha me sentado e ele correu para o bar em busca de bebidas. Sempre fazia isso, reparei. Voltou em dois minutos com duas latas pretas e dois copos.

— Você deu sorte. Murphy's! — ele se deixou cair na cadeira, colocando um copo à minha frente e me servindo da bebida escura. A espuma cremosa fez minha boca salivar.

Depois de encher seu próprio copo, ele murmurou um "Sláinte", bateu o copo no meu e tomou um bom gole. Eu fiz o mesmo. Encorpada e amarga, a espuma envolveu meus lábios e língua quase como um beijo profano. Gemi baixinho, mas Gael ouviu e acabou rindo.

— Eu concordo, Briana. Plenamente. — Experimentou outro gole e então um longo gemido reverberou em sua garganta. Um som profundo e gutural que fez todos os pelos do meu corpo ficarem de pé e minha mente divagar em direção a lençóis revirados, pele suada e quente. E piorou muito quando sua língua passeou como quem não quer nada por aqueles lábios suculentos, então meu cérebro adquiriu o mesmo intelecto de uma maçaneta.

— Minha Nossa Senhora... — Soltei o ar com força.

— O quê? — ele perguntou, deixando o copo na mesa.

Pisquei algumas vezes, tentando fazer meu cérebro recobrar um pouquinho de bom senso.

— Ah... é... a... cerveja! — consegui inventar de súbito. — Minha Nossa Senhora, é deliciosa! Humm! — Levei o copo à boca e tomei um grande gole. *Por favor, caia nessa. Só dessa vez!*, supliquei mentalmente. — Irlandesa?

Se ele desconfiou de alguma coisa, foi gentil em não demonstrar.

— É, sim. Fabricada em Cork — explicou, enquanto colocava o copo sobre a bolacha de papelão. — As melhores coisas nascem em Cork.

Já que ele tinha mencionado o assunto...

— Em que parte da Irlanda você nasceu? — questionei.

Ele sorveu mais um grande gole e estava muito sério ao responder:

— Em Cork.

Acabei rindo.

— Não acredito que acreditei em você. — Brinquei com a lata, que fez um barulhinho. Parecia que tinha alguma coisa ali dentro. Uma bolinha ou coisa assim. — Você disse que não brincava. Nunca!

— Quase nunca. — Sua voz era puro bom humor.

Balancei a cabeça, estalando a língua.

— E eu aqui pensando que tudo o que eu li sobre o bom humor irlandês fosse um tremendo papo furado. Quer dizer, eu não conheço tanto assim o seu país. — Não fora dos sonhos. — Mas enfim.

Empurrando a sacola para o canto da mesa, ele cruzou os braços no tampo. Não tenho certeza se ele percebeu que daquela maneira seu rosto ficava um pouco mais próximo do meu. Ah, eu reparei.

— Mas conhece a lenda de Cúchulainn. — Seus olhos chisparam.

— E o U2. Já são duas coisas, certo?

Ele gargalhou. Um som rico, grave, cheio de vida e muito parecido com a risada de Lorcan.

— Sim, Briana, eu acho que significa alguma coisa. Você provavelmente conhece muito mais, só não sabe disso.

— Sério?

Entendendo minha pergunta como um desafio, ele começou a citar alguns nomes de quem eu realmente já tinha ouvido falar: The Cranberries, Pierce Brosnan, Colin Farrell, Liam Neeson, Bram Stoker, Oscar Wilde, C. S. Lewis, São Patrício, a Isolda do Tristão, Van Morrison...

— O cara do The Doors era irlandês? — resmunguei, surpresa.

— O *Jim* Morrison era americano. — Ele me lançou um olhar exasperado.

— Van Morrison é um dos maiores músicos irlandeses, e, pela sua cara, você não faz ideia do que eu estou falando.

— Não. — Encolhi os ombros, me desculpando. — Você tem saudade da Irlanda?

— Daquele clima úmido e cinzento que dura quase o ano todo? — Revirou os olhos. — Quem não teria?

Dei risada de novo. Ele me acompanhou, mas, conforme o riso morria, seu semblante foi tomado pelo saudosismo.

— Sim, Briana, eu tenho muita saudade. — Ele empurrou os cabelos para trás, numa bagunça desleixada que o deixou ainda mais bonito. Ao voltar a falar, sua voz estava tão baixa que tive que me inclinar em sua direção, temendo perder alguma coisa. — E ao mesmo tempo tudo o que eu mais quero é ficar longe de lá. Fui o homem mais feliz do mundo na Irlanda. E o mais infeliz também.

Meu coração perdeu o compasso ao ouvir aquilo. Eu não queria que ele sofresse. Sabia que estava pensando em sua mulher, e não estava certa se queria ouvir alguma coisa a respeito dela.

No entanto, depois de trabalhar com ele por uma semana, pude constatar que sua lista de amigos possuía apenas um nome. E Lorenzo não parecia ser o tipo de pessoa que daria bons conselhos. Gael precisava de uma amiga, e era isso o que eu seria.

— Há quanto tempo ela se foi? — perguntei, em voz baixa.

— Tempo demais. — Fitou o copo.

— Como ela era?

Ele abriu um meio sorriso, o olhar perdido em lembranças, enquanto seu dedo subia pela lata de cerveja, apanhando as gotículas que começavam a escorrer.

— Inteligente, um coração enorme e muito corajosa. Irritantemente corajosa. — Ele riu um som que era pura nostalgia. — Era uma das coisas que eu mais amava nela. E a que eu mais odiava também. Ela era linda por dentro, e isso refletia por fora.

Não me admirava que ele nunca tivesse superado a morte dela. Ele acabava de descrever a Mulher Maravilha.

— Parece uma mulher incrível — comentei com suavidade.

— Ela era. — Soprou o ar com força, incapaz de ocultar a amargura.

Sem pensar muito no que fazia, espalmei a mão sobre a dele, sentindo sua angústia se assentar em meu coração, como se fosse minha. Eu não estava projetando nele os sentimentos que nutria por Lorcan. Não mais. Aquilo era real. A ligação que eu sentira se formar entre nós na noite anterior pulsou com força, e por meio dela eu senti sua dor, sua saudade, de maneira quase visceral. A tristeza dele me feria de verdade.

Inesperadamente, ele se aprumou e riu.

— Desculpa, Briana. Eu não pretendia estragar o clima.

— E não estragou. — Puxei a mão, deixando-a sobre o tampo. — Pode falar sobre isso sempre que quiser.

— Obrigado, mas esse é um assunto em que eu raramente me permito pensar. Jamais falo sobre isso. — E franziu a testa. De novo me estudando, da mesma maneira de quando nos conhecemos: como se eu fosse uma obra de Picasso e ele estivesse tentando me recompor em sua cabeça na ordem certa.

Aquele olhar mexia comigo. Muito. Era como se ele enxergasse além das minhas barreiras, dando uma boa olhada nos cantos mais remotos de minha alma. E não compreendesse o que via.

— O que te trouxe para o Brasil? — soltei, tentando distraí-lo. — Há quanto tempo você mora aqui?

Funcionou. Ele relaxou, se recostando no espaldar da cadeira.

— Cheguei faz cinco anos. Vim atrás do mesmo de sempre.

Cinco anos?

Ah, caramba, talvez Edna estivesse certa, afinal! Porque fazia exatamente cinco anos que meus sonhos haviam começado. Eu o vira por aí, em alguma matéria de jornal que mencionava sua nacionalidade ou algo assim, e meu subconsciente ficou louco por ele, criando toda aquela coisa romântica de princesa em perigo. As coisas começavam a fazer sentido, afinal! O alívio entorpeceu meus membros. Ou talvez tivesse sido aquela deliciosa cerveja.

— E por "o mesmo de sempre" você se refere à sua obsessão por escavações? — eu quis saber.

Ele não conseguiu disfarçar o assombramento. Nem a admiração.

— Nada te escapa, não é?

Se ao menos ele soubesse...

— Eu só notei o seu interesse. — Meu indicador acompanhou um dos veios da madeira. — E fiquei pensando se é por isso que tem tantas minas ao redor do mundo. Você escava procurando alguma coisa específica, mas acaba tropeçando em jazidas de esmeralda, zinco...

— É algo semelhante. — Ele coçou a sobrancelha com o polegar. — Eu não ando com sorte

— Ah, é. É realmente muita falta de sorte. — Estalei a língua. — Quase sinto pena de você.

— E deveria mesmo. Eu não queria esmeraldas. O que eu faço com elas? — perguntou, contrariado.

Eu não sabia se ria ou se batia nele. Optei por rir.

— Tenho certeza de que o Lorenzo tem um milhão de ideias pra te ajudar. Mas o que você queria? — Tentei não deixar a ansiedade transparecer. — Eu não entendi direito o que você quis dizer no outro dia. Sobre buscar a morte.

— É exatamente o que eu disse. Eu busco a morte. — Ele levou o copo à boca e o esvaziou em duas grandes goladas. — Era comum na civilização celta o indivíduo ser sepultado com seus pertences mais valiosos. E é deles que eu estou atrás.

Ah! Então é isso, pensei, afundando na cadeira de tanto alívio. Agora as coisas começavam a se encaixar. Gael colecionava antiguidades. Fazia todo o sentido estar escavando por aí em busca da história de seu país, de seus ancestrais. Quando dissera que buscava a morte, ele se referira à morte de seus antepassados.

— Por isso o livro — concluí, fitando sua sacola. — Posso dar uma olhada?

— Fique à vontade. — Ele a empurrou para mim.

Com cuidado, retirei o volume do plástico e o coloquei bem longe do meu copo, apenas por precaução. Fui folheando, admirando as fotografias de joias, espadas ricamente adornadas por pedras e padrões de nós, assim como os escudos, bolsas de couro, tigelas e cálices de ferro que mais pareciam obras de arte. E, na verdade, eram.

— São lindos, Gael. — Meu dedo acompanhou a curva de um broche, o metal trançado como uma corda, arrematado com rubis. — Você fica com o que encontra?

— Só os que têm valor sentimental, por assim dizer. A maior parte dos que eu encontrei estão no Museu Nacional da Irlanda, em Dublin.

— Mas eu não entendo. — Tirei os olhos do livro e os mirei em Gael. — Não houve celtas no Brasil. Por que escavar aqui?

E lá estava aquela expressão de admiração de novo.

— Porque houve milhares na península Ibérica. Como o Brasil foi colônia de Portugal por centenas de anos, pode ser que alguma peça tenha vindo pra cá com os primeiros colonizadores. Nunca se sabe. — Apoiando os cotovelos de volta na mesa, ele se inclinou em minha direção outra vez. Os ombros largos se estiraram, estufando as mangas da camisa azul. Meu estômago reagiu com um salto. — Agora eu acho que já falamos muito sobre mim. Me fale de você.

Eu discordava. Aquela conversa, além de prazerosa, estava saindo melhor que a encomenda, e eu começava a juntar as partes do meu quebra-cabeça particular. No entanto, a maneira como ele me olhava agora, ansioso e quase suplicante, teria me feito concordar em comer um prato inteiro de ervilhas. E eu realmente odiava ervilhas.

— Me conte qual é a sua grande paixão, Briana.

— Desenho. — Eu não precisava pensar para responder essa. — Eu adoro desenhar. Me acalma.

— Que tipo de desenho? — perguntou, surpreso.

— De todo tipo. Paisagens, pessoas, objetos. — *Você*.

O interesse trouxe um pouco de cor a suas faces.

— Posso ver algum?

Ah, claro. Ele iria adorar ver seu rosto retratado em mais de trinta desenhos diferentes, como um guerreiro medieval. Nem ia ficar assustado. Nem pensaria em chamar a polícia, me acusar de perseguição ou me demitir.

— Não tenho nenhum comigo — menti.

— Que pena. Eu gostaria de conhecer a maneira como você interpreta o que vê. — Brincando com a lata vazia, fez a bolinha dentro dela ricochetear no alumínio. Parecia bastante desinteressado, exceto por aquele ligeiro estreitar de olhos quase imperceptível. — Essa é a sua única paixão? Nenhuma de carne e osso?

— Não. — Porque Lorcan era feito da mesma matéria que os sonhos.

Ele fixou sua atenção na lata, as sobrancelhas quase unidas, a boca comprimida firmemente até quase desaparecer. Por quê? Por que ele parecia aborrecido?

Espere. Não, não aborrecido. Gael parecia atormentado. E tentou se recompor algumas vezes, mas acabou falhando.

— Vou... pegar mais uma rodada pra gente — disse, meio apressado. Antes que eu pudesse responder, ele já corria para o bar.

Ok. Eu já tinha problemas demais para tentar entender o comportamento inconstante de Gael. Voltei a examinar as fotografias e gravuras do livro, admirando um colar de ouro com entalhes tão delicados quanto complexos e que, segundo dizia a legenda, tinha mais de três mil anos.

Eu me detive na página seguinte, analisando o desenho de uma pequena aldeia. Meia dúzia de cabanas com suas paredes de pedras encaixadas de maneira perfeita, o telhado de palha, a harmonia com a natureza ao fundo...

Tínhamos muitas aldeias como essa, fora dos muros do castelo.

Soltei o livro de súbito, como se ele estivesse em chamas. Por mais que tivesse tentado desgrudar os olhos da imagem e entender de onde havia saído aquele pensamento, fui incapaz. De repente, fui sugada para dentro da imagem, catapultada para outro tempo, outras terras, um lugar diferente, onde a única coisa que permaneceu exatamente igual foi o homem que comprava cerveja no bar.

❦

Olho pela janela e suspiro, aliviada. O sol se pôs, enfim. Passei a tarde toda trancada, pois, ao retornar para casa depois do breve almoço com Lorcan, avistei um gall às margens do riacho. Ele não me viu, mas ponderei que seria mais prudente me manter fora da vista até que a noite pudesse oferecer alguma proteção.

Lorcan voltou da lavoura há pouco e está em seu quarto — onde Dana e eu dormimos na noite passada —, se banhando. Estou tão ansiosa para que ele termine logo que não consigo ler uma única linha do livro que encontrei sobre a cornija. Não esqueci sua promessa de me ensinar a derrotar Fergus.

Dana também parece agitada, recostada na porta da sala, o olhar perdido além das árvores. Fecho o volume, deixando-o sobre o sofá, ao lado de meu quadril, e pergunto o motivo de sua inquietação.

— Esta noite teremos música na aldeia — ela explica, o rosto adquirindo um lindo tom vermelho. — Eu adoro música.

— E um rapaz em especial, talvez? — arrisco. Ela faz que sim, então prossigo. — E por que ainda está aqui?

Ela começa a abanar a cabeça e eu subitamente sei a razão.

— Eu ficarei bem, Dana. Vá e se divirta.

— Não posso deixá-la sozinha com Lorcan.

Desvio o olhar para a lenha que começa a arder na lareira, sentindo as faces se abrasarem da mesma maneira.

— Sei que não é sua intenção, Dana — murmuro —, mas me ofende dizendo isso.

Em um instante, ela está ajoelhada à minha frente.

— Ofendê-la, Cara? — Sua mão aperta a minha.

— Sim. E ao sr. O'Connor também. Ele não tem sido nada além de gentil comigo. E espero que minha conduta não deponha contra mim.

— Oh, não! — ela diz, irrequieta. — Jamais conheci alguém tão educada ou gentil quanto você. Sua conduta é irrepreensível!

— Se é assim, deixar-me a sós com o sr. O'Connor por algumas horas não vai prejudicar minha imagem. — Não quero perturbar sua rotina, mais do que já importunei.

Ela franze a testa e eu sei que entendeu meu argumento.

— Bem... suponho que não... mas...

— Não há nenhum senão, Dana — antecipo-me. — Eu ficarei perfeitamente bem. E, se puder, me traga um pouco mais daquela deliciosa cerveja. Nunca bebi outra mais saborosa.

Vejo a batalha dentro dela, meus argumentos contra o que acredita ser seu dever duelando. Por fim, seu semblante se ilumina.

— Muito bem — concede. — Acho que tem razão. E Shona ficará contentíssima em saber que a cerveja lhe agradou. Ela é quem produz a da aldeia.

— Espere! — chamo quando ela faz menção de sair desabalada pela porta.

Levo as mãos ao pescoço e desembaraço meus colares. Consigo abrir o de esmeraldas e, por um momento, apenas inspiro fundo, sentindo-me livre, como se me libertasse de um grilhão.

Os olhos de Dana se arregalam quando fico de pé e ela percebe minha intenção de colocar a joia em seu pescoço.

— Não, Cara. — Ela se levanta. — Eu não posso aceitar!

— Claro que pode. Você me deu seus vestidos. Quero fazer algo por você. — Enredo o colar em seu pescoço e a admiro. Sorrio. — O verde das pedras ilumina seu rosto. O rapaz certamente também irá perceber isso.

— Mas, Cara...

— Não pense em agradecer. Eu o ofereço com muito gosto — declaro.

Uma emoção fulgura em seu belo rosto, tocando a joia, e então me abraça com força.

— Obrigada — sussurra em meu ouvido. — Voltarei em breve.

Antes que eu possa dizer que não deve se apressar, ela já passou pela porta. Vou até o lado de fora, sorrindo ao divisá-la descendo a colina tão apressada que seu vestido verde e amarelo se torna apenas um borrão.

Ergo o rosto para o céu. Por entre as copas das árvores, a lua crescente sorri para mim. Se não fosse impossível, eu desconfiaria de que Conan era o responsável por aquilo.

Lorcan me surpreende ali momentos depois, limpo, os cabelos molhados. Mesmo após um dia inteiro na lavoura, ele não demonstra exaustão.

— Pronta? — Ele me estende uma pesada espada.

Experimento seu peso, a sensação do cabo revestido de couro preto em minha palma, e aquiesço com firmeza.

Seguimos lado a lado até a clareira a poucos metros dos fundos da casa. Não queremos chamar atenção, e duas espadas reluzindo certamente atrairiam curiosos, por isso não levamos lanternas nem tochas. Mas o sorriso da lua é o suficiente para que eu veja alguns metros adiante.

— Agora me mostre o que sabe fazer com uma espada — pede Lorcan, assim que chegamos ao centro da clareira.

Empunho a arma ao mesmo tempo em que ele se prepara. Uso tudo o que aprendi com Bressel, mesmo que meu braço comece a latejar e o cabo da espada escorregue em minha mão suada. Os tinidos provocados pelo metal em conflito ecoam pela noite, os pássaros resmungam nas copas das árvores. Entretanto, por mais que me empenhe, não consigo quase nada. Lorcan é incansável e muito experiente.

— Você é boa — elogia ainda assim, quando paro para tomar fôlego. — Deixe o braço um pouco flexionado, dessa forma não sentirá tanto o peso da lâmina. E mantenha os olhos mais altos. Se possível, nos do seu oponente.

— Mas, se fizer isso, como vou me defender de um ataque?

— Acredite ou não, observando os olhos do inimigo. — Ele abre os braços. — Deve estudar seu adversário, tentar prever os movimentos dele, encará-lo o tempo todo, como um animal faz com sua presa.

Mordo o lábio, um pouco insegura. Não parece muito promissor, mas arrisco. Então ele reassume a posição de luta, eu avanço e... Não obtenho um resultado melhor. É frustrante.

— Separe mais as pernas — ensina.

Faço o que ele diz, invertendo os ataques. Lorcan se defende e o retinir do metal ecoa livre pela noite. Gotas de suor se empoçam no vão entre meus seios, em minha nuca, e com desânimo percebo que Lorcan nem ao menos transpira, deixando explícito que está apenas permitindo que eu brinque um pouco.

Detenho-me, ofegante e muito aborrecida.

— Por que parou? — Ele franze a testa, a espada pendendo paralelamente à perna.

— Estava indo bem.

— Estava me deixando acertá-lo de propósito. Não está lutando a sério.

Ele esfrega a nuca, um tanto sem jeito.

— E nem poderia, Cara. Seria injusto.

— Injusto? — Cruzo a distância entre nós até estar a um palmo dele e o encaro. — Sabe o que é injusto? Eu estou toda suada e dolorida, enquanto seu cabelo continua tão arrumado quanto no momento em que saiu do banho. Não quero que tenha piedade de mim. Porque aquele maldito não terá! Prometeu que me ensinaria a derrotá-lo!

— Ouça-me... — pede em um tom paciente que ouvi a vida inteira. Era sempre usado junto das palavras "não pode".

"Não pode ignorar sua posição."

"Não pode esquecer que nasceu com privilégios. Não se queixe das obrigações."

"Não pode pensar no que seu coração deseja, mas no que é melhor para o seu o reino. Para o rei. Para qualquer um menos si mesma."

Nãos. Minha vida era uma sucessão interminável de nãos.

— Cara, não pode esperar... — começa Lorcan, e eu paro de ouvir, a raiva contida durante todos aqueles anos aflorando de maneira selvagem.

Ergo a espada e me lanço contra ele. Lorcan está em guarda em uma fração de segundo.

— Meu... nome... é... Ciara! — rosno entre golpes.

Ele se defende, ágil como um gato, apesar de sua altura, e consegue me bloquear, enroscando o guarda-mão de sua espada no da minha de propósito, de modo que meu corpo e o dele se unem do peito às coxas.

— Ciara — profere, com tanta ternura que meu corpo todo se arrepia. — É um lindo nome.

Ele é enorme. Minha cabeça mal chega à altura de seus ombros, e tenho que inclinar o pescoço bem para trás para encará-lo.

— Lute! — suplico. — Por favor, Lorcan. Ajude-me!

Eu tenho que aprender. Não estarei vulnerável na próxima vez que encontrar Fergus McCoy.

E ele parece compreender isso. Posso ver na maneira como seus olhos se nublam.

Lorcan então me atende, girando a espada com habilidade para soltar nossas armas. Eu me afasto um pouco e ainda não estou em guarda quando ele investe e me ataca. É tão rápido, tão hábil, que eu mal vejo sua lâmina se movimentar; parece-me apenas um borrão. E, tristemente, consegue me desarmar com dois golpes certeiros. Antes que eu possa piscar, se coloca atrás de mim e enlaça um braço ao redor de meu pescoço, encostando o cabo da espada em minhas costelas.

— Seu oponente será mais alto que você. Sua lâmina deslizará com mais facilidade se introduzi-la bem aqui. — Seu polegar me toca no espaço entre minhas costelas e os ossos do quadril. — E sempre para cima, tentando alcançar os órgãos vitais.

Tento assimilar o que ele diz, mas é tão difícil me concentrar. Ele está em toda parte: seu calor, seu cheiro, seus braços...

Balanço a cabeça, tentando obter alguma clareza. Assim que recupero um pouco de concentração, não perco mais tempo. Agarro o braço que envolve meu pescoço e giro da maneira que Bressel me ensinou em nossa penúltima tarde juntos. Lorcan não é rápido o bastante para recuar, e consigo derrubá-lo.

Ele geme, deitado no chão, mas sorri.

— Belo golpe. Mas no campo de batalha será pouco provável que consiga surpreender seu oponente dessa maneira. Procure se manter em movimento e não ser surpreendida.

— Vou tentar. — Estendo-lhe a mão. Ele a agarra e com um salto ágil está pronto de novo.

Não sei quanto tempo passamos naquele embate, mas, agora que Lorcan resolveu de fato lutar, minha espada cai tantas vezes que perco as contas. Ele me domina de todas as maneiras possíveis, para em seguida me ensinar a escapar de cada uma delas.

Ainda estamos nos confrontando quando noto seus cabelos desalinhados, as raízes úmidas. Sorrio largamente. E Lorcan tropeça, uma expressão de puro deslumbramento lhe cruza o rosto, abaixando um pouco a espada sem parecer se dar conta do que faz. Aproveito-me de sua distração e acerto um chute em um de seus joelhos. Ele se desequilibra por um instante, a surpresa lhe toma as feições, mas não lhe dou tempo de se recuperar. Usando o cabo da lâmina, acerto-o no estômago. Lorcan grunhe e cai de joelhos. Não tenho certeza se ele está mesmo atordoado ou apenas me dando a chance de usar o que aprendi. De qualquer maneira, eu o contorno, enroscando os dedos em seus cabelos macios e agora suados, puxando-os para trás enquanto pressiono o cabo da espada no local indicado por ele minutos antes.

— Aqui? — arfo, cutucando sua cintura.

— Não. Um pouco mais para cima. Me dê sua mão.

Cravo a espada no chão e permito que ele guie meus dedos por sua cintura estreita. O tecido grosso de sua camisa não me permite sentir o ponto exato. Lorcan parece entender isso, pois suspende a vestimenta e desliza minha palma por sua pele.

— Aqui será mais fácil. — Pressiona a mão sobre a minha contra sua carne quente. Prendo a respiração.

Ele vira a cabeça. Estamos tão juntos que seu nariz resvala no meu. Eu me surpreendo com a proximidade, mas não recuo.

Nem ele.

Sua respiração e a minha se misturam. Seus olhos dourados se inflamam e ficam em brasa conforme os fixa em meus lábios. Meu pulso acelerado pelo exercício agora se agita como as ondas do mar sob a tormenta, e percebo que também estou encarando sua boca. Eu a quero. Eu preciso dela. Anseio senti-la de encontro à minha, conhecer seu sabor, sua maciez, sua força.

Afrouxo seus cabelos, a mão sob a dele, ainda em suas costas, e tento ordenar os pensamentos. E então ele fala. Apenas três palavras, mas são o suficiente para modificar meu mundo para sempre.

— Assustador. Confuso. Extraordinário. — A emoção lhe embarga a voz.

Meu coração salta dentro do peito, e sou acometida por um sentimento tão forte que meu corpo todo estremece.

Sou eu. A mulher por quem ele se apaixonou. Sou eu.

O vento carrega os sons da vila, o riso, a doçura da flauta mesclada ao vigor do violino, mas tudo não passa de um zumbido. O mundo deixou de existir. Pela primeira vez na vida me esqueço de tudo: quem eu sou, minhas obrigações, meus deveres. Tudo desaparece naquele segundo mágico em que Lorcan gira sobre os joelhos e fica de frente para mim Papai sempre disse que eu seria importante um dia. Ailín disse algo semelhante a Dana. Mas a questão é que eu quero ser importante para uma só pessoa: Lorcan. E é isso que vejo refletido naquelas íris âmbar tão profundas.

Suave como a brisa e invencível como o vento, um encantamento se instala entre nós. Minha garganta se aperta, e eu não consigo dizer palavra, por isso deixo que meu corpo fale por mim. Ajoelho-me diante dele, envolvo os dedos em sua nuca e o beijo.

Ele não oferece resistência. Ao contrário, parece tão ansioso, tão carente de mim quanto estou dele. Assim que nossos lábios se encontram, se movem em uma dança sôfrega, aquelas partes em mim que até então não pareciam fazer sentido agora se encaixam em total harmonia, ao mesmo tempo em que meu coração e minha alma encontram o caminho para o coração e alma dele. Há familiaridade e completude, uma necessidade irrefreável, medo do desconhecido. Sim, é confuso em demasia. É muito assustador. E absolutamente extraordinário.

Empurrando minha trança para trás, Lorcan desliza a ponta dos dedos na pele sensível de minha garganta, os lábios deixam os meus para seguir pelo mesmo caminho. Inclino a cabeça instintivamente. Suas mãos escorregam pelos meus ombros, a boca resvala na base de meu pescoço. Ele inspira profundamente, o nariz roçando minha pele, subindo em direção ao meu queixo, traçando a linha do maxilar. Uma de suas mãos cálidas se espalma sobre meu seio, e a sensação, nova e arrebatadora, me arranca um gemido.

Ele se afasta, tão abruptamente que acaba caindo de traseiro no chão.

Por que se afastou?, eu o contemplo em total confusão.

— Por favor, não me olhe assim — suplica.

— Por quê?

— Sabe por quê — diz, em repleta agonia.

— Você me quer — afirmo, com toda a convicção que sinto crescer em meu coração. Aquelas íris douradas se incendeiam. Duas estrelas fulgurando na noite escura.

— Com tanto desespero que me dói — murmura com veemência. — Eu nunca desejei algo nesta vida tanto quanto a desejo, Ciara. Eu o sinto latejar em meu corpo todo, mas, com mais intensidade, bem aqui. — Seu punho se aninha no centro de seu peito.

Ele quer a mim. Seu coração me deseja. Não minha coroa, o trono, o que eu represento. Lorcan quer a mim!

Inclino-me para ele, apoiando as mãos em seus ombros, um joelho de cada lado de seus quadris.

— Ciara, por favor — *ele geme em completo abandono, mas não consegue se impedir de me abraçar pela cintura.* — Nós somos de mundos diferentes. Você é parte de alguma família nobre, e eu sou apenas um homem da terra.

Sua cabeça pende para a frente e se apoia em minha clavícula. Seus dedos, agora em minhas costas, se contraem.

Com delicadeza, toco seu rosto e o forço para cima até que possa ver seus olhos torturados.

— Sim, nós somos de mundos diferentes — *sussurro*. — Você é livre, Lorcan. Eu não. Toda minha vida foi estabelecida antes de eu nascer. E eu tinha aceitado meu destino. — *Pouso uma das mãos em seu peito, e seu coração reage, se alvoroçando sob minha palma.* — Até encontrá-lo.

Por anos, vivendo em um castelo, cercada de todas as regalias e comodidades que acompanham o título que eu carrego, me senti vazia e oca. Agora, quando tudo o que eu possuo é o vestido que cobre meu corpo, me sinto afortunada e abençoada, porque encontrei Lorcan. Porque encontrei o amor.

Através daqueles dois âmbares, vejo minhas palavras se assentando pouco a pouco dentro dele e prendo o fôlego, temendo que ele me rechace. Mas as chamas em seu olhar se inflamam, até que não são nada além de brasas.

— Ah, Ciara... — *Ele corre as costas do indicador pela minha bochecha, com tanta ternura, com tamanha delicadeza, que fecho os olhos, absorvendo seu toque.* — Eu não sou mais um homem livre. Não desde o momento em que a vi naquela floresta.

Suas palavras causam devastação, calor, dor, prazer, exultação. Uma miríade de sensações na qual ameaço me perder. Desconheço o futuro. Não posso adivinhar o que acontecerá no dia seguinte. Mas, esta noite, eu sei o que fazer. Porque esta noite eu sou apenas Ciara MacCarthy, uma mulher apaixonada que se entrega aos anseios do coração pela primeira vez.

Envolvo os dedos em seu pulso, guiando a mão em minha face mais para baixo, e a encaixo em meu seio.

— Então me ame, Lorcan...

Sua boca está sobre a minha antes que eu possa dizer mais alguma coisa. Seu assalto é violento, reverente e doce. Como o amor.

Mais tarde, quando tudo o que cobre nossos corpos é a luz da lua, ele se inclina para trás até se deitar na grama e me puxa para si, as mãos descendo pelo meu pescoço, meus seios, minha cintura, envolvendo meu traseiro. Há fogo em toda parte, pois Lorcan está em toda parte. Ao meu redor, em minha pele, em minha cabeça, em meu coração, dentro de mim...

15

— *Briana, consegue me ouvir? Briana?*

— Hã? — Cerrei os olhos, atordoada e ofegante. Ao abri-los, tudo o que vi foi o rosto de Lorcan.

— Está me ouvindo agora? — ele perguntou, a mão se erguendo para tocar minha face, mas mudou de ideia no último instante e colocou a palma quente sobre meu antebraço.

Isso me deixou confusa. Por que ele hesitou? Trinta segundos antes eu estava em seus braços. Havia apenas trinta segundos estávamos perdidos um no outro, felizes, partilhando de um amor tão profundo que um nó se fechou em minha garganta.

Apenas trinta segundos antes.

— Briana, fala comigo. — Ele se abaixou sobre um joelho para que seu rosto ficasse na altura do meu.

Um ruído agudo me sobressaltou. Virando a cabeça, avistei o barman levantando alguns copos vazios que haviam caído sobre uma bandeja. Meu olhar passeou pelo bar, sobre os clientes, até pousar no homem ajoelhado diante de mim.

Não acontecera. Nada daquilo havia acontecido. Nem os beijos, nem suas palavras apaixonadas, nem a alegria, a doçura da entrega...

Nada era real, exceto os sentimentos que ardiam em meu peito. Estes eram tão verdadeiros e concretos quanto o homem à minha frente.

Eu quis chorar.

— O que está havendo? — ele quis saber. Então cuspiu um palavrão, os dedos correndo pela minha bochecha, dessa vez sem nenhuma hesitação. — Por que não fala comigo? Por que você está chorando?

Ah. Eu já *estava* chorando. Acontecia sempre que eu acordava daquele sonho e tinha que deixar Lorcan para trás. Só que dessa vez algo havia mudado. O que acontecia em meu íntimo tinha pouca relação com o homem da minha fantasia e tudo a ver com o cara ajoelhado diante de mim, exalando preocupação.

— Eu... e-estou bem — consegui balbuciar.

— Não, não está. É obvio que não. O que está acontecendo?

O que estava acontecendo era que eu queria aquilo que vira no sonho. Queria desesperadamente que ele me olhasse com aqueles olhos escuros de maneira apaixonada, que me beijasse com ardor, que fizesse amor comigo, intenso e urgente.

E queria aquilo tudo com Gael. Não com Lorcan.

Ah, não! Eu não tinha feito isso!

— Fale comigo. — Suas mãos se encaixaram em minhas bochechas. — Por favor, Briana, me diga o que está acontecendo.

Eu o encarei através da cortina de lágrimas, o rosto retorcido de angústia. Meu coração bateu mais forte, confirmando o que eu tinha acabado de descobrir.

É, eu tinha feito, sim.

Eu estava completamente apaixonada por Gael.

Merda. Mil razões diferentes me alertavam de que isso era um grande erro: ele era meu chefe, era tão rico que eu nem conseguia compreender quanto, ainda estava de luto pela mulher... e... humm... Ok, talvez mil fosse um número alto demais. Mas havia diversos motivos pelos quais amá-lo poderia me machucar no fim. E, no entanto, ali estava meu coração idiota, batendo ensandecido, à espera de que Gael o reclamasse.

E ele nunca faria isso. Como poderia, se ainda amava a mulher com tanta devoção?

Eu me afastei de seu toque e fiquei de pé. Ele se ergueu de um salto, mais atormentado que nunca.

— Eu... Eu... — Engoli em seco. — Eu acabo de lembrar que tenho uma coisa pra resolver. — Passei a mão na alça da minha bolsa e na sacola.

— Tudo bem. Obviamente você quer ficar longe de mim. — Esfregou a testa com força. — Foi alguma coisa que eu d...

— Não é nada disso! — atalhei. Eu não suportaria ver culpa em seu olhar quando a única culpada ali era eu.

— Briana... — Sua mão se ergueu para me tocar.

Recuei um passo, batendo o quadril em uma cadeira desocupada. O mais absoluto horror cruzou as faces de Gael. E, então, a mágoa. Ah, meu Deus. Eu tinha de sair dali.

— Sinto muito, Gael. Eu preciso mesmo ir embora.

Antes que ele pudesse dizer qualquer coisa, eu já disparava em direção à saída. Deixei o bar aos tropeções, lutando contra os soluços que faziam meu peito estremecer. Consegui manter o controle a duras penas, enquanto acelerava para o ponto de ônibus e avistava o veículo parando um pouco mais à frente.

— Briana! — ouvi logo atrás.

Eu me virei brevemente. Gael saía apressado do bar, correndo em minha direção.

— Por favor, não — gemi. Eu não conseguiria ficar perto dele agora. Doía demais!

Porque meu coração estúpido havia misturado tudo. Apesar de todas as minhas tentativas de manter as histórias separadas, ele não conseguiu discernir o que era real da fantasia.

Sim, no começo fora Lorcan. Os sentimentos que eu tinha por ele me confundiram. Mas, conforme eu conheci melhor Gael — mesmo que pouco melhor —, descobri que seu mau humor era só uma espécie de fachada, um escudo para que as pessoas se mantivessem afastadas, que sua tristeza às vezes desaparecia e em seu lugar surgia um humor ácido e inteligente que me cativara de imediato, que, por mais que alguém o irritasse, seus bons modos sempre prevaleciam e que, quando olhava para mim, o mundo parecia ganhar cor e vida, espelhando o que ocorria dentro de mim.

E Gael não fazia ideia de nada disso.

— Espere! — gritei assim que o ônibus começou a manobrar para entrar na rua.

Eu já estava na porta traseira e estendi o braço para bater na lataria. O veículo freou e, tão logo alcancei a porta da frente, ela se abriu. Subi os degraus sem parar para tomar fôlego. O ônibus arrancou antes que eu pudesse encontrar um assento ou que — graças aos céus — Gael conseguisse alcançá-lo. Eu o observei parar na calçada conforme a condução avançava, abrindo os braços em visível frustração.

Eu não podia culpá-lo. Ele não sabia que aqueles sentimentos eram verdadeiros. Eu mesma ainda não sabia disso até aquele instante. Devia ter notado antes, assim que senti aquela conexão, aquele laço que eu não sabia como explicar se formando entre nós. E Gael o sentia também. Ou eu e minha imaginação tínhamos inventado tudo?

Sacudi a cabeça, me largando no banco perto da catraca. Não. Claro que Gael não sentia. Ele ainda estava de luto pela morte da mulher. Para ele, eu não passava de uma amiga. Se é que era tudo isso.

Bom trabalho, Briana.

Talvez eu devesse escrever um livro sobre esse assunto também. *Como estilhaçar o próprio coração em dois passos simples.*

Como seria agora? Como eu poderia olhar para ele na segunda-feira? E eu não podia pedir demissão, se quisesse que Aisla continuasse estudando e tivéssemos um teto sob o qual viver. Mas, Deus do céu, doía tanto! Era como se depois de muitos anos eu tivesse encontrado alguém que já amei demais e ele simplesmente não me reconhecesse.

Era ridículo, eu sabia. Gael e eu nunca estivemos envolvidos de verdade, mas meu coração não compreendia isso. E, mesmo quebrado, os cacos continuavam a bater por ele.

♡

Mamãe já tinha saído para a quermesse na companhia das vizinhas. Eu a ajudara com os preparativos do jantar, me mantendo ocupada — e longe da cabeça qualquer pensamento relacionado a Gael. Dona Lola se sentira um pouco fatigada e preferira ir para o quarto descansar. Aisla chegara no comecinho da noite apenas para tomar um banho e se arrumar para sair outra vez. Ela tentara me convencer a ir com ela à festa da faculdade, mas eu não estava no clima.

Assim que me vi sozinha, me agarrei ao livro que havia comprado naquela tarde e comecei a ler. Eu o escolhera pensando em ajudar Gael, mas, conforme ia virando as páginas, mais e mais parecia que o autor havia escrito tudo aquilo para mim. Em algumas horas, eu já havia devorado cada palavra.

Deixei o impacto da leitura se assentar, mas então meus pensamentos começaram a correr livres, repassando tudo o que tinha acontecido naquela tarde com Gael, e contemplei um problema que até então eu havia deixado de lado devido ao choque de descobrir que estava apaixonada por ele.

Eu estivera bastante acordada naquele bar, logo aquelas imagens não poderiam ter inundado meu cérebro daquela maneira. Não tinha sido um sonho. Fora como se eu tivesse captado outra estação ou coisa assim.

Será que eu estava enlouquecendo? Eu devia voltar à casa da dra. Edna? Ou procurar um bom psiquiatra?

Com a cabeça em um turbilhão, desci até a cozinha para preparar um chá. Pensei em convidar dona Lola para me acompanhar, mas o quarto dela estava quieto e a luz apagada quando passei por ele. Preparei a infusão de camomila, mas a bebida teve pouco efeito em calar o zumbido em minha mente, por isso tentei silenciá-lo com a TV. Zapeei pelos canais e me detive assim que encontrei *Para sempre Cinderela*. Era um dos meus filmes favoritos.

Tive vontade de bater a cabeça na parede. Como eu não havia percebido antes que era uma romântica enrustida? Meu Deus, estava na minha cara o tempo todo. Prova disso era eu sentir o estômago revirar em antecipação quando, na TV, a heroína e seu príncipe visitaram um mosteiro, pois sabia que pouco depois aconteceria o primeiro beijo. Foi nesse momento que meu celular resmungou, anunciando a chegada de uma mensagem. Imaginei que seria de Aisla ou de mamãe. No entanto, o remetente não poderia ter me surpreendido mais.

O que Gael estava fazendo, me mandando mensagem em pleno sábado à noite?

> Eu fiz alguma coisa errada, só não sei o que foi.

Ah, por que ele não podia ter acreditado em mim?
Digitei depressa:

> Vc ñ fez nada errado. Palavra de honra. Eu tinha msm q ir.

> Nós dois sabemos que isso não é verdade. Não sou muito atento. Não percebo certas coisas.
> Por isso seria muito útil se me desse uma pista do que fiz, assim eu poderia me desculpar de verdade e não cometer o mesmo erro no futuro.
> Por favor?

> Sério. Eu tinha um compromisso.

Em vez de responder, ele me ligou. Gael O'Connor, que odiava falar ao telefone, estava me ligando. Num sábado à noite!

— Você podia ao menos pensar em uma desculpa mais convincente — foi dizendo, como se estivéssemos no meio de uma conversa. — Você estava chorando.

— Porque eu percebi que iria me atrasar. — Alcançando o controle da TV, apertei o botão "mute".

Gael bufou, exasperado.

— Por que você continua mentindo pra mim, Briana?

— Porque você continua me fazendo perguntas.

Minha petulância quebrou um pouco a tensão e ele riu. Um som levemente grave e ao mesmo tempo terno que aqueceu meu peito.

— Acho que eu mereci essa — confessou. — Eu só queria ter certeza de que você está bem. De que eu não a magoei sem perceber.

— Você não me magoou. — *Eu mesma fiz isso.* — Juro que não. Mas obrigada por se preocupar.

— Quando uma mulher começa a chorar e a tremer na sua frente, é difícil não se preocupar. — Eu o ouvi inspirar fundo, e aquilo provocou todo tipo de reação em meu corpo.

Agitada, fiquei de pé e comecei a zanzar pela sala. Acabei diante da janela, o olhar perdido na rua. Até que vi um carro antigo do outro lado. Afastei mais a cortina e avistei a cabeleira castanho-clara inconfundível.

Ah, meu Deus! Gael estava ali!

Meus pés começaram a se mover antes que eu pudesse perceber.

— É melhor não te atrapalhar mais — ele disse. — Você deve estar ocupada.

O que ele estava fazendo ali? Por que se dera o trabalho? Minha casa não era caminho para lugar nenhum.

— Bom... — Escancarei a porta e saí. — O Dougray Scott e a Drew Barrymore a essa altura estão com os ciganos, e daqui a pouco acontece o primeiro beijo.

— Humm... — Vi seu polegar brincar no volante. — Acho que me perdi. Eles são seus amigos?

Acabei rindo.

— Não. São atores. Tô vendo um filme. — Por que ele tinha ido até minha casa? Por que estava me ligando?

A única resposta em que consegui pensar parecia tão estúpida quanto improvável. Ainda assim, ali estava ele. Como se, de fato, se importasse comigo.

— Ah. Entendi. Não costumo assistir TV.

Eu já estava na metade do jardim. Àquela distância, consegui distinguir os contornos do seu rosto e a expressão frustrada que exibia. Meu coração deu um pulo. Eu devia voltar para casa. Devia entrar e manter o coração a salvo das fantasias que ele mesmo criara. Era a coisa sensata a fazer. O problema era que meus pés não eram muito prudentes. E totalmente surdos, pois me ignoraram e seguiram em frente.

— Você por acaso repudia toda e qualquer forma de tecnologia? — perguntei, chegando à calçada.

Como se pressentisse minha presença, ele virou a cabeça. E então abriu um sorriso lindo, com covinha e aquele faiscar em suas íris escuras que me deixou sem fôlego.

— Apenas as que me incomodam. Me desculpe, eu preciso desligar agora.
— No momento seguinte ele estava fora do carro, vindo em minha direção.

Ah, caramba! Ele vestia um jeans claro e uma camisa verde-escura. Além de lhe cair nos ombros como uma segunda pele, a cor acentuou o dourado dos cabelos, que balançavam ao sabor da brisa noturna. Pensei que meu coração fosse explodir. Apertei o telefone contra a barriga, bem ali, onde os milhares de borboletas batiam suas asinhas frenéticas.

Gael parou a meio metro de mim, e eu sabia que devia estar fantasiando, como fizera com todo o restante, mas quase podia jurar que ele parecia contente em me ver.

— Como a TV pode te incomodar? — eu quis saber, um tanto sem ar.

— Se você morasse na mesma casa que o Lorenzo, não me faria essa pergunta.
— Os cantinhos de sua boca se elevaram. Só um pouquinho.

Eu ri, e o que antes era apenas a promessa de um sorriso agora se concretizou em um esticar de lábios, dentes lindos e ruguinhas ao redor dos olhos. Mas o clima logo mudou, se tornou denso, quase palpável. Minhas mãos começaram a suar.

Ele foi o primeiro a falar, parecendo muito tenso.

— Você deve estar se perguntando o que eu estou fazendo aqui.

— É, me passou pela cabeça.

— Eu... estava nas redondezas e resolvi... — Fez uma pausa e correu a mão pelos cabelos, rindo, meio inquieto. — Isso não vai colar, vai?

— Não muito — admiti.

— Tudo bem. — Soprou o ar com força. — Eu fiquei perturbado com a maneira como você saiu do bar. E queria me certificar de que você estava bem. E também me desculpar pelo que eu tenha feito, seja o que for. Até bolei algumas estratégias — confessou, as bochechas um tantinho mais rosadas.

— Eu já disse que você não fez... — Então o restante do que ele disse penetrou meu cérebro apaixonado. — Que estratégias?

Gael enfiou as mãos nos bolsos do jeans.

— Tenho uma pizza e meia dúzia de cervejas no carro. E, caso isso não funcionasse, um bolo era o meu plano B. — Encolheu os ombros.

Cruzei os braços, semicerrando os olhos.

— Você pretendia me comprar com comida?

— Depende. — Sua cara estava muito, muito séria.

— De quê?

— Depende de o bolo de chocolate ser o seu favorito.

Mordi a bochecha para não gargalhar.

— Gael, eu já disse que você não fez nada errado. É sério. Mas eu nunca diria não para pizza. E definitivamente jamais rejeitaria bolo de chocolate.

Girei sobre os calcanhares e comecei a voltar para a pensão. Parei a poucos metros da porta, olhando por sobre o ombro para aquele homem, que permanecia enraizado no mesmo lugar.

— Anda logo, Gael — chamei. — O filme já deve estar na metade.

Quase em câmera lenta, seus lábios começaram a se abrir até atingirem o ápice em um sorriso tão lindo que cataloguei como "de fazer o coração parar". E então, assentindo, começou a me seguir.

16

*Ah, caramba, como eu ia conseguir manter o distanciamento neces*sário? Como seria capaz de ser amiga e assistente de Gael sem deixar transparecer meus sentimentos por ele?

Não ia. Tudo o que me restava era acreditar que ele tinha falado sério naquela mensagem e que não percebia determinadas coisas. Como que sua assistente o amava, por exemplo.

Enquanto ele corria até o carro para pegar a comida, fui para a cozinha e separei talheres e pratos. Tinha acabado de deixar tudo sobre a mesinha quando ele entrou na sala, grande e imponente como se fosse o dono do lugar. Avaliando o cômodo com os braços cheios de caixas e latas, pareceu gostar do que viu, a julgar pela covinha em seu queixo.

— Deixa eu te ajudar com isso. — Eu me apressei para pegar a caixa cor-de-rosa de aparência frágil.

— Parece tranquilo para uma pensão. — Colocou a pizza e a cerveja sobre a mesa de centro, como eu havia feito com o bolo.

— Quase todo mundo saiu. Ficamos eu e a dona Lola, uma ex-atriz de radionovela. Mas ela já está dormindo.

Indiquei o sofá mostarda, me sentando em uma das pontas. Sem cerimônia, ele se acomodou ao meu lado — o pobre sofá desgastado rangeu um lamento com todo aquele peso —, mas manteve alguma distância, me avaliando com a testa encrespada.

— Você não é jovem demais pra ficar em casa num sábado à noite? — ele quis saber.

— Eu poderia perguntar a mesma coisa. O que você faz aqui em uma noite de sábado?

Ele vacilou, como se procurasse as palavras certas.

— Por favor, não interprete isso errado. — Manteve os olhos no tapete, esfregando a nuca. — Mas não havia outro lugar onde eu quisesse estar. Eu gosto de estar com você, Briana.

— Aaaah. — Ok, ok, ok. Nada de ficar imaginando coisas. Ele mesmo alertara para não fazer isso. Gael só gostava de estar comigo. Porque me via como uma amiga. Só isso. Nada além disso. Eu não ia ficar repetindo suas palavras mentalmente de novo e de novo e de novo, e nem ia permitir que elas me arrebatassem. De jeito nenhum eu ia me deixar levar e, digamos, imaginar aquela cena só um tiquinho diferente. Por exemplo, que Gael não estivesse a meio metro de mim, mas perto o suficiente, a ponto de sua coxa pressionar a minha. E é claro que não ia fantasiar que suas mãos se encaixariam em meu rosto, ele me olharia nos olhos e proferiria, intensa e apaixonadamente, que não existia outro lugar onde quisesse estar além de ali, do meu lado. E então o beijo. Ah, o beijo! Daqueles de fazer uma garota esquecer como se respira.

Não. Eu não ia fazer nada disso. Nem me passou pela cabeça. Meu coração estava se portando daquele jeito errático, dando um salto acrobático que teria arrancado nota 10 de qualquer jurado, porque... humm... Bom, isso não é importante.

Para ter para onde olhar, peguei o controle da TV e religuei o som, enquanto Gael abriu a caixa da pizza — muçarela, minha favorita — e distribuiu os pedaços nos pratos. Ele me entregou um deles, assim como uma lata gelada daquela deliciosa cerveja escura.

— A moça de lingerie é a Cinderela? — Indicou a TV.

— É. A carruagem que o príncipe e ela usavam quebrou... — Contei resumidamente o que ele havia perdido para que pudesse acompanhar dali em diante. No fim das contas, ele pareceu bastante interessado.

Dispensando os talheres, Gael mordeu a pizza com gosto. Seus olhos reluziram quando o príncipe desembainhou a espada e começou a lutar com os ciganos. Reprimi o riso dando uma dentada na massa coberta de queijo. Garotos...

Assistimos ao filme em uma quietude descontraída, o que me espantou. Eu tinha presumido que uma atmosfera de estranheza recairia sobre a sala como acontecera antes, mas não dessa vez. Ficar perto de Gael daquele jeito foi simples, confortável, como chegar em casa depois de um dia exaustivo e chutar os sapatos para longe. Ele ria baixinho em uma cena ou outra, e eu não entendia nada, pois para mim eram as mais doces.

Mais tarde, os créditos já começando a subir, ele se virou para mim.
— Sério? Todos esses suspiros? — Arqueou as sobrancelhas, os joelhos afastados, os cotovelos sobre eles, de modo que seus ombros se alargavam ainda mais.
— Passei mais da metade do filme tentando entendê-los.
Ah, meu Deus! Era essa a razão daqueles risos fora de hora?
— O que a encanta tanto? — indagou, curioso. — Não pode ser o príncipe em crise existencial que não sabe o que fazer com uma espada.
Deixei o controle remoto sobre a mesa e lancei-lhe um olhar penetrante.
— É melhor retirar o que disse e ninguém se machuca, irlandês desalmado.
Ele ergueu as mãos, rindo de leve.
— Só fiquei curioso se esse sujeito é o tipo de homem que te faz suspirar ou se é a história em si.
Eu me remexi no sofá até ficar de frente para ele, dobrando uma das pernas, e me sentei sobre ela.
— Acho que é o fato de existir um final feliz — admiti —, apesar de todas as adversidades. Na vida real isso não acontece com frequência. E eu não estava suspirando! Estava... respirando um pouco mais fundo.
— Claro. — As ruguinhas de diversão ao redor dos seus olhos me diziam que ele não tinha acreditado nem um pouco nisso. — Então é com isso que você sonha? Um final feliz?
— E não é o que todos nós sonhamos?
Gael me encarou com tanta intensidade, como se tentasse me dizer alguma coisa. Porém, por mais que eu tenha tentado — e, ah, eu tentei! —, não consegui desvendar o que era. Então ele quebrou o contato, se virando para deixar a lata vazia na mesinha lateral. Sua mão esbarrou no porta-retratos. Ele o pegou antes que tombasse.
— Sua família? — Analisou a foto em que eu e Aisla éramos espremidas por papai e mamãe, o rosto maquiado e sorridente de dona Lola acima dos nossos.
— É. Foi tirada no último Natal em que o papai esteve com a gente.
— Você parece bastante jovem.
— E era. Tinha quinze anos.
— Ontem você disse que as coisas ficaram difíceis sem ele. Faço ideia de como deve ter sido. — Ele observou o retrato por mais um instante antes de colocá-lo de volta no lugar e me encarar com algo que se pareceu muito com afinidade. — E lamento muito, Briana.
— Obrigada. Todas nós ficamos sem chão, mas foi pior pra mamãe. Ela fez tudo o que pôde pra se reerguer e cuidar da nossa família e da pensão.

— E então você resolveu ajudá-la. — Ele virou o corpo, ficando quase de frente para mim, o braço apoiado no encosto. — Abriu mão de todos os seus sonhos para cuidar da família.

— É o que qualquer pessoa faria, não é?

Cravando os olhos nos meus, ele me estudou atenciosamente por tanto tempo que meu sangue começou a borbulhar nas veias.

— Não. Não é. Só alguém muito corajoso faria tal coisa. — A admiração dominou sua voz.

Mas ele estava enganado. Aquilo não tinha a ver com coragem, mas com lutar para salvar o que havia sobrado de nossa família.

No silêncio que recaiu sobre nós, Gael continuou me encarando, e eu sustentei seu olhar, algo invisível, mas bastante denso, acontecendo entre nós. Subitamente, a atmosfera na sala mudou, um rugido despertou dentro de mim, a cada segundo ficando mais e mais estrondoso. Aquela ligação retornou com força, se retesando ainda mais, me atraindo para ele.

Não sei como consegui ouvir o suave arrastar de chinelos na escada. Mas ouvi e, com algum custo, desviei os olhos para cima e avistei dona Lola em seu roupão de seda fúcsia, um lenço multicolorido amarrado na cabeça, se debruçando no corrimão.

— Aisla? — Ela espremeu as vistas.

— Sou eu, a Briana, dona Lola.

— Ah. — Então entreviu Gael. — Eu sabia que tinha ouvido mais alguém. — Apoiando-se no corrimão, começou a descer as escadas. — Já era hora, menina. Você está sozinha faz tanto tempo que eu pensei que tivesse desistido dos homens. E não deve fazer isso. Eles são divertidos quando não estão sendo idiotas.

Gael ocultou a risada com uma crise de tosse e ficou de pé.

— Não é nada disso, dona Lola. Ele é... — Imaginei que dizer "chefe" só faria mais confusão. — ... meu amigo — experimentei. Busquei o rosto dele, que confirmou com um aceno firme.

— É o que todas dizemos — ela comentou, e minhas bochechas adquiriram a mesma cor do seu roupão. Vi seu olhar se iluminar quando Gael se antecipou e lhe ofereceu o braço ao pé da escada. E ela, mais do que depressa, aceitou. — Ora, olá.

— Senhora — ele meneou a cabeça, em um cumprimento galante.

— O que tem aí? — indicou a caixa rosa sobre a mesinha.

Então ela sofria de cegueira seletiva. Não conseguia me diferenciar de Aisla, mas era capaz de enxergar a caixa do bolo sobre a mesinha bagunçada a quase quatro metros de distância.

— Bolo de chocolate — contou Gael. — Gosta?

— Humm... Eu não devia comer, por causa da diabetes. Mas aceito. Um pedacinho de nada não vai fazer mal. — Arrastando seus chinelos, veio se sentar na poltrona marrom, à espera da sobremesa.

Gael e eu nos entreolhamos, e tive que morder o lábio para não rir. Ele também parecia ter dificuldade para manter a expressão, mas foi todo solícito, partindo o bolo, entregando um prato para a mulher e outro para mim.

— Como é o seu nome, meu rapaz? — ela quis saber.

— Gael O'Connor, senhora.

— O'Connor... É escocês? — arriscou.

— Irlandês.

— Ah! — O rosto dela reluziu. — Uma vez eu conheci um irlandês. Um belo marinheiro de fala mansa que conseguia domar até o cavalo mais xucro. Tivemos um caso rápido, mas eu nunca me esqueci daquele sotaque. Você é casado? — Deu uma garfada no pedaço de bolo. — Trabalha em quê?

— Não sou casado e trabalho no ramo da construção.

Desculpe, fiz com os lábios enquanto ele voltava a se sentar no sofá. Gael apenas abanou a cabeça.

— Humm. Certa vez eu namorei um engenheiro. Com ele eu fiquei mais tempo. Um bom homem, mas sem nenhum senso de humor. — Ela balançou o talher. — A Briana também não tem dado sorte, pobre menina. Tão bonita, um coração bom e ainda solteira. Não sei qual é o problema das pessoas de hoje em dia. Se eu fosse cinquenta anos mais jovem, não a deixaria escapar. Sabia que ela desenha? Um mais bonito que o outro.

Ah, Deus!

— Dona Lola, como está o bolo? — perguntei, mas o que eu realmente quis dizer foi "por favor, pare de me oferecer para o meu chefe". Não me atrevi a olhar para Gael.

— Está muito gostoso. Muito gostoso mesmo! O que me lembra que certa vez eu me envolvi com um confeiteiro francês. Bastien sabia o que fazer com aquela espátula...

Com isso, Gael riu baixinho, o que serviu de incentivo para que ela desatasse a contar suas aventuras amorosas. Acabei rindo também. Se havia uma coisa que dona Lola fazia como ninguém era entreter uma plateia. Mas, em algum momento, ela se cansou e começou a bocejar. Culpando os calmantes, se despediu depois de pegar mais um pedaço de bolo e sumir escada acima.

— Ela é uma figura — comentou Gael, bem-humorado, após ouvirmos a porta do quarto dela se fechar.

— É sim. Não sei se acredito em todas as histórias dela. Mas talvez sejam mesmo verdadeiras. A dona Lola ama a vida e vive apaixonadamente.

Não era minha intenção, mas meu comentário o deixou desconfortável. A conversa morreu. O silêncio, diferentemente de quando estávamos assistindo ao filme, começou a me deixar inquieta. A tensão cresceu a ponto de se tornar uma presença física. Presumi que ele também a tinha sentido, pois ficou de pé.

— Acho que eu já me demorei demais — disse, por fim. — É melhor eu ir.

Eu não queria que ele se fosse. Desejava que ficasse ali comigo, mesmo que aquele clima esquisito persistisse e eu não soubesse onde botar as mãos. E foi precisamente por essa razão que eu disse:

— Eu te acompanho até a porta.

Desejar Gael, não importava a maneira, era perigoso para meu coração.

Acabei indo além da entrada, mas nenhuma palavra foi proferida enquanto caminhávamos lado a lado até a calçada: eu olhava para a frente; Gael, com as mãos enfiadas nos bolsos do jeans, mirava o chão. Contudo, assim que paramos, ele se virou para mim.

— Você não vai mesmo me contar o que a assustou tanto esta tarde, vai? — ele quis saber.

— Não foi nada. Juro.

Ele soltou uma pesada expiração, mas percebi que não iria me pressionar por uma resposta.

— Bom, obrigado pelo filme, Briana. Foi interessante... apesar do seu príncipe encantado em crise existencial — provocou.

— Ele não é meu príncipe encantado. — Revirei os olhos.

— Que bom. Eu imaginei que se interessasse por outro tipo de homem.

Parecia uma frase sem maiores consequências. E talvez fosse, se não tivesse sido dirigida a mim. Da maneira que foi dita, quase casual, mas com uma pontinha de tensão, provocou um rebuliço em minhas entranhas, porque ele andara imaginando coisas a meu respeito. E, nesse caso, coisas significavam "meus interesses românticos".

— Que tipo de homem? — murmurei.

Ele abriu a boca para dizer alguma coisa, mas mudou de ideia no último instante. De novo, algo pareceu se alterar. Foi sutil, como se tivesse sido carregado pela brisa, mas forte o bastante para me arrepiar por inteiro. Aquela conexão ficou mais forte do que nunca. Seu olhar desceu um pouquinho, se fixando em minha boca. Entreabri os lábios para que o ar passasse, pois achei difícil respirar. Gael chegou mais perto, até seu calor me envolver como um abraço, a atmosfera eletrizante pulsando entre nós com intensidade, a ponto de me deixar sem equilíbrio.

Inclinei a cabeça para trás a fim de poder encará-lo, e me vi prendendo o fôlego, o coração retumbando contra minhas costelas, assim que sua mão se moveu em direção ao meu rosto. Eu queria aquilo. Deus do céu, como eu desejava que ele me tocasse! Era como se eu precisasse daquilo para continuar respirando.

Seus dedos estavam a centímetros do meu rosto, e eu quase podia sentir o calor que emanavam. Um estrondo me fez pular para trás, porém. Virei a cabeça, procurando, ao mesmo tempo em que duas motos passavam a toda na rua. Ao voltar a atenção para Gael, foi com profunda tristeza que o vi piscar uma vez, esfregando a testa, como que para se livrar de um encantamento. Aquela ligação, no entanto, não se desfez.

— Humm... eu preciso ir. Boa noite, Briana. — Saiu andando, perturbado, antes que eu pudesse me recuperar, praticamente correndo até o carro. Mais alguns segundos e estava dentro dele. No instante seguinte arrancava com o Mustang e desparecia na esquina.

Ele sentira, não? Eu não estava fantasiando nada. Gael também sentira aquela ligação. E ela o perturbara. Ou havia sido eu?

— Boa noite — murmurei, passando os braços ao redor do corpo, me sentindo solitária e mais confusa do que nunca.

17

Eu estava ansiosa naquela manhã de segunda-feira. Tão irrequieta para chegar logo ao escritório que decidi pegar um ônibus e enviei uma mensagem para Oswaldo avisando que não precisaria vir me pegar. Meu domingo passara sem que nada interessante acontecesse — exceto o fato de ter me livrado da bota imobilizadora de uma vez por todas.

Eu queria ver Gael. O último encontro com ele ainda rodopiava pela minha cabeça, e algumas coisas me deixavam confusa.

Por exemplo, por que ele se dera o trabalho de ir até a pensão? Ele também sentira aquela força quase irresistível entre nós dois, certo? Fora isso que o alarmara tanto?

Porque ele quis me tocar. Eu não inventei aquilo. Tinha vislumbrado desejo em seus olhos.

Ou será que ele saíra correndo porque tinha visto a mesma coisa em meu rosto? Isso significaria que meu chefe agora sabia que eu me sentia atraída por ele. Ou ainda pior! Será que minha expressão tinha deixado transparecer mais que desejo? Meus sentimentos tinham ficado expostos?

Meu Deus! Se isso tivesse acontecido, eu teria que pedir as contas. E talvez me mudar para Marte. Porque já era ruim o bastante trabalhar para Gael sabendo que eu o amava. Trabalhar para Gael e ele estar ciente de que eu o amava seria tão agradável quanto sentar diante do gerente do banco para pedir um empréstimo.

No fundo eu desconfiava de que conhecia o motivo pelo qual Gael dera no pé no sábado, como se tivesse visto um fantasma. Ele *realmente* tinha visto um fantasma: o da falecida esposa. E devia ter se sentido culpado por ter olhado para outra mulher. Ele ainda a amava, e eu desconfiava de que sempre amaria.

No entanto, eu estava certa de que ele quisera me tocar. Talvez até me beijar. E estava ansiosa para descobrir o que aconteceria agora.

Assim que cheguei ao prédio, saí correndo em direção ao elevador que me levaria ao décimo segundo andar. Mas fui abordada no caminho.

— Srta. Briana — cumprimentou o segurança. Roberto, me lembrei. — Algum problema no escritório? — Ele me lançou um olhar repleto de significados.

— Não, nenhum — garanti, fazendo um aceno rápido e já me colocando em movimento.

Mas ele voltou a me chamar.

— Não tem aí mais alguns daqueles pãezinhos?

Na verdade, eu tinha trazido alguns. Para não perder tempo, dei a ele todo o pacotinho e então subi. O andar ainda estava vazio, por isso tratei de arrumar minha mesa, a de Gael, conferir se havia algum e-mail a ser enviado. Ele me mandara um na noite de domingo, breve e formal, com uma lista de suprimentos de escritório que deveria ser reencaminhada ao almoxarifado. Nenhuma palavra sobre sábado à noite. Nem um "oi, tudo bem?" ou um simples "olá" que pudesse me dar uma dica do que ele estava pensando.

Passava das sete e meia quando ouvi uma movimentação na sala da frente, e não demorou para que a cara emburrada de Guilhermina espiasse no corredor.

— Então você ainda está por aqui — falou, azeda.

— Também estou surpresa. — Minha segunda semana no mesmo emprego! — Precisa de alguma coisa, Guilhermina?

Seus saltinhos repicaram contra o granito enquanto ela vinha até minha sala.

— Bom, já que perguntou, eu quero saber se você chegou perto do bebedouro novo. — Estreitou os olhos, cheia de suspeitas, recostando o quadril magro na minha mesa.

— Humm... Não. — Eu me concentrei no tampo abarrotado de post-its e outros papéis, mas puxei uma garrafa de água mineral de dentro da bolsa e a deixei bem visível ao lado do computador. — Nem tive tempo de beber água. E ando trazendo a minha de casa. Por quê? Aconteceu alguma coisa?

— O botão soltou — ela bufou.

— Poxa! Que... que falta de sorte. — Mantive os olhos na tela, encaminhando o e-mail de Gael.

— Falta de sorte terá a pessoa que arrancou aquele botão, depois que eu descobrir a identidade dela.

Apesar de minha má sorte parecer ainda estar de férias, achei melhor continuar trazendo água de casa e ficar bem longe daquele bebedouro.

Pelo canto do olho, eu a vi ajeitar a franja, me estudando.

— Eu soube que o sr. O'Connor vai para Cork — comentou.

— É. Na quinta-feira.

— A vida é mesmo injusta. — Ela balançou a cabeça. — A documentação está ok? E as passagens?

Parei de digitar e olhei para ela, tão atônita que empalideci. Guilhermina e seus olhos ágeis notaram. Claro que notaram.

— Você comprou as passagens, né? — insistiu.

Ah, merda!

— C-claro que sim.

— Que bom. — Examinou as unhas bem pintadas. — O Dia de São Patrício é nesta sexta-feira. Você não encontraria passagem pra Cork assim tão em cima da hora. Não há muitos voos para lá, e a maioria tem escalas longuíssimas. — Ela se aprumou. — O sr. O'Connor sempre reclama.

O suor começou a brotar em minha testa.

Tudo bem. Ela estava enganada. O mundo estava em crise. Devia ter centenas de passagens disponíveis para Cork.

Tão logo ela voltou para sua sala, me lancei ao computador com tanto ímpeto que bati na tecla errada e acabei desligando a máquina.

Ah, não. Foi só a tela.

Muito bem, Gael tinha que estar em Cork na quinta. Ok. Passagens para quarta-feira. Ou seria para terça?

Quarta-feira, decidi. Gael não era o tipo de pessoa que perde tempo descansando.

Entrei em sites de companhias aéreas e comecei a busca, apenas para descobrir que Guilhermina tinha razão. Não havia mais assentos disponíveis. Todas as passagens haviam sido vendidas. Todas. De todas as companhias!

Deus do céu!

Ok, ok, ok. Sem pânico. Terça era um bom dia. Gael teria uma noite para se recuperar da viagem e estaria inteiro para seus compromissos na quinta-feira. Era o mais sensato mesmo. Sobretudo porque imprevistos acontecem. Ninguém nunca sabe quando um voo vai atrasar ou ser cancelado. Com um dia de folga, eu garantiria que ele estaria onde deveria estar. Só esperava que ele caísse nessa.

Retomei a pesquisa.

— Achei!

Cliquei em comprar e estava inserindo os dados do cartão corporativo que Gael me entregara no começo da semana anterior quando, sabe-se lá por quê, dei uma olhada no tempo de voo. Quase trinta e duas horas, com escala em Dubai? Mas isso era do outro lado do planeta! E Gael não estaria na Irlanda na quinta com todo aquele tempo de viagem!

Merda. Não acredito que não me lembrei das passagens antes.

Gael ia perder seu compromisso, e eu o emprego. E dessa vez não poderia culpar minha má sorte, só minha desatenção. Ficara tão distraída tentando encontrar uma explicação para... bem... para Gael invadir meus sonhos que esqueci de cumprir minhas obrigações.

Burra, burra, burra!

Eu devia ter dado ouvidos aos conselhos da vovó Filomena. "Onde se ganha o pão, não se come a carne." Não que eu tivesse comido, claro. Mas pensei em experimentar, e isso já tinha sido o suficiente para que minha atenção se voltasse para a coisa errada.

E se isso fizesse Gael perder dinheiro?, pensei, aflita. Eu desconfiava de que seu prejuízo seria maior que o lustre do Papa Arnaldo. Eu teria que trabalhar pelo resto da vida... sei lá, por umas dez vidas... para sanar o prejuízo que causaria a ele.

Apoiei a cabeça entre as mãos. O que eu ia fazer agora?

A voz de Guilhermina saudando meu chefe me chegou aos ouvidos. Eu me aprumei na cadeira e tentei não parecer desesperada.

No entanto, eu nem devia ter me incomodado, pois Gael entrou na sala, alto, imponente, lindo... e frio.

— Briana — murmurou, sem se dar o trabalho de olhar para mim.

— Bom dia, senhor... — comecei. Ele passou por mim com tanta pressa que seus movimentos produziram um sopro suave, agitando a papelada em minha mesa. Em um piscar de olhos entrou em seu escritório, bateu a porta e cerrou as persianas. — ... O'Connor.

Fiquei encarando o painel de vidro por alguns instantes, um pouco magoada. É claro que eu não esperava que ele fosse me tratar de outro jeito só porque vimos um filme juntos no sábado. Não era como se tivesse sido um encontro, só porque comemos uma pizza. E tomamos algumas cervejas. E rolou um clima depois. Humm...

De toda forma, ele nem ao menos me deu bom-dia.

Isso respondia a uma das minhas perguntas, não é? Como ele se comportaria depois do que tinha acontecido na calçada em frente à pensão?

Ignorando-me totalmente.

E isso antes de eu informar a ele que tinha esquecido de comprar as passagens para seu compromisso importante na Irlanda.

Esse pensamento me alertou de que eu tinha problemas mais sérios que tentar adivinhar o humor do meu chefe, por isso voltei à minha busca.

Consegui o telefone de algumas agências de viagens e liguei para todas elas. No entanto, a resposta era sempre a mesma. Todos os pacotes para Cork já tinham sido vendidos. Apenas uma ficara de retornar, caso houvesse uma desistência. Tudo o que eu encontrava eram voos para Dublin, e mesmo assim já não havia muitos lugares.

— Estúpida. — Deixei a cabeça pender no tampo de vidro. — Muito, muito estúpida!

— Falando sozinha, *bambina*?

Levantei o rosto imediatamente.

— Lorenzo! — Ah, graças a Deus! — Preciso de ajuda. Fiz besteira.

Expliquei-lhe o que tinha acontecido, um tanto atrapalhada em meu nervosismo. De modo geral, deduzi que ele compreendeu o tamanho da encrenca em que eu me metera, pois uma porção de vincos decorou sua testa.

— Já contou para o Gael?

— Eu pensei em assinar minha carta de demissão mais tarde — gemi. — Ainda estou esperando um milagre acontecer.

— Minha mãe sempre disse que eu era um milagre... — Ele deu risada, enfiando a mão no bolso do jeans.

Fiz uma prece ao vê-lo sacar o celular e teclar alguns números. Graças a Deus alguém ali sabia o que fazer!

— *Ciao*, Verônica, *mia ragazza preferita*. Preciso de duas passagens para Cork, Irlanda. Nesta quarta-feira. É realmente importante. Tem certeza? Nem na executiva? E pra amanhã? Humm... Está bem. Obrigado. Tchau.

Ele não precisava ter se dado o trabalho de me explicar o que Verônica tinha dito. Eu já sabia. Nenhuma passagem disponível.

— Não acredito que fiz isso. — Apoiei os cotovelos na mesa e afundei a cabeça nas mãos. — Não acredito que eu estraguei tudo!

— Calma, *bambina*. — Ele apertou meu ombro de leve. — Podemos tentar outra coisa.

— Já tentei de tudo. E não existem mais lugares. O que eu vou fazer agora, Lorenzo?

— Vai ter que contar pro Gael — sentenciou.

Olhei para ele, afastando com impaciência uma mecha de cabelo que me caíra nos olhos.

— Mas ele tá de mau humor hoje.

— Você diz isso porque não o viu ontem. — Estremeceu. — Imagine um pitbull com um espinho na pata, andando no asfalto quente, puxando um trenó pesado, e você terá uma ideia.

Aquilo atraiu meu interesse.

— Alguma coisa aconteceu? — questionei, preocupada.

— Com toda certeza. Eu sei o que foi? — Ergueu os ombros. — Claro que não.

Minhas bochechas esquentaram, e, por mais que eu tentasse ser razoável, pensar que a vida de Gael não girava a meu redor — na verdade, nem estávamos no mesmo sistema solar —, uma parte minha não pôde deixar de imaginar que havia sido pelo que acontecera na noite de sábado. A outra parte me mandou calar a boca e continuou surtando pela demissão iminente. Uma demissão que poderia ter sido facilmente evitada se eu não fosse uma droga de assistente.

Ok. Adiar apenas faria minha agonia se prolongar. Era melhor acabar logo com aquilo.

— Bom... — Soltei um suspiro, me preparando. — Acho melhor contar tudo a ele de uma vez. — Fitei Lorenzo, resignada. — Caso eu não sobreviva, pode ficar com a barra de chocolate que está na segunda gaveta da minha mesa.

Ele gargalhou com vontade.

— Grite se precisar de ajuda.

Fiz um aceno agradecido e inspirei fundo antes de me encaminhar para a porta de vidro.

— Ou talvez eu possa ligar pra ele... — pensei alto.

— Não acredito que essa parede de vidro atrapalharia um rompante violento de Gael.

É, nem eu.

E eu não ia fugir do problema.

Ajeitei a roupa. Duas vezes. E depois o cabelo. E eu teria amarrado os tênis se estivesse usando um par, só para adiar o momento. Mas a porta se abriu de repente, e Gael, todo maciço — e muito cheiroso —, colidiu comigo. Deixei escapar um *urf*, me desequilibrando. Ele me pegou pelos ombros, me ajudando a recuperar o equilíbrio.

— Preciso de você — foi dizendo, se desembaraçando de mim. Apenas quando levou o telefone à orelha é que percebi que estava no meio de uma ligação.

Ele voltou a falar com quem estivesse do outro lado da linha, daquela sua maneira baixa e contida que eu achava tremendamente assustadora, enquanto fazia um gesto para que eu o acompanhasse escritório adentro. Recebi um sinal de positivo de Lorenzo ao fechar a porta.

Então parei ao lado do conjunto de sofás, já que Gael zanzava de um lado para o outro como um bicho enjaulado. Levou uns cinco minutos para que ele encerrasse a ligação, bufando.

— Por favor, reúna toda a documentação que puder encontrar sobre a minha propriedade no litoral de Cork.

— Ok. — É óbvio que eu não tinha ideia de onde estava a documentação. E não fazia a menor diferença agora, já que em cinco minutos eu estaria falando com o cara do RH. — Humm... sobre a sua viagem, sr. O'Connor...

— Houve uma mudança de planos — atalhou, o olhar ligeiro passeando pela estante às minhas costas, mas parecia não enxergar nada, de fato. — Eu preciso estar na Irlanda na quarta-feira. Tente antecipar o voo pra hoje.

— Antecipar? — repeti, apenas para ter certeza de que meus ouvidos estavam funcionando direito.

— Eu sei que não vai ser fácil. Existem poucos voos pra lá... — Soprou o ar com força, massageando a nuca. — Cancele e compre outras passagens, se for preciso. Tente Dublin ou até mesmo Londres. Primeira classe, executiva, econômica, tanto faz. Só preciso chegar à Irlanda o quanto antes. Uma vez lá, eu consigo chegar a Cork.

Meu queixo quase atingiu o granito.

— Dublin? — *Ah, meu Deus, obrigada!*

Devo ter deixado minha agitação transparecer, pois Gael franziu o cenho e, pela primeira vez naquele dia, realmente olhou para mim.

— Algum problema com a sua documentação? — ele quis saber, preocupado, enfiando o celular no bolso do paletó.

— Não, nenhuma. Vou pegar o meu passaporte na hora do almoço. Só... acho melhor cuidar das passagens agora mesmo.

Ele assentiu, indo para sua mesa.

— Faça isso, Briana. Me avise assim que souber o horário e a data do voo.

Por favor, por favor, por favor, ainda esteja disponível. Esteja disponível, eu rezava enquanto corria para minha saleta, me jogava na cadeira, apertando as teclas furiosamente. Tão logo a página atualizou, confirmei que ainda existiam alguns lugares num voo para aquela noite com duração de quinze horas e meia, com escala em Paris. Deixei as comemorações para mais tarde, com medo de perder qualquer segundo e os tíquetes simplesmente evaporarem. Usei o cartão corporativo e em um minuto a confirmação da compra chegou ao meu e-mail. Soltei o ar com força, desmontando de alívio na cadeira.

— Você não parece desempregada. — Lorenzo entrou na sala segurando um copo de plástico.

Olhei feio para ele.

— Pensei que você fosse ficar aqui pra me salvar, se eu precisasse.

— Só fui pegar água. Aquela *ragazza* é meio maluca. — Apontou com o polegar para a sala principal. — Não queria me deixar chegar perto do bebedouro.

Eu ri, um pouco nervosa.

— Esquece a Guilhermina, Lorenzo. Surgiu um problema! — contei, animada. — O Gael precisa estar na Irlanda na quarta-feira. Disse que Dublin serviria.

— E você conseguiu as passagens? — Ele se recostou na beirada da minha mesa.

— Contrariando a minha sorte! — E daquele dia em diante eu ia começar a acreditar em milagres.

— Fantástico, *bambina*! Agora ligue para o Darren, em Cork, e avise que o Gael vai antecipar a chegada. — Depois de terminar sua água, ele examinou a sala, procurando. Estendi o braço, pegando o copo vazio, e o joguei na lixeira sob minha mesa. — O telefone está na agenda do iPad.

— Ok. — Anotei o nome para não esquecer.

— E se lembre de preparar a sua bagagem também. Leve agasalhos. Apesar de não ser tão terrível quanto o clima de Londres, Cork ainda é mais fresca do que você está acostumada.

Parei de escrever e ergui a cabeça. É claro que eu sabia que iria acompanhar Gael na viagem a Irlanda. É só que... eu não pensei muito nisso enquanto comprava as passagens. E nem antes, para ser franca. Nunca imaginei que duraria tanto tempo naquele emprego.

Meu estômago revirou, com medo do desconhecido. E não tenho certeza se a reação era a respeito do meu primeiro voo.

A porta de Gael voltou a se abrir.

— Lorenzo, ótimo. Eu queria mesmo falar com você. Entre — foi dizendo. Então olhou para mim. — Conseguiu alterar as passagens?

— Sim, sr. O'Connor. O seu voo parte hoje à noite, às dez e dez, com escala em Paris. Classe executiva premium. — Sabe-se lá o que isso queria dizer.

Pela primeira vez naquele dia, ele ameaçou sorrir.

— Eu sabia que te contratar era a coisa certa a fazer.

Ele nunca tinha elogiado meu trabalho. E, mesmo que eu não tivesse dito toda a verdade, havia conseguido exatamente o que ele me pedira em poucos minutos, não? Isso devia contar para alguma coisa, certo?

— Com certeza, Gael. — Lorenzo piscou para mim. — Ninguém mais resolveria tudo com tamanha rapidez.

Os dois se fecharam na sala de Gael, e eu mal pude acreditar na sorte que tive. Isso nunca acontecia! De todo jeito, achei melhor não contar com ela — nunca costumava durar —, procurei o telefone na agenda do iPad e fiz o que Lorenzo sugeriu.

— Olá, Darren, meu nome é Briana, eu sou a nova assistente do sr. O'Connor. Houve uma mudança...

♡

Eu estava preocupada. Já fazia mais de cinco minutos que eu contara a Aisla sobre minha viagem inesperada, e tudo o que ela tinha feito fora se sentar na minha cama e piscar. Antes que eu pudesse ir atrás de um termômetro para verificar se minha irmã estava doente ou coisa assim, ela saltou sobre os próprios pés e eu soltei um suspiro aliviado.

— Paris?! — ganiu. — Não acredito nisso, Bri! *Paris?*

— É só uma escala, Aisla. — Coloquei a pilha de roupas dentro da mala aberta sobre a cama.

— Em *Paris*! — ela acusou.

— Prometo odiar cada segundo lá. E eu provavelmente não vou ver nada além do aeroporto — me defendi.

Ao menos era o que eu pensava, baseado no que acontecia nos filmes, já que eu nunca tinha pegado nem mesmo uma ponte aérea. Ok, eu estava tensa, não apenas porque não sabia o que esperar, mas por causa da minha má sorte. Eu não tinha certeza se eu e meus dois pés esquerdos dentro de uma aeronave era uma boa ideia. Estava quase convencida de que não era.

Meu comentário pareceu apaziguar Aisla, pois ela voltou a se sentar na cama, abrindo meu nécessaire e conferindo o conteúdo.

— Você acha uma boa ideia viajar com esse cara que você nem conhece direito? — questionou, mais calma.

— Ele não é um cara. É o meu chefe. — Mantive os olhos nas roupas dobradas e dediquei especial atenção a acomodá-las na bagagem. — Quando eu aceitei o emprego, sabia que teria que viajar com ele. É só trabalho.

Peguei mais uma batelada de roupas e pretendia ajeitá-las na mala, mas os dedos delicados da minha irmã, com unhas pintadas de lilás, envolveram meu pulso.

— Eu não quero que você se machuque, Bri. De nós duas, você sempre foi a mais ajuizada. Não faça nada que eu faria, tipo se apaixonar pelo Gael, tá?

A preocupação em seu rosto era real, e botou um nó na minha garganta. E era realmente uma pena que seu conselho chegasse com tanto atraso, mas achei melhor ela não saber disso.

— Não se preocupe, Ais. — Eu me sentei ao lado dela, as molas do colchão rangendo.

— Sou super a favor de se deixar levar pelo momento — continuou. — Mas esse cara é diferente. Não pertence ao mesmo mundo que a gente.

— Eu sei. — E não só pela posição social. — Não vou ser estúpida e me envolver com o chefe.

Ela abriu um sorriso tristonho, jogando o nécessaire de volta na mala e começando a desfazer minha trança.

— Sabe o que é engraçado? — perguntou. — Uma parte minha tá torcendo pra que isso seja verdade. E a outra tá vibrando pra que você tenha falado da boca pra fora. Eu queria muito que você encontrasse alguém especial.

— Não preciso de ninguém.

— Todo mundo precisa de alguém pra dividir as coisas boas e ruins — citou. Assim que meus fios estavam soltos, ela passou os dedos por eles, ajeitando as ondas em meu ombro. — Tudo fica mais fácil quando estamos com alguém. É legal ter uma pessoa pra te confortar se estiver deprimida, segurar sua mão se estiver com medo, te fazer rir se estiver irritada...

— Bom, então pode ficar totalmente despreocupada. O Gael não é o tipo de pessoa que faria nenhuma dessas coisas.

— Promete que vai ter cuidado com o seu coração? — Sua voz pareceu ainda mais aguda por culpa da apreensão.

— Prometo. E agora... — Peguei a bolsa ao lado da mala e puxei um rolinho de notas. — Enquanto eu estiver fora, quero que você fique com isso. — Entreguei o vale que eu recebera naquele dia. — Se pintar uma emergência.

Ela deu uma espiada no dinheiro e empalideceu.

— Ah, não, Bri. Eu não sou boa com essas coisas. Elas desaparecem sem que eu saiba como aconteceu.

— Isso não é verdade... — comecei. Ela me fulminou com os olhos, me fazendo rir. — Ok, talvez seja um pouquinho verdade. Mas você mudou bastante ao longo deste ano. Tenho certeza de que você vai ser capaz de não gastar tudo em pincéis de maquiagem.

— Não sei, não, Bri — rebateu, sacudindo a cabeça. — Eu posso ter uma recaída.

— Não vai ter, porque agora você é a chefe da casa.

A contragosto, ela passou a mão no dinheiro e o enfiou no bolso.

— Você não vai levar nada? — ela quis saber. — E se tiver um imprevisto?

— Tô levando uma grana, mas é só por precaução mesmo. A empresa vai custear toda a minha estadia, alimentação, táxis...

— Para, Bri! — ela gemeu, se deixando cair na cama, as mãos sobre as orelhas. — Você está me matando aqui!

Eu me deitei ao lado dela, rindo.

— Me ligue se precisar de qualquer coisa, tá bem? Mesmo que seja só pra jogar conversa fora.

— Quando você volta? — perguntou, baixinho.

— Ainda não sei, Ais. Depois que o sr. O'Connor resolver tudo por lá, acho.

Foi nesse instante que mamãe entrou no quarto, com diversos embrulhos de papel-alumínio. Eu me sentei, alarmada.

— Mãe...

— Pão com linguiça! — disse, toda sorridente. — Você pode ter fome no avião. E vai saber o que esses irlandeses comem. Eu fiz dois, pode dar um pro seu chefe. Eu sei que ele vai gostar. — Colocou os embrulhos sobre uma blusa de tricô. — Também preparei umas rosquinhas de nata pra deixar na sua bolsa. Dizem que comida de avião tem gosto de meia velha. Ah, esqueci os biscoitinhos de gengibre. São bons pra enjoo. Volto já.

— Mãe! — Saltei da cama e fui atrás dela, mas ela apenas acenou com a mão, já nas escadas.

— Corre, Bri. Fecha logo a mala, antes que ela lembre que lá é frio e resolva tricotar uns dezesseis casacos. — Aisla se ergueu sobre os cotovelos, os olhos verdes como esmeraldas me examinando com atenção. Não gostei do brilho que vi ali. Nem um pouco. — O que você pretende fazer com o seu rosto? — ela quis saber.

— Deixar como está?

Balançando a cabeça veementemente, ela se pôs de pé.

— De jeito nenhum! Irmã minha não vai pisar na Europa de cara lavada nem a pau! Senta aí. Vou pegar a maquiagem. — Passou apressada por mim.

— Aisla, não é...

Ela parou sob o batente da porta, uma expressão ameaçadora na cara.

— Você prefere fazer isso do jeito fácil ou difícil, Briana?

— Ah, está bem! — resmunguei. — Mas tem que ser coisa rápida. Preciso sair em uma hora.

O desafio fez seu semblante naturalmente pálido ganhar um lindo brilho rosado.

— Você vai estar pronta em quinze minutos. E é bom ficar esperta, pois eu vou te deixar ainda mais gata. Pode ser que esse seu chefe tenha problemas pra ficar perto de você.

Eu quase ri. Gael já tinha problemas para ficar perto de mim, só que não pelos motivos que Aisla imaginava. Ele não falara comigo naquele dia, exceto sobre trabalho.

Não que eu esperasse outra coisa...

Ok, eu esperava sim. Havíamos passado a noite de sábado no sofá da minha casa. Pensei que talvez houvesse um pouquinho de camaradagem entre nós. Mas o que aconteceu foi justamente o oposto. Gael parecia mais distante, mais frio, como se não notasse minha existência a menos que precisasse de um documento, que eu enviasse um e-mail ou pesquisasse alguma coisa a respeito de um contrato. Então Aisla não tinha com que se preocupar mesmo. Eu estava a salvo. Gael não me enxergava mais.

O suave resmungo dos chinelos de dona Lola anunciou sua presença antes que ela entrasse em meu quarto. Trazia algo de crochê cor de palha nas mãos.

— Você não pode ir à Irlanda sem um xale. E este é um legítimo irlandês! — Colocou a peça em minhas mãos.

Eu o estiquei em frente ao corpo, encantada com o trabalho delicado e a complexa trama de flores.

— Ah, dona Lola, é perfeito! Mas eu não posso aceitar.

— Claro que pode! — Ela deu dois tapinhas em meu ombro. — Leve-o para passear e pense em mim enquanto estiver com ele.

Segurei a peça contra o peito. O perfume de lavanda de dona Lola espiralou por meu nariz.

— Bem... então eu vou fazer isso. Obrigada — falei, emocionada.

— E não se esqueça de aproveitar tudo ao máximo, Briana. Viva cada segundo como se fosse o último. É o que eu faço. Só se vive uma vez!

Ela se esticou na pontinha dos pés para colar os lábios finos em minha bochecha. Eu me abaixei para facilitar, passando os braços ao redor de seu corpo magro, abraçando-a apertado.

— Boa viagem, querida — murmurou em meu ombro. — Volte com a mala cheia de histórias pra contar. E não deixe aquele irlandês escapar!

— Dona Lola, não existe nada entre nós. — Eu a soltei, rindo. — De verdade.

— Pode repetir isso pra si mesma, se te traz algum conforto. Mas eu sei o que eu vi. Vocês se encontraram. E, quando isso acontece, nada mais pode ser feito.

— Sem mais uma palavra, ela deu dois tapinhas em meu ombro e saiu arrastando suas pantufas.

Examinei a delicada peça de crochê, o indicador brincando com uma rosa perfeita, e me perguntei o que ela quis dizer com aquilo. E se eu realmente queria saber a resposta.

18

Cheguei ao aeroporto algumas horas antes do embarque. Precisei pedir informações, já que não fazia ideia de como proceder. Depois de me dirigir ao balcão da companhia para fazer o check-in, despachar minha mala e tomar um comprimido para enjoo — porque de maneira alguma eu permitiria que Gael me visse vomitar —, segui para a sala de embarque e passei a bolsa pelo raio x (os biscoitos de gengibre de mamãe foram confiscados, mas eu jamais contaria isso a ela).

Eu estava sentada em uma das cadeiras do saguão, conferindo meus documentos, no momento em que uma sombra bloqueou a luz. Ergui a cabeça. E continuei subindo e subindo e subindo, até encontrar as lindas íris escuras de Gael. E elas analisavam meu rosto atentamente, à procura de algo. Por fim, se detiveram em meus olhos.

— Aí está você — brincou.

— Soterrada embaixo de trinta quilos de maquiagem, mas estou. A minha irmã achou que eu me sentiria melhor com essa meleca toda na cara em uma viagem de mais de quinze horas. — Ergui os ombros. — Ela acredita em gnomos também.

— Está me dizendo que não acredita, Briana? — Ele fez uma careta, fingido espanto. Bom, ao menos eu achava que era o que ele estava fazendo.

— *Você* acredita?

— Claro que sim. Eu conheço pelo menos três Leprechauns. — E me deu um sorriso descontraído que eu não via desde sábado. — Já até tomamos algumas cervejas juntos.

Acabei rindo. E dando uma conferida nele, porque alguma coisa parecia diferente. Ele vestia uma camiseta cinza com gola V sob o casaco de couro preto e o jeans escuro, os tênis pretos inseparáveis, o cabelo um tanto bagunçado, mas que nele ficava tão bem. Ainda parecia o mesmo, mas um Gael menos lapidado, mais selvagem. Mais como Lorcan.

— Você se livrou da bota — comentou, observando meus pés dentro dos tênis roxos. — O que a médica disse?

— Que eu estou nova em folha. — Ele jamais saberia que eu nunca apareci no retorno, certo?

No alto-falante, o embarque foi anunciado. Gael fez um gesto com o braço, indicando que eu fosse na frente. Fiquei de pé, apertando o cardigã branco contra o estômago conforme este se embolava, as pernas subitamente bambas.

Como sempre, ele notou minha tensão.

— Tem medo de voar? — questionou com gentileza.

— Não sei — confessei, rindo, um tanto nervosa. — Nunca voei antes.

— Qual é a sua poltrona?

— Hã... — Conferi o cartão de embarque, que sacolejava em minha mão trêmula. — E12.

Um pequeno V se formou entre suas sobrancelhas grossas.

— Estou na L10.

Aquilo não significou nada para mim. Não até entrarmos na aeronave e ele se dirigir para uma poltrona na fileira da janela, enquanto eu procurava o meu lugar na central. Acabei na ponta oposta à dele, ao lado de um senhor de barba branca e barriga proeminente que Aisla teria jurado ser o Papai Noel.

Os motores já estavam ligados, a aeronave tremulava de leve. O comissário começou a dar instruções de segurança e eu prendi o cinto bem apertado, tentando ouvir o que ele dizia, mas os zumbidos do motor entravam na minha cabeça, embaralhando minhas ideias. Fechei os olhos e inspirei fundo.

Ok, as pessoas voam o tempo todo. Avião foi construído para voar. Minha má sorte está de férias, então nenhuma peça vai se desprender da aeronave enquanto ela estiver no ponto mais alto do céu. Vai ficar tudo bem. Vai ficar superbem.

O problema é que minhas glândulas sudoríparas não compreendiam esses argumentos e trabalhavam a pleno vapor. Fechei os dedos ao redor do apoio de braços, inspirando fundo aquele ar seco e frio.

Mas e se minha má sorte tivesse voltado?, pensei de repente. E se as férias tivessem terminado e eu ainda não soubesse disso? Ah, meu Deus, e se o avião caísse por minha culpa? Eu seria culpada pela morte de centenas de...

Uma mão quente e pesada encobriu a minha, trêmula.

Ergui as pálpebras, pronta para gritar com o Papai Noel, mas...

— Gael? — perguntei, confusa. Onde estava o outro cara?

De relance, vi o sujeito de barba branca se abaixando na poltrona que pouco antes meu chefe ocupava.

— Eu já te contei a história de Deirdre das Dores? — Ele apertou meus dedos de leve, chamando minha atenção.

— N-não — gaguejei.

— É uma bonita história de amor. Posso te contar?

Agora?, quase gritei. Mas meus dentes estavam batendo demais, então eu os apertei com firmeza e apenas fiz que sim.

Gael não perdeu tempo.

— Aconteceu há muito, muito tempo, na antiga Irlanda, ainda na época do rei Conchubar. O rei e seus guerreiros foram convidados para jantar na casa de Femilid, o harpeiro. Femilid era pura alegria; sua esposa tinha dado à luz o primeiro bebê do casal. Por isso o harpeiro pediu que o druida da comitiva real tivesse a bondade de contar qual seria o destino da criança. O druida olhou para as estrelas e então para a criança, cheio de tristeza. "O que você vê?", perguntou o pai, ansioso.

Deixei escapar uma risadinha tensa conforme ele alternava entre a voz do narrador e a dos personagens. Era bem... bem fofo, na verdade.

— "Ela vai crescer e se tornar a mulher mais bela desta província", respondeu o druida. Mas, antes que o pai orgulhoso pudesse se regozijar, o feiticeiro acrescentou: "E também vai ser a causa da morte de muitos de nossos homens".

O avião se moveu. E rápido! Ah, Deus, não dava mais tempo de sair. Comecei a tremer. A mão de Gael, ainda sobre a minha, se fechou decidida, apertando meus dedos com firmeza, e ali permaneceu enquanto ele prosseguia com sua história e eu me questionava se ele era louco ou coisa assim. Porque, francamente, uma decolagem era o último momento em que eu teria pensado em ouvir uma historinha.

— Os soldados de Conchubar, os Red Branchs, ouviram a profecia e exigiram que o bebê fosse morto naquele instante, a fim de evitar o banho de sangue que o druida previra. — Seu polegar começou a desenhar círculos em meu pulso, massageando-o. — Mas o rei, conhecido pela sabedoria, preferiu manter sua reputação e impediu o assassinato da recém-nascida. A verdade é que ele ficou intrigado com a parte da "mulher mais bela". — Ergueu os olhos para o teto. — Em vez de matar a bebê, que recebera o nome de Deirdre, garantiu a todos que faria dela sua esposa.

— Ele r-resolveu que ia casar com um bebê? — perguntei, horrorizada.

— Quando ela tivesse idade para isso. — A diversão dominou sua voz. — O rei a enviou para viver no coração da floresta, aos cuidados de uma mulher sábia. À medida que os anos foram passando, Deirdre se tornou tão bela quanto a profecia tinha antecipado. E muito solitária também. — Seu olhar perdeu o foco por um instante. — E, então, ela começou a sonhar repetidamente com um sujeito...

Aquilo varreu para debaixo da poltrona qualquer coisa que eu estivesse sentindo.

— Sonhar com um cara? — Eu o encarei, atônita.

— Um soldado invencível no campo de batalha. — Anuiu uma vez. — Deirdre contou a sua guardiã sobre os sonhos. Ao ouvir a descrição do rapaz, a mulher o reconheceu. Seu nome era Naoise, um jovem soldado dos Red Branchs, bravo e bonito, dizem. — Ele fez uma cara engraçada. — "Não fale sobre esses sonhos com mais ninguém", a mulher aconselhou Deirdre. "O rei Conchubar logo virá buscá-la. Esqueça esse rapaz." Mas como a pobre Deirdre poderia esquecê-lo, se Naoise a visitava todas as noites?

Jamais poderia, sussurrou meu coração.

Engoli com dificuldade, o peito apertado pela menina Deirdre. E por mim mesma. Gael agora tinha minha total atenção. Eu queria muito saber o final daquela história. Talvez nela eu encontrasse a resposta para a minha.

— Ela nunca poderia — continuou Gael, ecoando meus pensamentos. — Por isso a moça implorou para conhecer o homem dos seus sonhos. A sábia recusou a ideia, claro. Não achava seguro. Mas, com o passar dos dias, testemunhando a infelicidade da menina, acabou cedendo às súplicas. Deirdre e Naoise se conheceram e se apaixonaram no mesmo instante.

— Verdade? — Prendi a respiração.

Gael descansou a cabeça no encosto. Engraçado como a minha fez o mesmo movimento sem que eu ordenasse, o estômago um tanto revirado, como se tivesse se colado a minha coluna.

— Perdidamente — confirmou com um sorriso que cataloguei como "ah, meu Deus do céu!". — Os dois fugiram por toda a Irlanda, acompanhados pelos dois leais irmãos de Naoise, até se sentirem seguros em terras escocesas. O rei Conchubar, furioso e humilhado pela fuga da noiva e de três de seus melhores soldados, começou a caçá-los. Conseguiu rastreá-los e enviou Fergus, um bom amigo de Naoise, para convencê-lo a voltar para Ulster, com a promessa de que tudo seria perdoado. Os irmãos concordaram. Mas Deirdre, garota bem mais esperta que os três juntos, não acreditou na benevolência do rei e tentou convencê-los a ficar. No entanto, Naoise estava convencido de que Fergus não mentiria. Eram amigos a vida toda. Como Fergus poderia traí-lo?

— E ele traiu? — Meu coração bateu apressado.

Ele moveu nossas mãos, de maneira que a sua ficasse por baixo da minha, a palma virada para cima, e enroscou os dedos aos meus.

— Não exatamente, Briana. Fergus acreditava mesmo que Naoise seria perdoado. — Estalou a língua, contrariado. — O pobre não sabia que o rei tinha mentido. E Deirdre foi a única a desconfiar de que algo estava errado, porque, logo que chegaram à Irlanda e estavam próximos do castelo, Fergus foi convidado para uma festa em sua homenagem. Um soldado que não comparece à própria festa é amaldiçoado.

— Eu não sabia disso.

A ponta de seu polegar começou a brincar com meus dedos, sem que ele parecesse se dar conta. Mas meu corpo não deixou de notar aquele toque quente e tão delicado e se apressou em dar uma resposta, arrepiando-se por inteiro, como se gritasse: "Não pare!"

— Pelo menos era, antigamente. — Deu de ombros. — Então o pobre Fergus se foi, e Deirdre, seu amante e os dois irmãos caíram em uma armadilha e foram capturados. Não sem lutar bravamente, é claro. Mas eram muitos Red Branchs. E logo estavam diante de Conchubar. O rei perguntou a seus soldados: "Qual de vocês matará esses traidores por mim?" Mas ninguém se apresentou. Os três irmãos ainda eram seus companheiros, entende?

Fiz que sim, deixando escapar um suspiro de alívio. Mas então Gael prosseguiu:

— Foi aí que surgiu Owen, um antigo inimigo do rei, e se voluntariou para a tarefa. Em troca ele só queria paz entre ele e Conchubar. O rei concordou e Owen cumpriu sua parte no acordo.

— Não. — Levei a mão livre ao peito, no local onde meu coração se partia por Deirdre.

— Eu também não gosto dessa parte. E nem da que vem a seguir. — Ele soltou o ar com força. — Deirdre foi levada até o rei. Não havia nada além de ódio nos olhos da menina. "Existe alguém que você odeie mais que a mim?", zombou Conchubar. "Owen", respondeu a moça, sem vacilar. O rei, com o orgulho ferido, ofereceu Deirdre como escrava ao homem que matara seu amado Naoise. Para evitar uma fuga, ela teve os pés e as mãos amarrados. — Sua voz diminuiu várias oitavas. Entendi o motivo assim que ele prosseguiu. — Mas, a caminho da propriedade de Owen, Deirdre conseguiu saltar da carruagem, bateu a cabeça com força ao cair em uma pedra e morreu no mesmo instante. Fergus, ao saber da morte dos amigos, da traição do rei, desertou. Outros soldados o seguiram e se uniram ao exército de Connacht, a província vizinha à Ulster de Conchubar, onde venceram muitas batalhas. Várias delas contra os antigos companheiros. E assim a profecia, enfim, se cumpriu.

Um nó se fechou em minha garganta. Pisquei algumas vezes para me livrar das lágrimas indesejadas e o encarei feito uma idiota.

— Meu Deus, Gael! Você acha que *isso* é uma bonita história de amor?

— Mas eu ainda não acabei. — Ele abriu um meio sorriso. — Deirdre, seu amado Naoise e os irmãos dele foram enterrados perto da floresta onde a moça cresceu. O casal ficou um ao lado do outro. A história chegou aos ouvidos de Conchubar, que não suportava a ideia de que os dois ficassem juntos, mesmo depois de mortos. Mandou colocar uma cerca entre eles. Só que, do túmulo de Deirdre, uma árvore começou a brotar. — Seu sorriso se ampliou à medida que seus olhos cintilavam. — E o mesmo aconteceu no de Naoise. Conforme as árvores cresciam, o tronco de uma buscou o da outra, e se entrelaçaram tão apertado, como se fosse uma árvore só, que nada jamais conseguiu separá-los.

Seu olhar se fixou no nó intrincado que eram nossas mãos. Minha respiração vacilou, o coração martelando contra as costelas, suas palavras ainda ecoando dentro de mim.

Nada jamais conseguiu separá-los.

Um *ping* suave, mas que para mim pareceu alto demais, me sobressaltou. Olhei em volta e então me dei conta de que estávamos dentro do avião. Em pleno ar!

Como aquilo tinha acontecido?

— O quê? O que foi isso? — Eu me virei no assento, procurando. — O que está acontecendo?

— Calma. É só o aviso do cinto. — Gael apontou para o painel luminoso sobre nossa cabeça. — Significa que está tudo bem e você já pode soltar o cinto de segurança, se quiser.

— Aaaaaah... Acho... acho que vou deixar assim mesmo, por enquanto. — Por que não?

— Como se sentir mais confortável. — Os cantinhos de sua boca se repuxaram.

Com um suspiro, depois de hesitar por um instante, ele soltou minha mão.

Olhei para a pequena tela no encosto da poltrona da frente, a cabeça a mil. Ele tinha feito aquilo de propósito? Me distraíra com a história de Deirdre para que eu não percebesse e pirasse com a decolagem?

Eu devia ter ficado quieta. Sei disso. Devia ter deixado o assunto para lá. Mas estava cansada. Farta de não obter respostas.

— Por que você fez isso? — sondei, mas mantive a atenção na telinha.

— Por que eu fiz o quê?

— Trocou de lugar com o Papai Noel. Me distraiu durante a decolagem... — *Segurou minha mão com tanta ternura. Eu ainda sentia seu toque em minha pele.*

Sua risada gostosa me fez olhar para ele.

— Você não acredita em duende, mas no Papai Noel, sim. — Estalou a língua — Percebe como isso é conflitante, certo? E acho que estou um pouco ofendido.

Não caí em sua tentativa de mudar de assunto e o fitei.

— Por que se deu o trabalho? — insisti, em um sussurro.

Ele coçou a nuca.

— A resposta simples é que você parecia a ponto de sair correndo e abrir um buraco na fuselagem. Não me custava nada tentar distraí-la, já que seria melhor se a aeronave chegasse ao destino sem nenhuma perfuração.

Havia bom humor em sua voz, mas também uma nota de desespero. E o modo como elaborou aquela sentença...

— Existe a resposta complicada? — Mordi a língua, mas era tarde demais. A pergunta já havia saído.

E ele a ouvira. Sei disso porque Gael puxou uma grande quantidade de ar, deixou a cabeça pender contra o encosto e mirou o teto.

— E não existe sempre? — Ele pareceu incrivelmente exausto.

Eu me virei para a tela outra vez, cravando os dentes no lábio inferior para impedir que se esticasse, mas não pude fazer nada quanto à esperança que brotou em meu peito. Apenas uma fagulha no início, mas que rapidamente ameaçou tomar conta de tudo.

Havia uma resposta complicada. E, naquele momento, isso era mais que o bastante para mim.

19

Estou novamente a caminho da plantação — como faço todos os dias —, a cesta pendurada no cotovelo, mas hoje não procuro pelos homens de papai enquanto sigo pela margem do riacho. Eles se foram. No dia anterior eu, enfim, consegui encontrar o acampamento, mas havia apenas restos de ocupação, uma fogueira ainda ardendo, um caldeirão sobre ela, como se os soldados tivessem saído apressados. Não estou certa do que pensar quanto a isso.

Ou se realmente quero pensar a respeito.

Os treinamentos com Lorcan começaram há uma semana, e todo o meu corpo protesta conforme avanço por entre as árvores, agora com certa familiaridade. Mas eu gosto da sensação. A dor em meus músculos significa que estou ficando mais forte.

Ainda não estou pronta para um confronto, mas sinto que melhoro a cada treino. Lorcan e eu nos enfrentamos todos os dias, sempre depois do crepúsculo, assim que as sombras se tornam aliadas. E mais tarde, quando a noite cai e voltamos para casa, ele me leva até o quarto, onde me ensina quão doce e bonita a vida pode ser.

Eu o amo. Amo tanto que meu peito aperta. Há entre nós um entendimento profundo, silencioso, que passou a ser tão precioso para mim. Aprendi a identificar a fome em seus olhos, o cansaço depois de um dia na lavoura, a admiração logo depois que o golpe de minha espada penetra suas defesas, a diversão sempre que tento cozinhar e o que quer que esteja dentro da panela se transforma em carvão, a adoração e o deslumbramento com que me olha enquanto fazemos amor.

Dana já não dorme no chalé, embora fique comigo durante o dia. Ela sabe o que está acontecendo entre mim e Lorcan. Todos na aldeia sabem. Mas, em vez de julgamento, encontrei ali compreensão e aceitação.

Também aprendi a trançar a palha e, apesar de ela ferir meus dedos, gosto da sensação de criar algo com minhas próprias mãos.

Em meio ao inferno, encontrei a paz. Eu sou feliz ali. E não consigo evitar pensar que esta é a vida que eu gostaria de ter, se pudesse escolher. Seria assim tão ruim se eu nunca mais voltasse? Se a princesa Ciara desaparecesse para sempre e eu pudesse ter, enfim, uma vida feliz?

Esse pensamento fica mais e mais insistente à medida que eu avisto o milharal ao longe e me recordo da expressão no rosto de Lorcan naquela manhã.

Estávamos na cozinha, ele preparava o café da manhã enquanto eu colocava a mesa. A linguiça na panela começou a lançar gotas de gordura para todo lado. Peguei um dos pratos e, usando-o como escudo, me coloquei diante de Lorcan para protegê-lo dos respingos. Ele achou graça, me abraçou pela cintura e me suspendeu, afastando-me do fogão. Soltou-me sobre o tampo da mesa. No rosto o sorriso mais cativante que eu já tinha visto.

— Fique comigo. — Ele se encaixou entre minhas pernas, as mãos quentes espalmadas em minhas coxas.

— Eu estou com você. — Abandonei o prato ao lado do meu quadril.

Ele gemeu, fazendo uma careta.

— O que eu pretendia dizer é "fique comigo para sempre". Case comigo, Ciara.

Eu quis dizer sim. Quis pular sobre ele e gritar que era tudo o que eu mais queria. Mas como poderia aceitar, se eu escondia dele minha verdadeira identidade?

— Lorcan... eu... — comecei, o coração pulsando com força até não ser nada além de agonia. — Você não sabe quem eu sou.

— Sei sim. Você é a mulher que eu amo. — Correu as costas do indicador pela lateral do meu rosto. — Não espero que decida agora. E sei que estaria abrindo mão de uma vida abastada para viver comigo, nesta cabana modesta, nesta vida sem luxo, mas farei o possível para que viva com conforto. Eu a protegerei. E a amarei até o fim dos meus dias.

E era exatamente aquilo que eu queria. Uma vida modesta, significativa e feliz.

Ele saiu de casa pouco depois, os olhos ambarinos faiscando com esperança e ansiedade.

Sem sua presença para nublar meus sentidos, tudo começou a ficar mais nítido, e a certeza do que eu queria, mais e mais intensa.

Porque eu não quero voltar. Não quero voltar a ser a princesa Ciara MacCarthy e me ver em meio a jogos políticos e estratégias de guerra. Eu quero ficar com Lorcan. Quero acordar todas as manhãs em seus braços e adormecer todas as noites da mesma maneira.

Mas, para que isso aconteça, antes preciso contar a ele quem sou.

Mudará alguma coisa?, eu me pergunto ao pisar em um graveto seco, que estala. Ele me verá de outra maneira?

Estou a um passo de sair da proteção da floresta, mas escuto o trote de cavalos. Dois, talvez. Analiso minhas possibilidades: correr para o milharal e me ocultar atrás de uma das pilhas de palha seca, ficando exposta durante alguns bons metros, ou me abrigar ali no bosque.

Praguejando, escolho uma das árvores, um sobreiro de copa densa, e começo a escalá-lo, me agarrando a um dos galhos mais baixos. Não é fácil, já que carrego a cesta. Mas consigo e, assim que começo a subir, tudo fica mais fácil, até que chego ao ponto mais alto. Uma coruja que dormia ali se assusta e voa, aos gritos. Eu me encolho, abraçando a cesta e rezando para quem quer que esteja se aproximando não olhar para cima.

Prendo a respiração ao escutar as batidas dos cascos pesados bem perto agora. Com elas, as vozes e seu inconfundível sotaque escocês. Deus meu, são *galls*!

— Eu disse que não havia ninguém — um deles afirma.

— Estou certo de que vi alguma coisa se movendo.

Eu reconheço aquela voz. Pertence ao braço direito de Fergus, o sujeito que sempre me olhou como se eu fosse sua próxima refeição: o maldito Desmond Murray.

Levo a mão à boca, tentando controlar a respiração, pois parece alta demais em meus ouvidos.

— Pode ter sido um gato, uma vaca, uma cabra, um aldeão... O que a princesa estaria fazendo na floresta?

— Se escondendo, idiota! — cospe Desmond.

— É improvável. Uma dama cheia de não-me-toques feito ela deve ter se refugiado na casa de algum dos adoradores de MacCarthy. Ou de alguém que odeia Fergus, o que basicamente se resume a todo mundo.

— Um dos homens encontrou um pedaço do vestido dela enroscado em um arbusto, não muito longe daqui. Alguém da aldeia deve tê-la acolhido. Encontre-a. E assegure-se de que essa gente nunca mais se rebele contra um desejo de... O que é aquilo? — Desmond passa embaixo de mim, esporeando o cavalo.

Eu pisco para que as lágrimas desobstruam minha visão e tento ver por entre a folhagem. Lorcan se aproxima.

Deus meu, eles vão pegá-lo!

Enrosco a cesta em um galho e levo os dedos à cintura, empunhando minha *scían* antes de começar a descer, tentando não fazer barulho. São dois. Eu e Lorcan também. Posso não estar pronta para um confronto, mas aprendi o bastante para conseguir distrair um deles.

— Para onde está indo? — exige Desmond.

— Para casa — Lorcan responde com incrível calma.

— Sozinho?

Eu me empoleiro em um galho mais fino. Dali conseguiria pular em Desmond, mais à esquerda. Tomar sua espada será outra história.

— Que eu saiba, sim. — Lorcan os examina. — Por quê?

— Estamos procurando uma jovem. — O outro mercenário chega mais perto. — Pequena, cabelos pretos, olhos azuis.

— Não vi nada além de milho o dia todo — conta Lorcan. — E uma vaca.

Desmond faz seu cavalo girar ao redor dele, ficando um pouco fora do meu alcance. Ora, bolas!

— Está mentindo — rosna o gall. — Sabe onde ela está.

Lorcan não responde. Mal se move, mas já o conheço bem o suficiente para saber que aquela ligeira flexão nos joelhos significa que está pronto para a batalha. Eu me preparo também.

Segurando-se na sela, Desmond se inclina até que seu rosto fique a um palmo do de Lorcan.

— Onde está a princesa Ciara? — exige.

Lorcan empalidece e oscila. E o que vejo surgir em seu rosto faz com que as lágrimas que se empoçam em meus olhos transbordem.

— Desmond, olhe! — chama seu companheiro.

A distração permite a Lorcan recuperar o foco, e noto que seus dedos se apertam ao redor do cabo da espada em seu cinto. Eu me movo no galho, buscando uma posição melhor, o que produz um farfalhar. É tão sutil que eu mesma quase não escuto. Mas os olhos rápidos de Lorcan me encontram. Então o alarme o domina. Seus dedos se afrouxam na lâmina.

— Ele estava dizendo a verdade — o mercenário resmunga assim que a vaca sai de trás de uma das árvores, pastando calmamente.

Desmond estuda Lorcan por mais um instante antes de encurtar as rédeas e cutucar as costelas do cavalo, voltando pelo caminho de onde veio. O segundo mercenário o acompanha. No entanto, Lorcan permanece imóvel, seguindo os mercenários com o olhar.

Assim que tudo o que escuto é o som de minha própria respiração pesada e os barulhos da floresta, eu me apresso em descer da árvore. Meus pés tocam o chão e crio coragem de encarar Lorcan. Sua garganta convulsiona quando tenta engolir. É como se ele me visse pela primeira vez.

— Lorcan... — Minha voz falha.
Ele balança a cabeça, tomando minha mão.
— Temos de sair daqui. — Sua voz instável machuca meu coração.
— Para onde?
— Não sei. Um lugar seguro.
Seus dedos se apertam ao redor dos meus enquanto ele examina a mata, decidindo qual caminho seguir. Escolhe uma direção e logo deixamos a floresta para trás, passando por um campo de urzes que já começam a florescer. Tento acompanhá-lo da melhor maneira que posso, mas suas passadas são largas demais e eu tropeço vez ou outra em uma raiz, na barra do vestido, em pedras cobertas de limo. Lorcan continua observando tudo, como se o perigo estivesse atrás de cada moita, de cada tronco.

Resquícios de uma construção entram em meu campo de visão. Percebo que as ruínas são seu alvo, pois ele se apressa. Ele me leva para dentro delas e, assim que nos vemos atrás das paredes grossas, depois de hesitar por um ínfimo instante, solta minha mão e se afasta.

— Não nos encontrarão aqui. Está a salvo... — ele engole com dificuldade — ... Vossa Alteza.
Minha cabeça pende para a frente.
— Eu não podia lhe contar, Lorcan — sussurro, mortificada.
— Por quê? — É incapaz de ocultar a mágoa em seu tom.
Ergo o queixo e me deparo com meus dois sóis, agora enevoados por nuvens sombrias.
— Eu não queria que soubesse. Pela primeira vez alguém me viu. Realmente enxergou além do meu título e da coroa. Pela primeira vez na vida eu não precisei fingir ou aceitar calada algo que me foi imposto. E, mais do que qualquer outra coisa, eu não queria que você, entre todo mundo, me olhasse da maneira que está fazendo agora. — Abro os braços, desamparada.

Mantendo os olhos nas pedras do que um dia foi uma parede, agora cobertas de hera, ele começa a caminhar pelas ruínas.
— Seu título também é parte de quem é, Vossa Alteza.
— Por favor, não me chame assim — falo, magoada. — Não você.
Ele se detém e me encara. A dor que desfigura seu semblante se acentua até não ser nada além de profundo desalento.
— Como quer que eu a chame? É a princesa MacCarthy, a futura líder de todo o nosso povo. — Ele leva as mãos à cabeça, empurrando com raiva os cabelos para trás. — Desde que a vi pela primeira vez, eu soube que estava muito além do meu alcance. Mesmo assim ousei sonhar. Esse tempo todo eu tentei encontrar uma maneira de convencê-la

a ficar, de não perdê-la, mas a verdade é que eu nunca tive nem mesmo uma chance de tê-la. — Ele ri, sem nenhum vestígio de humor.

— Como pode dizer isso, Lorcan? — pergunto com a voz embargada. — Você é o milagre pelo qual eu tanto implorei enquanto vivia um pesadelo. Você me ilumina. Eu não quero que nos separemos.

Mas vai acontecer, não é? Em algum momento, um gall ou meu pai vai me encontrar e serei arrastada de volta para o castelo. Não importa como eu me sinta, o que eu quero, o que eu sonho. Sou a última MacCarthy. Minhas obrigações sempre me acompanharão.

— Mas tem razão. — Engulo em seco. — Meu título é parte de quem eu sou. E aquele que se casar comigo herdará a maldição que me acompanha. Meu irmão foi morto por causa deste maldito trono. E os mercenários estão por toda parte porque Fergus precisa de mim para se tornar herdeiro da coroa.

Lorcan me dá as costas, as mãos nos quadris, a cabeça tombando para a frente. Eu chego mais perto, mas não ouso tocá-lo.

— Você é justo — continuo. — Tem um grande coração. É um bom líder para o seu clã. Não tenho dúvida de que seria um grande rei para o povo de Munster. Mas não posso lhe pedir que faça isso. Não posso condená-lo a essa vida de abnegação, deveres e ardis.

Ele se vira, o rosto congelado em uma máscara inexpressiva.

— Não aceitou meu pedido esta manhã por essa razão?

Faço que sim, me encolhendo.

— Eu o amo, Lorcan. E não quero voltar a ser a princesa Ciara MacCarthy. Mas sei que isso vai acontecer em algum momento. Eu não podia aceitar sua proposta sem que você soubesse a verdade. Sem que soubesse quem eu realmente sou.

Nós nos encaramos pelo que me parece ser um século inteiro, e não consigo adivinhar o rumo que seus pensamentos tomam. Seus olhos não devolvem nada enquanto ele dizima a distância e para a um palmo de mim. E então aquela nuvem obscura que encobre sua expressão se dissipa e tudo o que vejo ali é um profundo amor.

Pulo sobre ele, abraçando-me a seu pescoço. Lorcan passa os braços pela minha cintura, me apertando com tanta intensidade que meus pés saem do chão.

— Eu não me importo com seu título, Ciara — ele diz em meus cabelos. — Nem com suas posses, seu nome ou o que ele representa. Tudo o que me importa é você. Apenas você.

— Oh, Lorcan, eu o amo tanto.

Ele ergue a cabeça, as íris douradas ardem.

— Eu quero ser tudo para você — profere com veemência. — Tudo o que desejar, tudo o que sonhar, tudo o que precisar. — Ele afasta com o mais delicado dos toques uma mecha de cabelo que se desprendeu de minha trança. — Sinto que a esperei esse tempo todo, ansioso, para que cravasse sua scían em mim — zomba.

Acabo rindo e soluçando ao mesmo tempo.

— Eu a amo, Ciara. — Ele corre as costas do indicador pela minha bochecha, secando minhas lágrimas. — Você é meu coração, minha alma, meu amor. Sempre e para sempre.

— Oh, Lorcan...

Eu me agarro a ele outra vez, enquanto choro ao mesmo tempo em que sorrio. Aquela não é uma simples promessa. São os votos sagrados de casamento.

— Sempre e para sempre — repito, solene.

Ele espalma as mãos em minhas costas e nos gira, rindo, e então para, curvando-se e afundando o rosto em meu pescoço. Ele me beija ali, pouco acima do amuleto, e continua subindo até os lábios macios estarem em minha bochecha, em minha têmpora e, finalmente, em minha boca.

O beijo é intenso como deveria ser, repleto de sentimento e de certezas. No momento em que ele desnuda seu torso, estende sua veste sobre as pedras e me deita sobre ela, seu corpo pesando sobre o meu, sei que não estamos apenas fazendo amor. É nosso rito de união. E é belo, intenso e mais significativo que qualquer cerimônia, pois são nossa alma e nosso coração professando as juras sagradas enquanto nosso corpo se funde em um só. Eu sou parte dele. E ele de mim. Nada pode ser mais verdadeiro ou simbólico.

— Como isso vai funcionar? — questiono um tempo depois, quando os últimos resquícios do êxtase se vão e tudo se acalma.

— Não sei. Mas descobriremos juntos. — Ainda sobre mim, ele beija o vão entre meus seios e se ergue um pouco, até sua testa encontrar apoio na minha. — Temi que fosse perdê-la. Na floresta. Pensei que fosse saltar daquela árvore.

— Era o que eu pretendia. — Acaricio suas madeixas, que, sob a luz do sol, cintilam. — Você estava em perigo. Eu tinha de protegê-lo.

Ele geme, fazendo uma careta, e me beija brevemente.

— Teremos que fazer alguma coisa a respeito desta sua coragem inconsequente.

Assim que ele menciona isso, me lembro da conversa que ouvi ainda há pouco.

— Lorcan, os galls pretendem atacar a aldeia. Devo ter deixado algum rastro, pois eles estão certos de que eu estou lá.

Sustentando o peso do corpo nos cotovelos, ele endireita o pescoço e me olha, preocupado.

— Sabe para quando planejam o ataque?

Nego com a cabeça.

— Mas não deve demorar. — Minha voz falha. — E farão de tudo para me encontrar. O pior que puderem.

A sombra selvagem que lhe domina o rosto me faz estremecer.

— Então faremos o nosso pior também.

20

— *Briana, acorde!* — *A palma quente e levemente áspera se en-*caixou em meu rosto.

Levantei as pálpebras, desorientada. Precisei de um instante para me situar. Ok, estávamos no táxi em algum lugar entre Dublin e Cork. Ao me voltar para meu companheiro de viagem, vi íris escuras como ônix me observando, preocupadas. Esfreguei o rosto e sem querer esbarrei a mão no peito de Gael.

Ah, droga! Eu havia dormido no ombro dele? Será que tinha babado?

Eu me aprumei, avaliando disfarçadamente seu casaco de couro. Suspirei de alívio ao vê-lo limpo. Então avistei a mancha preta nas costas da minha mão.

— Você estava agitada — explicou Gael. — Foi um daqueles sonhos medievais?

— Foi. — Endireitei-me no banco traseiro do táxi, espiando meu reflexo no espelho retrovisor.

Ah, minha nossa. O rímel ou lápis preto... eu não fazia ideia... que Aisla aplicara em mim havia borrado, formando meias-luas sob meus olhos. Eu havia trocado de roupa e me livrado da maquiagem no aeroporto de Paris. Só que o rímel devia ser à prova d'água, pois não conseguira removê-lo. Esfreguei os dedos freneticamente, mas, quanto mais eu tentava, mais sujo ficava. O nada atraente vermelho, resultado da fricção, piorou tudo.

Muito bem, Aisla, ironizei. *Eu não cheguei na Europa de cara lavada. Mas com a cara de um panda ruivo.*

— Por que você acha que isso acontece? — Gael quis saber.

— Porque eu sempre acabo cedendo às súplicas da minha irmã — bufei, revirando a bolsa em busca de lenços de papel, já que não havia levado demaquilante.

— O quê?

Sem entender seu tom confuso, eu me virei para ele. Não devia ter feito isso, pois Gael deu uma rápida olhada em meu rosto, então seus ombros estremeceram ao mesmo tempo em que pressionava os lábios para conter o riso.

Ah, droga. Depressa, me virei para o outro lado, mortificada.

— Você continua linda — comentou. — Agora de um jeito meio gótico.

Tentei disfarçar a surpresa, mas desconfio de que tenha falhado. Aquela era a primeira vez que ele fazia algum comentário sobre minha aparência. Bom, algo positivo, quero dizer, já que a primeira coisa que me disse logo que nos conhecemos foi que meu aspecto não era bom.

Ele deve ter se dado conta disso ao mesmo tempo que eu, pois pelo canto do olho vi suas bochechas ganharem um pouco de cor enquanto a minha era praticamente uma aquarela em tons quentes.

— Eu me referia a seus sonhos. — Olhou pela janela, parecendo sem graça. — Por que acha que se repetem?

— Eu não tenho ideia. — Voltei a vasculhar a bolsa. — Começaram do nada, na noite do meu aniversário de dezoito anos, e nunca mais pararam.

Encontrei os lencinhos e puxei dois deles, já me inclinando para o banco do motorista do táxi, e comecei a limpar aquela bagunça.

— Quando é o seu aniversário? — ouvi Gael perguntar.

— No mês que vem, dia 25.

— É mesmo? Foi em um 25 de abril que eu cheguei ao Brasil.

Parei de friccionar a pele sob os olhos, a mão caindo no colo, uma luz vermelha se iluminando em minha mente. Ele chegara ao Brasil havia cinco anos. Tinha me contado isso naquela tarde de sábado, no bar. E no dia 25 de abril. O dia em que completei dezoitos anos. Gael chegara ao Brasil no mesmo dia em que meus sonhos começaram.

Ah, meu Deus, eu era mesmo como a Deirdre. Sonhara com o homem que iria amar. Uma pena que Gael não tivesse nada em comum com Naoise. Tipo amar loucamente a mulher que sonhava com ele e tudo o mais...

Essa é a diferença entre fantasia e realidade: a vida te frustra a todo instante enquanto a fantasia te entorpece com suaves doses de falsas esperanças.

Deixei as divagações de lado e terminei de limpar o rosto. Não ficou exatamente bom, mas eu já não parecia uma personagem de um dos filmes do Tim Burton.

— Estamos quase em Cork — avisou Gael. Seu tom sombrio me provocou um arrepio.

Não foi difícil adivinhar o rumo que seus pensamentos tomavam. Mais que qualquer outro lugar no mundo, a Irlanda lembrava *ela*.

— Vocês moravam aqui?

Não sei por que perguntei aquilo. Eu não tinha a intenção de atormentá-lo. Mas, quando me dei conta, as palavras já haviam saído sem que eu pudesse engoli-las de volta. Da mesma maneira, me surpreendeu o fato de Gael me responder.

— Nos arredores de Cork. — Ele manteve a atenção na janela, onde o verde passava em um borrão. — Não vou lá há muito tempo.

— O que aconteceu com ela? Foi uma doença, não foi? Câncer?

— Não. Isso eu teria aceitado. Ela foi... — sua garganta estremeceu conforme engolia com dificuldade — ... assassinada.

Ofeguei. De todas as possibilidades que eu havia imaginado, nenhuma era tão brutal. Meu peito começou a latejar, e só pude imaginar quanto o dele doía naquele instante. Não pensei muito no que estava fazendo, apenas segui meu coração.

— Lamento muito, Gael. — Coloquei a mão sobre a dele, apertando-a.

Sim, Gael era meu patrão. E também um ser humano. Ele não precisava de uma assistente naquele instante. Precisava de uma amiga. E eu queria que soubesse que tinha uma ali, bem ao seu lado, da mesma maneira que ele me garantira no avião.

Ainda olhando pela janela, Gael se enrijeceu de leve, mas, diferentemente do que eu imaginara, não se afastou nem me repeliu. Ao contrário, virou a palma para cima e travou os dedos nos meus.

Permanecemos assim por alguns minutos, até que o celular dele resolveu tocar. Soltei sua mão, mas o ruído persistiu por algum tempo até Gael finalmente ouvi-lo. Ao tirar o aparelho do bolso do casaco, olhou com surpresa para a tela, parecendo não assimilar o que estava acontecendo. E então piscou, aprumando os ombros, a máscara inexpressiva que agora eu começava a entender melhor lhe retorcendo a cara antes de, por fim, atender a ligação.

Tentei dar alguma privacidade a ele e me pus a olhar a paisagem. A estrada foi ficando para trás, até que a cidade surgiu, tímida. Senti uma excitação despropositada, uma ansiedade sem sentido, uma necessidade de comparar o que eu via em meus sonhos com o que realmente existia. O que era ridículo, pois meus sonhos, além de não serem nada além de fantasia, se passavam em outro período. Ainda assim, um sorriso tomou conta do meu rosto logo que avistei um muro baixo de pedras centenárias coberto de musgo, emoldurando os sobrados coloridos de telhados escuros, as portas em tons vibrantes.

— A Aisla ia amar — pensei alto.

— O quê? — quis saber Gael, guardando o celular no bolso do casaco e enfim olhando para mim.

Aproveitei para examiná-lo brevemente. A angústia ainda estava ali, mas já não parecia sufocado por ela.

— As portas. — Indiquei as casas. — Minha irmã ama cores. Ia amar isso tudo.

Ele examinou as fachadas, com uma das sobrancelhas levantada.

— Sabia que existe uma explicação para isso? — Um fiapo de diversão lhe retorceu a boca.

— Não. Qual é?

— Já faz muito tempo. A rainha da Inglaterra tinha ficado viúva e exigiu que todas as casas de todas as colônias colocassem uma faixa preta nas portas em sinal de luto. A Irlanda reagiu assim. — Apontou uma porta turquesa. — Mas eu tenho outra teoria.

— E qual é?

Ele estava muito sério ao cruzar os braços sobre o peito e dizer:

— De que as cores facilitam a vida do sujeito. Digamos... se ele sair do pub um pouco mais animado do que deveria, não entra na casa errada.

Ri alto. Ele pareceu satisfeito com minha reação e relaxou a postura. Eu já havia reparado nisso antes. Gael parecia ter prazer em me fazer rir. Esforçava-se para isso. Coisa que, segundo Lorenzo, não era comum nele. Essa constatação fez meu coração dar um pulinho, e ele teria agitado uns pompons se tivesse alguns à mão.

Passamos sobre uma ponte, um rio largo refletindo o sol e as casinhas coloridas que o margeavam. Em dado momento, o carro dobrou em uma rua menos movimentada, com árvores de copas completamente vermelhas pendendo sobre ela. Na esquina, avistei uma pequena igreja antiga, e logo um bosque surgiu. Cinco minutos depois, parávamos diante de uma construção retangular com um grande número de janelas em arco, parte das pedras amareladas da fachada quase engolida pela trepadeira e suas delicadas flores brancas. Parecia um cenário saído de um conto de fadas.

Eu ri, apenas porque era uma menina crescida, e meninas crescidas não choram. Se antes eu julgava que Gael e eu pertencíamos a mundos diferentes, agora, ao observar sua casa em Cork, entendia que não estávamos nem na mesma galáxia.

Assim que saltei do carro, o ar úmido e fresco sapecou meu rosto. Fechei os olhos, inspirando o perfume de terra e flores misturado aos aromas ocres da cidade. Gael pagou o táxi e desceu também, olhando ao redor por um instante enquanto o motorista retirava a bagagem do veículo. Meu chefe apanhou nossas malas e seguiu em frente, passando por uma larga moldura branca onde a imensa porta preta se prendia. Tratei de ir atrás dele, me virando em todas as direções, querendo absorver o máximo de detalhes.

— Uau! — exclamei logo na entrada, admirando um aparador repleto de vasos e peças em bronze que não deixavam dúvidas quanto a sua origem. Acima dele, um espelho com moldura dourada enfeitada lembrava um sol.

Fui indo em frente e acabei em uma sala com aproximadamente a mesma metragem de toda a pensão. Ela se dividia em três ambientes. Uma sala diante da lareira, com dois sofás gigantes disputando espaço com as três poltronas cinza e um... uma... ah, eu não sabia o nome daquilo. Parecia um pufe com pernas em dourado, só que quase tão grande quanto a minha cama. Nas paredes, espadas com cabos decorados ironicamente pareciam sorrisos. Havia escudos, vasos de porcelana, abajures, objetos de cristais esparramados por todas as superfícies. A única coisa que me passou pela cabeça foi: "NÃO TOQUE EM NADA!"

Do outro lado, diante da janela em uma espécie de pórtico com uma bela vista para o jardim, havia uma mesa de jantar redonda com seis cadeiras. Na parte oposta, depois da larga escada, uma sala menor e mais proporcional, que por isso mesmo achei mais aconchegante. Mas encarei com a testa franzida o lustre de cristal, muito semelhante ao que eu explodira no restaurante de Papa Arnaldo. Era melhor eu não chegar perto daquilo com uma garrafa de azeite.

Gael tocou meu braço para chamar minha atenção.

— Briana, este é Darren Malone — disse em inglês. — Darren, esta é a minha nova assistente, Briana Pinheiro.

Inspirei fundo e botei em prática meu inglês razoável. E devo ter me saído bem, já que o homem com idade suficiente para ser avô de Gael sorriu amigavelmente enquanto apertava minha mão. Darren e a filha caçula viviam naquela casa, e ele era o responsável pela propriedade, uma espécie de faz-tudo, como Lorenzo, pelo que entendi. Ele nos perguntou sobre a viagem, se estávamos com fome, e reclamou com Gael que não devia ter pegado um táxi, pois ele teria tido prazer em nos buscar em Dublin.

— Lamento, Darren. — Gael colocou a mão no ombro dele, apertando-o. — Mas a sua visão já não é mais a mesma há algum tempo, meu amigo. Prefiro que não se arrisque em uma viagem tão longa.

Darren bufou.

— Uma viagem de pouco mais de duas horas e meia não pode ser considerada longa.

— Gael! Você chegou! — A voz veio da escada. Em seguida, um vulto de cabelos pretos passou zunindo por mim e se chocou contra Gael, soltando gritinhos. Eu não tinha certeza se aquilo era um abraço ou se a garota o estava atacando. Como ele riu, presumi que não corria perigo.

— Meu Deus, Fionna. — Gael se desprendeu e deu uma boa olhada nela. — O que o Darren andou te dando pra comer? Fermento?

— Papai não fez nada. Foi o tempo. Se acha que eu cresci tanto, significa que esteve fora por tempo demais. Você finalmente voltou pra casa? — sondou a garota de estatura mediana, mais ou menos da idade de Aisla, olhando para ele com profunda adoração.

— Humm... — Ele coçou a nuca. — Não.

Ela murchou, virando o rosto. Enfim, me viu. E sorriu.

— Você deve ser a assistente nova. Sou Fionna Malone. — Estendeu a mão.

— Briana Pinheiro. — Envolvi os dedos em sua palma e apertei com firmeza.

— Muito prazer em conhecê-la, Fionna.

A menina me fez as mesmas perguntas que o pai, parecendo bem contente em me conhecer. Um tempo depois, se virou para Gael, uma ruga entre as expressivas sobrancelhas escuras.

— O que aconteceu com o italiano? — quis saber.

— Se autopromoveu a diretor de AED. — Gael revirou os olhos.

— A quê?

Ele apenas balançou a cabeça e então questionou Darren sobre as novidades. Os dois conversaram brevemente sobre alguém chamado Liam antes de meu chefe ficar de frente para mim.

— Eu sei que você está exausta — disse ele, com suavidade. — Foi uma viagem longa e você não dormiu nada no avião.

E como eu poderia? Além dos ruídos da aeronave — novos e um pouco assustadores —, eu pensava em Deirdre e seu amado Naoise, na gentileza de Gael em trocar de lugar com o Papai Noel, nas coisas que eu estava sentindo que nada tinham a ver com Lorcan. E agora meu corpo cobrava a conta. Eu estava tão exausta que nada em mim parecia funcionar direito, o que, com meu histórico e a quantidade de coisas quebráveis naquela sala, era uma combinação muito perigosa.

E também era bastante injusto, pois Gael continuava tão alinhado quanto no momento em que o encontrei no aeroporto. Nada dele denunciava que havia enfrentado quinze horas em um avião — na verdade, em dois — e mais três dentro de um carro. Ele continuava lindo e sexy, enquanto eu tinha a aparência de uma batata.

— Mas eu aconselharia a segurar o sono um pouco mais — ele completou, me olhando fixo —, para não sofrer com o jet lag.

— Não precisa de mim hoje? — Ajeitei a alça da bolsa, que ameaçou escorregar do meu ombro.

— Nada de trabalho hoje. — Ele me deu um meio sorriso. — Descanse. Já está quase anoitecendo e amanhã nós vamos ter um dia cheio. Fionna... — Olhou para a moça. — Poderia mostrar onde fica o quarto da Briana?

— Claro.

Então ele e Darren sumiram de vista e a menina se ofereceu para me ajudar com a mala. Recusei e, segurando a bagagem pela alça, a arrastei escada acima, seguindo Fionna. Passamos por um longo corredor no segundo andar, onde mais quadros, tapetes, castiçais e vasos se espalhavam perigosamente. Era melhor Gael ter colocado tudo aquilo no seguro.

Mas não havia porta-retratos em lugar nenhum, reparei de repente. Nem mesmo na sala.

Abrindo uma das portas, Fionna se afastou para que eu passasse com a mala. Havia uma espécie de antessala, e eu olhei, sonhadora, para o tapete felpudo sob o par de poltronas vermelhas em frente à lareira. Parecia tão fofo e aconchegante que seria o paraíso para meu corpo exausto. Mas então notei a cama imensa, a colcha vermelha dobrada à perfeição, contrastando com a brancura dos lençóis. Parecia sussurrar meu nome, tal qual uma sereia. Eu precisava arranjar o que fazer ou acabaria dormindo e tendo o tal jet lag, o que quer que isso fosse.

— Quer comer alguma coisa? — ofereceu Fionna.

Meu estômago se agitou em uma negativa fervorosa.

— Não, obrigada. Mas eu queria fazer um tour pela casa, se não tiver problema.

Sua resposta foi exibir uma fileira de lindos dentes brancos.

Enquanto voltávamos ao térreo, onde ela me mostrou mais salas imensas, uma biblioteca duas vezes maior que a pensão inteira e uma pequena sala de TV, me contou que estava contente em me conhecer, que era bom Gael ter escolhido uma garota quase da sua idade em vez dos homens e mulheres de cinquenta anos que sempre a olhavam como se fosse um filhote de guaxinim barulhento. Em cinco minutos fiquei sabendo que ela cursava letras, amava gatos e vivia ali desde que a mãe abandonara o pai.

— Aqui é o escritório do Gael — apontou ao passarmos em frente a uma porta escura no corredor amplo. Ouvi a voz dele lá dentro, embora não tenha conseguido distinguir o que dizia.

Fionna mudou de direção e eu acabei em uma imensa sala de jantar. Contei doze cadeiras.

— Agora a parte realmente interessante — disse ela quando retornamos à sala principal, me empurrando escada acima. — Essas paredes guardam uma antiga história de amor, sabia?

— É mesmo?

— Sim. Vamos! Vou te contar tudo lá em cima. — Fionna me pegou pela mão e começou a correr para o terceiro andar.

Assim que chegamos lá, eu arfei. Havia um enorme salão que ocupava todo o comprimento da casa. O teto ligeiramente inclinado nas laterais dava mais amplitude ao lugar. As diversas janelas permitiam admirar toda a propriedade, o jardim lá embaixo e, ao longe, parte de Cork. Foi em frente a uma das vidraças que Fionna parou e fez sinal para que eu chegasse mais perto.

— Dizem que era um amor impossível — começou a contar. — A moça era da alta sociedade, e o rapaz, não. Mesmo assim, se apaixonaram perdidamente. Mas não deu certo. Ela acabou morrendo. Então o plebeu a trouxe para cá. É o ponto mais alto dessa região. O primeiro raio de sol toca aquela colina todas as manhãs. — No local que ela indicou, se erguia uma cruz de pedra escura. — Cada moeda que conseguiu juntar, ele gastou na construção desta casa, o palácio que achava que a amada merecia.

— O que aconteceu com ele? — perguntei, pois só havia uma cruz na colina.

— Ninguém sabe ao certo. — Pousou a mão no vidro. — Alguns acreditam que ele morreu de coração partido. Outros, que enlouqueceu, saiu pelo mundo procurando por ela e nunca mais encontrou o caminho de casa. Eles nunca conseguiram ficar juntos.

Meu coração se contraiu até se tornar apenas uma bolinha pulsante no peito. Não apenas pela história do plebeu e sua amada, mas por Gael e sua amada. Ele comprara aquela casa conhecendo a lenda? Identificara-se com o pobre plebeu?

Fionna se virou para mim, o rosto tomado de expectativa.

— O Gael tem namorada no Brasil?

— Eu... não sei — respondi, desconfortável. — Acho que não.

— Que pena. — Murchou um pouco. — Fico aflita com ele. O Gael é tão sozinho. Nunca deixa alguém chegar muito perto. Ninguém devia ser tão sozinho assim.

Não, meu coração concordou. Não devia.

A garota se afastou das janelas, voltando para as escadas. Fiquei ali por mais um instante, observando a cruz celta no topo da colina, me perguntando se todas as histórias irlandesas tinham um final trágico. Tristão e Isolda, Deirdre e Naoise, o plebeu e sua amada.

Gael e sua mulher.

Foi inevitável ponderar sobre como minha história com Lorcan acabaria. De imediato afastei esse pensamento da cabeça, pois a imagem que eu vira na casa de Gael, de meu guerreiro ferido mortalmente, ainda me tirava o sono.

Assim que Fionna me mostrou a casa toda, fez uma carinha triste.

— Eu preciso ir agora, Briana. Tenho prova amanhã. Por que não aproveita para conhecer os jardins?

Mas preferi voltar para o quarto, ligar para casa e avisar que já tinha chegado. Depois que desliguei o telefone, pensei em desfazer a mala para ocupar meu tempo, mas ao abri-la me deparei com os pãezinhos de linguiça da mamãe. Peguei os dois pacotes meio amassados e os observei.

As palavras de Fionna ainda rodopiavam em minha cabeça.

Ninguém devia ser tão sozinho assim.

Meus pés se moveram sem um comando consciente, e de repente eu estava diante do escritório de Gael, batendo na porta, o pão amassado em uma das mãos. Demorou um pouco para que ela se abrisse. Entendi o motivo assim que vi o telefone colado à orelha de Gael. Ele continuou falando ao celular enquanto fazia um gesto para que eu entrasse. Passei pelo batente e fechei a porta.

O escritório era como o restante da casa, uma mistura de épocas que casavam perfeitamente entre si, com muita madeira na estante de livros que tomava uma parede inteira, papel de parede ocre e cortinas sóbrias. Gael voltou para sua mesa entulhada de papéis e se debruçou sobre ela, procurando algo específico. Uma folha escorregou, dançou no ar por alguns segundos e caiu perto da estante. Eu me abaixei para pegá-la. Meus olhos foram capturados pelo desenho de um objeto meio ovalado, possivelmente uma pedra com alguns entalhes no centro. Os risquinhos escuros eram muito semelhantes aos que havia no colar que Lorcan fizera para mim. Em meu sonho, quero dizer.

Gael puxou o papel com rispidez, me assustando. Sua expressão fechada me alertou de como ele estava descontente por eu ter me metido em seus assuntos, o que era meio ridículo. Era só o desenho de uma pedra, afinal.

— Preciso desligar, Liam. Ligo pra você daqui a pouco. — Ele encerrou a chamada e me fitou. — Está tudo bem?

— Sim. Precisa de algum documento em específico? Posso procurar pra você.

— Eu já encontrei. E, Briana... — Ele se recostou à mesa, deixando o desenho sobre a bagunça e apoiando as mãos no tampo. — O fato de estar hospedada em minha casa não significa que você trabalha para mim vinte e quatro horas por dia.

— Eu sei. Não foi por isso que eu vim.

— Não? — Suas sobrancelhas se arquearam.

— Não. A minha mãe mandou isso pra você. — Estendi o embrulho.

Depois de fitar o pacote por um tempo, Gael o pegou, parecendo... emocionado?

— Espero que goste de pão de linguiça — falei, retorcendo as mãos. — Especialmente porque eu sou sua assistente, vou te acompanhar por aí e todas as minhas roupas estão fedendo a isso.

As íris escuras cintilaram, e sua risada baixa fez os pelos do meu corpo se eriçarem.

Talvez ele não entendesse o que eu realmente estava querendo dizer ao entregar aquele pãozinho. Talvez não compreendesse que minha mãe havia pensado nele. Que eu não conseguia nem desfazer a mala sem que ele dominasse minha cabeça. Mas eu havia dito. Do meu jeito, e isso já aliviava meu coração angustiado.

— Obrigado, Briana. Pão de linguiça é uma das minhas comidas preferidas. — Colocou cuidadosamente o pacote sobre a papelada. — Agradeça a sua mãe, por favor.

— Vou fazer isso. E... eu... — Apontei para a saída. — Vou te esperar lá fora. Você parece ocupado.

— Eu te acompanho até a porta. — Mas, em vez de ir abri-la, ele permaneceu onde estava, me encarando. Uma deliciosa quentura começou a se alastrar pelo meu peito, aquela conexão pulsando com intensidade.

Desviando os olhos para os sapatos, Gael suspirou, parecendo muito exausto. Mesmo relutante, endireitou a coluna e foi abrir a porta.

— Até daqui a pouco — disse, assim que passei por ele.

A passos lentos e um tantinho vacilantes, caí fora dali, sem prestar atenção aonde ia, pois o olhar que vi no rosto de Gael antes que eu deixasse seu escritório — inquieto, quase desesperado — me lançou em uma nuvem de confusão. Eu devia estar fantasiando de novo, mas quase podia jurar que ele me olhara como se não quisesse realmente me deixar ir.

Como se não quisesse se afastar de você, sussurrou meu coração.

21

Gael e eu estávamos na estrada fazia algum tempo. Nosso destino ficava apenas cinquenta minutos ao sul de Cork. Ele não me dera mais detalhes, como o nome da cidade ou o motivo daquela viagem.

Ainda estava um pouco dolorida por ter passado tantas horas na mesma posição no dia anterior. Mas, depois do jantar, eu tinha caído na cama e apagado, abençoadamente, em um descanso sem sonhos, então me sentia renovada naquela manhã. E animada, conforme a paisagem se alternava entre pastos com vacas gorduchas e plantações, uma mata tão fechada que apenas o asfalto ficava visível, para voltar a planícies verdes de novo. O carro — outro daqueles antigos — serpenteava pela estrada estreita, e eu reparei que, toda vez que cruzávamos com um veículo, Gael erguia dois dedos do volante, e o motorista sempre devolvia o cumprimento. Confesso que achei bastante desconfortável viajar na contramão, sentada no banco do Dodge Charger preto no lado que para mim era o do motorista, sem nenhum volante ou pedais diante de mim.

No horizonte, surgiu uma pequena vila com casinhas brancas e arbustos floridos, e, um pouco mais à frente, o mar da Irlanda.

— Estamos quase chegando. — Gael virou à direita, tomando o caminho que margeava a baía.

O sol se escondia atrás de nuvens cinzentas, o vento intenso carregava o aroma delicioso da maresia para dentro do carro, agitando os cabelos de Gael e os meus.

— Então... — Comecei a trançar meus fios antes que se eriçassem e eu parecesse um pincel ruivo. — Sua reunião vai acontecer por aqui?

— Não. Continua agendada para a quinta-feira, em Cork.

— Certo. — Então aonde estávamos indo?

Gael deve ter visto a pergunta em meu rosto, já que, depois de me estudar brevemente, disse:

— Eu comprei uma pequena fazenda nesta região.

— Ah, não. — Arregalei os olhos, indignada. — Que destino cruel teve dessa vez? Deixa eu adivinhar: acharam petróleo nela quando foram cavar um buraco pra colocar um poste de luz?

— Não. — Ele deu risada, afastando com um safanão algumas mechas que lhe caíam nos olhos. — Não vou escavar aqui. Mas houve um problema. O Liam só não quis me contar o que era por telefone. Só disse que era importante que eu viesse. Por isso nós antecipamos a viagem.

— E o Liam é... — incitei.

— O amigo para quem eu emprestei o chalé por uns tempos. — Pressionou os lábios e, relutante, completou: — E também arqueólogo.

Isso me lembrou de uma coisa.

— Sabe, eu andei pensando. Se você é tão ligado nessa parada de arqueologia, por que resolveu fazer engenharia?

— Eu não tenho a paciência necessária para esse tipo de trabalho. — Apoiou um dos braços na janela, seus cabelos chicoteando em todas as direções. — Nem a delicadeza que ele exige. Além disso, eu gosto de construir coisas.

— Já que esburacou tantas outras...

— Exatamente. — Seus lábios se abriram em um sorriso que cataloguei como "selvagem".

Passamos por algumas casas, depois uma ruína, e então Gael tomou uma estradinha. Não demorou para que avistasse o chalé. Pequeno, cercado de flores, uma chaminé de pedra, era fácil identificá-lo em meio a todo aquele verde. E era bastante modesto, o que me surpreendeu. Depois de ver as residências de Gael, eu esperava algo mais parecido com a Casa Branca ou o Taj Mahal.

O carro parou nos fundos da casinha, ao lado de um Nissan. Eu saí do Dodge, admirando a paisagem, e não consegui impedir que um suspiro me escapasse. No horizonte, um paredão de rochas se erguia no meio do mar. Um tapete de grama — capim ou o que quer que fosse — recobria o topo do penhasco. A água lá embaixo, em um tom de verde caprichoso, como que para combinar com o restante do cenário, se agitava contra o rochedo, criando uma canção única.

— Impressionante, não? — Gael parou ao meu lado, admirando a vista de tirar o fôlego.

— É tão lindo. Tão pacífico.

— Foi o que eu senti quando estive aqui pela primeira vez. Parecia um bom lugar para buscar um pouco de paz. — O vento agitou sua camisa preta e suas mechas douradas.

Gael não parecia se incomodar com a temperatura. Mas, para mim, doze graus significavam "absurdamente frio", por isso eu me escondia sob o cardigã e uma jaqueta acolchoada azul-clara que tinha pegado no guarda-roupa de Aisla.

— E encontrou paz? — Puxei para longe do rosto alguns fios que escaparam da trança.

— Não tive a chance de descobrir. — Seu olhar passeou pelo horizonte, a expressão fechada. — Comprei essa casa pouco antes de deixar a Itália. Pensei que voltaria para a Irlanda por uns tempos. Mas não queria ficar em Cork.

— O que te fez mudar de ideia? Da Itália você seguiu para o Brasil, não é?

Ele fez que sim, o cenho franzido.

— Sabe, até hoje eu não sei a resposta pra essa pergunta, Briana. Um dia acordei e o Brasil não me saía da cabeça. A ideia se tornou mais insistente, até que cedi. Era quase como se... eu simplesmente tivesse que ir. Então eu fui. — Enfiou as mãos nos bolsos do jeans. — O que eu tinha a perder além do que mais tenho de sobra? — Ele pareceu um tanto... aflito?

— Quer dizer dinheiro? — especulei, incerta se havia entendido direito.

Pressionando os lábios até se tornarem uma linha pálida, Gael assentiu uma vez, mas parecia distraído, imerso em pensamentos.

Relanceei o chalé e tentei imaginá-lo vivendo naquela casa modesta. E não consegui. Lorcan, com toda a certeza, mas não Gael.

Se bem que... reparando agora, eu estava me deixando influenciar pelas aparências. O homem ao meu lado tinha um bom corte de cabelo e usava roupas caras, mas, se excluísse isso, o que restava? Gael não praticava golfe, tênis nem outras coisas que gente rica costuma chamar de hobby. Era um homem simples, que gostava de beber sua cerveja, correr na rua de manhã em vez de ir para alguma academia sofisticada e odiava usar sapatos. Percebi, com certo espanto, que havia uma crueza em Gael por baixo de todo aquela sofisticação estudada.

Sacudindo a cabeça como que para clarear as ideias, Gael pareceu voltar de onde quer que estivesse e indicou o chalé com o braço. Eu o acompanhei até a casinha e fiquei surpresa ao constatar que a construção era muito maior do lado de dentro do que aparentava por fora. Havia uma lareira de pedra em uma das paredes, e da janela se podia ver o mar e os belos penhascos. A seriedade da mobília em tons sóbrios era quebrada pela moldura prateada de uma TV, por uma poltrona azul e diversos quadrinhos coloridos espalhados pela sala toda, com frases como "A persistência realiza o impossível". A cozinha conjugada não era muito grande, e por isso mesmo a achei tão encantadora.

Liam, um homem bonito na casa dos quarenta anos, desceu as escadas que levavam ao segundo andar, e se deteve ao nos ver.

— Gael, que bom que chegou!

Os dois trocaram um cumprimento animado. Gael me apresentou a ele e mal esperou que eu apertasse a mão do sujeito de fartos cabelos escuros para perguntar:

— O que aconteceu, Liam?

— Uma coisa realmente incrível! — As ruguinhas ao redor de seus olhos se aprofundaram. — Você foi para tão longe, meu amigo, procurou em tantos lugares, mas esqueceu de olhar o quintal de casa.

Eu senti, mais do que vi, a tensão tomar conta de Gael.

— O quê? — Ele me olhou de soslaio. — Pensei que tivesse me chamado aqui por causa de algum problema com a documentação do chalé.

— Não, Gael. Sem querer, encontrei fortes indícios de que o que você está procurando pode estar enterrado bem aqui, nesta propriedade.

Luzes néon espocaram em minha mente. Então Gael não tinha sido totalmente honesto comigo. Ele procurava algo em específico em suas escavações. Mas por que ele mentira? O que não queria que eu soubesse?

Sem convite, o desenho que eu tinha visto em seu escritório na noite anterior me veio à mente, e a maneira irrequieta como Gael se portou na ocasião, como se me quisesse bem longe dele. Humm... seria aquilo? Seria aquela pedra que ele procurava? Mas por que ia querer uma pedra comum, quando tinha milhares de esmeraldas?

A menos que não fosse uma pedra comum...

— Mas nós temos um problema, Gael. — Liam bufou. — Não sei se posso continuar com as escavações. Uma das vizinhas viu o que eu estava fazendo e ligou para as autoridades locais.

De súbito, Gael virou o rosto para o amigo, sua preocupação com minha presença esquecida.

— O quê? — Uma veia pulsou na lateral de sua testa.

— É uma senhora de seiscentos anos, cheia de manias e desconfiança! — O arqueólogo ergueu as mãos. — Ela não quer saber de gente cavando buracos perto das terras dela, e eu estava trabalhando praticamente na divisa. Achei melhor parar antes que tivesse que me explicar para a sociedade arqueológica.

Não tenho certeza se Gael chegou a ouvir tudo o que o amigo lhe disse. Na verdade, ele parecia tomado pela urgência, a mente trabalhando a todo vapor, a julgar pela maneira como seu olhar dardejava. Mas que raios estava acontecendo ali?

— O que encontrou? — ele exigiu.

— Um tesouro, meu amigo! Um tesouro! — O arqueólogo foi até a cozinha e abriu um armário azul. De lá, retirou uma caixa plástica laranja e colocou sobre a toalha xadrez. Gael se aproximou a passos decididos e eu fui junto, mas ele não pareceu notar. — Eu só ia plantar umas ervas — explicou o homem. — Ali era um bom lugar para uma horta. Mas, assim que comecei a cavar, encontrei um pedaço de cerâmica. Corri para pegar minhas ferramentas e escavei um pouco até que achei o restante. Ainda não levei para o laboratório, mas, pelos traços, eu diria que tem pelo menos mil e quinhentos anos. E acho que tem mais coisas lá.

Chegando mais perto da mesa, Gael ergueu as presilhas da caixa e removeu a tampa. Estudou os diversos cacos do que parecia um dia ter sido uma tigela ou cuia. Eu me inclinei um pouco para admirar melhor. Havia risquinhos na borda dos cacos.

— O que está escrito? — perguntei, a curiosidade inflamada.

Se Gael se surpreendeu com o fato de eu conhecer o antigo alfabeto irlandês, não deixou transparecer e disse:

— Um provérbio. "O tempo é um grande contador de histórias." — Encarou Liam. — Onde exatamente você a encontrou?

— Vou mostrar.

Liam foi para a porta da sala. Pensei que Gael fosse segui-lo. Em vez disso, permaneceu onde estava e me fitou com aquela nuvem escura embotando seu olhar. Tive certeza de que ele inventaria uma desculpa qualquer para se livrar de mim.

— Ok — suspirei. Eu sabia quando não era bem-vinda. — Você não me quer por perto.

— Eu nunca disse isso. — A surpresa abrandou um pouco de sua inquietação.

— Mas ia dizer. Tudo bem, Gael. Eu espero aqui.

Puxei a cadeira para me sentar. Uma das pontas da toalha havia se enroscado no encosto, mas eu só percebi quando a caixa laranja escorregou pela mesa e se precipitou em direção ao piso.

— Ah, merda! — resmunguei, me inclinando para pegá-la.

No entanto, Gael foi mais rápido e alcançou a caixa antes que eu pudesse transformar um milênio e meio de história em farofa.

Levei a mão ao peito para acalmar meu coração.

— Acho que é melhor eu esperar lá fora. Longe do chalé. E do seu carro, apenas por precaução.

Ele tentou, mas não conseguiu manter a expressão séria e acabou sorrindo.

— E eu acho melhor você nos acompanhar, assim posso ficar de olho em você. — Mas não havia diversão alguma quando acrescentou: — Isso é pessoal, Briana. Entende o que quero dizer?

Concordei, embora não soubesse exatamente. Acho que ele se referia a manter a boca fechada. E isso eu era capaz de fazer. Eu não tinha entendido nada mesmo...

Depois de Gael guardar a caixa de volta à segurança do armário, nós dois seguimos Liam terreno abaixo. Enquanto descíamos, eu os deixei ir mais à frente, já que Gael parecia ansioso para trocar informações com o amigo.

Andamos um bocado para conseguir chegar ao fim da propriedade e encontrar os buracos redondos, retangulares e montinhos de terra revolvidos ao lado deles. Eu me mantive afastada conforme Liam se agachava ao lado de uma das crateras e gesticulava. Gael examinou a escavação com tanta intensidade que pensei que, fosse o que estivesse ali embaixo, teria se desenterrado sozinho e pulado na mão dele.

Decidi esperá-los na muralha de pedra que delimitava a propriedade. Depois de falar por algum tempo com meu chefe, Liam resolveu se sentar ali comigo. Gael permaneceu andando pelo terreno, e, pela maneira como mantinha as mãos nos bolsos e mordia o lábio inferior, eu sabia que sua cabeça estava a mil. Eu nunca o vira assim tão perturbado antes. Nem mesmo quando o deixara pelado no escritório. O que quer que estivesse procurando, era muito, muito importante para ele. Mas o quê?

— Ele parece inquieto — falei a Liam.

— E por que não estaria? Ele pode estar a um suspiro de encontrar o que anda procurando há sei lá quantos anos, e então essa senhora aparece e começa a encrencar.

— É. Bastante inconveniente. — Tentei me manter calma e agir o mais naturalmente possível ao me virar para ele. — O que ele está procurando, afinal?

Deduzi que minha expressão não fosse tão desinteressada assim, pois Liam pareceu surpreso com minha questão. E desconfiado.

— Não sei. E acho surpreendente que Gael tenha contratado alguém que faz tantas perguntas. — Apertou os olhos, me avaliando com atenção.

— Hã... humm... eu só estava tentando puxar conversa. — Tentei sorrir e aparentar serenidade, mas não sei se consegui enganá-lo.

Mas quem poderia me culpar? Meus pensamentos davam mais voltas que os vinis da dona Lola. Gael procurava um objeto específico. O quê? E por quê?

O vento mudou de direção, carregando os sons do oceano. Mas havia também um silvo agudo, irritadiço, que ficava cada vez mais e mais alto. Eu me virei para trás, avistando uma senhora de pouco mais de um metro e meio, um longo vestido verde dançando com a brisa. Ela encarava Gael com um misto de ódio e descrença, que fez os cabelos de minha nuca se eriçarem.

Um tanto inquieta, fiquei de pé, passando os braços ao redor do corpo no momento em que a anciã abriu a boca e sibilou alguma coisa. Gael, enraizado no chão feito uma árvore, retrucou. Não consegui entender nada. Meu irlandês se resumia a "Sláinte", e nenhum dos dois estava brindando a nada. Seja lá o que ele tenha respondido, fez a velhinha recuar e então lhe dar as costas, descendo a colina. Cheguei mais perto de Gael, que, assim como eu, ainda fitava o ponto onde ela havia desaparecido de vista. Como eu não estava prestando atenção por onde ia, acabei com um pé dentro de um dos buracos de Liam.

— Cuidado! — Gael me pegou antes que minha perna afundasse até o meio da canela.

— Era a vizinha, não era? — Bati a mão na bota para espanar a terra. — O que ela disse?

— "Nada de cavar buracos perto do muro" — citou, empurrando com impaciência algumas mechas que o vento soprava em seu rosto.

— O que você vai fazer agora?

Ele virou o rosto para mim.

— Cavar buracos perto do muro. — Abriu um sorriso.

Àquela altura, eu já havia catalogado todos os sorrisos de Gael. E aquele que me dava agora não era um sorriso jocoso, tampouco alegre. Era uma máscara para ocultar seus verdadeiros sentimentos.

Ele mentia de novo. Por quê? O que aquela mulher havia realmente dito a ele? Era bastante óbvio que ela o perturbara, da mesma maneira que ele mexera com ela.

Eu sempre soube que Gael guardava um segredo. Talvez por causa de toda aquela bagunça dos sonhos, mas sempre senti que havia algo mais nele. E Lorenzo me alertara para que eu ficasse longe desse assunto. O próprio Gael me dissera a mesma coisa havia pouco, compreendi de repente. E, fosse a tal pedra ou alguma outra coisa que ele buscava, eu sabia que jamais me contaria.

Eu devia dar ouvidos a Lorenzo. Devia deixar Gael com seus mistérios. Era o que eu deveria fazer.

Mas, da mesma maneira que não era capaz de me manter em um emprego, de ter um encontro sem acabar no pronto-socorro, também nunca fui boa em seguir conselhos.

❦

A volta para Cork foi silenciosa. Pelo menos da parte de Gael. Tentei arrancar alguma coisa dele, mas desisti depois de perguntar se ele conhecia aquela senhora pequenina e ele me responder "Um bom café." Ele não estava me ouvindo, completamente perdido em pensamentos.

E permaneceu assim até chegar em casa, onde se trancou no escritório, ficando por lá até a hora do jantar.

A comida foi servida na sala principal, na mesa diante da janela, de onde eu assisti ao jardim ser sorrateiramente encoberto por aquela bruma que sempre permeava meus sonhos.

A comida deliciosa de Darren — um prato à base de porco, cenouras, batatas e talvez repolho — trouxe um pouco de alento e me distraiu da expressão absorta de Gael. Ele não falara comigo desde que deixara o escritório. Na verdade, nem olhara na minha direção.

— ... professor sugeriu que eu fizesse a minha tese sobre literatura anglo-irlandesa — contava Fionna. — Mas não sei. Eu queria mesmo era discorrer sobre Molly Malone e sua importância para a música e a literatura.

— Não sei se seria uma boa ideia usar a personagem de uma das músicas mais populares da Irlanda como tese — rebateu Darren. — Soa como uma desculpa para descobrir se Molly realmente existiu e se há algum parentesco com a nossa família.

— Bom, sim, papai. Mas acho que seria interessante...

Ela continuou a falar, mas eu pouco ouvi. Mantinha os olhos em Gael, sentado à minha frente, que de tão distraído espetou a carne e a esqueceu no garfo. Ele nunca hesitava com comida.

Subitamente, como se soubesse que eu o observava, ele virou o rosto para mim. Apesar da quentura que me subiu pelo pescoço, não desviei o olhar. Bom, pelo menos até meu celular começar a tocar. Acabei sorrindo ao relancear a tela.

— Me perdoem, mas preciso atender — eu me desculpei, antes de levar o telefone à orelha. — A França é uma droga, Aisla — fui dizendo. — Superestimada demais. Odiei cada segundo lá. Juro — brinquei. Na verdade, eu mal tinha visto a cidade, como imaginara.

— Verdade?

Aquela única palavra, em uma voz anasalada e miúda, fez o alarme disparar em minha cabeça. Ela andara chorando. E para valer.

— Aisla, o que foi?

— Ah, Bri, eu queria tanto que você estivesse aqui — ela soluçou. — Foi tão horrível!

Engoli em seco. Precisei de duas tentativas para fazer minha voz sair.

— É a mamãe? — Pousei a mão sobre o coração, tentando acalmá-lo. *Por favor, diga que não.*

— Não. — Ela fungou. Mas não houve tempo para que o alívio se assentasse. — Foi a dona Lola. Ela... ela simplesmente não acordou mais.

Não podia ser. Dona Lola tinha uma saúde de ferro. Estava bem quando a vi pela última vez. Ela não podia... não podia ter partido. Ela era parte da nossa família havia muito tempo. Ela não podia ter... não ainda...

No entanto, o choro baixinho de minha irmã aniquilou minha negação. Meu coração errou uma batida e então começou a se partir, pedaço por pedaço. Fechei os olhos com força. Apoiei o cotovelo no tampo, mas acabei esbarrando nos talheres, me dando conta de que ainda estava à mesa e que era alvo de interesse geral, mesmo que Darren e Fionna não compreendessem uma palavra do meu português. Gael entendia, no entanto, embora eu duvidasse de que fosse necessário. Minha expressão devia dizer tudo. Meu chefe pareceu bastante preocupado. Para não acabar chorando na frente de todo mundo, murmurei um "com licença" e me apressei em sair dali.

Do lado de fora da casa, onde uma fina garoa caía, grudando em minha pele subitamente fria, passei um dos braços ao redor do corpo, tentando deter o tremor que tinha pouco a ver com a baixa temperatura.

— Como... — Tentei engolir e não consegui. — Como a mamãe está, Aisla?

— Forte. Tomando as providências de tudo.

Além de perder a amiga de anos, ela devia estar revivendo o pesadelo da morte de papai. Ergui o rosto para o céu nublado e nunca em toda a minha vida desejei tanto estar em casa.

— Como aconteceu, Ais?

Minha irmã me contou que, na manhã anterior, os repórteres finalmente haviam aparecido, como dona Lola esperara por tantos anos. Ela estava exultante em sua exuberância, e aguardara com ansiedade a exibição da matéria no jornal do meio-dia. Depois de assisti-la, ficara sentada por um tempo na poltrona da sala, com um sorriso lhe curvando os lábios. Então subira para descansar um pouco e jamais voltou a abrir os olhos. Era como se tudo o que a segurasse neste mundo fosse a esperança.

— Eu sinto muito, Aisla. Por favor, não chore. — Mas eu mesma estava com problemas para manter o choro sob controle. — Ela não ia querer que borrasse a maquiagem.

— Ou que ficasse com olheiras. — Minha irmã riu entre os soluços.

— Você está sozinha?

— Não, Bri. Umas amigas apareceram. Vão passar a noite aqui...

Eu queria estar com ela e mamãe. Queria me despedir de dona Lola. Mas nunca chegaria a tempo. Conversamos um pouco mais — ela tentando me consolar, eu tentando consolá-la, mas não funcionou muito. Depois que desligamos, fiquei olhando para a tela do telefone até ela se apagar. A vida ficara mais cinza naquele dia, sem a alegria de dona Lola para colori-la. Gostaria de tê-la visto na TV. De ter dito que ela estava fabulosa e que o mundo jamais se esqueceria dela.

Eu não esqueceria.

Uma mão pesada tocou meu ombro. Eu me virei, encontrando os aflitos olhos de ônix.

— Lola? — perguntou Gael.

Fiz que sim, comprimindo os lábios para que as lágrimas se detivessem. Ele fechou os olhos, soltando um pesaroso suspiro. No instante seguinte, seus braços me envolviam. Afundei o rosto em seu peito, o choro saindo aos soluços.

Dona Lola tivera uma boa vida. Vivera intensamente até o último instante. Eu não devia chorar. Ela não ia querer isso, mas doía. Doía demais.

— Eu sinto muito, Briana — Gael murmurou em meus cabelos. — Tem alguma coisa que eu possa fazer? Qualquer coisa?

— Não. M-mas obrigada. — Minha voz soou dolorida até para mim.

Ele me abraçou com mais força, me segurando tão junto de si que eu mal conseguia respirar.

— Estou aqui para o que precisar. Sempre — falou baixinho em meu ouvido, os ombros levemente curvados ao meu redor, como se tentasse me proteger do mundo com eles.

Por um momento, me deixei envolver pela fantasia para escapar da dor que esmagava meu peito. Fechei os olhos, fingindo que sua promessa motivada pela compaixão na verdade tinha outra origem e que ele me abraçava daquela maneira porque me amava.

22

A madrugada avançava. A casa toda estava em silêncio, mas eu não conseguia dormir. Inquieta, me levantei da cama e fui até as janelas, afastando a cortina. Uma fina névoa recobria o jardim e a paisagem que se perdia de vista. Joguei o roupão sobre a camisola para me aquecer e fiquei ali por um tempo, roendo a unha do dedão, tentando ordenar os pensamentos.

Não consegui. Por isso decidi ir até a biblioteca pegar um livro. Algo divertido, colorido e exuberante, como dona Lola. Talvez algum livro de Marian Keyes.

A casa estava às escuras, constatei ao chegar à sala principal, me apressando para a biblioteca. Mas fiz uma pausa ao passar pelo escritório e me perguntei se aquele desenho ainda estaria sobre a mesa de Gael.

Minha intuição sussurrava que sim.

Ok, eu não ia conseguir deixar o assunto de lado. Estava de saco cheio disso, para ser honesta. Farta de tantos mistérios, de nunca ter resposta, de não saber o que estava acontecendo. "Só se vive uma vez", dissera dona Lola na última ocasião em que eu a vira, e até agora minha vida não passava de um amontoado de interrogações.

Eu não conseguia encontrar explicação para os sonhos, para Gael ter se infiltrado neles. Mas o mistério acerca das escavações eu poderia resolver. Tudo o que precisava fazer era dar uma olhada naquele desenho em seu escritório.

Soltei um suspiro. O que eu estava pensando? Eu não podia invadir a privacidade de Gael daquela maneira. Se fosse flagrada, seria demitida por justa causa antes que pudesse gaguejar um "Mas aqui não é o banheiro? Nossa, que coisa!".

A menos que eu não estivesse xeretando de verdade, ponderei. Podia entrar no escritório para pegar um livro em vez de ir até a biblioteca! E se algum documento estivesse sobre a mesa e.. digamos... meus olhos acidentalmente passassem por uma linha ou duas, assim, sem querer, não seria considerado invasão, certo? Quer dizer, se ele não desejasse que alguém o visse, o guardaria em algum local seguro, como eu fazia com meu caderno, que jamais saía da bolsa.

Envolvi os dedos na maçaneta e estava dentro do escritório antes que meu bom senso pudesse despertar. Acendi as luzes e esperei um instante, verificando se estava mesmo sozinha, para então perambular em frente à estante, examinando algumas lombadas. Parei diante de um dos nichos, que, em vez de livros, acomodava um estojo de veludo preto com forro de cetim salmão e, aninhada a ele, uma belíssima espada. Com extremo cuidado, toquei o cabo revestido de couro, acompanhando com a pontinha dos dedos a espiral no guarda-mão, o anel que arrematava o cabo. Foi esquisito. Mas, àquela altura, o que na minha vida não era?

O fato é que eu sonhara com uma parecida. Muito semelhante, na verdade. Tinha sonhado com uma espada que existia mesmo!

Era melhor a dra. Edna ter uma boa explicação para aquilo também, porque, francamente, eu não consegui pensar em nenhuma.

Ok, eu não tinha me arriscado tanto para ficar admirando uma espada. Tratei de me mexer e, depois de uma breve olhada para a porta, corri para a mesa abarrotada de documentos. A maioria eram contratos firmados com empresas ao redor do mundo. Mas, debaixo de uma pilha, encontrei uma pasta em que se lia "Garretstown". Tinha quase certeza de ter lido esse nome em uma das placas a caminho do litoral. Devia ser sobre o chalé. Afoita, eu a abri, correndo os olhos por partes de documentos, da escritura, e-mails que haviam sido impressos a respeito da compra, um de Liam sobre a instalação de um aquecedor. Em minha afobação, virei um calhamaço de documentos de uma só vez, e, como não estavam presos por grampos, as folhas escorregaram e se espalharam pelo chão feito confete.

— Droga.

Ajoelhei-me para juntar tudo, amontoando os papéis de qualquer jeito, mas estanquei assim que meus olhos pousaram na gravura da pedra. Eu a analisei demoradamente, atenta a cada detalhe. Não parecia nada tão extraordinário, exceto pelos símbolos entalhados.

— *Cloch na beatha* — li no rodapé da página. — O que é você?

Tentei memorizar o nome antes de devolvê-lo à pasta e terminar de recolher a bagunça que havia feito. Ao puxar algumas páginas, uma foto caiu de dentro delas. Segurando-a pela pontinha, vi Liam e Gael, no que parecia ser um bar, copos e tacos de sinuca nas mãos. O arqueólogo mostrava todos os dentes, e Gael parecia aborrecido. Mas não foi isso que me deixou com a impressão de que havia alguma coisa errada naquele retrato. Coloquei a papelada na pasta e a deixei no mesmo local onde a encontrara, então caminhei pelo escritório, apertando os olhos para a fotografia. Sim, alguma coisa não se encaixava. O que pod...

Inesperadamente, a porta se abriu. Dei um pulo para trás, batendo as costas na estante atrás de mim. Um livro caiu, acertando minha cabeça.

— Ai! — gemi.

Gael, ainda com as roupas do jantar, parou sob o umbral da porta, e percebi que parecia bastante surpreso e pouco contente em me encontrar ali.

— O que faz aqui? — exigiu, impaciente.

Nota 10 para minha percepção. E -2 para meu bom senso.

Depressa, me abaixei para pegar o volume do chão, discretamente enfiando o retrato dentro dele.

— Eu... eu... estava... humm... sem sono. Vim pegar um livro. — Ergui o exemplar.

Exaurido, e por isso mesmo um tanto distraído, ele não notou minha agitação e entrou, fechando a porta sem fazer barulho.

— Também perdi o sono. — Foi até o carrinho de bebidas, se servindo de uma dose. — Quer um? — Balançou a garrafa de uísque.

Eu fiz que sim. Talvez um golinho da bebida ajudasse a espantar o tremor que me sacudia por dentro. Além disso, se eu saísse correndo agora ele poderia desconfiar.

Com as bebidas nas mãos, Gael chegou mais perto e me entregou uma delas.

— À Lola — Ergueu seu copo.

— À Lola. — Fiz o mesmo e experimentei um gole. Era tão forte quanto o que ele me servira em sua casa, no Brasil. Parecido com engolir uma brasa incandescente. Tossi um pouco.

Gael deu dois tapinhas gentis em meu ombro, me confortando, e indicou o conjunto de poltronas. Parecia esgotado ao soltar o peso em uma delas. Achei melhor permanecer onde estava.

— O que você estava procurando? — perguntou.

— O q-quê? — Endireitei a coluna de imediato, batendo as costas na prateleira outra vez, alguns respingos de uísque caindo em minha mão. Como diabos ele sabia?

— Para ler. — Ele me encarou fixamente, e um quase imperceptível estreitar de olhos fez minha garganta se fechar.

— Ah... — Tomei um gole de uísque para ganhar tempo. — É... um romance. — Tossi de novo abraçando o livro. — Mas já encontrei.

— É mesmo? Não sabia que *A origem das espécies*, de Darwin, falava de amor — escarneceu.

Olhei para a capa do livro. Ah, merda.

— É sobre um homem e sua paixão pelo... pela ciência! — inventei. — Claro que é um livro de amor.

Ele riu, se recostando na poltrona e deixando a cabeça pender no encosto, me oferecendo uma bela visão de seu largo pescoço.

— Se pretende ler algum romance, deveria ter ido à biblioteca. Fica do outro lado da casa. Eles estão lá.

— Este aqui está ótimo. Vai me fazer dormir mais depressa. Quer dizer... — Meu rosto esquentou. — Não é que eu não goste... É que, toda vez que o li, me peguei tentando imaginar as espécies que Darwin descreve e acabei me distraindo com os animais que criei na cabeça — expliquei sem graça, me desencostando da estante para que a espada não caísse dali acidentalmente e decepasse meu pé.

Ele tornou a rir, esticando as pernas longas, cruzando os tornozelos.

— Isso é algo que eu gostaria de ver. Talvez pudesse desenhar um deles pra mim.

— Talvez. — O terceiro gole desceu melhor, mas ainda tive que clarear a garganta. Duas vezes. — Sr. O'Connor...

— Pensei que tivéssemos passado da fase do sr. O'Connor. — Não pude deixar de ouvir a suave súplica em sua voz, mas achei melhor manter as coisas na esfera profissional, já que tudo o que eu vestia sob aquele roupão era uma camisola fina e nada mais.

— Eu estava pensando sobre a reunião de amanhã — continuei. — Gostaria de me dar alguma instrução?

Ele virou o uísque em um só gole — e nem mesmo fez careta —, pousando o copo sobre o pufe redondo e gordo que fazia as vezes de mesinha.

— Não precisa se preocupar, Briana. Amanhã eu vou me encontrar com um possível comprador para a mina de zinco. É só o que tem naquelas terras. — Sua voz, assim como sua expressão, continha aquela nota inconfundível de frustração.

Porque zinco e esmeraldas não lhe interessavam.

Por que você quer tanto essa pedra?, eu me perguntei.

— Que pedra? — ele questionou.

Ah, saco, eu tinha dito aquilo em voz alta?

Gael se endireitou, os ombros ficando mais largos, os olhos mais desconfiados, a boca mais rígida.

É, eu tinha dito, sim. Merda.

— A que pedra você se refere, Briana? — repetiu asperamente.

— Ah... O... humm... o zinco! — falei, um pouco alto demais. *Ah, por favor, meu Deus, que zinco seja uma pedra!*

Apoiando as mãos nos braços da poltrona, Gael se ergueu devagar. Deixei o copo na estante, traçando uma rota de fuga, pois a expressão em seu rosto me dizia que eu estava com um problema. Um sério problema!

— Por que continua mentindo para mim? — Ele deu um passo à frente.

Recuei dois, segurando o livro diante do corpo como se fosse um escudo.

— Porque você continua me fazendo perguntas — rebati.

Ele vacilou por um segundo, os cantos da boca o traindo.

— Você já disse isso.

— E você continua me fazendo perguntas mesmo assim. Sabe, não é muito inteligente de sua parte.

Ele tentou se conter, mas acabou rindo. No entanto, a diversão durou pouco, e a tensão voltou a dominá-lo.

— O Liam disse alguma coisa? — Esfregou a testa, parecendo exausto.

— Na verdade, não. Eu vi o desenho dela ontem. Mas só hoje comecei a desconfiar de que talvez você tenha mentido pra mim quanto a procurar objetos celtas. Você quer um específico. A tal pedra — soltei e esperei.

E esperei, e esperei, e esperei. Como tudo o que ele fez foi me encarar, os olhos obscurecidos por uma sombra, eu suspirei derrotada.

— E vou continuar na ignorância, porque você não vai me contar, é claro.

— É só uma pedra, Briana. — Ele não moveu um único músculo.

— Ah, é. Só uma pedra. — Abri os braços, impaciente, tomando a direção da porta. — E você está esburacando a crosta terrestre só por diversão!

Antes que eu pudesse alcançar a maçaneta, sua mão quente e grande envolveu meu pulso, me retendo.

— Sabe o que mais me irrita em você? — A fúria em seu semblante combinava com o que eu ouvi em sua voz.

Bom, eu também não estava contente.

— O fato de eu não fingir que você não esconde segredos, como todo mundo faz? — Empinei o queixo.

— Que inferno, Briana! — ele cuspiu, me soltando, e começou a andar pelo escritório exalando irritação. — E fica ainda pior! Existe algo em você que me faz ser incapaz de mentir. Então, *por favor*, pare de se meter na minha vida.

— Por quê? — Fui atrás dele e me coloquei propositalmente em seu caminho. — O que você quer tanto esconder?

— Já disse para deixar isso pra lá. — Seu olhar era mais que um alerta.

Preferi ignorá-lo e elevei mais o rosto para poder encará-lo.

— É engraçado você dizer para eu não me meter na sua vida, já que esse é o meu trabalho. Eu tenho as senhas das suas contas, de e-mail, do servidor da empresa e até de um cofre no banco. Mas não sou confiável o bastante pra você me contar sobre uma porcaria de pedra, porque eu sou apenas a sua assistente pessoal desajeitada, no fim das contas!

Em menos de uma batida de coração, suas mãos se encaixaram nas laterais de meu rosto, os dedos enterrados em minha nuca.

— Você não faz ideia, faz? — murmurou com intensidade, baixando a cabeça para que nossos olhos ficassem na mesma altura. Só que outras coisas também ficaram. Nossa boca, por exemplo. E tão próximas uma da outra que meus lábios começaram a formigar.

Ele também se deu conta disso, percebi quando o polegar se moveu com delicadeza pela pele sensível de minha garganta, subindo até alcançar meu maxilar. Seu olhar cheio de emoções contraditórias passeou pelas minhas feições ao mesmo tempo em que deu um passo à frente e cada centímetro de seu corpo se colou ao meu, em um encaixe perfeito que me deixou atordoada. Pousei a mão em sua cintura estreita para ter apoio. Sua respiração descompassada saía aos trancos, como se ele tivesse corrido por muitos quilômetros, e isso fez meu coração já acelerado enlouquecer de vez.

Aquela atmosfera densa, quase palpável, retornou com força, nos envolvendo com aquele laço invisível, apertando-nos até que não restasse o menor espaço entre nós. Inclinei o rosto para Gael, ansiando por aquele beijo, pelo momento em que sua boca grudaria na minha, em que nosso coração bateria um de encontro ao outro.

E acho que era o que teria acontecido se a porta não tivesse sido aberta de repente. O movimento despertou Gael, que, sobressaltado, incrédulo e mais alguma coisa que não pude decifrar, me soltou de súbito, como se eu o queimasse.

— Ah, perdão — disse Darren. — Pensei que tivesse esquecido a luz acesa. Desculpem pela interrupção.

Seu tom constrangido sugeria que ele tinha nos visto. Eu não tinha a menor ideia do que ele estava pensando, pois não consegui tirar os olhos de Gael, que se afastava de mim com uma expressão de dor e... algo mais.

— Vim pegar um documento — ele resmungou, engolindo com dificuldade.

— E a Briana... queria um livro. Ela já... já está de saída.

Correndo uma das mãos pelos cabelos, Gael inspirou fundo, os olhos fechados com força, parecendo terrivelmente atormentado...

E arrependido. O nome daquela emoção que eu não conseguira nomear um instante antes era remorso. Eu era fonte de arrependimento.

Magoada e humilhada, abracei o livro com força e saí dali sem dizer uma palavra, passando por Darren incapaz de olhar para ele. Subi as escadas, atravessei o corredor e fechei a porta do quarto antes de permitir que a dor e a vergonha me engolissem e eu extravasasse em uma torrente de soluços. Enquanto tudo o que meu coração tolo fazia era amar Gael, tudo o que ele sentia quando olhava para mim era culpa.

23

O sol começa a baixar no horizonte à medida que nos aproximamos da aldeia seguindo por um caminho novo, pois Lorcan teme que os galls ainda estejam por perto. Presto pouca atenção ao que me cerca. Não sei como olharei para todas aquelas pessoas e direi quem sou. Como contar a eles que, por minha causa, todos sofrerão nas mãos dos capangas de Fergus McCoy?

Lorcan pressente a aflição que me domina e aperta minha mão.

— Ficará tudo bem — garante, parecendo franco. — Eles entenderão.

— Eles vão me odiar.

— Isso é impossível. Eles já a amam... — Ele detém o passo, o olhar à frente. Sua fisionomia é dominada por sombras escuras, uma tormenta violenta e implacável.

Antes que eu possa virar a cabeça e entender o que está acontecendo, o cheiro ocre me alcança.

Fogo!

Depressa, sigo seu olhar e, ao longe, onde antes ficava o milharal, agora não há nada além de chamas, que crepitam com violência.

Eu arfo. Deus meu! Chegamos tarde demais!

— Eles estão aqui. — Lorcan desembainha sua espada. — Vamos — diz, mas já estou correndo.

Enquanto descemos a colina, fagulhas cinzentas espiralam no ar, maculando a neve. Um arrepio me sacode por dentro. Quando estamos a pouca distância da aldeia, quase desabo de alívio. O fogo não a atingiu. Nenhum gall à vista. Ainda.

O consolo, porém, dura pouco. Ao longe, o som inconfundível de espadas se chocando consegue se sobrepor ao estalido do incêndio. Lorcan também o ouve. Ele se vira na direção do som, de volta para mim, e frnagueja.

— Vá — digo, ansiosa. — Eles precisam de você.

— Não posso deixá-la aqui sozinha. Tampouco posso levá-la comigo. — Ele me pega pela mão e começa a andar em direção à aldeia de novo.

Cravo os pés no chão, e, depois de me arrastar por dois metros, ele para.

— Ciara... — começa, impaciente.

— Eles precisam de sua ajuda! — Eu me livro de seu toque. — Eu posso chegar à aldeia sozinha, Lorcan. Irei pela floresta, me manterei a salvo. Os galls ainda não chegaram lá.

Ele comprime os lábios até se tornarem uma pálida linha fina, e chego a pensar que vai me arrastar durante todo o restante do percurso. Mas então ele retira a scían de meu cinto e pressiona o cabo em minha palma.

— Não pare para nada — diz com urgência. — Evite qualquer tipo de confronto. Mas, se for inevitável, use tudo o que aprendeu para conseguir ferir o inimigo e ganhar tempo para fugir. Procure Brian ou Shona. Conte a eles tudo o que sabe.

Eu concordo com a cabeça.

Fincando sua espada no chão, ele encaixa as mãos em meu rosto e descansa a testa na minha.

— E, por tudo o que lhe é mais sagrado, Ciara, tome cuidado.

— Eu tomarei. Apenas volte para mim.

Ele assente e me beija com força. Então puxa a espada da terra e desaparece por entre as árvores. Eu me coloco em movimento. Mal percorro cinco metros e escuto o som de cascos — muitos deles — ficando cada vez mais alto, vindo de trás.

Posso ver a aldeia, mas não estou perto o bastante para chegar lá antes que me alcancem. Por isso me encolho atrás de um arbusto, apertando o cabo da faca, prendendo a respiração. Três cavaleiros param bem em frente ao meu esconderijo. Espremo-me contra a folhagem, sentindo os espinhos afundarem em minhas costas. Meu coração retumba tão forte que temo que eles possam ouvir.

— A maioria dos aldeões está lutando na plantação, senhor! — grita um cavaleiro.

— Ainda melhor — diz outro. — Encontre a princesa. Mate qualquer outro que cruzar o seu caminho.

— Isso é mesmo necessário? Não gosto de matar mulheres e crianças. Fergus já dominou o castelo. O que mais ele quer?

O quê?! Fergus tomou o castelo? Mas e quanto a papai? O que foi feito dele? E Bressel e Ina? Deus meu, e as centenas de pessoas que viviam sob a proteção dos muros?

— Ele quer ser rei, estúpido! — rebate o outro. — Fergus pode ter conseguido o castelo, mas, se não casar com a filha de Ronan, não passará de um invasor que logo será jogado para fora dos portões pelos aliados de MacCarthy. Fergus precisa se tornar o herdeiro para acalmar os ânimos e voltar a negociar com a Inglaterra. Agora, mexa-se. Você ouviu McCoy. Nada de prisioneiros. A princesa é a única cuja vida deve ser poupada.

Os mercenários gritam um comando e esporeiam suas montarias, que partem em disparada.

Meu coração dói dentro do peito. A aldeia... O castelo... Deus meu, o esquadrão de Fergus está pronto para dizimar meus amigos, os novos e os antigos. Tudo porque a ganância daquele gall não conhece limites.

Eu não quero o trono, não quero uma batalha, não quero nada. A guerra é cega. Não é capaz de distinguir inocentes de culpados, o certo do errado, e deita suas asas fúnebres sobre todos. Um sem-número de vítimas sucumbe em meio ao inferno em nome de uma causa, da cobiça ou do capricho de alguém, camuflado de interesse pelo qual todos terão de lutar, simplesmente para tentar salvar a própria pele.

Não é justo. Mas a guerra, assim como a vida, não é justa.

Eu tenho de salvá-los. Tenho de conseguir poupar meus amigos desse destino, de uma maneira ou de outra. Mas como? Como, se Fergus já deu início à guerra?

No momento, tudo o que posso fazer é ir para a aldeia ajudar a defendê-la.

Assim que os mercenários estão longe, deixo meu esconderijo. Meio abaixada, tentando me ocultar de arbusto em arbusto, vou descendo a colina. Avisto Dana na janela do telhado de sua casa, seu arco disparando flechas incansavelmente em direção aos dois invasores. Shona balança sua espada e se lança sobre um deles.

Paro de repente, escorregando na terra. Não havia três homens?

Sim, havia, confirmo um segundo depois, quando o vulto sai de trás de uma árvore e colide comigo. Sou lançada ao chão, bato as costas e perco o fôlego. Minha scían cai. Ofego, lutando por ar, luzes coloridas cintilando em meu campo de visão, mas não consigo encher os pulmões, pois o gall está sobre mim, me mantendo presa ao chão.

— Ciara MacCarthy — ele celebra. — Há muito tempo desejo encontrá-la sozinha.

As luzes ainda piscam, mas forço a vista no rosto que paira sobre o meu. Encontro olhos escuros repletos de júbilo, crueldade e desejo.

Meu estômago revira.

Não é Fergus.

É o maldito Desmond.

♡

Acordei fria, desorientada e trêmula, o pulso desenfreado batendo tão alto nos ouvidos que mal consegui ouvir meus arquejos. A lareira ainda queimava, mas o dia já havia clareado. Passei as mãos pelos cabelos e inspirei fundo, tentando me acalmar. Eu nunca tinha chegado até aquele ponto da história. Meus sonhos nunca tinham ido além do casamento nas ruínas. Estremeci com a lembrança da sensação de Desmond sobre mim, angustiada para saber o que aconteceria agora.

Era tão mais fácil na Netflix, pensei, em que eu podia simplesmente selecionar o episódio que queria ver. Agora teria de esperar e torcer para que, da próxima vez que deitasse a cabeça no travesseiro, eu pudesse conhecer o desfecho daquela cena.

Desci da cama, na intenção de pegar um copo de água, e relanceei as horas na tela do celular. Oito e meia.

— Ah, merda! — Tropecei em meus sapatos e caí estatelada no carpete cor de areia.

Depois de chutá-los para o canto, tratei de correr para o banheiro, me aprontando em milagrosos quinze minutos. Escolhi as botas, o vestido preto e uma meia-calça grossa para aquele dia, jogando sobre os ombros o xale que ganhara de dona Lola.

Passei a mão na bolsa e já estava correndo para a porta quando avistei o livro que tinha pegado na noite passada no escritório de Gael, esquecido sobre a mesa.

Ok, eu estava muito mais que atrasada. Devia sair correndo naquele instante. Mas, ao que parecia, o bom senso tinha saído de férias com minha má sorte, então eu me vi pegando o iPad na bolsa e me sentando na poltrona vermelha em frente à lareira. Busquei no Google as palavras que eu havia decorado. Centenas de resultados para "cloch na beatha" apareceram, por sorte alguns em inglês: "stone of life".

Pedra da vida?

Abri um dos artigos, lendo o mais rápido que podia. Segundo a fonte, Lug, o deus da luz e também líder do povo da deusa Danu, confrontou seu grande inimigo, Balor, um formoriano, uma espécie de gigante que habitou a Ilha Esmeralda, numa guerra sangrenta. Balor tinha um olho mágico, venenoso e mortal para o que olhasse. Deduzi que fosse um primo distante da Medusa.

Lug, que já conhecia a habilidade de Balor, agiu rápido, lançando uma pedra oval no olho do inimigo, afundando-o dentro do crânio, e foi dessa maneira que conseguiu derrotar o exército de gigantes.

A pedra, então encantada pelo deus da luz, ficou marcada também pelo mal existente em Balor, tornando-se muito poderosa. A lenda dizia que ela continha tudo o que movia o mundo: amor e ódio, condenação e absolvição, ganância e abnegação. Quem a possuísse teria aquilo que seu coração mais desejasse. Ao longo do tempo, inúmeras pessoas despenderam esforços e dinheiro no desejo de possuí-la. Mas ela jamais fora encontrada. Muitos acreditavam que nem sequer existisse.

Deixei o iPad sobre a mesa, o olhar perdido nas brasas na lareira.

Certo. Então Gael procurava pela Pedra da Vida. Eu não tinha mais dúvidas quanto a isso. Sua reação na noite passada deixara tudo muito claro. Ele buscava uma pedra mágica em cujo poder acreditava. Por que se empenharia tanto em escavar terras onde os antigos celtas estiveram se não confiasse na lenda?

Mas o que ele tanto desejava? O que exatamente um homem rico e poderoso como ele ainda poderia querer?

"Eu buscava a morte", sua voz ecoou em meus pensamentos.

Afastei aquilo da cabeça de imediato. Ele me garantira que não pretendia fazer nada contra si mesmo. Além do mais, Gael não precisava de uma pedra supostamente mágica para dar um fim à própria vida.

É claro, agora eu sabia que ele andara mentindo. Seu interesse em encontrar objetos celtas tinha um propósito. Mas qual? Por que ele queria tanto aquela pedra?

Tá legal, eu podia estar fazendo tempestade em copo d'água. Gael talvez procurasse a pedra pelo simples prazer de encontrar aquilo que centenas de pessoas não foram capazes, como os antigos desbravadores. Como os vikings.

Só que... meu coração sussurrava outra coisa. Gael ocultava um grande segredo, e eu podia apostar minha vida que aquela pedra estava relacionada a ele. Um segredo que ele parecia se esforçar bastante para manter.

O que Gael escondia de tão terrível?

❦

Eu encarava o lustre acima da nossa mesa. Contei setenta e seis cristais. Já havia enumerado também as garrafas de vinho na adega (cento e trinta e três), as mesas (catorze) e até os minutos (vinte e oito) que levava para os pratos saírem da cozinha do pequeno restaurante no centro de Cork. Estava ficando sem opções.

Aquela reunião parecia que não ia terminar nunca! Eu não aguentava mais ouvir sobre a cotação do zinco — que eu nem sabia que existia —, a porcentagem dos lucros e a procura pelo metal em outros países. Gael e Anderson Bailey, um homem muito falante de pouco mais de trinta anos, estavam se dando bem.

A conversa fluía com a mesma facilidade que os copos ficavam vazios. Gael agia como de costume: focado, profissional e distante.

Ok, tá certo. Ele tinha sido muito gentil mais cedo. Em vez de se enfurecer com meu atraso, insistira que eu tirasse o dia de folga, mas eu me recusei. Não havia mais nada que eu pudesse fazer por dona Lola nem pela minha família estando ali na Irlanda. Que sentido tinha me trancar no quarto e chorar até os olhos doerem? Eu podia muito bem fazer isso mais tarde. Além do mais, o motivo pelo qual Gael me levara até Cork era aquela reunião. Eu não podia faltar com minha obrigação. Distração era tudo de que eu precisava. Infelizmente, a reunião me deixou com uma tremenda vontade de bater a cabeça na mesa.

Sem ter mais nada para catalogar — ou anotar, já que fazia mais de meia hora que Gael me pedira alguns documentos e o sr. Anderson ainda os analisava —, comecei a fazer uma trança. Prontamente, o rosto de Gael se voltou para o movimento de minhas mãos, o fascínio chispando nos olhos escuros. E então notou que eu o havia flagrado e suas bochechas ficaram rosadas. Mas o embaraço não era tudo; havia desespero naquele franzir de sobrancelhas e na maneira como comprimiu os lábios.

Porque ele sentia remorso quando estava comigo. Porque eu era fonte de aflição. Ele se sentia miserável por estar comigo. Ah, o sonho de toda garota...

Meu celular vibrou. Era Aisla, respondendo às perguntas que eu enviara mais cedo.

> Oi, Bri. Tá tudo bem. Mamãe e eu estamos melhor. Só com muita saudade de você. Agradeça o seu chefe. As flores são lindas. Lola teria amado!

Gael mandara flores para dona Lola?

— A documentação parece estar em ordem — Anderson comentou, baixando os papéis. — Os lucros são bem interessantes, mas o que você pede pela mina é muito mais do que posso pagar.

— Sempre podemos chegar a um acordo — respondeu Gael, e lá foram eles de novo, falando de câmbio, percentagens, e eu achei que era melhor anotar tudo. Ou então enfiar a faca de manteiga no ouvido.

Em dado momento, conforme os pratos ficaram vazios e Gael estava perto de fechar o negócio, o telefone de Anderson tocou.

Enquanto o sujeito atendia, Gael se recostou na cadeira, deixando a máscara de executivo escapar por apenas um instante, e, surpresa, percebi que ele estava tão entediado quanto eu.

— Ah, meu Deus! — Anderson empalideceu. — Estou indo agora. Respire, baby, como nós já treinamos, lembra? — Ele botou a língua para fora e começou a ofegar. — Não deixa essa criança sair antes de eu chegar aí, Deby. — Desligou, se levantando. — O meu filho vai nascer! Cacete, o meu filho vai nascer hoje!

— E o que você ainda está fazendo aqui? — Gael sorriu.

Anderson assentiu, perscrutando em volta, rindo com nervosismo, como se não soubesse que direção tomar. Gael o ajudou: ficando de pé e pousando uma das mãos em seus ombros, empurrou-o para a porta.

Ao voltar a se sentar, meu chefe soltou uma ruidosa lufada de ar antes de tomar um gole de água e resmungar alguma coisa.

— Como disse? — indaguei.

— Que devia ser proibido falar de negócios com comida por perto. Todos aqueles números me fizeram querer arrancar o meu cérebro e jogar rúgbi com ele.

Dei risada e suspirei ao mesmo tempo.

Isso capturou sua atenção.

— O quê? — Ele arqueou as sobrancelhas.

— Nada. Eu só... estava sentindo falta do seu humor — confessei. — Você está diferente desde que chegamos à Irlanda.

— Muita coisa está diferente desde que eu cheguei à Irlanda. — Foi a vez dele de inspirar fundo. — Na verdade, antes disso até.

Pela maneira como olhou para mim — intensa e fixamente —, eu soube que aquilo tinha a ver comigo.

— Diferente bom ou diferente ruim? — soltei, embora já conhecesse a resposta.

Gael me observou calado por um bom tempo, até eu sentir minha pele começar a ficar quente. Por fim, abriu um meio sorriso. Um daqueles angustiados.

— Existem coisas, Briana, que fazem um homem morrer por dentro. — Segurando o copo de água, ele fez o líquido girar. — Então, quando ele acha que isso é o suficiente, que sabia exatamente o que a vida reservaria para ele, tudo muda, tudo fica confuso e ele não sabe mais como agir nem o que esperar.

— E se sente mal por desejar alguma coisa nova — concluí por ele, engolindo com dificuldade.

— Mesmo que não queira se sentir assim — cedeu, abatido.

Passei os braços ao redor do corpo, segurando as pontas do xale, e mirei meu prato vazio.

— Isso é uma droga, sabia? Eu não quero que você me olhe e se sinta miserável, Gael. Eu quero o oposto disso.

Pronto. Ali estava. Não sei o que me fez dizer a verdade. Não sei se foi o xale, cuja trama ainda guardava o perfume de lavanda de dona Lola, seu último conselho me dizendo para aproveitar a vida, ou se simplesmente eu tinha chegado ao meu limite. Foi um daqueles momentos em que você sabe que está fazendo algo de que vai se arrepender depois, mas não consegue se impedir. A sensação era parecida com estar parada na linha do trem, observando a luz chegar mais e mais perto, até que o inevitável acontece.

— Briana, por favor... — Pelo canto do olho, eu o vi esfregar o rosto, atormentado, como eu sabia que reagiria.

Ainda assim, meu coração se partiu. Porque, quando se ama, por mais impossível que possa parecer, a esperança persiste e você luta até o último suspiro. E a minha acabava de morrer.

— Eu sei, me desculpe. — Criando coragem, eu o encarei. Não ia mais fugir. Não havia mais motivos. — Eu não quero que você pense que me incentivou a... você sabe. Porque você não fez isso. Aliás, tudo o que fez foi justamente tentar me afugentar. — Ri sem humor algum. — Isso não devia ter acontecido, Gael. Mas você deve saber, melhor que ninguém, como essa porcaria de amor funciona.

Droga, era tão mais fácil dizer essas coisas no mundo do faz de conta. Não doía tanto.

— Briana... — Ele inspirou fundo, pressionando a ponte do nariz entre o indicador e o polegar.

— Não se preocupe, eu já terminei — atalhei, pegando a bolsa no encosto da cadeira e a jogando no ombro. — E, agora que eu consegui deixar nós dois constrangidos e você não precisa mais de mim, é melhor eu pegar um táxi. — Fiquei de pé.

— Não, espere um pouco. — Ele se levantou imediatamente e tentou me segurar pela mão.

Consegui recuar a tempo. Eu não podia ficar. Estava envergonhada demais e me recusava a ouvir a explicação educada que ele provavelmente já ensaiava em sua cabeça.

Agora ele sabia, pensei, enquanto deixava o restaurante às pressas, Gael em pé ao lado da mesa, parecendo atordoado e, de certa forma, também ferido. Agora Gael O'Connor sabia que eu não apenas me sentia atraída, mas estava apaixonada por ele.

Para evitar mais humilhação, decidi não esperar pelo que viria. Enquanto entrava no táxi cinzento e depois percorria as ruas úmidas de Cork, obriguei as lágrimas que ameaçavam cair a retroceder. E liguei para a companhia aérea.

24

Não levei muito tempo para arrumar minhas coisas — eu não tinha desfeito a mala ainda, então tudo o que tive de fazer foi jogar alguns pertences de volta. Escrevi um bilhete e o deixei sobre a mesinha de cabeceira, com o iPad e o cartão de crédito corporativo, antes de sair do quarto sem fazer barulho.

Minha intenção era ir embora antes que Gael voltasse, por isso o mais lógico seria sair daquela casa imediatamente.

Só que eu não pude. Gael e seus mistérios me atormentariam pelo resto da vida, mas um deles — pelo menos um! — eu queria resolver.

Deixei a mala no corredor e tentei adivinhar onde seria o quarto dele. Olhando para os lados, experimentei abrir algumas portas, até que, por fim, reconheci a jaqueta de couro pendurada no encosto de uma poltrona, três cômodos distantes do meu. Entrei e fechei a porta.

Eu não devia estar ali, sabia disso. Mas eu precisava conhecer o rosto da mulher que arruinara Gael para o mundo. Queria ao menos uma imagem dela em minha mente. Já que no restante da casa não havia sequer um porta-retratos, deduzi que ele manteria algo dela em seu quarto.

A primeira coisa que percebi foi que aquele quarto era muito mais simples que o meu. Uma cama, um armário grande, uma mesa, uma poltrona e uma lareira. Não havia nada nas paredes. E nenhum retrato à vista.

Mas que saco! Se não era em seu quarto, onde raios ele guardava as fotos da esposa?

Ouvi vozes vindas do andar de baixo; eu não tinha mais tempo, por isso saí correndo dali. Pegando a mala no corredor, eu a suspendi para que as rodinhas não fizessem barulho e comecei a descer as escadas. Parei na metade, escutando a discussão entre Darren e Fionna na sala principal. Algo sobre a menina viajar para visitar a mãe.

Fiquei fora de vista, e me pareceu que um século inteiro se passou até que uma porta foi batida com força e a casa ficou em silêncio de novo. Eu queria ter me despedido deles, mas temi que pudessem tentar me convencer a ficar, Gael voltasse e me encontrasse ainda ali.

Aguardei mais alguns instantes antes de escapulir de fininho. A noite já havia caído. Pensei em chamar um táxi, mas achei melhor fazer isso mais adiante, assim que chegasse à avenida que dava para a cidade, desse modo não teria que ficar esperando pelo carro em frente à casa de Gael. Era uma descida de pouco mais de dois quilômetros, de todo jeito.

Conforme eu seguia em frente e deixava o casarão para trás, meu coração se partia, uma agonia que se repetia de novo e de novo e de novo a cada passo. Pensar em nunca mais ver Gael era tão doloroso quanto arrancar meu coração e jogá-lo dentro de um triturador de papel.

Mas que outra opção eu tinha além de seguir para o aeroporto, pegar um avião para casa e riscar Gael da minha vida? Eu não queria ser aquela garota apaixonada à espera de uma migalha qualquer. Tenho certeza de que Gael também não ia gostar de me ter por perto agora que sabia como eu me sentia.

No entanto, minha má sorte resolveu que tinha ficado fora por tempo demais e decidiu fazer uma aparição. Até que tinha demorado para acontecer...

As nuvens pesadas desabaram em uma chuva gélida que se infiltrava em minhas roupas e escorria para dentro das botas, criando uma piscina ali. Ensopada e batendo os dentes, chapinhei na calçada diante do bosque, escorregando dentro do calçado. Ok. A casa sumira de vista havia algum tempo. Eu estava longe o bastante. Já podia pedir um táxi. Peguei o celular dentro da bolsa. Só que o sinal havia sumido e meu telefone estava completamente mudo.

— É claro. — Fiz uma careta, jogando o aparelho de volta na bolsa antes que pifasse com toda aquela água.

Sem alternativa, continuei a descer a colina, torcendo para não me transformar em uma estátua de gelo, ser atingida por um raio ou, o que era mais provável, rolar até lá embaixo.

Passei um dos braços ao redor do corpo, segurando o xale, que já não oferecia proteção alguma, e apertei o passo. Estava a poucos metros da igrejinha agora. Talvez pudesse me abrigar ali até a chuva passar. Girei sobre os calcanhares, tomando aquela direção, mas minha mala deu um pulinho atrás de mim de um jeito estranho e empacou. Forcei a alça, puxando-a algumas vezes, mas ela não se moveu. Eu me inclinei de leve, afastando o cabelo ensopado da face e tentando entender qual era o problema. Havia uma fenda na calçada, e era nela que uma das rodinhas se prendera.

— Ah, qual é? — Eu a puxei com mais força.

Faróis piscaram atrás de mim enquanto eu ainda lutava com a bagagem. Mas era inútil. A coisa não se soltava. Ainda assim, chutei a rodinha para desprendê--la — minhas botas guincharam, espirrando água como um chafariz —, mas parecia que, quanto mais eu tentava, mais a rodinha se prendia.

O carro que descia a rua parou a alguns metros de onde eu estava. O farol transformava a cortina de água em um véu dourado repleto de minúsculas estrelas, me impedindo de enxergar o motorista.

Fiquei tensa. Não conhecia Cork nem os índices de criminalidade. E se fosse um assaltante? Eu estava sozinha em uma rua praticamente deserta àquela hora da noite. Ah, meu Deus, e se fosse... sei lá, um assassino em série? E com aquele bosque logo ali, a poucos metros de distância! Eu já podia ver a manchete: "Brasileira é nova vítima do Assassino do Bosque".

Ok, ok, ok. Eu estava me deixando levar. Podia ser apenas alguém perdido, querendo informação. Talvez uma vovó bondosa e gentil que me vira sob aquele aguaceiro e resolvera prestar socorro, depois me levaria para sua casa e me ofereceria um chocolate quente...

... antes de me matar e colocar meu corpo no freezer! "Brasileira é nova vítima da Vovó do Chocolate Quente." A porta do veículo se abriu, e eu tentei decidir se era melhor correr ou começar a gritar. O vulto escuro, alto, de ombros largos, saltou. Larguei a alça da mala e parei de lutar. E de respirar também.

— Gael — arfei.

Acho que eu teria preferido o Assassino do Bosque ou a Vovó do Chocolate Quente. De bandidos eu teria ao menos uma chance de escapar.

— Aonde você está indo? — Gael entrou no facho de luz produzido pelos faróis. Sua expressão variava entre aborrecida, furiosa e transtornada.

— Eu... humm... deixei um bilhete explicando tudo.

— "Desculpa. Eu não posso mais ficar. Obrigada por tudo. B" — recitou, sem entonação alguma. — *Essa* é a sua grande explicação?

Eu me retraí.

— Não tenho muito jeito pra escrever cartas. Era pra ser a minha carta de demissão. Eu não posso mais trabalhar pra você.

Com um gesto brusco, ele afastou do rosto os cabelos, agora encharcados.

— E por que você precisa ir embora assim, na calada da noite, sem se despedir de ninguém, como se fosse uma criminosa? — quis saber, impaciente.

— Você sabe o motivo, Gael. — Bati os dentes, em parte porque estava congelando, em parte devido à frustração.

Apoiando as mãos nos quadris, ele soltou uma ruidosa expiração, encarando minhas botas cheias de água.

— Não precisa fazer isso — criticou.

— Acho que preciso, sim.

Em quatro passos ele estava diante de mim, os olhos um pouco alucinados procurando os meus.

— Acho que não me expressei direito. — A chuva pingava de seus cabelos, do maxilar retesado. — Eu *não quero* que você faça isso.

Meu coração ameaçou parar de bater. Havia uma parte minha — enorme, imensa! — que queria continuar vivendo aquela fantasia. Mas havia aquela pequena parte, a racional, que sabia que, se eu permitisse que isso acontecesse, o fim daquela história me destruiria.

— Mas isso não é verdade, Gael. Quando eu fico perto de você, não penso direito. Às vezes eu não sei nem o que estou escrevendo nos e-mails. É bem provável que alguém retorne perguntando de que diabos se trata a mensagem. Então é por isso que eu não posso continuar trabalhando pra você. — Tive dificuldade para engolir. — Além do fato de que eu te deixo infeliz. E essa é a última coisa que eu quero. Tenho certeza de que a minha presença vai ser um verdadeiro inferno pra você.

— Eu já estou no inferno, Briana. — Ele deu um meio sorriso abatido, que fez minha resolução quase se dissolver.

Quase.

— Eu sei. E lamento muito. E é por isso que eu não posso ficar. Só estou evitando constrangimentos para nós dois.

Ele balançou a cabeça categoricamente. Minúsculas gotas voaram de seus fios em todas as direções.

— Briana, me deixe...

— Não precisa — me adiantei. — Eu sei que você ama a sua mulher. E que provavelmente vai amá-la a vida toda. Não precisa explicar nada. Eu entendo, Gael. De verdade. Mas saber disso não muda o jeito que eu me sinto com relação a você.

Se eu continuasse perto dele por mais tempo, aquele sentimento iria se tornar cada dia mais forte e mais insuportável. E em algum momento eu me transformaria em uma pessoa amarga e infeliz. Não queria isso.

— Eu não estou pronto pra perder você. — A angústia o dominou.

Dessa vez não pude evitar que meu coração se inflasse, batendo ensandecido contra as costelas e muito alto nos ouvidos. E foi com muito, muito custo que consegui convencer esse coração a parar com aquilo, a compreender que estava se iludindo de novo. Gael se referia aos meus serviços, não a mim.

— Eu não sou uma assistente tão boa que não possa ser substituída. — Empinei o queixo. — Tenho certeza que você vai encontrar alguém muito mais capacitado que eu.

Com impaciência, ele afastou as mechas gotejantes que lhe caíam nos olhos e chegou ainda mais perto.

— Sabia que eu recebi um e-mail do embaixador da Irlanda questionando por que ele recebeu a minha lista de compras de material de escritório?

— Aaaaah. — Isso explicava por que eu tive que mandar outra requisição para o almoxarifado.

Ele reduziu ainda mais a distância entre nós, até seu peito enorme estar a um suspiro do meu. Um suspiro bem curto. Recuei um passo. Acabei batendo os quadris na mala, ficando presa entre ela e Gael.

— E sabia — continuou, em um tom baixo e irritadiço que me surpreendeu um pouco — que um dos clientes da Brígida recebeu um e-mail declinando de um convite para jantar? Ele achou curioso, na verdade, já que não tinha feito convite nenhum. No dia seguinte, eu recebi uma ligação bastante aborrecida de um dos meus sócios, reclamando que eu nem me dignei a responder o convite do jantar beneficente organizado pela mulher dele.

— Ah, meu Deus...

— Então, não, Briana. Eu não estou preocupado em perder a minha assistente. — Ele me encarou, agitado. — Estou dizendo que não posso perder *você*.

Espantada demais para conseguir formular uma frase, um pensamento, um resmungo que fosse, apenas sustentei seu olhar inflamado e me concentrei em respirar para não acabar desmaiando, o que, dadas as circunstâncias, já era um feito e tanto.

— Você espera que eu confesse que me sinto atraído por você? — Ao mesmo tempo em que parecia enfurecido, também havia alívio em seu semblante. — Você já sabe disso. E quer que eu diga que me sinto um maldito traidor? Você também já sabe disso! Eu não devia sentir as coisas que sinto quando estou perto de você, ou penso em você, ou ouço a sua voz, ou a sua risada... Só que eu sinto! — Levou as mãos à cabeça, se afastando alguns passos. — Eu não posso perder você. E também não posso *ter* você, inferno. Isso está me enlouquecendo.

Olhei para ele, o pulso acelerado, zunindo como turbinas de um avião em meus ouvidos.

— Não... entendo... — gaguejei.

— Eu te quero, Briana. Tanto que estou ficando louco.

A maneira como aquelas íris escuras arderam, o jeito como ele proferiu aquelas palavras tão simples, com uma franqueza desconcertante, fez o bolo em minha garganta escorregar para o estômago e minha respiração voar.

— Você não me sai da cabeça. — No tempo de uma pulsação, ele estava diante de mim outra vez, a tormenta dentro de si ganhando força. — Eu tento não pensar em você, mas é impossível, porque você está bem ali, batucando na mesa com o lápis, trançando o cabelo, sorrindo para o celular enquanto responde a alguém, sendo gentil e educada com todo mundo. Estou cansado de fingir que não te vejo, que não penso em você, que não te desejo, e de me sentir miserável por isso. Eu sei que você é capaz de entender o que eu digo. Eu sei que é, porque você é a única pessoa que realmente pode me ver por dentro.

— Às vezes eu concordo com você — falei baixinho, presa na magnitude de seu olhar.

A essa altura, meu coração tinha perdido o compasso fazia muito tempo. Era um milagre eu continuar de pé, pois meus joelhos não tinham firmeza e meu estômago se revolvia feito o mar de ressaca. E isso foi antes de ele encaixar as mãos nas laterais do meu rosto e me encarar com tanta intensidade, como se pudesse ver minha alma.

— Então por que você está indo embora? — sussurrou, torturado.

— Porque eu não quero te atormentar. — Enrosquei os dedos frios em seu pulso, mas não tive forças para afastá-lo. Simplesmente não consegui me obrigar a repeli-lo.

— Você não entendeu ainda, não é? — Seus olhos faiscaram. — Eu não esperava nada mais. Imaginei que soubesse tudo o que a vida tinha reservado para mim. Mas então você apareceu. O meu carro quase te acertou, mas foi você quem me atropelou. Ao mesmo tempo em que eu quero sair correndo, a ideia de me afastar de você me destrói, e eu achei que não tivesse restado nada em mim para ser destruído. — Riu, mas não havia humor ou alegria naquele som. — Eu já estive morto, Briana. E você me lembra a todo instante por que é tão bom ainda estar vivo.

Tudo dentro de mim se agitou em todas as direções, me fazendo estremecer sob aquela chuva, sob seu toque quente.

— Gael... você ainda está vivo — foi apenas o que minha mente embotada conseguiu me fazer falar.

— Só quando eu estou perto de você! Não percebeu ainda? — murmurou com urgência, colando a testa na minha. — Eu passei os últimos dias tentando ignorar a sua presença, Briana, mas não consegui nem por cinco minutos. Estou farto disso. Estou exausto de lutar contra o que eu sinto. Me perdoe.

Aquela súplica foi dirigida a quem? A mim? A ele mesmo? Eu não fazia ideia, nem tive tempo para descobrir, já que ele inclinou meu rosto para cima e grudou a boca faminta na minha.

25

Nossos lábios se encontraram no momento exato em que um raio furioso faiscou no céu, ressoando raivoso sob nossos pés. As mãos de Gael escorregaram de meu rosto para minha nuca, os dedos se enredando em meus cabelos molhados. Eu me estiquei na pontinha dos pés, moldando meu corpo ao dele como havia muito tempo eu sonhava. O contato provocou explosões violentas em meu peito: de alegria, de alívio, de prazer. A miríade de sentimentos se amplificou, se tornou tão intensa e poderosa que me deixou tonta. Estar nos braços dele era como voltar para casa depois de anos de andanças pelo mundo. Como chegar ao fim de um longo e exaustivo percurso e encontrar uma cama quente à espera.

Eu conhecia aquela boca exigente, a forma como se encaixava e se movia sobre a minha. Eu reconhecia o corpo candente e forte que se comprimia ao meu com desespero. Não por causa dos sonhos, não por causa de Lorcan. Era Gael. Sua essência. Eu a conhecia.

Suas mãos encontraram o caminho da minha cintura e se espalmaram em minhas costas, me impelindo ainda mais contra seu corpo, como se não suportasse a menor distância e quisesse me guardar dentro de si, assim como eu desejava ser capaz de colocá-lo sob minha pele e nunca mais deixá-lo se afastar. Enrolei os braços em seu pescoço e correspondi da mesma maneira tempestuosa.

O calor dele perpassava minhas roupas molhadas, sapecando minha pele fria. Seu coração martelava de encontro ao meu, urgente, como se quisesse abrir caminho a pancadas e se aninhar em meu peito. Eu queria acalmá-lo, dizer que aquilo não era necessário, pois ele já entrara ali. Mas como poderia proferir qualquer coisa, se suas mãos foram descendo pelas minhas costas até pausarem em meus quadris? Se seus dedos afundaram em minha carne e me puxaram de encontro a si?

Aquilo me chacoalhou, cada célula de meu corpo vibrando com ferocidade, até tudo dentro de mim se resumir a fogo. A maravilhosa e estranha conexão entre nós ressurgiu com força, mas dessa vez parecia diferente, totalmente sólida, e eu soube, no fundo da alma, que jamais se desfaria.

Suspeitei de que Gael também tivesse sentido a mudança, pois sua urgência foi cedendo pouco a pouco, até a loucura se transformar em doçura. Suas mãos se moveram pelo meu corpo sem pressa, saboreando cada toque, me descobrindo com a ponta dos dedos. A chuva ainda caía, agora tranquila, como se combinasse seu ritmo com o que se passava entre mim e Gael.

Quando ambos estávamos sem ar, ele deixou a testa pender sobre a minha, e as gotas gélidas que pingavam de seu nariz encontraram caminho em minha bochecha. Até isso me pareceu uma carícia.

— Cacete, Briana — murmurou, de olhos fechados.

— Eu sei. — Tomei fôlego, tentando regularizar a respiração. — Eu nem sabia que era possível sentir todas essas coisas. Eu nunca senti nada parecido ao beijar outro cara.

Ele meio riu, meio gemeu.

— Se você conseguiu pensar em outros caras nesse instante, então eu fiz alguma coisa errada. — O nariz dele roçou o meu. — Me deixe tentar reparar essa falha.

Antes que eu pudesse protestar (não que eu tivesse pensado numa idiotice dessas, é óbvio), sua boca estava na minha outra vez. E foi ainda mais maravilhoso, mais intenso, mais profundo, deixando meus pensamentos entorpecidos, assim como todos os pontos do meu corpo onde ele me tocava.

Ele libertou minha boca, mas seus lábios continuaram em minha face, resvalando em minha bochecha, meu queixo, minha garganta, a pontinha da orelha, onde murmurou alguma coisa que soou como "a ruchla mo crei", e meu corpo todo estremeceu em resposta.

— Olha só — reclamei, com a voz instável. — Se você vai começar a me ofender, é melhor fazer isso numa língua que eu consiga entender.

Prendendo os dedos nos cabelos em minha nuca, ele os puxou suavemente, para que eu elevasse o rosto. As íris escuras, agora profundas e límpidas, me sorriram.

— Não é o que eu estou fazendo, *a chuisle mo chrói*.

Eu teria perguntado o que aquilo significava, mas sua boca encontrou o caminho da minha de novo e, bom... esqueci todo o resto.

— Vamos sair dessa chuva — murmurou em meus lábios. — Você está congelando.

Com alguma relutância, ele me soltou e afastou os cabelos grudados em sua testa. Se Gael já era lindo sempre, todo molhado, com a roupa colada ao corpo feito um adesivo, merecia uma escultura... Não, uma exposição inteira!

— Sabe de uma coisa? — comecei, me obrigando a parar de comê-lo com os olhos. — Eu acho que a Irlanda não quer que eu vá embora, porque se agarrou à minha mala e não quer largar mais. — Cutuquei a rodinha com o pé.

— E eu a compreendo. — Ele assentiu algumas vezes, aparentando seriedade, não fosse pelas ruguinhas no canto dos olhos. — Me agarrar à sua mala era a segunda parte do meu plano para te fazer ficar. — Estendeu o braço e, com um safanão, fez a bagagem se desprender.

Enlaçando a mão na minha, ele me conduziu até o carro — minhas botas esguichando água durante o curto trajeto — e abriu a porta para que eu entrasse. Depois de guardar a mala na traseira do veículo, deu a volta, se acomodou do meu lado e girou a chave, ao mesmo tempo em que ligava o aquecedor e depois o rádio. Uma música acabava de começar.

Os lábios de Gael se esticaram, revelando os belos dentes brancos e aquela covinha que eu queria muito beijar.

— Bem, srta. Briana Pinheiro, me permita apresentá-la ao belo trabalho do sr. Van Morrison. — Ele aumentou o som.

I've been searching a long time
For someone exactly like you
I've been travelling all around the world
Waiting for you to come through.

— Eu conheço essa música — exclamei. — E adoro!

— Então você não é um caso perdido. — Seu sorriso se ampliou enquanto engatava a marcha e acelerava.

A voz macia do sr. Morrison inundou o Dodge. A canção ainda não havia terminado quando ele estacionou o carro em frente à casa e desligou o motor. No entanto, em vez de abrir a porta e descer, Gael deixou a cabeça pender no encosto, me fitando. Tentei adivinhar o rumo que seus pensamentos tomavam, mas dessa vez não fui capaz de decifrar nem mesmo os meus.

— O que você pretende fazer agora? — perguntou, baixinho.

— Acho que vou tirar essa roupa molhada e tomar um banho.

A covinha se acentuou em seu queixo.

— Eu me referia a nós dois.

— Aaaah! Isso. — Os vidros do carro começaram a embaçar, com certeza por causa da temperatura do meu rosto, que alcançou níveis desconhecidos pelo ser humano. — Eu... eu não sei, Gael. Acho que... que podemos viver um dia de cada vez. Eu consigo fazer isso.

— Pelo menos um de nós consegue. Já é alguma coisa. — Inclinou-se para mim, me beijando demoradamente. Cedo demais ele se afastou, expirando com certa melancolia. — Agora entre, antes que apanhe um resfriado.

— Você não vai entrar? — perguntei, um pouco atordoada.

— Não agora.

— Humm... Ok. — Abri a porta, mas me detive ao me lembrar de algo. — Eu acabei não olhando a sua agenda. Tem alguma coisa marcada pra amanhã?

Uma pontinha de diversão curvou um dos cantos de sua boca.

— Pensei que você tivesse pedido demissão com aquela extensa carta elucidativa.

— Ah, é... — Mordi o lábio. Droga, por que eu tinha que ter explicado o bilhete a ele? — É... eu fiz isso.

Ele riu, afastando uma mecha que grudara em meu pescoço. O toque provocou uma faísca em minhas entranhas e refletiu em seu semblante.

— O cargo ainda é seu, Briana. — Mas estava sério ao acrescentar: — Se for o que você realmente quer. Mas não precisa decidir agora. Amanhã é feriado, e depois vem o fim de semana. Você está de folga pelos próximos dias. Pode pensar com calma em como... como vai fazer isso funcionar pra você.

Franzi a testa.

— Então... eu meio que tô de férias até segunda?

— Sim.

Uau! Eu nunca havia tirado férias antes. Nunca tinha ficado em um trabalho por tempo suficiente para ter ao menos uma folga. Era uma sensação boa.

Não tão boa quanto a que veio a seguir, é claro, quando Gael se curvou, envolvendo os dedos em minha nuca, e me beijou com ternura.

— Boa noite, Briana — sussurrou em meus lábios antes de, com alguma relutância, me soltar e se endireitar no banco.

— Boa noite.

Saí do carro, cambaleando, mas senti seus olhos em mim até entrar em casa. Darren e Fionna estavam na sala e pareceram aliviados assim que me viram, sobretudo a menina, que fez o sinal da cruz. Graças aos céus, nenhum deles pediu explicação alguma, então, com a desculpa de me livrar daquela roupa ensopada, corri para o quarto.

Depois de tomar um banho quente e levar uma boa meia hora para secar o cabelo, me dei conta de que não tinha absolutamente nada para vestir. Todas as minhas coisas estavam na mala dentro do carro de Gael. Torci para ele se lembrar disso quando entrasse.

Aumentei o aquecedor, já que não sabia acender a lareira, deixei as botas ensopadas diante dele para secar e me desenrolei da toalha, entrando embaixo do edredom. Só que estava irrequieta demais para conseguir algum descanso e pegar no sono.

Resolvi desenhar um pouco para acalmar meu corpo agitado. Acendi o abajur e estava me levantando, mas vi sobre a mesa de cabeceira o livro que tinha pegado no escritório de Gael. Eu o apanhei, voltando para o casulo quentinho das cobertas. Quando o abri, a foto que eu tinha enfiado ali dentro caiu sobre o lençol. Com tudo o que acontecera, eu tinha me esquecido dela.

Deixando o livro de lado, examinei o retrato mais uma vez e tive a mesma impressão de quando o vira antes. O que tinha de errado com ele?

Eu o trouxe para mais perto do rosto, analisando com atenção a data no canto inferior. Era de sete anos antes. Isso era muito perceptível em Liam, em suas feições mais finas e sem as marquinhas sutis ao redor dos olhos. Já Gael não havia mudado muito. Na verdade, nada. Não existia um único traço que diferenciasse o homem da foto daquele que eu beijara havia pouco. Continuava tão lindo e atraente quanto sete anos antes...

Espera aí.

Eu me ergui em um cotovelo, chegando mais perto do abajur, os olhos fixos no retrato. Escrutinei a imagem em busca de qualquer sinal por uma, duas, seis vezes. A cada nova tentativa, a ansiedade se intensificava. Mas não, eu não estava imaginando coisas. Não tinha absolutamente nada diferente, nenhum sinal que indicasse alguma mudança na aparência de Gael.

Era isso que estava errado com aquele retrato. Enquanto Liam era uma versão mais jovem de si mesmo, Gael continuava o mesmo homem, o mesmo semblante, livre de qualquer marca que indicasse a passagem dos anos.

Como se ele tivesse parado no tempo.

26

*Não consegui pregar os olhos naquela noite. Em parte porque ain-*da sentia o toque de Gael em meus lábios, em minha pele, e em parte porque aquela foto me perturbara demais. Eu não conseguia encontrar uma explicação para ela. Quer dizer, sete anos causariam alguma mudança em qualquer pessoa, certo? Ninguém é imune ao tempo.

Talvez fosse a luz do ambiente, tentei me convencer. Ou talvez Gael fosse como Leonardo DiCaprio, que tinha a mesma cara desde sempre. Se bem que até o Leo agora tinha algumas ruguinhas sutis...

Ok, era melhor voltar à hipótese da iluminação. Parecia uma explicação mais plausível. Ela podia ter deixado Gael mais maduro do que de fato era na época. Podia acontecer, certo?

Eu estava semiacordada, mas ouvi a suave batida na porta. Embrulhando-me no lençol, corri para atender. O rosto sorridente de Gael preencheu meu campo de visão.

— Oi. — Seu olhar passeou por meu semblante e então se ateve em meus cabelos. Um meio sorriso lhe contorceu a boca.

Ah, que droga. Eu devia pelo menos ter passado a mão naquela massa laranja antes de abrir a porta. Eu provavelmente parecia um porco-espinho que foi lavado e centrifugado na máquina.

— Oi — falei, tentando acalmar a juba.

Minha voz o despertou. Como se saísse de um transe, ele baixou os olhos... deparando com o lençol que eu vestia. Seu olhar se incendiou, vagando sem pressa por minhas curvas. Minhas bochechas esquentaram, mas não foi por constrangimento, a julgar por aquela fisgada em meu baixo-ventre e pela maneira como meus mamilos se eriçaram, apontando impetuosamente para Gael.

— Eu... — Sua garganta vibrou conforme engolia com dificuldade. — Hã...
— Ele balançou a cabeça feito um touro bravo e se virou de lado, contemplando o chão. — Trouxe as suas coisas. — Empurrou a mala para dentro do quarto com tanta força que ela correu pelo carpete até colidir com a parede.

— Obrigada. Eu estava mesmo pensando no que ia fazer se você não se lembrasse desse detalhe.

Ele enfiou as mãos nos bolsos do jeans e ficou em silêncio por um instante. Por fim, ainda mantendo a vista abaixada, clareou a garganta.

— Eu soube que você está de folga — comentou.

— É... eu também soube.

— Fez algum plano pra hoje?

— Não. — Segurei o lençol de encontro ao peito com mais firmeza quando ameaçou escorregar. — Por quê?

— Pensei em levar você para assistir à Parada de São Patrício. Mas, antes que me responda, eu quero que saiba que estou aqui como o seu... humm... não como o seu chefe — acabou se enrolando. Era a primeira vez que eu o via vacilar. E era bem fofo. — Você é livre pra aceitar ou recusar o convite, sem que isso reflita em qualquer aspecto do nosso relacionamento profissional.

— Ok. Que horas a gente sai?

Ele abriu aquele sorriso divertido que eu adorava e olhou para mim.

— Assim que você estiver pronta.

— Eu me arrumo em quinze minutos.

Mas fiquei pronta em dez. Desci as escadas de dois em dois degraus, louca para descobrir como seria estar com Gael, só nós dois, sem nomenclaturas ou hierarquia trabalhista. E o mais importante de tudo: ele pretendia me beijar outra vez?

Eu o encontrei à mesa na sala grande, me esperando para o café da manhã. Descobri que aquele irlandês levava a refeição muito a sério: se serviu de pão, bacon, salsicha frita, ovos, uma linguiça preta e outra amarelada, tomate, batata e cogumelos grelhados. Eu fiquei no pão com manteiga, mingau de aveia e chá. Não conversamos sobre nada em específico, mas foi o suficiente para eu notar que seu humor estava mudado. Ele não parecia exatamente exultante, mas também não parecia miserável. Era um avanço.

Logo depois do café, Gael e eu pegamos o Dodge e fomos para o centro de Cork.

— Esse é o rio Lee — explicou, ao passarmos sobre uma ponte. — Ele atravessa a cidade, mas bifurca mais ali na frente, antes de chegar ao lago Mahon.

Então, parte do centro da cidade é uma pequena ilha. É pra lá que nós estamos indo.

Admirei, encantada, as casinhas coloridas que ladeavam as águas escuras. Graças à luz do sol da manhã, o rio se transformava em um espelho, refletindo as construções e parte do céu.

— Então — ponderei —, já que a Irlanda é uma ilha, nós estamos indo pra...

— Uma ilha dentro de uma ilha — completou, achando graça.

Ao chegarmos ao centro, notei certa magia no ar, como se algo importante estivesse prestes a acontecer. Deixamos o carro a poucas quadras do que parecia ser o coração da cidade, onde muita gente andava de um lado para o outro vestida de verde e laranja, usando chapéus de gnomo, bonés com a bandeira da Irlanda, perucas coloridas, óculos em formato de trevo de três folhas. Eu meio que me senti em casa. Aquilo me lembrou o carnaval, só que com mais roupa.

Inesperadamente, a mão grande e quente de Gael envolveu a minha, e ele liderou o caminho por entre a multidão. Continuou em frente até chegarmos a uma esquina bastante movimentada. Um prédio vermelho, com delicados arranjos de flores em sua fachada, era um dos lugares mais disputados. A música irlandesa, aquela que permeava meus sonhos, dançava com a brisa, contagiando os pés de quase todo mundo.

— Já começou. — Ele indicou o fim da rua.

Não sei se ele tinha reparado que ainda segurava minha mão, mas, ah, eu reparei. Olhei para onde ele sinalizava, para os carros alegóricos e um tipo de fanfarra que desciam a avenida.

— São Patrício nasceu na Inglaterra, mas esteve na Irlanda pela primeira vez como escravo — explicou Gael. — Ele conseguiu fugir e voltar para o seu país, onde encontrou a fé e se tornou padre. Tempos depois, voltou para a Irlanda, que na época ainda era pagã, para cristianizar os irlandeses. Foi um sujeito bem esperto. Em vez de impor a sua fé, misturou a mitologia irlandesa com o cristianismo e conseguiu ganhar a confiança de toda a ilha, sem derramamento de sangue, como a Igreja fez em outros lugares.

— Como aconteceu no Brasil.

Ele fez que sim.

— O shamrock... — apontou para um balão inflável no formato de um trevo de três folhas — ... ficou famoso por causa dele. Nós tínhamos Morrígan, as três irmãs que juntas formam uma só deusa. São Patrício viu ali uma semelhança e utilizava o shamrock para explicar a Santíssima Trindade católica.

— Por que tem tantas cobras naquele carro? — Um homem vestido como o santo segurava um cajado no alto da montanha. Imensas cobras de espuma tentavam escalar o objeto.

— Segundo a lenda, o poder de fé de São Patrício expulsou as serpentes da ilha

— Isso é verdade?

— Essa é a melhor parte. — Ele fez uma careta divertida. — Nunca houve serpentes em terras irlandesas. Acho que a ideia da Igreja ao espalhar essa história era mais simbólica. Expulsar a serpente... expulsar o pecado, no caso, o paganismo.

Eu olhei bem para ele.

— Tem certeza de que você não é historiador?

— Até a última vez que eu verifiquei... — Então se inclinou para mim. — Mas ando descobrindo coisas novas nesses últimos dias. Se isso vier à tona, você vai ser a primeira pra quem eu vou contar. — E deu uma piscadela.

Naquele instante, ele parecia tão aberto e livre de sombras que tudo o que consegui fazer foi admirar seu belo rosto, seu jeito de sorrir, a maneira como suas íris brilhavam...

— Não me olhe assim, Briana. — Suas pupilas se dilataram, provocando um tremor sutil em minhas entranhas. — Estou tentando agir como um cavalheiro. Mas, se você continuar me olhando desse jeito, vai acabar perdendo a Parada, porque eu vou te arrastar daqui e te beijar até a noite cair.

— Ah. — Voltei a atenção para a rua, sorrindo. — Bom... talvez a gente possa ver a Parada, e aí pôr em prática esse lance de me arrastar daqui?

Ele gemeu, me puxando para si e me abraçando por trás.

— Como se agora eu fosse capaz de me concentrar em alguma coisa que não seja essa sua boca atrevida — murmurou em meu ouvido.

Eu mesma tive dificuldade para me concentrar em alguma coisa, pois ele nos manteve assim, o peito colado em minhas costas, os dedos encaixados nos passantes da minha calça durante o restante do desfile. A Parada prosseguiu animada, com carros coloridos e floridos, bandas e fanfarras, e eu podia jurar que vi um bando de brasileiros, com bandeira do Brasil e tudo, dançando e pulando no meio da festa.

Assim que tudo terminou, Gael começou a me levar para um pub na rua de trás. No entanto, na metade do caminho, ele me puxou para uma ruela lateral e me empurrou para trás de uma cabine telefônica de vidro e molduras escuras, antes de abaixar a cabeça e me arrebatar com um beijo urgente e apaixonado que fez meus dedos dos pés se encolherem dentro das botas, a cabine resmungar e eu me derreter em seus braços. Quando libertou minha boca, aninhou meu rosto entre as mãos, os polegares acariciando minha pele, os olhos consumidos pelo fogo.

— Eu poderia passar o resto dos meus dias beijando você.

Bom, eu não me oporia a essa ideia. Estava prestes a lhe dizer isso, mas nós ouvimos passos e ele se afastou de imediato. Entretanto, sua mão envolveu a minha enquanto me guiava de volta à rua principal e nós seguíamos para o restaurante.

Lá dentro a música e a bebida rolavam soltas. Os irlandeses realmente sabiam como comemorar. Conseguimos uma mesa, e Gael, como sempre, foi buscar a bebida no balcão. Observando o estabelecimento, percebi que todo mundo fazia o mesmo. Havia um grupo de músicos em uma espécie de palco, e mais à frente um casal executava o lindo e complexo sapateado irlandês. Eu precisaria de duas vidas para conseguir reproduzir um daqueles passos.

Não demorou para Gael aparecer com dois copos grandes de cerveja e me entregar um deles, dizendo um bocado de coisas em irlandês que fez todos os pelos do meu corpo se eriçarem.

— Minha Nossa Senhora! Espero que você não tenha me mandado ir para o inferno — brinquei.

Gael riu alto, se acomodando na cadeira à minha frente.

— Não, Briana. É uma bênção. "Que as bênçãos de São Patrício caiam sobre você."

— Aaaah... Sobre você também.

— *Sláinte*. — Bateu o copo no meu e bebeu.

Segui seu exemplo e, ah, meu Deus, me apaixonei por aquela cerveja com sabor de malte queimado e espuma cremosa. E um pouco mais, se é que isso era possível, por Gael.

Está certo, eu não o conhecia havia muito tempo, mas mesmo assim nunca o vira tão falante, tão sorridente, tão... livre. Acho que essa era a palavra para descrevê-lo. Ele falou mais naquela tarde que durante todo o tempo em que nos conhecíamos.

Gael manteve a conversa leve e não tocou em assuntos mais profundos; não falou sobre sua esposa, se ainda se sentia culpado, de nós dois ou do que aconteceria agora. Mas, ei, aquela era nossa primeira saída juntos. Eu não esperava que do dia para a noite ele se tornasse um grande fã de DRs.

Mas me contou dos costumes irlandeses, sobre pegar a própria bebida, sempre pagar uma rodada para os amigos, do contrário se saía do pub com reputação de mesquinho. A piadinha sobre Leprechaun e seu pote de ouro irritava um bocado, assim como alguns turistas que se referiam ao Dia de São Patrício como São Paty.

— Paty é nome de mulher! — falou, indignado. — Se quiser enfurecer um irlandês, é só dizer "São Paty". Ou querer discutir política, não importa de qual país. — Revirou os olhos.

Ele continuou falando, seu amor por aquela terra cintilando nas duas estrelas de ônix. Ele era irlandês e tinha muito, muito orgulho disso.

Como a mesa não era grande e minhas pernas — assim como as de Gael —, muito longas, acabei batendo o joelho no dele ao tentar cruzá-las. Ele acomodou os meus joelhos entre os seus, afagando carinhosamente o ponto em minha perna que eu havia batido. Mesmo depois de cinco minutos, ele ainda mantinha a mão ali, como se não fosse capaz de parar de me tocar. Eu queria que fosse isso, porque meu corpo não desejava que ele parasse. E não parecia um toque aleatório nem distraído. Era mais como... o começo de alguma coisa, o que dificultou — e muito! — minha concentração.

A noite já começava a espichar suas sombras quando retornamos à rua, ainda apinhada de gente. Parecia que ninguém tinha a intenção de voltar para casa tão cedo, pensei quando passamos por um grupo que tocava músicas típicas. Uma grande roda abrira espaço para a dança, e no centro dela uma garota saltitava, batendo palmas. Ela sorriu para mim. Que mal havia em retribuir, certo?

É, eu também pensei que fosse inofensivo. Até que a moça veio para cima de mim e me puxou para a roda.

— Ah, não. Só estou olhando. Eu não danço. *I do not dance.* — Eu me virei para Gael, que ria. Se havia algo em que eu era pior que manter o emprego ou sair ilesa de um encontro, era dançar. Não era seguro, nem para mim, nem para quem estivesse por perto. — Como eu digo em irlandês que não sei danç... ahhhh! — A garota me empurrou para o centro.

Mais pessoas tinham sido pescadas e, assim como eu, não sabiam o que fazer. Então a moça enroscou o braço no meu, girando como numa brincadeira de crianças. Outros se juntaram, e de repente eram muitos os braços, girando, girando, girando... Fiquei zonza, tropecei algumas vezes, mas não pude evitar que o riso frouxo escapasse.

Um braço firme cercou minha cintura, me puxando para trás. Eu não precisava olhar para saber a quem aqueles contornos rígidos pertenciam. Meu corpo inteiro o reconheceu e se acendeu para ele, como fogos de artifício.

— Você é terrível nisso. — Gael riu em minha orelha, nos afastando do grupo.

— Eu sei! — Girei em seus braços, prendendo as mãos em seu pescoço. — Mas hoje eu não me importo.

Ele afastou uma mecha de cabelo que me caía no olho e a ajeitou atrás da orelha.

— Dança comigo? — Sua voz mal passava de um murmúrio.

— Ah, então você quer dançar com a terrível dançarina, é?

— A lenda de Briana, a terrível dançarina — experimentou, os olhos dardejando. Então assentiu com firmeza. — Eu gosto. Parece promissor. E estou ansioso para ouvir como começa.

Enredando os dedos nos cabelos em sua nuca, fiquei na ponta dos pés para que nossos olhares ficassem na mesma altura.

— Estou mais interessada em saber como termina.

— Como você gostaria que terminasse? — Sua voz rouca e baixa fez tudo dentro de mim vibrar.

Mantendo uma das mãos em minha cintura, espalmou a outra no vão em minhas costas e nos girou bem devagar. Os olhos fixos nos meus ardiam com expectativas que nada tinham a ver com aquela dança, mas com outra muito mais lasciva e febril. E eu queria aquilo. Muito!

Por isso ergui o queixo, me perdendo naquelas íris de ônix, e sussurrei:

— Da mesma maneira que você.

Ele mirou minha boca. Os dedos em minha cintura se contraíram.

Ah, aquilo estava demorando demais! Puxando-o para mais perto pelos cabelos, eu o beijei. Gael não hesitou um segundo. Suas mãos se encaixaram em minhas costelas, me segurando firme contra seu corpo. Não foi um beijo longo, mas foi intenso o suficiente para que meu coração retumbasse e minhas pernas parecessem feitas de nuvem.

Mantendo-me junto a si, ele beijou meus cabelos, e eu não resisti a colar os lábios em seu pescoço. Então percebi que sua pele estava quente. Mas não um quente bom.

Eu me afastei dele o suficiente para tocar sua testa.

— Você tá legal? — perguntei. — Parece que está com febre.

— Estou queimando, Briana. — Seu olhar me disse a mesma coisa. — Mas não de febre.

Minha pele se incendiou, mas não consegui afastar a preocupação. Apesar do desejo que obscurecia sua expressão, percebi que gotinhas de suor começavam a brotar em sua testa. Por isso não protestei quando ele nos afastou ainda mais da roda de dança. No entanto, assim que nos vimos livres do amontoado de gente, ele empacou.

Eu me virei, pronta para indagar se ele estava bem, mas avistei, a menos de cinco metros, a velhinha diminuta que eu vira no litoral. E ela encarava Gael.

Os dois trocaram algumas palavras. A mulher estreitou os olhos para ele, chegou mais perto e resmungou alguma coisa.

— Está enganada — Gael respondeu, com firmeza, em inglês.

Ela tornou a falar, abanando a cabeça, antes de se afastar e desaparecer no meio da multidão. Gael permaneceu imóvel, o olhar perdido, como se não estivesse de fato ali.

Meu Deus, como era horrível não saber irlandês. O que tinha acabado de acontecer? O que eles tinham discutido?

— Acho que essa é uma daquelas coisas que você não vai me contar, não é? — comentei, desanimada.

Aquilo pareceu despertá-lo. Ele olhou para mim com um sorriso que eu já havia catalogado antes como "estou mentindo".

— Ela só estava zangada porque viu o Liam escavando na noite passada. Ela tem medo de que os buracos possam afetar a mureta.

O que eu podia fazer? Forçá-lo a me contar coisas que ele não queria? Que não se sentia confortável em dividir comigo?

É claro que sim! Era exatamente isso que eu tinha em mente.

— Você sabe que eu sei que você está mentindo, né? — acusei.

— Esqueça isso. — Ele voltou a caminhar, imerso em pensamentos, as mãos nos bolsos do jeans.

Ok, mudança de estratégia. Confrontá-lo parecia apenas fazê-lo se fechar mais. Eu ia arrancar tudo dele com sutileza, sem que ele percebesse. Isso se eu tivesse sorte e a cabeça de Gael estivesse tão leve quanto a minha por conta das cervejas.

— Você se divertiu — puxei assunto, indo atrás dele. — Antes da vovó assustadora aparecer e tudo o mais.

— Esqueça aquela senhora — repetiu, um tanto seco. — E, sim, eu me diverti. Como há muito tempo não acontecia.

— Eu também. É a primeira vez que eu... hã... — Mordi o lábio para impedir que as palavras saíssem. Era eu quem deveria arrancar coisas dele, não o contrário.

— O quê? — Ele me olhou por sobre o ombro.

— Nada.

Gael ficou de frente para mim e me lançou um olhar persuasivo. Ok, se eu aprendesse a fazer aquele olhar...

— É a primeira vez que você o quê, Briana?

Ah, por quê? Por que ele tinha que fazer meu nome soar como uma carícia?

— Que eu não termino um encontro no pronto-socorro! — Escondi o rosto entre as mãos. — A minha falta de sorte não cooperava.

— Engraçado. Eu pouco vi dessa sua má sorte. — Um V se formou entre suas sobrancelhas.

Eu já tinha reparado nisso também.

— Parece que ela tira férias quando estou com você. Tô pensando em não sair do seu lado pelo resto da vida — brinquei.

Só depois que Gael se enrijeceu como se tivesse levado um chute na boca do estômago foi que percebi o que tinha dito.

Que ótimo, Briana. Muito bem.

Talvez eu pudesse escrever um livro sobre esse assunto também. *Como apavorar um homem com apenas uma frase.*

— Estou brincando, Gael — me apressei. — Eu não estava pensando em... em... nada como isso que você está pensando. — Fiquei vermelha feito um tomate. — Foi só uma piada.

Inspirando fundo, ele correu uma das mãos pelo cabelo, bagunçando-o, enquanto ordenava os pensamentos.

Então aqueles olhos escuros lampejaram em minha direção.

— Sabe que isso faz sentido?

— Isso o quê? — perguntei, cautelosa.

— Isso! A sua má sorte ter tirado férias. Porque parece que a minha má sorte também resolveu dar uma folga.

Olhei para ele de cara amarrada, embora estivesse aliviada que Gael não tivesse encanado com minha brincadeira.

— Sua má sorte em tropeçar em jazidas de pedras preciosas e tal? — ironizei.

— Isso mesmo! — respondeu, animado. — Em vez disso, Liam teve boas notícias para me contar. Parece que, juntos, nós anulamos a má sorte um do outro.

Soltei uma pesada expiração, abrindo os braços.

— Eu não sei mais o que dizer pra que você entenda que ficar milionário não é exatamente ter azar na vida.

Ele envolveu as mãos em minha cintura, me arrastando para mais perto, até que meu corpo estivesse grudado ao seu.

— Você nunca entenderia. Mas talvez esteja certa, Briana. Você é o Yang do meu Yin. — Abaixou o rosto para me beijar. Mas parou na metade do caminho, sacudindo a cabeça, como que para clareá-la.

Toquei sua bochecha, pronta para perguntar se estava tudo bem, mas o calor sapecou meus dedos.

— Você está quente de verdade, Gael. Acho que está ficando doente.

— Eu nunca fico doente. — Puxou minha mão e pressionou um beijo cálido em minha palma. — Estou bem.

No entanto, ele não protestou quando eu disse que já era tarde e que devíamos ir para casa. E dirigiu pelas ruas de Cork parecendo o mesmo de sempre. A única diferença era que sua pele parecia mais ruborizada e as minúsculas gotas de suor ainda faziam sua testa reluzir.

Ao chegarmos em casa, avistamos Darren na sala, um livro nas mãos, esperando Gael voltar da comemoração. Parece que tinha um assunto importante a tratar com ele. O homem foi para o escritório, nos dando alguma privacidade.

— Tem certeza de que não é melhor ir deitar um pouco? — perguntei a Gael, ao pé da escada.

— Absoluta. Eu estou bem. Eu já te disse que não fico doente.

Os irlandeses são famosos pelo bom humor. Mas, ao que parecia, a teimosia também merecia um lugar de destaque na lista. Pelo menos a teimosia daquele irlandês.

Soltei um suspiro, resignada.

— Só promete que vai mandar chamar o médico... ou me chamar, se alguma coisa mudar.

A covinha em seu queixo deu as caras.

— Prometo.

Fiquei na ponta dos pés e o beijei de leve, desejei boa-noite e subi para o quarto.

Eu ainda estava acordada, bem mais tarde, quando ouvi seus passos no corredor, indo para o quarto. Procurei dormir. Mas havia uma sensação estranha, como se meu peito estivesse sendo esmagado por um torno.

Tentei me livrar daquela sensação, revivendo cada momento que passei ao lado de Gael, sorrindo um pouco com a lembrança de sua mão na minha praticamente o dia inteiro. Porém, a calma que essas recordações me trouxeram durou pouco. Só até a imagem da vovó sinistra brotar em minha mente. Ela olhara para Gael com raiva e, o que mais me perturbava, como se conhecesse seu segredo.

O que ele escondia, afinal? Eu desconfiava de que a resposta envolvesse sua obsessão pela Pedra da Vida. E talvez aquela foto, que ainda fazia algo dentro de mim se sacudir. Além, claro, do fato de ele invadir meus sonhos desde a primeira vez que pisara no Brasil.

Meu sexto sentido me dizia que eu estava a um passo de desvendar um grande mistério.

E, de certa forma, ele estava certo. Só não tinha nada a ver com o segredo de Gael.

Tinha a ver com o meu.

27

A casa ainda estava em silêncio na manhã daquele sábado quando saí da cama e me vesti. Perambulei por alguns cômodos, ansiosa. Eu queria saber como Gael estava, se a febre havia ido embora, mas era cedo demais, o sol ainda começava a despontar no horizonte. Acabei indo para o jardim, mas a inquietação dentro de mim não cedeu. Decidi caminhar um pouco, na esperança de que o exercício e o ar puro ajudassem a desembaralhar minha mente.

Escolhi o caminho da capela, sentindo uma saudade imensa de casa. Como se tivesse pressentido isso, Aisla me ligou.

— Enquanto você fica aí, aproveitando a vida boa na Europa, eu estou aqui me matando de estudar — foi dizendo.

Eu estava em frente ao bosque. O sol se infiltrava pelas copas das árvores, criando uma profusão de raios finos que lembravam as cordas de uma harpa. Parei para observar, louca para desenhar aquela cena.

— Você ia amar fotografar este lugar, Aisla. É tão lindo que você poderia apontar a lente em qualquer direção e conseguir a foto perfeita.

— Você só está dizendo isso pra me irritar, né? — grunhiu.

— Acho que sim. — Dei risada, cutucando um graveto com a ponta do sapato, e entrei um pouco mais no bosque. As folhas secas caídas na grama produziam barulhos engraçados à medida que eu me aproximava da "harpa de sol".
— Como você está? E a mamãe?

Ela ficou quieta por um instante.

— Estamos bem, dentro do possível. Claro que a mamãe está triste. Ela gostava muito da dona Lola. Mas é que a morte dela quer dizer mais uma coisa, né?

Eu sabia disso. E estava preocupada. Mamãe perdera sua amiga, e também a única pensionista.

— Nenhum hóspede novo? — eu quis saber.
— Não.

Soltei um suspiro. As coisas iam ficar bastante complicadas agora.

— Nós vamos dar um jeito, Ais.

— Sempre damos — afirmou ela, e eu quase podia ver seu semblante delicado endurecido pela determinação. — E você, o que tem feito?

— Ah, Aisla... — Minha palma resvalou no tronco frio e úmido de uma das árvores. — Eu já não sei mais...

Ela ficou quieta por alguns segundos, e então sua voz explodiu em meus ouvidos.

— Ai, meu Deus do céu, Bri! Você transou com o seu chefe?

— Não! Mas... rolou um beijo ou dois.

— Puta merda! — Ela deu risada. — E foi bom?

— Puta merda! — Abri um sorriso.

Cheguei ao ponto exato onde os raios projetavam círculos perfeitos no chão. Um deles incidiu sobre meu olho e eu elevei o queixo, cerrando as pálpebras.

— Puta merda, Bri! — Dessa vez, em vez de animação, a voz da minha irmã continha repreensão. — "Onde se ganha o pão, não se come a carne", a vovó sempre dizia. Isso pode acabar mal. Muito mal.

— Eu sei.

Ela soltou um suspiro pesado, que produziu um chiado metálico em meu ouvido.

— Mas isso não muda nada — concluiu por mim. — Porque você não consegue evitar. Está louca por ele.

— Algo assim. — Acabei sorrindo para o vazio.

— E a coisa com a mulher dele?

Abri os olhos e comecei a voltar pelo caminho de onde tinha vindo, desviando de arbustos e samambaias que ainda tremulavam com gotas de orvalho.

— Essa é a parte que pode me machucar — acabei confessando. — Ele se sente culpado por querer estar comigo. E sabe o que é pior, Ais?

— Pior do que saber que o cara fica cheio de remorso quando está com você? Não. Não consigo pensar em nada pior que isso.

Preferi ignorá-la.

— Ele a amava — contei. — Eles não romperam, não decidiram terminar. A vida terminou por eles. Que nem aconteceu com o papai e a mamãe. Um rompimento assim não deixa feridas, dilacera. O Gael não conseguiu superar ainda porque uma parte dele foi arrancada, entende?

— Ah, Bri... — Ela fez um muxoxo. — Eu sinto muito.

Cheguei a uma parte onde centenas de raios iluminavam o bosque. Abri os dedos, correndo-os pelos feixes de luz, como se os dedilhasse.

— Não. Está tudo bem, Aisla. Eu acho bonita a maneira como ele a ama.

— Hã... Ok, você tá louca, né? É do cara que você gosta que nós estamos falando.

— E você não ia querer um tipo de amor assim? Que mesmo depois que acaba continua a existir? — Porque eu queria marcar alguém dessa forma. Continuar existindo mesmo depois do fim. E me peguei pensando que os alquimistas não tinham entendido. Não existia um elixir da vida que trouxesse a imortalidade. É o amor que torna alguém imortal.

Ela ficou muda por alguns segundos.

— Ok, você está me confundindo — reclamou. — Está dopada demais no barato da paixão pra fazer algum sentido.

— É bem provável. Mas esse não é o problema. Ele esconde algumas coisas.

— Que tipo de coisas?

— Como é que eu vou saber, se ele *esconde*?

Ela fez uma pausa, ponderando. Mas sua voz estava absolutamente séria quando voltou a falar.

— Isso não é importante, Bri. A pergunta que você deve se fazer é: isso muda alguma coisa? Isso que ele não quer que você saiba vai te fazer mudar de ideia?

Abri a boca para responder, mas me detive ao me ver sem resposta. Mudava alguma coisa? O que quer que Gael quisesse manter em segredo seria tão grave assim que eu poderia deixar de amá-lo?

— Quando foi que você ficou tão inteligentona? — brinquei.

— Em algum lugar entre a prova e a conclusão do TCC — gemeu. — E, seja lá o que decidir, não faça nada que eu faria. Você não é de se deixar levar por qualquer coisa, ao contrário de mim. Tente se lembrar disso. E, pelo amor de tudo o que é mais sagrado, não transe com ele. Se você já está toda apaixonada agora... com ele... misturar ainda mais... ferrar com tudo.

— Aisla, a ligação tá cortando. — Apertei o telefone contra a orelha, mas só ouvi um chiado insistente. — Alô? Aisla?

A ligação caiu. Tentei retornar, mas parecia que o sinal da operadora havia caído também. Guardei o celular no bolso do jeans e me virei para voltar à calçada.

Ah, que droga!

Analisei a mata que me cercava, buscando algum indício de civilização, mas tudo o que via, para qualquer direção que olhasse, era mato, árvores e... mais mato. Eu tinha certeza de que pegara o caminho certo. Como tinha ido parar ali?

— Merda.

Meu senso de direção não era dos piores. Isso quando eu estava prestando atenção e tal. Eu tinha ficado distraída demais enquanto falava com Aisla. Mas, observando bem o cenário, depois de andar de um lado para o outro tentando encontrar a harpa de sol, não tive certeza se teria feito alguma diferença. Tudo naquele bosque parecia exatamente a mesma coisa.

Escolhi uma direção, usando o celular como bússola. Assim que ele encontrasse a rede, eu estaria me aproximando da cidade. Fiz uma anotação mental para procurar um aplicativo que tivesse uma bússola de verdade.

E outro que ensinasse a usá-la.

Andei por uma boa meia hora, um olho no bosque, o outro na tela. A bateria já passava da metade.

Procurando rede de dados...

— Que saco!

Mudei de direção outra vez, me amaldiçoando por não ter ficado na calçada. Não! Por não ter permanecido na cama, onde era seco e seguro e quentinho e macio e tinha um banheiro saído de alguma revista de decoração bem ao lado.

Comecei a ficar apreensiva depois de duas horas de caminhada. Eu estava andando em círculos? Meu Deus, eu ia ficar presa naquela floresta para sempre? Nem tinha levado nada comigo. Tudo o que encontrei no bolso da calça foi uma nota de cinco libras. De que isso me serviria ali, no meio do nada?

Tentei ligar para Gael algumas vezes, mas a linha continuava muda. A bateria estava indo embora muito depressa, e, como não estava adiantando nada mesmo, guardei o celular no bolso e segui em frente. O que mais eu poderia fazer? Ainda bem que Gael tinha dito que não existia cobra na Irlanda.

Parei diante de uma árvore de tronco largo e copa muito alta, cogitando a ideia de subir nela para tentar enxergar alguma coisa lá do alto, como minha Cinderela favorita fazia no filme. Mas me detive, examinando o cenário. Algo me pareceu familiar.

Eu já tinha estado ali antes. E levei um instante para perceber que não tinha sido naquela manhã.

A névoa noturna não possibilitava que eu visse muito além de algumas árvores adiante, por isso perambulei às cegas pela floresta, passando três vezes diante de um jovem freixo ainda espichando sua copa para o céu. Eu estava andando em círculos.

— Não pode ser. — Passei os braços ao redor do corpo, me afastando da árvore centenária que eu vira ainda pequena em meus sonhos.

Dei meia-volta, pronta para sair correndo, mas alguma coisa me impediu. Uma urgência inexplicável, como se alguma coisa me chamasse, me atraindo para o caminho para o qual eu dava as costas.

Não consegui resistir ao arroubo, e meus pés começaram a se mover antes mesmo que eu percebesse. Quanto mais eu avançava, maior se tornava o impulso que me impelia para frente. Andei por cerca de quarenta minutos até que, enfim, consegui sair da floresta. No entanto, saí pelo lado errado. Não havia nem sinal da cidade, apenas um campo aberto com o céu nublado acima dele e uma colina mais ao longe. No topo dela, a única coisa naquela paisagem criada pelas mãos do homem: um castelo.

Meu coração errou uma batida.

— Não é possível... — Ele não podia ser real. Simplesmente não podia! Porque a construção no horizonte não era um castelo qualquer. Era o castelo dos meus sonhos!

Apertei o passo, atravessando o capim alto, tropeçando em coisas que não cheguei a ver, pois não conseguia tirar os olhos do palácio. Uma estrada de terra batida surgiu e eu segui por ela. Ali perto havia uma vaca pastando entre duas árvores. Ela olhou para mim, mas a grama pareceu mais interessante, então voltou a ruminar.

As pedras soltas na terra rolavam conforme eu me apressava, a paisagem mudando, a estrada sendo engolida por um corredor de árvores onde a luz do sol lutava para penetrar na folhagem. O cheiro úmido da mata grudou em minha pele, em meu cabelo, de um jeito esquisito e ao mesmo tempo familiar. Meu coração bateu rápido tão logo eu fiz a curva e...

Gritei, mesmo sabendo de antemão o que encontraria ali.

A questão era que eu não esperava encontrá-la. Não realmente. A pedra em formato de cabeça de bruxa existia, tão sinistra e assustadora quanto parecia nos sonhos. Devagar, me aproximei dela; meus dedos trêmulos fizeram contato com a superfície escura, áspera e fria. Eu não estava sonhando agora. Tinha certeza de que estava muito desperta, sobretudo porque meu coração batia com força, a ponto de sair pela boca.

— Isso não pode ser real.

Assustada como jamais estive, me afastei da escultura criada pela natureza. No entanto, o chamado dentro de mim ainda exigia que eu o atendesse. Eu não queria ver mais nada, mas, ao mesmo tempo, estava desesperada para saber que outras coisas encontraria. Então, engolindo em seco, fui adiante, passando pela gruta por onde eu fugira do casamento, seguindo por um caminho de flores — amarelas, laranja, vermelhas — enquanto meus sapatos esmagavam torrões de terra. Assim que aquele túnel de árvores desapareceu, a torre preencheu meu campo de visão. Logo em seguida, avistei a entrada do castelo.

Não sei bem como consegui me mover. Estava tão perplexa e assombrada que nada em mim parecia funcionar direito, mas, quando notei, estava dentro dos portões, meus olhos presos à construção alta e larga agora em ruínas.

— Ei, moça, você precisa de um ingresso para entrar! — Uma garota vestindo um blusão cinza se postou à minha frente, me impedindo de prosseguir.

— O q-quê?

— Precisa de ingresso para visitar o castelo. O guichê fica ali. — Indicou a cabine ao lado da entrada que eu não vira ao passar. Assim como também não tinha visto as dezenas de pessoas ali, fotografando as ruínas, ou os homens de agasalho cinza gesticulando e apontando diante dos grupos e o gradeado que delimitava as áreas do castelo.

O lugar tinha se transformado em atração turística, notei com certo atraso. No piloto automático, tateei os bolsos em busca do dinheiro. Consegui comprar o ingresso e corri para acompanhar um grupo de turistas. O guia nos levou ruínas adentro, um casal mais à frente fazendo dezenas de perguntas. Eu pouco ouvi, pois meu coração retumbava nos ouvidos e na garganta. Enquanto subíamos para o segundo andar, pressionei a palma nas paredes, reconhecendo-as, assim como meus pés conheciam os degraus da escada estreita. E eu sabia que havia sido construída daquela maneira para que, no caso de uma invasão, o inimigo não conseguisse desembainhar a espada. Eu também sabia que aquelas fendas compridas pelas quais passávamos vez ou outra eram por onde os arqueiros vigiavam dia e noite, prontos para defender o castelo e seus habitantes. Como raios era possível que eu soubesse da existência de tudo isso? Como aquilo podia existir fora dos meus sonhos? Tá certo, Gael existia, mas aquele lugar? Um castelo?

Os turistas prosseguiram, mas eu fiquei no segundo andar. Meus dedos correram pela parede rústica, sentindo seus relevos e reentrâncias à medida que cruzava o corredor, o cheiro acre de poeira e coisa mofada fazendo meu nariz coçar. Parei diante do que um dia fora um quarto real. O meu quarto. Com passos lentos, entrei, examinando o cômodo vazio. A parede do fundo, onde antes havia uma janela, não existia mais.

— Meu Deus... — murmurei, me sentindo meio zonza.

Estava atordoada demais e não percebi que alguém passava pelo lado de fora até que ele começou a gritar comigo.

— O que você está fazendo aqui? — o homem de agasalho cinza e bigode largo questionou, com cara de poucos amigos. — Esta ala não está aberta a visitação. Não é segura. Em um ou dois anos ela vai ser restaurada e você vai poder conhecer os aposentos da princesa Ciara. Agora você tem que sair. Por favor, desça.

Olhei para ele, sentindo uma dor quase física ao ouvir o nome fora dos meus sonhos.

— Ciara MacCarthy? — Engoli com dificuldade. — É dela que o senhor está falando? Da princesa Ci-Ciara?

— É claro que é da princesa Ciara MacCarthy que eu estou falando. — Ele abaixou as sobrancelhas grossas. — Você não deveria estar aqui.

Meus batimentos cardíacos entraram em colapso, minhas mãos frias tremiam sem nenhum controle. Então ela... ela existiu de verdade? A Ciara era real? Isso significava que... que o que eu sonhava não era apenas uma fantasia?

— Você entendeu que não deveria estar aqui? — ele repetiu, impaciente.

— Sim, eu entendi. Mas, senhor... — Eu me aproximei dele, as mãos sobre meu coração assustado. — Eu preciso saber mais sobre ela. É importante. Muito importante! Por favor?

— Muito bem. Eu conto alguma coisa, *se* você sair daqui agora.

Assenti e obriguei meus joelhos a aguentarem firme enquanto deixava para trás aquele aposento. O homem me levou até o pátio central, no térreo. E grunhiu ao perceber que eu o seguiria o dia todo se fosse necessário.

— O que você quer saber, menina? — sibilou, exasperado.

— Tudo o que você puder me contar. Qualquer coisa!

Ele coçou o bigode.

— Ciara MacCarthy foi uma grande mulher. Ela cresceu neste castelo. Era uma boa menina e...

Ele continuou falando, mas eu parei de ouvi-lo, pois algo dentro de mim despertou. Era grande e assustador. Em um momento eu estava ali, vendo a boca daquele homem se mover sob o bigode, formando o nome de Ciara MacCarthy vez ou outra. No instante seguinte, revivia um pesadelo.

Eu estava de volta ao ponto onde tudo começara.

28

O som agudo de metal contra metal me causa arrepios. Não gosto de lutar. Eu me recuso a pensar que em algum momento terei de usar uma espada, mas Bressel Lane, um dos homens de confiança de papai, insiste que é preciso aprender. Os tempos mudaram. A Irlanda está sofrendo ataques por todos os lados.

Papai sempre diz que sente saudade do tempo em que sua única preocupação eram os O'Brien. Minha família, os MacCarthy, e os nossos vizinhos foram inimigos amigáveis, por assim dizer, durante muito tempo. Ambos os clãs tentavam controlar a província de Munster. A solução surgiu depois de séculos de confronto: dividir a província em duas. Os O'Brien comandariam o norte de Munster, enquanto minha família cuidaria do sul.

— Levante mais o cotovelo — instrui Bressel, seus cabelos escuros úmidos pelo esforço.

Escolhemos o pátio do castelo para o embate, pois gosto da sensação do sol em minha pele, do aroma das ervas e frutas que vem das barracas dos agricultores, das risadas das crianças que brincam nas escadas.

Como Bressel orientou, elevo o cotovelo e o ataco, por um milagre conseguindo penetrar suas defesas. Minha lâmina quase encontra seu pescoço e ele se rende.

— Muito bem, Alteza. — Ele baixa sua espada.

Ofegante, faço o mesmo.

— Preciso de um descanso. Meu braço está um pouco dolorido. — Eu lhe ofereço o cabo da arma. — Prefiro minha scían, Bressel.

Embainhando sua espada, ele apoia a minha na ponta da bota.

— É uma boa arma, mas um tanto leve, Alteza. O inimigo pode desarmá-la facilmente. Com o tempo, seu braço vai se habituar com o peso.

— Podemos continuar mais tarde?

— Ciara MacCarthy! — alguém me chama.

Eu me viro. Papai desce as escadas, fumegando como uma lareira entupida. Os cabelos cinzentos estão soltos sobre os ombros, os olhos mais frios que de costume. O farto bigode oculta sua boca, mas sei que seus cantos estão voltados para o chão, a julgar pela maneira como balança o papel que tem na mão. Eu suspiro. Ele já sabe.

— Hã... Certamente, Alteza. — Bressel, percebendo o humor de Ronan MacCarthy, se apressa. — Com licença.

Deslizo as mãos pela roupa, aprumo os ombros e afasto do rosto alguns fios de cabelo que se desprenderam da trança, tentando parecer composta.

— Pode me explicar o que é isto? — papai diz ao chegar mais perto, abanando o papel.

— Imagino que seja uma carta.

Seu semblante assume uma coloração avermelhada.

— Não teste minha paciência, Ciara. Fergus escreveu lamentando sua recusa, mas afirma que estava preparado para tal coisa e que pretende tê-la de uma maneira ou de outra. Por que fez isso? Por que o rejeitou sem falar comigo?

— O senhor disse que a decisão era minha. Que não me forçaria a casar com aquele verme.

Ele bufa, esfregando o bigode. O broche de ouro que prende seu manto vermelho ao ombro reluz conforme ele começa a andar de um lado para o outro.

— Presumi que discutiria comigo sua decisão — cospe — antes de dar uma resposta ao maldito gallowglass.

— Por quê? Acaso pretendia me convencer a aceitá-lo?

Papai contratou Fergus McCoy na primavera passada. Ele e seus homens tinham a incumbência de ajudá-lo a defender Munster da constante ameaça inglesa. Funcionou por um mês. Até que a ambição do mercenário o fez erguer sua espada contra os aliados de papai. McCoy dominou uma aldeia inteira, se autodenominou conde e, no processo, matou meu adorado irmão.

— Eu não pretendia persuadi-la. — Papai fita o papel em suas mãos. — Bem... Talvez.

Suspendo a saia e me apresso, colocando-me diante dele, e ergo o queixo para encará-lo.

— Pretendia encorajar-me a aceitar aquele maldito, papai? Tinha mesmo a intenção de me forçar a ceder minha mão ao assassino de Conan?

Seus olhos lampejam com fúria.

— Não é preciso que me lembre do que ele fez a Conan. Eu sonho com o dia em que matarei McCoy desde que a vida do meu filho foi tirada. — Seus dedos se fecham ao redor da carta, esmagando-a. — Quero esse sujeito perto de você tanto quanto quero colocar meu pescoço sob a lâmina de uma guilhotina. Mas ele a quer, querida. Em troca de deixar Munster em paz.

— Ele não quer a mim, mas à sua coroa — rebato.

— E a conseguirá de um jeito ou de outro — suspira, exaurido. — Se aceitá-lo, não haverá derramamento de sangue.

Eu me afasto dele. Os sons de meus saltos nas pedras são abafados pelos gritos das crianças, que agora correm atrás de um cachorro.

— Não. Não posso fazer isso — murmuro. — Não posso trair Conan dessa maneira.

— Conan teria feito o que fosse necessário para manter a paz, se estivesse em seu lugar, pois é isso que um líder faz. — Ele se aproxima, fita de soslaio seus súditos nas barracas e abaixa a voz. — Se sua recusa é em decorrência de alguma fantasia romântica...

Isso me faz rir, embora sem humor.

— Realmente me conhece, papai.

Nunca tive nenhum sonho romântico. Jamais me permiti ter. O amor é para quem tem a sorte de nascer com o futuro ainda a ser escrito. Líderes de um povo têm muitos privilégios, mas ser livre para amar não é um deles. E eu já tinha abraçado meu destino. Não esperava que meus olhos se iluminassem por alguém, como os de Bressel se iluminam a cada vez que ele avista Ina, ou que minhas mãos suassem quando eu o encontrasse, como as mãos de minha amiga se molham sempre que Bressel Lane lhe dirige a palavra. Aceitei meu dever. Mas o que meu pai acaba de me propor? Não. Isso nunca. Eu preferiria me casar com o próprio demônio a desposar Fergus McCoy.

— Você sempre soube que se casaria por algum arranjo político, Ciara — lembra papai, como se lesse meus pensamentos.

— Jamais com o assassino do meu irmão!

Algumas damas, um pouco mais afastadas, nos lançam olhares curiosos. Papai também percebe e sacode a cabeça. Depois de uma pausa, fitando um ponto qualquer ao longe, pergunta:

— Soube que os ingleses queimaram tudo ao redor de Cork?

Minha raiva arrefece, e um calafrio percorre minha coluna.

— Deus meu! Quando?

— Duas noites atrás. — Seus olhos não são nada além de brasas furiosas. — Queimaram as plantações, o gado, tudo o que encontraram pela frente. Não restou nada.

Desde o fim do século doze, período em que os ingleses dominaram Dublin, logo se imaginou que fariam o mesmo com o restante da ilha. Mas os irlandeses, seus líderes

— *chefes de clãs e reis —, resistiram bravamente. A ocupação britânica se encolheu à região da Palhoça, nos arredores de Dublin, na província de Leinster.*

As outras três províncias da Irlanda, Ulster, Connachat e minha amada Munster, se defendiam como podiam desde então, mas nos últimos tempos algo havia mudado. Os ataques ingleses se tornaram mais frequentes, e alguns chefes de clãs se viram forçados a se associar ao inimigo em troca de manter alguma paz em suas terras. Tanto já estava em mãos estrangeiras... Se não resistíssemos, não restaria nada da ilha sob domínio de meus compatriotas.

Decerto, nem todos os ingleses eram bastardos. Muitos deles haviam se inserido em nossa cultura, tinham aprendido a falar nosso dialeto, formado família com um dos nossos e amavam aquela ilha tanto quanto qualquer irlandês. O que se dizia era que a Coroa não estava contente com isso.

— *Vai haver fome, Ciara.* — *Papai contempla o anel com o brasão da família em seu anular.* — *Como esta terra jamais sentiu. Não vai demorar para que os rebeldes se rendam. Essa é a intenção dos ingleses. E é apenas o começo. Logo eles tentarão dominar toda a província. Tenho falado com O'Brien. Iremos unir forças por um propósito maior. Por isso não posso dividir o exército agora. Meus homens não serão capazes de combater os ingleses e Fergus McCoy ao mesmo tempo. Tenho de escolher, querida.*

— *Por favor, papai, não faça isso!*

Ele esfrega o rosto, e vejo a amargura se assentar nas íris cinzentas.

— *Lamento, Ciara. Muito mais do que possa imaginar. Mas não há outra opção. Sua recusa afetaria a vida de todos nós.* — *Ele deixa a mão cair e me encara.* — *Deve escrever para Fergus outra vez. Explique que mudou de ideia.*

— *Não!* — *soluço.*

— *Não é um pedido.* — *Sua voz é baixa, e nela reconheço sua autoridade. E não se trata da autoridade paterna.*

Lágrimas brotam em meus olhos. Uma delas escorre por minha bochecha.

— *Muito bem, majestade.* — *Seco a face, com raiva.* — *Farei como me ordena.*

Os saltos de suas botas ressoam nas pedras conforme ele chega mais perto e toca meu queixo com ternura.

— *Ser líder é tomar decisões que machucam sua alma em nome de um bem maior, de manter o povo em segurança* — *murmura.* — *Jamais se esqueça disso, Ciara.*

Eu me afasto de seu toque e suspendo as saias do vestido, disparando escada acima.

❦

No espelho, tenho um vislumbre do que se passa fora do castelo. As tochas acesas no pátio e a movimentação anunciam que algo está prestes a acontecer. O sol já começou a cair no horizonte, mas não tenho ânimo para admirá-lo. Meu corpo todo parece entorpecido desde que escrevi a Fergus aceitando sua proposta de casamento. Antes do jantar daquela noite, serei esposa do assassino do meu irmão.

— Perdoe-me, Conan — murmuro, encarando meu reflexo, odiando a sensação da seda azul que recobre meu corpo. Não é um vestido. É uma mortalha.

— Como disse? — Ina questiona, enquanto prende uma tiara de flores azuis em meus cabelos.

— Nada importante, querida Ina.

Minha amiga franze a testa e abandona as flores sobre o toucador.

— Ciara, não minta para mim. Sei que está infeliz. Por mais que tenha se esforçado, eu sei que mentiu, que não conseguirá viver com esse homem. Mal consegue olhar para ele!

Jamais conseguiria enganar Ina. Crescemos juntas naquele castelo. Sua mãe, filha de um chefe, e a minha engravidaram na mesma época. Tenho poucas memórias em que ela não esteja presente.

— Terei de suportar, Ina. Toda a população correrá perigo caso eu me recuse a me unir a Fergus. Não tenho escolha.

Ina se afasta, os fios loiros caindo em cascata até a cintura e balançando suavemente enquanto caminha pelo quarto. Seu vestido verde produz um sussurro suave contra o assoalho.

— Sempre existe uma escolha! — diz, por fim.

— Não para uma princesa. — Meus olhos se empoçam.

"Pare com a choradeira, remelenta", Conan me diria. "É uma MacCarthy. Os MacCarthy não podem chorar. Nem amar. Nem... o que mais papai diz? Nunca consegui decorar a lista toda."

Meu irmão não levava muita coisa a sério fora do campo de batalha. Talvez por isso ainda não estivesse casado, aos vinte e quatro anos. Papai começou a atormentá-lo. Ronan MacCarthy queria um herdeiro. Para total assombro e contentamento de nosso pai, Conan se apaixonou pela filha dos O'Brien. Depois que ele empregou todo o seu charme, a jovem Rosaleen sucumbiu. Os dois se amavam verdadeiramente. O casamento foi acertado. As duas famílias, inimigas por tantos séculos, enfim seriam uma só. O ódio as separara, e agora o amor as uniria. Munster voltaria a ser apenas uma. Toda a província estava em festa. Mas então, dois dias antes da cerimônia, Fergus armou a emboscada em um vilarejo próximo às margens do rio Lee e Conan jamais voltou para casa.

— Argh! O demônio chegou — Ina resmunga, olhando pela janela. — Minha nossa, McCoy convidou todos os galls?

Aquilo desperta minha atenção. Mesmo a contragosto, vou até a janela e espio. Há pelo menos cinquenta homens montados e mais algumas dezenas a pé. Reconheço Fergus de imediato, à frente de seus homens. Eu o observo, refletindo sobre como a natureza foi traiçoeira, pois a face do mal é bela, com ossos marcados, olhos cinzentos e cabelos escuros. Ele se deu o trabalho de vestir-se com pompa para a ocasião, exibindo o tartan dos McCoy. O homem a seu lado eu também reconheço. E o desprezo quase tanto quanto desprezo seu líder. Desmond Murray, um sujeito tão frio quanto o aço da espada que traz na cintura, mais de uma vez me lançou olhares que fizeram meu estômago embrulhar.

Sinto um arrepio me subir pela nuca. Levo um instante para encontrar os olhos azuis da mulher de vermelho ao lado de Desmond. Eu me afasto da janela.

— Quem será ela? — Ina me segue até a cama.

— Não faço ideia, Ina. Mas, se está aqui por Fergus, não deve esperar gentileza e cordialidade. — Eu me sento na beirada da cama, uma das mãos enroscada no dossel de carvalho. Minha amiga se acomoda a meu lado e leva a mão aos meus cabelos para ajeitar uma das tranças.

— Bressel acredita que deveria adiar o casamento — conta. — Apenas até a situação com os ingleses se resolver.

— Fergus sabe que, assim que não houver mais a ameaça britânica, toda a força dos MacCarthy se voltaria contra ele.

Ela bufa.

— Mas, querida Ciara, não pode se casar com aquele... aquele bárbaro! Você é boa demais para merecer tamanha infelicidade. Merece casar-se com um homem que a respeite, que a ame, que a idolatre! Nada menos que isso!

— Oh, Ina... — Aperto sua mão. — Obrigada, minha amiga. Mas o que merecemos e o que recebemos da vida são coisas distintas.

— Quase posso ouvir Conan discursando agora. — Ela ri suavemente.

Sorrio com melancolia para ela.

— E é por ele que farei esse sacrifício. Conan não hesitaria. E não me deixaria hesitar.

— Ao contrário. — Ina franze o nariz salpicado de sardas. — Conan mataria esse maldito.

— Exatamente. — Encaro minhas mãos e me pergunto se elas serão capazes.

Minha amiga ofega. Ergo os olhos para seu rosto arredondado e alarmado.

— Ciara, por tudo o que é mais sagrado nesta terra, diga que não tem a intenção de matar aquele sujeito!

Tento manter a expressão o mais serena possível.

— Eu não pretendo matá-lo, Ina.

Ela me analisa por um instante e então exala com força.

— Você me assustou, minha amiga. Se Fergus ao menos imaginar que tem a intenção de matá-lo, enfiará a espada em seu coração ainda no altar. Não teria sequer uma chance.

A menos que eu saiba escolher o momento certo...

Ouvimos uma batida na porta. Ina e eu nos entreolhamos.

— Sim? — grita ela.

— Sua majestade solicita a presença da princesa Ciara no salão principal — anuncia o vassalo.

— Obrigada. Avise a sua majestade que ela descerá imediatamente.

O momento chegou. Em menos de uma hora, estarei casada com aquele homem. Serei dele e nada no mundo poderá mudar isso. Meu peito sobe e desce com dificuldade, o ar parece não passar por minha garganta.

"Não demonstre medo", ouço a voz de Conan ecoar em meus pensamentos, "mesmo que esteja se borrando nas calças. É o que sempre faço."

E é o que eu faço também. Profundamente ferida, desejando que a morte me alcance antes que eu chegue ao salão principal, me apoio no dossel e me levanto. Com os ombros aprumados, saio do quarto para me encontrar com meu destino.

— Muito bem — diz Ina ao chegarmos ao térreo. — Deve esperar na sala privada do rei. Ele vai escoltá-la até o salão principal. Vou avisá-lo de que o aguarda lá. Dessa maneira, não terá de se encontrar com Fergus antes da cerimônia.

Concordo, bloqueando qualquer pensamento sobre o "depois". Não consigo lidar com isso agora. Simplesmente não consigo.

Eu me movo pelos cômodos, entorpecida, fazendo um esforço hercúleo para manter a mente vazia e a respiração estável. Ao parar diante da sala privada de papai, hesito ao vê-la entreaberta. Há alguém ali dentro. Espio pela fresta. Consigo ver Desmond parado diante da mesa de papai. Mas a voz que chega a meus ouvidos pertence a McCoy.

— ... não é tão bom quanto o nosso, mas servirá. Temos de comemorar, mesmo que seja com este uísque medíocre — diz ele. Sua mão entra em meu campo de visão, entregando um cálice a Desmond.

— Não acha que seria prudente esperar que o casamento se realize antes de comemorar?

— Por que esperar, Des? Em menos de uma hora estarei casado com a única herdeira de Ronan MacCarthy, e então tudo isso, o castelo, as pessoas dentro e fora dele serão meus.

— Apenas após o velhote morrer.

Eu me afasto da porta e me espremo contra a parede logo que escuto a cadeira ranger. Em seguida, os passos de Fergus ecoam pelo cômodo. Penso em correr, mas suas botas se aquietam e eu permaneço onde estou.

— Sua amada esposa vai garantir que isso aconteça em breve — anuncia Fergus.

— Dervla fará com que pareça que o rei foi acometido por uma súbita doença debilitante. Pobre homem...

— Não será assim tão fácil envenenar o velho. Nem a sua noiva.

— Ah, mas tenho um plano diferente para ela. O que é, de fato, uma pena. Ela é agradável aos olhos. Talvez eu não tenha de matá-la, afinal de contas. Quem sabe eu apenas corte sua língua. Tenho a impressão de que toda aquela rebeldia a acompanhará na cama. Estou ansioso por descobrir.

Levo a mão à boca para que nenhum som escape, mas meus olhos se enchem de lágrimas, o coração se aperta. Ele pretende matar papai!

— Acredita que a Inglaterra cumprirá o acordo? — especula Desmond.

— Tenho certeza de que sim. Os MacCarthy controlam todo o sul de Munster. E, se a Inglaterra passar a controlar esta região, dominar o norte será muito mais fácil. Cork já está a meio caminho de ser tomada. Agora pare de colocar água no meu uísque e se alegre, caro Des. Contemple minha vitória! O futuro desta ilha está em minhas mãos.

Eu me afasto da porta sem fazer barulho, as mãos ainda sobre a boca, e então corro. O que aquele verme tramou é ainda pior do que eu imaginei. Fergus não tem a intenção de deixar Munster em paz: ele ambiciona ser o rei. Para então entregar metade da província ao inimigo. A terra onde nasci se transformará em solo inglês se eu me unir àquele crápula.

Deus meu! Tenho de encontrar papai!

Estou tão transtornada que não vejo nada à minha frente e colido em cheio com alguém. Mãos finas se prendem em meus braços, unhas longas afundam em minha carne. A mulher de olhos azuis e cabelos escuros encaracolados me observa, como se eu fosse um animal morto há muitos dias. Agora sei quem ela é. É a esposa de Desmond. Dervla. Aquela que pretende envenenar papai e fazer com que pareça uma doença.

— Parece que bisbilhotar é um de seus hábitos, princesa — escarnece.

Eu me afasto dela. Ou tento. Apesar de pequena — ainda mais baixa que eu —, ela é forte e mantém uma das mãos em meu braço, segurando-o com tanta força que minha mão começa a ficar dormente.

— Nunca lhe ensinaram que é indelicado ouvir atrás da porta? — questiona.

— Eu não estava ouvindo. Estava procurando meu pai.

— O rei está onde deveria estar, ao contrário de você, princesa. Vou ajudá-la a encontrar o caminho. — Ela começa a me arrastar para o salão principal.

Tento escapar, mas suas garras arranham minha pele sob a manga do vestido. Por mais que me debata, não consigo me livrar dela.

— Ei! — Alguém atrás de mim grita. — Solte a princesa!

Bressel. Graças ao bom Deus!

A mulher para, mas não me solta. Os olhos dela reluzem de uma maneira que me causa calafrios.

— E o que acontece se eu decidir não lhe dar ouvidos? — pergunta, a voz repleta de desdém.

O melhor amigo de meu irmão não diz nada, mas leva a mão ao cabo da espada em seu cinturão.

Ela sorri de forma diabólica, mas me solta. O sorriso ainda está ali enquanto se afasta.

Bressel bufa.

— Odeio esta mulher — comenta assim que ela passa pela porta que leva ao grande salão. — Odeio esta gente. Odeio saber que agora os verei todos os dias e não poderei matá-los e vingar a morte de Conan.

Se eu não agir rápido, Bressel Lane acrescentará mais dois nomes a sua lista de vingança. O meu e o de papai.

— Eles pretendem matar papai, Bressel — eu me apresso. — Acabo de ouvir Desmond e Fergus se regozijando com o sucesso do plano, que consiste em se casar comigo para se tornar o herdeiro do trono e então matar papai, de maneira que sua morte pareça natural. Ninguém poderá contestar. Assim que a coroa lhe pertencer, Fergus a entregará à Inglaterra!

— Tem certeza? — Os olhos escuros de nosso melhor soldado chamuscam com fúria.

— Oh, Bressel, sim! Tenho de alertar papai sobre as verdadeiras intenções daquele verme, antes que seja tarde demais!

Tento correr, mas ele me segura pelo cotovelo, me detendo.

— Alteza, não. Não pode ir até o salão agora. Seu pai e os principais chefes dos clãs estão lá.

— Ainda melhor! Eles podem nos ajudar!

— Como, se há mais de cem mercenários com eles? — ele cospe, furioso.

Deus meu. Seria uma verdadeira carnificina. O que farei?

— Acredito que seja melhor ir agora — Bressel pondera.

— Ir para onde? — Mas é Fergus quem pergunta.

Meu amigo e eu nos viramos. McCoy e Desmond se aproximam a passos rápidos. Bressel me solta e me empurra para trás. Os dois mercenários param a pouca distância, as mãos posicionadas sobre as espadas. O olhar do desprezível Desmond percorre meu corpo lentamente e se incendeia, como se estivesse me despindo em sua mente. Fico nauseada.

— Para onde minha noiva deve ir, Lane? — insiste Fergus.

— Até o salão — Bressel improvisa, sem hesitação.

Fergus McCoy abre um sorriso.

— Que auspicioso. Estou indo para lá neste exato instante. Eu mesmo a acompanho. — Ele me oferece a mão.

Olho para ela e meu estômago revira outra vez.

— Prefiro permanecer na companhia do diabo a permitir que me toque — rosno.

Minha ousadia desperta algo nele. Um desafio cujas regras não estou certa se conheço.

— Quando for minha, princesa — ele diz, bem-humorado —, eu a ensinarei a moderar a língua. E será um prazer, acredite.

— Nunca serei sua! — vocifero.

Fergus chega mais perto. Bressel desembainha sua espada antes que eu possa piscar. Infelizmente, Desmond faz o mesmo. McCoy ignora ambos e avança, obrigando-me a recuar até bater as costas na parede. Apoiando uma das mãos ao lado de meu pescoço, curva-se para que sua face demoníaca fique na altura de meu olhar.

— Será sim, Alteza. E dentro de poucos minutos. Será tão minha que terei seu coração bem aqui. — Ele me mostra sua palma. Então cerra os dedos até que os nós pontudos empalideçam. — E será um enorme prazer esmagá-lo e assisti-la agonizar, como fiz com seu irmão.

A raiva tinge tudo de vermelho. Meu punho acerta seu nariz antes que consiga se afastar. Meus dedos latejam, mas é com satisfação que assisto sua cabeça pender para trás e escuto um estalo. Desmond investe contra mim, mas Bressel o bloqueia com agilidade.

Fergus se recompõe e se surpreende ao tocar as narinas e ver o próprio sangue na ponta dos dedos.

— Parece que nossa noite de núpcias será interessante. — Pegando um lenço no bolso do traje, ele limpa o rosto e então sorri para mim. É como ver o próprio demônio escarnecer. — Mal posso esperar para retribuir toda essa paixão.

— Devo matá-lo? — Desmond pergunta a Fergus, a espada ainda em guarda, como a de Bressel.

— Não hoje, meu amigo. Não ficaria bem comparecer ao casamento com seu tartan sujo de sangue. Pode se divertir mais tarde.

— Será um prazer vê-lo tentar — Bressel retruca.

Fergus joga no chão o lenço manchado com o próprio sangue e alisa as lapelas.

— Esses joguinhos são sempre divertidos — anuncia ele —, mas infelizmente teremos de adiá-los. — Vira-se para mim. — O padre nos aguarda, Alteza.

Bressel e Desmond se encaram. Nenhum deles se move. E é o mercenário o primeiro a abaixar a espada. Meu querido amigo mantém a posição por mais um instante até que toco seu ombro. Ele hesita, mas acaba deixando a mão cair.

— Damas primeiro. — Fergus indica com o braço que eu vá na frente.

— Perdeu o juízo se presume que eu permitiria que um verme como você permaneça às minhas costas.

Sua expressão admirada me enfurece.

— Minha querida Ciara, que agradável surpresa constatar que é muito mais esperta que seu irmão.

Rosnando, tento atacá-lo de novo. Bressel me segura pelo cotovelo.

Ainda me encarando, ainda sorrindo, Fergus passa por mim, o companheiro em seu encalço, mas os dois param a pouca distância, esperando que nós os sigamos. Não me apresso. Não posso entrar naquele salão. Não posso me casar com aquele bastardo. Mas não há como escapar. McCoy está a dois passos de distância. Uma fuga seria impossível

Bressel chega mais perto e passa o braço por minha cintura enquanto avançamos a passos lentos.

— Esteja pronta — ele sussurra.

Para quê?, quero perguntar. Mas não há tempo, pois, assim que passamos em frente à biblioteca, Bressel me empurra com força para dentro. Tropeço no tapete logo na entrada e me equilibro no encosto da poltrona. Fergus grita, mas meu amigo é mais rápido e consegue passar o ferrolho na porta antes que meu noivo comece a socá-la.

— Bressel! — ofego.

— Precisa ir, Alteza. — Ele arrasta a poltrona e chuta o tapete para longe. — Vou dar um jeito de contar a seu pai tudo o que disse.

— Não! — reclamo tão logo ele levanta a portinhola e o ar rançoso do túnel onde eu costumava brincar na infância me chega ao nariz. — Eles vão matá-lo.

As batidas agora se tornam mais graves, intensas. A madeira chacoalha nas ferragens.

— Sairei pela janela. Vou me esconder por um tempo até que consiga encontrar uma maneira de falar com o rei Ronan. Apresse-se, Ciara! Eles logo vão entrar.

— Bressel, eles se voltarão contra papai!

— Eles se voltarão de toda maneira. E não se preocupe. Ronan não se tornou rei à toa. Agora vá! E fique em algum lugar seguro. Darei um jeito de encontrá-la, se puder.

O bam-bam-bam *na porta se intensifica.* Bressel tem razão. Eles logo estarão aqui. Tenho de ir embora para que meu amigo possa escapar também.

Eu o abraço com força. Pegando minha mão, ele deposita sua scían em minha palma.

— Tome cuidado, Alteza — diz.

— Cuide de papai e de Ina — peço, engolindo as lágrimas. — E de si mesmo.

Ele arranca a vela acesa do suporte na parede e me entrega.

— Farei isso. Agora, vá!

Com um último olhar para o amigo mais leal que Conan já teve, entro no pequeno fosso e desço as escadas. Ainda estou nos degraus quando a portinhola se fecha.

❦

— Menina? — Mãos grandes me sacudiam. — Menina?

Chacoalhei a cabeça, atordoada. A primeira coisa que distingui foi o rosto corado e o bigode peludo.

— Você está bem? — perguntou o sujeito que trabalhava nas ruínas.

Não, nem um pouco. Eu tinha que sair dali.

— O-obrigada, por falar comigo — sussurrei, cambaleando pelo pátio.

— Ei, menina, espere um momento!

Mas eu saí correndo. A compulsão que antes me levara até o castelo agora se transformara em repulsa, e eu não conseguia ser rápida o bastante para dar o fora dali. Tropeçava, arfava, as faces banhadas em suor.

Ciara existira. Ciara MacCarthy realmente vivera! Assim como as pessoas que ela amava. Então Lorcan...

Meu Deus.

Eu estava quase chegando à entrada, mas o cenário começou a girar conforme a dor perfurava meu crânio. Parei, levando as mãos às têmporas, tentando deter a furiosa tormenta ali dentro.

A dor de cabeça se tornou insuportável, a ponto de meus olhos se revirarem nas órbitas. Desabei de cara no chão frio de pedra, ouvindo gritos ao longe, enquanto minha vista nublava e eu me enrolava no véu da escuridão.

29

— *Acho que ela está voltando a si* — *ouvi uma voz gentil comentar.*
Alguém tinha desmaiado?

— Querida, você consegue me ouvir? — Uma palma quente tocou minha bochecha. Soergui as pálpebras com algum custo e deparei com uma pequena confusão de rostos flutuando sobre mim. Por que eu estava deitada no chão?

Ah! *Eu* tinha desmaiado.

Estranho. Isso nunca tinha acontecido antes.

— Você está bem? — questionou uma mulher de uns quarenta anos e olhos puxados.

Eu me lembrava de tê-la visto antes. Mas onde?

— O que aconteceu? — Minha voz saiu áspera.

— Perdão, querida, mas não a compreendo. — Ela estendeu uma garrafa de água para mim.

Eu me elevei sobre os cotovelos, sentindo as pedras ásperas arranharem minha pele sob as mangas do cardigã. Minhas juntas e as costas protestaram. Um homem de cabelo crespo se apressou, me ajudando a sentar.

— Obrigada — eu disse a ele, apertando os olhos uma vez para me livrar da súbita tontura.

— O que você disse?

— Eu disse obrigada. — Ok, desmaiar me deixou um pouco grogue, mas não era necessário que o cara me olhasse como se eu estivesse falando chinês.

— Acho que ela é italiana — ponderou a mulher... em inglês. Aaaah. — *Bere um... po 'd'acqua*, hã? — Balançou a garrafinha.

Liguei a tecla sap e respondi um "muito obrigada" em inglês, envolvendo os dedos na garrafa plástica. Enquanto eu sorvia um bom gole, as pessoas que me rodeavam começaram a se dispersar. O último, um homem mais velho com um bigode imenso, fez um sinal de positivo para mim antes de sair andando. Onde eu tinha visto aquele bigode antes?

Dei uma olhada ao redor, nas paredes de pedra que cercavam o que parecia ser um...

A água limpou minha garganta seca e também minha mente embotada. Lampejos do que eu tinha visto naquela manhã preencheram minha cabeça. O bosque. A pedra da bruxa. O castelo.

Ciara.

Tudo existia.

Como? Como isso era possível?

Se ela existira, então... quando eu sonhava, não era eu mesma, era... era ela?!

— Você está bem, minha querida? — A mulher tocou meu ombro. — Ficou desacordada por um bom tempo.

— Deve ter sido uma queda de pressão. — Quem poderia me culpar? Eu acabara de ver coisas que só deveriam existir em minhas fantasias, mas que de fato existiam no mundo real. Com pessoas de verdade! Pessoas que não eram eu!

— Você veio com alguém? — indagou o cara que me ajudara a sentar. Sua pele marrom cintilou lindos reflexos dourados conforme o sol incidiu em seu rosto. — Algum guia?

— Não, eu vim sozinha. Caminhando. — Balancei a cabeça, e foi uma péssima ideia, pois a dor me apunhalou atrás dos olhos. E eu desconfiava de que a agonia tinha pouco a ver com ter batido a nuca ao desmaiar.

— Tem alguém que possa vir buscá-la? — o rapaz quis saber. — Já está escurecendo. Logo o castelo vai f...

Meu telefone tocou nesse instante. Eu me remexi para pegar o celular no bolso e relanceei a tela. Era Gael. Havia tantos ícones de chamada perdida na barra superior que parei de contar quando cheguei a oito.

Desculpando-me com o casal que me ajudara tão amavelmente, levei o aparelho à orelha.

— Você está bem? — Gael foi perguntando antes que eu dissesse alô.

Encarando as ruínas do que um dia havia sido o palácio, não consegui encontrar forças para mentir.

— Não, eu não estou bem, Gael — revelei, baixinho. — Nem um pouco bem.

— O que aconteceu? — Eu quase podia ver a maneira como seus olhos nublaram, a julgar pela angústia que ouvi em sua voz.

— Eu me perdi. Poderia vir me pegar? Ou pedir ao Darr...
— Onde você está? — atalhou, ansioso.
Eu não fazia ideia do nome do lugar. Olhei para a mulher que me ajudara.
— Sabe como o meu amigo pode chegar aqui?
— Diga a ele que você está no... — ela falou alguma coisa em irlandês que eu jamais seria capaz de repetir.
Mas não precisava ter me preocupado, pois Gael tinha escutado.
— Você está no Castelo dos Rebeldes? — Não sei ao certo, mas tive a impressão de que aquilo o desagradou.
— Acho que sim. O castelo vai fechar daqui a pouco, e eu não sei como voltar pra casa.
O silêncio na linha me fez olhar se minha bateria agonizante tinha morrido de vez. Não tinha.
— Gael? Você tá aí?
— Sim. — Naquela única palavra, detectei uma nota de desespero... e fúria. — Estou indo te buscar.
Ele desligou antes que eu pudesse dizer obrigada. Fiquei encarando o aparelho, atordoada — ainda mais, quero dizer. Por que raios ele estava bravo comigo?
— Ele vai vir? — a mulher, tão gentil quanto bonita, quis saber.
— Sim, senhora. Ele deve chegar logo. Obrigada.
Enquanto eu me levantava, ela se apresentou. Chamava-se Mioko e era nutricionista. O homem que me ajudara era seu marido, Colin, advogado em um importante escritório londrino. Ela disse alguma coisa sobre uma segunda lua de mel, mas, por mais que eu tentasse me concentrar, meus pensamentos vagavam para a escada, ou a parede pela metade que, eu sabia, séculos atrás pertencera ao salão de armas.
Então o guia de seu grupo chegou e Mioko passou o braço no meu, dizendo que me acompanharia até o estacionamento. Esse eu não sabia onde ficava. Não havia carros nos meus sonhos...
Na época em que Ciara vivera ali.
Assisti ao grupo entrar na van e acenei para Mioko e Colin uma última vez antes de me sentar no meio-fio, admirando a vastidão verde colina abaixo, querendo evitar contato visual com o castelo a minhas costas. Porque eu não entendia. Jamais me passara pela cabeça que Ciara pudesse, de fato, ter existido. Nunca sequer cogitei que o que eu via em meus sonhos pudesse ter sido real. Isso signi-

ficava que, se o castelo, se Ciara existiu, então tudo o que eu sonhava também? A fuga, o encontro com Lorcan, o amor dos dois, tudo aquilo acontecera de verdade?

Se era assim, por que eu sonhava com ela? Que ligação aquela princesa irlandesa e eu tínhamos? Eu sentia sua dor de forma visceral, como se fosse minha. Nos sonhos não existia um ela. Apenas um eu.

Eu desconfiava de que Lorcan também existira. O que tinha acontecido com ele? E qual a ligação entre Lorcan O'Connor e Gael O'Connor? Tinha que existir alguma coisa. Um parentesco ou... ou outra coisa.

Uma dor de cabeça descomunal deu as caras, impedindo que eu continuasse o raciocínio.

Talvez fosse o sintoma de alguma doença mental ainda não identificada, me animei. Podia ser isso, certo? Porque, se alguém me perguntasse, eu teria dito que preferiria descobrir que estava doente a ter de aceitar que uma princesa irlandesa, sabe-se Deus por quê, assombrava meus sonhos.

Foi nesse momento que faróis duplos redondos me cegaram por um instante, enquanto o Dodge entrava no estacionamento e fazia a curva, parando a poucos metros de mim.

Fiquei de pé, espalmando a parte de trás da calça para tirar a poeira. Gael permaneceu atrás do volante, mas seus olhos aflitos passearam por meu corpo — por duas vezes —, se certificando de que eu estava inteira.

— Obrigada por vir — eu disse, assim que entrei.

Ele encarou o para-brisa, sem parecer ver nada de fato, o maxilar trincado com tanta força que uma veia pulsou em sua têmpora.

Ok, eu podia entender sua irritação. Eu tinha desparecido sem deixar recado por quase um dia inteiro. É claro que ele ficaria preocupado. Todo tipo de coisa devia ter passado por sua mente.

Eu devia ter ligado. Devia ter percebido que o celular capturara o sinal da rede logo que chegara ao castelo. Em minha defesa, digo que não é fácil manter alguma coerência quando seus sonhos se transformam em realidade. Quer dizer, literalmente falando.

— Você se machucou? — Manteve o olhar no vidro.

— Não.

— O que aconteceu? — Ele ainda olhava para a frente. — Como você veio parar aqui?

— Sinto muito, Gael. Eu saí pra caminhar, entrei no bosque e me perdi. Aí fui andando, procurando a saída, e acabei nesse castelo.

Ele não disse nada. Apenas engatou a marcha e acelerou, aquela veia ainda pulsando na lateral da testa, os nós dos dedos muito brancos, tamanha a força com que segurava o volante.

— Eu sinto muito — murmurei, baixinho. — Não quis te deixar preocupado.

— Preocupado não é a palavra certa pra descrever o que o seu sumiço provocou em mim, Briana. — Ele manteve a atenção na estrada, mas vi a raiva anuviar suas íris pretas. — Experimente torturado. Apavorado. Ou quem sabe desesperado. Talvez "a ponto de perder a maldita cabeça" dê uma ideia melhor.

— Eu juro que não tive a intenção. — Nervosa, comecei a retorcer os dedos sobre o colo. — Não fica bravo comigo.

— Não estou bravo com você — rosnou, entredentes.

Como ele podia dizer isso se nem conseguia olhar para mim?

— Você está puto, Gael — apontei o óbvio.

— Não estou... — Fez uma pausa. E então grunhiu. — Sim, eu estou. — Finalmente virou o rosto e mirou os olhos repletos de cólera em mim. — Eu passei oito horas e meia te procurando em cada canto desta cidade, sem saber o que tinha acontecido ou por que as suas coisas ainda estavam no quarto. Por que você tinha sumido no meio da madrugada. Por que se aventuraria em uma cidade que não conhece sem dizer nada a ninguém. Eu só conseguia pensar que alguém tinha levado você, que eu acabaria te encontrando em uma vala ou... — Esfregou a têmpora, cuspindo um palavrão.

E foi aí que percebi que, sim, ele estava bastante furioso, mas havia algo mais. Medo e vulnerabilidade, e isso me desarmou.

— Desculpa — murmurei.

— E, de todos os lugares a que poderia ter ido, você foi justo para o único onde eu jurei jamais pisar novamente! — Ele riu aquele som sem vida, cheio de angústia.

Aquilo me fez franzir a testa.

— Por que você prometeu não voltar ao castelo?

— Isso não importa agora, Briana.

Ah, certo. Mais uma coisa que ele não ia me contar. Que ótimo. Daqui a pouco ele teria tantos segredos que tudo o que conseguiríamos discutir com segurança seria a previsão do tempo.

Um pouco aborrecida, fiquei calada o restante do percurso, acompanhando pela visão periférica Gael tentar manter a raiva sob controle. Ao estacionar o carro em frente à casa, ele parecia ter quase conseguido. Girou a chave, silenciando o motor, mas nem ele nem eu nos movemos.

O sol já tinha ido embora, mas o horizonte continuava claro, as nuvens em tons de rosa, laranja e roxo colorindo o céu atrás da mansão.

— Por que você não me ligou? — Gael se virou no assento, me encarando.

— Não tinha sinal no bosque.

— E depois que você chegou ao castelo? — A voz áspera combinava com sua expressão.

O *castelo*, suspirei. Um arrepio me subiu pela coluna, e eu tive que passar os braços ao redor do corpo para deter o tremor.

— Não quero falar sobre isso agora. — Ou pensar.

— Por que não? — Ele não conseguiu ocultar a impaciência em seu tom, tampouco em seu semblante, o que era bastante irônico, já que nunca me contava nada.

— Ah, só você pode ter segredos, é? — resmunguei, petulante.

Ele inclinou a cabeça para o lado, a expressão se suavizando um pouco.

— Só estou preocupado com você.

Minhas emoções estavam em frangalhos. Era difícil dizer o que eu sentia naquele momento. Uma espécie de torpor que anestesiava o medo e o desespero, mas eu sabia que os dois estavam ali, apenas aguardando o momento de acordar. Não foi nenhuma surpresa, afinal, eu explodir depois de tudo o que tinha visto naquele dia.

— Bom — comecei —, então agora você sabe como eu me sinto. Porque eu estou preocupada com você o tempo todo! Fico ali querendo te ajudar, mas você não quer a minha ajuda. Nunca me conta nada. Tudo o que eu sei sobre você foi arrancado a duras penas!

— Você sabe mais sobre mim do que qualquer outra pessoa neste mundo, Briana. — Ele teve a cara de pau de se mostrar magoado.

Ele estava magoado? *Ele?!*

— Ah, é. É por isso que eu sei por que você está atrás da Pedra da Vida? — ironizei.

Ele se enrijeceu no mesmo instante, tenso feito uma corda de violino.

— Onde você ouviu esse nome?

— Não de você, com certeza. Por que você está procurando uma coisa que ninguém sabe se existe? Por que quer tanto essa porcaria de pedra? — Esperei pela resposta que nunca viria. E nós dois sabíamos disso. — Entende agora, Gael? Você não pode ou não quer me contar tudo o que acontece na sua vida. Eu me reservei o direito de fazer o mesmo. Portanto, se me der licença, eu tive um dia muito cansativo e quero descansar. Muito obrigada pela carona.

Saltei do carro e saí correndo. Antes de alcançar a entrada, ouvi sua porta se abrir e depois bater com força. Continuei seguindo em frente.

— Briana — ele chamou. — Espere. Vamos conversar.

— Ah, agora você quer conversar comigo? Você é bipolar ou coisa assim? — Eu o olhei por sobre o ombro. Ele estava a pouco mais de cinco metros de mim. Droga.

— Coisa assim. Por favor, espere.

Em vez disso, passei pela porta e acelerei o passo, indo direto para as escadas. Fionna fazia o caminho inverso, descendo os degraus com uma grossa lista telefônica nas mãos.

— Ah, graças a São Patrício você está bem. — A menina fez o sinal da cruz, arriando os ombros.

— Desculpa ter te deixado preocupada, Fionna. Eu me perdi no bosque. — Parei no mesmo degrau que ela, pronta para explicar. Mas Gael tinha chegado ao pé da escada. Tratei de ir andando. — Estou bem. Depois conto tudo. Mas estou bem!

— De quem você está fugindo? — ela gritou.

— Do sr. O'Connor! — falei, já no segundo andar. — Ele não bate bem da cabeça.

— A Briana está brava comigo, Fionna — ouvi Gael dizer, ao mesmo tempo em que os sons de seus passos pesados ficavam cada vez mais próximos. — Ela não quis dizer isso.

— Eu quis sim! — resmunguei, quase em meu quarto.

O problema foi que Gael e aquelas pernas longas conseguiram me alcançar antes que eu pudesse fechar a porta.

Bufando, permiti que ele entrasse e fui pegar um copo de água na mesa. Mas mudei de ideia no último instante e me servi de dois dedinhos de uísque. Aquela lava fumegante certamente me ajudaria a manter Ciara, seu castelo e os segredos de Gael longe dos meus pensamentos.

— Quer um? — ofereci, sem me virar para trás.

— Não. E você também não deveria beber, se está de estômago vazio. — Seus passos abafados pelo carpete se detiveram atrás de mim. — Briana, olhe para mim.

Relutante, girei sobre os calcanhares e recostei os quadris na mesa. Mas experimentei um gole da bebida por puro atrevimento.

E então engasguei, tossindo. Gael deu um passo, pronto para me socorrer, mas ergui a mão em sinal de alerta. Ele soprou o ar com força, correndo uma das mãos pelo cabelo num gesto tão exaurido e frustrado que me causou um aperto na garganta.

— Desculpe te meter nessa merda que eu chamo de minha vida. — Abriu os braços. — Eu não queria isso, Briana. Mas existem coisas que eu não posso e não quero dividir com você. — Chegou mais perto, mas colocou as mãos no bolso do jeans, como que para me assegurar de que iria mantê-las longe de mim. — Então eu te deixo no escuro tanto quanto posso, porque essa foi a única maneira que eu encontrei de estar com você.

— Mentindo pra mim. — Deixei o copo sobre a mesa.

— Não te contando toda a verdade — ele rebateu de imediato. — É diferente.

Ele não entendia, não é?

— Meias verdades são mentiras inteiras, Gael — filosofei, magoada.

Inspirando fundo, ele se afastou, caminhando pelo quarto até parar diante da lareira e apoiar uma das mãos na cornija, a cabeça pendendo entre os ombros.

— Talvez você tenha razão. — Sua voz saiu abafada.

Ele ficou calado e eu compreendi que aquela era toda a resposta que eu teria. Então era isso. E a interrogação que minha irmã plantara em minha mente durante a manhã retornou. Havia alguma coisa que me faria deixar de amá-lo? Poderia existir um motivo que fizesse meu coração parar de se alvoroçar sempre que ele estivesse por perto?

— Ok, eu preciso te fazer uma pergunta. — Atravessei o quarto, parando atrás da poltrona e apoiando as mãos no encosto. — E seja honesto comigo.

Aprumando a coluna, ele me olhou por sobre os ombros.

— Se eu puder. — O mais completo desalento o dominou. Eu quis envolvê-lo em meus braços.

E ali estava minha resposta, não?

Nada poderia mudar a maneira como eu me sentia em relação a ele. Eu conhecia seu coração. Era gentil e altruísta, sempre preocupado com o bem-estar dos que o cercavam. Gael era bom em sua essência. O que quer que escondesse parecia não ferir ninguém exceto ele mesmo. Além disso, depois do que eu vira naquela tarde, compreendia melhor do que nunca o que significava ter algo a esconder. Eu não queria que ninguém soubesse que Ciara existiu de verdade. Eu mesma estava em estado de negação. E, sendo franca, havia tratado Gael com meias verdades também, contando sobre meus sonhos e deliberadamente escondendo tudo a respeito de Lorcan e sua semelhança com ele.

Gael tinha um segredo e queria mantê-lo.

E eu também.

Ele girou o corpo, aguardando, a ansiedade lhe enrijecendo os ombros.

Tomei fôlego.

— Esse seu segredo tem alguma coisa a ver com imitar o Justin Bieber quando está tomando banho, não tem?

Ele ficou me olhando, piscando algumas vezes, antes de um riso um tanto nervoso lhe escapar. À medida que a apreensão era substituída pelo alívio, a risada se transformou em uma deliciosa gargalhada, que deve ter repercutido por cada cantinho da casa. E era tão contagiante que me peguei rindo também.

Mas então ele disse algo que fez minha diversão desaparecer.

— Ah, Briana, como eu amo você...

Eu pisquei. Tipo muitas, muitas vezes.

— O q-quê? — foi o que consegui ofegar.

Ele me encarou com intensidade.

— Eu amo você, Briana. — Seu peito se expandiu conforme o ar entrava, como se ele tivesse acabado de tirar o peso do mundo das costas. E me mostrou um sorriso de canto de boca tão sedutor que quase fez meu coração parar. — Eu amo tudo em você. Amo toda você.

Meu pulso correspondeu de imediato, batendo alto em meus ouvidos, o que era um tremendo inconveniente, porque eu queria muito ouvir o que Gael estava dizendo.

— Em pouco tempo você virou a minha vida de cabeça pra baixo — continuou. — Eu tinha uma rotina, e agora nunca sei o que esperar, e mesmo assim tudo passou a fazer sentido. Eu só consigo pensar em você, quando vou te ver de novo, tento adivinhar o que você vai vestir, se vai prender essa juba que eu amo tanto ou deixá-la solta, se vai reparar que eu estou usando uma camisa nova só pra te impressionar...

— Aquela verde-escura? — perguntei, sem pensar. E então levei a mão à boca.

Ali estava Gael, dizendo as palavras que eu nem sabia que sonhava ouvir, e eu questionava seu guarda-roupa? Qual era o meu problema?!

Mas, em vez de deixá-lo irritado, isso o divertiu. Mantendo os olhos nos meus, ele contornou a mesinha e a poltrona e chegou mais perto, até seu peito estar a meros centímetros do meu.

— Você adora verde. — Não foi uma pergunta.

— Como você sabe que é a minha cor favorita?

— Da mesma maneira que eu sei que você odeia café, que começa a trançar o cabelo se está nervosa. Ou entediada. Que analisa muitas vezes antes de executar uma tarefa simples, mas não para pra pensar um instante sequer se estiver em risco. Eu sei também que os seus olhos se turvam quando você fica irritada, e reluzem mais que esmeraldas quando sorri. — Mas foram os olhos dele que cintilaram como pedras preciosas enquanto os mantinha cravados nos meus. — Eu sei disso porque você é tudo em que consigo prestar atenção. Com você fica... fica fácil de novo.

Soltei uma trêmula e longa expiração, só então me dando conta de que havia prendido o fôlego. Minha pulsação agora voava.

— Até que chega o fim do expediente — ele prosseguiu. — É uma tortura. Eu fico tenso e irritadiço, procurando um jeito de ocupar o meu tempo e sobreviver até a manhã seguinte, pra poder te ver outra vez. Os domingos são um verdadeiro inferno. — Esfregou o pescoço, um tanto sem graça. — E eu não devia te dizer nada disso. Eu não devia permitir que você se envolvesse. Mas eu não consigo. Não consigo não amar você, Briana.

— Gael... — comecei, mas não consegui ir além.

— Eu sei. — Ele suspirou, parecendo completamente perdido. — E é muito confuso, porque a vida me apresenta essa nova chance e eu quero agarrá-la com unhas e dentes. Mas é assustador também, porque... como eu posso ir adiante com isso, se sei que vou te perder?

Muito mais que suas palavras, foi o que eu vi em seus olhos que mexeu tanto comigo. Aquele homem imenso e forte se abria para mim, afinal, e o que eu vislumbrava em sua alma eram apenas destroços e desespero. Ele perdera o amor uma vez. E temia que acontecesse de novo.

Elevei o queixo para encará-lo e toquei seu peito, no local onde seu coração pulsava com urgência.

— Você não vai me perder — sussurrei.

— Eu vou, Briana. — Pressionou a palma quente sobre minha mão, ainda em seu tórax. — É a única certeza que eu tenho nessa droga de existência. E eu não vou suportar te perder. Não vou! — Ele deixou a cabeça pender para a frente, até sua testa se apoiar na minha. — O dia de hoje deixou isso bastante claro para mim.

Prendi a mão livre em seu cabelo e o puxei de leve para conseguir olhar no fundo de seus olhos nublados de angústia.

— Você não vai me perder — repeti. Ele começou a negar. — Não vai! Eu sei disso porque o que eu sinto por você é maior que qualquer coisa. Maior até do que eu. Eu te amo, Gael. Com todos os seus segredos, seu passado, sua tormenta. Eu também amo tudo em você. Eu também amo todo você.

As íris cintilaram com tanta intensidade que eu fui sugada para dentro delas, me perdendo ali. Mas a expressão de Gael ainda era puro tormento. Sem lhe dar tempo para pensar, me estiquei toda e tomei sua boca. Ele hesitou pelo mais breve instante, e então se rendeu, seus lábios se movendo em uma súplica silenciosa, quente e úmida, que demandava apenas uma coisa. Algo que já era dele havia muito tempo: meu coração.

Conforme o beijo se aprofundava, a ligação entre nós se estreitou até não haver mais espaço algum. Prendi os dedos em sua nuca para mantê-lo junto a mim, tomando tudo o que me oferecia, doando tudo o que tinha disponível.

Aquele chamado que eu sentira na floresta mais cedo, que me conduzira ao castelo, retornou. Mas agora ele me impulsionava para Gael. Era tão doloroso resistir que eu poderia realmente sangrar se tentasse me afastar dele.

Acho que ele também sentiu, pois sua urgência aumentou, as mãos famintas passeando pelo meu corpo até cingirem minha cintura em um abraço tão apertado que meus pés saíram do chão.

Passei os braços por seu pescoço, as pernas ao redor de seus quadris, me colando por inteiro na muralha que era Gael. Um som febril — parte gemido, parte grunhido — reverberou em sua garganta enquanto apertava minhas coxas, espalmava meu traseiro.

— Cama — murmurou em meus lábios.
— Sim.

Mas nunca conseguimos chegar até ela. Não sei ao certo como aconteceu, mas acabamos no tapete em frente à lareira. Gael se deitou sobre mim, afastando-se apenas para despir a camisa, afobado, os olhos em brasa, antes de voltar a me beijar. Minhas mãos passearam por aquele tórax, sentindo sua suavidade, os músculos poderosos, os pequenos mamilos eriçados.

Ele envolveu a mão em um dos meus joelhos, puxando-o para cima enquanto se encaixava entre minhas coxas, e, ah, eu o senti em toda a sua... imponência. Um gemido rouco lhe escapou da garganta, as mãos se movendo pela minha silhueta com urgência, até se livrar do meu cardigã com impaciência, para então encontrar a barra da minha blusa e, sem cerimônia, puxá-la para cima. Seu olhar se incendiou ao observar meu corpo, um brilho lascivo que me deixou toda quente e arfando.

E isso foi antes de ele se abaixar para beijar meu pescoço, a base da garganta, o alto de um dos seios. Seu nariz contornou o mamilo sob a renda verde do sutiã antes de seus lábios se fecharem sobre ele, sugando-o. E então o mordeu de leve. Eu estremeci, indefesa, choramingando alguma coisa ininteligível.

Gael proferiu algumas palavras contra minha pele. Aquelas que pareciam "a ruchla mo crei".

— Não parece um palavrão agora — arfei.

— E não é. — Seu nariz deslizou pelo vale entre meus seios, inspirando fundo, enquanto uma das mãos subia pela minha coxa, contornava meu quadril e seguia em direção ao botão do meu jeans.

— O que significa?

Erguendo o rosto, ele abriu um sorriso tão lindo que minha respiração ficou presa na garganta.

— Eu prefiro te mostrar.

Então voltou a me beijar com ainda mais veemência, me deixando sem ar e muito, muito quente. Era como ser envolvida por chamas invisíveis que queimavam lenta e furiosamente. As coisas ficaram bastante sérias. Sobretudo porque Gael começou a me despir entre beijos, mordidas e gemidos.

Quando nada mais cobria meu corpo, foi com profunda adoração que ele me admirou. Parcialmente sobre mim, estendeu o braço e tocou a lateral da minha barriga, ali em minha marca de nascença. Uma faísca elétrica me percorreu inteira quando seu indicador contornou o desenho, quase um T caído. Ele se curvou sobre mim, beijando-me ali. A centelha disparou pelo meu corpo, encontrando abrigo em meu coração.

Alcançando minha mão, ele resvalou os lábios em minha palma e a depositou em seu peito, na cavidade sob a qual se abrigava seu coração.

— Aqui! — Apertou os dedos sobre os meus para que eu sentisse suas batidas violentas. — *Isso* é você.

— O... o pulso do seu coração? — arrisquei.

Ele fez que sim.

— *A chuisle mo chrói* — repetiu com intensidade.

Eu o puxei para mim, os olhos marejados, beijando-o com fúria, trabalhando em suas roupas o mais depressa que pude até não existirem mais barreiras entre nós. Meu olhar vagou, lânguido, pelo corpo atlético completamente nu, os ombros imponentes pairando sobre mim, o rosto febril de desejo, o cabelo longo em total desordem. Ele tinha a beleza de um anjo e a robustez de um guerreiro. Eu poderia admirá-lo para sempre, mas meu corpo pulsava desesperado pelo dele. Presumi que o mesmo acontecia com Gael, pois ele se moveu, sem jamais deixar de me beijar, e então...

E então ele estava dentro de mim. Foi como se todas as minhas partes se reunissem, completas outra vez. Como se aquela me faltasse desde sempre e agora eu a reencontrasse. À medida que nos movíamos, os olhos travados um no outro, uma emoção nova crescia em meu íntimo. Eu a sentia na ponta dos dedos. Eu a sentia no coração. Gael não estava apenas dentro do meu corpo, mas do meu verdadeiro eu, da essência que preenchia tudo sob minha pele. O sentimento era tão intenso, tão poderoso, que não fui capaz de sobrepujá-lo e explodi em todas as direções. Impotente, gritei, cravando as unhas nos ombros de Gael, pois temia que a explosão cintilante que me envolvia me arrastasse para longe dele. Distante, ouvi o rugido do meu guerreiro, um farol que me manteve segura naquele mundo feito de poeira brilhante. Foi tão visceral e violento que liberou todas as minhas emoções, derrubou todas as minhas barreiras, desfez todos os meus nós e trouxe lágrimas aos meus olhos. Era mais que prazer, mais que desejo. Era amor em sua mais crua essência.

Ofegando, Gael desabou sobre mim, seu imenso coração pulsando errático de encontro ao meu. Encaixou o braço entre o tapete e a curva de minha coluna e nos girou até que eu ficasse por cima dele. Os cabelos me caíram no rosto e sobre seu peito. Ele empurrou as mechas para trás com delicadeza, o polegar correndo pela minha bochecha, apagando as lágrimas do êxtase que ainda escorriam.

— Eu sei, *a chuisle*. — Ele esticou o pescoço e beijou minha testa demoradamente. — Eu senti também.

Eu me aninhei em seu peito, ouvindo as batidas do seu coração acalmarem a tormenta dentro de mim enquanto ele me abraçava bem apertado. Assim que consegui parar de chorar, me senti leve, em paz, como jamais havia sentido.

E muito exausta.

— A sua marca se parece com uma coisa que eu conheço — comentou um tempo depois, correndo a mão pelas minhas mechas.

Nossa respiração tinha se normalizado e eu estava a ponto de desligar, mas me obriguei a erguer a cabeça. As nuvens escuras que sempre enevoavam suas íris pretas haviam desaparecido.

— É uma cópia perfeita da letra B, do Ogham. *Beíth* — explicou. A ponta de seu indicador tracejou preguiçosamente o desenho em meu corpo. — Simboliza um novo começo.

Um novo começo. Não contive o sorriso e me estiquei toda para conseguir beijá-lo.

— Gostei da ideia — murmurei e tornei a me deitar sobre ele.

Eu queria ter dito mais, falado a respeito, sobretudo porque "um novo começo" havia sido mencionado. Mas Gael passou um braço pela minha cintura, a mão subindo e descendo preguiçosamente pela minha coluna. Seu calor, sua carícia, misturados a todo aquele choro e à descarga violenta do êxtase, tudo isso foi demais para mim. Meu cérebro já não respondia a mais nada.

Eu flutuava naquela nuvem de espuma que antecede o sono, semiacordada ou semiadormecida, por isso não estou tão certa, mas poderia jurar que ouvi Gael sussurrar:

— Um novo começo, e a única certeza que eu tenho é a de que vou te perder.

30

Acordei com frio, ainda que o fogo continuasse a crepitar na lareira e um cobertor envolvesse meu corpo. Estendi o braço, tateando, mas encontrei apenas o tapete macio. Gael provavelmente me cobrira antes de ir embora, pensei, com um suspiro melancólico.

— Estou aqui — sua voz ressoou pelo quarto.

Sentei-me num átimo, segurando o cobertor sobre os seios. Gael estava em uma das poltronas aos pés do tapete, as pernas afastadas, os cotovelos sobre os joelhos, as mãos unidas entre eles, como se fizesse uma prece. Ele vestira a calça, mas as chamas tremeluziam na pele nua de seus ombros de um jeito esplêndido. Sua expressão, porém, era indecifrável.

— O que você está fazendo aí? — perguntei.

— Estava velando o seu sono. Você faz alguma ideia de como é linda, Briana? — E a maneira como me admirava naquele instante, como se estivesse diante da mais perfeita criação, me disse que ele não estava brincando.

— Não podia velar meu sono daqui? — acabei dizendo, um pouco ruborizada.

Um dos cantos de sua boca se elevou.

— Eu não quis te assustar me comportando feito um maníaco.

— Bom, está me assustando agora — brinquei, e ele riu. Mas o riso não lhe chegou aos olhos. Gemi, em completo abandono. — Você está se sentindo culpado, não é?

Ele se inclinou ainda mais para a frente, para que as chamas na lareira lhe iluminassem a face.

— A verdade?

— Por favor. — Segurei o cobertor com mais força contra o peito.

— Não, eu não me sinto culpado. Me sinto livre. — A franqueza e a simplicidade dessas palavras se espelhavam em seus olhos. — A minha mulher... onde quer que ela esteja, deve estar contente. Ela teria odiado o homem que eu fui todos esses anos. Ela jamais gostou das sombras. Eu me pergunto se, de algum jeito, não foi ela que colocou você no meu caminho, pra me tirar do vale escuro onde eu me perdi.

Eu o encarei, bestificada. Nem em meu momento mais otimista teria antecipado aquela resposta.

Com um meio sorriso repuxando sua boca, ele arqueou uma sobrancelha.

— Surpresa?

— Bastante — confessei.

— Eu também. Não esperava por isso. — Empurrou o cabelo para longe do rosto. — Agora eu não sei se devo me sentir culpado por não me sentir culpado.

Deixei escapar uma risada. E o que antes era apenas um esboço se solidificou em um arreganhar de lábios e ruguinhas ao redor dos olhos e um furinho lindo bem no meio do queixo.

— Esse é o som que eu mais amo no mundo. — Sua voz baixa e um tanto rouca trouxe recordações do que acontecera mais cedo, e eu estremeci de leve, obrigando meu pulso a continuar estável.

Ele se levantou apenas para se abaixar e passar um braço sob meu corpo, me erguendo com facilidade.

— Desde que eu acordei, estou desesperado pra te levar pra cama. Mas você estava dormindo tão pacificamente, livre de pesadelos, que eu não tive coragem de te incomodar.

Deitei a cabeça em seu ombro, contente. Meus olhos ficaram na altura da fina cicatriz em sua pele. Parecia recente. Eu a contornei com o indicador.

— Como isso aconteceu? — questionei.

— Foi um acidente bobo.

Eu pretendia perguntar que tipo de acidente, mas percebi, com certo atraso, que sua pele estava quente. Muito, muito quente. Algo estava errado.

— Gael, acho que você está com febre de novo.

— Não estou. — Ele me deitou sobre a cama com extrema delicadeza. Podia ser a luz, mas eu seria capaz de jurar que havia um pontinho dourado em suas íris de ônix. — Deve ser o calor da lareira.

— Acho que você precisa...

— De você — ele atalhou, me encarando com a mesma gravidade que ouvi em sua voz. — Tudo o que eu preciso é você.

Eu tinha a intenção de insistir, mas ele resolveu me calar com um beijo, e, bom... eu esqueci o que pretendia dizer. Então começou a desenrolar o cobertor do meu corpo como se eu fosse um presente. Assim que conseguiu me encontrar, me olhou com tanta admiração, tanto ardor, dizendo algumas palavras em irlandês. Naquele instante eu daria tudo para saber o que ele sussurrara tão apaixonadamente antes de se encaixar entre minhas coxas e me beijar com urgência.

Ok. Meus ouvidos podiam não ter entendido o que ele tinha dito, porém suas palavras foram compreendidas e absorvidas pelo meu coração.

❦

Quando voltei a abrir os olhos, já havia amanhecido. Eu me ergui sobre os cotovelos, esfregando o rosto. Observei o quarto, mas dessa vez Gael não estava em parte alguma. Havia uma bandeja sobre a mesa, com uma daquelas cúpulas de inox. Enrolando-me no lençol, atravessei o cômodo, levantei a tampa e encontrei pão, manteiga, queijos variados, morangos, chá e uma rosa branca com a ponta das pétalas vermelha.

Incapaz de impedir que meus lábios se esticassem, levei o botão de rosa ao nariz, inspirando seu doce perfume. Belisquei um pedaço do delicioso pão de soda e fui até a janela para verificar se iria precisar de um casaco. O sol não conseguia perfurar a espessa manta cinzenta, mas não chovia.

Estava me afastando da vidraça, mas me detive ao avistar a figura solitária no alto da colina. Gael estava parado ao lado da cruz escura, as mãos nos bolsos do jeans, admirando o horizonte.

Como se pressentisse que eu o observava, ele se virou, olhando direto para minha janela. Fiz um aceno tímido. Ele abriu um sorriso largo e então começou a descer a colina calmamente, e eu tratei de correr para o banheiro.

❦

— Agora já pode me contar pra onde nós vamos? — perguntei a Gael conforme a paisagem passava apressada pela janela do Dodge.

— E acabar com a diversão? — Fez uma careta engraçada.

Havíamos deixado Cork fazia cerca de uma hora. Estávamos em algum lugar ao sul da província, e Gael se recusava a me dizer o que iríamos fazer naquela manhã. Mas havia bom humor em seus olhos, ainda mais lindos sem aquelas sombras melancólicas.

A pintinha dourada que eu tinha visto na noite passada ainda estava em seu olho esquerdo. Era quase imperceptível, e talvez por isso eu não a tivesse notado antes. Ou então porque esteve oculta pelas sombras aquele tempo todo, e agora que elas haviam ido embora eu podia ver melhor todos os detalhes.

Depois de um tempo, a paisagem verde vibrante se alterou para um laranja pálido, quase amarelo, uma pequena muralha de pedras cinzentas margeando a estrada estreita. Uns vinte minutos depois, um pequeno vilarejo surgiu e Gael resolveu estacionar.

Saltei do carro, admirando as casas modernas de três andares que contrastavam com a rudeza natural da paisagem, e me peguei pensando que a Irlanda era toda assim. O novo surgia, mas, em vez de tomar o lugar do antigo, apenas se incorporava a ele, dando a impressão de que sempre estivera ali.

O sol resolveu dar o ar da graça, tornando suportável o vento frio daquela manhã de domingo.

— Então esse é o nosso destino? — perguntei assim que Gael trancou o carro.

— Não. Ainda não. — Ele fez a volta e indicou com o braço o que parecia ser o pátio de uma pensão.

Depois de atravessá-lo, continuamos em frente até que avistei as ruínas de uma igreja, o cemitério e suas cruzes de nós. Eu nunca tinha sonhado com aquele lugar, mas as lembranças da visita ao castelo no dia anterior retornaram a minha mente. E tudo o que eu queria era continuar mantendo Ciara longe. Iria me afastar dela e de toda aquela história pelo máximo de tempo que pudesse. Ainda não tinha conseguido organizar os pensamentos nem digerir a informação de que ela realmente existira. Nem sabia se seria capaz.

Devo ter deixado alguma coisa transparecer, pois Gael parou para me olhar com indisfarçável inquietação.

— O que foi? — perguntou. Balancei a cabeça, incerta de como explicar, o que só serviu para deixá-lo mais ansioso. — Briana, qual o problema?

— Eu só... acho que não estou no clima para ruínas. — Eu me encolhi dentro do casaco impermeável. — Me desculpe.

— As ruínas não são o nosso destino. — Ele escrutinou meu rosto, uma ruga de preocupação se assentando entre suas sobrancelhas. — O que aconteceu ontem no Castelo dos Rebeldes?

— Não quero pensar nisso agora.

Contrariado, Gael retesou a mandíbula, mas pegou minha mão e recomeçou a andar, evitando as ruínas. Imaginei que tivesse deixado o assunto de lado.

Ainda bem que não apostei dinheiro nisso.

— É com isso que você sonha, não é? — perguntou, enquanto atravessávamos uma ponte de pedras em arco e deixávamos a igreja para trás.

— Às vezes.
— Isso esclarece muita coisa.
— Verdade? — Porque, para mim, tudo parecia mais confuso do que nunca.
— Ah, sim. — Ele me encarou, apertando um dos olhos por causa da claridade. — E não me espanta nem um pouco que você tenha a cabeça tão perturbada.

Olhei feio para ele.

— Sabe o que dizem sobre o bom humor dos irlandeses? Não é verdade. — Mas acabei rindo e estragando tudo.

O clima ficou mais leve, e uma expressão de satisfação tomou conta de Gael, como se essa tivesse sido sua intenção desde o começo. Andamos por uma campina e depois por entre algumas árvores esparsas e arbustos de cores variadas.

— Agora vai me dizer pra onde estamos indo? — Tropecei em um galho seco.
— Eu cresci aqui perto. Vou te levar ao meu lugar preferido no mundo.

Segurei na parte de trás de seu casaco de couro, obrigando-o a parar, o coração aos pulos. Ele podia não me contar muitas coisas. Precisava manter seu segredo por um bom motivo, e, com isso, um muro se erguia entre nós. Ainda assim, ele queria que eu desse uma espiada sobre ele, me dando tanto quanto podia. Isso era o bastante para mim.

— Obrigada. — Fiquei na pontinha dos pés e beijei seus lábios surpresos.

Ele me observou por um tempo imensurável, tantas emoções espiralando naquelas íris escuras que tive dificuldade para discerni-las, pois se misturavam em um vórtice inquieto e confuso.

— Acho que sou eu quem deve agradecer — falou, por fim, erguendo a mão para afastar alguns fios de cabelo do meu rosto. A ponta de seus dedos resvalou de leve em meu pescoço, provocando um delicioso arrepio.

— Por quê?
— Por você. — Dessa vez foi ele quem me beijou.

Um beijo lento e demorado, que logo me deixou arfando. Ele só parou de me beijar quando pensei que eu fosse desmaiar, e descansou a testa na minha. O vento soprava com certa urgência, balançando suas mechas, que acariciavam minha pele.

— É melhor irmos andando antes que chova — ele disse, parecendo instável também. — Não estamos longe.

Concordei, e depois de cinco minutos de caminhada um riacho muito parecido com o dos meus sonhos surgiu. Mas acho que os riachos são todos meio parecidos, no fim das contas. Era lindo, cercado por árvores de todos os tipos e pedras, das mais pequeninas às tão largas e altas que me chegavam à cintura. Gael me levou pela margem até o ponto onde as rochas se acumulavam e o terreno se inclinava, de modo que uma pequena cachoeira desaguava em um doce sussurro.

Com a agilidade de um felino, ele escalou as pedras até chegar à maior delas, uma marrom de aspecto preocupantemente liso. Não pareceu ter problemas em se equilibrar sobre ela, no entanto, e me estendeu a mão.

Eu vacilei. Não estava certa se queria terminar aquele passeio ensopada. Mas ele parecia tão ansioso para que eu aceitasse que acabei colocando a mão na dele e subi. Não foi tão difícil quanto eu havia imaginado. Para meu alívio, ele se sentou na pedra maior enquanto eu ainda estava na mais baixa, de modo que me puxou pela cintura e me acomodou, seca e segura, entre suas coxas.

— Pronto. — Ele me envolveu com os braços até minhas costas se colarem em seu peito. — Agora você está no meu lugar preferido no mundo todo.

Era o meu também. Os braços dele, quero dizer.

— Você tem sérios problemas com pedras, Gael. Acho que deveria reconsiderar a terapia — provoquei, e ele riu.

Mas eu podia entender. O cheiro úmido de terra e água doce reconfortava meus sentidos, o vento soprava meu cabelo para trás, o ruído das águas, suave e contínuo, unido ao cantarolar dos pássaros. Aquilo era o mais próximo do paraíso que eu conseguia pensar.

— Eu vinha pescar nesse rio quase todos os dias — revelou, empolgado. — Tinha esperança de encontrar um monstro aquático. A Escócia tinha um. Devia ter na Irlanda também.

— E encontrou alguma coisa?

— Uma vez. — Anuiu. — Mas não era aquático. Era muito mais temível.

— É mesmo? — Eu o olhei por sobre o ombro, alarmada. A Irlanda podia não ter serpentes, mas eu não sabia que tipo de perigos escondia sua fauna.

Meu sobressalto logo se esvaiu, porém. Apesar da postura grave, reconheci aquele brilho de diversão em seus olhos.

— Foi terrível, Briana. Eu nunca esqueci aquele encontro. — Sua voz tremeu com uma consternação fingida. — Peludo, fedorento e de olhos esbugalhados. O mais assustador, no entanto, era a língua. Pendia para o lado de uma das presas, de onde pingava uma saliva nojenta, a causa do mau cheiro. Bom, uma das, pelo menos. — Coçou a sobrancelha com o polegar. — Pensei que ele fosse me devorar.

Mordi o lábio para não rir.

— Coitadinho de você...

— Você tem razão de se espantar, *a chuisle*. — Afastou uma mecha do meu cabelo que o vento soprou em sua cara. — Não sei como ainda estou vivo pra contar essa história.

— Você fugiu? — Enrolei minhas madeixas na mão, impedindo que continuassem a atacá-lo, e as puxei para o lado, começando a trançá-las.

— Eu pensei a respeito. — Inclinou a cabeça para o lado, o olhar um tanto vidrado nos movimentos dos meus dedos. — Mas não pude. O meu pai sempre dizia que fugir de uma batalha sem lutar traria desonra para a nossa família. Mesmo que não tivesse ninguém por perto, eu não podia desonrar *todos* os O'Connor que já pisaram nesta terra. Eu tive que ficar e enfrentar a besta. Encarei aquele demônio por umas cinco horas... Mas pode ser que tenham sido só uns cinco minutos. Crianças de nove anos entendem o tempo de uma maneira diferente.

Terminei de prender meus fios e fiz um grande esforço para manter a fachada séria.

— E o que você fez?

— O que todo menino de nove anos faria — disse com seriedade. A covinha em seu queixo o contradizia, porém. — Brinquei com ele a tarde toda. Depois a besta começou a me seguir por todo lado. Como ninguém apareceu para reclamá-la, fiquei com ela.

Acabei rindo tanto que, se não fosse pelos braços firmes de Gael em minha cintura, teria caído na cachoeira.

— Que nome você deu ao cachorro? — perguntei, matando a charada.

— Eu pretendia chamá-lo de Fedido, mas o pobre já tinha aquela aparência... — Revirou os olhos. — Então eu escolhi Sona, que significa "Feliz". Porque ele parecia contente o tempo todo, com aquela língua torta pra fora.

Eu ainda ria alguns minutos depois, enquanto ele me contava suas aventuras com Sona. Recostei a nuca em seu ombro. Ele inclinou levemente a cabeça, colando o queixo em minha bochecha.

— O que aconteceu com a sua família? — perguntei mais tarde. — Seus pais ainda moram por aqui? Você tem irmãos?

— Não tive irmãos. E os meus pais morreram antes que eu chegasse à idade adulta. Eles amavam estas terras mais que tudo no mundo.

Não consegui imaginar aquilo. Não ter uma família. Ninguém com quem rir, brigar ou se preocupar. Apertei ainda mais os braços sobre os dele, desejando que não fosse tão sozinho assim.

Ficamos ali, lado a lado, aconchegados um ao outro, apenas ouvindo a natureza e o sussurro do vento se misturar a nossa respiração. Engraçado como não houve beijos ou toques mais íntimos, mas, de certa forma, me pareceu mais significativo que qualquer outra coisa. Era como se, ao me mostrar o lugar onde crescera, ele me mostrasse um pouco de si.

Um tempo depois, ele olhou para o céu e resolveu que era hora de voltar, pois logo ia chover. Retornamos às ruínas, que já não me assustaram tanto. Pensei que fôssemos pegar o carro e dirigir para Cork, mas Gael me convidou para almoçar no único pub do lugar. No entanto, enquanto seguíamos para lá, algo do outro lado da rua chamou sua atenção.

— Como anda sua má sorte? — ele perguntou.

— Ainda de férias. — Isso era uma droga. Logo a folga iria acabar e então eu lembraria com tristeza como era bom viver um dia sem que eu explodisse coisas.

— Que tal aproveitar e arriscar a sorte? — Indicou com a cabeça um banner com uma estrelinha verde sobre as palavras National Lottery pendurado na fachada do que parecia ser uma banca de jornais.

Revirei os olhos.

— Você só pode estar curtindo com a minha cara.

— Por quê? — Começou a me empurrar para a banca. — O que você tem a perder?

— Sei lá. Três euros? — rebati.

— Esse fica por minha conta. — Ele riu, já me arrastando para dentro do estabelecimento. — Se não arriscar a sorte, nunca vai tê-la a seu lado. Você precisa fazer amizade com ela, criar intimidade.

— Nós nunca vamos ser íntimas *desse* jeito, Gael.

Mas ele não aceitou o não como resposta, e eu acabei comprando a porcaria do bilhete, só porque estava com fome e argumentar com ele nos atrasaria.

A chuva que ele previra caiu segundos depois que entramos no pub. O almoço foi tão delicioso — a comida e a companhia — que acabei exagerando na gula e não consegui terminar a tarte de maçã. Gael, que pelo visto era meio aparentado com um camelo e tinha dois estômagos, pegou meu garfo e deu cabo do que restava da sobremesa.

— Posso fazer uma pergunta? — Sentou-se meio de lado na cadeira, numa postura muito casual, mas detectei uma pontinha de ansiedade em seu tom.

— Manda aí.

— Eu consegui te fazer feliz? Quer dizer... — Suas bochechas ganharam um delicioso tom rosado. — É isso que os casais fazem, certo? Eu ando meio sem prática.

— Não se preocupe com isso. Você está se saindo muito, muito bem.

Só que... bem, o que ele disse começou a girar em minha mente e tomou um rumo indesejado. Eu não sabia havia quanto tempo ele estava sozinho nem quando perdera a esposa. Ele tinha estado com mais alguém depois disso? Ou eu era a primeira?

Ah, meu Deus! E se ele estivesse me usando para aplacar a dor? E se eu fosse um band-aid, só um curativo para curar suas feridas, e assim que elas criassem casca ele me arrancasse com um puxão brusco e me jogasse na lata de lixo?

Gael expirou ruidosamente.

— Não, Briana.

— Não o quê? — Eu o observei, confusa.

Ele se movimentou, recostando-se no espaldar da cadeira.

— Não é difícil imaginar o rumo que os seus pensamentos tomaram nem a dúvida que está te afligindo tanto, pelo horror estampado no seu rosto. E a resposta é não. Você não foi a primeira mulher com quem eu estive. — Sua voz baixou algumas oitavas. — Mas foi a única que significou alguma coisa. Que significou... tudo.

— Isso é... — Clareei a garganta, me remexendo no assento e tentando ocultar meu alívio. — Isso é bom.

Minha tentativa fracassou, percebi, já que ele balançou a cabeça, rindo, e disse:

— Acho que é a primeira vez que vejo uma mulher ficar contente ao saber que o namorado se envolveu com outras mulheres.

Acabei rindo também. Mas parei ao me dar conta do que ele tinha dito. *Namorado*. Gostei de como aquilo soou. Gostei demais!

— Obrigada por responder, Gael.

— Não tenha medo de perguntar. — Ele cruzou os braços sobre o tampo da mesa, a expressão muito franca e aberta. — Eu prometo que vou responder sempre que puder. Não quero que mais uma barreira se erga entre nós. Já bastam as que nós temos.

Uau. Isso era um tremendo avanço.

Eu me inclinei sobre a mesa, examinando-o com muita atenção.

— O que está fazendo? — Sua testa vincou.

— Verificando se você é o homem que ficou comigo ontem.

Ele deu risada outra vez e o clima voltou a ficar leve. Depois que o café chegou, Gael foi ao banheiro enquanto eu olhava pela janela, para a vida pacata daquele vilarejo, pensando na sorte que aquelas pessoas tinham e nem se davam conta.

Meu celular tocou. Não, não era o meu. Gael esquecera o dele na mesa. O aparelho gemeu por uns trinta segundos antes de voltar a ficar em silêncio.

Então o meu começou a tremer. Não reconheci o número.

— Briana, estou tentando falar com o Gael, mas não consigo. Está com ele? — a pessoa do outro lado da linha foi dizendo.

— Liam?

— Sim, sim. Está com o Gael? — perguntou, um tanto ansioso.

— Estou. Por quê? Aconteceu alguma coisa?

— Aconteceu, Briana. O maior achado da história! Eu encontrei. Diga ao Gael que eu encontrei a pedra! — E desligou antes que eu pudesse resmungar alguma coisa.

Dei um pulo da cadeira, pronta para correr atrás de Gael... e acabei colidindo com o peito dele.

— Sempre me atropelando... — Como que por vontade própria, seus braços envolveram minha cintura.

— Gael! — Soprei os fios que me caíram nos olhos. — Ele encontrou!

— Quem encontrou o quê?

— O Liam! Ele acabou de ligar. Primeiro pra você, acho, e depois ligou pra mim. Ele disse que encontrou! Ele achou a sua pedra!

Pensei que ele fosse pular, gritar um "iiiiisso!". Ou ao menos resmungar um "que bom, vou querer ver o relatório final assim que estiver pronto". Depois de tanto tempo de procura e dinheiro investido, eu esperava euforia. Exultação. Uns passos de sapateado irlandês até.

Em vez disso, Gael fechou os olhos, apertando-os com força, o rosto retorcido na mais profunda agonia.

— Por que você não está dando cambalhotas de alegria? — Meu sorriso vacilou.

Suas pálpebras se ergueram. E eu recuei. As sombras, aquelas que pareciam nascer em sua alma e que desde que fizemos amor tinham desaparecido, haviam retornado a seu olhar. E com força total.

— Temos que ir para o chalé. — O tom soturno me causou calafrios. — Agora.

31

— *Magnífica, não é?* — *perguntou Liam, eufórico.*
— Sim. — Gael cruzou os braços, em pé atrás da poltrona azul na qual o arqueólogo estava sentado, os olhos cravados na caixa de prata um tanto enferrujada sobre a mesinha. Era pouco maior que um livro, e na tampa um sol e um olho se misturavam a várias linhas emaranhadas em relevo. Não restava dúvida de que era de origem celta. Assim como também não havia dúvida de que o homem em pé ao meu lado não gostava daquela coisa. O que me deixou tremendamente confusa.

Aliás, talvez eu devesse escrever um livro a respeito disso também, já que este parecia ser o meu estado permanente. "Como ficar confusa o tempo todo sem perder a cabeça." E eu estava a um passo disso, porque Gael esteve atrás daquilo por tanto tempo, ao que parecia, e agora não queria nem ficar no mesmo ambiente que a coisa?

— Vocês ainda não viram a melhor parte. — Com uma pequena firula, Liam abriu a caixa, pegou a pedra oval de coloração azul leitosa, pouco maior que minha palma, e a ergueu.

Gael deu um pulo, recuando até bater as costas na estante de livros no canto, encarando a pedra com raiva.

Eu não estava entendendo mais nada. Ele havia escavado metade do mundo atrás daquela pedra e, agora que a encontrara, parecia ter aversão a ela. Na verdade, era mais que isso. Parecia... medo.

— A Pedra da Vida — proferiu Liam. — A pedra que o deus Lug usou para derrotar Balor e seu olho maligno. O poder do deus da luz e do deus das sombras bem aqui, na palma da minha mão!

— Por que todo esse teatro, Liam? — Gael grunhiu, impaciente, sem tirar os olhos do objeto. — Fui eu que te contei sobre a pedra.

— Achei que uma pequena dramatização poderia engrandecer ainda mais o momento. — Liam ficou de pé. — Vai, aproveita. É finalmente sua. — Atirou a pedra em direção a Gael, que empalideceu no mesmo instante.

Agindo por impulso, estendi as mãos e — milagre dos milagres! — consegui pegá-la no ar antes que atingisse o peito de Gael. Como tudo o que ele fez foi soltar uma pesada lufada de ar e olhar para o mineral com aversão, entendi que não havia problema se eu a segurasse.

Aproveitei para observá-la melhor, sentindo sua textura lisa e fria como um pedaço de mármore polido, exceto pelos entalhes ásperos no centro. Pensei que fosse sentir alguma coisa ao tê-la nas mãos, alguma coisa meio abracadabra, ainda mais depois de toda a cena de Liam, mas para mim pareceu só uma pedra bonita.

Não era só isso para Gael, porém. Ele acreditava em seu poder e, por alguma razão, ainda não estava pronto para botar as mãos nela.

— Acho que nós devemos guardá-la, Liam — concluí. — O sr. O'Connor vai querer examiná-la com calma... mais tarde. — Olhei para Gael, buscando confirmação, e foi o que obtive naquele firme aceno.

Eu me apressei em contornar a poltrona e devolver a pedra à caixa, fechando-a ali dentro. Teria escondido debaixo de uma das almofadas, se isso não despertasse a curiosidade de Liam, que, àquela altura, estava boquiaberto.

— Como assim? — Liam fitou Gael, incrédulo. — Não quer colocar as mãos nessa belezinha agora mesmo, depois de tantos anos de buscas frustradas?

— Não agora. — Gael esfregou a nuca, expirando ruidosamente ao notar que a caixa estava fechada. — Mas bom trabalho, Liam.

O arqueólogo apenas continuou a observá-lo com um misto de descrença e profunda confusão.

— Bom, você é quem sabe — falou, por fim. — Espero que seja feliz agora que tem o que queria.

De imediato, os olhos de Gael buscaram os meus. E me sorriram.

— Eu vou ser. — E, voltando-se para o amigo: — Acho melhor falarmos sobre o seu pagamento agora.

Liam esfregou as mãos, assobiando.

— Esse é um assunto que eu sempre estou disposto a discutir com alegria. Por que não falamos sobre isso enquanto eu termino de preparar o café?

Gael o acompanhou até a cozinha e eu afundei no sofá, contemplando a caixinha e me perguntando se algum dia conseguiria entender alguma coisa.

Uma hora depois, o anoitecer já se aproximava e a chuva caía sem trégua. Deixamos a casa de Liam com a caixa de prata trancada no porta-malas do Dodge Charger. Gael dirigia como de costume, mas mantinha a expressão distante. Eu acompanhava com os olhos o movimento dos limpadores de para-brisa, pensando em qual seria a melhor estratégia para abordar o assunto. Sim, eu tinha resolvido deixar o segredo de Gael em paz, em troca de manter o meu. Mas as coisas haviam mudado. Ele agora tinha a pedra que queria. Ele pretendia fazer a coisa do Aladim e esfregá-la? Vendê-la por um valor exorbitante? Usar como peso de papel? Por que tinha tanto ódio do objeto? E quanto ao medo?

Chovia um bocado, e talvez por isso Gael não tenha conseguido ver a figura que surgiu de trás de um arbusto alto e começou a atravessar a estrada.

— Cuidado! — gritei.

Gael pisou no freio, os pneus protestando, a traseira do carro saindo de lado. A vizinha assustadora do chalé, toda vestida de preto, com um guarda-chuva vermelho, continuou avançando sem pressa enquanto cantarolava alguma coisa, alheia ao que quase acontecera.

— Meu Deus, acho que ela ainda não viu a gente! — Afastei o cabelo do rosto. A voz trêmula e fina da velhinha ecoou pela cabine. — O que ela tanto resmunga, afinal?

— "Eu te disse, eu te disse, eu te disse" — respondeu Gael, meio no piloto automático, seguindo-a com o olhar.

Ao chegar ao outro lado, a mulher transpôs a pequena mureta de pedra com bastante agilidade para alguém tão idoso e seguiu em frente pelo campo.

Passado o susto, Gael precisou de um minuto para engatar a marcha e voltar a acelerar, mas não tenho certeza se sua atenção estava mesmo na estrada. Ele parecia estar a quilômetros de distância. O silêncio foi ficando cada vez mais incômodo, até que não aguentei mais.

— Ok, o que foi aquilo na casa do Liam? — Era melhor ir direto ao ponto.

— Aquilo o quê?

Era bastante frustrante tentar arrancar alguma coisa de Gael. Eu nunca sabia se desejava gritar com ele ou comigo mesma por ao menos ter tentado.

— Você não quer essa pedra — afirmei, impaciente.

— Eu quero, Briana. — Ele me encarou. Na claridade que vinha do painel, consegui ver a franqueza cintilando em seu olhar. Assim como um profundo alívio. — Agora mais do que nunca.

Joguei as mãos para o alto.

— O que você quer dizer? Se você a quer tanto assim, por que nem chegou perto dela?

Seu silêncio não foi exatamente surpresa, afinal.

— Você prometeu que responderia — resmunguei baixinho, sem esperança.

— As perguntas que eu pudesse — frisou. — E essa eu não posso.

Muito mais que frustrada, afundei no banco e olhei a paisagem através do vidro decorado por gotas de água, que tremulavam, criando desenhos aleatórios. E assim foi o restante da viagem, apenas o ronco do motor e o vaivém dos limpadores de para-brisa perturbando a quietude sufocante dentro do carro até chegarmos a Cork.

❦

Meu dia de conto de fadas tinha oficialmente acabado, pensei enquanto rabiscava no caderno, debruçada na cama. Meu Deus, menos de vinte e quatro horas antes, Gael e eu estávamos tão felizes e conectados. Pensei que tivéssemos superado um grande obstáculo, mas a verdade era que eu tinha tropeçado nele e caído de cara no chão.

Admirei o rosto que ganhava vida no papel. O Gael de grafite olhava para mim com adoração, como olhara pouco antes de fazer amor comigo na noite passada. Virei algumas páginas, encontrando o retrato que eu havia feito dele debruçado sobre sua bancada de projetos, na Brígida. O mesmo homem, mas as expressões não podiam ser mais díspares. Enquanto uma era apenas tensão e sombras, a outra parecia tão brilhante quanto o próprio sol. E, como acontecia com o astro ali na Irlanda, Gael brilhara por pouco tempo antes de voltar a se enevoar.

Não pude deter um suspiro melancólico.

As coisas não haviam saído como eu imaginava. Nem perto. Ao chegar em casa, Gael se trancara no escritório com aquela porcaria de pedra e não saíra de lá nem para o jantar. Darren e Fionna perceberam que havia alguma coisa errada, mas nenhum dos dois mencionara nada, o que achei bastante gentil, já que Gael tinha passado a noite anterior em meu quarto e tudo o mais.

Bom, ao menos Darren não havia tocado no assunto, corrigi depressa, sombreando com cuidado os lábios no papel. Fionna tinha sido outra história.

Tão logo o pai deixara a mesa de jantar a fim de fumar um charuto no jardim, a menina pulara na cadeira vazia ao meu lado.

— Você o ama? — perguntara, de chofre.

— Sim, Fionna. E isso é uma droga — eu acabara confessando, olhando para o lugar vazio à mesa.

Os olhos da menina se alargaram tanto que pude ver toda a parte branca ao redor de suas íris azuis.

— Como pode ser verdade? — ela exclamara. — Ele não corresponde? Porque eu o vi sair cedo pra comprar aquela rosa. Imaginei que fosse pra você.

— Foi bastante fofo da parte dele, mas é só uma rosa. — O que eu mais queria, a confiança dele, eu nunca teria.

Ela me estudara com se de repente tivesse brotado uma samambaia em meu ombro.

— Ele te deu uma rosa branca com as pontas vermelhas e você diz que é *só* uma rosa? Eu preciso te emprestar alguns livros. — Revirara os olhos. — Escute, Briana. Eu sei que o Gael pode ser difícil. Mas eu o conheço desde pequena e nunca o vi assim. Ele fica diferente quando está com você. Ele parece feliz. Ele sorri. E ri! — salientara, como se aquilo fosse um milagre. — Não desista dele ainda.

Eu não tinha a intenção de desistir. Nenhuma.

Então Darren retornara e ela se apressara em voltar para sua cadeira. Pouco depois, eu os ajudara a tirar a mesa e, sem ter nada para fazer, subira para o quarto.

E ali estava eu, rabiscando um sonho em meu caderno mais uma vez.

A noite anterior começava a esvanecer, tornando-se apenas uma lembrança pálida, e eu era obrigada a voltar para o mundo real. Eu não queria isso, pois nele eu teria que encarar Ciara.

Eu tinha mantido tudo a respeito dela fora da minha bolha de paixão pelo máximo de tempo possível. Mas agora não podia mais ignorar.

Virei as páginas do caderno, admirando os desenhos da aldeia, dezenas de Lorcan, até chegar ao da garota. Eu o examinei com cuidado, levantando da cama para perambular pelo quarto. Acabei na poltrona em frente à lareira. Ouvi um *crec* suave, ao mesmo tempo em que alguma coisa espetou minha bunda. Puxei a bolsa de trás das costas pela alça e a joguei no chão.

Quanto do que eu sonhava era real?, eu me perguntei. Eu tinha que descobrir, e quem sabe assim encontrar algo que explicasse por que aquela princesa irlandesa decidira invadir meus sonhos.

Chutando os sapatos para o lado, deixei os desenhos sobre a mesinha e enfiei a mão na bolsa, pescando o iPad. Não sei como isso não me ocorreu antes...

Ok, eu sabia. Nunca sequer cogitei que qualquer coisa em meus sonhos pudesse de fato existir no mundo real.

Sem perder tempo, digitei o nome de Ciara MacCarthy no Google. Havia muitos resultados. Recorri à Wikipédia, os olhos percorrendo as informações genéricas e pouco precisas. Segundo o site, Ciara fora filha do rei Ronan MacCarthy. E fim de papo. Ao menos tinha uma pintura dela. Ampliei a gravura, pegando o caderno para comparar com a que havia feito. Coloquei-as lado a lado. Não eram exatamente iguais, mas havia tantas semelhanças que era impossível fingir que não se tratava do retrato da mesma pessoa, da perspectiva de dois artistas diferentes.

Em minha segunda tentativa, encontrei um longo texto sobre a princesa em uma página destinada à cultura irlandesa. Ali dizia que Ciara havia fugido do noivo e se escondido em um pequeno vilarejo não muito longe de Cork, onde foi morta por rebeldes. Aquilo não podia estar certo. Se o que eu sonhava era real, os aldeões jamais se rebelariam contra ela. A menos que a informação estivesse errada e aquele último sonho, em que Desmond a surpreendeu durante o ataque à aldeia e...

Detive o pensamento ali. Não queria pensar nisso. Não conseguia.

Li dezenas de artigos, lendas, documentos, mas tinha muita informação desencontrada, e pouco se falava sobre Ciara MacCarthy.

— Saco! — bufei, frustrada. Não havia uma fonte confiável para que eu pudesse comparar as informações com meus sonhos. Não sobre Ciara.

Mas eu podia tentar outra coisa.

Procurei por Lorcan O'Connor.

Cento e sessenta e seis mil resultados. Dei uma olhada em alguns links.

— Ah, é. Com certeza Lorcan tem uma conta no Instagram. E no Tinder.

Troquei o nome de Lorcan por Gael, apenas porque queria ter pelo menos uma pesquisa bem-sucedida, e o resultado foi...

Nenhum?

— *O quê?!*

Não. Aquilo não podia estar certo. Não era possível que um homem rico, um executivo das mais variadas áreas, não tivesse uma única menção no Google. Não havia nem mesmo outro Gael O'Connor no mundo? Qual é! Todo mundo tem um homônimo. Era só olhar o Facebook. Mas, ao que parecia, Gael não era todo mundo, e não havia absolutamente nada a respeito do homem com quem eu passara a noite anterior. Nenhuma palavra sobre suas empresas. Nem uma única foto! Ele comparecia a jantares, reuniões, e nenhuma foto era tirada? Nenhum jornal jamais citara seu nome? Era como se ele não existisse.

— Ok, chega. — Joguei o iPad na mesa. O aparelho escorregou sobre o caderno, virando algumas páginas.

Eu já tinha tido minha cota de esquisitices naquele dia. Daquele momento em diante, ia bloquear qualquer pensamento a respeito de Lorcan, Gael, Ciara e até da Irlanda.

E a melhor maneira de conseguir isso era ligando para casa. Eu estava louca de saudade. Nunca tinha passado tanto tempo longe. E estava muito preocupada. Por causa do fuso horário, ainda era cedo no Brasil, e mamãe atendeu no segundo toque.

— Briana, meu amor, que saudade! — foi dizendo. — Você tem comido? Ai, Bri, fiquei tão preocupada quando vi que você não levou aquela parca roxa. Era o seu casaco mais quentinho.

— Tá tudo bem, mãe, não estou passando frio. — Eu me levantei da poltrona e me joguei na cama. — Como estão as coisas?

Ela suspirou.

— Não muito bem. Andei pensando em desistir da pensão.

Fechei os olhos. Eu sabia que isso estava a caminho.

— Mãe... — Eu me recostei na cabeceira, puxando as cobertas para deter a sensação gélida que cercou meu peito.

— Eu sei, Bri. Mas, além da saudade que já sinto da Lola, o dinheiro dela era o que me permitia continuar tocando isso aqui. Agora não vai dar mais. Nenhum hóspede apareceu. Nem mesmo pra um pernoite. Eu acho que vou fechar a pensão e procurar um emprego.

Com cinquenta e três anos, fora do mercado havia pelo menos quatro décadas, e em meio a uma crise financeira mundial? Mamãe teria mais sorte se estivesse atrás do pote de ouro do Leprechaun.

— Não desiste ainda, mãe — supliquei, quase à beira das lágrimas. — Alguma coisa boa vai acontecer. Eu estou sentindo.

— E vai mesmo, meu amor. Com o fechamento da pensão, nós podemos mudar para uma casa menor, as contas de luz e de água vão diminuir, não vamos ter que pagar alvarás e impostos absurdos. Desistir nem sempre é perder. Muitas vezes abandonar o que não está funcionando é a única maneira de ter a chance de um recomeço. Vamos ficar bem, sobretudo porque vamos estar juntas.

— Sim, juntas. — Mas eu não ia desistir assim tão fácil. Logo que retornasse ao Brasil, ia descobrir um jeito de salvar a pensão de uma vez por todas. O meu prazo iria até Gael terminar seus negócios na Irlanda.

— Não se preocupe com o futuro. Aproveite a chance que está tendo, querida. Nem todo mundo pode conhecer outro país e ainda ganhar por isso — ela riu. — E aí? Me fale sobre a Irlanda. Como é a comida?

Contei a ela tudo o que tinha achado interessante. Então Aisla chegou e nós conversamos por quase meia hora. Era exatamente o que eu precisava, um pouco de normalidade — ou tanta normalidade quanto minha irmã era capaz de aguentar.

Ao encerrar a chamada, me sentia exaurida. Joguei o telefone na mesa de cabeceira, ao lado da rosa que ganhara de Gael, e estendi o braço para apagar a luz. As chamas da lareira lançaram um brilho avermelhado sobre o quarto e sobre o caderno na mesinha, aberto em um desenho de Lorcan, em que ele parecia me encarar. Esgotada física e emocionalmente, virei para o outro lado, puxando as cobertas até as orelhas e adormecendo ainda vestida.

Imaginei que, depois do dia agitado, meu inconsciente estaria fatigado demais para produzir sonhos e eu teria uma noite tranquila.

Mas, ah, como eu estava enganada.

O pesadelo teve início naquela noite.

32

— Ciara MacCarthy — ele profere. — Há muito tempo desejo encontrá-la sozinha.

As luzes ainda cintilam, mas forço a vista no rosto que paira sobre o meu. Encontro olhos escuros repletos de júbilo, crueldade e desejo.

Meu estômago revira.

Não é Fergus.

É o maldito Desmond.

Ele é grande e pesado, e, por mais que eu tente, não consigo sair debaixo dele. Tento alcançar minha faca, mas ele imobiliza meus punhos.

— Desde que a vi pela primeira vez que eu a desejo assim. Raivosa sob mim. — Seu olhar se inflama, e eu sinto o gosto da bile no fundo da garganta.

Trinco os dentes. Meu corpo todo se retesa quando ele remexe os quadris contra os meus.

— Saia de cima de mim! — grito.

Ele apenas me domina com mais arrojo.

— Fergus não me permitiu fazer nada antes. Você seria esposa dele, afinal. Mas, agora que ele tomou o castelo e capturou MacCarthy... — ele abaixa a cabeça até sua boca estar a centímetros de minha orelha — ... ele não se importa mais.

Sua língua desliza pela minha bochecha. Meu estômago se agita. Tento chutá-lo, mas tudo o que consigo é fazer que ele aperte ainda mais meus pulsos.

Um sorriso cruel se insinua pelo semblante alongado ao perceber que me dominou. Usando o tronco para me manter presa ao chão, os dedos ásperos suspendem minhas saias. Contorço-me, dobrando as pernas, buscando apoio para conseguir escapar. Por um momento, acho que vou conseguir. Mas ele se revira, as mãos voam para meu pescoço e se fecham em minha garganta com tanta força que estrelas dançam atrás de minhas pálpebras.

Cruzando os braços, afundo as unhas em seus pulsos, mas não consigo me libertar. Atordoada, meus pulmões queimam, a garganta dolorida a tal ponto que temo perder os sentidos.

Em um último esforço desesperado, finco os calcanhares no chão, ergo os quadris o mais alto que posso e então os abaixo de uma vez, forçando os cotovelos nos braços de Desmond, replicando todos os movimentos que aprendi com Lorcan. As mãos do mercenário escorregam por um instante, e é tudo de que preciso. Apoio os pés em seus quadris e empurro com força. Ele parece bastante surpreso quando consigo afastá-lo e ainda mais perplexo assim que a ponta de minha bota encontra seu queixo.

Desmond tomba para trás. Eu me apresso, ainda lutando por ar, e tateio o solo, enchendo os dedos de terra e folhas secas ao fechá-los no cabo de minha scían. Apoiando-me no tronco de um carvalho, consigo me erguer.

Infelizmente, Desmond também fica de pé. E parece ainda mais furioso.

— Vou ter o que eu quero de uma maneira ou de outra — cospe, entredentes. — Se será mais fácil ou mais difícil, cabe a Vossa Alteza escolher.

Eu me coloco em guarda, joelhos flexionados, pés separados, braços dobrados de leve, como Lorcan me ensinou. Mas aquilo não é um treino, penso, encarando Desmond. Dessa vez é para valer. Um de nós dois não sairá vivo deste confronto.

— Como preferir. — Seu sorriso diabólico se alarga, e o homem puxa a espada da bainha.

Ele me ataca com toda a brutalidade que vejo fulgurar em seu duro semblante. Minha scían tremula a cada golpe, e me defendo como posso, prevendo alguns de seus movimentos graças aos treinos com Lorcan. Com um giro ágil, consigo penetrar em suas defesas. Minha lâmina atravessa seu ombro.

E isso apenas o enraivece mais. Ergue o pé e acerta meu estômago com violência. Sou lançada para trás e caio, a faca deslizando pela terra ao mesmo tempo em que minha cabeça colide com algo duro. Minha vista escurece, meus pulmões lutam por ar. Os sons se tornam abafados à medida que o mundo parece se afastar, e luto para não perder a consciência. O rosto de Desmond se infiltra por entre as manchas escuras que piscam em minha visão. Não consigo me mover quando ele ergue a espada e a abaixa em direção a meu peito.

Então escuto um urro animalesco. Um vulto se choca contra Desmond e ele se vai. Giro o corpo para o lado, ofegando, ouvindo sons que me confundem. Pancadas, berros e gemidos — humanos e do aço, de dois homens em uma luta letal. Arrisco me soerguer sobre os cotovelos e fazer meus olhos pararem de tontear. Mas tombo, sentindo a umidade viscosa na lateral de meu crânio escorrer para o pescoço.

Levando a mão ao ponto latejante em minha cabeça, aperto os olhos com força e, assim que os abro, obrigo minha visão a entrar em foco. E o que consigo distinguir me deixa lívida. Lorcan está ali. Desmond conseguiu atingi-lo no queixo e encaixar um chute em sua coxa. Ele cai sobre um joelho. O mercenário puxa sua adaga da cintura e começa a descê-la em direção ao pescoço do homem que eu amo. No entanto, tanto Desmond quanto eu não notamos que Lorcan não caiu, apenas se abaixou para conseguir um ângulo melhor. O terror denomina o semblante agora castigado de Desmond tão logo sente a lâmina de Lorcan lhe atravessar o peito.

O sujeito desaba, e, antes que seu corpo atinja o chão, Lorcan se levanta e corre para mim. Ajoelhando-se a meu lado, abandona sua espada no chão, as mãos hesitantes como se tivesse medo de me ferir, mas seus olhos são meticulosos e me analisam com atenção em busca de alguma lesão. E se enchem de uma fúria desmedida ao encontrarem o talho em minha cabeça.

Seus braços me rodeiam, cuidadosos a princípio, decididos instantes depois, me aninhando em seu peito como se eu fosse uma criança.

— Vou levá-la até Ailín — diz, com urgência. — Ela cuidará deste corte.

— Eu posso andar. Você está ferido?

— Não, meu amor. Não estou. — Ele me suspende, e percebo que será inútil tentar argumentar.

Mas, apesar do alívio que sinto em vê-lo em um só pedaço, meu estômago se retorce. Preciso inspirar fundo algumas vezes antes de conseguir perguntar:

— Os outros...

— Ficaram para tentar apagar o fogo na plantação. Nós derrotamos os galls. Voltei para me certificar de que a aldeia não corria nenhum perigo. Que você estava a salvo. E quando o vi sobre você... — Sua voz falha. — Pensei que fosse tarde demais...

Um grito agudo, quase animalesco, ressoa atrás de nós, me fazendo tremer.

Lorcan se vira em tempo de ver a figura pequenina envolta em tecido vermelho surgir do outro lado do bosque. O desespero toma conta de Dervla conforme desce do cavalo e cai de joelhos diante do corpo do amante, suas mãos trêmulas tocando-lhe o peito sem vida.

O grito que emite sacode a mata, e, no céu, o sol se esconde sob nuvens cinzentas.

— Vamos sair daqui — Lorcan sussurra em minha orelha, me colocando sobre meus pés para se abaixar e pegar sua espada.

O movimento capta a atenção da mulher, que mira os olhos azuis tomados de ódio em mim.

— Você o matou! — ela acusa. — Você o matou, criatura ignorante! E vai pagar por isso. Pagará com a própria vida por ter tirado a dele! Enviarei sua alma diretamente para o inferno!

Devagar, a mulher se levanta.

— Fique para trás — ordena Lorcan, quando tento puxá-lo para que eu possa protegê-lo, mas não sei se posso. A raiva que transtorna as feições de Dervla não parece pertencer a este mundo.

Dervla eleva para o céu as mãos sujas com o sangue do amante. Seus olhos mostram um brilho vermelho, como os de um demônio, então se fixam em mim.

O vento sacode minhas saias, os cabelos de Lorcan, as folhas das árvores. As nuvens acima de nós espiralam, ganhando nuances cinza e pretas. É como se o fim do mundo estivesse em pleno curso.

Lorcan pragueja, e, pela primeira vez desde que o conheci, percebo que não tem certeza quanto ao que fazer.

— Clamo pelas forças ocultas desta terra — vocifera Dervla — para amaldiçoar a alma dessa criatura nas trevas eternas. Como eu, a ausência do amado sofrerá. Dia após dia, ano após ano, era após era! Quando à luz de Danu o ápice atingir, após do cerne da terra a pedra vital surgir, só então encontrará o meu perdão, libertando sua triste essência dessa condenação.

O chão sob nossos pés estremece, o vento se intensifica, os raios faíscam dentro das nuvens escuras. Agarro a mão de Lorcan com força.

— Fique atrás — ele murmura, tenso, o corpo retesado e a espada a postos, pronto para o combate. Mas não há combate. Ele não tem armas para enfrentar a feiticeira.

— Que a maldição sobre ti agora incida! — Dervla abaixa os braços.

Tudo acontece em uma batida de coração. Acima das copas das árvores, as nuvens se movimentam, espiralando em um redemoinho obscuro. Um ponto prateado macula a intensa escuridão sobre nossas cabeças e rapidamente ganha força, tamanho e magnitude. Eu grito, incapaz de ouvir minha própria voz à medida que a nuvem explode. O clarão risca o céu, o raio impetuoso desce em direção à Terra até encontrar um alvo.

O peito de Lorcan.

♡

— Não! — gritei na total escuridão, a respiração entrecortada. — Não! Não! Não!

Meu corpo todo convulsionava em horror. O suor escorria por minha testa, assim como as lágrimas desciam por minhas bochechas.

Aquilo não era verdade. Não podia ser. Eu não podia perdê-lo. Lorcan não estava morto. Não podia estar!

Subitamente a porta se abriu, a luz se acendeu e então, sob o batente... Ah, graças a Deus!

— Lorcan — tentei dizer, mas minha voz embargada ficou presa na garganta. Saltei da cama e corri para ele, me atirando contra seu peito rijo. O choque o fez cambalear, sobretudo porque me agarrei a seu pescoço, enterrando o rosto ali.

— Ah, meu Deus, pensei que tivesse morrido! — falei, entre soluços. — Nunca senti tanto medo. Eu pensei que... Ah, Deus do céu! Você... a nuvem... bem aqui. — Espalmei a mão sobre seu peito, no local exato onde o raio o atingira. Seu coração bateu com urgência sob minha palma. Ah, graças aos céus!

Eu não sabia o que seria de mim se ele me deixasse. Era como se fôssemos um só. Não dava para viver apenas com meio coração batendo. Além disso, eu estava certa de que, se ele se fosse, meu peito também silenciaria.

Eu o abracei de novo, convulsionando à medida que o alívio varria meu corpo e as lágrimas continuavam a descer livres.

— Foi só um sonho ruim — murmurou em minha orelha, me segurando com urgência. — Eu estou aqui. Estou bem aqui.

— Eu fiquei com tanto medo.

— Venha cá, *a chuisle*. — Passando um braço sob meus joelhos, ele me pegou no colo e chutou a porta, que se fechou com pouca sutileza. Então me levou para perto da lareira e, assim que me acomodou na poltrona, se ajoelhou diante de mim, afastando meus cabelos de minhas faces molhadas. — Você está fria. — Dominado pela inquietação, ele friccionou as mãos em meus braços. — Posso pegar alguma coisa pra você beber?

Neguei com a cabeça freneticamente.

— Só quero ficar perto de você. — Ele era tudo de que eu precisava naquele momento. E em qualquer outro.

Voltei a me enroscar nele, pulando da poltrona tão desajeitada e abruptamente que ele se desequilibrou, apoiando-se na mesa de centro para não cair de costas. Eu me encolhi em seus braços, colando o ouvido em seu peito, e fechei os olhos bem apertado, ouvindo o som mais lindo do mundo: as batidas de seu coração.

Levei um tempo para perceber que ele não havia se movido um único centímetro, exceto pelo fato de que o braço a meu redor afrouxara. Segurando-me pelos ombros, ele me afastou o suficiente para que pudesse me encarar. Um fogo intenso, quase vermelho, inflamava o seu olhar, e não era reflexo da lareira.

O que estava errado?

— Briana, o que é isso? — perguntou, sem inflexão na voz.

— Isso o quê? — Esfreguei as mãos nas bochechas para secá-las.

Inclinando-se para a mesinha, esticou o braço e puxou meu caderno.

— Isso!

Aos poucos, conforme o desespero ia se dissolvendo, comecei a assimilar alguns detalhes. Como o quarto ao meu redor, confortável, luxuoso e moderno, a bagunça que eu havia feito nele nos últimos dias, o homem no qual eu me enroscava e seus olhos, escuros como uma noite sem lua.

Os olhos de Gael.

Gael!

E ele examinava, com a testa franzida, um dos meus retratos de Lorcan.

Merda!

33

— *O que é isso?* — *Gael repetiu, erguendo o caderno para que eu* visse o desenho de Lorcan com o peito nu, a camisa enroscada na cintura em meio a uma plantação de milho.

E era por isso que eu sempre guardava o caderno na bolsa. Era injusto que ao primeiro deslize Gael o tivesse encontrado. Mas eu deveria ter imaginado que algo semelhante pudesse acontecer, considerando a minha falta de sorte e tudo o mais.

Eu me desprendi dele, me sentando no tapete, e sequei o rosto com as mangas do cardigã.

— É... humm... um desenho. — *Ah, brilhante, Briana! Genial mesmo!*

Ele virou a página. E mais outra, e outra ainda. Os olhos ficando cada vez maiores até que pensei que pudessem saltar das órbitas.

— Por que me desenhou assim? — Ele contemplou um dos retratos, com Lorcan empunhando a espada.

Eu poderia dizer que era só uma fantasia, meditei, enquanto ele revirava as páginas. Que aquilo era uma espécie de fetiche ou sei lá o quê. Mas ele sabia sobre meus sonhos — uma parte, pelo menos —, e havia pouco eu o abraçara como se estivesse naufragando no mar e ele fosse uma boia. Não adiantaria mentir.

— É que... — Clareei a garganta. — Esse não é você.

— Não? — Virou o caderno para que eu visse o retrato dele debruçado sobre a bancada, no escritório da Brígida.

Soltei um suspiro.

Olá, má sorte. Eu sabia que você ia voltar...

— Tá. *Esse* é você, mas os outros não são. — Nervosa, puxei os punhos do cardigã sobre os dedos. — Eu sei que parece você, mas... mas não é.

Ok. Eu tinha que contar a ele sobre Lorcan. De um jeito não muito assustador, de preferência.

Essa história é engraçada. Lembra daqueles sonhos? Você está nele e é um guerreiro fodão, e eu sou uma princesa. Ah, já falei que descobri que a tal princesa existiu de verdade?

Melhor não.

Ah, isso? É que eu sonho o tempo todo com você assim, seminu com a espada na mão.

Droga, não.

Eu sonho com você desde sempre e recentemente descobri que a pessoa que eu sou nos sonhos existiu, e ela amou um cara que se parecia muito *com você. E eu posso provar porque o castelo ainda existe, assim como a pedra da bruxa. Falando em pedras, como vai a sua?*

É, isso ia funcionar direitinho...

Revirei as ideias em busca de inspiração, mas Gael ainda examinava os desenhos, o V entre suas sobrancelhas se acentuando a cada segundo, o que foi me deixando mais e mais tensa.

— Briana, como você pode ter me... — começou, mas se calou assim que chegou à gravura de Ciara. E juro que todo o seu corpo se enrijeceu, ao mesmo tempo em que seu rosto perdeu a cor.

Bom, nunca funcionei direito sob pressão. Era melhor terminar logo com aquilo e torcer para que minha explicação fosse boa o bastante. Eu também estava ansiosa por ouvi-la.

— Ok, essa é uma história bastante engraçada... — Ri, nervosa, sem saber como continuar.

O olhar de Gael ainda estava no desenho da jovem princesa irlandesa, a ponta do indicador acompanhando cada traço das feições delicadas.

Seus dedos pareciam instáveis ou foi impressão minha?

De súbito, ele ergueu os olhos, e o que eu vi ali me fez encolher e recuar, batendo as costas na poltrona. As sombras que viviam em seu olhar haviam se transformado em uma densa e impetuosa tormenta.

— O que significa isso? — exigiu, transtornado. — O que você quer de mim?

Pisquei, sem entender.

— Eu... eu não sei o que você quer dizer.

Erguendo-se sobre os próprios pés, o caderno aberto no retrato de Ciara ainda nas mãos, Gael ficou diante de mim. Tive que inclinar muito a cabeça para conseguir olhar em seus olhos enraivecidos, tateando atrás das costas até encontrar o assento da poltrona e usá-lo como apoio para me levantar.

— Foi por isso que você se aproximou de mim? O que esperava conseguir? — cuspiu, entredentes. — Dinheiro? Ou será que era...

— Gael! — falei, revoltada. — Eu nunca mostrei esses desenhos pra ninguém, exceto a Aisla. Eu jamais pensei em vendê-los. Isso é particular! — Tentei pegar meu caderno de volta, mas ele o tirou do meu alcance. — E eu nunca espero nada de você! — Pois parecia que nada era tudo o que eu iria conseguir dele, afinal.

— Por que você fez todos esses desenhos? — ele exigiu outra vez, baixando o rosto furioso até ficar na mesma altura do meu. — Por quê?

Eu o encarei, irritada e magoada.

— Porque você é meu Naoise, droga!

Ele movimentou os lábios para dizer alguma coisa, mas seu semblante congelou, os olhos perderam o foco, a boca escancarada em um O mudo.

Abri os braços, encolhendo os ombros.

— Você é meu Naoise, Gael. — Engoli em seco, o coração martelando em meu peito e na base da garganta. — Os sonhos medievais são com você.

Encarando-me pelo que pareceu ser um século inteiro, ele me estudou atentamente, como se me visse pela primeira vez, a expressão imperscrutável. Passei os braços ao redor do corpo, tentando deter o tremor e encontrar forças para continuar.

— Eu sonho com você quase todas as noites desde que completei dezoito anos. — Mesmo mal passando de um sussurro, minha voz tremeu. — O que, por acaso, foi no mesmo dia em que você chegou ao Brasil. Eu não tenho ideia de por que isso acontece. Consegui descobrir algumas poucas coisas, mas nada que justifique o fato de você invadir meus sonhos quando a noite cai.

A surpresa rodopiou naquelas íris escuras, a raiva se dissolvendo pouco a pouco e cedendo lugar à incredulidade. Mas a descrença logo se transformou em espanto, depois em surpresa e, por fim, em compreensão. O caderno caiu de sua mão. Antes que ele atingisse o tapete, seus braços estavam ao meu redor.

— Ah, Briana, me perdoe. Eu não sabia — murmurou em meus cabelos, atormentado. — Por que não me contou?

— De que jeito, Gael? "Então, sabia que eu sonho com você todas as noites? Sério! Você é o meu amante imaginário. Esquisito, né? Rá-rá-rá." É, não ia te assustar nem um pouco.

— Eu poderia ter lidado com isso. — Ele meio riu, meio gemeu, se afastando de leve para me observar. Seu olhar queimava com uma emoção que não consegui identificar. — Esquisitices não me assustam.

— Mas *me* assustam — confessei. — No começo estava tudo bem. Eu pensei que fossem só sonhos esquisitos. Só que aí você apareceu na minha frente e elevou a palavra "esquisito" a outro nível. Eu pensei que estivesse enlouquecendo... — Fechei os olhos e deixei que a cabeça pendesse para a frente, encontrando apoio em seu queixo.

— Por isso você me olhou como se tivesse visto um fantasma quando nós nos conhecemos. — Sua mão afagava minhas costas lentamente, como se me incentivasse a continuar falando, ao mesmo tempo em que me garantia que tudo ficaria bem. Então eu prossegui.

— Sim. Quando você me contou a história de Deirdre, parecia que eu estava ouvindo a minha própria história. Uma parte pelo menos, porque eu também sonhava com o homem que iria amar.

— Ah, Briana... — Envolveu uma das mãos em meu pescoço e me beijou com urgência. Quando liberou minha boca, me manteve em seu abraço, segurando-me com força, como se pudesse aliviar meu tormento. — Mas ainda não compreendo por que você me desenhou daquele jeito.

— Porque é assim que eu vejo você nos meus sonhos — falei em seu ombro. — Mesmo depois que você surgiu na minha vida, eu continuei pensando que toda essa coisa medieval era uma fantasia. Mas dois dias atrás... — Minha voz falhou. — Quando eu estive no castelo...

Ah, caramba, como eu ia contar tudo aquilo a ele?

Ele movimentou a cabeça, de modo que seu queixo encostou em minha testa, me incitando a olhar para cima. Assim que o atendi, tudo o que vi foram suas íris escuras imersas em inquietação.

— O que aconteceu naquele maldito castelo?

Bom, já que eu tinha começado...

— Acho melhor você sentar, Gael. — Um nó apertou minha garganta. — A história é longa.

Relutante, ele me soltou e fez o que eu pedi, se acomodando numa das poltronas. Eu me abaixei para pegar o caderno do chão e me ajeitei na outra, ficando cara a cara com ele.

Comecei contando da inquietação que senti na madrugada daquele sábado, da saída para a caminhada, a ligação de Aisla e a maneira distraída e descuidada como entrei no bosque, o chamado que me impeliu a ir naquela direção. Por fim, narrei minha chegada ao castelo.

Para minha total perplexidade, ele assentiu, como se aquilo fizesse sentido. Parecia que ele podia mesmo lidar com um pouco de esquisitice, afinal.

— Foi muito assustador, Gael. — Estremeci com a lembrança. — Era o castelo dos meus sonhos. Literalmente, quero dizer. Eu sabia como eram as escadas, onde ficavam os cômodos, o meu quarto...

— Seu quarto? — repetiu, desconcertado.

— O quarto da garota que eu sou nos sonhos. Ou que achava que era. — Engoli em seco. — Era ali que eu... que ela morava.

Fui falando em um fluxo contínuo, sem parar para tomar fôlego, tentando não perder a coragem. Contei como entrei nas ruínas do que um dia fora o aposento dela, como fui expulsa, e do lampejo em minha mente enquanto estava no pátio.

— Aquelas cenas surgiram na minha cabeça do nada, como se eu estivesse sonhando, mas eu estava muito acordada. Entorpecida, mas desperta.

Gael se remexeu na cadeira, e o couro rangeu sob ele.

— O... o que você viu? — Não havia entonação em sua voz, a expressão no rosto difícil de interpretar.

Observei o caderno em minha mão, as páginas que de certa maneira contavam a história de Ciara — ou ao menos a história dela em meus sonhos —, me perguntando se em algum momento eu descobriria por que tínhamos aquela ligação. Se realmente tínhamos uma ligação ou a trama em meu subconsciente possuía uma explicação mais simplista, como sugerira Edna. Talvez eu tivesse visto um retrato de Ciara em algum livro ou uma exposição na mesma época em que vira o de Gael e juntei tudo numa coisa só.

Eu queria acreditar nisso. Mas meu coração sussurrava que eu estava apenas me enganando.

— O que você viu, Briana? — Gael insistiu.

— Eu... Ela — corrigi, clareando a garganta. Era difícil pensar nela como outra pessoa, à parte de mim. — Ela discutia com o pai por causa de um casamento arranjado com o assassino do irmão. Mas cedeu pra manter o povo em segurança. Só que esse tal noivo tinha um plano pra ficar com a coroa e pretendia assassinar o rei e a mi... e a princesa logo depois do casamento. Ela descobriu e fugiu. Esse... esse sonho... — Fiz uma careta, sem conseguir encontrar uma palavra melhor. — Esse parou por aí, mas eu sei como termina. Já vi a sequência dele um milhão de vezes.

— E... — Sua garganta tremulou conforme engolia com dificuldade. — E como termina?

Eu não podia condená-lo por parecer tão perplexo. Eu mesma me sentira daquele jeito tantas vezes que havia perdido as contas.

— Eu... Ela corre, cai um bocado, chora um bocado, está faminta e fraca, e, quando acha que tudo terminou, você aparece. — Mordi o lábio. — Quer dizer, o cara que é igualzinho a você aparece. Ela fica com medo e eles lutam, ela acaba conseguindo ferir o cara, mas está tão fraca que desmaia.

Uma emoção atravessou seu rosto, mas, perdida e sufocada em minha própria tormenta, não consegui identificá-la.

Fitei o caderno, correndo o dedo pela capa. Reunindo uma coragem que não sentia, me levantei e fui até Gael. Ele acompanhou cada movimento meu com olhos atentos... e perturbados.

— Eu desenho o que sonho. — Eu me acomodei no braço de sua poltrona, mostrando a ele a gravura de Ailín. — Esta é uma druidesa.

Com relutância, Gael desviou os olhos dos meus e examinou o desenho.

— E este é o guerreiro. Lorcan. — Virei a folha para mostrar minha ilustração preferida dele: meio de lado, os cabelos ricocheteando ao vento, o peito nu, a tatuagem visível em seu ombro. — Até a sua tattoo é igual à dele.

Gael esfregou a boca, examinando o retrato sem parecer de fato vê-lo.

— O que... — Sua voz vacilou. Ele pigarreou. — O que acontece depois que Ciara desmaia?

Tentei juntar as histórias.

— Lorcan a leva pra casa — contei. — Cuida dela, oferece abrigo e depois eles se apaixonam. — Separei o desenho da princesa e ofereci a ele. Mas franzi a testa ao notar que seus dedos tremiam ao apanhá-lo. — É... é assim que eu sou nesses sonhos. E é isso que está me deixando maluca, Gael, porque essa mulher existiu de verdade.

— Isso é loucura! — Ele sacudiu a cabeça, rindo com incredulidade, estupefação e algo que soou um tantinho de nada com desvario.

— Eu sei — suspirei em concordância. — Porque, se essa mulher existiu, você não poderia estar no mesmo contexto. A menos que Lorcan seja um antepassado seu ou coisa assim, para poder explicar a semelhança. E eu não tenho como saber a verdade, porque não encontro fontes confiáveis com informações sobre ela!

Só então me dei conta de que falava com um homem obcecado pela cultura celta, que, ao que parecia, sabia todas as histórias da Irlanda. Ele com certeza conhecia Ciara, pois pareceu muito... humm... transtornado ao vê-la em meu caderno de desenhos.

Como não pensei nisso antes? Gael poderia me ajudar a desvendar aquele mistério!

— Como isso é possível? — ele perguntou baixinho, observando a gravura.
— Como pode sonhar com Ciara?
— Eu não sei, Gael. De verdade, não tenho a menor ideia. Você já ouviu fa...
— me interrompi quando o vi correr as costas do indicador pelo rosto da princesa.

Inclinei a cabeça para o lado, confusa. Eu já vira — sentira! — aquele gesto antes. Em muitas e muitas ocasiões. Experimentara aquele suave contato inúmeras vezes. Conhecia sua sensação, o arrepio que provocava. Como me esqueceria dele, se era daquela maneira que Lorcan costumava me tocar nos sonhos?

Tocar Ciara, corrigi.

Em meio ao pandemônio que acontecia dentro de mim, um pensamento conseguiu se sobressair. Gael tinha dito o nome dela.

Eu não.

Meu pulso acelerou, retumbando alto em meus ouvidos e na base da minha garganta conforme eu me dava conta de que o homem diante de mim não admirava uma gravura qualquer. A profunda ternura e a saudade esmagadora eram gritantes na maneira como ele acariciava o desenho, como olhava para ele. Eram o toque e o olhar de um amante.

A fotografia de Gael e Liam me veio à mente. O arqueólogo ainda jovem, Gael exatamente como eu o via naquele instante, sem mudança alguma...

O pesadelo que me acordara havia pouco retornou à minha mente. As palavras de Dervla, Lorcan sucumbindo... Só que não da maneira que eu havia imaginado, não é?

Diversas frases desconexas de Gael lampejaram em minha cabeça à velocidade de uma metralhadora.

Eu já estou no inferno, Briana.

A única certeza que eu tenho é a de que vou te perder.

O que eu tinha a perder além do que eu mais tenho de sobra?

Existe algo em você que me faz ser incapaz de mentir.

Pois eu vou te dizer o que estar vivo representa pra mim, Briana.

Gael não pensara em sua fortuna quando mencionara o que mais tinha em abundância, não é? Ele se referia a algo muito mais precioso e que, ao que parecia, mesmo sendo impossível, ele tinha infinitamente: tempo.

Eu não havia entendido. Eu não tinha prestado atenção. A seu modo, ele já havia me contado seu grande segredo. Eu só não tinha conseguido ligar as coisas.

É uma maldição.

Passei os braços ao redor do corpo para deter o abalo que me chacoalhou por dentro, um terremoto violento que destruía tudo, reduzindo minha estrutura a pó.

— Lorcan? — sussurrei, e ainda assim minha voz tremeu.

Eu tive esperanças. Mantive a fé de que ele se conservaria calado. Em vez disso...

— Humm...? — murmurou, distraído, ainda contemplando Ciara.

Tentei engolir e não consegui. O tremor me sacudiu com tanta violência que meus dentes começaram a bater.

— Sim, Briana? — Ele ergueu os olhos quando eu não respondi.

Não sei o que ele viu em meu semblante. Eu não tinha condições de avaliar nada, de pensar em qualquer coisa que fosse. Tudo em mim parecia entorpecido, meu corpo, minha mente, minha respiração. Fosse lá o que eu estivesse sentindo, ele compreendeu. E então o mais intenso desespero lhe contorceu a face. Comprimindo os lábios, fechou os olhos com força, se dando conta do deslize. Uma dor profunda tomou conta dele.

E foi assim que eu soube.

O castelo era real. As coisas que eu sonhava haviam mesmo acontecido. Ciara MacCarthy realmente vivera. Assim como Lorcan, o guerreiro irlandês que agora atendia pelo nome de Gael O'Connor.

34

Saltei da poltrona como se ela estivesse em chamas, ainda que meus joelhos não estivessem prontos para me sustentar. Meu peito subia e descia tão superficialmente que o ar mal passava pela garganta. Temi acabar desmaiando de novo.

Gael era Lorcan. Levei as mãos à cabeça para tentar apaziguar aquele zumbido, andando pelo quarto sem conseguir ver nada à minha frente. Gael e Lorcan eram o mesmo homem. A resposta era tão simples quanto absurda. Por isso a semelhança. Por isso a mesma voz. A cicatriz em seu ombro causada pela faca de Ciara. O mesmo jeito de rir. De andar. De beijar. E de amar. Meu Deus!

Eu me apoiei na parede, inspirando fundo algumas vezes, pois o quarto todo começou a rodar. Mirei os olhos no homem do outro lado do cômodo, parecendo tão mortificado quanto vazio.

— V-você... você é... Lo-Lorcan.

Devagar, sustentando meu olhar, ele deixou o caderno na poltrona e ficou de pé. Passou-se um minuto inteiro — uma vida! — antes que ele respondesse, em um melancólico sussurro:

— Eu fui.

Num último fiapo de esperança, escrutinei seu semblante, em busca de qualquer sinal de que ele pudesse estar brincando comigo. Mas não. Tudo que encontrei ali foi uma expressão atormentada e angustiada, apesar de franca.

— Você tá falando sério. Você tá *mesmo* falando sério! Meu Deus. — Sem nenhum domínio sobre minhas emoções, comecei a rir, a histeria se fundindo ao desespero, até que eu não pude mais diferenciá-los. — Isso não pode estar acontecendo.

— Briana, você está pálida. É melhor se sentar por um instante... — Ele veio em minha direção.

— Não! — Levantei as mãos espalmadas e muito instáveis. — Não! Não até que você pare de dizer que é um cara que viveu no século catorze.

Ele se deteve de súbito e esfregou a testa, parecendo devastado.

— Fim do dezesseis, na verdade — contou.

Gemi, afundando o rosto entre as mãos.

Não podia estar acontecendo. Aquilo não deveria ser real.

Mas era. Gael... Lorcan... quem quer que fosse, jamais brincaria daquela maneira comigo. Ele nunca prosseguiria com aquilo ao me ver tão transtornada.

Minhas pernas bambearam. Tentei me manter firme, colada à parede, mas não fui capaz de me equilibrar e comecei a tombar. Gael correu para me amparar.

— Não, não me toque. — Tropecei em minhas próprias pernas e caí de bunda no carpete.

Ele estacou, os braços pendendo ao lado do corpo antes de me dar as costas, mas não foi rápido o bastante e eu vislumbrei a devastação que minha recusa causou em cada traço de sua bela face.

Ah, mas que droga!

A última coisa que eu queria era machucá-lo. Mas, caramba, eu estava no meio de um ataque histérico. Em minha defesa, digo que é muito, muito difícil manter a coerência quando o cara que se ama diz ser alguém que viveu no século catorze.

Fim do dezesseis, merda.

Normalmente eu já não conseguia pensar direito se ele estivesse por perto. Se eu permitisse que ele me tocasse naquele estado descompensado, acabaria perdendo o juízo de uma vez por todas.

Depois de inspirar fundo tentando se recompor, Gael caminhou pelo quarto até parar diante da mesa com bebidas. Voltou com dois copos e a garrafa de uísque nas mãos. Sentou-se no chão a um metro e meio de onde eu estava caída, recostando as costas na parede. Sempre com movimentos lentos, serviu o líquido ambarino e empurrou um copo em minha direção.

Eu me estiquei, alcançando a bebida, e virei tudo em uma talagada só. Estremeci assim que o líquido sapecou minha boca e o estômago, me incendiando por dentro. Mas era bom. Enquanto eu queimasse, não teria tempo para pensar em outras coisas, como... digamos, que Gael era Lorcan.

Desconfiei de que ele também buscasse a mesma distração, já que sorveu o conteúdo do copo em um longo gole e voltou a completá-lo, deixando a garrafa entre nós.

Com as pernas dobradas, os cotovelos apoiados nos joelhos, o copo pendendo entre eles, sua cabeça tombou para trás, esperando paciente que eu ordenasse os pensamentos.

— Como isso é minimamente possível? — sussurrei.

Ele se manteve imóvel como uma estátua, encarando o teto.

— Acho melhor esperarmos pra ter essa conversa. Você parece estar a um suspiro de ter um colapso nervoso. — Sua voz baixou várias oitavas. — Não quero te machucar mais do que já machuquei.

— Nada pode ser pior do que ficar tentando adivinhar. Por favor, Ga... Lorcan — corrigi, um nó se fechando em minha garganta. — Por favor, me conte.

Ele me encarou por um tempo interminável. Sustentei o olhar, suplicando. Eu tinha que entender os comos e os porquês, ou acabaria enlouquecendo de verdade. Ele deve ter percebido isso, pois soprou uma ruidosa lufada de ar, desviando os olhos para sua bebida, e engoliu tudo de uma vez.

— O que você quer saber? — Sua atenção estava no copo vazio.

— Tudo. Quero saber tudo!

Ele aquiesceu, pegando a garrafa de uísque para completar seu copo.

— Mais um? — ofereceu.

— Sim, por favor.

Empurrando a garrafa pelo carpete, tomando cuidado para que seus dedos não tocassem os meus, ele esperou que eu me servisse e experimentasse um golinho para começar a falar.

— Não tenho como saber o que você sonhou, mas o pouco que me contou aconteceu de fato. O casamento arranjado. A fuga. O nosso envolvimento. Tudo.

— Certo. — Tentei me concentrar em inspirar e expirar, o que já era muito diante das circunstâncias.

— Eu era um homem da terra, Briana. — Conservou os olhos fixos na parede do outro lado do quarto. — E adorava. Me sentia parte dela. Numa tarde como tantas outras, depois de voltar da plantação, eu estava cortando lenha um pouco afastado de casa. Escutei alguém se aproximar. Eram tempos difíceis. A Irlanda sofria com guerras internas, e não era incomum encontrar um grupo procurando terras pra dominar. Achei melhor investigar. Em vez de um invasor, encontrei Ciara, com as roupas rasgadas, o corpo ferido, uma faca em punho. — Os cantos da boca se repuxaram de leve conforme ele tocava o ombro. Aquele com a cicatriz. — Ela era incrível com aquela scían...

Soltei uma pesada expiração, e só então percebi que havia prendido o fôlego. Estava tão... ah, eu não sei exatamente o que eu estava. Ia além de atordoamento, muito além.

Abandonando o copo no chão, Gael se remexeu e pegou alguma coisa no bolso da calça. Sua carteira, logo percebi. Abrindo-a, tirou de lá um saquinho azul.

— Eu a amei desde o instante em que nós lutamos naquela floresta. — Seus dedos grandes, mas muito ágeis, começaram a desfazer o nó da fita de cetim. — Era tão frágil, tão pequena, mas ao mesmo tempo havia uma força imensa dentro dela. Eu não poderia deixá-la sozinha naquela situação. Na verdade, eu não teria conseguido deixá-la por qualquer motivo que fosse, como aconteceu quando eu conheci você... — Fez uma pausa, comprimindo os lábios, como se não tivesse a intenção de ter dito aquilo. — Isso é tudo o que eu tenho dela.

Ele se esticou, o saquinho entre o indicador e o dedo médio. Meus dedos tremiam muito quando me curvei para pegá-lo. O que quer que estivesse ali dentro, pertencera à garota que, ao que parecia, andava me assombrando nos últimos cinco anos.

Inspirei fundo uma vez. E mais outra. E ainda uma terceira vez antes de, por fim, virar o pacotinho em minha mão. Uma plaquinha de madeira muito antiga, a julgar pelo desgaste e o tom do verniz, caiu em minha palma. A inscrição no antigo alfabeto quase se apagara, mas eu a reconheci ainda assim.

O amuleto que Lorcan dera a Ciara.

— Sol — arfei.

Pela primeira vez desde que começara sua narrativa, ele olhou para mim. E não conseguiu ocultar a emoção que trouxe um pouco de cor a seu rosto. Precisou engolir duas vezes antes de sussurrar:

— Sim. E foi... foi... — Ele até tentou continuar, mas estava abalado demais para conseguir. Levou a mão à testa, esfregando-a com força. Então jogou a cabeça para trás, apoiando-a na parede. — É por causa dele que eu estou aqui agora.

— Como assim?

— Sabe quem é Desmond? — perguntou com delicadeza, me espiando de canto de olho.

— Sei. Lorc... — Mordi o lábio inferior. Aquilo era tão confuso! — *Você* o matou depois que ele tentou violentar Ciara.

Uma expressão selvagem tomou conta de seu rosto.

— Não vou negar que senti prazer ao matar o maldito — confessou. — Mas isso trouxe consequências com as quais convivo até hoje. A amante dele, Dervla, enlouqueceu após encontrá-lo morto.

— Eu sei. É nesse ponto que os meus sonhos terminam. Foi isso que eu sonhei esta noite. Um raio te atingiu. Eu vi você morrer. — E, é claro, isso não tinha acontecido. Não pude evitar suspirar de alívio.

Sacudindo o copo, Gael observou o líquido dourado dançar dentro dele e riu, um som abatido e vazio que retumbou dentro de mim dolorosamente.

— Quem dera eu tivesse tido essa sorte, Briana.

Não gostei de ouvir aquilo.

— O que aconteceu? — Cheguei um pouco mais perto. Agora que meus nervos pareciam estar sob algum controle (ou entorpecidos pelo uísque), aquela distância toda começou a me incomodar.

Gael não moveu um único músculo, permanecendo onde estava. Então tomou fôlego e recomeçou a falar.

— Dervla lançou uma maldição sobre Ciara. O amuleto, graças ao bom Deus, a protegeu. Eu, entretanto, estava vulnerável...

Parei de ouvi-lo assim que lampejos de imagens obstruíram minha visão. Tão cristalinas e nítidas como se estivessem acontecendo naquele exato instante.

35

*Abro os olhos. Os galhos das árvores balançam com suavidade, tre*mulando suas folhas em uma dança embalada pela brisa. As caídas no chão também se agitam e batem em meu rosto. O cheiro de terra úmida e mato compõe uma fragrância única, que se impregna em minha pele.

Por que estou deitada em uma floresta?

Experimento movimentar o pescoço e então vejo os fios dourados de Lorcan. A lembrança do que aconteceu me atinge como um coice: Desmond. Dervla. A maldição.

Meu coração tropeça ao perceber que os olhos dele estão fechados.

— Lorcan!

Tento me sentar, mas meus membros não respondem. Com dificuldade, consigo me arrastar até ele e estendo a mão para tocar sua face. E choro ao sentir a quentura de sua pele. Ele está vivo.

— Por favor, meu amor, acorde — sussurro, afagando seus cabelos.

Um estalo me faz olhar para a frente. Não vejo ninguém, mas seus passos ficam cada vez mais próximos. Estico-me sobre Lorcan para pegar a espada caída a seu lado. Uma profusão de cachos escuros surge na trilha.

— Brian! — arquejo. E, mais atrás, Alistar e Shona. — Ajudem-no! Por favor, ajudem-no!

Os três nos alcançam e começam a fazer perguntas, mas não consigo responder. Eles erguem o corpo inconsciente de Lorcan com cuidado e começam a carregá-lo para a aldeia.

Os feridos na batalha foram levados à casa de Ailín, e é para lá que seguimos. Tento explicar o que aconteceu a Brian e Ailín, depois que ela cuida do talho em minha cabeça, mas não me saio muito bem. Não sou capaz de me concentrar e seguir uma linha de raciocínio com Lorcan ainda desacordado. Ele está vivo, seu coração ainda bate, no entanto seus olhos não se abrem naquela noite. Nem quando os primeiros raios de sol invadem a pequena casa apinhada de gente — cuidadores e doentes.

Não saio da cabeceira dele, apesar das súplicas de Ailín para que eu descanse um pouco. Não importa. Até que eu veja aqueles lindos olhos amarelos abertos outra vez, nada mais importa. Penso em Dervla e suas palavras e me questiono se a maldição de fato se concretizará, ou se aquele raio foi apenas uma terrível e dolorida coincidência.

Parece-me que uma vida inteira se passa até que suas pálpebras tremulem.

— Ciara — murmura ele.

O alívio de ouvir sua voz novamente me deixa tonta. Envolvo os dedos em sua mão e aperto de leve. A cadeira na qual passei a noite range.

— Estou aqui. Estou bem aqui.

Seus olhos se abrem um pouco mais e vagueiam pelo quarto antes de encontrarem e se aterem aos meus. Então ele me examina com atenção.

— Você está bem? — quer saber.

Minha visão embaça ao mesmo tempo em que rio. Eu devia ter antecipado que seu primeiro pensamento ao acordar seria para mim.

— Agora estou. — Levo sua mão aos lábios e lhe beijo a palma. O peito dele se expande com um pesado suspiro aliviado. — Eu estava apavorada, Lorcan. Pensei que você nunca mais fosse acordar. Que a maldição...

— Não se preocupe — ele se adianta. — Aquela mulher queria apenas assustá-la. Não pense mais nisso. Venha cá. — Ele me puxa pelo braço até que caio por cima dele no colchão. Essa parece ter sido sua intenção desde o início, pois me aperta com força de encontro ao peito. Descanso o rosto ali, ouvindo a cadência forte e constante de seus batimentos. Parece música para mim.

Brian entra no quarto sem fazer barulho, nos surpreendendo. Eu me sento de imediato, embora Lorcan proteste.

— Lorcan! — O recém-chegado ofega ao vê-lo de olhos abertos.

— Estou bem, Brian. E ansioso por notícias. Conte-me o que aconteceu.

Não é uma pergunta. É uma exigência do chefe do clã. Por isso, mesmo que a contragosto, Brian passeia pelo quarto de Ailín até se sentar na cadeira que eu ocupava instantes antes e começa a falar.

— Você chegou bem a tempo ontem. Não sei o que teria acontecido se não tivesse regressado. — Balança a cabeça e seus cachos pulam. — Mas perdemos seis homens. Não restou absolutamente nada da plantação. Queimaram tudo, inclusive nosso silo, e mataram a maioria do nosso gado.

Seis homens. Seis bons homens encontraram a morte no dia anterior. A morte trazida à aldeia por mim. Meu coração se encolhe até ficar do tamanho de uma ervilha.

A reação de Lorcan, porém, é diferente. Algo entre a ira e o pesar retorce suas sobrancelhas, lhe franze o cenho e a boca.

— Temos que nos preparar. Fergus não vai aceitar a derrota. Vai retaliar. — Lorcan tenta se sentar. Seu corpo oscila por um instante, mas se recompõe antes que eu possa ampará-lo. — Não vai demorar, Brian. Não agora que Fergus tem a confirmação de que Ciara está na aldeia.

Brian me examina, uma interrogação pairando sobre seu semblante ferido. Como não consegue chegar a uma conclusão óbvia, indaga:

— Por que estão atrás dela?

Lorcan me lança um olhar significativo quando abro a boca, me detendo.

— Explicaremos tudo assim que eu conseguir me levantar — interrompe. — Reúna todos. Precisamos traçar uma estratégia de defesa.

Depois disso, tudo me pareceu um borrão. Ajudo Lorcan a chegar em casa, onde ele toma um banho para se livrar dos resquícios da batalha e se barbeia. Antes de voltarmos à aldeia, abre o baú em nosso quarto e começa a retirar espadas, machados, lanças, facas de todos os tamanhos. Em pouco tempo conseguimos carregar o arsenal colina abaixo e reunir tudo em frente à casa de Brian.

Homens e mulheres se espalham pelo pátio ouvindo Lorcan com atenção. Ele é direto e aparenta extrema segurança mesmo diante de algumas expressões assustadas.

Dos degraus da casa, com o torso nu decorado por tinta azul, traçando uma estratégia de defesa que mais parece um ataque, é inevitável não pensar em seu possível parentesco com o grande Cúchulainn.

— Eles estão vindo — anuncia, em voz alta e clara. — Serão numerosos. Mais do que o grupo que nos atacou ontem. Muitos de nós não verão o sol nascer amanhã. O que me consola é saber que muitos deles também não.

Os gritos em concordância ecoam pela aldeia.

— Aqueles malditos! — Brian esbraveja à frente do grupo. — Vou mandar para o inferno quantos puder.

— Por que nossa aldeia? — exige Alistar, pai de Dana, esfregando a longa barba ruiva. Ele é mais velho que Lorcan e Brian, mas nem por um momento duvido de sua habilidade com uma espada. — Tudo o que queremos é viver em paz com nossas famílias. Por que nos importunam?

— Porque esses malditos querem a Irlanda para eles! — Brian se exalta. — Querem transformar nossa aldeia em um condado particular, como já fizeram em outros lugares.

Os gritos voltam a ressoar.

Inspiro fundo, tentando reunir alguma coragem.

— Está certo quanto a isso, Brian — falo, recostada na parede. — Mas dessa vez é atrás de mim que eles estão.

Os ânimos se acalmam aos poucos, até que tudo é quietude. Tenho a atenção de todos. Isso me deixa apreensiva. Busco o olhar de Lorcan, que assente, me incentivando. Eu me aprumo e clareio a garganta antes de dizer:

— E estão atrás de mim porque o meu verdadeiro nome é... é Ciara MacCarthy.

Uma a uma, as expressões vão se alterando. O silêncio, profundo e desconfortável, faz meu estômago dar uma pirueta. Um único rosto sorri na multidão. Dana.

— Que engraçado — diz a menina. — Você tem o mesmo nome que a filha do rei MacCarthy.

— Porque eu sou a filha do rei MacCarthy, Dana — replico em voz baixa.

Mas ela me ouve. Seu sorriso murcha, e o olhar dispara em direção a Lorcan. Assim que ele confirma com um enérgico aceno, a boca da menina se escancara.

— Ah, que inferno... — Brian fala por fim, esfregando o pescoço.

— Então você trouxe esses galls até nós? — Os olhos escuros de Alistar brilham com fúria.

— Sim. E lamento muito. — Minhas bochechas esquentam. — Muito mais do que posso dizer.

— Por que eles estão atrás de você? — ele exige saber, chegando mais perto dos degraus.

— Os motivos não importam — atravessa Lorcan, colocando-se diante de mim como se com isso pudesse me proteger da fúria do amigo.

— Está tudo bem. — Garanto a ele e então me viro para os aldeões. — Estão me procurando porque eu fugi do meu noivo.

— E quem era ele? — questiona Shona, mais ao fundo.

Engulo com dificuldade.

— Era Fergus McCoy.

— McCoy? — Brian repete, apoiando o cabo do machado em seu ombro. — Mas não foi ele quem armou uma emboscada e assassinou Conan MacCarthy?

Resisto à urgência de passar os braços ao redor do corpo e assim demonstrar fragilidade. Meu irmão teria ficado orgulhoso. Sei que Lorcan está, a julgar pela maneira como me observa com adoração.

— Sim, Brian — anuncio em voz firme. — McCoy preparou uma armadilha, e Conan acabou sucumbindo. E o gall ameaçou dar início a uma guerra caso eu não o desposasse...

Clareio a garganta antes de prosseguir e dizer toda a verdade sobre os planos de Fergus, a ajuda de Bressel, o encontro com Lorcan. Quando termino, tudo o que ouço são ecos de minha própria voz.

— Me perdoem — digo por fim, observando os rostos, muitos ainda feridos pela batalha anterior. — Eu não tinha para onde ir. Eu... jamais desejei isso. Por favor, acreditem, eu nunca quis que ninguém se ferisse.

O estarrecimento daquelas pessoas coloca um nó em minha garganta. A mão grande e quente de Lorcan envolve a minha.

— Se é assim... — começa Alistar, subindo um degrau, e se vira para o povo. — Por que não a devolvemos para os galls e evitamos o confronto?

— Papai! — Dana exclama, as faces ruborizadas, assim como as minhas.

Lorcan, no entanto, tem uma reação diferente. Dá um passo à frente, a expressão sombreada por um tipo de fúria que nunca vislumbrei antes. Alistar, no entanto, não parece se alterar.

O homem que amo, meu marido desde a tarde anterior, encara o amigo.

— Ninguém o obrigará a lutar se não desejar, Alistar. — E se dirige à multidão. — Qualquer um de vocês é livre para partir.

Meu estômago se empertiga, ansioso. Eu não quero isso. Não quero nada disso. O ataque, o medo, a briga entre dois amigos.

Ninguém se move. Até o vento parece cessar.

— Você a escolheu em vez de a seu povo? — Alistar cospe no chão.

Lorcan apruma a coluna.

— Ciara é filha de Ronan MacCarthy. Ela é o nosso povo. É a futura governante desta província. Pensei que de todos aqui, Alistar, você seria o primeiro a compreender a importância de Ciara MacCarthy.

— Talvez Alistar tenha razão... — penso alto.

De súbito, Lorcan se vira para mim e pressiona a ponte do nariz, onde uma faixa azul lhe decora a pele.

— Não, ele não tem — diz, bastante alterado. — Você é parte deste clã. Não mandamos um dos nossos embora. Nós o protegemos. Nós lutamos por ele.

— Fergus dominou o castelo — revelo, sentindo uma pontada de medo no peito. — Papai não é mais o rei.

Uma porção de imprecações parte da multidão e de Lorcan conforme explico o que ouvi no dia anterior.

— Este é apenas mais um motivo para ficar e lutar — Lorcan conclui assim que termino. Então se vira para seu povo. — Não vamos fugir. Lutaremos por nossa vida, *por nossas terras, por nossa honra. Ficaremos e lutaremos, mesmo que seja a última coisa que façamos. Temos que reunir os que sobraram, os que têm condições de lutar e nos preparar. Ninguém vai nos expulsar de nossas terras. Nem ingleses, nem gallowglasses, nem a fome. Nós lutaremos, como fizeram nossos antepassados. Nós lutaremos, como um dia farão nossos descendentes.*

Gritos em apoio e concordância repercutem até os cantos mais longínquos da aldeia. Mas então Alistar grita:

— Espere um pouco. — Ele sobe mais um degrau e encara meu marido. — Ciara é parte deste clã?

Lorcan assente e não consegue evitar que os cantos de seus lábios se curvem para cima.

— Ciara e eu nos unimos nas ruínas ontem à tarde.

A expressão de Alistar Higgins relaxa e ele parece muito mais jovem conforme um largo sorriso lhe toma a boca.

— Por que não disse logo, diabos?

A aldeia explode em gritos. A multidão avança toda de uma vez em minha direção. Alistar é o primeiro a me abraçar, depois sou beijada por tantas pessoas que mal registro os rostos. Há alegria, boas-vindas e afeição. Não sou uma princesa para aquelas pessoas, mas sou uma deles agora. Isso me comove.

— Eu sabia que isso iria acontecer! — Brian me segura pelos ombros e me sacode de leve. — Assim que vi Lorcan ao seu lado. Ele parecia um cachorrinho perdido implorando que o levasse para casa.

— Cale a boca, Brian. — Lorcan ri.

— Tenho de concordar com Brian — Shona aquiesce. — Você não é muito bom em esconder o que sente por essa moça. Seja bem-vinda, minha querida. — Os braços dela me envolvem.

Logo atrás está a menina a quem há muito tempo passei a confiar e amar.

— Mal posso acreditar que sou amiga de uma princesa — comenta Dana, me beijando as faces. — Porque nós somos amigas, não é mesmo, Sua Majestade... Alteza... Vossa...

— Ciara — ajudo, apertando seu braço. O colar em sua garganta reluz com os últimos resquícios do sol. — Todas as minhas amigas me chamam apenas de Ciara. E é assim que deve se dirigir a mim, Dana.

A garota solta um gritinho e pula em meu pescoço.

Lorcan tem trabalho para organizar as pessoas, pois alguém sugeriu buscar um barril de cerveja e outro se ofereceu para pegar o violino. Leva certo tempo, mas a ordem se reestabelece e ele reassume seu papel diante dos seus. E meus também, percebo.

— Precisamos saber com quem poderemos contar — começa ele quando os ânimos se abrandam. — Aqueles que pretendem ficar e lutar que levantem a mão.

Todas as mãos se erguem. A de Alistar, com um machado já em punho, é a mais alta.

— Muito bem — Lorcan assente. — Brian, vamos colocar algumas armadilhas em pontos estratégicos cercando a aldeia. Shona, pode organizar seus arqueiros?

— Sim, Lorcan.

— Alistar, quero que verifique os possíveis pontos frágeis. Alguns de nós ficarão de vigia dia e noite... — Ele continua a distribuir tarefas, e meu peito se enche de orgulho. Ele seria um grande rei.

Talvez tenha sido seu discurso, talvez o conhecimento de que tantos daqueles rostos que o ouvem com atenção não estarão ali no dia seguinte. O que quer que seja, sinto despertar o dever para com meu povo: com aqueles aldeões e com os que vivem dentro da proteção dos muros do castelo. Não é uma imposição desta vez. É a minha escolha.

Meu coração falha uma batida pelo súbito pensamento que me atravessa a mente.

Não posso permitir que uma nova batalha aconteça. O castelo foi tomado. Se nossos soldados tão bem treinados não foram capazes de derrotar Fergus e seus mercenários, como civis acostumadas a lidar com a terra poderiam vencê-los?

Não posso permitir que mais pessoas inocentes paguem com a vida por me proteger.

E nem que Lorcan morra tentando.

Percebo que existe uma maneira de impedir que a aldeia seja atacada. De salvar os amigos que fiz ali e talvez os que deixei para trás. Mas, para conseguir isso, terei de abrir mão da única coisa que já desejei na vida.

"Ser líder é tomar decisões que machucam sua alma em nome de um bem maior", papai me disse. E agora compreendo suas palavras com cada fibra de meu corpo, pois ele lateja conforme meu coração se parte.

— Qual é o problema? — Os dedos de Lorcan buscam minha face.

— Nenhum. — Reúno toda a força de que disponho para conseguir esboçar um sorriso curto. — Apenas apreensão pelo que está por vir.

Aquilo parece convencê-lo, talvez porque não seja uma mentira, afinal.

Há uma tigela no chão, próxima à porta, repleta de tinta azul. Alguns talos mal esmagados de minúsculas flores amarelas boiam no líquido. Lorcan se abaixa e a pega. Ele me entrega o recipiente e mergulha os dedos no fluido de um azul tão profundo que é quase preto, e em seguida começa a corrê-los pelo meu braço, me preparando para a batalha como nossos ancestrais um dia fizeram.

— Para proteção — explica, o indicador traçando padrões precisos em minha pele branca.

Assim que termina com meu braço, se dedica a meu pescoço e eu fecho os olhos, guardando seu toque em meu coração. Três dedos deslizam sobre a parte esquerda de minha face. Eu o encaro. Quero me lembrar de cada traço dele, do tom levemente rouco de sua voz, do seu aroma tão delicioso. Preciso dele. Preciso dele mais do que jamais precisei.

— Em que tanto pensa, Ciara?

Abaixo a vista para seu peito nu, acompanhando os riscos que ele desenhou mais cedo, e lhe dou parte da verdade.

— Estava pensando que você cresceu neste lugar, tão perto de mim, mas eu só o encontrei agora.

— Não é nenhuma surpresa. — Sua voz é bem-humorada. — Uma princesa não costuma brincar com um aldeão.

— Não. — Elevo o queixo e o encaro. — Ela prefere se apaixonar por ele.

— E cravar uma faca também. — Ele me presenteia com aquela adorável covinha. Após terminar com meu rosto, examina seu trabalho, parecendo satisfeito. Mas seu olhar se detém em meu pescoço e seu polegar descansa sobre o amuleto. — Não deixe de usá-lo. Nunca.

— Até o fim dos meus dias — prometo, solene.

Apanhando a tigela de minhas mãos, ele a abandona nos primeiros degraus antes de voltar a me observar. A tensão lhe domina por completo, sobretudo os ombros.

— Eu tenho um pedido a lhe fazer — começa, inquieto. — Quero que se mantenha afastada da batalha. Quero que fique com Shona e Dana. Elas vão protegê-la.

— Está bem.

— Por favor, Ciara. Não posso permitir que se arrisque... — Então parece compreender o que eu disse. Uma porção de linhas decora seu cenho. — Verdade? Não vai insistir em lutar?

— Não estou pronta. O embate com Desmond mostrou que não estou pronta para um confronto de tamanha proporção. Farei o que me pede.

Ele me envolve em seus braços, suspirando aliviado. Fico na ponta dos pés e o beijo. Aquele é nosso último. Sei disso como sei que meu coração vai parar de bater assim que eu o deixar para trás. Por isso, agarro-me a seu corpo com desespero, tentando extrair dele o que posso — sua coragem, sua força, sua fúria —, para que tudo isso se fixe em mim e me acompanhe.

Assim que ambos estamos sem ar, descanso a testa em seu peito, para impedir que ele veja a dor em meus olhos. Gostaria que tivéssemos tido mais tempo. Mesmo assim, esses poucos dias com ele foram suficientes por uma vida inteira.

Sua mão afaga o topo de minha cabeça, deslizando-a por todo o comprimento de meus fios trançados.

— Não tema. Eu a protegerei, Ciara. Prometo — diz, com gravidade.

E eu também, quero lhe dizer. Preciso mantê-lo a salvo, mesmo que a única alternativa seja partir seu coração ao abandoná-lo.

— Preciso ir até a entrada da aldeia ajudar a espalhar as armadilhas — comenta, um tempo depois.

Reprimindo um suspiro, elevo o queixo e com muito custo mantenho a expressão serena.

— Ficarei com Shona. Ela está afiando minha scían — minto.

Ele analisa meu rosto, como se desconfiasse de minhas intenções. Sorrio, e, depois do que me parece uma década inteira, ele concorda, beijando minha testa.

— Voltarei logo. — Ele se desprende de mim e desce os três degraus.

— Lorcan! — chamo.

Ele me olha por sobre o ombro, o peito nu, a espada pendendo da cintura, o corpo delgado e forte recoberto por tinta, os cabelos bagunçados caindo nos ombros, quase encobrindo o desenho de Cúchulainn. Um guerreiro em todo o seu esplendor.

Meu anjo guerreiro.

— Por favor, tome cuidado. — Engulo em seco.

— Você também.

Assim que Lorcan segue para a trilha, dirijo-me sem pressa à casa de Brian. Conforme alcanço a construção, olho para trás. Meu guerreiro não está em nenhum lugar à vista, e as pessoas que perambulam pelo pátio estão ocupadas em demasia para me notar. Não perco mais tempo e corro até alcançar o milharal agora carbonizado, meus pés esmagando o que restou da plantação. Não tenho muito tempo antes que Lorcan perceba que fui embora.

É difícil correr, pois meu coração sangra. Tento bloquear qualquer pensamento, mas, a cada vez que pisco, o rosto de Lorcan surge atrás de minhas pálpebras. Ele poderá me perdoar algum dia? Entenderá que fiz o que fiz para manter meu povo em segurança? O nosso povo?

Fergus quer a mim. Assim que eu alcançar os portões do castelo MacCarthy, serei levada até ele e lá garantirei que sua espada não desça sobre o pescoço daqueles que amo. Com sorte, conseguirei matá-lo antes que ele me mate.

O crepúsculo cai, com ele surge a bruma, e enxergar adiante passa a ser quase impossível.

Entretanto, quando estou longe o bastante da aldeia, avisto uma chama fosca. De início, pequena e insignificante, mas então outra surge. E mais outra. De repente são *dezenas delas. O som das patas pesadas dos cavalos reverbera pela noite e pelo meu peito. Todo o meu corpo grita para que eu fuja.*

Em vez disso, envolvo os dedos ao redor do amuleto, apertando-o com força antes de aprumar os ombros e avançar na direção dos gallowglasses.

❦

A madrugada avança. Os homens de Fergus me escoltam para dentro do castelo. O estarrecimento me atinge assim que avisto a cidade sob o tremular das tochas. Ou o que restou dela. Tudo é cinza. Muitas casas foram queimadas, outras tantas parecem abandonadas. Assustadas, as pessoas se movem nas sombras, espiando atrás de pilastras, de carroças tombadas, conforme os mercenários me empurram para o palácio. A esperança se apaga daqueles rostos e meus olhos pinicam, mas obrigo as lágrimas a retrocederem. Não quero demonstrar fraqueza diante do maldito Fergus.

Em meio a tantos semblantes desolados, reconheço um par de olhos escuros parcialmente ocultos por um capuz puído.

Ina!

Ela leva o indicador à boca. Eu me viro para a frente, temendo que algum dos galls a reconheça.

Estamos quase na entrada, e ali perto testemunho algo que faz meu sangue ferver.

— Pare! — Avanço sobre o mercenário de cabelos vermelhos que açoita um menino que mal chegou à adolescência.

O ruivo corpulento me ataca, mas sou mais ágil e consigo encaixar um soco em seu queixo, tomando o chicote de suas mãos. O menino está tão ferido que mal consegue erguer os olhos para mim. Tento soltar suas mãos amarradas à estaca do que um dia fora uma barraca de verduras, mas o ruivo já se recuperou e me empurra, esbravejando. Ergo o chicote e o acerto no rosto. Ele tomba no chão.

Antes que eu consiga soltar o garoto, um dos mercenários me agarra pelas costas e imobiliza meus pulsos, apertando-os com tanta força que o chicote cai de minhas mãos.

Levantando-se devagar, o ruivo me encara, a marca em sua cara se inflamando na mesma proporção que sua cólera.

— Não se atreva a tocar nesta criança de novo — vocifero, lutando para me libertar. — Nenhum de vocês. Mantenham suas mãos nojentas longe do meu povo!

— Pretende nos impedir? — o sujeito agora marcado zomba. — Sozinha?

Naquele instante, sinto o peso de meu sobrenome, os ancestrais que lutaram por ele. Assim como a presença de Lorcan, no toque do amuleto que desliza em minha pele com suavidade a cada movimento.

Mesmo contida, consigo aprumar os ombros e empino o queixo.

— Sou Ciara MacCarthy, filha de Ronan MacCarthy. Filha de Munster. Filha da Irlanda! Eu nunca estou sozinha.

— Pois parece bastante sozinha para mim. — O gall de cabelos vermelhos aproxima o semblante ferido do meu, a mão sobre o cabo de sua espada.

— Já chega — diz o mercenário às minhas costas, me arrastando para longe de seu companheiro. — Fergus precisa dela viva, lembra-se?

Reluto, meus pés escorregando pelas pedras. Os rostos antes escondidos nas sombras agora estão visíveis. Surpreendentemente, o que há poucos instantes era desesperança começa a se transformar em outra coisa.

— Filho da Irlanda! — Um ancião esquálido ergue o punho, saindo de trás de uma carroça tombada.

— Filho da Irlanda! — grita um jovem mais ao fundo, elevando uma lanterna. — Filho de Munster!

— Filha da Irlanda! — ecoa outra voz, e essa eu reconheço. Ina.

Os gritos, antes tímidos, vão ganhando corpo, o medo sendo substituído pelo orgulho de ter nascido naquela terra. Ainda estou sorrindo quando o gall me empurra pelas pesadas portas do palácio. Mas meu sorriso desaparece ao chegarmos ao grande salão. Ao centro, o homem alto e forte, os cabelos escuros caindo em anéis sobre os ombros, se levanta do trono de papai.

— Ciara MacCarthy, que agradável surpresa. — Fergus se aproxima, brincando com o anel que leva o brasão de minha família em seu dedo anular. — Creio que meus ouvidos não estejam funcionando direito, pois fui informado de que você se rendeu.

— Onde está meu pai? — exijo, ainda sob o aperto férreo do gall.

— Vivo, infelizmente. — Revira os olhos. — Presumi que me seria útil em sua captura. Mas, agora que está aqui, não preciso daquele velhote. Bem-vinda de volta, princesa. Sentiu saudade de mim?

Antes que eu responda, ele segura meu queixo com brutalidade e me beija nos lábios. Eu o mordo, sentindo o gosto ocre de sangue em minha língua. Fergus geme, se afastando, e ergue o braço. Não consigo me desviar do golpe, e sua mão acerta minha face em cheio. O anel que está em minha família há gerações me arranha da têmpora à bochecha. Atordoada, começo a tombar. O gall enfim me liberta e eu caio no chão. Minha pele arde na mesma proporção em que a raiva se inflama dentro de mim.

— Sei que está impaciente. — Fergus seca o lábio ferido na manga do casaco. — Mas teremos tempo para esse tipo de diversão mais tarde. — Virando-se para o sujeito que me arrastou até ali: — Chame o padre. Temos um casamento a celebrar.

— E quanto ao ataque? Devemos voltar para a aldeia?

Um movimento atrai minha atenção. Relanceio a janela e, incrédula, vejo uma flecha riscar o céu sem estrelas.

Mercenários não usam arcos. Preferem espadas e machados. Mas o povo...

— Não esta noite. — Fergus ajeita as mangas do traje, depois a lapela. — Já tenho o que quero. Podem destruir aquela aldeiazinha amanhã. Sirva um barril de cerveja aos homens. Afinal, esta noite devem beber em homenagem ao novo rei!

— Nunca será rei do meu povo! — vocifero. Minha voz ecoa nos quatro cantos do salão retangular.

Girando sobre os saltos das botas, os cantos da boca curvados em uma carranca demoníaca, Fergus se abaixa diante de mim.

— Mas eu já sou, princesa. Sou o dono deste castelo, de tudo dentro dele, inclusive do bando de mortos de fome que chama de "seu povo". Até você me pertence. — Segura meu queixo, virando-o para o outro lado, examinando os três riscos que Lorcan desenhou. — O que diabos é toda essa tinta? Virou uma selvagem também, minha querida?

Com um movimento brusco de cabeça, me livro de seu toque.

— Mantenha suas mãos nojentas longe de mim — falo, entredentes.

— McCoy! — O ruivo que acertei com o chicote entra apressado no salão, passando o ferrolho na pesada porta principal, e derrapa ao tentar parar tão logo avista seu líder.

Fergus não percebe a urgência no semblante do sujeito, perdido demais em sua própria grandeza.

— Vou fazer muito mais que tocá-la, querida. — Ele desliza um dedo pelo meu pescoço. Eu recuo, enojada. — Vou destruí-la de todas as maneiras possíveis, até que implore que eu lhe conceda um presente tão doce quanto a morte.

— Nunca será o rei desta gente — repito. — O povo nunca o verá como seu líder. Na primeira oportunidade se voltará contra você.

Mas isso já aconteceu, percebo ao ouvir meu nome sendo proferido em coro do lado de fora, sobressaindo aos sons de batalha. O povo se rebelou. E Fergus, tão perdido em seu poder, não entendeu isso ainda.

— McCoy, eu preciso lhe... — arrisca o ruivo.

— Então eu matarei todos eles — Fergus se dirige a mim, animado com a ideia.

— Um rei de ninguém — acuso. — Nunca será rei. Será apenas um tolo usando uma coroa.

A raiva se inflama em seus olhos cinzentos, e não é exatamente surpresa que seus dedos se fechem ao redor de meu pescoço.

— E você fará... uma figura ainda mais... triste, Fergus McCoy. — Mal consigo respirar agora, mas sorrio ao ver sua expressão colérica. — Será... apenas um tolo... sem coroa alguma.

Ele aperta meu pescoço com tamanha força que sinto que irá quebrá-lo. Meus olhos reviram nas órbitas, e sei que estou aniquilada. Não importa. O povo se rebelou. Tomará o castelo. Lorcan e papai reconstruirão nosso lar.

Num último esforço, deslizo a mão sob as saias, alcançando o cabo da scían dentro de minha bota. Antes que Fergus possa se afastar, eu a cravo em seu peito.

Os dois mercenários avançam sobre mim, e uma faca é pressionada contra minha garganta enquanto assisto Fergus tombar para trás, levando a mão ao cabo da scían. Mas não tenho esperança. Não foi um golpe fatal. Não o acertei no coração, mas um palmo acima, levemente à esquerda.

— Vai pagar muito caro por isso, Ciara MacCarthy.

Gemendo, ele puxa minha scían do ombro e se prepara para ficar sobre os próprios pés. Mas algo zune, passando a centímetros de sua orelha. A flecha encontra o mercenário que me tem sob sua mira. A faca em meu pescoço desaba da mesma maneira que o sujeito.

— Que diabos é isso? — Fergus se coloca em guarda, minha scían em uma das mãos, a espada na outra.

— Estamos sendo atacados! — explica o mercenário ruivo, a lâmina já em mãos.

— O quê?! Por quem? E por que não me disse logo?

— Eu tentei! — ele bufa. — O povo se rebelou. A cidade inteira se armou e se transformou em um campo de batalha.

De repente mais mercenários chegam ao salão, vindos pela escada. Ao mesmo tempo, pancadas secas e violentas castigam a porta alta. Fergus, enfim, parece se dar conta do que está acontecendo e se volta para seus homens.

— O que estão fazendo aqui? — rosna. — Vão lá para fora e mat...

Com um estrondo, a porta se abre, uma das lâminas tomba das dobradiças. Os homens de Fergus recuam diante da expressão enlouquecida do líder dos rebeldes, com seus cabelos eriçados, o corpo pintado de azul, os olhos dourados enraivecidos.

Lorcan!, suspira meu coração.

O olhar dele encontra o meu e então percorre meu rosto, meu corpo, certificando--se de que não estou ferida. Por um momento frugal, o alívio expande seu peito nu. Ele volta a atenção para Fergus, e seu semblante se transforma em uma carranca feroz. Seu grito é alto o suficiente para sacudir as vidraças do castelo, e ele se lança em direção ao oponente. Os rebeldes o imitam.

O caos se instaura: espadas e machados duelam, socos são trocados, gritos de guerra... e também de agonia. Vejo dois galls indo para cima de Lorcan, que se defende, mantendo-me sempre em seu campo de visão. Eu me levanto, mas ainda estou tonta e desarmada em um salão com meia centena de pessoas empunhando lâminas. O gallowglass cujo orgulho feri com o chicote percebe minha vulnerabilidade e se antecipa.

— Abaixe-se! — alguém grita atrás de mim. Eu me encolho um segundo antes de a flecha passar zumbindo por meus ouvidos e acertar o inimigo.

Eu me viro. Dana, em pé sobre o trono de papai, abaixa seu arco. A menina pula para o chão e me contorna. As faces e o pescoço praticamente cobertos pela tinta azul destacam as esmeraldas em sua garganta. Ela pega a espada em sua cintura e me entrega. No instante seguinte, puxa uma nova flecha de sua aljava e está pronta de novo.

Testo o peso da lâmina e dou uma espiada no salão. É impossível adivinhar o resultado deste confronto, mas avisto Lorcan do outro lado, perto da saída que levaria à sala de papai, com um machado em uma mão, a espada na outra, cercado por três homens. Entre eles, Fergus. Não penso muito no que estou fazendo, apenas corro.

— Ciara, não! — ouço Dana gritar.

Mas tenho de ajudá-lo. Eles são três, e Lorcan, por mais que seja forte e hábil, apenas um.

Antes que eu possa alcançá-los, porém, um corpo grande e pesado colide comigo e me empurra para a parede. Começo a me debater, mas paro ao reconhecer os traços sob o capuz esfarrapado.

— Bressel? — Eu o abraço. — Oh, meu bom Deus! Você está vivo!

— É bom vê-la, Alteza. — Ele se afasta e me pega pelo braço. — Agora tenho de tirá-la daqui.

— Não! Precisa encontrar papai antes que os mercenários o matem. — Tento escapar dele, mas é inútil. — Tenho de ajudar Lorcan! — Aponto com a espada.

Bressel segue meu olhar aflito. E o que vê é o bravo guerreiro se defender dos ataques dos três homens com bastante habilidade. Atinge um dos galls, que cai de joelhos. Lorcan não hesita...

— Ele não parece precisar de ajuda. — Bressel eleva as sobrancelhas, parecendo admirado. — Quem é ele?

— Meu marido.

Meu bom amigo se vira de imediato, contemplando-me, boquiaberto.

— O quê?!

— Explicarei mais tarde. Papai precisa de você! Vá, Bressel. Vá! — Eu o empurro em direção às escadas. Papai deve estar em algum lugar lá em cima.

Percebo que nossa pequena discussão atrai a atenção de Fergus. Ele se afasta de Lorcan e vem em minha direção, o esgar da boca repleto de promessas violentas. Bressel também nota e se impulsiona em direção ao gall. No entanto, é interceptado por um dos mercenários, que o agarra pela cintura e o derruba. Mais atrás, Lorcan tenta se aproximar, mas seu progresso é lento: toda vez que consegue vencer um inimigo, um novo surge.

Não tenho tempo para mais nada, pois Fergus McCoy está perto o bastante e levanta a espada. Ergo a minha e me defendo como posso. Cada investida da lâmina de McCoy que consigo bloquear faz sua impaciência aumentar. A ponta de minha espada resvala em seu pescoço. Assim como aconteceu antes, Fergus parece não suportar que uma garota como eu lhe tire sangue, e sua fúria atinge o ápice, me atacando com violência desmedida. Eu resisto quanto posso, mas a cada golpe vou perdendo terreno até que ele decide pôr um fim ao jogo e me desarma, como Lorcan tantas vezes alertou que aconteceria.

Sua face retorcida pela maldade é tudo que posso ver quando ele se adianta balançando a espada. Recuo até sentir a parede fria pressionada contra minhas costas. Ele está perto demais. Não tenho como escapar.

— Diga a seu irmão que foi um prazer exterminar os MacCarthy da face da Terra.
— Ele eleva a lâmina, pronto para cravá-la em meu peito.
— Por que você mesmo não transmite o recado? — rebate Lorcan, logo atrás dele.

Antes que Fergus possa se virar, ele o golpeia bem no centro do peito. O olhar horrorizado do escocês congela. Assim que Lorcan puxa a espada, o corpo de Fergus desmonta no chão, imóvel.

Meu guerreiro examina o salão, ofegante, esperando por mais. Mas não há mais. Não restou um único gall sobre os próprios pés. Os gritos de júbilo dos aldeões são altos o bastante para que sejam ouvidos por toda a província.

Eu pulo sobre Lorcan, que solta suas armas e me abraça com tanta força que meus pés saem do chão.

— Pensei que a tivesse perdido — diz em meus cabelos. — Pensei que chegaria tarde demais. Por que fez isso? — Sua voz embarga.

— Não podia permitir que mais inocentes morressem para me proteger. Não podia aceitar que você morresse tentando.

Ele se endireita e me encara, mas os braços permanecem em minhas costas.

— E o que acha que aconteceria comigo se eu a perdesse, Ciara?

Sua raiva e seu desespero me magoam.

— Se pudesse acabar com esta guerra — começo —, não faria tudo o que estivesse a seu alcance, mesmo que exigisse um grande sacrifício? Não daria sua vida para me manter longe dela?

Ele não diz nada, apenas fecha os olhos e deixa a testa tombar suavemente contra a minha.

— Prometa-me uma coisa — sussurra. — Prometa-me que nunca mais fará nada tão heroicamente estúpido.

Acabo rindo, um tanto nervosa.

— Será uma promessa fácil de cump... Não! — eu arfo ao passo que o mundo parece congelar.

Pois alguém se levantou do chão, sem que os aldeões percebessem, perdidos em abraços e gritos de comemoração. É o ruivo em cuja face deixei uma marca. Ele segura a espada acima da cabeça, com as duas mãos, e se atira às costas de Lorcan.

— Não! — grito, em completo desespero, envolvendo Lorcan com um braço enquanto estico o outro tentando deter o gall.

Mas não sou rápida o bastante. A lâmina o atinge de cima, atravessando o peito do homem que eu amo. Como ainda estou abraçada a ele, a ponta da espada fria perpassa minha barriga.

Há uma comoção, mas não consigo acompanhar o que está acontecendo. Tudo o que consigo ver são os olhos de Lorcan, congelados pela surpresa. Em suas íris douradas, um pequeno ponto escuro se abre, e por ali as sombras se alastram como uma gota de tinta que cai sobre o tecido, engolindo o dourado pouco a pouco, até que não reste nada além do mais profundo preto. Ele leva a mão ao peito, tocando o local onde a espada lhe atravessou: o coração. E franze a testa, sem entender. Eu também não compreendo, penso em meio à agonia. Ele deveria estar morto.

Lorcan ergue os olhos e, com profunda tristeza, vejo que meus dois sóis se apagaram. Não sei o que ele vislumbra em meu rosto, mas o desespero o domina. Ele me segura pelos ombros, e o suave movimento me faz gritar. O mais absoluto horror espirala naquele olhar, agora escuro, ao baixá-lo e perceber que também fui atingida.

Grito, agarrando-o pelos ombros à medida que a lâmina retrocede e a dor insuportável aniquila minhas forças. Começo a tombar para trás. Os braços de Lorcan me amparam. Mais atrás, vejo Bressel sobre o ruivo, golpeando-o com fúria.

— Ciara! — Lorcan me deita no chão com extremo cuidado. Debruça-se sobre mim, os olhos agora escuros marejados. Leva as mãos ao meu ferimento, rasgando meu vestido.

Eu gemo, os olhos revirando nas órbitas. Assim que expõe a ferida na lateral de minha barriga, ele estanca. O medo e o desespero tomam conta dele e confirmam o que já sei: estou partindo.

— Você vai ficar bem. Ficará bem... — Ele engasga, os dedos trêmulos resvalando em meu pescoço. — Por favor, meu Deus, ajude-me! — Ele chora.

Movendo-se de maneira a me aninhar em seus braços, ele me embala como se eu fosse um recém-nascido, a cabeça pendendo sobre a minha. Algo quente e úmido toca minha bochecha. E de novo. E mais uma vez.

— Não chore — consigo dizer a ele. — Está tudo bem.

E realmente está. Passei parte da vida cumprindo minhas obrigações, servindo meu país. Fiz o melhor que pude até o instante final. E, nos últimos quinze dias, vivi de fato, com toda a magnitude que me foi negada nesses vinte e um anos. Vivi. Amei. Intensa e ardentemente. Deixarei este mundo sem arrependimentos, levando comigo a certeza de que, mesmo que por pouco tempo, experimentei uma vida plena. Qualquer instante ao lado de Lorcan teria valido a pena. E, enquanto o nosso amor continuasse a pulsar em seu coração, eu continuaria a existir também, saltando de batida em batida.

Forço os olhos a focalizarem seu rosto. Seus cabelos estão por toda parte. Adoro senti-los enroscados em meus dedos.

— Eu o amo, Lorcan. — Estendo a mão e toco seu queixo liso.

— Não! — Ele nega com veemência. — Por favor, não desista, Ciara. Lute! Fique comigo.

Quero atendê-lo. Quero muito corresponder a seu pedido desesperado, mas meu corpo fica cada vez mais pesado, mais frio, mais distante de minha consciência. Busco seus olhos, meus dois sóis que se apagaram, onde agora resta apenas escuridão. Minha mão escorrega, encontrando apoio em seu peito, no ponto onde a lâmina o feriu. Seu coração pulsa violento sob minha palma.

E então... só então consigo entender o que está acontecendo. O porquê de, apesar do ferimento mortal, ele continuar vivo.

"Como eu, a ausência do amado sofrerá", Dervla proferiu. Mas algo saiu errado. A maldição dirigida a mim atingiu Lorcan.

E tinha acabado de entrar em curso.

Oh, não! Não! Não! Não!

— A maldição... — Eu me agito. — A maldição...

— Poupe suas forças. Ailín logo estará aqui. — Lágrimas escorrem pelo seu bravo semblante de guerreiro, lavando a tinta azul. — Ela vai nos ajudar. Ela vai cuidar de você. Ficará boa.

Nós dois sabemos que isso não é verdade. E o que me preocupa é: quem vai cuidar dele? Quem o ajudará a vencer a maldição de Dervla? Juntos, não tenho dúvida de que acabaríamos descobrindo uma maneira, mas, sozinho, ele será capaz? Agora que a escuridão parece tê-lo dominado, conseguirá enxergar além das sombras?

— Não deixe... que ela o vença — suplico.

— Fique comigo! Por favor, fique comigo, Ciara.

Sim, eu concordo com ele. Tinha de ficar e ajudá-lo a se livrar da maldade de Dervla, mas já não consigo. Sinto o último fiapo de vida se esvaindo.

— Eu vou... encontrar uma maneira.

— Ciara! — Sua palma é quente contra minha bochecha fria. — Olhe para mim. Fique comigo...

Ele continua falando, sei disso porque seus lábios se movimentam. No entanto, já não sou capaz de escutá-lo.

Vou encontrar uma maneira. Eu juro, Lorcan.

Essa é a última coisa em que penso antes de o belo rosto do meu anjo guerreiro começar a esvanecer, assim como todo o restante.

Assim como eu.

36

— *Briana? Está me ouvindo?* — *Mãos quentes se encaixaram em* minhas bochechas. — Briana!

Pisquei, atordoada. Meu coração pulsava rápido, dolorido e assustado com emoções que não deveriam ser minhas.

Mas eram.

Levei a mão à lateral do corpo onde havia poucos segundos eu sangrava. Não havia nada ali além de minha marca de nascença.

O rosto de Gael... de Lorcan pairava diante do meu, tomado de angústia.

— Por favor, fale comigo, *a chuisle*. — Seus olhos brilharam, úmidos. — Consegue entender o que eu estou dizendo?

— S-sim — sibilei.

Seus ombros arriaram de alívio e então ele me envolveu com seus braços, me apertando com urgência.

— Você está bem? — Beijou minha testa.

— A-acho q-que não. — Ciara morrera. Ela morrera tentando salvar tudo o que mais amava. O vazio que senti em meu íntimo era doloroso. Como se algo ali dentro tivesse ido embora.

Não sei ao certo o que Gael ouviu em minha voz, mas, seja lá o que tenha sido, ficou rígido, soltando-me imediatamente, e recuou até bater as costas na parede.

— Me desculpe. Eu não queria ultrapassar seus limites. Mas você estava tão pálida, o olhar perdido, e começou a chorar... Eu... — Ele correu a mão pelo cabelo, engolindo com dificuldade. — Entrei em pânico. Sinto muito. E lamento que tenha se envolvido nisso tudo. Eu daria tudo o que tenho pra não te ver sofrer assim. Eu nunca quis te machucar, Briana. Acredite em mim.

Eu estava muito abalada para conseguir processar tudo aquilo. Meu Deus. Ciara morrera. Claro que eu sabia disso. Ela vivera quatro séculos antes. Mesmo assim, isso me feriu. E muito. Era como se uma parte de mim tivesse morrido também.

E o fim dela não explicava o que meu coração implorava para saber.

— A maldição é real, não é? — perguntei baixinho, e ainda assim minha voz saiu trêmula.

Parecendo tão cansado e velho quanto o próprio mundo, Gael puxou uma grande quantidade de ar.

— Sim. O alvo de Dervla era Ciara, mas graças a Deus o amuleto a protegeu. — Indicou o pingente de madeira em minha palma. — E acabou me atingindo. Dervla conseguiu o que queria, de um jeito ou de outro.

— Meu Deus. Então você... você...

— Parei de envelhecer — completou quando eu não fui capaz. — Nada em mim mudou. A cicatriz em meu ombro parece recente porque esse era o aspecto dela no momento em que a maldição teve início. Todas as outras que vieram depois se apagaram sem deixar marcas. Estou preso no tempo, Briana. Neste corpo.

Era loucura. Não havia a menor chance de que aquilo não passasse de um absurdo criado pela minha imaginação fértil. Exceto pelo fato de o pingente de madeira em minha mão ser muito real. Assim como o homem sentado em uma posição totalmente desamparada a um metro e meio de mim.

— Tentei me livrar da maldição. — Esfregou a testa, com raiva. — Procurei todo tipo de morte que você possa imaginar: honrosa, desonrosa, as mais estúpidas, mas não adianta. Por mais doloroso que seja, eu sempre acabo sobrevivendo.

— Meu Deus, Gael... Lorcan... — Sacudi a cabeça, rindo, um tanto histérica. — Caramba, eu nem sei como te chamar.

— Lorcan deixou de existir há muito tempo. — Sua voz era um misto de tristeza e amargura. — Pode continuar me chamando de Gael, se quiser.

Eu estava a um passo de perder as estribeiras. Quer dizer, maldição, bruxas, Gael era Lorcan, Ciara morrera porque um dia *vivera*. Por outro lado, era bom começar a entender alguma coisa. Mas eu ainda não entendia um ponto que para mim era de essencial importância.

— Por que eu sonho com tudo isso? Com o que vocês viveram?

Ele me estudou com o cenho encrespado.

— Eu realmente não sei. Talvez eu tenha razão no que disse antes, sobre pensar que Ciara estivesse me ajudando de onde quer que esteja. — Ele me encarou profundamente pelo que pareceu ser uma eternidade antes de, por fim, dizer à meia-voz: — Ou talvez esta não seja a primeira vez que eu e você nos encontramos neste mundo.

Levei menos de uma batida de coração para entender o que ele dizia.

Eu me levantei em um salto. O pingente de Ciara caiu no carpete.

— E-eu não sou ela, Gael. — Eu não era, certo? Certo?!

— Não estou dizendo que é. Foi só uma suposição. — Devagar, ele ficou de pé, as mãos espalmadas na altura do peito. — Por favor, fica calma, Briana.

Eu me perguntei se algum dia essa frase funcionou com alguém. Porque comigo nunca deu certo. Toda vez que eu ouvia "fica calma", acabava sendo lembrada de como estava nervosa e ansiosa e ficava ainda mais descontrolada. Não foi diferente naquele momento.

— Eu não sou ela! — gritei. — Não faz o menor sentido! Eu saberia se fosse. Eu só... captei a estação errada.

— Talvez seja isso mesmo. — Ele me observava atentamente, o corpo tensionado, como se estivesse pronto para me pegar caso eu caísse.

Não sei bem como, já que eu não conseguia raciocinar direito, mas um pensamento sorrateiro conseguiu se sobressair no turbilhão de informações que giravam pela minha mente.

— A pedra. — Meu coração errou uma batida. — A Pedra da Vida. É por isso que você a queria tanto. Você vai tentar quebrar a maldição!

Ele confirmou com um aceno decidido, enfiando as mãos nos bolsos.

— E o que vai acontecer com você se der certo? — À medida que a pergunta deixou minha boca, a história de Niamh e Oisín me veio à mente.

Assim que seus pés tocaram o solo da terra mortal, envelheceu os trezentos anos e morreu no mesmo instante.

Encarei Gael, esperando uma explicação — qualquer uma — que aliviasse o medo que subitamente brotou em meu peito. No entanto, ele ficou calado, e essa resposta foi mais que suficiente.

Cobri a boca para deter o soluço, mas não consegui impedir que as lágrimas transbordassem.

Cuspindo um palavrão, ele cruzou o quarto, ficando tão perto que seu peito quase encostou no meu.

— Não agora. — Sua mão se moveu em direção a minha face, mas no último instante ele a deixou cair, o semblante retorcido entre dor e desesperança. — Sabe como tem sido pra mim? As pessoas que eu amei... família, amigos, todos se foram. Eu vejo o mundo mudar, as cidades se modernizando, a tecnologia avançando. Tudo sempre muda o tempo todo. Exceto eu. Tudo tem um começo, um meio e um fim. Menos eu. Não me olhe assim, Briana. Eu só quero recuperar o direito que me foi roubado, o direito que todo ser vivo tem. O de um dia deixar de existir.

Comecei a sacudir a cabeça. Tudo o que eu ouvira e vira girando pela minha mente, me deixando tonta e com a sensação de que eu estava me afogando naquilo tudo. Gael tinha a Pedra da Vida. E a qualquer momento a usaria. Foi por isso que parecera tão assustado no chalé de Liam. Se eu não tivesse pegado a pedra que o arqueólogo atirou para ele, àquela altura Gael já estaria morto.

— Meu Deus! — Pressionei as têmporas, em uma tentativa inútil de fazer meus pensamentos se aquietarem. Eles giravam depressa, as coisas se misturando umas nas outras, se chocando em explosões que lançavam estilhaços afiados pelo meu cérebro, provocando uma dor insuportável.

O quarto começou a rodar. O rosto de Gael, apenas um borrão, passou diante de meus olhos de novo e de novo e de novo.

— Pare! — gemi, fechando os olhos com força. — Pare, por favor!

— Briana! — Gael me segurou pelos ombros.

Tateei às cegas, buscando qualquer parte dele a que pudesse me agarrar para escapar daquele vórtice incessante, mas meu corpo não aguentou e desistiu da luta, se entregando à inconsciência.

♡

Um feixe de luz bastante incômodo atingiu meu olho direito.

— Ei! — reclamei, tentando afastar o que quer que aquilo fosse.

Um borrão entrou em meu campo de visão.

— Pode me ouvir? — perguntou a voz masculina desconhecida.

Forcei a vista. À medida que a cegueira cedia, avistei o sujeito de cabelos escuros e espetados, uma lanterna na mão.

— Quem é você? — Minha voz saiu áspera.

— Meu nome é Finn Callaghan. Sou o neurologista que seu namorado pouco educadamente arrancou da cama para vir atendê-la. — Seu tom era tão frio quanto seus olhos cinzentos.

— Ah... — Tentei me apoiar nos cotovelos, olhando em volta. Mas ele forçou meu ombro para baixo com delicadeza.

Onde estava Gael?

— Fique deitada mais um pouco. Como se sente? — Ele me avaliou com atenção. — Seu namorado me disse que você pode ter tido um colapso nervoso.

— Algo assim. — Eu me encolhi, tentando impedir que as recordações daquela noite retornassem. — Mas eu estou bem agora.

— Ah, claro que está. E eu passei tanto tempo na faculdade só porque fico bem de jaleco. — Revirou os olhos. — Escute, eu já vim até aqui, então agora me deixe fazer o meu trabalho, está bem?

Bom, o que eu tinha a perder?

O jovem médico me fez uma série de perguntas, coisas bobas como meu nome, minha idade e data de nascimento, se eu sabia onde estava. Nesse ponto precisei dar uma conferida, e logo constatei que ainda era madrugada, eu estava em meu quarto na casa de Gael, em Cork, Irlanda. Acho que a resposta o agradou, pois ele partiu para um novo exame. Levou menos de cinco minutos para concluir que eu estava sob muito estresse e sofrera um colapso. Recomendou que eu procurasse a ajuda de um psicanalista, receitou alguns chás calmantes, exercícios físicos e foi embora.

Fiquei sozinha por aproximadamente três minutos. Fionna entrou no quarto abraçada a um livro, vestida com um pijama de mangas longas e estampa de gatinhos que minha irmã teria adorado.

— O Gael contou que você passou mal. Se sente melhor agora? — A julgar pelo seu tom, ela estava muito preocupada.

— Sim. Obrigada, Fionna. — Eu me sentei, apoiando as costas na cabeceira e abraçando o travesseiro. — Desculpe ter te acordado.

— Não foi você. — Ela chegou mais perto e se sentou aos pés da cama. — Foram os gritos do Gael. Nunca pensei que alguém pudesse berrar daquele jeito. Cheguei a imaginar que você tivesse morrido. Acho que ele também. Estava devastado.

Meu coração deu um salto. Ah, Gael...

— O que aconteceu? — Ela deixou o livro ao lado do quadril, sobre o edredom.

— Ele... — Comecei a brincar com a ponta da fronha. — Ele me contou algumas coisas.

— E foi tão ruim assim?

Foi?

No fundo, acho que eu sempre soube que Gael e Lorcan eram a mesma pessoa. A cicatriz, a foto com Liam, a maneira como meu coração se portava perto dele desde a primeira vez que o vi, como se eu estivesse esperando por ele havia muito tempo.

O que Gael dissera, sobre não ser a primeira vez que nos encontrávamos, me veio à mente. Às vezes era o que parecia. A conexão entre nós parecia ter se criado com a formação do mundo. Mas não podia ser isso, certo?

Ok, eu sonhava que era Ciara, sentia o mundo como ela, mas isso não significava que um dia minha alma... minha essência ou seja lá o nome que se dê tivesse pertencido a ela. Eu e Ciara tínhamos uma ligação, isso era meio óbvio. Caso contrário, eu jamais teria aqueles sonhos. Mas pensar que um dia eu tinha sido... que eu pudesse ter sido... uma princesa irlandesa encrencada até a medula era um pouco surreal demais. Além disso, algo dentro de mim sussurrava que havia mais naquela história, eu só não estava conseguindo enxergar. Mas o quê?

Não ter resposta fazia um nó se apertar na boca de meu estômago.

E isso não era tudo. Havia algo que me apavorava muito mais do que nunca descobrir por que aqueles sonhos ocorriam. Gael tinha encontrado a Pedra da Vida. A qualquer momento ele poderia decidir pôr fim à maldição.

Ele buscava a morte, e agora finalmente a encontrara.

— Briana? — A mão de Fionna balançou diante do meu rosto.

— Desculpe! Eu... — O que ela queria saber mesmo? Ah, sim. — Não foi ruim. Apenas... inesperado. — Impossível, inacreditável, absurdo... A lista era imensa.

— Então ainda existe esperança. — Ela bateu palmas, animada. — Por que não conversa com ele? Explique que ele te machucou. Escute o que ele tem a dizer e, se achar que pode superar isso, bom, dê uma chance a vocês dois.

Acabei rindo. Ela me lembrava um pouco a Aisla.

— Obrigada, Fionna. É o que eu pretendo fazer.

— Eu trouxe um livro pra você. — Empurrou o volume para mim. — Ler sempre me ajuda a acalmar os pensamentos. Talvez te ajude também.

Peguei o exemplar, relanceando a capa. *Selected Poems of John Boyle O'Reilly*.

— Foi muita gentileza — agradeci. — Vou ler sim.

— Agora eu preciso ir. — Ela pulou da cama. — O Gael me fez prometer que sairia do seu quarto e iria direto falar com ele. O pobre está muito aflito.

— Então ele não vem? — Não pude deixar de ouvir a nota de decepção em minha voz.

E nem Fionna. Ela pressionou os lábios com força para deter o sorriso.

— Acho que ele está tentando fazer a coisa certa e deixar que você o procure quando estiver pronta.

Era bem a cara dele fazer uma coisa dessas. Colocar minhas necessidades à frente das suas. Soltei um suspiro.

Fionna se despediu, e, assim que fiquei sozinha, abri o livro na página que ela havia deixado marcada. Em um poema chamado "The White Rose".

A rosa vermelha sussurra paixão,
E de amor suspira a rosa branca;
Oh, a rosa vermelha é um falcão,
E a rosa branca uma pomba.
Mas eu lhe envio um botão branco cremoso,
Com uma pitada de rubor na pontinha das pétalas;
Para que o amor mais puro e afetuoso
Traga nos lábios um beijo de desejo.

Baixei o livro e estendi a mão, roçando as costas do indicador nas suaves pétalas do botão vermelho e branco sobre a mesa de cabeceira, meu peito se aquecendo conforme as palavras do poeta davam novo significado ao presente de Gael.

Tá legal. Era um pouco assustador pensar que o cara com quem dancei, com quem fiz amor ardente e apaixonadamente, era o mesmo que habitava meus sonhos. O mesmo homem cuja vida começara no fim do século dezesseis. Talvez fosse tão difícil associá-los porque, no fim das contas, eles já não fossem o mesmo. Havia entre os dois algumas semelhanças além da física, claro. Mas o tempo, a vida e a dor mudaram Lorcan, o endureceram. E então surgiu Gael, mais tenso, mais rijo, mais retraído e muito solitário. Um homem cuja alegria havia desaparecido. Eu amava Lorcan por tabela, mas era por Gael que meu coração pulsava desesperado, como um dia o de Ciara batera por Lorcan.

Eu me endireitei na cama, com a sensação de enfim ter encontrado a pontinha daquele novelo emaranhado. Era isso, não era? Ciara amara Lorcan até o último instante. E jurara ajudá-lo. Suas últimas palavras haviam sido essas. E era o que ela estava fazendo, não era? Com os sonhos?

Ah, meu Deus, Gael tinha razão. Ciara tinha me colocado no caminho dele. Ela me mostrara Lorcan para que eu o reconhecesse quando o encontrasse e pudesse ajudá-lo. Mas, entre tantas pessoas no mundo, por que ela me escolhera?

Eu queria falar com ela. Queria confrontá-la e fazer todas aquelas perguntas que me atormentavam.

Estava cogitando voltar ao castelo quando arregalei os olhos, já jogando as pernas para fora do colchão. Eu sabia onde encontrar Ciara! Lorcan jamais se afastaria dela.

Dominada pela urgência, calcei os sapatos e voei porta afora. Por sorte, não encontrei ninguém pelo caminho. A noite estava escura, apenas algumas luzes da casa estavam acesas, e, por causa da bruma, levou um tempo para que a cruz entrasse em meu campo de visão. Diminuí o passo até parar de vez diante dela. Deslizei os dedos na pedra fria e áspera, desejando que houvesse entalhes ou algo assim além de limo. Mas eu sabia, de um jeito louco, que era ali que ela estava. Era ali que Lorcan a havia escondido. A história que Fionna me contara no sótão, sobre o plebeu e sua amada, era a história de Lorcan e sua Ciara.

— Uma linda e trágica história de amor — murmurei, sentando-me na grama, procurando retomar aquela ligação que tínhamos nos sonhos, mas tudo o que senti foi a frieza da grama úmida de orvalho encharcando minha roupa. — Por que eu? Por que me atormentou todo esse tempo? Por que me fazer amá-lo tanto, se ele nunca teve a intenção de ficar comigo?

Porque essa era a parte que eu não conseguia processar. De certa maneira, era bom finalmente conhecer o segredo de Gael. De Lorcan. Entender as coisas. Mas a conclusão que ele buscava... isso eu não conseguia aceitar.

Não totalmente.

Claro, eu só podia imaginar o que ele vivera nesses anos todos. A solidão, a eterna agonia de nunca mudar, nunca avançar, estagnado no tempo. Assistir a todos que ele amava irem embora e continuar existindo. Fazer novos amigos apenas para ver tudo acontecer outra vez. Não sei o que eu faria se estivesse em seu lugar. Mas ainda assim...

E agora ele encontrara a Pedra da Vida. A pedra que o libertaria da maldição. E eu e meu coração egoísta queríamos que ele continuasse amaldiçoado. Eu me encontrava em um impasse, dividida entre o que parecia certo e o que eu sentia que era certo.

Afundei o rosto nas mãos.

— O que eu faço agora, Ciara?

Escutei um estalo atrás de mim. Eu me virei e não foi bem uma surpresa ver Gael emergir em meio à névoa.

Ainda que minha cabeça estivesse confusa, meu coração não tinha dúvida e se apressou em provar isso, batendo mais forte. Fiquei de pé, secando as mãos subitamente suadas nas pernas da calça enquanto ele parava a certa distância, a jaqueta de couro pendendo de uma das mãos.

Nós nos entreolhamos por um longo tempo, as coisas se assentando em meu cérebro sem aquela nuvem de histeria para atrapalhar. Não sei no que ele pensava. Ele tentava manter a expressão composta, ainda que seu olhar o traísse, exibindo um pouco de receio.

Ele foi o primeiro a quebrar o silêncio.

— Devia ter trazido um casaco.

Eu quase ri. Essa era a primeira coisa que ele tinha a me dizer, depois de tudo o que havia acontecido?

— Você sabe que eu não costumo fazer a coisa certa — rebati.

— É, eu sei. — Ele me analisou com atenção, um tanto inseguro quanto ao que fazer. Isso era novo. — Posso te oferecer este? — Indicou o amontado de couro.

— Na verdade, eu queria que você fosse sincero comigo.

— Mas eu sempre fui, Briana. — Então fez uma careta, contrariado. — Dentro do possível.

— Você acredita que eu um dia fui ela? Porque não é verdade, Gael.

— Não mudaria nada se fosse. — Ele abriu os braços. — Não me importa quem você possa ter sido. Tudo o que me importa é quem você é agora. Ainda não entendeu isso?

— E quem eu sou?

— A mulher que vive me atropelando de todas as maneiras possíveis — disse, simplesmente.

Dei um passo em sua direção. Ele avançou três, como se estivesse apenas esperando um sinal para se aproximar. Ficamos perto o bastante para que ele abrisse o casaco e o envolvesse ao redor de meus ombros. A ponta de seus dedos resvalou por acidente em meu pescoço quando puxou meu cabelo para fora da gola, enviando faíscas eletrizantes direto para minhas entranhas. Ele as sentiu também. Sei disso porque seus olhos escuros arderam como duas fogueiras na noite enevoada.

— Você me assusta — sussurrei.

Ele entendeu errado e retrocedeu. As chamas em seu olhar se apagaram, e em seu lugar restou apenas angústia.

— Eu sinto muito. Tentei manter a verdade longe de você o quanto pude. — Vi a dor dominar seu rosto. — E tentei ficar longe de você, mas...

— Você não entendeu, Gael. — Espalmei a mão em seu peito para detê-lo. Seu coração reagiu de imediato, retumbando sob minha palma, ao mesmo tempo em que sua respiração perdia o compasso. A minha não estava diferente. — É claro que esse lance de maldição me assustou um pouco. Mas acho que no fundo eu sempre soube. A sua tatuagem, a foto com o Liam...

— Foto? — Encrespou o cenho.

Aaaah. Ele não sabia sobre o roubo da foto ainda.

— Achei uma foto sua com o Liam, de uns dez anos atrás. — Minhas faces esquentaram. — E não existem fotos suas na internet, nenhum registro do seu nome. Eu sabia que tinha alguma coisa estranha nessa história. Não imaginei nada como uma maldição, mas eu sentia que não seria algo fácil de explicar, do contrário acho que você teria me contado.

— Eu teria. — Hesitante, como se não soubesse se tinha permissão para me tocar, ele ergueu a mão e afastou com os dedos uma mecha de cabelo que o vento soprou em meus olhos.

— O que me apavora — eu segui em frente — é o fato de a Pedra da Vida estar trancada no seu cofre. É mais ou menos como namorar o Super-Homem e ter uma kriptonita na gaveta.

— Briana...

— Não, me deixa terminar, ou eu vou acabar perdendo a coragem. — Enchi os pulmões e falei, num fôlego só: — Eu não quero ser a razão da maldição continuar existindo. Por outro lado... se ela existir, significa que você também existe. E eu quero você mais que tudo, Gael. É isso. — Encolhi os ombros. — Acho que eu devia me envergonhar, mas não consigo.

Sem vacilar um instante, ele tomou meu rosto entre as mãos, forçando-o de leve para o alto, me encarando com urgência.

— Você não tem que se envergonhar por me querer por perto. — Então suas sobrancelhas se retorceram com diversão. — Tem que se perguntar em que lugar entre a Irlanda e o Brasil você deixou o seu juízo.

— Não brinque agora. — Acabei rindo um pouco, mas não havia nenhum traço de humor quando voltei a falar. — Você acredita mesmo que aquela pedra vai pôr fim à maldição?

— Sim. — Ele nem ao menos piscou.

Assenti algumas vezes, segurando o casaco pelas lapelas, como se pudesse deter o medo gélido que avançava em meu coração.

Eu quis perguntar. O "Quando?" estava pronto para sair, mas mordi a língua para impedi-lo. Não sabia se estava pronta para ouvir a resposta.

Gael e aquela sua estranha habilidade de compreender o que eu estava sentindo, mesmo quando eu mesma não entendia, sacou o que se passava em minha mente.

— Eu não sei, Briana — respondeu à questão que eu não formulei, suas mãos escorregando para meu pescoço. — Antes de te conhecer, teria sido no momento em que eu encontrasse a pedra. Mas eu, que pensei que já havia tido tempo suficiente, agora me vejo afoito por cada segundo, para poder estar perto de você.

Ouvi aquilo com bastante atenção e repassei suas palavras em minha cabeça uma, duas, doze vezes.

— Então... — Espiei seu rosto. — Só pra ter certeza, o que você está me dizendo é que vai continuar amaldiçoado pra ficar comigo?

— De um jeito menos elaborado. — Ele abriu um sorriso tão esplêndido que meu coração tropeçou. — Mas é exatamente o que eu estou dizendo.

Uma parte de mim pareceu desmontar de alívio. A outra queria se ajoelhar e chorar em abandono. Não era certo. Eu sabia. Não era nada justo desejar que ele continuasse com aquele castigo agora que tinha encontrado uma maneira de se libertar dele. Mas como eu poderia desejar o oposto? Isso não parecia certo também.

No fim das contas, não havia um certo naquela história. Qualquer que fosse a escolha, acarretaria consequências quase impossíveis de se lidar. No entanto...

— Promete? — Ergui o queixo e o encarei.

Ele olhou bem dentro dos meus olhos, prendendo os dedos em minhas mechas embaraçadas.

— Eu prometo, *a chuisle*. Pela minha honra. — Não havia hesitação ou dúvida quando ele trouxe o rosto para perto do meu e me beijou com urgência, selando sua promessa e me fazendo esquecer toda aquela tormenta.

Seus lábios macios e ao mesmo tempo ferozes combinavam com minha saudade, e não foi difícil corresponder com a mesma veemência. Era impensável não me deixar ser acariciada por sua boca, sua língua, seus dedos. Nem tive que pensar para enroscar as mãos em seu cabelo assim que ele me abraçou com mais força, a ponto de meus pés perderem o contato com o chão. Foi natural enrolar minhas pernas em torno de sua cintura estreita, do mesmo modo que pareceu apropriado ele nos levar para dentro de casa, a boca e as mãos ainda em mim.

Mais tarde, quando me deitou na cama com delicadeza, como se eu fosse feita do mais delicado e precioso material, e me cobriu com seu corpo, sussurrando — em minha boca, em meu ouvido, em minha pele — palavras em irlandês cujo significado eu não conhecia, meus olhos marejaram. Aquilo era certo também.

E, enquanto tudo mais em meu mundo eram dúvidas e névoa, o homem sobre meu corpo, me amando com tanta loucura e ainda assim com tamanha doçura, era minha única certeza. Gael era o sol nascendo em meu horizonte enevoado.

37

O sol fraco da manhã se insinuava na janela. Nem Gael nem eu conseguimos dormir na noite anterior. Havia muita informação para processar. Ainda estávamos na cama, seu corpo grande ocupando metade dela, o braço dobrado atrás da nuca. Minha cabeça descansava em seu peito nu enquanto ele corria os dedos pelo meu cabelo, enrolando uma mecha no indicador e admirando a maneira como os fios acobreados capturavam a luz que vinha lá de fora.

Eu não estava tão relaxada assim. Queria questionar, saber mais. Na verdade, saber tudo! Só não estava certa se ele estaria disposto a mais uma conversa sobre o passado.

— Manda ver — ele disse.

— Manda ver o quê? — Apoiei o queixo em seu plexo solar.

— Suas perguntas. Elas estão rodopiando nos seus olhos feito um buraco.. — se interrompeu, fazendo uma cara engraçada. — Eu ia dizer negro, mas não. É verde. Acho que são mais como uma nebulosa brilhante... um berçário de estrelas. Não me entenda mal. Eu poderia admirar os seus olhos pelo resto da vida. Só não gosto de ver você inquieta assim. Então manda ver.

Essa era uma das coisas que eu mais amava nele. Além dos seus beijos. E da maneira reverente e apaixonada como ele me olhava. E do sorriso que fazia meu coração parecer uma escola de samba prestes a entrar na avenida. Mas a capacidade de deixar o clima leve mesmo quando os assuntos mais sérios estavam à mesa também entrava na lista.

— Ok. Eu só quero checar algumas coisas. — Sentei-me, segurando os lençóis contra o peito. — Os rebeldes retomaram o castelo.

— Sim. O rei Ronan reassumiu. Mas a perda da única filha o derrubou. Ele nunca mais foi o mesmo homem. Acho que se culpava pelo que aconteceu. Pouco tempo depois, ele foi até a Inglaterra negociar. A liberdade de continuar guiando o seu povo em troca de uma rendição amigável.

— Sério? Ele fez isso?

— Sim. — Gael apoiou as mãos no colchão e se ergueu, recostando-se na cabeceira, que rangeu um lamento. — A maioria da população da província estava morrendo de fome. Foi um ano difícil. Não posso julgá-lo por tentar proteger os que haviam restado.

Então, se Ronan tivesse feito isso antes, não haveria o que Fergus ambicionar, já que teria que prestar contas ao poderio inglês e Ciara não teria morrido daquela forma.

Por outro lado, se ela não tivesse fugido de McCoy, jamais teria conhecido Lorcan. E eu não teria encontrado Gael.

— O Lorcan... — Parei, rindo de leve. — Quer dizer, *você* o conheceu? O rei Ronan?

— Sim. Bressel contou a ele sobre Ciara e eu. Ele queria que eu o ajudasse a governar. Mas eu nunca quis liderar nem a aldeia. Então ele tentou me tornar conde ou coisa parecida. — Seu aborrecimento ficou evidente naquele esgar de canto de boca. — Como eu recusei, acabou me dando estas terras. Que eu não teria aceitado se ele não tivesse dito que era o lugar favorito de Ciara na província. Eu a trouxe para cá. Já não podia ficar com meu povo, de todo jeito. Não queria que a maldição atraísse mais coisas ruins para eles.

O assunto lhe doía, percebi, quando suas mãos se fecharam em punhos sobre o lençol. E estava pronta para dizer que não precisava me contar mais nada, mas ele voltou a falar.

— Trabalhei feito louco para conseguir dinheiro e construir um palácio para ela. Bressel e Ina me ajudaram com isso. Eles se tornaram bons amigos.

— Eles se casaram? — especulei, curiosa.

Ele fez que sim, me mostrando a linda covinha.

— E tiveram doze filhos.

Prendendo os lençóis com os braços, puxei o cabelo para o lado, separando as mechas para começar uma trança.

— E quanto a Dana?

Os olhos dele acompanharam, com certo encantamento, os movimentos de meus dedos.

— Ronan soube da amizade entre Ciara e ela, e logo caiu de amores pela menina. Acho que ele precisava de alguém para cuidar. A menina se tornou seu braço direito. Liderou inúmeras ofensivas. Como os recursos da aldeia haviam sido dizimados, o pai de Ciara permitiu que os aldeões morassem no castelo por algum tempo. Daí o nome Castelo dos Rebeldes... — Ele inclinou a cabeça para o lado. — Você tem alguma ideia de como essa sua mania de trançar o cabelo me perturba?

Parei o que estava fazendo, piscando algumas vezes.

— Não...

— Pois perturba. É quase hipnótico. E muito erótico. Sempre fico pensando se vou ter a chance de desfazer a trança e ver as mechas caírem sobre a sua pele. É uma das coisas mais bonitas que eu já vi. — E ali estava, aquele encantamento embotando seu olhar. — Você é a coisa mais linda que eu já vi.

Todo o sangue do meu corpo se concentrou em minhas bochechas e pescoço.

— Que pena que você é todo feio e repugnante. Mal consigo te olhar. Eca! — brinquei, dando uma conferida nele, do cabelo bagunçado ao caminho estreito de pelos que recobria a barriga dividida em gomos, onde eu fantasiava um dia desenhar.

Com geleia. E, claro, como toda boa artista, limpar a bagunça depois. Quem sabe com a língua...

— Briana, se você continuar me olhando desse jeito, nós nunca vamos conseguir terminar esta conversa.

Quando ergui os olhos, encontrei suas pupilas dilatadas, as íris ao redor delas incendiadas. Um arrepio que começou na sola do pé e terminou em minha nuca me fez estremecer de leve.

— Certo — falei, umedecendo os lábios. — Certo. Hã... — *Sobre o que estávamos falando mesmo?*

— Venha cá, *a chuisle*. — Meio rindo, meio gemendo, ele enredou um braço em minha cintura e me puxou para si.

Tive que segurar o lençol com mais firmeza para que não escorregasse. Gael empurrou minha trança inacabada para o lado e começou a resvalar os lábios na pele sensível do meu pescoço. Isso definitivamente não ajudou a clarear minhas ideias.

Ainda assim, com um esforço que teria merecido um Nobel, consegui me concentrar o suficiente para retomar o raciocínio.

— Então você se isolou, Gael? Por que não tentou encontrar Dervla para que ela desfizesse o feitiço?

Com um suspiro resignado, ele endireitou a coluna, voltando a se recostar na cabeceira.

— Eu tentei. Eu a procurei em cada canto desta ilha, mas ninguém jamais voltou a vê-la. E foi em uma dessas andanças que ouvi sobre a Pedra da Vida. Comecei a procurá-la feito louco, só que poucos sabiam do que eu estava falando. Acho que visitei cada aldeia da Irlanda. E nunca havia nada.

Meu coração se apertou até ficar do tamanho de um grão de poeira ao pensar nele vagando sem rumo, de coração partido. Remexendo-me no colchão, beijei seu ombro — aquele com a tatuagem — e deitei a cabeça ali.

— O tempo foi passando — ele prosseguiu. — Todos que eu conhecia e amava já haviam partido. — Sua mão procurou a minha, entrelaçando nossos dedos. — As pessoas começaram a desconfiar do sujeito que não envelhecia. A temer esse sujeito. Parti para a Escócia e recomecei a busca. E de lá fui para Portugal. Acredito que não exista um lugar neste mundo onde o povo celta tocou o chão que eu não tenha procurado.

— E agora você a encontrou. — Minha voz tremeu, instável.

Seu peito subiu e desceu com uma pesada respiração que fez minha cabeça acompanhar seu movimento.

— Um dia ela vai ser a minha libertação, Briana.

Mas então por que eu tinha a incômoda sensação de que algo permanecia oculto naquela história? Que eu estava a ponto de encontrar a resposta, mas era repelida, como se um campo de força invisível a protegesse?

Corri o indicador sobre a tinta em sua pele, contornando o belo desenho de Cúchulainn.

— Você tem superpoderes ou coisa assim? — perguntei.

— Bom, já que você tocou no assunto, sabia que eu me transformo em um corvo albino nas noites de lua minguante e saio voando por aí, absorvendo o mal do mundo nas minhas penas mágicas, que de brancas se tornam pretas?

Endireitei o pescoço e o encarei, chocada.

— Sério?

— Não. — Comprimiu os lábios. — Mas seria bacana, não é?

— Gael! Pode falar sério por um minuto?— Belisquei sua cintura, rindo. — O que a maldição fez com o seu corpo?

— Tudo bem. — Ele enfiou dois dedos em minha trança inacabada e começou a desfazê-la com delicadeza. — O meu corpo funciona da mesma maneira que antes. Eu sinto fome, sono, cansaço, desejo. Mas as minhas células pararam de envelhecer. Elas nunca morrem. Nada em mim muda. Já sofri todo tipo de ferimento, e a maldição faz as células se reagruparem antes que eu esteja em risco de morte.

Então eu estava mesmo namorando o Super-Homem.

Eu sei que não devia, mas ouvir aquilo fez meu coração ansioso retomar um ritmo mais saudável. Ele sempre ficaria bem fisicamente. Uma coisa a menos para me atormentar.

— Você contou para mais alguém a sua história? — questionei. — Alguma vez?

— Algumas pessoas souberam, na época. Muitos testemunharam o que aconteceu no salão do castelo. Mas hoje não. A maioria das pessoas que entram na minha vida não faz tantas perguntas. — Abaixou as sobrancelhas em uma carranca exasperada que me fez rir.

— Nem o Lorenzo?

— Não. Ele me ajuda com a internet. Apaga fotos e artigos que possam me comprometer, mas nunca quer saber por quê. O mesmo acontece com o Darren, a Francesca, o Liam... A Fionna pode vir a ser uma chateação, mas eu vou lidar com ela se o momento chegar. — Ele conseguiu libertar minhas mechas e por um instante ficou ali, observando-as se balançarem ao redor dos meus ombros, sobre meus seios.

— Gael?

— Humm... — Piscou algumas vezes, como que para retomar o raciocínio. — Aaaah... Eu... de... de tempos em tempos eu desapareço, mudo de nome, de cidade ou país, e um novo O'Connor surge. Gael foi o nome que eu usei mais vezes durante esse tempo; é a palavra em minha língua materna para gaélico, irlandês... É o que eu sou. Até os ossos. — Ele abriu um sorriso devastador, que cataloguei como "de fazer as entranhas se retorcerem".

— Então só eu sei sobre Lorcan? — concluí.

Toda a diversão desapareceu, e seus ombros se enrijeceram.

— Você e aquela mulher de Garretstown. Ela sentiu a magia em mim, já tinha ouvido a lenda sobre a maldição, ligou uma coisa à outra e por isso me quer longe das terras dela.

Eu sabia que tinha alguma coisa errada com aquela senhora. Que ele não tinha me contado tudo. Tinha sentido algo diferente nela, uma vibração ruim ou coisa assim. Isso e, é claro, a expressão raivosa que sempre dirigia a...

Espera um pouco.

— Como ela pode sentir uma coisa dessas? — questionei. Ele me olhou de um jeito muito significativo. Meu queixo quase se desprendeu do crânio. — Ela é uma *bruxa*?!

— Uma druidesa. E não faça essa cara. — Seus braços envolveram minha cintura, me puxando para seu tórax quente. — Os druidas, os antigos e os novos, promovem a harmonia, a adoração à natureza, o respeito por todos os seres vivos, como Ailín. Dervla foi uma exceção.

Descansei o rosto em seu peito, ainda um pouco perdida com tudo o que descobrira, mas agora entendia melhor. Com o entendimento, cresceu a certeza de que existia uma razão para termos nos encontrado. Que talvez as coisas devessem acontecer da maneira como aconteceram, que o passado era como era para que chegássemos àquele momento. Meus sonhos, minha má sorte, pulando de emprego em emprego até chegar à Brígida. Até chegar a Gael.

Eu pretendia discutir essa ideia com ele, mas o observei vincar a testa, retesar o maxilar e esfregar a têmpora.

— O que foi? — Eu me aprumei.

— É só uma dor de cabeça.

— Vou pegar um analgésico. Tenho na bolsa. — Joguei as pernas para fora da cama e fiquei de pé, pegando do chão a primeira coisa que encontrei. A camisa dele, constatei ao passá-la pelos braços.

Antes que pudesse dar um passo para ir até a poltrona, onde havia deixado minhas coisas na noite anterior, suas mãos imensas afundaram nas laterais dos meus quadris, me puxando de volta para a cama. Caí sentada em seu colo.

— Eu prefiro você. — Seus olhos sorriam. — Medicamentos não surtem efeito em mim.

— Não? — Um arrepio me sacudiu de leve e eu me apertei contra seu corpo, buscando seu calor.

— Não. Mas não fique preocupada. Eu nunca fico doente.

Foi a minha vez de franzir o cenho.

— Isso não é verdade. Você está sentindo dor e teve febre há dois dias — apontei.

— Dor de cabeça não é doença. Esqueça isso. Tem uma coisa que eu quero discutir com você. — Ele passou um braço por cima das minhas coxas, a outra mão afastando meu cabelo para trás dos ombros. — Eu estava pensando se você gostaria de passar mais um tempo aqui na Europa. Tem muitos lugares aonde eu quero te levar.

Soltei um pesado suspiro.

— Eu adoraria, Gael, mas não posso. Com a morte da dona Lola, a mamãe tá pensando em fechar a pensão. As coisas vão ficar estranhas. Eu preciso estar lá pra ajudar.

A preocupação tomou conta dele. O homem de negócios, que eu não via desde aquele almoço com o sr. Anderson, fez uma aparição, me lembrando de que era segunda-feira e minhas férias tinham acabado.

— Fechar? Ela está certa disso? De que fez tudo o que podia?

— Ela acha que é a melhor coisa a fazer. — Eu ainda não tinha certeza se concordava. Ficava em dúvida se era meu coração ou meu cérebro falando que isso era um grande erro.

— Talvez ela não devesse desistir ainda — disse Gael, como se lesse meus pensamentos. — Poderia tentar alguma coisa. Encontrar um investidor, por exemplo. Eu adoraria poder ajudar. De quanto acha que ela precisa?

Acabei rindo. Lorenzo estava certo. Gael tinha algum parafuso solto. E um baita coração generoso, acrescentei, comovida.

— Eu agradeço, Gael, mas não posso aceitar.

— Por que não? — resmungou, aborrecido.

— É só... eu não ia me sentir bem. — Já andava tendo problemas com a coisa de ter me envolvido com o chefe. — Eu não quero que você faça isso.

Ele bufou.

— Que inferno, Briana. Eu só quero tornar a sua vida mais fácil, mais feliz, de todas as maneiras possíveis.

— Mas você já fez isso. — Eu o abracei pelo pescoço, afundando as mãos nos fios cor de caramelo.

Ele meio grunhiu, meio gemeu, a expressão entre aborrecida e ansiosa.

— Você não entendeu o que eu acabei de dizer. — Seus dedos carinhosos tocaram meu queixo, incitando que eu o elevasse até nossos olhares estarem na mesma altura. Todo o amor do mundo pareceu dominar aquelas profundas íris pretas. — Eu quero que a sua vida e a minha se embolem numa só. Eu quero não precisar me separar de você, Briana. Nunca mais. — Sua voz baixou alguns tons. — Por todos os dias do resto da nossa vida.

Pisquei algumas vezes, tentando manter a respiração sob controle, mas falhei. Ele estava... estava me pedindo...

Meu coração bateu com ferocidade à medida que aquele olhar, que suas palavras se assentavam dentro de mim e eu compreendia o que ele estava me dizendo. Era loucura! Nós mal nos conhecíamos! Mas aquele amor louco que preenchia cada célula do meu corpo fez meu pulso correr mais rápido que uma Ferrari e a resposta querer pular para a ponta da minha língua.

No entanto, antes que eu pudesse abrir a boca, algo mudou em seu olhar. Em suas íris, na verdade. Foi sutil, quase imperceptível para um observador menos atento. Mas aquela pintinha amarela pareceu ficar um pouquinho maior. Aproximei o rosto do dele para me certificar de que não estava vendo coisas, e, sim, ela havia se expandido. Então começou a crescer pouco a pouco, como se descortinasse as sombras, como uma gota de solvente engolindo a tinta, até tomar metade da íris. Outro pontinho dourado surgiu no olho direito.

Comecei a ofegar.

— Briana?

— Seus olhos! — arfei. — Estão diferentes! U-uma parte da íris mudou de cor. Está... está cor de âmbar!

— O quê? — Achou graça.

— Estou falando sério! Eu pensei que estivesse imaginando coisas, porque tinha certeza de que os seus olhos eram totalmente pretos. Sem pintinhas. — Pulei do seu colo e peguei o celular sobre a mesinha de cabeceira. — E eu estava certa!

— Isso não está fazendo sentido, *a chuisle*.

— Eu acredito em você. — Abri a câmera frontal do celular e entreguei o aparelho a ele. — Mas olha!

A contragosto, ele pegou o telefone e o elevou à altura do rosto. Bastou uma rápida inspeção para que suas sobrancelhas se erguessem e seus lábios se separassem de leve.

— Mas que porra é essa?

— Já aconteceu antes? — perguntei, assustada, enquanto ele examinava os próprios olhos com muita atenção.

— Não. E eu não entendo. Não deveria voltar à cor natural sem que... — Ele se interrompeu, abaixando o celular, os olhos dardejando, as engrenagens de sua mente girando a toda a velocidade. Até que houve um clique. Medo, incredulidade e desespero dominaram seu semblante.

Passei os braços ao redor do corpo para deter o tremor, que nada tinha a ver com a baixa temperatura da manhã irlandesa.

— Vista uma roupa. — Ele pulou da cama, pegando a calça que havia largado no chão na noite anterior.

Não perdi tempo e corri para puxar qualquer coisa limpa de dentro da mala, ainda no canto do quarto. Por sorte era um jeans, e rapidamente me enfiei nele.

— O que está acontecendo? — Subi o zíper.

Gael já tinha vestido a calça e enfiava os pés nos tênis.

— Temos que ir pra... — Ele oscilou. Seus quadris bateram no abajur, que caiu no chão. Ele grunhiu, levando uma das mãos à cabeça, os olhos revirando nas órbitas.

— Gael! — Corri para ele, passando um de seus braços pelos meus ombros. Seu corpo amoleceu, tombando sobre mim. Com toda aquela altura, não consegui mantê-lo em pé e acabamos caindo na cama. Com certo esforço, consegui empurrá-lo para o lado, virando-o de barriga para cima.

— Gael? — Apavorada, toquei sua testa, agora banhada em suor, enquanto ele se contorcia inteiro. Meu Deus! — Nós temos que ir pro hospital.

Comecei a me levantar para pedir ajuda a Darren. A mão de Gael se fechou em meu pulso.

— Cha... lé — falou entredentes, os olhos injetados, as veias do pescoço saltadas.

— Chalé? Agora?

— Aquela... anciã...

Em vez de ir para o hospital, ele queria ir para o litoral, procurar pela mulher que quase atropelamos dias atrás? Aquela que me causava calafrios toda vez que eu a via? Aquela que Gael afirmara ser uma feiticeira?

Ah, meu Deus! Ela sabia sobre a maldição. E Gael queria vê-la. Isso só podia significar uma coisa.

Levei menos de uma batida de coração para compreender tudo. Comecei a tremer.

O que o estava deixando doente agora não podia ser resolvido por um médico, apenas por uma feiticeira.

Gael não precisava tocar a pedra. Deduzi que bastava encontrá-la.

Enquanto assistia, impotente, ao homem que eu amava se retorcer sobre a cama, eu soube que a mudança em seu olho era apenas o começo. A maldição havia sido quebrada e estava se esvaindo.

Assim como Gael.

38

Nunca uma viagem me pareceu tão longa. A tormenta que afligia Gael havia cedido, mas ele ainda estava febril. Darren dirigira seu sedã cinza com agressividade, também preocupado, o carro sacolejando mais que o normal, de modo que abracei Gael com força, querendo protegê-lo dos solavancos. Ainda assim, levamos quarenta minutos para chegar ao chalé.

Gael não falou durante todo o percurso, imerso em pensamentos, mas manteve a mão na minha, apertando-a com força, até eu sentir meus dedos meio dormentes.

Eu ligara para Liam do caminho. Então, quando Darren encostou o carro em frente à porta azul, o arqueólogo já estava à nossa espera. Gael protestou, mas consegui, com a ajuda de Liam e Darren, convencê-lo a se deitar um pouco, no único quarto da casa, no segundo andar.

Eu não queria sair do lado dele. Mesmo que ele se esforçasse para aparentar que estava bem, sua testa coberta de suor, os olhos brilhantes e injetados me garantiam o contrário. Por isso, depois de beijá-lo rapidamente e deixá-lo sob os cuidados de Darren e Liam, não perdi mais tempo e saí correndo da casa, descendo o terreno inclinado sem prestar muita atenção ao que me cercava.

Levou um tempo para que eu avistasse uma antiga casinha com paredes brancas e porta vermelha. Uma das janelas estava aberta, e de dentro vinha o delicioso aroma de infusão de ervas ou algo assim. Parei diante da porta e bati uma vez. E uma segunda. Teria batido uma terceira se o painel de madeira não tivesse se movido e a cara enrugada da mulher surgido entre ele e o batente. A velhinha pareceu tão contente em me ver quanto eu estava em vê-la. Mas Gael precisava dela, então deixei meus receios de lado, peguei o celular no bolso e digitei duas frases no aplicativo de tradução.

— Riachtanais sé cabhrú. Bhfuil sé tinn. — Por favor, entenda o que eu disse.

As sobrancelhas dela se retorceram, e ela respondeu alguma coisa.

Deus do céu, como era horrível ser analfabeta auditiva, ou seja lá o nome que se dê a quem não consegue compreender o que escuta. Recorri ao tradutor outra vez, escrevendo o que eu queria dela.

— Le do thoil... teacht liom.

— Ah, por favor, pare! — Sua expressão era algo entre desprezo e exasperação. — Não entendo uma palavra do que você diz.

— Você fala inglês! — Minha exclamação soou como uma acusação.

Ela ergueu a mão delicada.

— Não se puder evitar.

Ok. Eu não tinha tempo a perder com seu mau humor.

— Ele precisa de ajuda. Está doente. Por favor, venha comigo. — Traduzi o que tentara dizer antes.

Seus olhos azuis encobertos por uma fina película esbranquiçada se tornaram distantes, como se ela olhasse através de mim.

— Eu alertei que isso iria acontecer. Mas ele não acreditou. — Estalou a língua. — Eu senti a ruptura.

Aquilo não parecia bom. Nem um pouco. Passei um braço ao redor do corpo.

— Pode vir comigo? Por favor, senhora?

— E por que eu faria isso?

Por quê? Que motivos ela teria para ajudar um homem que parecia odiar e uma garota que nunca vira na vida? Sem conseguir pensar em nada convincente, eu lhe disse a verdade.

— Porque a senhora é a nossa única esperança.

Ela me observou por quase um minuto inteiro, e cheguei a pensar que fosse bater a porta na minha cara. Em vez disso, resmungando palavras em irlandês, pegou alguma coisa atrás da porta — um xale — e então a fechou atrás de si.

Eu tinha dezenas de perguntas para ela enquanto voltávamos para o chalé, tantas que as palavras saíam desordenadas de minha boca, metade em inglês, metade em português. Por isso não fiquei tão surpresa assim que ela não tivesse respondido a nenhuma delas — embora desconfiasse de que ela não teria respondido de todo jeito.

Tive que diminuir o ritmo para acompanhá-la. Não que tenha feito alguma diferença, já que ela fazia questão de demonstrar quanto minha presença a ofendia com uma careta austera. Apesar do tamanho diminuto, não me deixei enganar. Havia mais que força naquela mulher.

Depois de um tempo, seus passos curtos começaram a me deixar impaciente. Parecia que um século inteiro havia se passado até que avistamos o chalé no topo da colina.

Eu a ajudei a transpor a mureta e então tive que me segurar para não sair correndo para o casebre e verificar como Gael estava. Darren, sentado na varanda, logo nos viu e ficou de pé, fazendo uma reverência respeitosa para a senhora.

Finalmente do lado de dentro, indiquei o caminho, e ela demonstrou tremenda habilidade para subir os dezenove degraus que levavam ao segundo andar. Assim que abri a porta do quarto, meu olhar voou para a cama. E a encontrou vazia.

Antes que pudesse pirar, vislumbrei Gael sentado no parapeito da janela, conversando com Liam, parecendo tão saudável como quando o conheci. Sua pele voltara à coloração normal, nenhum suor à vista. Seus olhos — muito pretos, mas ainda com aquela mancha âmbar no esquerdo — já não pareciam febris.

Como que por vontade própria, seu olhar vagou em minha direção e uma miríade de emoções explodiu ali. Em minha agitação, não fui capaz de discernir nenhuma. Ele me mostrou um sorriso que acentuou aquela adorável covinha no queixo bem desenhado, e só então me permiti voltar a respirar.

A mulher diminuta me empurrou para o lado, entrando no quarto sem hesitar até estar perto de Gael. Ou perto o suficiente. Ele fez um curto aceno, endireitando o corpo.

— Bom... — começou Liam, se levantando da poltrona. — Vou... preparar um chá.

— Obrigado — respondeu Gael, mas sua atenção estava na mulher.

Eu me afastei para que o homem passasse. Mal a porta havia se fechado, a senhora resolveu começar a falar.

— Sente agora, não? — perguntou a Gael, um brilho quase exultante no olhar — A ruptura. Eu estava certa.

Ele assentiu, indicando que ela se sentasse na poltrona agora vaga. Ela preferiu ficar de pé, a cinco passos dele.

Inclinando-se um pouco para a frente, Gael começou a sussurrar em irlandês. A mulher assentiu enquanto o ouvia, mas em determinado momento seu olhar nebuloso disparou em minha direção, a feição fina e repleta de marcas espantada. Um arrepio me subiu pela coluna, e eu me apoiei na cômoda para me manter estável.

Gael prosseguiu, correndo a mão pelo cabelo num gesto pra lá de frustrado, até que desconfiei de que ele concluiu, pois se calou, voltando a se recostar no parapeito. Quando retomou a conversa, foi em uma língua que eu conhecia.

— Como posso parar? — Abriu os braços, exaurido. — Como posso impedir que isso continue?

Eu me vi avançando um passo enquanto esperava pela resposta. A angústia que saturava o ar era quase uma quarta pessoa naquele cômodo. Um século depois — ao menos foi o que me pareceu — a senhora resolveu abrir a boca.

— Não pode.

Duas palavras. Apenas duas palavras e meu mundo todo começou a desabar, parte por parte, até que nada mais restasse além de ruínas e pó. Gael parecia partilhar do mesmo sentimento.

— Não há nada a fazer? — ele insistiu.

— O feitiço é muito forte. — Ergueu um dedo fino. — Não conseguiu quebrá-lo antes. E não será capaz de impedir sua conclusão agora. No momento em que tocou a pedra, desencadeou o fim, e não há como detê-lo.

Ao contrário de mim, Gael pareceu pouco surpreso. Comprimindo os lábios, os punhos cerrados ao lado das coxas, ele aquiesceu uma vez, e vi o último fiapo de esperança em seu olhar se apagar como o toco de uma vela que finalmente chega ao fim do pavio.

— Não! — interferi, trêmula, fria e furiosa. — Tem que ter um jeito! Tem que ter uma solução! Isso nem deveria estar acontecendo. Ele nem encostou naquela pedra!

— Não? — A mulher me mostrou um sorriso curto repleto de escárnio.

— Não tocou nela, certo? — fitei Gael. — Prometeu que não ia usá-la.

— Eu não toquei na pedra que o Liam encontrou — falou, mirando o mar no horizonte.

Então por que aquilo estava acontecendo?

A senhora de um metro e meio falou alguma coisa. Em irlandês, é óbvio. Um tanto hesitante, se aproximou dele e colocou a mão em seu ombro. Gael abanou a cabeça, rindo — um som tão infeliz que meus olhos pinicaram.

Sem dizer nada, a senhora fez a volta, sua saia vermelha balançando como um sino, e tomou a direção da porta.

— Espere! — Eu me plantei à sua frente, impedindo que saísse. — Tem que ter alguma coisa. Qualquer coisa que se possa fazer para salvá-lo!

Ela empinou o queixo. As névoas esbranquiçadas em suas íris pareceram se mover, da maneira que nuvens pesadas se agrupam pouco antes de a tempestade se formar.

— Ainda não entendeu, menina tola? A maldição está chegando ao fim. Ele já *está* sendo salvo!

Recuei um passo à medida que o mundo congelava. Ou talvez fosse apenas eu, fria e trêmula de medo. Não podia ser verdade. Aquela mulher não podia estar certa. Porque, se nada pudesse deter o fim da maldição, então Gael estava morrendo e ninguém poderia salvá-lo.

Não. Sempre havia alguma coisa a ser feita, boa ou ruim. Vovó Filomena vivia dizendo isso.

— Aproveite o tempo que tem com ele. — Ela me contornou e foi para a porta.

Não sei de onde consegui extrair forças para questionar:

— Quanto tempo?

Seus dedos finos se fecharam sobre a maçaneta, mas ela me olhou por sobre o ombro.

— Quando a luz de Danu o ápice atingir — explicou. Eu estava pronta para perguntar que merda aquilo significava, mas ela completou: — Até a próxima lua cheia.

Com isso, a senhora abriu a porta e passou por ela sem voltar a olhar para trás.

Eu me virei para Gael, que ainda fitava o mar sentado na janela, perdido em seu próprio tormento.

— E quando é isso? — me ouvi dizer.

Depois de um século inteiro, ele respondeu, em uma voz tão baixa que eu quase não ouvi:

— Esta noite.

— O q-q-q... — O tremor não permitiu que eu concluísse. Aquela noite. A maldição se encerraria naquela noite. Meu Deus.

Como se pressentisse a tempestade que relampejava dentro de mim, ele se levantou e atravessou o cômodo. Parou na minha frente, perscrutou meu rosto atenta e intensamente, como se me visse pela primeira vez.

Ou pela última.

— Ela está errada. — Esfreguei as mãos nas bochechas, limpando as lágrimas que começaram a descer uma após a outra. — Ela não sabe de nada.

— Briana...

— Ela não sabe! — Enrosquei os dedos em sua camisa. — Você não encostou na pedra. Uma maldição que já dura tanto tempo ia ser quebrada assim, com essa facilidade toda? Essa senhora não gosta de você — assinalei.

Ele fez uma careta.

— Ninguém quer estar perto de um amaldiçoado.

— Eu quero! — Agarrei seus braços para que não restasse dúvida. — Acho que ela só quis te assustar. Fazer você ir embora daqui pra não voltar mais. Ou vai ver é...

— Eu sinto, Briana — ele me interrompeu com um sussurro dolorido. — Está acabando. A maldição está chegando ao fim. Eu consigo sentir.

Uma dor profunda me apunhalou o peito. Era como se alguém tivesse tirado algo dali de dentro e só sobrassem pedaços dilacerados.

— Não, Gael. Não pode ser. Porque eu... — Engasguei com os soluços. — Eu não p-posso... não posso te p-perder. Eu acabei de t-te encontrar.

— Ah, *a chuisle*. — Ele me puxou para si. Passei os braços por baixo dos seus, prendendo-os em sua cintura, e escondi o rosto em seu peito quente, vivo e pulsante. Não podia ser real. Ele não podia estar indo embora.

Meus soluços se intensificaram. Gael beijou minha testa e recostou o queixo em minha têmpora, me segurando com força, como se quisesse me guardar dentro de si. Isso só me fez chorar ainda mais, porque se pareceu muito com um adeus.

Eu chorei. Chorei por ele, pela maldade que tivera que enfrentar sozinho todo esse tempo, pela solidão que o machucara todos esses anos. Porque ele buscara aquele desfecho por tanto, tanto tempo, e agora, que já não o desejava, a escolha lhe era tirada também, como se a maldição não fosse apenas os anos que passara longe da mulher que amara, mas da felicidade em si. E chorei por mim, porque o havia encontrado, ele tinha enchido meu coração de uma alegria que eu nem imaginava que pudesse existir apenas para vê-lo partir.

Como eu poderia continuar? Depois de experimentar um amor como aquele, de partilhar com Gael uma parte de mim, de receber em troca uma parte dele? Como eu poderia aceitar que ele se fosse?

— Você nunca vai me perder — ele sussurrou em meu ouvido, a voz embargada. — Meu coração e meu amor sempre vão ser seus.

Meus.

E dela. Eu não precisava magoá-lo dizendo isso, mas sabia que era assim. E estava tudo bem. De verdade. O amor encontra alegria na felicidade do outro, porque não é feito de posse, de matéria, mas de abnegação e doação.

Naquele momento, eu me senti incrivelmente grata por dividi-lo com Ciara. Por ela o ter dividido comigo. Eles tiveram tão pouco tempo juntos, e ali estávamos Gael e eu, mal havíamos nos encontrado e a maldição se preparava para nos separar. A história...

— ... se repete! — me dei conta. Eu me curvei para trás para poder olhar para ele, a esperança tecendo uma teia fina à qual me agarrei com as duas mãos. — Gael, está acontecendo de novo. Lorcan e Ciara tiveram pouco tempo juntos. E agora você e eu. É como se a história se repetisse!

— Eu sei. — Encaixou as mãos em minhas bochechas, os polegares apagando minhas lágrimas. — Venho pensando nisso desde que compreendi o que estava acontecendo.

Mas ele não havia entendido o que eu quis dizer.

— Talvez a nossa chance esteja aí! — exclamei. — Nós já vimos acontecer antes. Pode ser que a gente encontre um jeito de impedir que a maldição se acabe investigando o passado!

Ele me observou em silêncio por um longo tempo, quase receoso de se permitir ter esperança. Mas, por fim, foi incapaz de se conter, pois é assim para quem ama. Qualquer fiapo de esperança se transforma numa corda espessa de salvação.

Seus olhos vagaram pelo quarto sem parecer ver nada à frente, e percebi o momento em que ele pareceu encontrar uma solução. Seus dedos escorregaram de meu rosto para meus ombros, se enroscaram na camisa dele, que eu ainda vestia.

— Tem razão, Briana. Como é que eu não pensei nisso antes? Nós podemos tentar repetir a história toda.

Não gostei de como aquilo soou. Nem um pouco.

— De que jeito? — perguntei, cautelosa.

Ele olhou no fundo dos meus olhos, o queixo trincado em uma clara resolução, e eu automaticamente soube que não ia gostar do que viria a seguir.

Eu estava certa.

— Eu preciso ser amaldiçoado de novo — proferiu, com a mesma simplicidade que usava quando me pedia para encontrar um documento na Brígida ou digitar um e-mail. Como se não fosse nada extraordinário.

— O quê? Não! — Eu me desprendi dele, me afastando alguns passos. — Você perdeu o juízo?

— Ao contrário. Acho que nunca estive mais lúcido. — A calma que ouvi em sua voz contrastava com a determinação em seu semblante.

— Não é o que parece agora.

— Se existe uma maneira de ficar mais tempo com você, então eu não vou hesitar. — Não havia brecha para réplica em seu tom. — Tenho que ir atrás daquela mulher.

Sem me dar chance para nada, ele passou por mim e foi para a porta. Corri atrás dele, puxando-o pelas costas da camisa. Nunca imaginei que ele de fato fosse me dar ouvidos. Mas Gael parou abruptamente, de modo que trombei com ele, minha cara se alojando entre suas escápulas.

Girando, ele me examinou, preocupado.

— Você está bem?

— Não! Claro que não! — Soprei o cabelo para longe do rosto, o coração aos coices. — Pelo amor de Deus, pare e pense por um momento no que está sugerindo! É maluquice! Você viveu todos esses anos buscando uma maneira de se livrar dessa maldição e agora quer se voluntariar para passar por tudo isso outra vez?

— É precisamente o que eu quero. — Sua mandíbula se retesou. — Não vai ser nenhuma novidade pra mim.

Ah, meu Deus. Ele estava mesmo falando sério!

— Me escute, Gael. — Agarrei sua camisa de novo. — Você esperou todo esse tempo por essa conclusão...

— Isso foi antes de você aparecer e me dar um motivo pra querer continuar vivendo.

— Amaldiçoado? — rebati, quase aos prantos.

— Se for preciso. — Ele nem ao menos piscou para responder.

Minhas mãos caíram, tão desamparadas quanto o restante de mim.

Exalando com força, Gael pressionou a ponte do nariz bem desenhado com o indicador e o polegar.

— Briana, eu tive muito tempo pra pensar no que aconteceu. Se eu não tivesse me envolvido com Ciara, se eu não a tivesse amado, minha vida teria sido diferente. Uma vida comum. Provavelmente teria morrido de velhice ou em uma briga com algum vizinho, defendendo as minhas terras ou a aldeia. — Ele lançou toda a força daquele olhar resoluto em mim. — E sabe o que eu faria se tivesse a chance de voltar no tempo?

Eu sabia. É claro que sabia.

— Gael...

— Faria tudo igual — ele se adiantou. — Porque qualquer castigo teria valido a pena para ser amado por Ciara um único dia que fosse.

Engoli em seco.

— Isso é diferente.

— Não, não é. — Ele encaixou as mãos em minhas bochechas, os olhos injetados fixos nos meus. — Porque eu amo você da mesma maneira desesperada,

Briana. Amo tanto que me dói a alma! Me pergunte o que eu faria pra ficar com você por apenas mais um dia. Mais uma hora, apenas mais um instante. Pergunte!

Comecei a balançar a cabeça. Não queria ouvi-lo dizer que faria qualquer coisa para ficar comigo. Já estava sendo difícil o bastante me manter firme em minha decisão sem isso.

Mesmo que eu não tivesse questionado, ele me deu a resposta.

— Eu faria tudo, Briana! — proferiu, solene. — E pouco me interessam as consequências. Se pra cada dia com você eu tiver que viver um século inteiro de sombras, então que seja. Eu aceito.

Meu coração apaixonado deu um salto. Mas ele não entendia o que estava acontecendo — meu coração, quero dizer. Os riscos e o perigo que aquela decisão implicaria. Se para ficar comigo Gael precisasse se submeter a um castigo que poderia durar séculos, então que espécie de amor seria? Gael não teve escolha antes. Mas tinha agora.

— Você não está pensando direito. — Minha testa pendeu para a frente, encontrando apoio em seu peito. — Nós temos que manter a calma e pensar. Encontrar uma solução que não seja... — estremeci — ... cujo preço não seja tão alto.

— Não há outra maneira, *a chuisle*. — Ele beijou meu cabelo.

Mas tinha que haver. O destino não poderia ser tão cruel assim com ele. Conosco.

— Eu não entendo, Gael. — Endireitei o pescoço e o encarei. — Como isso pode estar acontecendo, se você nem tocou na Pedra da Vida? Encontrá-la era o suficiente?

Ele me observou por um longo tempo antes de me soltar e se afastar, andando pelo quarto. Parou diante da janela, apoiando uma das mãos na parede.

Alguma coisa estava errada. Muito errada.

— O que você não está me contando? — sussurrei.

Ele ficou em silêncio, olhando para o chão.

Acabei rindo, quando na verdade queria cair no choro.

— Você nunca vai confiar em mim de verdade, vai? — Eu me encolhi, magoada.

Seus olhos se fecharam.

— Eu não quero machucar você, Briana.

— Está fazendo isso agora. — Minha voz mal tinha som.

Mas ele a ouviu e se aprumou, seu olhar buscando o meu. Não consegui ler nada ali.

— Você sabe como aconteceu, não é? — insisti. Depois de um interminável minuto, ele exalou pesadamente, assentindo uma vez. Engoli em seco. — Como isso aconteceu? Você mentiu pra mim?

— Eu não toquei *naquela* pedra — enfatizou.

E foi isso que me deu a dica.

Não havia sido a Pedra da Vida que desencadeara o fim da maldição. Então, por Deus, o que poderia ser?

— A ruptura começou há quatro noites — explicou, antes que eu pudesse perguntar. — Quando eu tive febre pela primeira vez.

A noite em que fui embora e ele me encontrara sob aquele aguaceiro. A noite em que confessara seus sentimentos por mim. A noite em que nos beijamos pela primeira vez. Eu me lembrava de cada segundo. Não me recordava de tê-lo sentido mais quente naquela ocasião. A menos que tivesse acontecido depois que nos separamos e ele não tivesse me contado. De todo jeito, não fazia sentido.

— Você não tinha a pedra quatro dias atrás — apontei.

— Não. — Ele soltou uma pesada lufada de ar, correndo a mão pelo cabelo com desespero. — Eu tinha você.

Um alarme soou em minha mente. Passei os braços ao redor do corpo, tentando deter o tremor inesperado. Minha intuição gritava que aquilo, o que quer que fosse, me partiria ao meio.

— O q-que você quer dizer?

Ele tomou fôlego.

— Eu estava equivocado. Passei esse tempo todo procurando pela pedra errada. "Do cerne da terra a pedra vital surgir" — recitou, angustiado. — A pedra vital. Não era literal. Não se referia àquela pedra que está no meu cofre agora.

Abri a boca para dizer que a pedra não estava mais no cofre, mas achei que aquele não era um bom momento para contar a ele que eu havia roubado a Pedra da Vida. Algo muito maior estava acontecendo ali.

— E o que era? — eu quis saber.

Gael me observou por um longo tempo, a boca pressionada com força, como se tentasse impedir que as palavras saíssem. Cheguei a pensar que não me responderia. Mas, por fim, ainda que visivelmente a contragosto, ele me deu a verdade.

— Era a runa que no antigo alfabeto Ogham simboliza a vida.

Devagar, ele atravessou o quarto, o som de seus passos abafado pelo retumbar insistente de meu coração. Parou diante de mim, a mão se movendo em direção à cintura, até tocar o local exato da minha marca de nascença.

— *Beíth* — sussurrou.

— Eu não... entendo...

Pela primeira vez, a máscara que ele usava desde que passara mal em meu quarto escorregou e eu tive um vislumbre de seus verdadeiros sentimentos. A devastação que vi ali fez meu coração parar de bater. Entendi o motivo assim que ele abriu a boca e disse:

— Foi você quem quebrou a maldição, Briana.

39

— O quê?! — Eu me afastei de seu toque. Não podia ter ouvido direito.

— Você é a pedra que eu venho buscando há todos esses séculos. — Gael deixou a mão em minha cintura cair.

— Isso não faz o menor sentido! — Comecei a andar pelo pequeno quarto do chalé sem ver nada à minha frente. — Nós nos conhecemos há algumas semanas. Se eu fosse a *pedra* a que a maldição se refere, ela teria se quebrado assim que nós nos encontramos.

— Não. — Gael se sentou aos pés da cama, parecendo exaurido. — Não até que eu aceitasse você no meu coração. E isso só aconteceu há quatro noites, depois que você foi embora e eu percebi que não podia mais fingir nem fugir do que eu sinto por você. Depois daquele beijo, notei que tinha algo errado comigo. Não apenas por causa da enxaqueca e da febre que me atormentaram quase a madrugada inteira, mas eu senti como se as sombras estivessem recuando. Pensei que era você, me preenchendo de vida. De certa forma, era exatamente isso. O seu amor derrotou a maldade de Dervla.

Parei de andar, contemplando-o, atônita.

— As pintinhas em seus olhos... — comecei.

— Eu não tinha reparado até isso acontecer. — Indicou a íris, agora com aquela mancha translúcida feito âmbar. — Nesses últimos dias eu não percebi nada que não estivesse relacionado a você. Conforme nós nos envolvíamos, mais eu sentia as sombras retrocederem. Eu não sei se posso explicar. É como... como ter um zumbido no ouvido por quatro séculos e ele, enfim, começar a enfraquecer. Eu devia ter desconfiado. Mas quem pode me culpar? — Ele me mostrou um sorriso tristonho. — Quem pode me julgar por ter sido desatento porque estava feliz pela primeira vez em quatrocentos anos?

Por mais que eu tenha lutado, por mais que tenha feito tudo para rejeitar o que ele dizia, a compreensão conseguiu fincar suas garras em meu cérebro, como um verme sorrateiro. Eu tinha desencadeado o fim da maldição. Por minha causa, Gael agora...

Levei as mãos ao pescoço, sentindo em sua base as batidas doloridas do meu coração.

— Meu Deus — solucei baixinho.

O movimento de Gael ao se levantar da cama atraiu minha atenção. Ele começou a vir em minha direção.

— Não! — Dei um pulo, me afastando. — Fique longe de mim.

Ele estacou, o cabelo balançando com o movimento abrupto, parecendo profundamente magoado.

— Cacete, Gael! Eu só não quero piorar as coisas — expliquei, ferida por feri-lo. — Não sei o que pode acontecer se você me tocar de novo. Não sei se isso acelera o processo ou... ou... Não, Gael! — Ergui as mãos espalmadas assim que ele voltou a andar. — Fique onde está! Pare!

Mas ele não parou. Eu não podia permitir que ele me tocasse. Eu não entendia nada sobre maldição, mas... e se acontecesse a mesma coisa que aconteceu com Oisín, que, ao tocar o mundo humano depois de viver por tanto tempo na terra mágica de Niamh, caiu morto?

Expliquei isso a ele, tentando trazê-lo à razão, mas tudo o que Gael fez foi continuar avançando.

— Para, Gael. Eu não quero machucar você, caramba! — Recuei até bater as costas no guarda-roupa.

— Você está machucando agora — devolveu as palavras que eu usara havia pouco.

Mas que droga. Ele estava perto o bastante, e seu corpo bloqueava a porta. Eu pretendia pular sobre o colchão e de lá escapar do quarto. No entanto, seus dedos envolveram meu cotovelo antes que eu desse um passo, e a próxima coisa que eu soube foi que minhas costas estavam coladas a seu peito.

— Gael, por favor, não!

Entretanto, tudo o que ele fez foi deslizar as mãos pela minha barriga e me abraçar pela cintura. Fechei os olhos, prendendo a respiração. Ele mergulhou a cara em meu cabelo, inspirando fundo. Os segundos se arrastaram tão devagar que me pareceram décadas.

E nada aconteceu. Gael não gritou. Não caiu. Não morreu.

Eu o espiei por sobre o ombro. Nossos rostos ficaram a centímetros um do outro, de modo que meu nariz resvalou em seu queixo.

— Você está bem? — perguntei, atenta a cada pedacinho dele. Mas Gael não parecia estar sofrendo. Parecia... bom... parecia apaixonado.

— Agora estou. — Beijou minha boca suavemente.

Soltei um longo suspiro e passei os braços por cima dos seus, me prendendo mais a ele.

— Não acredito que isso está acontecendo — murmurei, deitando a cabeça em seu ombro. — O que nós vamos fazer?

— A única coisa que parece possível. Lutar com as armas que temos.

Eu me virei em seus braços, até estar de frente para ele.

— Gael...

— O que você faria se estivesse no meu lugar? Se tivesse uma chance de impedir o que está por vir?

— Essa não é a questão — me esquivei.

— Eu tenho que tentar — ele disse, resoluto. — Não vou sair dessa batalha sem lutar por você. Por nós! Enquanto o amor existir, a esperança vai continuar existindo também.

— Mas é loucura. É... — Eu me calei ao ver aquele brilho quase ofuscante em seu olho direito. A manchinha amarela começou a se expandir lentamente até tomar mais da metade da íris.

Ah, meu Deus, estava acontecendo de novo. E rápido demais! Quando a dor o assolou, foi ainda pior que da primeira vez, e tudo o que pude fazer foi colocá-lo na cama e envolvê-lo em meus braços, implorando que aquilo terminasse logo.

Levou um tempo, mas a agonia acabou cedendo. Meu coração sangrou ao ver a nova mancha na íris direita. Mais uma parte das sombras se fora para sempre.

Sua mão um tanto instável procurou a minha, apertando-a de leve.

— Tenho que ir atrás dela, Briana.

Admirando seu rosto tão belo coberto de suor e resquícios da tortura que acompanhava o fim da magia, fui capturada por aquele olhar súplice e assustado e fiquei tentada a concordar. Mas pensar em ir até à casa daquela mulher fazia meu corpo todo doer. E pensar em não ir também, tanto e tão intensamente que temi não aguentar. Só que a questão não era eu, e sim Gael. Não importava como eu me sentia, se eu sobreviveria àquilo. A questão era salvá-lo. Não condená-lo de novo.

— Eu... eu não posso deixar você fazer isso — me ouvi dizer, em uma voz despedaçada.

— É a única maneira, *a chuisle*.

Sacudi a cabeça, os olhos úmidos.

— Você me perguntou o que eu faria pra ter mais um instante com você. — Afastei as madeixas claras de sua testa suada. — E você sabe a minha resposta. Mas você permitiria, Gael? Concordaria que eu me voluntariasse pra uma maldição? Aceitaria, sem saber ao certo o que poderia acontecer comigo depois? A culpa não iria te corroer por dentro enquanto vivesse?

Era difícil enxergar através da cortina de lágrimas, mas vi sua testa vincar, a boca se apertando em uma linha fina, enquanto lutava contra a compreensão. Mas ele entendeu. Claro que sim. E nós dois sabíamos qual seria sua resposta para todas aquelas interrogações.

— Mas que alternativa eu tenho? — Seus dedos correram suaves pela minha bochecha.

— Essa não pode ser a nossa única alternativa.

Na verdade, nem *deveria* ser uma alternativa, pelo amor de Deus! Se bem que, por mais que eu odiasse admitir, ele tinha razão. Não existia nada que pudesse combater a magia de Dervla. Ele não encontrara nada que chegasse nem perto em todo aquele tempo. Onde ia arranjar algo poderoso o bastante para manter um feitiço de quatrocentos anos? Nós precisávamos de um milagre, de intervenção divina, de...

Eu me sentei de imediato.

— Aquele troço vem com manual de instruções? — eu quis saber, o pulso acelerado, mas dessa vez alvoroçado pela esperança.

Lug era um deus da mitologia celta. O deus da luz. Eu não tinha certeza quanto ao gigante Balor, mas o cara parecia ter sido, no mínimo, primo da Medusa, o que o colocava na categoria de deus, semideus ou... humm... algum outro tipo de ser mágico com poderes.

Era tão óbvio!

— Que troço? — Gael se ergueu sobre os cotovelos.

— A Pedra da Vida! Ela pode não ser o que você procurava, mas não quer dizer que tenha deixado de ser mágica! Eu li na internet que ela tem o poder de dar a quem a possua o que o seu coração mais desejar. E se for verdade, Gael?

Em um piscar de olhos ele se sentou, a coluna ereta, os ombros aprumados, o rosto adquirindo certa ferocidade.

— Como é que a gente faz ela funcionar? — insisti. — Esfregando que nem a lâmpada do Aladim, ou tem algum ritual de... *urf!* — gemi, quando ele se jogou para cima de mim.

Acabei me desequilibrando e caindo de costas no colchão, presa sob ele. Antes que pudesse me recuperar, sua boca se encaixou na minha, e a fúria com que seus lábios se movimentavam combinou com o que ocorria em meu íntimo.

— Nós temos que voltar para Cork — ele afirmou, libertando minha boca, os olhos cintilando como duas estrelas. — Precisamos pegar a pedra.

Ah, bem...

— Que bom que você tocou nesse assunto, porque eu me antecipei e a trouxe comigo — admiti e torci para que a boa notícia entorpecesse sua cabeça, como sempre acontecia comigo.

Aquela covinha linda surgiu em seu queixo.

— Você é incrível, Briana. — Ele abaixou o rosto, a boca a centímetros da minha. Então parou.

Merda. Eu sabia que ele não ia deixar passar.

— A Pedra da Vida estava trancada no meu cofre. — Seu cenho vincou.

— Hã... pois é.

— Como você conseguiu abrir? Como descobriu a senha?

— Eu... hã... — Brinquei com o botão aberto na gola de sua camisa. — Eu pedi para o Darren abrir para mim.

Suas sobrancelhas se retorceram.

— E ele abriu o meu cofre de boa vontade?

— Não exatamente. — Fiz uma careta. — Ele se recusou a abrir. Ele é muito leal a você. Mas eu... humm... peguei aquela bonita espada que você tem no seu escritório e... éééééé... meio que ameacei espetá-lo com ela.

— O quê?!

Não consegui adivinhar se ele estava se divertindo ou se zangando com a história.

— Mas eu jamais faria isso! E já pedi desculpas — acrescentei depressa ao vê-lo comprimir os lábios. — Aconteceu um pouco antes de eu explicar a ele que você estava doente e... ele entendeu que eu não ia te assaltar nem nada, só... sabe... não estava pensando direito. Achei que nós poderíamos precisar da pedra pra alguma coisa.

Ele inspirou fundo e eu fixei os olhos em seu peito, esperando pela merecida repreensão. Seu tórax começou a se sacudir, e então sua risada explodiu por toda a casa.

— Você me deixa abismado — falou, entre as gargalhadas que sacudiam a cama.

Tive que espiar seu rosto. Lágrimas se empoçavam nos cantos de seus olhos.

— Você... não tá bravo comigo?

— Não, *a chuisle*. Pelo contrário. Estou muito, muito agradecido por você ter arrombado o meu cofre. Deus, como eu amo você. — Ele riu de novo e então sapecou um beijo ardente em minha boca. — Onde ela está?

— Na minha bolsa, lá embaixo. Mas você sabe fazê-la funcionar?

A diversão logo foi substituída pela apreensão.

— Não — confessou. — Mas vou ter que descobrir.

❦

Assim que Gael se sentiu melhor, nós saímos daquele quarto e descemos as escadas, praticamente tropeçando em Liam. Darren estava logo atrás, recostado no batente da porta da cozinha, com os braços cruzados.

Ah, droga. Eu havia esquecido. Como iríamos fazer... seja lá o que tínhamos de fazer com a Pedra da Vida com tanta gente por perto?

— Graças a São Patrício — Darren suspirou ao ver o patrão e amigo sobre as próprias pernas.

Liam teve uma reação parecida.

— Você parece melhor — comentou o arqueólogo.

— Porque estou. — Gael passou um braço pela minha cintura. — Obrigado por nos deixar invadir sua casa desse jeito, Liam.

— Pare com isso. A casa é sua. Foi uma sorte a Briana ter ligado. Eu estava quase de saída. Vou para Londres. Surgiu um trabalho. Você se importa se eu for agora? — Ele pegou alguma coisa no bolso e arremessou para Gael. Um molho de chaves. — Não quero perder o voo. Vou ficar fora a semana toda. Use o chalé pelo tempo que precisar.

Soltando-me, Gael guardou as chaves no bolso do jeans.

— Obrigado. — Colocou a mão no ombro do homem e o apertou. Virando-se para Darren, disse: — Preciso que você volte a Cork e providencie algumas coisas para mim. E poderia deixar o Liam no aeroporto?

Darren deu um aceno firme.

Os dois então subiram as escadas e Liam foi até a cozinha, resmungando alguma coisa sobre ter esquecido o carregador de celular. Peguei minha bolsa sobre o sofá e envolvi os dedos na caixinha da Pedra da Vida.

Por favor, funcione, mentalizei.

Todas as nossas fichas estavam naquela pedra azul. A vida de Gael dependia dela. E acho que a minha também.

A tensão e o medo pareciam saturar o ar no chalé. Sufocada, deixei a caixinha dentro da bolsa e fui para a pequena varanda. Passando os braços ao redor do corpo, observei a paisagem, suplicando em silêncio que tivéssemos uma chance. Apenas uma. Mesmo com o vento constante que vinha do oceano, eu ainda não conseguia respirar direito, e o tremor começou a se intensificar. Com um esforço hercúleo, me obriguei a manter as emoções sob firme controle. Gael precisava de mim. Eu não podia fraquejar agora.

Enchendo os pulmões e aprumando os ombros, fiz a volta e levei a mão à maçaneta, pronta para entrar, mas a porta se abriu antes. Gael foi o primeiro a passar pelo batente. Então, Liam e Darren se despediram um tanto apressados, entraram no sedã cinza e partiram.

— Vamos dar uma olhada na pedra? — Gael perguntou, ansioso.

Tomei fôlego, concordando. Voltamos para a sala e eu coloquei a caixinha sobre a mesa de centro. Nós a admiramos por um bom tempo, imóveis. Eu estava apavorada. A ideia parecia boa, e nós sabíamos que aquela pedra não quebrara a maldição. Ainda assim, lidar com coisas mágicas era um tanto assustador para mim. Não sei o que se passava na cabeça de Gael, mas era visível que ele pensava em alguma coisa.

Por fim, ele inspirou profundamente, se ajoelhou diante da mesinha e levou a mão à tampa da caixa. Fiquei inquieta. O que aconteceria se ele encostasse nela? E se alguma coisa desse errado?

Eu me abaixei ao seu lado, envolvendo sua cintura com o braço. Ele me analisou, uma interrogação se aprofundando naquele V entre as sobrancelhas.

— Estou te dando cobertura — expliquei.

— É mesmo? — E ali estava aquela linda covinha, combinando com os sutis vincos no cantinho dos olhos.

— Posso atirar essa porcaria pela janela mais depressa do que você consegue piscar. Fui demitida por arremessar coisas em clientes. Mais de uma vez — acrescentei.

Seu sorriso se tornou ainda maior.

— A sua coragem me comove, minha brava guerreira. Obrigado. — No entanto, estava tenso de novo ao voltar a estudar a caixa.

Devagar, ele removeu a tampa. Prendi o fôlego e os dedos em sua camisa conforme ele retirava com cuidado a peça de dentro do estojo prateado e a aninhava em sua palma.

Seu cenho vincou.

— O quê? O que foi? — exigi, pronta para tomar aquilo dele e sair correndo.

— O que você está sentindo?

— Nada. Isso é bom, certo?

Minha cabeça pendeu para a frente, encontrando apoio em seu bíceps. O alívio foi tão grande que pensei que fosse desmontar feito um boneco de Lego.

Girando a pedra azul entre os dedos, seu polegar acompanhou os entalhes naquele idioma antigo, bem ao centro. E então abriu um sorriso largo e tão lindo que me atordoou por uns bons segundos.

— O que está escrito? — consegui perguntar.

— *Brí*.

— Sim?

— Não. — Ele riu baixinho. — É o que está escrito na pedra. *Brí*.

Ok, aquilo estava ficando sinistro demais. Por que meu apelido estava naquela pedra?

— *Brí* é uma palavra irlandesa com diversos significados — explicou, ao ver minha inquietação. — Determinação, vitalidade, valor, vida... Todas elas combinam com você. Sua mãe não poderia ter escolhido um nome melhor.

— Humm... — Era melhor não contar a ele que mamãe se apaixonara pelo meu nome depois de ler um romance de banca de jornal.

— Parece um bom sinal, não? — Havia bom humor em seu tom.

— O que você tem que fazer agora?

Ele tornou a examinar o objeto.

— Francamente, eu não sei. Ninguém nunca a encontrou. Ou, se encontrou, não contou a ninguém. Acho que nós precisamos ter fé. — Sua mão se fechou ao redor da pedra azulada com tanta força que os nós de seus dedos empalideceram. — E talvez seja melhor fazer isso lá fora.

— Ok. — Se íamos fazer a coisa do feitiço mágico (comigo por perto), era melhor não ter vasos e coisas quebráveis à mão.

Enroscando os dedos nos meus, Gael me levou para fora do chalé e nós começamos a descer o terreno. Ele o avaliava como se procurasse o lugar ideal. Parou em um ponto onde podíamos ver a praia e apertou um dos olhos para o céu. Percebi que estávamos alinhados com o sol, o que achei bom. Se queríamos a ajuda do deus da luz, seria bom ter a grande estrela amarela sobre nós, nos dando uma forcinha, certo?

Abrindo a mão, Gael ajeitou a Pedra da Vida em sua palma de modo que a inscrição ficasse virada para cima. De imediato, ela pareceu ganhar vida, cintilando suavemente naquela luz. A pedra começou a cintilar em suaves nuances, em diferentes tons de azul, a inscrição ficando mais e mais legível, algo parecido com o que acontecia com algumas pulseiras de Aisla, que mudavam de cor conforme a temperatura variava.

Gael cerrou os olhos bem apertados, um V entre as sobrancelhas originado pela concentração, a expressão determinada e feroz, mas que ao mesmo tempo parecia suplicar. Elevou o rosto para o céu, e eu lutei contra a urgência de ir até ele. Aquilo parecia algo que se devia fazer sozinho, então me obriguei a me afastar.

Por favor, implorei. *Por favor*!

Sua mão se fechou em volta da pedra e a levou ao peito no instante exato em que uma forte rajada de vento sacudiu meu cabelo em todas as direções. Um tanto assustada, dei um passo para a frente, puxando os fios para longe da boca. Como mantinha os olhos em Gael, não vi que havia um calombo no gramado e acabei tropeçando. Caí de bunda na grama, meu cabelo me atacando furiosamente até que tudo o que eu via era uma cortina laranja.

Da mesma maneira inesperada que começara, a ventania cedeu, restando apenas uma brisa suave. Levei as mãos às mechas, jogando-as para trás. Gael estava no mesmo ponto, agora olhando para a pedra em sua mão.

Aquilo era tudo? Tão simples assim? Tão rápido?

— Acabou? — perguntei, ansiosa. — Isso é tudo?

Minhas palavras pareceram acordá-lo de um transe. No instante seguinte, ele se agachava a meu lado, me ajudando a levantar. Mas eu agarrei sua camisa, examinando-o com cuidado, atenta a cada detalhe. Ele me pareceu exatamente igual a cinco minutos antes, com as íris pretas marcadas pelo âmbar e tudo o mais.

— Deu certo? — Engoli em seco. — Você a-acha q-que funcionou? — *Por favor, por favor, diga que sim!*

Ele me encarou por um longo momento e, nervosa como eu estava, com as lágrimas turvando minha visão, não consegui vê-lo direito. Então seus braços me envolveram.

— Acabou, *a chuisle* — murmurou em meu cabelo, me apertando contra seu coração urgente.

— T-tem certeza? — Tentei me afastar para poder ver seu rosto. Ele não permitiu, me segurando no casulo quente de seu abraço.

— Sim, tenho. — Seus lábios resvalaram em minha têmpora. — Não chore. Acabou.

— Não estou cho-chorando.

Mas estava. E não queria chorar. Queria ser forte, mas toda aquela adrenalina provocou uma tempestade de sentimentos que acabei extravasando na forma de lágrimas. Eu me agarrei ao pescoço de Gael e fechei os olhos bem apertados.

— Shhh. Está tudo bem. — Ele beijou meu ombro, a mão em minhas costas subindo e descendo devagar. — Está tudo bem agora.

— Desculpa. Eu n-não quero ch-chorar. Mas eu pensei que fosse te perder. E depois que seria a causa de uma nova condenação. Eu não p-podia suportar nenhum dos dois. — Balancei a cabeça. — O que v-você desejou?

— Apenas mais tempo com você.

Ele se sentou na grama e me acomodou em seu colo, me embalando até o choro cessar. Levou um tempo, mas acabou acontecendo. Gael secou meu rosto com beijos demorados e só então reparei que seus olhos também estavam úmidos.

Estava acabado. Ele não morreria naquela noite. Conseguira mais tempo. Não sei quanto seria, mas não importava naquele momento. Daríamos um jeito nisso depois. A espada que pairava sobre nosso pescoço havia se abaixado por enquanto. E isso era mais que suficiente, por ora.

— As últimas vinte e quatro horas foram bastante intensas. — Ele fungou de leve. — Você está exausta. Vou te levar pra cama.

— Não. Eu não quero dormir.

Sim, eu estava esgotada. Parecia que meus membros pesavam cem toneladas, mas eu não queria dormir. Tinha medo do que me aguardava nos sonhos.

— Se não quer dormir, o que quer fazer? — Ele correu a mão pelo meu cabelo, do topo às pontas.

Antes que eu pudesse abrir a boca e responder, meu estômago, embora revirado, roncou alto. E isso trouxe um sorriso aos lábios de Gael.

— Ok. Almoço. — Ele se levantou e me ajudou a ficar de pé. Assim que estávamos cara a cara, me fitou, ansioso. — Posso só fazer um pedido?

— Qualquer coisa.

— Podemos esquecer toda essa questão de maldição, pedras mágicas e tudo o mais? Podemos ter um dia normal, pra variar? — Seus olhos suplicavam.

— É tudo o que eu mais quero, Gael.

Enquanto voltávamos para o chalé, com seu braço ao redor de meus ombros, o meu cingindo sua cintura, a Pedra da Vida pendendo da mão dele, eu me esforcei para manter tudo aquilo bem longe da mente. Tentei de verdade. Mas meu coração continuava se retraindo no peito, batendo assustado, sussurrando que aquela história não tinha acabado ainda.

Infelizmente, ele estava certo.

40

Gael pegara o carro de Liam e me levara ao pequeno vilarejo a cerca de cinco minutos do chalé. Eu tinha tido um vislumbre da bela Dublin quando pousáramos na Irlanda e conhecera um pouco de Cork, a belíssima cidade que nascera como um monastério às margens do rio Lee. Ambas cidades muito modernas, ainda que as raízes tivessem sido preservadas e ficassem evidentes a cada esquina. Mas aquela aldeia encantadora, com casinhas coloridas e jardineiras enfeitando as vidraças, era como uma viagem no tempo, e eu me apaixonei por ela.

Gael me levou a um lugar chamado Healy's, um sobradinho largo de dois andares e paredes avermelhadas. Lá dentro, a lareira acolhedora, os sofás estampados e as mesas maciças emprestavam charme ao lugar. Não havia muita gente àquela hora. Um homem de boina lia o jornal na mesa em frente à janela, um casal conversava baixinho do outro lado do salão e um senhor sentado ao balcão discutia com o atendente sobre seu time favorito de rúgbi.

Nós dois escolhemos a mesa perto da lareira. Gael foi até o balcão, como de costume, e voltou com duas canecas de cerveja pouco antes de sermos abordados por um garçom simpático, que sugeriu o prato do dia. Como eu não comia nada desde o dia anterior e tudo parecia apetitoso, aceitei a sugestão. Gael fez o mesmo, além de escolher mais algumas coisas do cardápio.

— Ainda não sei qual é o seu prato preferido — ele comentou tão logo o garçom retornou à cozinha.

— Não conta pra minha irmã, mas é estrogonofe. E brigadeiro.

Ele ergueu as sobrancelhas.

— Por que a sua irmã não pode saber que essa é a sua comida preferida?

— Ela acha estrogonofe o cúmulo da cafonice. — Revirei os olhos. — Mas eu adoro. Não consigo evitar. Qual é a sua comida preferida?

— Carne. Pão. Cerveja. — Ele levou a bebida aos lábios e tomou um bom gole. — Não necessariamente nessa ordem. A propósito, diga à sua mãe que eu adorei o presente. E estou sempre disponível pra mais, caso ela faça uma nova fornada de pão.

— Ah, se eu disser isso, a mamãe vai cair de amores por você no mesmo instante. E cerveja não conta como comida.

Ele deixou a caneca na mesa com certo estardalhaço e me olhou de viés.

— Palavras tão feias saindo da boca de uma mulher tão bela... — Estalou a língua com indignação fingida.

— Me desculpe. — Mordi o lábio para não rir. — Não quis ofender.

— Não ofendeu... muito — acrescentou, com um sorriso debochado. Bateu a caneca na minha. — *Sláinte*.

Agora que não havia mais segredos entre nós, a conversa fluiu. Eu poderia fazer aquilo por horas e horas e jamais me cansaria. Gael manteve a conversa leve, bem-humorado como nunca, e respondeu a todas as minhas perguntas, mesmo as relacionadas a seu passado.

Ele narrou, por exemplo, o que aconteceu após ter deixado a Irlanda.

Gael começara a escavar em outras terras, e fora em Portugal que encontrara sua primeira jazida — de cobre — e se tornara um homem rico. Usara todo o dinheiro, uma parte para financiar sua busca, e o que restara distribuíra entre os que julgara mais necessitados. Na próxima vez que escavara, a história se repetira. Depois de tanto tempo andando por aí, começara a desanimar, então surgira a ideia de preencher o tempo para não acabar enlouquecendo. Optara pela engenharia depois de conhecer um tal de John Smeaton, na Inglaterra, que, pelo que eu entendi, foi o patrono da engenharia civil. Isso acontecera em 1778. Gael então passou a fazer filantropia de verdade. Ele ponderara que, se fizesse algo bom, se ajudasse as pessoas sem receber nada em troca, talvez fosse perdoado, por isso projetava e construía com os próprios recursos escolas, hospitais, orfanatos, tentando esgotar seu dinheiro de algum jeito. Mas a "má sorte" sempre o encontrava na forma de minerais preciosos, e o perdão para sua maldição nunca viera. Acabou se acostumando a ajudar, e ainda fazia isso. Ele me contou com bastante empolgação sobre o projeto de um hospital que pretendia construir na região Norte do Brasil. Gael também falou sobre os poucos amigos que teve ao longo dos anos, até chegar a Lorenzo, de quem gostava muito, apesar dos esforços que havia feito para que isso não acontecesse.

Então nossa comida chegou. Enquanto devorávamos tudo, quis saber sobre minha vida — desde minha primeira lembrança até a que eu achava a mais idiota —, me ouvindo com muita atenção, como se quisesse aprender tudo sobre mim naquelas poucas horas. Durante o tempo todo, suas mãos permaneceram em mim: brincando com meus dedos, uma mecha do meu cabelo, acariciando meu joelho, a parte interna do meu pulso, minha nuca.

Muito tempo depois, percebemos que só havíamos restado nós dois no restaurante. Pagamos a conta e voltamos para o carro. Mas, em vez de seguir para o chalé, Gael manobrou em um recuo da estrada, mais ou menos na metade do caminho, bem em frente à praia.

— Que tal andar um pouco? — sugeriu.

Pensar em retornar ao chalé me deixava tensa. Tanta coisa havia acontecido nas últimas vinte e quatro horas... Voltar para lá inevitavelmente traria à minha mente aquelas lembranças e o medo que as acompanhava. Um pouco mais de tempo longe dali era tudo de que eu precisava, por isso aceitei mais do que depressa.

Após transpormos a barreira de pedras natural e chegarmos à areia, pensei em tirar os sapatos, mas mudei de ideia logo que o ar frio soprou em meu rosto. À direita, bem onde a praia fazia uma curva, havia uma dezena de casinhas brancas. Do outro lado da baía, as rochas de um paredão recoberto de grama se erguiam mar adentro. A água meio cinzenta por causa da agitação fazia a alegria dos corajosos surfistas que se arriscavam nas ondas.

O vento forte agitou meu cabelo, fazendo-o se sacudir em todas as direções.

— É lindo aqui — comentei, puxando os fios para o lado.

Gael fechou os olhos, as faces elevadas para receber o sol.

— Eu gosto do som.

Imitei sua postura, sentindo na pele a carícia das minúsculas gotas de água salgada, inspirando o delicioso aroma marinho. O *vush, vuuush, vuuuush* das ondas acompanhado pelo sussurro do vento e os gritos dos pássaros parecia uma canção.

O sol foi bloqueado inesperadamente. Ao erguer a pálpebras, tudo o que vi foi o rosto de Gael, me observando de um jeito esquisito.

— O que foi? — perguntei.

Ele riu um tanto irrequieto e, em vez de me responder, pegou minha mão e começou a andar pela praia. Ambos ficamos calados, mas não naquela inquietude estranha. Era pacífico, confortável, como se tivéssemos feito isso uma vida inteira.

Logo o sol começou a baixar no horizonte, e eu parei para admirar a cena, mas Gael tinha outra ideia.

— A vista é melhor dali de cima. Vem!

Ele me levou por entre as pedras até alcançarmos uma trilha e subirmos em direção à encosta. Uma vez lá em cima, desviando de pequenas plantas e arbustos, fomos quase até a ponta da rocha gigantesca que desafiava o oceano. Achei que não tinha sido uma boa ideia. Com a minha sorte, eu acabaria rolando lá para baixo. Mas Gael encontrou uma pedra bastante lisa perto da beirada (mas nem tão na borda assim), e nós nos sentamos ali. Eu me ajeitei entre suas coxas, recostando-me em seu peito. Dali de cima, parecíamos flutuar sobre o mar, que batia nas pedras sob nós com violência. No horizonte, o céu ganhava tons amarelos e alaranjados em meio às nuvens rosadas como algodão-doce.

— Isso parece um sonho. — Acabei suspirando.

— Me fale dos seus. — Os braços dele serpentearam pela minha cintura.

Recostei a nuca em seu ombro, cobrindo suas mãos com as minhas.

— Você já sabe tudo sobre eles.

— Não esses sonhos, Briana. — Descansou a lateral do queixo em minha têmpora. — Eu me refiro aos seus desejos, suas aspirações para o futuro.

Sua voz, tão próxima ao meu ouvido, provocou um arrepio delicioso em minha coluna.

— Aaaah! Bom, era tentar salvar a pensão. Mas agora... — Encolhi os ombros. — Acho que só sobrou ver a minha mãe feliz outra vez e a Aisla se tornar a fotógrafa que quer ser.

— Mas e quanto aos *seus* sonhos?

— Exceto me livrar de uma vez por todas da minha má sorte, não tenho mais nenhum. — *Além de você*, quase deixei escapar.

Ele bufou, endireitando a coluna para me olhar de cara amarrada.

— Tem que ter alguma coisa, Briana. Todo mundo tem. Nem mesmo algum da infância?

— Tinha um. — Brinquei com a manga de sua jaqueta. — Mas é meio bobo.

— Me conte.

Ao ouvir a súplica em sua voz, engoli o embaraço, voltei a admirar o horizonte e comecei a falar.

— Ok. Eu tinha uns treze anos quando o meu pai me levou no Museu de Arte Moderna da cidade pela primeira vez. Naquele dia estava acontecendo uma exposição de desenhos em grafite. Eu já desenhava fazia algum tempo...

Conforme eu contava a ele, a cena retornou à minha mente, como se tivesse acontecido na semana anterior. Papai parara em frente a um dos belos grafites e o observara por alguns minutos antes de me cutucar com o cotovelo. "Eles chamam isso de desenho porque você ainda não teve coragem de mostrar os seus", dissera. "Um dia nós vamos vir aqui e vão ser os seus pendurados nessa parede, Briana."

— O papai nunca mentia — expliquei a Gael. — Se ele acreditava que aquilo era possível, então devia ser verdade. Eu cresci alimentando a esperança de um dia expor os meus desenhos no MAM. Mas o sonho morreu pouco antes de eu completar dezesseis anos. Na época em que o câncer venceu o papai e eu tive que crescer e procurar um emprego.

Continuei a fitar o oceano, ouvindo o som da respiração de Gael.

— Não é nem um pouco bobo, Briana — comentou, comovido. — Ao contrário, é um belo sonho. Assim como é bela a sua arte. Eu nunca tinha visto nada parecido. Ao mesmo tempo em que captura a essência do cenário ou de uma pessoa, é possível distinguir os seus sentimentos dos deles. Cada linha transmite uma emoção diferente, até a gente apreender o todo. É como se você fosse um maestro no comando de uma orquestra, levando o espectador ao clímax sem que ele perceba como chegou lá.

— É. Certo. — Dei risada.

Ele tocou meu queixo, virando meu rosto com delicadeza.

— Não estou brincando. — E sua expressão me disse a mesma coisa. — A sua arte é admirável e única. Eu adoraria ter uma das suas gravuras na minha parede.

— Verdade?

— É, sim. — Sapecou um beijo em minha boca. — Eu acho que você deveria levar isso a sério.

— De que jeito, Gael? — gemi, desanimada. — Assim que retornar ao Brasil, preciso pensar no que eu e a minha família vamos fazer da vida.

Ele desviou o olhar para uma das minhas mechas, que dançavam com o vento, enrolando o indicador nela.

— As coisas logo vão se ajeitar.

Revirei os olhos.

— Nem todo mundo tropeça numa pedra e descobre uma jazida, sabia? — alfinetei.

Mas ele não achou graça. Parecia tenso. E bastante aflito, para falar a verdade

— Promete que vai pelo menos pensar no assunto?

Percebendo como aquilo parecia importante para ele, murmurei:

— Eu prometo, Gael.

— Obrigado, *a chuisle mo chrói.* — Beijou a pontinha do meu nariz, me abraçando apertado, e indicou com o queixo o horizonte. — Está começando.

Tornei a olhar para a frente, assistindo ao sol lentamente tocar o mar. Tentei memorizar o jeito que o corpo de Gael se encaixava no meu, como seu calor me protegia do vento frio, o toque quente de seus dedos em minha pele, a maneira como seu cabelo balançava e fazia cócegas em meu rosto. Eu queria me lembrar daquele momento para sempre.

— *I've been searching a long time* — ele ronronou em minha orelha — *for someone exactly like you.*

Olhei para ele. Seu olhar, candente e ao mesmo tempo terno, me deixou tonta. Ele estava cantando?

— *I've been travelling all around the world, waiting for you to come through.*

Sim, ele estava! A música que ouvimos em seu carro depois do nosso primeiro beijo! Se eu já a amava antes, agora, na voz baixa e um tanto rouca de Gael, a canção falou direto ao meu coração.

— *Someone like you makes it all worthwhile...* — Ele afastou com os dedos alguns fios que o vento soprou em minha face e os enroscou atrás da orelha. Então pousou a palma em minha bochecha, e os olhos de duas cores fulguraram, até que tudo dentro deles era apenas fogo. — Alguém exatamente como você — sussurrou.

Sua boca urgente encontrou meus lábios ansiosos no meio do caminho. O beijo, agressivo e ao mesmo tempo delicado, me fez flutuar, e eu enterrei os dedos em seu cabelo, com medo de voar para longe. Foi intenso, marcado por um toque de doçura mesclada ao desejo mais cru, como a rosa que ele me dera.

Bem devagar, sua mão deslizou de meu rosto para meu pescoço, acompanhou minha clavícula, contornou meu ombro, depois todo o comprimento do meu braço, como se estivesse me decorando por meio do tato. Então espalmou meu peito, sobre o latejar violento do meu coração, como que atraído pelas batidas.

Ele libertou minha boca, encostando a testa em minha têmpora, os olhos fechados, mas a mão permaneceu sobre meu coração. A noite começava a espichar suas sombras no céu.

— Eu quero me lembrar deste momento para sempre — murmurou contra minha bochecha, ecoando meus próprios pensamentos. — Eu amo você, Briana.

Minha pulsação já enlouquecida começou a martelar nas veias de forma quase dolorosa. As chamas que se inflamavam em meu íntimo transbordaram para meu exterior. Eu estava queimando.

— Eu amo você, Gael. — Estiquei o pescoço para alcançar sua orelha. — Agora me leva pra casa.

Presumi que aquela ideia também se passava por seus pensamentos, pois ele não hesitou um instante em ficar de pé e me ajudar a levantar. Enquanto descíamos o penhasco, parou para colher um punhado de flores silvestres amarelas e me entregou, o que achei muito fofo. Voltamos para o carro de mãos dadas. E permanecemos assim durante a curta viagem até o chalé. Quando Gael saltou do veículo e abriu a porta para mim, seus olhos ainda guardavam aquele brilho de adoração e desejo do momento em que cantara para mim sobre o rochedo. Subimos os degraus com os olhos travados um no outro...

É claro que eu tinha que arruinar tudo tropeçando em alguma coisa. Por sorte, Gael foi rápido e me segurou pela cintura antes que eu me estatelasse no chão.

— Você está bem? — ele quis saber assim que eu me aprumei.

— Sim. Eu não tinha visto... — Apertei a vista para o objeto retangular. — Isso é a sua mala?

— Pedi que Darren nos trouxesse algumas coisas. Não sabia quanto tempo nós ficaríamos. — Ele a pegou pela alça, ao mesmo tempo em que colocava a chave na maçaneta e destrancava a casa, se afastando para o lado para me dar passagem.

Acendendo as luzes da sala, deixou a mala em um canto e encostou a porta. Coloquei as flores sobre a mesa e, ao me virar para Gael, percebi que a paixão ainda crepitava lenta e ardentemente em seu semblante, espelhando o que acontecia dentro de mim.

Não tenho certeza qual de nós dois se moveu primeiro, mas no instante seguinte estávamos nos braços um do outro, retomando aquele beijo da praia do ponto onde havíamos parado. E esse assalto foi ainda mais intenso e desesperado. Ele espalmou as mãos em meu traseiro e, com um movimento ágil, me suspendeu. Passei as pernas ao redor de seus quadris, me agarrando a seu pescoço, e subimos para o segundo andar em uma dança lenta e ofegante.

Gael me amou com urgência, movido por um desespero cru, quase visceral, ao mesmo tempo em que tentava prolongar o momento, adiar o fim, murmurando coisas em meu ouvido — em sua língua e na minha — de que eu jamais me esqueceria.

Mais tarde, na calmaria que se segue à entrega, ele se deitou ao meu lado, me abraçando com intensidade, o torso colado em minhas costas. Seus lábios roçaram meu ouvido, e ele disse com a voz embargada algumas coisas naquele idioma tão bonito. Embora eu não compreendesse uma só palavra, um nó fechou minha garganta.

— O que você acabou de dizer? — Eu o fitei.

— Aquelas palavras ridiculamente melosas que todo homem apaixonado se vê incapaz de manter dentro da boca. — Ele parecia mexido também, mas tentou esconder as emoções com um sorriso torto de fazer o coração parar. — Me ignore.

— Mas eu gosto de palavras ridiculamente melosas!

Ele riu, sapecando um beijo rápido em meus lábios.

— Eu te conto mais tarde. Agora você precisa dormir. Está exausta.

— Eu quero ficar com você. Não quero dormir. — Mas bocejei.

— Mas eu vou estar com você, Briana. Eu vou te encontrar nos seus sonhos. — Ele se apertou mais contra mim. — Apenas durma e me deixe te abraçar um pouco mais.

Como eu poderia lhe dizer não? Além disso, eu não queria me mover. Não queria que o relógio girasse, que o amanhã chegasse. Eu queria permanecer ali, presa naquele instante pelo resto da vida. Tinha certeza de que, mesmo que eu vivesse mil anos — dois mil! —, me lembraria daquela tarde com Gael. Tinha sido a tarde perfeita.

E também a última.

41

Uma sineta tocava insistentemente. Abri os olhos, mas a escuridão persistia, exceto pelo brilho azulado que vinha de um amontoado de tecidos no chão. Minha cabeça doía. Meus olhos teimavam em se fechar, mas o barulho irritante continuava. Tateando às cegas, acendi o abajur. Semicerrei os olhos ante a claridade, puxei o lençol da cama, me enrolando nele, e me arrastei feito um zumbi até o montinho que era minha calça jeans. Peguei o celular no bolso e o levei à orelha.

— *Bambina*, o que está acontecendo? Onde está o Gael?
— Lorenzo? — sibilei, confusa.
— Onde está o Gael?
— Eu... — Olhei para a cama vazia, para o quarto vazio. — Eu não sei.
— *Cazzo!* Ele não atende o celular. Tem ideia de onde ele está?
— Acho que deve estar lá embaixo. — Saí do quarto e desci as escadas.

O chalé estava na mais absoluta penumbra. Acionei o interruptor. Assim que a luz preencheu a sala, vasculhei todo o cômodo, espiando a cozinha, mas Gael não estava em parte alguma. A mala estava aberta sobre a poltrona, entretanto, e pude ver um estojo revestido de veludo muito parecido com uma caixinha de joias, só que medindo quase um metro de comprimento. Eu me aproximei, sentindo na ponta dos dedos a suavidade do cetim salmão. Por que Darren trouxera a espada do escritório de Gael? E onde ela estava?

Onde *Gael* estava?

Resolvi dar uma espiada lá fora, mas na pressa acabei batendo a perna na mesinha. Uma terrina branca que eu tinha certeza de que não estava ali antes tombou no chão. Um fluido encorpado de um profundo azul, quase preto, escorreu lentamente pelo piso, empapando o tapete: pedaços das flores amarelas que Gael me dera mais cedo misturados a tinta azul.

Eu me afastei do líquido viscoso, o pulso correndo rápido, a respiração curta.

— O que está acontecendo, Briana? — a voz de Lorenzo me chegou aos ouvidos. — Por que eu acabei de receber um e-mail do Darren, com um documento assinado pelo Gael... e eu não tenho dúvidas quanto à autenticidade dele, foi redigido de próprio punho, tratando da partilha dos bens dele?

— O q-quê?

— O Gael me enviou o testamento dele. Escuta só... Ele deixa as minas de esmeralda pra mim e Francesca. A mina em Cork pro Darren, o chalé e mais uma fazenda na Itália pro Liam, parte do seu dinheiro... apenas algumas centenas de milhões... para as entidades filantrópicas que ele ajuda desde sempre, e o restante de tudo o que tem pra você.

— O quê?! — Apertei o telefone na orelha, incapaz de tirar os olhos da tinta azul que eu vira apenas uma vez na vida. Em um sonho. Quando Lorcan preparou Ciara para a batalha.

Aos poucos, comecei a juntar as coisas, e então minha respiração perdeu a cadência.

— Que porra está acontecendo aí na Irlanda?

Gael não estava no chalé. Pintara o corpo e levara sua espada. Meu guerreiro estava pronto para a batalha.

— Merda! — cuspi, correndo para a mala. Peguei a primeira coisa que encontrei pela frente.

— Tirou a palavra da minha boca, *bambina*. Será que você pode me explicar alguma coisa?

Entrei no jeans, passei a regata pela cabeça e os braços pelo casaco de couro de Gael.

— Desculpa, Lorenzo. — Calcei os tênis. — Não posso agora. Tenho que encontrar o Gael. Te ligo depois.

— *Bambina*, não desl...

Encerrei a chamada e acabei de me vestir. Gael tinha ido atrás daquela mulher. E isso significava apenas uma coisa: ele mentira para mim. A Pedra da Vida não tinha funcionado porcaria nenhuma.

Assim que estava pronta, comecei a correr para a porta. No entanto, dei apenas três passos antes de fazer a volta. Havia uma folha de papel dobrada sobre a mesinha que eu não vira antes. Hesitante, me aproximei, pegando-a e a desdobrando com dedos instáveis. Havia manchas azuis por toda a caligrafia elegante de Gael. Minha intuição gritou que eu não iria gostar do que encontraria ali.

E ela estava certa.

Minha amada Briana,

Durante muito tempo eu pensei na maldição como uma noite sem fim, em que tudo era dor, sofrimento e perda. Acho que isso era necessário para que eu pudesse reconhecer a luz quando ela surgisse. Quando você surgisse. Já não consigo pensar nela como uma punição, pois fui abençoado no momento em que você cruzou o meu caminho.

A essa altura, você já deve ter entendido que a Pedra da Vida não conseguiu manter a maldição. Lamento ter mentido. Você estava assustada, e não tive coragem de roubar seu último fiapo de esperança. Me perdoe. Eu queria que o nosso último instante fosse só você e eu. Sem medo, sem prazos, sem fim. E você me deu isso. Uma vida inteira em uma única tarde. Eu jamais vou esquecer os momentos que passamos naquele nosso pequeno paraíso de areia, rochas e mar. Nem do que aconteceu no quarto no qual você agora dorme. Nunca vou esquecer, não importa o que aconteça comigo.

Não posso mentir. Pensei novamente em ir atrás da anciã e pedir que me amaldiçoasse outra vez. Mas não pude. Percebi que, se fizesse isso, estaria amaldiçoando a você também, a uma vida de culpa, e, por mais que deseje com todas as forças ter mais tempo com você, só mais um dia que fosse, desejo com ainda mais veemência que possa ser feliz.

Amanhã o Darren virá buscá-la e a levará de volta a Cork, e de lá para o aeroporto. Volte para o Brasil e viva seus sonhos. Você é forte, minha Brí. Tão forte, tão corajosa, tão sábia. Faça tudo o que puder para ser feliz. Não hesite. Não pense muito. Apenas faça tudo o que estiver ao seu alcance para sorrir, pois a vida é preciosa demais para deixá-la escapar. Não permita que as sombras toquem sua alma, como aconteceu com a minha. Pense em como me mudou, no milagre que o amor operou em mim. Hoje, ao me

olhar no espelho, reconheci o homem que eu um dia fui. Encontrei vida em meus olhos.
Encontrei você.
"Não me esqueça." Foi isso que eu lhe disse ainda agora na cama. "Não me esqueça e me permita continuar vivendo em suas memórias. Em seus sonhos."
Eu amo você. Sempre e para sempre.

G.

Meu coração batia ensandecido, como se lutasse para sair do peito. A sala começou a girar.

Tinha acabado.

Por um momento, tudo o que pude sentir foi agonia, tão violenta e esmagadora que eu não consegui respirar. Cambaleando, me apoiei no sofá. A carta escapou de minhas mãos entorpecidas, espiralando no ar até cair sobre a poça de tinta azul.

Meu bravo guerreiro percebera que uma nova maldição acabaria nos destruindo. E então fez a única coisa que podia: se afastou para me proteger da angústia que sabia que estava a caminho, e se preparou para sua derradeira batalha. Uma luta da qual, ele sabia, não sairia vitorioso.

Ele se fora. Decidira me deixar para trás e saíra para se encontrar com a própria morte, assim como fizera Ciara. A história se repetia, mas agora com os papéis invertidos. O passado e o presente se embolavam na mesma trama, como se um fosse o avesso do outro.

Eu me deixei cair na poltrona e sem querer bati o cotovelo em um dos quadros na mesa lateral, derrubando-o em meu pé. Eu o peguei meio no automático, pronta para jogá-lo em um canto qualquer, mas meus olhos capturaram as palavras. Li a frase com a testa franzida por uma, duas, três vezes.

"Forgiveness is the key to freedom."

Em meio à dor excruciante e aos gritos em minha cabeça, um pensamento começou a se formar.

E se fosse isso? E se o passado de Lorcan e Ciara estivesse entrelaçado a minha história com Gael? E se o que aconteceu no final do século dezesseis estivesse ligado ao que acontecia agora, no presente? E se ainda fosse possível anular a maldição? Não encerrá-la, como Dervla anunciara ao proferir o feitiço, mas anulá-la, como se jamais tivesse acontecido?

E se ainda existisse uma chance?

Mantive o olhar fixo nas palavras no quadrinho. E então tudo se encaixou em minha mente.

Pulei da cadeira, o coração martelando contra as costelas, mas dessa vez com esperança. Como eu não havia pensado nisso antes? A resposta esteve diante de mim o tempo inteiro!

Eu sabia como anular a maldição!

Não fazer com que a maldade de Dervla se cumprisse, não ser o instrumento que punha fim nela, mas eu sabia como anulá-la. Se a maldição fosse cancelada, então Gael teria uma chance!

Eu tinha que encontrá-lo. Tinha que contar tudo a ele. Mas, cacete, para onde ele teria ido?

O carro de Liam estava em frente à casa, então Gael não podia ter ido muito longe. Aonde ele iria ali, no meio do nada? Que lugar teria escolhido para sua última batalha?

Eu tinha visto pouco do lugar. O chalé, o vilarejo e a praia. Ele não estava no chalé. E provavelmente não teria ido para o vilarejo armado com uma espada. Só sobrava a praia. Eu podia chegar lá a pé. Mas daria uma boa meia hora de caminhada... e ele poderia não estar por lá. Ao contrário de mim, Gael conhecia aquela região como a palma da mão. Valia a pena arriscar? Ir até a praia ou vagar por aí sem rumo?

Olhei pela janela, mirando o céu. A lua já estava subindo. Eu tinha que encontrar Gael antes que ela atingisse o ápice. Eu tinha que fazer alguma coisa.

Olhei para o Nissan de Liam. Eu não dirigia fazia alguns anos, desde que tínhamos vendido o carro, pouco antes de hipotecar a pensão. E nunca tinha dirigido um veículo de mão inglesa.

Mas tudo tem uma primeira vez. O que eu não podia era permitir que aquela história tivesse uma *última* vez.

Acabei me decidindo por ir até a praia — se a situação fosse comigo, eu teria escolhido um local que representasse alguma coisa para mim, que me desse forças. Abençoadamente, Gael havia deixado a chave do veículo no bolso da jaqueta, então não perdi mais tempo e saí.

Eu me atrapalhei com o câmbio e os pedais e deixei o carro morrer umas quatro vezes. Entre solavancos, os gritos do motor e do meu coração, mantive um olho à frente, outro no céu, até que a estrada começou a correr paralela ao mar. Mesmo cega pelas lágrimas, fiquei atenta ao caminho. Mas Gael não estava em parte alguma.

A lua quase atingia o ponto mais alto do firmamento. Nuvens escuras e pesadas vindas do oceano se aproximavam depressa, exprimindo sua fúria em forma de relâmpagos. Um deles chispou, iluminando a noite, a estrada, o mar à minha esquerda. E também a faixa rochosa que invadia a água.

Parei ali mesmo e saí do carro, no meio da estrada, chamando por Gael. Meus dentes batiam, mas não tenho certeza se era por culpa do vento que soprava furioso, fazendo meu cabelo chicotear em todas as direções e meus ouvidos zumbirem.

Pulei uma mureta de pedras cinzentas, gritando seu nome até quase ficar rouca. Acabei pegando um caminho e, por algum milagre, terminei na areia em frente ao mar onde havíamos passado a tarde. Eu estava no lugar certo. Mas Gael não estava ali.

— Gael — choraminguei, em completo abandono.

Eu não iria encontrá-lo a tempo. Eu nunca iria encontrá-lo a tempo.

Mais um raio serpenteou no céu. Uma faísca selvagem que iluminou toda a baía e me fez encolher dentro do casaco de couro. Um pontinho brilhante piscou bem longe, no alto do penhasco onde Gael e eu assistimos ao pôr do sol.

Estreitei os olhos naquela direção, mas eu estava longe demais. Sem alternativa, segui naquela direção. As nuvens, agora próximas da costa, se iluminaram de novo, rosnando furiosas sobre o rochedo.

E então eu vi a figura parada no topo do penhasco.

— Gael! — gritei, já correndo pela areia, mas o barulho do mar agitado e da tempestade iminente abafou qualquer som. — Gael!

Tropecei em rochas, em meus próprios pés, mantendo meu bravo guerreiro em meu campo de visão. Com o peito nu coberto por desenhos azuis, os cabelos eriçados, os braços e pernas levemente flexionados e a espada em uma das mãos, ele encarava a tormenta sombria sem medo. Ao contrário, sua postura parecia feroz, raivosa desafiadora.

— Não, não, não — chorei, pegando um atalho por entre as pedras, e comecei a escalar. Sem ajuda, não foi tão simples assim. — Gael! — chamei o mais alto que pude.

O mar revolto continuava rugindo, por isso ele não me ouviu e permaneceu de costas. Depois do que me pareceram eras, consegui chegar ao topo do penhasco. E congelei no momento em que vi a lua atingir o ponto mais alto do céu da Irlanda. Durou apenas um instante, pois logo foi engolida pelas nuvens.

Meu Deus, não.

— Gael! — Disparei pelo terreno irregular, meus calcanhares batendo com força no solo duro, a garganta ardendo conforme o ar gelado entrava. — Gael!

Tive a impressão de que seus ombros enrijeceram. Enchi os pulmões e tentei de novo.

— Gaeeeeel!

Dessa vez ele se virou, e levou apenas uma batida de coração para que seus olhos encontrassem os meus. De início eles reluziram, cheios de amor e ternura, depois com alarme e desespero.

E me pareceram diferentes. Ainda estava longe, por isso eu não podia ter certeza, mas tive a impressão de que, apesar de ainda exibirem duas cores, agora o âmbar dominava quase tudo. Nós tínhamos que fazer aquilo logo! O tempo estava se esgotando.

— Pare, Briana! Volte! — gritou, alucinado.

— Eu descobri! — falei, pulando um arbusto daquelas flores amarelas. — Como anular a maldição. Eu sei como fazer isso parar!

A mão que segurava a espada se abaixou ao lado do corpo e ele deu um passo à frente, parecendo incerto quanto ao que fazer.

— O quê? — Os quatro riscos azuis diagonais, da têmpora ao maxilar, se retorceram conforme a confusão o dominava.

— Você tem que perdoá-la! Você precisa per...

Raios e trovões chamejaram no céu, e o chão sob meus pés estremeceu, abalando meu equilíbrio. Pisei em uma pedra solta e meu pé vacilou. Tudo sob a pele do meu tornozelo esquerdo pareceu se rasgar. Eu caí.

— Briana! — Ele finalmente se moveu, vindo ao meu encontro.

A manta espessa sobre nós começou a se movimentar, como que se preparando para a grande luta. Contudo, um ruído abafado pareceu brotar do chão, e Gael parou, olhando para o alto, para a nuvem que se avolumava. A agonia tomou conta dele, retorcendo suas feições. Ele recuou, a mão na têmpora, mas a dor que o assolava devia ser indescritível, e o derrubou sobre os joelhos.

— Não! — Enchendo os dedos de terra e mato, consegui me levantar. Mas devo ter torcido o pé outra vez, pois mal fui capaz de apoiá-lo no chão. Mancando, avancei lentamente, o coração pulsando em minha garganta.

Por favor. Apenas mais um instante, eu implorava.

Os músculos de seus ombros e braços se retesaram. Ele conseguiu erguer a cabeça, os olhos febris buscando os meus. Meu coração errou uma batida. E mais outra. Suas íris estavam amarelas.

Completamente douradas.

— Lorcan — ofeguei.

— Eu amo você — ele fez com os lábios.

— Não! — gritei a plenos pulmões.

Mas meu grito se perdeu, misturando-se ao uivo do vento, ao berro da tempestade, ao ronco do mar. Ainda tentando chegar até ele, assisti, impotente, à tempestade descarregar sua ira bem no centro do peito do homem que eu amava.

42

A força da descarga elétrica me derrubou. Meus ouvidos não funcionavam direito. Eu sentia o vento em minha pele, mas não conseguia ouvi-lo. Por um momento, tudo ficou escuro, confuso, e foi com extrema dificuldade que consegui me erguer sobre os cotovelos. Então avistei o corpo desfalecido de Gael.

— Não! — murmurei, ao mesmo tempo em que um lamento semelhante reverberava dentro de mim.

Meu desespero e minha dor ganharam corpo, ficando mais e mais intensos enquanto lampejos que não pertenciam ao meu mundo, mas ao de Ciara, preenchiam minha mente. Imagens de Lorcan sendo atingido pelo raio, sendo ferido pela espada, seus olhos mudando de cor... As cenas se misturaram enquanto eu fitava o homem no chão. Gael e Lorcan se embaralharam em minha retina, num piscar incessante, até que por fim se uniram em um só homem. Ele fora ambos. E eu os amava com igual intensidade. Eu, Briana... e também aquela parte de mim que nunca teve dúvidas quanto a isso. Aquela parte que, de alguma maneira, soube o tempo todo que Gael e Lorcan eram um só. Que esperou por ele.

Que me levou até ele.

Foi um choque.

Mas eu não tinha tempo para analisar aquilo mais de perto e, desajeitada, consegui ficar de pé e manquei o mais rápido que pude até Gael.

— Acorde! — implorei num sussurro, me ajoelhando ao lado dele, tocando seu rosto sem cor. — Por favor, Gael, acorde — chorei. — Eu sei como destruir a maldição. Por favor, abra os olhos.

Encostei a orelha em seu peito, mas ainda estava meio surda e não consegui ouvir som algum. No entanto, ao tocar seu pescoço, senti com a ponta dos dedos uma suave, quase insignificante, pulsação. Empurrei sua espada para o lado para ter mais espaço e posicionei as mãos sobre seu coração, começando a bombear.

— Por favor, fique comigo. Não desista.

Massageei seu peito com vigor, por tempo suficiente para que meus braços começassem a fraquejar. Mas ele não acordava. Ao contrário, seu pulso parecia diminuir a cada momento.

— É inútil — disse uma voz nova. — Ele está indo embora.

Depressa, olhei para cima. Parada a alguns metros de distância, a figura diminuta, a longa saia vermelha sacolejando ao sabor do vento, me observava com a expressão impassível.

— Precisamos de ajuda — eu disse à velha vizinha de Gael. — Nós temos que levá-lo a um hospital! O pulso está enfraquecendo muito depressa.

— É tarde. Nada mais pode ser feito.

— Não! Ele ainda está vivo! — rebati, tirando o casaco e o abrindo sobre Gael para mantê-lo aquecido. Lágrimas escorriam pelas minhas bochechas, descendo para as dele. Uma delas caiu sobre a faixa azul que ele pintara nos olhos, desbotando-a da mesma maneira que sua vida fazia agora. — Por favor, Gael, acorde. — Afaguei seu rosto tão amado, mas, por mais que eu lutasse contra a ideia, no fundo eu sabia que ele não despertaria. Nenhum procedimento de primeiros socorros, nem o mais talentoso dos médicos, ou o melhor tratamento conhecido pelo homem... nada adiantaria. Não era uma doença que o mantinha desacordado. Eu tinha chegado tarde demais.

Gael estava partindo.

Meu coração errou uma batida. E mais uma. E outra ainda, como se se recusasse a continuar a bater sem o dele por perto.

— Dói, não é? — perguntou a anciã. — É insuportável ver a vida escoar do corpo do homem que se ama, sem poder fazer nada para impedir que isso aconteça. Eu me lembro. Tão doloroso...

Imersa na mais absoluta agonia, demorei um tempo para compreender o que ouvia. Mais que suas palavras, foi o tom de escárnio em sua voz que fez um alarme soar em minha cabeça.

Levantei os olhos. A mulher sorria, exultante.

Um calafrio me subiu pela espinha, e eu me curvei sobre Gael para protegê-lo.

A passos lentos, ela começou a se aproximar.

— É excruciante, não é, princesa? Consegue sentir a raiva borbulhando? O desejo de punir o responsável por essa barbárie? Não deseja enviar a sua alma diretamente para o inferno? — Seus olhos reluziram com fúria.

Inconscientemente, tateei o chão. Meus dedos envolveram o cabo da espada e um pouco de grama. Não sabia quem ela era, mas sentia que ia odiar descobrir.

Ela riu.

— Ah, garotinha tola! Não me diga que ainda não matou a charada. Pensei que eu tivesse deixado uma impressão e tanto na primeira vez que nos encontramos.

Levei uma fração de segundo para entender o que ela dizia — ou ao menos uma parte. Saltei sobre os pés, empunhando a espada de Gael.

— Dervla — ofeguei.

Ela fez uma graciosa reverência.

— Estava na hora de se lembrar de mim, já que nunca me esqueci de você, princesa.

— Pare de me chamar assim. Não sou ela. Não sou Ciara. — Mas minha voz não tinha tanta firmeza. Não depois do que eu sentira havia pouco. Não enquanto aquele pranto desolado continuava a ecoar dentro de mim.

Mas eu não tinha tempo para análises. Tinha de proteger Gael.

— Não? — Ela me analisou de alto a baixo. — Ainda e uma garotinha patética brincando com uma espada. Parece que não mudou muito.

— O que você quer? — Segurei a lâmina com as duas mãos.

Ela arqueou uma sobrancelha, andando devagar a nosso redor.

— Ah, não se preocupe. Só quero acompanhar o desfecho dessa história. Estou esperando por isso há séculos. Mas a espera valeu a pena. Vê-la sofrer por ele é tão empolgante!

— Como ainda está viva?

Ela fez um gesto com a mão, os olhos recaindo sobre Gael. Eu me coloquei diante dela, espada em punho. Nunca tinha usado uma daquelas antes — bom, segundo Dervla, eu tinha sim, só não naquela vida —, mas imaginei que não era preciso um manual de instruções.

— Fiquei presa nessa maldição. Estava tão furiosa que proferi o feitiço de maneira que ele me prendesse. "Como eu, a ausência do amado sofrerá." — Ela deu risada. — Mas, ao contrário de Lorcan, eu envelheci. Devagar, mas sucumbi ao passar dos séculos. Minha beleza, minha juventude, tudo se perdeu. E por culpa sua! — gritou.

— Minha?

— Sua! Sua! Sempre foi culpa sua! A maldição não era para ele! — apontou um dedo fino e enrugado para Gael. — Foi feita para você! Era você quem deveria sofrer ano após ano, década após década, até seu coração apodrecer no peito, como aconteceu com o meu.

— Desconfio de que você nunca teve um coração, Dervla.

A ira obscureceu suas feições desgastadas, e eu me preparei para o pior. Tinha que tirar aquela mulher de perto de Gael. Mas como?

— Ah, mas eu tenho um coração. E ele está em festa! Enfim terei a vingança com a qual sonhei esses anos todos. Assim que o coração dele parar de bater, a alma será libertada. E a minha também. — Um riso doentio lhe escapou da garganta. — Você está condenada a jamais tê-lo, princesa. Essa é a verdadeira maldição.

O quê?!

A maldição era para Ciara. Eu já sabia disso, Gael havia me contado sobre o colar. Mas a intenção de Dervla sempre fora a princesa. Desejara que ela vagasse pelo mundo, solitária e melancólica, até que a pedra vital — o amor — a encontrasse, libertando-a da condenação. O que Gael não havia entendido... ou eu não entendera até aquele instante... era que o suposto anulamento da maldição, na verdade, era uma nova condenação.

Meu Deus.

Olhei para o homem caído no chão. Para o movimento superficial de seu tórax. Ele não estava sendo salvo. Estava sendo punido de novo.

A dor, a raiva e o desespero se agitaram dentro de mim, se avolumando até atingirem proporções que minha pele não foi capaz de reter, e aquilo explodiu, me deixando trêmula e em chamas. Meus dedos se apertaram no cabo da espada até estalarem.

— O que pretende fazer com essa espada, menina tola? — questionou Dervla.

Um raio riscou o céu, me permitindo captar o reflexo de meus próprios olhos na lâmina. Tive um vislumbre das sombras ameaçando dominá-los. As mesmas que eu vira nos olhos de Gael logo que nos conhecemos. As mesmas que Dervla ainda trazia em seu olhar leitoso. Minha cólera vacilou, a espada pesando em minhas mãos à medida que eu era assaltada por uma profunda tristeza.

Se eu tivesse conseguido encontrar Gael a tempo, teria dito que não era necessária nenhuma magia poderosa, nenhum encantamento, nenhuma pedra mágica para anular a maldade de Dervla. Tudo o que ele tinha de fazer era dar a ela o que ela lhe negara: o perdão. Era simples assim.

Era difícil assim.

É natural do ser humano lutar. E, sempre que nos sentimos ameaçados, acuados, amedrontados ou feridos, nós atacamos, porque é o jeito mais fácil de mascarar a dor. Perdoar exige muito mais: mais bravura, mais coragem, mais força. Para cicatrizar uma ferida, é preciso parar de cutucá-la, e só se consegue isso quando se esquece por algum tempo. Até que em uma manhã você acorda e percebe que agora existe uma cicatriz no lugar, e que não dói mais, ainda que a marca nunca desapareça.

Não sei se Gael teria conseguido. Não tenho certeza se ele seria capaz de encontrar dentro de si forças suficientes para esquecer tudo o que Dervla o obrigara a passar.

Meus lábios se curvaram, mesmo que as lágrimas continuassem descendo por minhas bochechas. É claro que ele teria conseguido. Não havia escrito que já não pensava no que lhe acontecera como uma maldição, mas como uma bênção?

É claro que ele teria perdoado. Talvez já estivesse a um passo disso. Se tivesse tido um pouco mais de tempo, Gael teria anulado a própria maldição sem nem ao menos se dar conta de como conseguira.

Ao contrário de Dervla, que ainda alimentava rancor por Ciara, refém de seu próprio ódio.

— O que pretende fazer? — ela repetiu, as feições tomadas pelo escárnio.

— Eu pretendia ferir você — confessei, encarando-a. — Mas acho que você já foi ferida o suficiente.

Dervla amara Desmond, à sua maneira. E agora eu sentia na pele a dor e o desespero de perder um grande amor. Eu a compreendia, de certa forma. Seria fácil me deixar ser subjugada pelo ódio, permitir que a fúria extravasasse na tentativa de aliviar minha dor. Mas a verdade era que nada abrandaria o vazio que a ausência de Gael deixaria. Nada! E, se eu permitisse que a escuridão entrasse, jamais seria capaz de fazê-la ir embora. Gael me pedira em sua carta para lutar contra as sombras. E era isso o que eu faria. Não ia permitir que a amargura e a dor me transformassem em algo obscuro, como acontecera com Dervla.

E com o próprio Gael, ponderei, até nos encontrarmos e seu verdadeiro eu emergir das sombras. O amor o salvara.

— Você está enganada, Dervla. — Tentei engolir, mas o bolo que se formara em minha garganta não permitiu. — Sua maldição falhou. O tipo de amor que nos une não termina quando o corpo expira. O amor não morre. — Soltei a espada, que tilintou ao cair nas pedras.

Ela foi assolada pela mais profunda confusão, e tudo o que pude sentir foi pena. Dervla não fazia ideia do que eu estava falando.

Um daqueles relâmpagos cortou o céu. A chuva começou a cair.

Ela olhou para cima, parecendo alarmada, e então de volta para mim.

— O que você está fazendo? — berrou.

— Acho que estou... perdoando você.

Se não fosse pela maldição que o mantivera vivo todos esses anos, eu jamais o teria conhecido. Por causa da ira de Dervla, tive a chance de encontrá-lo, de amá-lo e de ser amada por ele. Dervla era a responsável pelo nosso amor ter tido uma chance de existir. De sua maldade, algo belo havia brotado. E eu o levaria em meu coração pelo resto da vida. Talvez até depois disso.

Uma sensação de puro alívio preencheu meu peito, como se as amarras que o apertavam houvessem se afrouxado. O vento se intensificou ao mesmo tempo em que mais um relampejar iluminou o céu.

Inspirando fundo, dei as costas à poderosa feiticeira e fui para perto do homem que eu amava. Ele precisava de mim.

— Eu não pedi sua clemência! — gritou ela às minhas costas. — Você não pode fazer isso! Não pode...

— Eu posso, Dervla — falei por sobre o ombro. — Eu perdoo você pela solidão e amargura que impôs a ele. A questão é se você será capaz de perdoar a si mesma.

As nuvens começaram a rodopiar, e o pavor cruzou a expressão da mulher, que recuou um passo.

— Menina tola! — Dervla disse mais alguma coisa, mas eu não ouvi. Tudo o que me importava era Gael.

Tímidas gotas de chuva tocaram meu rosto já úmido. Ajoelhando-me ao lado dele, espalmei a mão em seu peito, sentindo em minha palma sua pulsação fraca, quase um eco. Eu me curvei sobre Gael, protegendo-o da chuva que se intensificava com meu próprio corpo. Não percebi que a garoa se tornara uma tempestade até que a ventania me obrigou a deitar sobre ele, um joelho de cada lado de seu quadril, pois o vento que vinha do oceano era tão forte que ameaçou nos arrastar, como se estivéssemos no centro de um furacão.

Virei o rosto para o lado e avistei Dervla, ainda em pé, fitando as nuvens, pálida como um fantasma. O vento lhe arrancou o lenço e soprou com violência em seus longos cachos brancos.

— Se abaixe! — gritei para ela. — Dervla, você precisa se abaixar. Agora!

— Não, princesa. É hora de partir. — Ela me dirigiu um olhar, e subitamente as sombras dentro dele desapareceram. — Obrigada.

Não sei ao certo o que ela agradecia. E não tive tempo de descobrir, pois a rajada de ar aumentou de intensidade e eu me debrucei sobre Gael. A tormenta persistiu por mais alguns minutos. Imaginei que não fosse aguentar e seria arrastada para a beirada do penhasco. Mas então a ventania começou a ceder, bafejando até se tornar apenas um sibilo suave. Quando fui capaz de levantar a cabeça, Dervla havia desaparecido.

Olhei para baixo, para o rosto lindo e inconsciente de Gael. A tempestade lavara parte dos desenhos em sua pele, domara a juba que ele eriçara. Levei a mão trêmula a seu peito. Seu coração falhou uma batida.

E o meu também, conforme se partia em um milhão de cacos. Ele não ia voltar.

Então é assim que este sonho termina.

Como toda boa história de amor irlandesa, ele teria dito.

A chuva agora caía como um lamento, constante e intensa, combinando com as lágrimas que desciam pela minha face.

Tínhamos tido tão pouco tempo. Mas cada instante ficaria gravado em minha mente e em meu coração. Eu sempre me lembraria da maneira como sua boca se retorcia quando tentava se manter sério e falhava. Do jeito que seus olhos reluziam ao olhar para mim, do calor de sua pele, da maneira como seu corpo se encaixava no meu. Nunca me esqueceria do tom rouco de sua voz, do jeito macio como acariciava meus ouvidos a cada vez que proferia meu nome, como se sua alma estivesse embutida na palavra.

Tão pouco tempo. Mas valera por uma vida inteira. Eu jamais o esqueceria. Ele viveria para sempre dentro de mim. E em meus sonhos.

— Até que eu te encontre outra vez — chorei, beijando seus lábios frios no momento exato em que seu peito silenciou sob minha palma.

Deixei a cabeça pender para a frente, encostando a testa em seu pescoço, permitindo que a agonia me consumisse. Doía tanto que eu não sabia se aguentaria, se sobreviveria a uma dor como aquela.

Meus ossos vibravam dentro da carne, desesperados para se libertar e fugir daquele suplício. Mas não havia como escapar. Meu guerreiro havia partido. A dor jamais iria embora.

A princípio, pensei que fossem os meus soluços que me sacudissem daquela maneira, mas depois percebi que o tremor tinha outra origem. Eu me ergui sobre os braços e fitei Gael por entre a cortina de lágrimas. Ele convulsionava sob mim como se recebesse uma descarga elétrica. De súbito, seu corpo todo se retesou antes de um urro ensurdecedor ecoar pela praia.

Um grito de Gael.

— Gael? — Espalmei a mão em seu peito.

Ele não respondeu. Não exatamente. Mas seu coração pulsou uma vez sob minha mão. E voltou a bater de novo assim que tornei a chamar seu nome. Fraco, mas estava lá! E se repetiu uma vez mais, conforme gritei seu nome alto o suficiente para ser ouvido em toda a ilha. E então pareceu encontrar uma cadência errática e se manteve assim.

Ele ainda estava tentando! Ele havia se preparado para a batalha e agora dava tudo o que tinha. Meu bravo guerreiro ainda estava lutando!

Eu o abracei com força, beijando seus lábios frios. Ele ainda resistia. Eu não sabia o que aquilo significava, mas não importava. Eu tinha que ajudá-lo. Mesmo que não soubesse como, que ele tivesse dito que medicamentos não surtiam efeito em seu corpo, eu tinha de levá-lo para o hospital.

Mas como? Como, se estávamos no meio do nada, no alto de um penhasco? Tinha quase certeza de que eu não conseguiria levar o carro até ali. E jamais seria capaz de carregar Gael sozinha até o veículo.

A brisa trouxe risadas e assobios até meus ouvidos. Eu me estiquei, passando a mão nos cabelos empapados, olhando em volta. Lá embaixo, ao longe, avistei um grupo de pessoas chegando à praia, pranchas de surfe sob os braços.

— Socorro! — gritei, ficando de pé e agitando os braços. — Socorro!

Um dos garotos olhou ao redor, procurando.

— Aqui. Aqui! — acenei, pulando com vigor. — Por favor, me ajudem! Socorro!

Eles finalmente me viram. Dois deles largaram as pranchas na areia e começaram a correr.

Eu me abaixei ao lado de Gael, entrelaçando os dedos aos seus, e levei a outra mão a seu torso. Seu pulso ainda era bastante instável e fraco, mas estava ali. Ajeitei o casaco ensopado ao redor dele, tentando mantê-lo aquecido.

— Está tudo bem — falei, meio rindo, meio soluçando. — A ajuda está a caminho. Vai ficar tudo bem. Não se preocupe com nada. Só continue fazendo... o que quer que você esteja fazendo. — Beijei seus lábios entreabertos. E ri, um tanto histérica. — Você está sempre certo, não é?

Porque, onde há amor, a esperança continua existindo.

43

— *A tomografia continua mostrando atividade cerebral anormal* — dizia o médico que me atendera na casa de Gael dias antes. — Não sabemos ainda a extensão dos danos. O ecocardiograma também permanece alterado, sra. O'Connor.

Desviei o olhar para Gael, deitado naquela geringonça cheia de botões, com uma torre de monitores ao lado e muitos fios ligados a seu corpo. É claro que eu estava envergonhada por ter mentido ser a esposa dele, mas foi a única maneira que encontrei de me deixarem ficar com Gael no CTI. As regras eram muito específicas: apenas familiares. Eu não tive alternativa. Teria dito que era um Pokémon se isso me fizesse ficar perto dele.

— Você acha que ele vai ficar bem, doutor? — Mudei o peso para a perna que estava dentro da minha nova bota imobilizadora. A entorse não era tão severa, mas eu ficaria com aquele troço quente e desconfortável por mais duas semanas.

O dr. Finn Callaghan, um sujeito de aspecto jovem demais para um neurologista, mas de olhar frio como se tivesse visto o pior do mundo, pareceu frustrado.

— Estamos fazendo todo o possível para que isso aconteça. — Ele enfiou as mãos nos bolsos do jaleco. — Seu marido foi atingido por uma descarga elétrica de duzentos mil amperes. É um milagre que ainda esteja vivo. Mas o caso dele é bastante curioso. Acidentes relacionados a raios deixam marcas. Onde a descarga entrou, por onde saiu, queimaduras... O seu marido não apresenta nenhuma dessas coisas. Tem certeza que o raio o acertou?

— Sim, eu tenho. — Só não tinha sido um raio comum.

— Certo. — Ele fitou o bico dos sapatos lustrosos. — Ouça, sra. O'Connor. O que está me preocupando é que ele não responde ao tratamento. Dez dias já se passaram. Ele devia ter tido alguma melhora.

Piscando para deter as lágrimas, contemplei a tela da máquina barulhenta que monitorava tudo o que acontecia com o corpo dele.

— Eu entendo. — Funguei.

O neurologista soltou uma pesada lufada de ar e tocou meu ombro.

— Eu não disse isso para que você perca as esperanças — falou com delicadeza. — Só não quero que crie falsas expectativas. Vamos tentar um novo medicamento. Falei com a dra. Kelly, a chefe da neurologia, antes de vir para cá, e ela concordou. Vamos torcer para que o seu marido reaja melhor. Eu sei que está ansiosa, sra. O'Connor, mas temos de ser pacientes. E ter fé.

— Eu sei. Eu tenho, doutor. O Gael é forte. E está lutando com todas as forças.

Gael devia estar morto. Ele *esteve* morto por alguns minutos. O simples fato de continuar respirando era um milagre. Mas, desde aquela noite fatídica nos rochedos, eu esperava por mais.

Depois que o grupo de adolescentes — muito atenciosos e prestativos — me ajudara a descer Gael do penhasco e colocá-lo no carro de Liam, um deles se voluntariara para dirigir até o hospital mais próximo, na cidade de Kinsale, já que eu não sabia chegar lá. Gael recebera os primeiros cuidados ali, antes de o colocarem em uma UTI móvel e seguirmos para Cork, onde havia melhor infraestrutura para um caso grave como o dele.

Eu avisara a Darren o que tinha acontecido — bom, mais ou menos — logo que retornamos à cidade, e ele, sempre gentil, preparara uma mala de mão para mim. Ele e Fionna vieram naquela mesma tarde, e eu os encontrei na saleta de espera, já que não tiveram autorização para entrar no CTI. Os dois apareciam todos os dias, preocupados com o patrão e amigo.

Mais alguém também aparecera. Fora na tarde anterior. Eu tinha saído do quarto para pegar um refrigerante na máquina no fim do corredor quando um sujeito alto e magro se aproximou. Física e emocionalmente exausta, precisei de um tempo para notar sua presença.

— *Dio santo, bambina,* você está uma bagunça — dissera ele.

Eu quase deixara a latinha cair.

— Lorenzo! — Eu o abraçara apertado. — O que você veio fazer aqui?

— Como assim, o que eu vim fazer aqui? — resmungara, ofendido, quando eu me desprendera dele. — O Gael é o meu melhor amigo, mesmo que ele finja o contrário.

Lorenzo me contara como ficara preocupado. Explicara que tinha sido um inferno conseguir um voo para Cork, por isso só chegara naquele dia, deixara as malas com Darren e correra para o hospital em busca de notícias. Fui metralhada com perguntas, mas a chegada de Fionna me poupou de mentir para ele.

— Eu trouxe uns livros pra você. — Ela me entregara três volumes. — Talvez ajude a passar o tempo.

— Obrigada — eu dissera, um tanto emocionada. — Foi muita gentileza.

Ela deu de ombros, voltando-se para meu amigo.

— Como vai, Lorenzo?

Ele a examinara mais de perto. E então recuara de imediato, assustado.

— *Dio santo!* Fionna! Você se tornou uma mulher!

— Não precisa ficar tão surpreso. É o que acontece com todas as meninas.

— Ela revirara os olhos. Lorenzo ficara vermelho, o que pareceu diverti-la.

Ela me fizera mais algumas perguntas, assim como Lorenzo, e eu tentei responder da forma mais evasiva e breve possível. Algum tempo depois, a inquietação ameaçara tomar conta de mim. Eu queria voltar para perto de Gael. Desconfiei de que eles tenham percebido, porque Lorenzo se apressara em se despedir. Como ele e Fionna iam para o mesmo lugar, decidiram rachar um táxi.

Fionna acenara um adeus, ao passo que Lorenzo me abraçara apertado.

— Fique bem, *bambina*. Me ligue se precisar de qualquer coisa. E diga ao Gael que ele confundiu as princesas. Não era para ele ser a Bela Adormecida, mas a Rapunzel — brincara ao me soltar, mas sua expressão era abatida. — Aguente firme.

Era o que eu estava tentando. E muito disso se devia a minha família. Eu ligava para casa todos os dias. Não tivera coragem de contar a mamãe o que estava acontecendo. Complicado demais. No entanto, Aisla estava a par de tudo — exceto a parte da maldição, obviamente. Eu dissera a ela o que tinha contado para todo mundo: Gael havia sido atingido por um raio. Mas ela sabia do nosso envolvimento, do amor que crescera entre nós e do meu desespero quanto àquele coma. Aisla me mandava fotos engraçadas desde então, tentando me animar. Em uma de nossas conversas, me lembrei do comentário que Gael fizera sobre o pão de mamãe... e da animação do porteiro da Brígida ao ganhar um pacotinho, e tentei uma última ideia. Pedi a minha irmã que botasse seu talento para funcionar, tirasse algumas fotos das fornadas de pães da mamãe e depois as colocasse no Facebook da pensão. Se aquilo não funcionasse, eu aceitaria sem reclamar que Ágata Pinheiro desistisse do estabelecimento que herdara da mãe.

— Sra. O'Connor? — a voz do dr. Callaghan me chegou aos ouvidos, me despertando do devaneio.

— Me desculpe. O que disse?

— Que talvez a senhora devesse descansar. — Analisou-me com um olhar clínico. — Vá para casa e durma um pouco. Nós cuidaremos bem dele.

— Agradeço sua preocupação, mas eu só ficaria mais tensa sem saber o que está acontecendo.

Pouco depois disso, ele deu uma última checada nos monitores e saiu, com a promessa de que passaria mais tarde para acompanhar o progresso do novo tratamento.

Voltei para junto da cabeceira, ajeitando o travesseiro de Gael, que parecia embolado em um dos lados. Eu o admirei por um instante. Parecia tão normal, tão tranquilo, que me peguei fingindo que ele apenas dormia. Afastei seu cabelo para trás, em busca de qualquer sinal do que pudesse estar acontecendo dentro dele. Ele ainda estava lutando contra a maldição? Ou era o oposto?

Eu não conseguia compreender o que estava acontecendo. O fato de seu coração errático continuar pulsando significava que a maldição ainda estava em curso? Ou ela havia acabado e por isso suas células já não se regeneravam mais? Ficaria em coma para sempre?

A única diferença perceptível em Gael nesses últimos dez dias era a barba. Os pelos haviam crescido a ponto de a pele do maxilar quase não estar mais visível. Afaguei os fios macios castanho-claros, amando a sensação deles em minha pele. Mas Gael nunca usara barba antes — apenas Lorcan. Gael sempre tivera o rosto liso. Talvez não curtisse mais.

— Ok, eu nunca fiz isso antes. Mas parece que a minha má sorte ainda não voltou. Então acho que você pode confiar em mim com uma navalha no seu pescoço, tudo bem?

Louca para fazer qualquer coisa por ele, fui mancando até o banheiro e remexi no nécessaire que Darren deixara ali. Encontrei uma lâmina descartável cor-de-rosa e ponderei se seria melhor usar o condicionador ou o sabonete, já que não tinha espuma de barbear. Em minhas pernas eu preferia condicionador. Fazia a lâmina deslizar mais fácil. Como eu nunca tinha feito a barba de ninguém — exceto a da dona Lola, mas buço contava? —, ponderei que qualquer coisa que facilitasse ajudaria. Mas talvez eu devesse assistir a um tutorial sobre o assunto na internet antes de começar. Ou pedir uma assistência para alguém da equipe de enfermagem.

Antes que eu pudesse me decidir, meu celular tocou.

— Briiiii, você não vai acreditar! — minha irmã foi dizendo assim que encostei o aparelho na orelha. — Acabei de receber um e-mail da *National Geographic*.

Você ouviu? *NATIONAL GEOGRAPHIC!* E nem é pra assinar a revista! É sobre uma das minhas fotos!

— É mesmo?

— Sim! Lembra que eu falei da premiação? Que era megaimportante e superdifícil estar entre os finalistas? Pois a minha foto é uma delas. A minha foto é finalista do World Legacy Awards! — gritou de novo. — Sabe o que isso significa?

— Que você é incrível? — Sorri, me recostando na bancada.

— Sim, isso também — ela comentou, me fazendo rir.

Deus do céu, como eu estava com saudade dela. Só Aisla conseguia me fazer rir, mesmo com o mundo ameaçando despencar sobre minha cabeça. Aisla e Gael, me dei conta.

— Se eu ganhar — continuou —, além da grana do prêmio, vou participar de um seminário de fotografia em Washington! Consegue imaginar, Bri? Tudo na faixa! Foi você, não foi? Que inscreveu a minha foto?

— Não sei do que você está falando. — Mantive o olhar na pia, como se minha irmã pudesse me ver e perceber que eu mentia.

— Sabe sim. Eu não tive coragem, por isso sei que foi você. Obrigada. — Sua voz vibrou com a emoção. — Não só por ter me inscrito, mas por acreditar em mim desse jeito.

— Pode apostar que eu acredito. — Aisla um dia seria uma grande fotógrafa. E eu tinha certeza disso, porque ela já era uma.

— Como é que o Gael está? Alguma melhora?

— Ainda não, Ais — suspirei.

— Caramba, Bri. Sinto muito. Queria poder fazer alguma coisa por você. E por ele.

Naquele momento, desejei — não pela primeira vez — contar a verdadeira razão daquele coma. Mas eu não podia. Não por telefone. E achava que nem pessoalmente. "Ei, meu namorado foi amaldiçoado quatrocentos anos atrás" não é algo que se diga por aí sem desconfiarem de que você esteja chapada ou algo do tipo. Então engoli tudo e permiti que ela tentasse me animar com suas histórias malucas. Não deu certo, mas fiz o melhor que pude para aparentar o contrário.

Assim que desligamos, apanhei algumas toalhas, enchi uma bacia metálica com água morna e joguei a lâmina lá dentro. Estava separando o condicionador, mas ouvi um barulho no quarto. Os enfermeiros deviam estar administrando a nova medicação. Apressei-me em sair do banheiro, o condicionador ainda na mão, pronta para pedir algumas dicas sobre como barbear um homem.

— Oi. Será que você poderia... — comecei, mas empaquei.

O frasco escorregou pelos meus dedos entorpecidos, quicou em meu sapato e correu pelo chão. Eu não tinha ideia de onde fora parar, pois meus olhos estavam naquela cama, o coração martelando contra as costelas. Porque não havia nenhum enfermeiro no quarto.

Não havia ninguém além do homem que eu amava, sentado na cama, uma das mãos na têmpora, as pernas penduradas para fora do colchão, como se tivesse tentado se levantar, mas tombado de volta. Os fios que cinco minutos antes estavam grudados em vários pontos de seu corpo agora pendiam solitários da máquina, o bipe contínuo ressoando quase tão alto quanto minha pulsação.

— Gael — ofeguei.

Não sei como ele me ouviu. Minha voz mal passou de um sibilo. Mas ele me escutou, e seu olhar disparou em minha direção. O translúcido e límpido âmbar passeou pelo meu semblante, meu corpo, antes de voltar a subir e se cravar em meus olhos, reluzindo como dois sóis. Por um ínfimo momento, fiquei desorientada. Eu nunca vira aquelas íris antes, assim de perto. Não fora dos sonhos. Elas pertenciam a Lorcan.

Mas então ele sussurrou:

— Briana...

E bastou isso. Apenas o meu nome. Havia tanta emoção naquela única palavra — alegria, saudade, alívio, amor — que foi impossível não reconhecer quem a proferira: era meu melhor amigo, meu amante, o amor da minha vida.

Sorrindo e chorando ao mesmo tempo, saí correndo, um tanto desajeitada por culpa da tala. Colidi com força contra ele, abraçando-o pela cintura, e enterrei o rosto em seu peito. Ele não esperava pelo ataque — como podia não esperar?! — e se desequilibrou, tombando na cama. E grunhiu ao mesmo tempo em que ouvi uma pancada seca.

Ah, merda.

— Desculpa. Meu Deus, Gael, me desculpa. — Tentei sair de cima dele, meus cabelos atacando minha cara.

Seu braço circundou minha cintura, firme, decidido.

— Não. Nem pense em se afastar de mim agora. — Com a mão livre, ajeitou as mechas que caíam em meus olhos. Seu olhar totalmente amarelo, livre de sombras e tristeza, cintilou. — Aí está você, *a chuisle mo chrói*.

— Você voltou — arquejei. — Você voltou pra mim.

— O mais rápido que pude.

Toda a apreensão, o medo, o pavor dos últimos dias se dissiparam no mesmo instante conforme seus lábios se apartavam e se abriam em um sorriso largo, que lhe chegou aos olhos, com o lindo furinho a lhe decorar o queixo. Aquele sorriso parecia nascer em sua alma.

Eu não queria chorar. Tinha chorado o suficiente por uma vida inteira na semana que se passara, mas não consegui evitar. Assim que toda a angústia e adrenalina deixaram meu corpo, minhas defesas implodiram e a tensão arrebentou na forma de soluços. Ele me segurou em seus braços, bem apertado, murmurando em meu ouvido palavras doces, os pelos em sua mandíbula provocando minha pele, os lábios roçando minha testa, meus olhos lacrimejantes, minha bochecha e, por fim, minha boca.

O beijo tinha sabor de saudade, de alívio, a pureza do amor, mas com uma pitada de desejo. Eu precisava daquilo. Sentir seu gosto, seu calor, a vida fluindo em seu corpo. Eu me perdi nele, mergulhando nas profundezas de sua alma, de sua essência, da mesma maneira que eu o sentia se aprofundar na minha.

Amparando meu rosto entre as mãos daquele jeito especial que sempre me tocava, como se eu fosse a coisa mais bonita, mais preciosa, mais vital de todo o seu mundo, ele esticou o pescoço e sua boca pressionou a minha uma vez mais. E de novo. E uma outra ainda.

— Você está bem? — ele quis saber, me mantendo deitada sobre seu corpo quando tentei sair de cima dele. — Por que o seu pé está imobilizado?

Eu quase ri. Ele passava pelo inferno e seu primeiro pensamento ao voltar do coma era para mim?

— Acabei torcendo de novo. Não é nada. E eu é quem devia fazer essa pergunta. Você tá bem?

— Como há muito tempo não me sentia. — Ele deitou a cabeça na barra de apoio lateral da cama. Seus dedos afastaram uma de minhas madeixas e a enroscaram atrás da orelha. — Eu me sinto... livre, Briana. De toda a mágoa, da raiva, da dor. Eu me sinto eu mesmo outra vez.

— Então a maldição... ela... e-ela... — engasguei com as palavras.

Mas eu não precisava continuar. Gael sabia — como sempre — o que eu tentava dizer. E assentiu, roçando o polegar em minha bochecha para secá-la.

— Acabou, Briana. Eu não sinto mais a magia no meu corpo. A maldição se foi.

Deixei escapar um suspiro de puro alívio e desabei sobre ele, escondendo o rosto entre seu pescoço e o ombro.

Sua mão se prendeu em minha nuca, brincando com os fios ali, despertando um arrepio que me fez fechar os dedos em sua camisola hospitalar.

— Onde nós estamos? — ele quis saber.

— Em Cork. No hospital. — Endireitando o pescoço, expliquei brevemente como tínhamos chegado até ali. — Acho melhor eu avisar o médico que você acordou. E ligar pra sua casa. Tá todo mundo preocupado. O Lorenzo até veio pra cá. Preciso avisar que você está bem.

— É, mas foi por muito pouco. Uma garota maluca pretendia colocar uma navalha na minha garganta. — Ele tentou controlar a expressão e manter a careta apavorada, mas os cantos de sua boca o traíram. — Eu não acredito que você ia me barbear. Sabe quanto tempo isso levou pra crescer? — Apontou para os pelos em seu queixo. — Quatrocentos anos, Briana!

Eu pisquei. Tipo, muitas vezes.

— Hã... o... o quê?

— Nada em mim mudava, lembra? — Ele massageou com dois dedos o ponto entre minhas sobrancelhas, onde a tensão e a confusão se acumulavam. — A minha barba não crescia porque eu havia me barbeado no dia em que a maldição teve início.

Timidamente, toquei a massa de pelos castanhos, que fizeram cócegas de um jeito muito prazeroso na ponta dos meus dedos, em minha palma. Aquilo que despontava em seu rosto era mais que esperança. Era a prova concreta de que havíamos vencido a maldade de Dervla.

Então, não sei bem como, o que ele disse antes entrou em minha mente.

— Você estava me ouvindo? — Eu o encarei, espalmando as mãos em seu peito, e arqueei as costas para vê-lo melhor.

— Sim. Ou acho que estava. — Seus olhos se estreitaram com divertimento. — Eu sonhei com você. Você estava dançando pra mim outra vez. Era tão desajeitada... — curvou-se de leve, até sua boca alcançar minha orelha — ... que se tornava encantadora. Foi a coisa mais linda que eu já vi.

Gemi, desolada, e tentei rolar para o lado. Mas ele agiu depressa, envolvendo a mão na parte de trás de minha coxa, e me puxou de volta, de modo que acabei com um joelho de cada lado de seus quadris. Minha bota bateu em alguma coisa (esperei que não fosse no caro monitor) e um som agudo repicou. Aquilo fez meus pensamentos se desembaralharem.

Escorei as mãos em seu peito e me sentei.

— Peraí, você *sonhou*?

Mantendo uma das mãos em meu traseiro, ele se ergueu também. Naquela posição, percebi com certo atraso que ele todo havia acordado. Ok. Aquilo estava ficando um tantinho impróprio para um hospital, e eu, muito, muito quente.

— Sim — respondeu, animado. — Eu já não lembrava mais do consolo que os sonhos são. Os meus pararam quando...

— Eu sei — suspirei. — Pararam quando você chegou ao Brasil.

Olhando para ele, agora que o perigo parecia ter passado, eu me vi diante de um assunto que gostaria de continuar ignorando, mas que começava a escapar de meu controle feito uma criança birrenta, gritando, esperneando e chutando coisas.

— Me perdoe — ele disse, antes que eu pudesse abrir a boca.

— Por quê?

— Por ter te deixado no chalé. Foi a coisa mais difícil que eu já fiz, Briana. — Sua voz era puro tormento. — Mas eu não podia permitir que você visse... que você estivesse presente no momento em que... que você tivesse que...

— Eu sei, Gael. — Deslizei a mão pelo seu antebraço rígido. — Tá tudo bem. Eu tinha entendido.

— E mesmo assim resolveu ir atrás de mim. — Sua testa vincou.

Eu me encolhi.

— Eu tinha que ir — murmurei. — Acabei descobrindo como anular a maldição.

Aquilo fez um lampejo de compreensão iluminar seus olhos claros.

— Sim... eu lembro. Quase tive um ataque cardíaco quando te vi no penhasco. — Então a confusão o dominou. — Você conseguiu anular a maldição? É por isso que eu estou aqui agora?

Assenti uma vez, mas mantive os lábios firmemente comprimidos. A desconfiança se embrenhou naquele ligeiro estreitar de olhos.

— Por que você não quer me contar o que aconteceu?

— Porque eu tenho medo do resultado desta conversa. — Eu me retraí.

Um pequeno V surgiu entre suas sobrancelhas enquanto ele escrutinava meu rosto.

— Briana, o que aconteceu naquela noite?

Eu preferiria esperar que o médico o examinasse e me garantisse de que ele estava mesmo bem antes de termos aquela conversa. Mas a ansiedade e a angústia ameaçaram tomar conta de Gael, de modo que engoli em seco e desatei a falar. Contei tudo, do momento em que acordei com o telefone tocando até esbarrar no quadrinho de Liam e entender que a maldição poderia ter sido anulada por ele mesmo havia muito tempo.

— O quê?! — A descrença lhe endureceu a boca. — Perdoando Dervla?

— Eu sei. Eu também pensei que fosse impossível. Mas, quando ela apareceu, toda cheia de rancor e...

— Espera, Briana. Você está indo rápido demais. — Ergueu as mãos, as palmas viradas para a frente, e as pousou em meus ombros. — *Ela* quem?

— Aquela velhinha que não ia com a sua cara. Você a conheceu antes como... humm... Dervla.

Seus olhos se arregalaram tanto que pensei que fossem pular das órbitas.

— O *quê?!*

— Eu também custei a acreditar...

Narrei tudo: sobre Dervla ter ficado presa no próprio feitiço, da raiva que ela nutrira por Ciara todos esses séculos e do propósito da mulher de vincular um novo amor ao fim da maldição, apenas para que Ciara sofresse outra vez. Falei do que senti naquele momento, da dor e do ódio, do medo e da fúria, e expliquei que em meio a isso tudo eu conseguira ouvi-lo me pedir para lutar contra as sombras. Depois, contei que senti pena daquela mulher perversa e a perdoei.

— Aí aconteceu a coisa do furacão e ela sumiu — concluí.

Não sei se Gael poderia parecer mais perplexo e confuso do que estava naquele momento. Ele abriu a boca, ensaiando algumas palavras, mas voltou a fechá-la apenas para abri-la de novo e soltar o ar com força.

— Eu tenho pensado muito nisso tudo nos últimos dias. — Retorci os dedos um no outro, tensa. — E acho que entendi o que aconteceu.

— Então, por favor, me explique. — Ele esfregou a testa, como se lhe doesse.

Um tanto trêmula, inspirei profundamente e mirei os olhos na gola de sua camisola.

— A maldição era para Ciara. Você foi amaldiçoado, mas ela também ficou presa ao feitiço. Por isso eu acho que, quando perdoei Dervla, anulei a maldição instantes antes de ela se cumprir por completo.

— O que você está tentando me dizer? — Sua voz parecia estável, mas eu vi o movimento brusco em sua garganta conforme engolia com dificuldade.

Passei os braços ao redor do corpo.

— Eu entendi os sonhos, Gael. Por que eu sempre achei muito difícil ficar longe de você. Por que parece que o meu coração está preso ao seu. Eu entendi até a minha má sorte. Eu entendi... tudo. Você estava certo. — Minha voz falhou.

Clareei a garganta duas vezes antes de conseguir reunir coragem. — Essa não foi a primeira vez que a gente se encontrou.

Ele puxou uma grande quantidade de ar, mas ficou calado, imóvel feito uma estátua, o rosto congelado em uma máscara inexpressiva. Pensei em parar por ali, mas já havia começado. Era melhor terminar com aquilo de uma vez.

— E eu também entendi que foi por causa de Ciara que você se apaixonou por mim.

— Não, não foi — rebateu, sem pestanejar.

— Não precisa mentir pra mim. Eu sei que você não fez por mal. E talvez nem conscientemente. Você sempre me olhou como se estivesse procurando alguma coisa. Agora eu sei que era ela. Não, por favor, me deixa terminar, antes que eu perca a coragem. — Segurei seus ombros quando ele abriu a boca, pronto para argumentar. Voltou a fechá-la, bastante contrariado. Eu me apressei: — Foi a essência dela que te atraiu pra mim, não... não eu.

Cruzando os braços, ele uniu as sobrancelhas até quase se tornarem uma coisa só.

— Terminou?

— Ainda não. Eu sei como vocês dois se amaram. Acho que Ciara não ocultou nada de mim. E foi por causa desse amor que, assim que você ficou perto o bastante, ela começou a agir, me mostrando você, a minha sorte me fazendo pular de um emprego para outro, até eu te encontrar. — Engoli em seco. — O que eu quero dizer é que você se apaixonou por mim por causa dela. Você nunca teve chance.

— Agora terminou? — perguntou, impaciente.

— Sim... Não, espera! Faltou uma coisa. Eu posso ter estragado o carro do Liam. Não sei direito o que aconteceu, mas o câmbio está fazendo uns barulhos esquisitos. Acho que eu quebrei a coisa. — Soltei uma pesada lufada de ar. — Agora eu acabei.

Ele engoliu o riso, ainda que estivesse zangado. Segurando-me pela cintura, se inclinou para a frente até deixar os olhos na mesma altura dos meus.

— Briana, eu não procuro por Ciara quando olho pra você. Eu procuro *você*. Eu tento entender o que está se passando no seu coração. Por um curto período depois da morte de Ciara, eu a busquei em muitos rostos, qualquer detalhe que lembrasse os traços que eu tanto amei, um olhar, a forma de sorrir. Mas descobri que nenhuma outra jamais seria ela, não importava quanto os traços fossem semelhantes. Ela estava perdida pra mim. O meu coração se fechou. A minha alma se perdeu. Eu não vivi todos esses séculos; eu só existi. Até eu te encontrar — concluiu, com delicadeza.

— Mas não fui eu, Gael. Foi ela. — Desviei os olhos para a camisola estampada com pequenas cruzes verdes.

Seus dedos se encaixaram em meu queixo, me incitando a olhar para cima. Assim que o atendi, vi a diversão lhe retorcendo o canto da boca.

— Foi, é? Porque eu me lembro de outra maneira. Lembro de ter visto você caída na rua depois de quase te atropelar e de ter pensado: *Deus, como ela é linda, mesmo fazendo caretas de dor*. Depois, enquanto eu te levava para a clínica e sentia que você me encarava como se tivesse visto um fantasma, pela primeira vez em séculos eu me importei com a minha aparência, se iria te agradar. Tentei fingir que a sua beleza não tinha mexido comigo. Tentei me convencer de que o rugido que de repente despertou no meu corpo era um reflexo da descarga de adrenalina do acidente, que não tinha nenhuma relação com esses olhos verdes, com essa cabeleira vermelha ou o formato dessa boca suculenta que eu queria muito mesmo provar o gosto.

Eu o espiei por entre as pestanas.

— Sério?

— Muito sério. E então nós paramos pra esperar o trânsito diminuir e você me contou sobre a sua falta de sorte com tanta naturalidade que eu não parava de pensar: *O que tem de errado nessa garota?* Porque eu não conseguia parar de sorrir. E eu nunca sorria, Briana. Eu nem lembrava da última vez que tinha acontecido. E em poucas horas eu sorri mais do que em quatro séculos inteiros. Tudo ficou confuso dentro de mim. — Ele enterrou os dedos em meus fios. — Havia uma ansiedade, uma urgência em continuar ali te ouvindo falar que, na época, eu preferi ignorar.

Prendi os dedos em seu pulso.

— Não minta pra mim, Gael...

— Estou sendo absolutamente honesto. — E era isso que sua expressão demonstrava. — Você sabe como eu amei Ciara. E é dessa mesma maneira, intensa e profunda, que eu amo você. Vocês duas não têm nada em comum. Nada no seu aspecto físico lembra o dela. Exceto pela bravura, a sua personalidade e a dela são quase opostas. A única coisa que vocês têm em comum é o fato de que as duas se envolveram comigo. — Sua voz diminuiu até não ser nada além de um sussurro. — E, desde que você me contou sobre seus sonhos, eu desconfio de que tenha se apaixonado por Lorcan.

Não gostei do rumo que aquela conversa tomava.

— Mas você *é* o Lorcan! — Eu me retraí, me afastando de seu toque. Sua mão caiu sobre minha coxa.

— Deixei de ser há muito tempo. O passado, o castigo que eu recebi me modificou de maneira irreversível. Lorcan foi um homem simples, da terra, sem preocupações além de defender a aldeia e ter uma boa cerveja pra aplacar o cansaço no fim de um dia na lavoura. Esse homem não existe mais, Briana. E foi por ele que você se apaixonou. — Não foi uma pergunta.

De que adiantaria mentir agora?

— No início, foi, sim — comentei, sem graça. — Mas depois eu te conheci melhor e comecei a notar as diferenças entre vocês dois. Quanto mais tempo eu passava com você, menos pensava nele. Enquanto Ciara continuava amando Lorcan a cada vez que a noite caía, eu fui me apaixonando por Gael a cada vez que o sol nascia.

Ele lutou contra um sorriso. Mas essa batalha o meu guerreiro acabou perdendo, e seus lábios se esticaram tanto que os cantos quase lhe chegaram às orelhas.

— Eu posso viver com isso. — Sem parecer se dar conta do que fazia, seu polegar começou a traçar círculos em minha coxa enquanto a ansiedade reluziu em suas íris âmbar. — E você? Pode conviver com o meu passado? Pode ser o meu presente e o meu futuro?

De imediato, meu pulso começou a voar.

— Como você pode me perguntar isso? É...

A porta se abriu de repente e eu dei um pulo. E teria caído da cama se Gael não tivesse agido rápido. O dr. Callaghan parou sob o batente, examinando a cena: Gael sentado na cama, uma das mãos em minha bunda, a outra em minha cintura, eu no colo dele com as pernas escarranchadas, agarrada à camisola hospitalar.

— Bom... — O médico pigarreou, se virando de lado, o olhar no piso de mármore. — Parece que o estado clínico do paciente sofreu uma drástica mudança.

Com o rosto todo quente, desci da cama sob os protestos de Gael, que puxou o travesseiro para o colo, o que me fez corar mais violentamente.

Depois de um instante, o neurologista entrou, fechando a porta.

— Sr. O'Connor, que bom vê-lo acordado. — Ele se aproximou da cama. — Está lembrado de mim?

— Sim, dr. Callaghan.

— Eu sou o médico responsável por você neste CTI. — O médico examinou o monitor e fez uma careta ao ver os fios pendurados na máquina em vez de presos ao corpo de Gael. Mexeu em alguma coisa, desligando o equipamento. — Há quanto tempo você acordou?

— Uns dois minutos no máximo. — Gael deu de ombros.

— Acho que faz um pouco mais — ajudei.

— E por que eu não fui informado de que o sr. O'Connor despertou do coma? — O dr. Finn mirou os olhos metálicos em mim.

— Aaaah... — Encarei sua gravata vermelha. — Eu... humm...

— A culpa foi minha — Gael interveio. — Eu a mantive ocupada.

— Foi a impressão que eu tive ao abrir a porta. — O médico fez um muxoxo e meu rosto ficou da cor de sua gravata. Chegando mais perto da cama, o dr. Callaghan estudou Gael com atenção. — Eu preciso examiná-lo agora, sr. O'Connor, mesmo que pareça tão... — pigarreou, relanceando o travesseiro no colo dele — ... bem-disposto.

Ok. Era oficial. Aquele era o dia em que eu me transformaria em um Smurf vermelho.

— Estou bem — Gael rebateu, como eu sabia que faria.

— Gael, por favor — supliquei, engolindo o embaraço. — Nós precisamos ter certeza. Você quase me matou de susto pelo menos uma vez por dia nesses últimos dez dias.

— Dez dias? — Seu cenho vincou. — Eu apaguei por dez dias?

Fiz que sim e abri a boca para explicar, mas o médico ergueu uma das mãos, me detendo, e encarou meu namorado.

— Tenho certeza de que você vai querer ir para casa o quanto antes e ouvir tudo o que a sua esposa tem a dizer — se adiantou o dr. Finn —, por isso me deixe fazer o meu trabalho e assim eu vou poder liberá-lo rapidamente. — Virando-se para mim, disse: — Sra. O'Connor, poderia esperar lá fora?

Eu estava pronta para responder ao sujeito, mas captei o arquear de sobrancelha de Gael. Repassei mentalmente as palavras do médico, e tudo o que ele havia dito era que eu esperasse...

Não. Não eu, corrigi. Que a *esposa* de Gael esperasse lá fora.

— Aaaaah... — Merda! — Eu... humm... — Tinha certeza de que aproximadamente noventa e sete por cento de todo o sangue do meu corpo tinha se refugiado em meu rosto. — Eu... te explico mais tarde — gaguejei para Gael.

— Não se preocupe, *a chuisle*. Nós vamos ter bastante tempo pra conversar — Ele abriu um belo e largo sorriso. — Uma vida inteira.

44

— *Essa foi a última?* — perguntou Darren, encaixando minha bagagem na traseira do Dodge. Ainda era madrugada. Nosso voo partiria bem cedo naquela manhã de segunda-feira.

— Sim. Obrigada pela ajuda, Darren.

Ajeitei a bolsa no ombro, desenroscando-a do xale. Não acreditava que era hora de partir. Fazia três semanas que eu chegara à Irlanda, mas, olhando em retrospecto, tanto havia acontecido que parecia que eu tinha vivido uma vida inteira ali.

Sorri de leve quando resquícios do perfume de lavanda me chegaram ao nariz. Eu prometera a dona Lola que voltaria para casa com a bagagem repleta de histórias. E havia cumprido a promessa.

Gritos ecoaram dentro da casa. Darren e eu olhamos para trás, para a algazarra produzida pela discussão entre Lorenzo e Fionna, em tempo de ver a menina passar bufando pela porta.

— Por favor, leve esse italiano com vocês — ela me disse, irritadíssima.

— Ele preferiu ficar, Fionna. — Abri os braços, me desculpando. — Tem coisas pra resolver aqui em Cork.

— Serão semanas *bastante* longas — ela gemeu.

— Talvez meses — Lorenzo comentou, saindo da casa, girando uma maçã entre os dedos. — Quem sabe até anos.

Ao ouvir aquilo, a menina empalideceu, me fazendo rir.

Darren apertou o ombro da filha.

— Se você parar de atormentá-lo, ele vai deixá-la em paz também — aconselhou.

— Eu não estava atormentando ninguém! — rebateu ela, trocando a palidez pelo mais intenso rubor. — Ele é quem fica no meu pé o dia inteiro!

— Não é verdade. — Lorenzo exibiu uma expressão inocente e indefesa (muito inocente e indefesa para ser verdadeira). — Você estava implicando com a minha maçã.

— Porque era a *minha* maçã! — Ela bateu o pé.

— Não tinha o seu nome nela... — Como que para provocá-la, ele deu uma bela dentada na fruta.

Eu quase podia jurar que ouvi Fionna rosnar. E me flagrei pensando em quanto tempo ela levaria para entender o que toda aquela implicância significava de verdade.

Mas sua irritação desapareceu quando se virou para mim e abriu um sorriso radiante.

— Faça uma boa viagem, Briana. E volte assim que puder. Já estou com saudade. — Ela me abraçou com vontade.

— Eu também vou sentir a sua falta, Fionna. Espero que você vá me visitar um dia desses.

Darren foi um pouco mais contido em sua despedida, mas não menos carinhoso e gentil. Como Lorenzo iria nos levar ao aeroporto e voltar para casa com o carro de Gael, eu me despediria dele depois. Verifiquei a bolsa para garantir que não havia esquecido nada. Passagens, passaporte, o pacote que eu embrulhara mais cedo...

— Onde está o Gael? — perguntei.

— Lá em cima. — O italiano indicou a colina com a maçã.

Pedi licença e contornei a casa, avistando no mesmo instante a figura alta e imponente parada diante da cruz celta. Parecia muito saudável e enlouquecedoramente lindo. Gael estava muito mais do que bem, o que era um mistério para o dr. Callaghan e sua equipe. Eu também estava apreensiva.

Tá legal, o dr. Callaghan o revirara do avesso. Fizera diversos exames e o mantivera — sob muitos protestos — no hospital por mais um dia depois que ele acordara, na quinta-feira anterior, para se certificar de que não haveria nenhuma recaída. E não houve.

Mesmo assim, eu preferia não arriscar a sorte e tentara fazer Gael ir mais devagar. Eu teria tido mais êxito se tivesse tentado me transformar em um Leprechaun.

— Briana, eu estou bem. Tive alta — dissera, três dias antes, logo que chegara do hospital. Nós estávamos em seu quarto, ele acabara de tomar uma chuveirada e tinha apenas uma toalha preta sobre o corpo.

— Não sei se ameaçar pegar o médico pelo pescoço conta como "ter alta".

— O dr. Callaghan é um homem sensato. Não me liberaria, mesmo sob coação, se não estivesse certo de que era perda de tempo me manter no hospital.

Ele começara a ir para o guarda-roupa.

— Pelo menos fique na cama, Gael. — Eu estendera a mão para segurar seu pulso, mas acabei calculando mal a distância e terminei com sua toalha na mão.

A luz em seus olhos mudara de imediato, uma pequena centelha que logo se transformara em chamas ardentes.

— Pensei que nunca fosse pedir. — E começara a se aproximar, todo lindo, grande e com aquela tatuagem ainda úmida...

— Você acabou de sair do hospital! — eu lembrara a nós dois, a bota imobilizadora colidindo contra o pé da cama.

— Então é melhor ter certeza de que tudo está funcionando.

E funcionara perfeitamente bem. Duas vezes.

Nosso último fim de semana na Irlanda tinha sido mágico — figurativamente falando, graças aos céus. Gael me levara para conhecer a cidade. Ele escolhera começar pela Crawford Art Gallery, um museu repleto de arte irlandesa, de quadros a esculturas e, o que mais me fascinara, uma bela coleção de gravuras. Mais tarde, almoçamos no The English Market — uma espécie de mercadão onde se pode encontrar todo tipo de iguarias —, cuja arquitetura do século dezenove me tirou o fôlego. Gael me explicara que Cork era a capital gastronômica do país, o que, depois de provar a comida em um dos restaurantes dali, fez todo o sentido. Aproveitei para comprar algumas coisas para mamãe e Aisla.

Depois passeamos no Fitzgerald's Park, um lugar belíssimo onde nos sentamos sob a sombra de algumas árvores, diante de uma lagoa, para namorar como um casal comum. À noite ele me levara a um pub, e jogamos sinuca, assistimos a apresentações de danças típicas e rimos como nunca. De novo ele passara o tempo todo com as mãos em mim, outra vez me deixando com a impressão de que não eram toques casuais, e sim o início de alguma coisa. E, quando chegamos em casa e ele me jogou sobre o ombro, subindo as escadas de dois em dois degraus até nos trancar no quarto, pude confirmar que era exatamente isso.

O domingo foi semelhante, exceto pelo fato de que voltamos ao chalé para pegar nossas coisas. Sua espada, no entanto, eu havia esquecido no penhasco e tinha desaparecido. A Pedra da Vida permanecia onde ele a havia deixado.

— O que vai fazer com ela, já que não funcionou? — eu perguntara, quando ele fechara a porta do chalé, depois de arrumarmos toda a bagunça. Liam continuava na Inglaterra e, ao que parecia, não retornaria pelos próximos meses.

— Não se engane, *a chuisle*. O fato de ela não ter vencido a maldição não significa que é inofensiva. Vou guardá-la no cofre. Acho que, agora que eu a encontrei, sou o responsável por ela — proferira com uma seriedade espantosa. — É meu dever protegê-la.

Tropecei em uma depressão no gramado, e a sacudidela me despertou do devaneio. O céu ainda estava escuro e nevoento, e, enquanto eu subia a colina, a bolsa pendendo no cotovelo, admirei tudo o que me cercava, registrando cada detalhe daquele lugar. Eu estava louca de saudade do Brasil, mas ia sentir muita falta da Irlanda. Parecia que uma parte de mim ficaria ali. A boa notícia era que, em troca, eu levava um pedaço da Ilha Esmeralda comigo.

Gael deve ter ouvido quando me aproximei, pois se virou e abriu um sorriso lindo.

— Tudo pronto? — Veio ao meu encontro.

— O Darren acabou de colocar a última mala no carro.

— Ótimo. Eu estava... — Levou a mão ao pescoço, esfregando-o, parecendo sem graça.

— Se despedindo. — Enlacei os dedos nos dele e os apertei. — Tá tudo bem. Eu também vim dizer adeus.

Puxando-me para si, ele me abraçou e admirou a cruz por um tempo. Eu o imitei, notando o vaso que Gael colocara em sua base. Botões de rosa de todas as cores. Ciara teria adorado.

Um suspiro me escapou. Os sonhos haviam parado. Nunca pensei que diria isso, mas eu sentia falta. Muita. Sobretudo de Ciara.

Aisla provavelmente pensaria que eu havia perdido o juízo se pudesse me ouvir naquele momento, mas a verdade era que eu amava Ciara. Desde que descobrira a verdade sobre ela, sobre mim mesma, por mais que tentasse, não conseguia imaginá-la como... bom, como eu. Mas também não conseguia pensar nela como não sendo parte de mim. Era um pouco confuso. E eu admirava a coragem daquela princesa irlandesa, sua força, a maneira como se entregara inteira a tudo. Se não fosse por aquela garota, eu jamais teria conseguido salvar Gael. Sem ela, aquela felicidade que me fazia sorrir sem nenhuma razão não existiria. Ela dividira comigo o que tinha de mais precioso: suas lembranças e seu amor. Como eu poderia não amá-la? Como poderia não sentir sua falta?

Desejei haver um jeito de contar a Ciara que, juntas, tínhamos salvado o homem que amávamos. Eu esperava de todo o coração que ela soubesse que ele agora ria e sorria o tempo todo, que tinha recuperado a alegria que Dervla lhe roubara. Queria poder abraçá-la e dizer que ela tinha conseguido, que cumprira sua promessa.

O mundo podia não conhecer sua história, mas eu conhecia. E jamais a esqueceria.

Inspirando fundo, me afastei de Gael e abri a bolsa para pegar o pacote.

— Eu não sei se você estava falando sério... — corri os dedos pelo papel pardo — ... quando disse que gostava dos meus desenhos.

— Eu estava — devolveu, sem pestanejar.

— Enquanto você esteve no hospital, às vezes eu desenhava pra não acabar enlouquecendo. Eu... eu fiz este para você.

— Sério? — Pegou o pacote, ansioso e um tantinho emocionado. Rasgou o papel com um movimento impaciente, mas se deteve assim que um par de expressivos olhos azuis ficou visível.

— Eu não sei se você tem algum retrato dela. — Puxei os cabelos que o vento começou a sacudir sobre meu ombro. — Achei que não, já que não vi nenhum pela casa.

— Não tenho — falou em voz baixa, removendo com cuidado de dentro do pacote a moldura preta simples, que eu havia comprado em uma lojinha perto do The English Market, e admirando o retrato.

Nele, Ciara olhava para a frente, como se encarasse seu admirador, os cabelos soltos chicoteando em seu rosto, os lábios cheios levemente separados.

Comecei a trançar os cabelos, um tanto nervosa. Exceto Aisla, ninguém jamais via meus desenhos. Mas o que Gael dissera sobre ir atrás de meus sonhos andava martelando meu cérebro. Talvez aquele fosse o primeiro passo. Além disso, havia outro motivo para que eu tivesse escolhido aquela gravura.

— Esse é o meu favorito dela — contei.

— Eu posso entender o motivo. — Correu as costas do indicador pela bochecha dela, como Lorcan costumava fazer em meus sonhos. Então ergueu os olhos para mim, uma interrogação cintilando em suas íris amarelas.

— E ela me deu você. — Dei de ombros. — Achei que deveria retribuir o favor.

Gael se manteve calado, os olhos cravados nos meus por tanto tempo que a ansiedade ameaçou sair de controle. Diversas emoções espiralavam por sua expressão, girando tão rápido que não consegui acompanhá-las.

— Você tem alguma ideia — sua garganta tremeu conforme engolia com dificuldade — de como eu amo você, Briana?

— Então... você gostou?

— Ah, *a chuisle mo chrói*. — Estendendo o braço, ele enlaçou os dedos em minha nuca e me puxou para si, a boca faminta buscando a minha. A julgar pela maneira apaixonada como me beijava, é, ele tinha gostado um bocado! — Obrigado — sussurrou ao liberar meus lábios, a testa apoiada na minha, os olhos bem apertados. — A vocês duas.

Nós ficamos assim por um momento, seu coração batendo junto do meu, apenas sentindo um ao outro.

— Acho melhor nos apressarmos, ou vamos acabar perdendo o voo — comentou, depois de um tempo.

— Tudo bem. — Eu me desembaracei dele.

Gael se aprumou, encarando a cruz uma última vez.

— Adeus — murmurou.

Eu também observei a pedra coberta de limo, com o peito repleto de gratidão e amor.

Eu vou cuidar dele, Ciara. Por nós duas. Prometo!

Abri um largo sorriso quando uma voz que não era a minha ecoou pela minha cabeça.

Obrigada, respondeu, enquanto Gael enroscava os dedos nos meus e, juntos, descíamos a colina.

45

*O sol ainda não tinha dado as caras quando chegamos ao aero-*porto de Cork. Eu estava um pouco tensa. Não era exatamente pânico, como vi transparecer no rosto meio esverdeado de uma garota sentada no canto, um terço enrolado ao pulso como se fosse uma pulseira. Era mais como uma inquietação devido à ausência de minha velha companheira: a má sorte. Gael não parecia nem um pouco preocupado e falava com o amigo como se estivesse no sofá de casa.

— Tem certeza de que precisa ficar? — Entregou a chave do carro a Lorenzo. — Nós podemos fechar o negócio do Brasil.

— Nada disso — rebateu o italiano. — Eu posso conseguir um preço melhor pela mina depois de levar o Anderson Bailey a um pub e enchê-lo de cerveja e comida.

— E esse é o único motivo pra querer ficar? — Gael arqueou uma sobrancelha.

— E que outro motivo eu poderia ter?

— Eu só queria te lembrar de que o Darren parece um sujeito pacífico, mas é só fachada. — Gael coçou o pescoço. — Você não vai querer arrumar encrenca com ele. Estou falando sério.

— Eu não sei do que você está falando. — Lorenzo olhou para os lados e... e ficou vermelho?

Meu celular tocou. Eu me desculpei com os dois e atendi.

— Graças a Deus você ainda não embarcou! — Aisla foi dizendo.

— Por quê? Aconteceu alguma coisa? — Minha pulsação ameaçou sair de controle.

Gael percebeu e interrompeu a conversa com Lorenzo, me estudando, preocupado.

— Sim, um desastre! — minha irmã disparou. — Tenho uma festa hoje e nada bonito pra usar!

Revirei os olhos, quase caindo sentada no piso, de tanto que minhas pernas bambearam.

— Tudo bem? — Gael quis saber.

— Sim. Emergência de moda — fiz com os lábios e ele relaxou. Voltei a atenção para minha irmã. — Aisla, você tem tanta roupa que poderia vestir o nosso bairro inteiro.

Ouvi o barulho das molas do colchão resmungando conforme ela se jogou na cama.

— Pois é, Bri. Tudo isso e eu não tenho nada legal pra usar! Posso pegar alguma coisa sua? Tipo... aquela saia amarela que você nunca usa?

— Pode. E fique com ela. Não cai muito bem em mim. — O xale escorregou por meu ombro. Com medo de acabar perdendo, eu o guardei na bolsa.

— Tudo fica lindo em você. Essa é a parte chata de ser sua irmã. Não dá pra competir com uma ruiva. Você ficou com toda a beleza da família.

— Tá legal, Ais. — Dei risada. — Pode escolher um sapato também. Pega o que quiser.

— Eu amo você! — ela gritou, e eu tive que afastar o aparelho da orelha. Então minha irmã ficou em silêncio por um instante. — Bri, acho que eu nunca te agradeci. E não estou falando das roupas. Mas por ter cuidado da nossa família, da nossa casa, esse tempo todo. A mamãe se culpa um pouco por você ter crescido tão antes do tempo, mas ela também sente um orgulho danado da mulher que você se tornou. E eu sei que, onde quer que o papai esteja agora, ele está dizendo: "Essa é a minha menina".

Eu não esperava por isso. Meus olhos pinicaram subitamente, e precisei clarear a garganta.

— Obrigada, Aisla.

— Um dia eu é que vou cuidar de vocês, sabe? Vou ficar tão rica, mas tão rica que a gente vai poder ter uma piscina cheia de gel glitter. Eu só preciso terminar logo esse bendito TCC. Ou acertar na Mega-Sena, o que eu acho que é mais fácil acontecer neste momento. De todo jeito, eu tô ligando pra avisar que a minha cicatriz está coçando que é uma beleza hoje.

Mordi a bochecha para não gargalhar.

— Vou ficar atenta a qualquer boa notícia.

— Isso. Bem... Boa viagem, Bri. Te vejo amanh... Ah, não, espera! Nós temos dois novos pensionistas!

— O quê? — Espalmei a mão sobre o coração, que deu um salto.

— Eu sei! Uma estudante de direito chamada Manuela, que é um amorzinho de pessoa, e um senhor viúvo que se apaixonou pela rosca da mamãe.

Comecei a rir. Minha irmã sem filtro se referia ao pão doce.

— A mamãe tá numa alegria só — continuou. — E toda orgulhosa porque os pães dela estão fazendo sucesso. Amanhã uma outra pessoa ficou de vir conhecer o lugar. Ela desistiu de fechar a pensão. Vai tentar de novo. A sua ideia dos pães foi genial!

Depois disso, nós nos despedimos e eu me vi incapaz de parar de sorrir. Não tinha nada errado em desistir. Mas também não tinha nada errado em lutar até o último instante. Não teríamos que vender nossa casa. A pensão tinha hóspedes! E dessa vez eu estava sentindo que ia dar tudo certo.

Abri a bolsa para guardar o celular, mas acabei mudando de ideia. Talvez porque Aisla tivesse mencionado a loteria, me lembrei do bilhete que Gael me forçara a comprar tantos dias antes. Resolvi conferir, só porque tinha gastado o dinheiro dele.

Encontrei o bilhete. Atrás dele, havia um endereço eletrônico.

— ... certeza de que não posso colocar um blower no capô? — dizia Lorenzo.

— Se quiser continuar vivo, sim, tenho. Não faça nada com o meu Dodge além de dirigir *com muito cuidado* — enfatizou Gael, enquanto eu digitava.

A página abriu, e eu encontrei os números do sorteio de duas semanas antes. Prendi o fôlego ao conferir o primeiro e descobri que... a sorte e eu não éramos mesmo nem um pouco chegadas.

Gael viu o que eu estava fazendo e se curvou para mim.

— Ah, é. Eu tinha esquecido disso. — Espiou a tela do celular. — Como foi?

— Não ganhei, como eu já sabia que aconteceria. — Baixei o bilhete sem me dar o trabalho de conferir o restante.

— Não, espere. Você nem terminou. Me deixe fazer isso — ele pediu, pegando o canhoto e o meu celular. Depois de uns trinta segundos, um dos cantos de sua boca se ergueu. — Sinto muito, Briana. Você e a sorte não são amigas, afinal.

— Eu já sabia! — Revirei os olhos. — Mas você não quis me escutar.

Ele assentiu, devolvendo minhas coisas.

— No entanto... — Colocou as mãos nos bolsos do jeans, se esforçando para manter a expressão séria. — Acho que a partir de agora podemos dizer que vocês se tornaram colegas.

Olhei para ele, sem entender. Lentamente, seus lábios se esticaram sobre os dentes brancos em um sorriso catalogado em minha lista como "ah, caramba"

— Você acertou quatro números, Briana — explicou.
— Certo. — Olhei feio para ele. — Não tem graça, Gael.
— Não estou brincando.
— Me deixa ver. — Lorenzo pegou o que eu tinha nas mãos e se pôs a conferir. — *Dio santo, bambina!*
Observei um homem, depois o outro, e de volta para o primeiro, desconfiada. Só que Gael não parecia estar brincando. Parecia... orgulhoso.
— Você não... não tá tirando uma com a minha cara? — perguntei.
— Eu não ousaria — proferiu, solene.
— O Gael não está brincando, *bambina*. Veja! — Lorenzo me devolveu o canhoto e o telefone.
E eu conferi. Errei o primeiro número, como já sabia, mas acertei o segundo. E o terceiro. E o quinto e... minha Nossa Senhora das azaradas, o sexto também!
— Ah, meu Deus!
Lorenzo, já com seu próprio celular em mãos, passava o dedo pela tela, apressado. Então fez uma careta.
— Cinquenta e oito libras. *Cazzo*, que azar. Por dois números você não vai dormir com duzentos e cinquenta mil na conta.
— Cinquenta e oito libras? Cinquenta e oito? — Minha boca se escancarou.
— Quanto é que é isso em reais?
Gael coçou a sobrancelha.
— Eu teria que olhar a cotação de hoje. Mas acho que um pouco mais de duzentos.
Eu tinha ganhado duzentos paus na loteria? A sorte... a sorte finalmente me perdoara, seja lá o que eu tivesse feito a ela?
— Meu Deus! — Pulei sobre Gael, me agarrando a seu pescoço. — Eu ganhei duzentão! Eu ganhei na loteria!
— Você ganhou, *a chuisle*. — Entrando na minha, ele me suspendeu e me girou no meio do saguão do aeroporto, rindo em meus cabelos.
— Vocês dois entenderam que ela ganhou só cinquenta e oito libras, certo? — Lorenzo indagou.
Gael me colocou no chão, minha bota imobilizadora estalando contra o piso.
— Você não entenderia, Lorenzo — dissemos, em uníssono, e então desatamos a rir outra vez.
— Você pode retirar o prêmio pra ela? — Gael lhe entregou o bilhete.
— Claro que sim. — Mas ele nos encarava como se tivéssemos perdido o juízo

Instantes depois, nosso voo foi chamado no alto-falante. Nós nos despedimos de Lorenzo, e eu meio que flutuava a caminho da sala de embarque enquanto contava a Gael a novidade sobre a pensão e agradecia pelo conselho. Alguns hotéis podiam ter salas de reuniões e salas de apoio, mas nenhum deles tinha o pão da minha mãe.

— Isso significa que você não vai mais trabalhar para mim? — questionou com a testa vincada, logo depois de passarmos pelo raio X.

Ah, certo. Minhas férias tinham acabado fazia tempo.

— Bom, confesso que a situação mudou agora que nós temos dois pensionistas e eu ganhei na loteria... — brinquei e ele riu. — Mas eu gostaria de continuar na Brígida, Gael. Eu adoro o que faço lá.

— Está se referindo a vandalizar o bebedouro ou a me deixar pelado no meio do escritório?

Ponderei por um instante.

— O bebedouro, com certeza. Agora eu entendo por que a Guilhermina tem tanto apeg... — Mas não pude concluir. Gael, ainda rindo, me calou com um beijo.

Então o embarque teve início e meu contentamento evaporou.

Dentro da aeronave, ajustei o cinto de segurança tão logo me acomodei na poltrona. A meu lado, Gael agia como se estivesse sentado em um parque numa tarde de primavera. Ok, minha má sorte tinha ido embora de vez, mas isso não significava que eu não tivesse certo receio de entrar em um troço feito com toneladas de metal que pairava no ar.

O avião já taxiava pela pista quando o comissário de bordo começou a dar as instruções de segurança, e eu ponderei que seria melhor não ter que pôr em prática nada daquilo, porque, honestamente, não consegui ouvir porcaria nenhuma, com o coração batendo tão alto em meus ouvidos.

A mão grande e quente de Gael pousou sobre a minha. Aquela que estava agarrada ao descanso de braço.

— Eu já te contei a história de Briana Dois Pés Esquerdos? — ele questionou, sorrindo de leve.

Mesmo tensa, não consegui conter o riso.

— Não. Essa tem final feliz?

— Não sei ainda. É você quem vai decidir. — Ele girou minha mão para enroscar os dedos nos meus. — Há muito tempo... — Fez uma pausa, piscando algumas vezes. — Não. Não há muito tempo. Apenas *há algum* tempo, nasceu uma menina chamada Briana. Ela era muito bonita. Tão, mas tão bonita que uma fada invejosa que passava por perto a viu, decidiu que não era justo alguém ser assim tão linda e amaldiçoou os pés da criança.

— Só os pés? — Achei graça.

— Pois é, pobrezinha. — Estalou a língua, sacudindo a cabeleira castanho-
-clara. — Ninguém desconfiou de nada, nem mesmo a garotinha. Conforme Briana crescia, mesmo nas festinhas da escola, ninguém notou que, sempre que a música tocava, seu pé direito se transformava em um pé esquerdo.

— Quase como o curupira — confirmei.

— Eles são primos distantes — assentiu, sério, deitando a cabeça no encosto.

Engraçado, a minha também fez o mesmo movimento sem que eu ordenasse, e meu estômago pareceu se deslocar, grudando-se em minha coluna.

— A menina já não era mais menina — prosseguiu —, e sim uma mulher estonteante, mas o problema ficou um pouco mais pronunciado. E foi nessa época que ela conheceu uma besta mal-humorada e amargurada.

— Incrivelmente bela, forte e com uma tatuagem sexy no braço? — eu quis saber.

— Então você conhece a história. — Os cantos de sua boca estremeceram. — Podemos chamar a besta de Gael?

— Eu tinha pensado em Lorenzo, mas, se você prefere Gael, tudo bem.

O sorriso dele morreu.

— Você é uma mulher muito, muito cruel, Briana.

— Desculpa. Não deu pra resistir. Continue, por favor.

Sem se dar conta do que fazia, Gael começou a brincar com a ponta dos meus dedos enquanto retomava a narrativa.

— Bom, Briana conheceu a besta amargurada...

— E incrivelmente bela, forte e com uma tatuagem sexy — ajudei.

Ele revirou os olhos, bufando, mas ignorou meu comentário e seguiu com a história.

— Briana descobriu que a besta tinha sido amaldiçoada. Coração partido, o que explicava toda aquela rabugice. Não se sabe bem por quê, Briana não se conformou em deixar o cara continuar vivendo solitário em seu castelo. Acredita-se que seja por causa da bondade da moça. Particularmente, eu acho que foi culpa da cabeça perturbada dela.

— Ou por causa da tatuagem sexy — contrapus.

— Sério? — Ele retorceu as sobrancelhas, um tantinho incrédulo. — Você gosta dela tanto assim?

— Você não tem a menor ideia...
Ele abriu um meio sorriso tímido, as bochechas adquirindo um suave rosado, e esfregou a nuca. Se é que era possível, a timidez o deixou ainda mais lindo.
— Bom... onde eu estava? — Ele se remexeu no assento. — Ah, sim. Briana decidiu ficar e também resolveu salvar a besta de si mesma. Não foi fácil. A besta era idiota, não facilitou as coisas, mas Briana, destemida como era, ignorou cada tentativa tosca que a besta criou para afastá-la. E então, uma noite, a besta viu os dois pés esquerdos em ação conforme assistia a Briana dançar. A moça era tão terrível e desajeitada que, aos olhos dele, se tornava absurdamente encantadora. — A lembrança trouxe um sorriso involuntário ao seu rosto. — O peito oco dele vibrou com uma emoção. Ele quis abraçá-la e nunca mais soltar. Aí imaginou que, se fizesse isso, nunca mais a veria dançar, e então mudou de ideia. Só que, depois daquela noite, ele ficou matutando... Como poderia convencer Briana e seus dois pés esquerdos a ficarem? Para sempre, quero dizer — acrescentou à meia-voz.

Minha expressão congelou. Ele estava dizendo o que eu achava que estava dizendo?

— Ele tentou perguntar, mas ela o deixou sem resposta por duas vezes. — A frustração coloriu suas faces. — Ele resolveu arriscar uma terceira. Não podia falhar dessa vez.

Ah, meu Deus, ele estava dizendo mesmo!

Seus olhos queimaram nos meus, parecendo dois sóis. Meu coração começou a bater mais depressa e perdeu completamente o compasso à medida que eu compreendia o que ele estava fazendo. E isso foi antes de Gael soltar minha mão e pegar alguma coisa no bolso. Em seguida, depositou uma caixinha de veludo preto em minha palma.

— Ele pensou e pensou e pensou... — Gael me encarou com intensidade. — Até que teve uma ideia. E se ele parasse de dar voltas e fosse franco e direto? E se dissesse que não queria ficar longe dela um dia que fosse? Se ele contasse que sem ela tudo fica cinza e perde a graça? Se ele explicasse que a ama com tanta intensidade que vê-la sorrir faz seu peito doer... ela o aceitaria?

Gael beliscou a caixinha, que se abriu suavemente, revelando o anel mais lindo que eu já tinha visto. Um solitário de aro largo entremeado com uma delicada corda trançada. Ele estava... ele estava mesmo... dessa vez com anel e tudo!

Ah, meu Deus! Ah, meu Deus! Ah, meu Deus!

— Gael...

— Eu sei. Não é bom o bastante! — Esfregou o rosto, incapaz de ocultar a tensão. — Ok, então que tal isso? — Ele virou o corpo em minha direção. — E se ele olhasse no fundo dos olhos da mulher que ama... — Gael mirou aquelas duas íris amarelas em mim. Límpidas e profundas como um topázio — e jurasse que seria as paredes que a protegem do vento? O telhado que a abriga da chuva, a fogueira na lareira que a aquece nos dias frios? Ou então os ombros e os braços do seu melhor amigo, se o choro e a tristeza surgirem? O travesseiro sob a cabeça dela, caso o cansaço a domine. O alívio e o consolo de uma cerveja gelada no fim de um dia cansativo. Ou a força das pernas dela, se o caminho parecer longo demais. — Sua voz vibrou com a emoção que vislumbrei em seu semblante. — Se eu prometer que vou fazer tudo o que estiver ao meu alcance para ser pra você tudo o que você já é para mim, Briana, você me aceitaria? — Ele me admirou com expectativa e apreensão. Medo até.

Como? Como ele poderia ter alguma dúvida? Porque eu não tinha nenhuma. Tudo o que eu mais queria era nunca mais ter de me separar dele.

— Sim. — Minha voz falhou.

— Sim? — Pareceu indeciso. — Isso foi um sim?

— Sim, Gael! — consegui dizer com mais firmeza. — Sim! Um milhão de vezes siiiiim!

Ele abriu um sorriso tão largo que temi que seu rosto se partisse ao meio. Ao mesmo tempo, gritos e assobios ecoaram ao nosso redor. Eu pisquei, olhando em volta, só então lembrando que estávamos em um avião, agora em pleno ar, acima das nuvens.

Com um movimento ágil, Gael retirou o anel de seu casulo e o encaixou no anular da minha mão direita, beijando meu dedo com tanta reverência que meus olhos já marejados transbordaram. Os gritos se repetiram pela aeronave. Eu também teria gritado com eles se minha boca não estivesse tão deliciosamente ocupada, sendo beijada por Gael. Um beijo cheio de alívio, amor, desejo e promessas de uma vida feliz juntos. Cedo demais seus lábios se afastaram, mas suas mãos permaneceram em meu maxilar, a testa colada à minha.

— Você me aceitou. — Ele parecia maravilhado.

— Não sei por que a surpresa. Eu teria aceitado mesmo se você tivesse perguntado se eu queria comer ervilha com você pelo resto da vida. E eu nem gosto de ervilha.

Ele ainda ria no momento em que colou os lábios nos meus outra vez. Quando nós dois estávamos sem ar, ele libertou minha boca para beijar o topo da minha cabeça. Suspirei contente, apoiando a testa em seu pescoço.

Nunca levei a sério essa coisa de almas gêmeas, em que minha irmã acreditava com tanta intensidade. Nunca sequer parei para pensar a respeito, admiti, enquanto um de seus braços serpenteava pela minha cintura, a outra mão se prendendo em minha nuca, os dedos deslizando sem pressa naquela região tão sensível, provocando um delicioso arrepio. Mas eu não podia negar que Gael e eu estávamos unidos de um jeito intenso, quase inexplicável. Acho que era para ser. Ao lado dele eu me sentia mais forte, completa, quase invencível. E não tinha dúvida de que ele se sentia da mesma forma. Eu via isso em seus olhos e na maneira quase reverenciosa como sempre me olhava

— Que tal sexta? — questionou ele.

— Humm? — resmunguei, distraída com o botão da camisa verde, aquela que era minha preferida, e me perguntei se ele a escolhera de propósito.

— Que tal a gente casar na sexta?

Levantei a cabeça tão depressa que meu cabelo atacou meu rosto.

— Gael, isso é daqui a quatro dias!

Seus dedos empurraram minhas mechas para o lado, descortinando meu rosto.

— Tem razão. — Estalou a língua. — O que eu estava pensando? Sexta ainda está muito longe. Quinta-feira, então? Não, espere. Não podemos casar numa quinta.

Abri a boca, pronta para discorrer sobre como aquilo era maluco, mas o que saiu foi:

— Por que não?

— É uma superstição irlandesa. — Deu de ombros. — "Casar na segunda para a saúde, na terça para a riqueza, na quarta o melhor dia de todos, na quinta para perdas, na sexta para cruzes e no sábado para absolutamente nenhuma sorte." É melhor nos casarmos na quarta.

Comecei a rir, mas a diversão morreu em minha garganta assim que notei a gravidade naquele encrespar de cenho.

— Gael, você tá falando sério?

— Estou. — Ele me deu um aceno firme. — A menos que tenha um padre nesta aeronave que nos case agora mesmo, o que eu acho pouco provável.

A desolação em seu semblante quase me fez rir de novo, não fosse pela proposta que me fazia. Eu tinha dois dias para organizar um casamento. Como ia fazer isso? O que mamãe ia pensar, já que ela nem mesmo sabia do meu envolvimento com Gael?

— Mas daqui a dois dias? Não é meio... precipitado?

Ele se remexeu na poltrona, ficando quase de frente para mim, os ombros largos tapando a janela da aeronave.

— Você tem alguma dúvida, Briana? Seja honesta consigo mesma.

— Não, nenhuma dúvida quanto a você — proferi, com toda a franqueza.

— Nem eu. Eu sei que pareço impaciente, e a verdade é que eu *estou* impaciente. Levei quatro séculos pra te encontrar. Eu estou mais do que ansioso pra que a nossa vida juntos comece logo. Não quero ficar longe de você nem mais um minuto.

— Nem eu, Gael.

— Então por que você quer esperar? — Sua voz e sua expressão graves fizeram meu coração se alvoroçar.

De fato, por quê? Por que deixar para mais tarde, se poderíamos ser felizes imediatamente?

Ah, meu Deus, eu ia me casar em dois dias! Onde encontraria um vestido assim, tão em cima da hora?

Mas, antes que a ansiedade tomasse as rédeas, eu a refreei. Um vestido importava mesmo? Qualquer outra coisa que não fosse estar com Gael importava?

— Ok — concordei. — Quarta-feira. Mas a gente vai ter que falar com a minha mãe antes.

— Eu já tinha planejado pedir a sua mão a ela assim que pisarmos no Brasil.

— Pegou meus dedos e os levou aos lábios.

Meu estômago se agitou, o coração aos pulos conforme a certeza de que aquilo era certo — ah, tão certo! — se assentava dentro de mim. Porque a coisa mais extraordinária havia acontecido. Eu encontrara Gael! O amor, antes apenas um sonho, agora se tornara denso, quente e tão real quanto o homem diante de mim, me olhando com adoração.

Soltei o cinto de segurança, chegando mais perto. Como se soubesse exatamente o que eu queria, ele se ajeitou em sua poltrona, me puxando para si até minhas costas estarem grudadas em seu peito. Minha têmpora encontrou apoio em seu queixo, agora recoberto por uma barba castanho-clara bem aparada.

— Olhe, Briana — Gael indicou a janela.

Do lado de fora, o sol transformara o horizonte em puro ouro, com pinceladas de laranja, rosa e roxo. As nuvens fofas se tornaram um tapete infinito de algodão, refletindo as mesmas cores, como que saudando o novo dia repleto de chances, deixando as sombras para trás. Fiquei arrepiada. Pareceu bastante simbólico.

Não pude evitar um sorriso.

— Enfim uma história de amor com final feliz — suspirei.

— Não. Final não, *a chuisle mo chrói.*

Elevei o queixo para poder encará-lo e acabei me perdendo na incandescência daquelas íris douradas que eu tanto amava.

— Este é só o começo — prometeu em voz baixa, os dedos quentes roçando minha bochecha. — O melhor ainda está por vir. Eu sei disso. Eu sei desde o momento em que você me atacou com aquela régua. — Seus olhos sorriram.

Gargalhei, enroscando os dedos em sua roupa.

— Eu sabia que você nunca iria esquecer.

— E como eu poderia? Você realmente tentou me proteger. Tem alguma ideia de como aquilo me comoveu? De como eu me senti importante naquele momento?

— Tentei te proteger atacando você... — ironizei.

Ele fez uma careta.

— Não precisamos nos apegar aos detalhes. Vamos ficar só com as partes interessantes. E, por falar em partes interessantes... — Os dois sóis fulguraram, e meu coração respondeu de imediato.

Juntando meu cabelo em uma das mãos, ele o empurrou para o lado, beijando meu pescoço, depois meu queixo, até que seus lábios macios, exigentes e sôfregos encontraram os meus, selando sua promessa. Seu calor, sua paixão, sua urgência me emocionaram e me arrebataram. Eu me entreguei àquele beijo — a Gael — até me dissolver em seus braços.

Nos braços do homem de todas as minhas vidas.

Nota da autora

É claro que *Quando a noite cai* é uma obra fictícia. Porém algumas lendas da Irlanda são citadas no enredo e me mantive fiel a elas. No entanto, duas precisam de esclarecimentos.

Segundo a mitologia irlandesa, Lug e Balor se enfrentaram, e o deus da luz realmente lançou uma pedra no olho mágico do inimigo, como aparece neste livro. Mas a história termina aí. Tudo o mais relacionado à pedra que feriu Balor (e que nomeei como Pedra da Vida) é fruto da minha imaginação.

Da mesma forma, a história de Cúchulainn aqui contada é baseada no folclore irlandês, exceto no que se refere ao seu segundo filho. Cathal nunca existiu. O único descendente do grande guerreiro foi Connla, e, tragicamente, o encontro entre eles de fato terminou como descrito neste romance.

Agradecimentos

Este livro é tão especial para mim e não existiria sem a ajuda (direta ou indireta) de algumas pessoas.

Começo agradecendo a uma das minhas escritoras favoritas de todos os tempos, Marian Keyes, que através de suas histórias — hilárias e ao mesmo tempo tão tocantes — fez com que eu me apaixonasse irrevogavelmente pela Irlanda. *Thank you, dear Marian!*

Um gigantesco obrigada a minha querida editora, Raïssa Castro, e a sua espetacular equipe, da qual sou (muito!) fã. Agradecimentos especiais a Ana Paula Gomes, Anna Carolina Garcia, André Tavares e Lígia Alves.

Minhas leitoras beta, Cintia Souza e Raquel Lima, obrigada pelos melhores conselhos e pela empolgação. Amo vocês!

Minha querida amiga (e escritora fabulosa!) Patrícia Barboza: muito obrigada! Você sabe o porquê.

Meus leitores queridos, vivo dizendo isto e nunca vou me cansar: vocês são os melhores leitores do mundo! Obrigada por embarcarem nas minhas maluquices com tanto amor e entusiasmo. Espero que a história de Briana e Gael toque o coração de todos vocês, assim como aconteceu com o meu enquanto a escrevia.

E, por fim, aos meus amores: Lalá e Adri. Nunca vou conseguir agradecer tudo o que fizeram por mim para que eu pudesse concluir este projeto a tempo — entre tantas outras coisas. Só consigo pensar na garota de sorte que eu sou por ter vocês dois na minha vida. Obrigada, *a chuisle mo chrói*! Este livro, como sempre, escrevi para vocês!

Impresso no Brasil pelo Sistema Cameron da Divisão Gráfica da
DISTRIBUIDORA RECORD DE SERVIÇOS DE IMPRENSA S.A.

Agradecimentos

Este livro é tão especial para mim e não existiria sem a ajuda (direta ou indireta) de algumas pessoas.

Começo agradecendo a uma das minhas escritoras favoritas de todos os tempos, Marian Keyes, que através de suas histórias — hilárias e ao mesmo tempo tão tocantes — fez com que eu me apaixonasse irrevogavelmente pela Irlanda. *Thank you, dear Marian!*

Um gigantesco obrigada a minha querida editora, Raïssa Castro, e a sua espetacular equipe, da qual sou (muito!) fã. Agradecimentos especiais a Ana Paula Gomes, Anna Carolina Garcia, André Tavares e Lígia Alves.

Minhas leitoras beta, Cintia Souza e Raquel Lima, obrigada pelos melhores conselhos e pela empolgação. Amo vocês!

Minha querida amiga (e escritora fabulosa!) Patrícia Barboza: muito obrigada! Você sabe o porquê.

Meus leitores queridos, vivo dizendo isto e nunca vou me cansar: vocês são os melhores leitores do mundo! Obrigada por embarcarem nas minhas maluquices com tanto amor e entusiasmo. Espero que a história de Briana e Gael toque o coração de todos vocês, assim como aconteceu com o meu enquanto a escrevia.

E, por fim, aos meus amores: Lalá e Adri. Nunca vou conseguir agradecer tudo o que fizeram por mim para que eu pudesse concluir este projeto a tempo — entre tantas outras coisas. Só consigo pensar na garota de sorte que eu sou por ter vocês dois na minha vida. Obrigada, *a chuisle mo chrói!* Este livro, como sempre, escrevi para vocês!

Impresso no Brasil pelo Sistema Cameron da Divisão Gráfica da
DISTRIBUIDORA RECORD DE SERVIÇOS DE IMPRENSA S.A.